DER GROSSE LIEBESROMAN

Von der gleichen Autorin erschien außerdem
als Heyne-Taschenbuch

Bittere Leidenschaft · Band 28/68

Jacqueline Monsigny

Die feurige Prinzessin

Roman

Deutsche Erstveröffentlichung

WILHELM HEYNE VERLAG
MÜNCHEN

DER GROSSE LIEBESROMAN
Band 28/74
im Wilhelm Heyne Verlag, München

Titel der französischen Originalausgabe
PRINCESSE RENAISSANCE
Deutsche Übersetzung von Alexandra von Reinhardt

Printed in Germany 1984
Umschlaggestaltung: Atelier Ingrid Schütz, München
Gesamtherstellung: Ebner Ulm

ISBN 3-453-84074-7

PROLOG

Eine seltsame Neuvermählte

Ein großer Geier kreiste über den Höhlen. Der Mann blickte bekümmert zum Himmel empor, der sich allmählich rosa färbte.

Die Sonne ging auf, und langsam erwachte die florentinische Ebene.

In der Ferne bellten Hunde. Eine Glocke rief zum ersten ›Engel des Herrn‹.

Der Mann – ein Reiter, wie man an seinen kurzen, enganliegenden Hosen, dem staubigen Wams, dem Degen und dem Dolch im Gürtel erkennen konnte – vergewisserte sich, daß die an einem Ast angebundenen Pferde die Blätter der Sträucher abzupfen konnten, dann kehrte er in die Höhle zurück.

Auf einem Lager aus welkem Laub lag ein junges Geschöpf in tiefem Schlaf. Es trug Stiefel, und seine rotgoldenen Haare, in denen sich ein paar Blätter verfangen hatten, bedeckten das Gesicht.

Gerührt und liebevoll betrachtete der Mann seine junge Gefährtin einen Augenblick lang, dann kniete er sich auf das Lager, von dem er selbst erst kurz zuvor aufgestanden war.

Er strich mit den Fingern über die prachtvolle kupferfarbene Haarmähne, bevor er sie beiseite schob und ein bezauberndes Gesicht mit ebenso zarten wie eigensinnigen Zügen enthüllte.

Die Schlafende schien einen schlechten Traum zu haben, denn ihre Lippen zitterten, und ein schwerer Seufzer entrang sich ihrer Brust.

»Mein Liebling, Sie müssen aufstehen...«, flüsterte der Mann ihr ins Ohr.

Das junge Geschöpf wollte nichts davon wissen. Es hielt die Lider beharrlich geschlossen und drehte sich auf die andere Seite, um wieder in Morpheus' Arme zu sinken.

»Das ist gefährlich, Liebling... wir müssen sofort aufbrechen«, beharrte die zärtliche Männerstimme.

Das junge Mädchen entschloß sich widerstrebend, ihre smaragdgrünen Augen halb zu öffnen.

»Gaétan, mir tut alles weh...«, protestierte sie.

»Das denke ich mir, mein Liebling... achtzig Meilen in so

kurzer Zeit... kein schwaches weibliches Wesen hätte ein so höllisches Reisetempo ausgehalten... außer meiner Zéphyrine...«

Bei diesen Worten berührte der junge Mann die leicht geöffneten Lippen seiner Gefährtin. Er wurde ganz bleich. Er begehrte sie so stürmisch. Sie berauschte ihn wie ein viel zu starker Wein.

Er wollte aufstehen, aber mit einer liebreizenden Bewegung hinderte sie ihn daran, indem sie ihm die Arme um den Hals schlang und ihn an ihre Brust zog.

Unter dem rauhen Tuch des Wamses spürte er ihre jungen, straffen Brüste – sie waren das einzige verräterische Merkmal ihres Geschlechts, denn gekleidet war sie wie ein Mann.

»Gaétan, wir sind jetzt doch schon weit fort«, flüsterte Zéphyrine. »*Er* kann uns nicht mehr einfangen...«

War sie sich der zweifachen Gefahr nicht bewußt?

Sie schloß die Augen und bot ihm ihre Lippen zum Kusse dar.

Gaétan blickte auf sie hinab. Sie lag da, zur Hingabe bereit. Abgesehen davon, daß sie ihn liebte, hatte er sie auch im Verdacht, daß sie wegen jenes Mannes, vor dem sie floh, etwas Nichtwiedergutzumachendes anstellen wollte.

Wie jede Nacht, so verzehrte ihn auch jetzt die Versuchung, sie gleich hier, auf italienischem Boden, zu lieben. Er hatte Angst vor sich selbst, Angst vor dem, was ihnen zustoßen konnte – Angst vor der Falle der Sinneslust, in die sie zu fallen drohten.

»Mein süßer Liebling... wir werden erst in Rom in Sicherheit sein... Ich liebe Sie wahnsinnig, aber wir müssen der Versuchung widerstehen, um vom Papst die Annullierung Ihrer Ehe zu erlangen...«

›Ihrer erzwungenen und nicht vollzogenen Ehe‹, fügte der junge Mann in Gedanken hinzu, wagte aber nicht, es auszusprechen.

Zéphyrine stieß einen Seufzer aus. Von all den Widrigkeiten, die sie durchstehen mußte, war ohne Zweifel jene Keuschheit am schwersten zu ertragen, die Gaétan ihnen während der kurzen nächtlichen Ruhepausen auferlegte.

Zéphyrine de Bagatelle liebte den Chevalier de Ronsard seit ihrer frühen Jugend. Sie hatte ihm bei ihrem Leben ewige Liebe geschworen. Ihr schönstes Geschenk wäre die Hingabe ihres Körpers gewesen.

Gaétan war aufgestanden. Zwischen den gesenkten Wimpern hindurch, die ihre von der toskanischen Sonne leicht gebräunten Wangen fast berührten, beobachtete Zéphyrine ihren Verlobten, der hin und her ging, die Decken zusammenfaltete und alles für den Aufbruch vorbereitete.

Der Krieg gegen die Spanier hatte ihn reifen lassen. Er wirkte größer, breiter, selbstsicherer. Seine grauen Augen, die im Loiretal einen so weichen Ausdruck gehabt hatten, ruhten nun entschlossen auf Zéphyrine.

»Sie müssen etwas essen, mein Liebling, um Kräfte zu sammeln... Wir haben wieder einen weiten Weg vor uns.«

Während er seiner Gefährtin diesen Rat gab, reichte er ihr eine ›torta‹, die er am Vorabend in einer üblen Taverne in der Nähe von Fiesole gekauft hatte. Sie konnten im Moment keine allzu großen Ansprüche stellen. Zéphyrine aß die ›torta‹ aus Schafsmilch mit gutem Appetit und trank ein wenig Wasser. Sie band sodann ihre Haare mit einem Strumpfband zusammen, das sie behalten hatte, als sie ihr Kleid mit dieser Kleidung eines Knappen vertauscht hatte. Sie versteckte ihre goldenen Locken unter einem federgeschmückten Barett, und dann bestiegen die beiden jungen Leute ihre Pferde.

Sie ritten um Florenz herum, die stolze Stadt der Medici, von der sie den marmornen Kampanile sehen konnten, der in einen strahlend blauen Himmel ragte.

Die beiden Flüchtlinge mieden die großen Straßen, die in jenem Jahre 1526 von der siegreichen Armee jener stolzen Spanier Karls V. unsicher gemacht wurden, und ritten quer durchs Land, in Richtung Siena...

Seit vier Tagen und vier Nächten galoppierten Gaétan und Zéphyrine – letztere im Herrensitz wie ein Mann – nun schon fast ohne Unterlaß, auf der Flucht aus der Lombardei und aus dem Palast des Prinzen Farnello.

Am Abend ihres Hochzeitstages von Gaétan entführt, konnte Zéphyrine einfach nicht anders, sie mußte mit ihrem Verlobten all jene stürmischen Ereignisse durchsprechen, die über ihr junges Leben hereingebrochen waren, besonders seit ihrer Trennung.

Vor elf Jahren, beim Sieg von Marignano, war ihre Familie mit Ruhm und Ehren überhäuft worden, aber dann hatte sich – erst vor ganz kurzer Zeit – die Katastrophe von Pavia ereignet, die das französische Königreich in einen furchtbaren Abgrund stürzte: König Franz I. wurde ein Gefangener Karls V., die stolze Blüte der französischen Ritterschaft war vernichtet worden, und der Marquis de Bagatelle, Zéphyrines Vater, wurde als Geisel von einem italienischen Prinzen gefangengehalten, von Fulvio Farnello, der wegen eines im Kampfe eingebüßten Auges auch der ›einäugige Leopard‹ genannt wurde.

Um seine Freiheit wiederzuerlangen, hatte Roger de Bagatelle seinem Besieger entweder ein Lösegeld von zweihunderttausend Golddukaten zahlen oder ihm seine einzige Tochter Zéphyrine zur Frau geben müssen.

Das junge Mädchen hatte mit allen Mitteln versucht, die riesige Summe aufzubringen. Aber nachdem Frankreich ruiniert war, hatte selbst die Regentin Luise von Savoyen, die Mutter Franz I., ihr nicht helfen können.

Zéphyrine glaubte zu jener Zeit, daß Gaétan in Pavia gefallen sei. Von ihrer Stiefmutter konnte sie – das wußte sie genau – keine Hilfe erwarten: die San Salvador, diese Marquise Hermina de Bagatelle, die mit dem Konnetabel von Bourbon unter einer Decke steckte, der zu Karl V. übergelaufen war, haßte ihre Stieftochter, ja, sie wünschte ihr sogar den Tod. Deshalb hatte sich Zéphyrine schließlich schweren Herzens entschlossen, ihrer Tochterpflicht nachzukommen und die Frau des Prinzen zu werden, um ihren Vater zu befreien.

Nach einer turbulenten Reise war das junge Mädchen eines Tages in der Mailänder Campagna angekommen, im stolzen Palast Farnellos.

Zéphyrine hatte geglaubt, es mit einem verunstalteten, lüsternen und dickbäuchigen Monster zu tun zu haben, mußte aber zu ihrer großen Überraschung feststellen, daß Prinz Farnello ein überaus faszinierender Mann war, was ihn besonders gefährlich machte.

Er war dunkel, männlich, autoritär – die unverschämte Zéphyrine hatte ihm den Spitznamen ›Monsieur-ich-will-es-so‹ gegeben –, und sie mußte zugeben, daß sogar die schmale schwarze Augenbinde den Prinzen nur noch anziehender machte ...

Über diese Einzelheiten ließ Zéphyrine sich Gaétan gegenüber allerdings nicht aus.

Seltsamerweise hatte das junge gebildete Mädchen, das von Bruder François Rabelais in einem Kloster erzogen worden war, sich aufgrund des Charmes des schönen Einäugigen, der sie sozusagen für zweihunderttausend Dukaten ›gekauft‹ hatte, nur noch mehr in ihre rachsüchtigen Gefühle, in ihren bissigen Groll hineingesteigert.

Einem gebrechlichen alten Teufel hätte sie leichter verzeihen können, nicht aber diesem siegreichen Grandseigneur, der mit dieser widerlichen Erpressung ihren besiegten Vater und sie – Zéphyrine – nur demütigen wollte! Sie war fest entschlossen, ihn seinen Sieg teuer bezahlen zu lassen.

Während der prächtigen Trauungszeremonie vor vier Tagen, wo die Braut unter dem kostbaren alten bestickten Schleier so bleich war, daß die Gäste befürchteten, sie werde jeden Augenblick in Ohnmacht fallen, hatte Zéphyrine – die das herrliche, geheimnisumwitterte Smaragdkollier der Farnello trug – vor dem zelebrierenden Prälaten das Jawort gegeben, das sie in Ketten legte.

Am Hochzeitsabend war der Leopard in ihr Zimmer gekommen. Sie hatte zu diesem Anlaß ein strenges schwarzes Kleid mit hohem Kragen angezogen, in dem sie nicht wie eine Neuvermählte, sondern viel eher wie eine trauernde Witwe aussah.

Sehr fröhlich und charmant hatte Prinz Farnello Zéphyrine auf eine duftende Terrasse gezogen, und dort hatte der italienische Grandseigneur – der bestimmt viel besorgter um sie war, als er zugeben wollte – seiner jungen Frau vorgeschlagen, das Kriegsbeil zu begraben und nur noch an die Liebe zu denken.

Zéphyrine hatte ihm mit beißender Schärfe geantwortet. Lieben? Niemals! Der Leopard, der mit den Feinden Frankreichs paktierte, hatte sie gekauft, hatte sie gezwungen ... sie hatte für ihn nur Haß, Verachtung und Abscheu übrig ... Weit davon entfernt, ungehalten zu sein, hatte Prinz Farnello gelächelt und seine gebieterische und doch zarte Hand liebkosend auf Zéphyrines rotgoldene Locken gelegt.

»Wer ist denn schuld daran, Madame?« hatte er gesagt. »Sie haben mich verführt! Sie haben mich bezaubert! Sie haben mich verhext!«

›Ich bin verloren!‹ hatte die junge Frau gerade noch denken können, als der Prinz sie ruhig und souverän in seine Arme nahm.

In diesem Augenblick war ein Schatten hinter einer Baumgruppe hervorgestürzt. Es war Gaétan, der von Zéphyrines Leibeigenem Bastien vor dem Tod in Pavia gerettet worden war.

Ohne dem Leoparden Zeit zum Handeln zu lassen, hatte Gaétan ihn mit einem heftigen Schlag ins Genick betäubt. Wie ein großer gelenkiger Hampelmann war Farnello zu Füßen seiner Frau zusammengebrochen.

Zéphyrines Schicksal hatte plötzlich eine unerwartete Wendung genommen: sie war wieder mit ihrem Verlobten vereint und floh mit ihm in jener Nacht aus dem Palast ihres Gemahls.

›Vielleicht ist er tot!‹ dachte Zéphyrine gegen ihren Willen und ärgerte sich darüber, daß sie bei diesem Gedanken so etwas wie Gewissensbisse verspürte.

›Vielleicht hat der Prinz am nächsten Morgen, nachdem er wieder bei Bewußtsein war, auch für immer einen solche Abscheu vor seiner französischen Frau empfunden, daß er beschlossen hat, sie freizugeben ...‹

Zéphyrine teilte diese Überlegung ihrem Verlobten mit, während sie durch einen Zypressenwald ritten.

Statt einer Antwort trieb der junge Mann die Pferde mit der Peitsche an.

Die Zukunft bestand aus dem einzigen Wort: ANNULLIERUNG!

TEIL I

DAS VERWUNDETE SALAMANDERWEIBCHEN

1

Der Pferdewechsel bei Poppiciano

»Sie kommen nicht mehr voran!«

Zéphyrine und Gaétan hatten Florenz fünf Meilen hinter sich gelassen. Die beiden jungen Reiter konnten ihren Pferden noch so sehr die Sporen geben, die armen Tiere hatten blutige Nüstern und weigerten sich, in diesem wilden Tempo weiterzugaloppieren. Den Flüchtlingen blieb nichts anderes übrig als der Entschluß, im nächsten Marktflecken die Pferde zu wechseln.

Als Kurier des Königs von Frankreich hatte Gaétan Seiner Heiligkeit Klemens VII. früher oft Botschaften überbracht, und deshalb kannte der junge Mann fast alle Pferdestationen zwischen Paris und Rom.

»Wir reiten nach Poppiciano. Verbergen Sie Ihr Gesicht, mein Liebling...«, riet Gaétan, der lieber das Risiko eingehen wollte, Zéphyrine ins Dorf mitzunehmen, als daß er sie der Gefahr ausgesetzt hätte, in den Wäldern allein auf ihn zu warten.

Auf der staubigen abschüssigen Straße fuhren schwere Ochsenkarren, die von toskanischen Bauern mit flachen Kappen auf dem Kopf gelenkt wurden.

Zéphyrine zog ihr Barett bis zu den Augenbrauen hinunter, schlug den Kragen ihres Wamses hoch und senkte ihre grünen Augen. Mit Lanzen bewaffnete Reiter, deren Helme und Brustpanzer in der Sonne funkelten, versuchten die Gespanne zu überholen, um rascher ins Dorf zu gelangen.

»God damn, bloody peasants!«

»Engländer...«, murmelte Zéphyrine. Sie erkannte die Soldaten König Heinrichs VIII. sofort an ihrer Sprache und an ihren Röcken mit den roten Litzen.

»Ja, Liebling... aber dort, beim Gehölz – das sind unsere...«

Französische Reiterei, die an ihrer stolz wehenden weißen Standarte mit den Lilien deutlich zu erkennen war, schickte sich – ohne jeden ›Kompex der Besiegten‹ – gerade an, zu der englischen Kolonne zu stoßen.

Schweizer Söldner in Pluderhosen und breiten grünen Hüten stiegen vor einem toskanischen Hufschmied, der hervorragende Geschäfte machte, von ihren Pferden.

Deutsche Landsknechte von der Nürnberger Einheit bewegten sich in ihren safrangelben Hosen schwerfällig vorwärts, zum großen Ärger einer Korporalschaft stolzer Spanier Karls V. mit goldenen Helmen und kurzen Rüstungen in Schwarz-Gold.

»Wie traurig ist es doch, mit ansehen zu müssen, wie das Land Dantes, Petrarcas und Boccaccios von diesen Barbaren geschändet wird!« murmelte Zéphyrine.

Gaétan gab darauf keine Antwort. Die hohe Bildung des jungen Mädchens ließ in ihm immer Bewunderung und zugleich eine leichte Gereiztheit aufkommen. Als Kurier, der ständig unterwegs war, hatte er nie die Zeit gehabt, lesen zu lernen, und die Kenntnisse seiner Verlobten bildeten gleichsam eine Barriere zwischen ihnen.

Die Situation kam Gaétan zugute. Sie ritten gerade ins Dorf hinein, und da war Schweigen sowieso geboten. Aber in der wimmelnden Menschenmenge interessierte sich sowieso niemand für die jungen Leute. Toskaner und Besatzerarmeen konzentrierten ihre Aufmerksamkeit auf die Ankunft von fünfzehn Türken des Sultans Süleiman in ihren seidenen ärmellosen Blusen, den Krummsäbeln im Gürtel und den riesigen bunten Turbanen auf dem Kopf.

Wie alle anderen, so stellten sich auch die Türken vor der Hufschmiede an, und der Stall der kleinen Pferdestation von Poppiciano glich wegen des Sprachengewirrs einem richtigen Turm von Babel.

In allen möglichen Sprachen erscholl der gleiche Ruf:

»Ich habe Vorrang, denn ich stehe im Dienst des Königs... Seiner Heiligkeit... of the King... des Kaisers... der Regentin... des Konnetabels... der Fürsten... des Sultans...«

Der Hufschmied, von seiner Wichtigkeit zutiefst überzeugt, ließ wie durch ein Wunder immer wieder neue Pferde in den schmutzigen Hof bringen, und die Preise stiegen ständig.

»In diesen schlechten Zeiten scheinen sich nur die Bewohner dieser Halbinsel geschickt aus der Affäre zu ziehen«, seufzte Zéphyrine.

In Italien, wo totales politisches Chaos herrschte, gab es tatsächlich keine festen Wertbegriffe mehr. Niemand wußte, wer nun eigentlich wer war und was er wollte.

Für Zéphyrine gab es allerdings unumstößliche Tatsachen, die aus dem allgemeinen Durcheinander herausragten: durch die

Niederlage von Pavia hatte Frankreich den Krieg verloren! Franz I. war ein Gefangener von Kaiser Karl V.! Der Konnetabel von Bourbon hatte sein Land verraten! Der englische König Heinrich VIII. (der an den Kämpfen gar nicht beteiligt gewesen war) beanspruchte trotzdem seinen Anteil vom Kuchen: nämlich Frankreich! Aber der dicke Heinrich wurde so maßlos, daß Karl V. es vorzog, mit seinem Gefangenen – dem schönen Franz – zu verhandeln.

Die italienischen Grandseigneurs, deren Länder von Armeen besetzt waren, auf die sie nur allzugern verzichtet hätten, konspirierten abends mit dem Sieger, morgens mit dem Besiegten, mittags mit dem Papst und am nächsten Tag mit dem dicken Heinrich VIII. Sogar die Türken waren herbeigeeilt. Kurz gesagt, jeder hoffte, seine Schäfchen ins trockene zu bringen. Französische, englische, spanische, deutsche, toskanische, lombardische, venezianische, türkische, schweizerische Geheimboten, ja sogar Kardinäle oder einfache Mönche aus dem Vatikan eilten auf den ebenso überfüllten wie ausgefahrenen Straßen hin und her, standen in engem Kontakt untereinander oder ignorierten sich würdevoll.

»He, du kleine verdammte Rotznase, kannst du nicht aufpassen?« schimpfte ein bärtiger Riese in zerlumptem Wams.

Zéphyrine, die wie ein guter Knappe hinter Gaétan herging und die Pferde am Zügel führte, hatte den Schweizer Söldner nicht bemerkt. Bevor sie sich für ihre Ungeschicklichkeit entschuldigen konnte, hatte der Mann sie schon am Kragen gepackt. Er versetzte ihr einen kräftigen Rippenstoß, und sie fiel in eine Jauchepfütze.

Gaétan hatte von dem Zwischenfall nichts bemerkt und drehte sich nur deshalb um, weil er schallendes Gelächter hörte. Bestürzt sah er etwa ein Dutzend deutscher und englischer Soldaten lachend um Zéphyrine herumstehen, die in der schmutzigen Pfütze lag. Ihr Gesicht war mit schwärzlichem Dreck verschmiert. Der Riese ließ gerade seine Hose herunter.

»Ich werde dich kurz mal anpissen, du kleine Rotznase, das wäscht dich und bringt dir gleichzeitig etwas Höflichkeit bei...«

»Was für eine Dummheit hast du nun schon wieder angestellt? Entschuldigen Sie meinen Knappen, Soldat...«

Gaétan sprang rasch zwischen den Riesen und seine geliebte Verlobte, die sich in so mißlicher Lage befand.

»...Das ist ein armer kleiner Kerl, den ich aus Mitleid in

meine Dienste genommen habe... Er ist stumm...«, fuhr der junge Mann rasch fort. Da er wußte, daß Zéphyrine alles andere als auf den Mund gefallen war, befürchtete er, sie könnte sich durch ihre Stimme als Frau verraten.

»Puh... ein Stummer...«, murrten die Soldaten.

Der Zwischenfall amüsierte sie nun nicht mehr, und sie zerstreuten sich. Nur der Söldner wich noch nicht von der Stelle.

»Er ist ein bißchen einfältig, er kann keine klaren Gedanken fassen, aber er würde keiner Fliege etwas zuleide tun.«

Bei diesen Worten half Gaétan Zéphyrine beim Aufstehen.

»Dein Stummer hat aber ganz schön funkelnde Augen... für einen Kretin seiner Art...«, brummte der Söldner. »Der starrt mich ja an, als wolle er mich mit seinen Blicken durchbohren, diese dreckige kleine Rotznase...«

»Also los, nun zeig schon deine Reue, du Dummkopf... Einen tapferen helvetischen Soldaten zu belästigen... Entschuldige dich auf deine Art«, schimpfte Gaétan.

Vor Jauche triefend, hätte Zéphyrine dem Söldner am liebsten einen Tritt gegen das Schienbein versetzt, aber sie war vernünftig genug, nur zu knurren: »Hon... han... han...«

Während sie diese Knurrlaute von sich gab, schüttelte sie bedauernd den Kopf, blickte dabei aber zu Boden, um ihre zornigen Blicke zu verbergen. Angewidert von dem Gestank, den sie verbreitete, murmelte der Söldner nur noch: »Für einen Idioten sieht er nicht mal so dämlich aus...«

Dann wandte er sich ab. Einige Landsleute zogen ihn auf.

»Na, Günther, du hast deine Erziehungsmaßnahme ja doch nicht wahrgemacht... du bist viel zu weichherzig...«

Erleichtert zog Gaétan Zéphyrine hinter sich her. Wenn die jungen Leute sich in diesem Augenblick umgedreht hätten, so hätten sie einen Türken sehen können, der sich von seinen Landsleuten abgesondert hatte und ihnen interessiert mit den Blicken folgte.

»Geht's?« flüsterte Gaétan.

»Hon... hon...«, stimmte Zéphyrine zu, ohne ihre ›Sprache‹ eines Stummen aufzugeben.

Sie entdeckte am Brunnenrand einen Wassereimer. Während Gaétan sich in der Menschenmenge auf die Suche nach einem Stallknecht machte, der die Pferde wechseln konnte, versuchte Zéphyrine, mit Hilfe eines Lappens den gröbsten Schmutz wenigstens von Gesicht und Händen abzuwaschen. Den übrigen Dreck zu entfernen, wäre eine viel zu mühselige und langwierige

Prozedur gewesen. Was sie eigentlich gebraucht hätte, wäre ein parfümiertes Bad.

»Im Namen meines Herrn, des mächtigen Padischahs des Weißen und Schwarzen Meeres, sollst du deinen Herrn davon benachrichtigen, daß Harun Sobad Rahmed ihm ein Geschäft anbietet ... tausend Golddrachmen oder einen meiner schwarzen Sklaven für dich, kleiner Stummer ...«

Zéphyrine drehte sich um und erkannte unter dem riesigen roten Turban den türkischen Geheimboten aus Pizzighettone, den gleichen, der sie damals schon für Süleimans Harem kaufen wollte.

»Du hast mich doch verstanden ... Es wird dir bestimmt gut gefallen, mit Harun Sobad Rahmed zu kommen ... Du hast schöne grüne Augen, Kleiner ... Das ist eine seltene Farbe ... Da, nimm ...«

Während er in seiner einschmeichelnden orientalischen Art auf sie einredete, streichelte der Türke, den Zéphyrines Geruch nicht zu stören schien, ihr mit einer Hand die Wange, während er ihr mit der anderen Konfekt anbot, als sei sie ein Hündchen.

An den Brunnenrand gedrängt, wußte die junge ›Stumme‹ nicht so recht, ob sie ihn mit Gewalt zurückstoßen sollte. Obwohl sie in praktischen Fragen des Lebens noch sehr unerfahren war, hatte Zéphyrine bei Hof doch schon davon reden gehört, daß manche Männer sich von den Frauen zurückziehen und gewisse Genüsse bei Knaben suchen.

»Ich kenne den Wirt; wir haben schon neue Pferde ...«

Gaétan war inzwischen zurückgekommen. Der Türke verneigte sich.

»Du bist der Besitzer diesen jungen Stummen, Herr, ich biete dir tausend Golddrachmen für ihn ...«

Wenn Gaétan von diesem Vorschlag überrascht war, so zeigte er es jedenfalls nicht.

»Ich bedaure, dieser Junge ist nicht verkäuflich.«

Gaétan wollte Zéphyrine beim Arm nehmen. Der Türke beharrte:

»Der Große Sultan und ruhmreiche Padischah liebt Smaragde ganz besonders ... Ich kann bis zu fünftausend Golddrachmen bieten, um diesen Kleinen mit den grünen Augen in die Hauptstadt des Sultans mitnehmen zu dürfen ...«

Diesmal erwiderte Gaétan trocken: »Ich habe Ihnen doch schon gesagt, daß dieser Junge nicht verkäuflich ist ... Er ist mein Neffe ... Bestehen Sie also bitte nicht weiter darauf.«

Der Türke schien über Gaétans unfreundlichen Ton durchaus nicht ungehalten zu sein. Er tippte mit zwei Fingern an seinen riesigen roten Turban und verneigte sich wieder.

»Der Onkel kann die Macht eines Vaters haben...«

Mit diesen Worten gesellte sich der türkische Geheimbote wieder der bunten Gruppe seiner Glaubensbrüder am anderen Ende des Hofes zu.

Gaétan und Zéphyrine stießen erleichterte Seufzer aus.

»Ich darf Sie wirklich nicht allein lassen, Zéphy«, flüsterte der junge Mann.

Zéphyrine schloß die Augen.

Hatte Prinz Farnello nicht die gleichen Worte gebraucht, als sie in Pizzighettone dem gefangenen Franz I. einen Besuch abgestattet hatte?

Zéphyrine preßte eine Hand aufs Herz. Was war das nur für ein stechender Schmerz, der sie plötzlich wieder durchfuhr?

Inmitten ihrer wirren Gedanken tauchte ein Bild auf: ein großer, herrschsüchtiger, viel zu selbstsicherer Mann, mit hochmütigem und durchdringendem Blick, den sie mit aller Kraft zu vergessen suchte; und doch beunruhigte sie die Erinnerung an ihn.

»Geht es Ihnen nicht gut?« erkundigte sich Gaétan besorgt.

Zéphyrine schüttelte abwehrend den Kopf.

›Aber nein, Donna Zephyra – so hatte Prinz Farnello sie genannt – fühlt sich ausgezeichnet‹, dachte sie.

Einige Minuten später galoppierten die jungen Leute schon auf ihren neuen Pferden auf der Straße nach Siena.

Der Himmel hatte sich verdunkelt. Schwarze Wolken hatten sich zusammengezogen. Die Pferdehufe hallten auf dem steinigen Boden. Der Weg führte durch einen dichten Wald wilder Ölbäume.

Blitze und Donnergrollen veranlaßten die Reiter, ihr Tempo zu beschleunigen. Dicke Hagelkörner von der Größe eines Rebhuhneis prasselten hernieder, und die Pferde wurden vor Angst fast verrückt. Man mußte schon so sicher im Sattel sein wie Gaétan und Zéphyrine, um in diesem Getöse mit ihnen fertig zu werden.

Zéphyrine schrie etwas. Gaétan verstand ihre Warnung. Bei diesem Gewitter war es gefährlich, sich in der Nähe von Bäumen aufzuhalten. Er deutete mit dem Finger auf einen verlassenen Schafstall auf einem Hügel.

Die jungen Leute gaben ihren Pferden die Sporen und galoppierten in jene Richtung.

Ein blauer Blitz durchzuckte den schwarzen Himmel. Zéphyrine stieß einen Schrei aus und verlor das Bewußtsein.

2

Riminis Bande

›Ich bin tot...‹, dachte Zéphyrine.

Sie hatte in der Dunkelheit den Eindruck, in der Luft zu schweben.

›Es sei denn, ich träume...‹

Langsam kehrten ihr Gedächtnis und ihre Wahrnehmung wieder zurück. Alles tat ihr weh, so als hätte man sie windelweich geschlagen... Und dann dieses Gefühl, geschaukelt zu werden, das nicht aufhören wollte... Sie lag da, blind, regungslos, schwächer als ein neugeborenes Kind... aber sie war nicht taub... Zéphyrine hörte das Plätschern von Wasser.

›Sie lebt ja... sie befindet sich auf See... in einem Boot, dessen Schaukeln ihr leichte Übelkeit verursacht...‹

Die schrille Musik eines Saiteninstruments drang in ihr betäubtes Gehirn, und es duftete verführerisch nach gebratenem Wild.

Sie hatte Hunger. Sie stöhnte, aber kein Laut kam über ihre Lippen. Sie versuchte, sich auf die Seite zu drehen, aber es gelang ihr nicht. Sie wollte die Augen öffnen, aber die Lider gehorchten ihr nicht.

Endlich begriff Zéphyrine. Ihre Augen waren verbunden. Sie war gefesselt, geknebelt, einem ungewissen Schicksal ausgeliefert.

Nicht ein Blitz hatte sie betäubt, sondern ein plötzlich vor den Beinen der Pferde gespanntes Seil. Gaétan und sie waren ganz einfach blindlings in einen Hinterhalt geraten.

›Gaétan... was ist mit ihm geschehen? Bin ich wieder dem Prinzen Farnello in die Hände geraten?‹

Trotz des Zornes, den der Leopard zweifellos auf seine Frau haben mußte, bezweifelte sie, daß der stolze Lombarde sie so behandeln würde.

›Und der Türke? Vielleicht war er es, der sie mit seinen Janitscharen in Süleimans Serail entführen wollte!‹

Dieser Gedanke ließ sie innerlich aufbegehren. Sie versuchte wieder, sich zu bewegen, aber bei jeder Bewegung strafften sich die Fesseln nur um so stärker.

Plötzlich hörte sie Stimmen und Schritte, die eine Treppe herunterkamen.

Zéphyrine erstarrte. Eine Hand betastete gründlich ihre Brust und griff ihr dann zwischen die Beine. Wehrlos, wie sie war, konnte sie nur ihre Hüften auf dem harten Boden hin und her werfen und versuchte auszuweichen. Schallendes Gelächter ertönte.

»Gar kein Zweifel, Chef, das ist eine Frau...«

»Bist du ganz sicher, Cul d'Or?«

»Aber, Chef, ich kann doch wohl noch Schwanz und Fotze unterscheiden...«

Die Männer sprachen eine Art Abruzzendialekt, den die junge Frau nur mit Mühe verstehen konnte.

Eine andere Hand begrapschte sie dreist. Sie glaubte vor Scham zu sterben, während die Finger ihre intimsten Körperteile abtasteten.

Ihre Wangen brannten, und am liebsten hätte sie um sich geschlagen, gebissen, gebrüllt, diese Individuen beschimpft, die sie in ihrer Weiblichkeit zutiefst demütigten. Endlich zogen sich die Finger zurück.

»Du hast recht, Cul d'Or. Ich glaube, das war ein guter Fang. Nimm ihr den Knebel aus dem Mund, damit wir uns unterhalten können«, befahl die Stimme des Chefs.

Als Cul d'Or gehorchte, machte Zéphyrine ihrem Zorn durch wildes Gebrüll Luft. Eine große Hand legte sich auf ihren Mund. Sie biß mit aller Kraft in die Haut. Sie spürte Blut auf der Zunge, während der Mann laut aufheulte.

»Aua, die ist ja tollwütig!«

»Kneble sie wieder, aber nimm ihr die Binde ab, damit ich ihr Gesicht sehen kann...«

Im flimmernden Licht einer Laterne erblickte die wehrlose Zéphyrine endlich ihre Angreifer und sah, wo sie sich befand.

Sie lag auf den Balken von etwas, das der unterste Schiffsraum zu sein schien. Die Decke war so niedrig, daß die beiden Männer die Köpfe einziehen mußten.

Obwohl sie in einem Zustand höchster Verwirrung und Erschütterung war, betrachtete Zéphyrine die Unbekannten genau.

»Die Hure hat mich bis zum Knochen erwischt...«, schimpfte Cul d'Or.

Er saugte an seiner schmerzenden Hand. Der Kerl hatte ein faltiges, pockennarbiges Gesicht und graumelierte Haare. Der andere Mann war viel jünger, groß und sehr schlank; seine Haare waren nach Art der Seeleute unter einem Tuch versteckt, über dem er einen Hut aus Lindenrinde trug. Beide Männer waren bekleidet wie Angehörige der niederen Volksschichten: sie trugen enganliegende Hosen aus grobem, grauem Wollstoff mit sichtbarem Schlitz und Westen aus Schafsleder über roten Kitteln.

Was indessen Zéphyrines Aufmerksamkeit fesselte, das waren die Diamantohrringe und die Ringe aus kostbaren Steinen – Rubinen und Saphiren –, die der Chef voller Selbstsicherheit trug. Er erkundigte sich gerade bei ihr:

»Wie geht es Ihnen?«

Seine Frage war zwar höflich, aber in diesem Falle äußerst unpassend.

»Hon... ron...« Etwas anderes konnte Zéphyrine mit dem Knebel im Mund nicht herausbringen.

»Werden Sie vernünftig sein, wenn ich Ihnen die Fesseln abnehmen lasse?« fragte der junge Mann freundlich.

»Hon...«

»Wenn Sie schreien, werden Sie sofort wieder geknebelt!«

Zéphyrine senkte die Lider zum Zeichen, daß sie seinen Befehlen Folge leisten würde. Sie mußte Zeit gewinnen, verhandeln!

Zéphyrine wußte genau, daß sie immer im Vorteil war, wenn sie reden konnte. Zum Schweigen verurteilt – stumm –, war sie gleichsam tot!

Vorsichtig befreite Cul d'Or sie mit einem Dolch von ihren Handfesseln und dem Tuch, das als Knebel gedient hatte. Sie rieb sich die schmerzende Haut. Ihre Beine blieben gefesselt, ihr Rücken tat weh, aber sie brachte sich in eine sitzende Position, ohne schmerzhaft das Gesicht zu verziehen.

»Wie geht es Ihnen?« wiederholte der Anführer.

»Danke, ausgezeichnet!« spottete Zéphyrine.

»Was darf ich Ihnen anbieten?«

»Bringen Sie mir etwas zu trinken!« bat Zéphyrine, als befände sie sich in einem Gasthaus.

Auf einen Wink des Chefs hin verschwand Cul d'Or.

Zéphyrine erkundigte sich: »Können Sie mir sagen, Signore, wem ich die Ehre dieser angenehmen Gastfreundschaft zu verdanken habe?«

»Sie sind sehr mutig«, erwiderte der junge Mann bewundernd.

Bei diesen Worten zog er einen Hocker heran und setzte sich vor seine Gefangene.

»Warum, wollen Sie mich etwa töten?«

»Wissen Sie, wer ich bin?«

»Ich habe keine Ahnung, aber Sie werden es mir zweifellos sagen!«

»Ich bin Rimini!«

Er sagte diese Worte im gleichen Ton, als hätte er erklärt: »Ich bin Kaiser Karl V.«

»Sehr erfreut, Signor Rimini ...«

Er schwieg einen Augenblick und betrachtete die junge Frau.

»Sie sind nicht von hier?«

»So ist es.«

»Wie heißen Sie?«

Ohne zu zögern, antwortete Zéphyrine:

»Hélène ... Hélène Rabelais ...«

»Kommen Sie von weit her?«

»Aus Frankreich.«

»Aha, also deshalb ...«

»Was – ›also deshalb‹?«

Rimini rückte etwas näher an sie heran.

»Deshalb erschrecken Sie nicht, wenn Sie meinen Namen hören ... Deshalb bitten und flehen Sie nicht wie alle anderen ... Ich bin der Bandit Rimini, vor dem die ganze Toskana, der Lazzio und die Abruzzen zittern ...«

Wie ein Schauspieler legte Rimini eine Pause ein, um die Wirkung seiner Worte zu beobachten. Ohne die Fassung zu verlieren, fragte Zéphyrine mit enttäuschter Miene: »Und Piemont? Und die Lombardei? Und Kalabrien – sie alle zittern nicht vor Ihnen?«

Rimini zog seine schwarzen Augenbrauen zusammen.

›Er wird gleich Hackfleisch aus mir machen‹, dachte Zéphyrine.

Aber wider Erwarten brach Rimini in schallendes Gelächter aus. In diesem Augenblick kam Cul d'Or zurück. Vor Überraschung ließ er den Becher Wein fallen, den er der Gefangenen gebracht hatte.

»Du Riesendummkopf, geh und hol ihr noch mal was zu trinken«, schimpfte Rimini. »Meine liebe ... Signora Helena, so heißen Sie doch ... ich glaube, Sie werden mich interessieren ... ich werde am besten nur Ihren Gefährten umbringen ...«

Trotz dieser Drohung atmete Zéphyrine innerlich auf, denn jetzt wußte sie, daß Gaétan nicht tot war. Ihr Verstand arbeitete rasch.

Da dieser Bandit für ihren Charme empfänglich zu sein schien, mußte sie ihn auch möglichst wirkungsvoll einsetzen, um Gaétan wiedersehen zu können.

»Messire Rimini«, sagte sie anmutig, »ich muß Sie um einen großen Gefallen bitten...«

Bei diesen Worten runzelte der Bandit seine bleiche Stirn, seine marmorweißen Nasenflügel blähten sich, während sein Mund sich zu einem breiten Grinsen verzog.

»Stellen Sie sich vor – ich bin unglücklicherweise in eine Jauchepfütze gefallen, und ich würde so gern ein Bad nehmen... ein parfümiertes Bad!« fügte sie mit einem betörenden Lächeln hinzu.

Rimini sah die junge Frau zweifelnd an, dann drehte er sich wortlos um und klatschte in die Hände.

Diese harmlose Geste verursachte Zéphyrine eine Gänsehaut. Der Bandit Rimini hatte eine ganz normale Hand, aber die andere war nicht größer als die eines zweijährigen Kindes...

»Sie setzen mich in Erstaunen, Messire – Pyrrhus war der erste große Skeptiker Griechenlands, und Sie könnten wirklich ein Schüler von ihm sein...«

Lächelnd schwang Zéphyrine große Reden, während ihr Nakken vor Aufregung schweißbedeckt war. Sie trug jetzt einen vergilbten Flanellrock und ein Hanfmieder, Kleidungsstücke, die Riminis Frauen ihr widerwillig ›geliehen‹ hatten, und sie soupierte nun schon seit zwei Stunden, nagte an den Knochen eines jungen Wildschweins, das sehr schmackhaft gewesen war, und diskutierte dabei angeregt mit dem philosophischen Banditen.

Das junge Mädchen hatte seine rotgoldene Haarpracht zu einem Zopf geflochten und diesen um ihren Kopf geschlungen. Mit dieser Frisur und ihrer neuen Kleidung sah sie aus wie eine schöne toskanische Bäuerin.

»Entschuldigen Sie, Signora Helena«, erwiderte Rimini, »ich habe gehört, daß Pyrrhus auch Neoptolemus genannt wurde... Wie Ihnen zweifellos bekannt ist, war er der Sohn von Achill und Deidameia...«

»O ja, und er hat Troja eingenommen, und seine Gefangene Andromache geheiratet, Hektors Witwe!« ergänzte Zéphyrine.

Riminis Augen verengten sich. Der Mann war intelligent, er verfügte über eine Gelehrsamkeit, die Zéphyrine überraschte, er gab sich nach außen hin gesittet und zivilisiert, war aber zweifellos unter dieser Schale von einer unvergleichlichen Grausamkeit und Wildheit.

Zéphyrine hatte den Eindruck, daß er mit ihr Katz und Maus spielte, und daß er das Abendessen absichtlich in die Länge zog, weil er auf etwas ganz Bestimmtes wartete.

Als sie den untersten Schiffsraum verlassen hatte, um ihr heißes Bad in einem Bottich zu nehmen, den die Frauen Riminis – eine Weiße und eine Schwarze – äußerst schlechtgelaunt gefüllt hatten, hatte Zéphyrine endlich begriffen, wo der Schlupfwinkel der Bande lag.

Ein unterirdischer See diente den Banditen als Versteck, und hier waren sie unauffindbar für die Häscher aus Florenz, die sie aufspüren wollten.

Es mußte sich um Regenwasser handeln, das sich im Kegel eines ehemaligen Vulkans sammelte, oder aber um eine tiefe Grotte, die in diesem natürlichen See endete.

Herkömmliche Ruderboote, miserable Kähne und sogar Notbehelfsflöße waren von einer seltsamen Gesellschaft bevölkert – von Männern, Frauen und Kindern –, die alle gleich aussahen, was darauf hindeutete, daß sie nur selten ans Tageslicht kamen.

Je mehr Zeit verging, desto hilfloser fühlte sich Zéphyrine gegenüber Rimini, desto mehr schwanden ihre Hoffnungen, sich und Gaétan aus dieser Falle befreien zu können.

Im Verlauf dieses seltsamen Abendessens, das an Deck des ›Adrimalsschiffs‹, d. h. des größten und schönsten Bootes von Riminis Bande, eingenommen wurde, war Cul d'Or mehrfach an Bord gekommen und hatte seinem Herrn etwas ins Ohr geflüstert.

Am Ufer stand dann immer ein Bauer, den man – seiner Kleidung nach zu schließen – aus dem Bett gezerrt hatte, und der seinen Obolus zahlen sollte. Weigerte sich der Mann, so gab Rimini einen gelassenen Befehl: »Bringt ihn um!«

Der Mann wurde dann hinter die Felsen geschleppt. Gleich darauf hallte ein schauderhaftes Geheul durch das Gewölbe der Grotte.

Zéphyrine spürte, daß Riminis Blicke auf ihr ruhten. Er suchte in ihrem Gesicht nach Zeichen der Angst. Sie zwang sich zu lächeln und gab sich den Anschein, mit ausgezeichnetem Appetit weiterzuessen.

Plötzlich kniff sie die Augen zusammen. Sie war sicher, daß einer der ›ermordeten‹ Bauern Rimini von neuem um Gnade anflehte. Was für ein makabres Spiel wurde hier getrieben? Wollte man sie nur in Angst und Schrecken versetzen? Wieder einmal kam Zéphyrine der Gedanke, daß Rimini auf die Befehle eines Höhergestellten hin handelte.

Am Ufer, das von Fackeln beleuchtet war, veranstalteten Riminis Männer ein Schweinerennen. Das Grunzen der Tiere und das aufgeregte Geschrei der ›Besitzer‹ widerten die junge Frau an.

Mit seiner verkrüppelten Hand führte Rimini seinen Humpen aus vergoldetem Silber zum Mund.

»Würde es Ihnen gefallen, dieses typisch florentinische Rennen aus der Nähe anzusehen, Signora Helena?«

Er beharrte auf diesem Namen.

Zéphyrine biß sich auf die Lippen. Obwohl die schwarzen Schweine ihren Abscheu erregten, war das vielleicht ihre einzige Chance herauszufinden, wo die Banditen Gaétan gefangenhielten.

»Sehr gern, Messire Rimini...«, beteuerte sie.

Sie tat so, als leerte sie den Becher, dessen Inhalt sie aus Vorsichtsgründen in den See gegossen hatte, als Rimini einmal nicht aufpaßte.

Auf einen Wink des Banditen hin füllten die beiden Frauen die Becher aber von neuem. Sie waren immer noch sehr aggressiv. Eine der beiden, die große Mulattin, jagte Zéphyrine Angst ein, und sie fragte sich bei jedem Gericht, ob Riminis eifersüchtige ›Gemahlin‹ ihr nicht vielleicht irgendein Gift ins Essen gemischt hatte.

Aber sie verspürte während der ganzen Mahlzeit keinerlei Beschwerden.

Als Rimini sich erhob, folgte sie seinem Beispiel, und sie gingen ans Ufer. Der Bandit nahm ihren Arm und zog sie auf die andere Seite des Sees. Viele Felsengänge mündeten in die riesige Höhle.

Zéphyrine bemerkte, daß jeder Gang von einem Banditen bewacht wurde, der mit einem Dolch im Gürtel und einer Muskete in der Hand bewaffnet war. Die einzige winzige Hoffnung, die Zéphyrine noch blieb, war Riminis Zustand. Der Räuberhauptmann hatte beim Philosophieren viel zuviel getrunken. Er schwankte auf seinen Beinen, während sie sich der Gruppe der Wettenden näherten.

Die Wettenden überboten einander, setzten Geld, Lebensmittel und Edelsteine ein, die sie bei einem riesigen Kerl abgaben, der vor Fett und Juwelen strotzte.

»Zehn Taler für das dicke Männchen!« schrie Rimini und warf ihm ein Geldsäckchen hin.

Die rittlings auf dem Rücken der Schweine sitzenden Männer hatten die Tiere angebunden, damit sie nicht schon vor Beginn des Rennens losrannten. Der Gestank von Pisse und Exkrementen war ekelerregend. Zéphyrine blickte sich rasch nach allen Richtungen um. Viel zu beschäftigt mit dem Rennen, das gleich beginnen sollte, achtete kein Mensch von der Bande mehr auf sie – weder Mann, noch Frau, noch Kind. Sie feuerten alle um die Wette ihre ›Favoriten‹ an.

Von Peitschenhieben angetrieben, liefen die Schweine mit wütendem Grunzen los. Sie mußten in einer Art eigens zu diesem Zweck gebauter runder Koppel um den See herumlaufen.

Eine zweite Chance würde sie bestimmt nicht haben!

Mit klopfendem Herzen machte Zéphyrine vorsichtig einen Schritt nach rückwärts ... dann einen zweiten ... einen dritten ... Sie stieß gegen einen Busen und konnte gerade noch einen Aufschrei unterdrücken.

Es war die Mulattin. Wider Erwarten legte Riminis schwarze Frau einen Finger auf ihre wulstigen Lippen. Sie nahm die Fliehende bei der Hand und zog sie hinter einen Felsen.

»Ich werde dir helfen, hier wegzukommen ... Das willst du doch?«

Zéphyrine nickte eifrig, bevor sie herausbrachte: »Mein Gefährte?«

»Ich weiß, wo er ist ...«

Zéphyrine war auf alles gefaßt gewesen, nur nicht auf diese unerwartete Verbündete.

»Warum hilfst du mir?« flüsterte sie, weil sie irgendeinen Hinterhalt vermutete.

Die Mulattin zuckte mit den Schultern.

»Ich liebe diesen schönen Mistkerl nun einmal, und die Weiße und ich – wir wollen keine dritte Frau hier haben ... Wenn ich dich töte, wird er sehr unzufrieden sein, deshalb ist es besser, wenn du fliehst ...«

Zéphyrine war der gleichen Meinung wie die Mulattin. Plötzlich war diese Frau ihr sehr sympathisch.

Die Mulattin machte ihr Zeichen, sie solle ihr leise folgen. Sie schien die Gänge der Höhle genau zu kennen. Sie bewegte sich in der Dunkelheit so geschickt wie eine Katze. Manchmal glaubte Zéphyrine, sie verloren zu haben, dann packte die Frau sie bei der Hand und machte sie auf eine in den Stein gehauene Stufe oder auf eine Felswand aufmerksam.

Die Mulattin umging Riminis Wachen mit großem Geschick und führte Zéphyrine in eine zweite – kleinere Grotte, die von einem unterirdischen Fluß durchtrennt wurde.

Auf dem grauen Sand saßen drei Mitglieder der Bande und

vertrieben sich die Zeit mit einem Spiel, für das sich – wie Zéphyrine wußte – Jahrhunderte zuvor schon die römischen Legionäre begeistert hatten.

Einer der Banditen zeigte dem anderen seine rechte Hand, wobei er einen oder mehrere Finger krümmte ... Er nannte die Anzahl der ausgestreckten Finger, und sein Gegner mußte die Geste sofort imitieren. Bei jedem Fehler oder beim leisesten Zögern verlor er. Der dritte Mann fungierte als Schiedsrichter.

Die Regeln waren einfach, aber das Spiel war so schnell und verlangte so viel Aufmerksamkeit, daß die drei Männer sich über die Gültigkeit der wiederholten Gesten nie einig waren. Sie stritten so heftig miteinander, daß Zéphyrine zunächst glaubte, sie würden einander an den Kragen gehen, bis sie begriff, daß die Flüche und Verwünschungen zum Spiel gehörten. Die drei Männer waren so beschäftigt, daß sie die beiden weiblichen Silhouetten gar nicht wahrnahmen, die hinter ihrem Rücken wie Schatten vorbeihuschten.

»Gaétan ...«, murmelte Zéphyrine.

In einem Winkel der Höhle, außerhalb der Sichtweite der Banditen, lag der junge Mann hinter einem Felsen, auf einer armseligen Decke im Sand. Er hatte einen blutigen Verband um die Stirn, der Zeugnis davon ablegte, daß er sich nicht kampflos ergeben hatte.

Als er seinen Namen hörte, öffnete er die Augen.

»Zéphy ...«, keuchte er.

Er wagte es noch nicht, an die goldhaarige Traumgestalt über sich zu glauben.

»Beeilt euch lieber, ihr Verliebten ...«

Die Mulattin holte einen Dolch aus ihren Röcken und durchtrennte die Fesseln, mit denen Gaétan an einen Pfahl gebunden war.

Mit Hilfe der beiden Frauen stand der junge Mann taumelnd auf. Sie bedeuteten ihm, den Kopf einzuziehen, damit die Wachen ihn nicht sehen konnten.

»Können Sie gehen?« flüsterte Zéphyrine.

»Mit Ihnen, mein Liebling, gehe ich bis zur Hölle ...«

›Da sind wir schon!‹ dachte Zéphyrine.

Der junge Mann unterstrich seine Worte mit einem raschen Kuß auf die Haare seiner Verlobten, dann umfaßte er kraftvoll ihre Taille und folgte der Mulattin in einen Tunnel, der – weit von den drei Spielern entfernt – zu einem Engpaß und einer langen Aushöhlung im Felsgestein führte.

»Das ist ein sehr schmaler und steiler natürlicher Pfad, aber er ist wenigstens nicht bewacht, und er führt direkt auf eine Lichtung, wo nur Schafe weiden. Klettert jetzt los, es ist zwar schwierig, aber ihr werdet's schon schaffen. Gott schütze euch...«, fügte die Mulattin noch hinzu, während die beiden jungen Leute sich nach einer Dankesgeste in den Tunnel zwängten.

Die Schwarze hatte die Wahrheit gesagt. Je weiter sie kamen, desto mühsamer wurde die Kletterei. Sie hatten den schrecklichen Eindruck, daß sich die Felswände immer enger um ihre Körper schlossen, als wollten sie sie gefangennehmen.

Kriechend, rutschend, sich aneinander festklammernd, mit blutigen Händen, keuchend und schnaubend, kamen sie unter größter Anstrengung zollweise vorwärts.

Halb erstickt von dem Luftmangel, verloren sie schon fast den Mut, als Gaétan endlich direkt über ihren Köpfen Licht schimmern sah.

»Nur Mut... Die Sonne, mein Liebling...«

Die Öffnung in die Freiheit war jetzt nur noch etwa zwanzig Schritt entfernt. Sie legten diesen Rest des beschwerlichen Weges mit dem Mut der Verzweiflung zurück.

»Halten Sie sich fest, Liebling... ich hole Sie gleich hier heraus...«

Gaétan zog sich als erster hoch. Zéphyrine klammerte sich mit aller Kraft an die Felsen, um nicht im letzten Augenblick noch abzustürzen. Plötzlich erstarrte sie. Die Hand, die sich ihr von oben hilfreich entgegenstreckte – eine Hand, die von Spitzen umgeben war – gehörte nicht Gaétan. Zéphyrine wäre vor Schreck abgestürzt, wenn sie nicht von kräftigen Fingern am Handgelenk gepackt worden wäre, während eine Stimme ironisch sagte:

»Es tut mir leid, Sie enttäuschen zu müssen, Madame...«

3

Kühles Wiedersehen

»Sie!«

Verzweifelt erkannte Zéphyrine den Mann, von dem sie geglaubt hatte, ihn für immer verlassen zu haben.

»Überrascht Sie das, Madame?«

Prinz Farnello begrüßte seine Frau ironisch. Sein eisiges Gesicht mit der schmalen schwarzen Augenbinde verhieß nichts Gutes.

So groß Zéphyrines Selbstbeherrschung auch sein mochte, so konnte die junge Frau, die von der Kletterpartie völlig erschöpft war, doch nicht einen Schauder unterdrücken, der sie bei dem Gedanken überlief, daß sie dem Banditen Rimini entkommen war, nur um gleich darauf ihrem Mann in die Hände zu fallen.

Einen Augenblick lang blickten sich die beiden Eheleute in die Augen. Zéphyrines grüne Augen funkelten und schleuderten Blitze. Aber auch das braune Auge des Leoparden blitzte beunruhigend.

Da war er also wieder, der Einäugige, der trotz seines in einer Schlacht eingebüßten linken Auges ein hervorragender Kavalier war. Er war noch keine dreißig Jahre alt, und die meisten Frauen wären geschmeichelt gewesen, wenn er sie zu seiner Gemahlin erkoren hätte.

Aber Zéphyrine war nun einmal kein gewöhnliches Geschöpf. Die Tatsache, daß der Leopard ein Prinz war, daß er von stolzem Wuchs war, breite Schultern und einen kräftigen Nacken hatte, änderte für sie nichts an der Situation. Sie haßte diesen Mann, der sie sozusagen als Lösegeld genommen hatte, und sie würde das der ganzen Welt ins Gesicht schreien.

»Gewalt anwenden – das ist das einzige, was Sie können, Monsieur!«

Mit diesen verächtlichen Worten wandte Zéphyrine sich von ihm ab.

Sie bot ihrem Gemahl nicht den Anblick, den sie sich gewünscht hätte. Ihr Gesicht, ihre Arme und Beine waren von den rauhen Felsen des engen Tunnels zerkratzt, ihr Rock zerrissen, ihre rotgoldenen Haare zerzaust; sie war erschöpft, von der Sonne geblendet, sie hatte kein Zeitgefühl mehr, weil sie viel zu lange in der Höhle gefangen gewesen war; ihr schwindelte, und sie schwankte am Rand des Abgrundes. Sie wäre gestürzt, wenn Prinz Farnello sie nicht aufgefangen hätte.

Waren es Zéphyrines beleidigende Worte gewesen? Jedenfalls war der Prinz unter dem federgeschmückten Barett, das seinen Lockenkopf schmückte, ganz bleich.

Sofort riß Zéphyrine sich los, als hätte die Berührung ihres Mannes sie verbrannt. Er trat einen Schritt zur Seite, so daß sie nun die ganze Lichtung überblicken konnte. Sie schaute sich um und stieß einen herzzerreißenden Schrei aus: »Gaétan . . .!«

Etwa zwanzig Reiter in den Farben des Leoparden – rot, schwarz und gold – umringten den jungen Mann.

Gaétan stand mit schmerzlich gesenktem Haupt da, sehr bleich, die Arme vor der Brust gekreuzt; er konnte sich nicht bewegen, denn zwei lange Lanzen waren direkt auf seine Kehle gerichtet.

»Gaétan...«, wiederholte Zéphyrine.

Sie wollte zu ihrem Verlobten laufen. Paolo und Piccolo, die beiden Knappen des Prinzen, hielten sie zurück.

»Entschuldigen Sie bitte, Principessa!«

Paolo packte Zéphyrine bei den Schultern. War es dieser Griff oder die Anrede ›Prinzessin‹, die sie wütend auffahren ließ?

»Hände weg, Flegel!«

Ebenso wie seinen Herrn, so haßte sie auch diesen Paolo, dessen strenges Gesicht, kahle Stirn und verschlagene Augen in ihr sofort eine heftige Abneigung hervorgerufen hatten.

»Möge Sua Grazia mir verzeihen...«

Das war Piccolo, der sich sogar erdreiste, sie um die Taille zu fassen. In ohnmächtiger Wut sah Zéphyrine, daß der Leopard mit großen Schritten auf Gaétan zuging. Im Gürtel des Prinzen steckte ein Damaszenerdolch.

›Wenn ich mich bewege... wenn ich schreie... wird er Gaétan töten‹, dachte Zéphyrine.

Auf ein Zeichen Fulvio Farnellos hin machten seine Männer ihm Platz, und die beiden Leibwächter senkten ihre Lanzen. Der Prinz betrachtete das Gesicht diesen Jungen, der sein jüngerer Bruder hätte sein können. Erblickte er in Gaétans grauen Augen die Spuren der grauenhaften Schlacht von Pavia, das Entsetzen über das Blutbad?

Hatte Farnello selbst das Blutvergießen satt, oder aber wollte er diesen Mann kaltblütig töten, der ihn schamlos lächerlich gemacht hatte, ihn, den mächtigen Grandseigneur mit dem Prinzenwappen?

Gaétan de Ronsard begriff, daß im Kopf des Leoparden ein schrecklicher Kampf tobte.

»Ich habe in meinen Ländern die Macht über Leben und Tod, und vor Gott und den Menschen müßte ich Sie eigentlich mit eigener Hand erwürgen, Monsieur...«

Bei diesen langsam vorgebrachten Worten des Prinzen hob Gaétan stolz den Kopf.

»Ich bin ein Ehrenmann, Monseigneur, und ich habe kein Vergehen begangen. Lassen Sie uns einen fairen Kampf austragen – auf diese Weise werden Sie Ihr Gewissen nicht mit einem Verbrechen belasten...«

»Nein, Monsieur... Ein Farnello kämpft nicht wegen eines verächtlichen Geschöpfes...«

Diese Beleidigung traf Zéphyrine wie ein Peitschenhieb.

»Aber, Monseigneur«, wagte Gaétan zu protestieren, »diese Frau ist vor Gott nicht die Ihrige...«

Zéphyrine schloß die Augen. Sie war sicher, daß Gaétans Blut gleich das Gras rot färben würde.

Aber der Prinz schien Gaétans Worte gar nicht gehört zu haben. Der Grandseigneur war in Gedanken versunken. Er blickte kurz zum Himmel empor, wo große Geier schon erwartungsvoll ihre Kreise zogen. Dann wandte er sich wieder dem Jüngling zu und erklärte: »Vier Männer werden Sie nach Frankreich zurückbegleiten, Monsieur. Beim geringsten Fluchtversuch werden sie Sie wie einen Hund erschlagen... Wenn Sie versuchen sollten, je wieder einen Fuß in mein Land zu setzen – bei Jupiter, ich schwöre bei meiner rechten Hand, daß Sie dann keine Minute länger leben werden... Sie müssen noch sehr zufrieden sein, daß Sie mit dem Leben davonkommen.«

»Lassen Sie mich wenigstens von ihr Abschied nehmen«, bat Gaétan.

Die hochmütige Antwort kam wie aus der Pistole geschossen: »Nein.«

Von den beiden Knappen festgehalten, konnte Zéphyrine nur rufen: »Gaétan... Gaétan...«

Ohne sich um die Schreie seiner jungen Frau zu kümmern, gab der Leopard ein Zeichen. Vier seiner Reiter umringten den Chevalier de Ronsard. Ein weiterer stieg von seinem Pferd, um es dem Gefangenen zu überlassen, dem man vorsichtshalber die Hände fesselte.

Ein langer Abschiedsblick, das war das letzte, was Zéphyrine von ihrem geliebten Verlobten sehen konnte.

Sie schluchzte: »Sie haben nicht das Recht... Sie haben nicht das Recht...«

Es war vorbei.

Die vier Reiter nahmen den Gefangenen in ihre Mitte, und gleich darauf galoppierten sie schon über die Lichtung.

Eine aufgescheuchte Schafherde stob wild auseinander, und das Geräusch der klirrenden Pferdehufe auf der Straße wurde immer leiser.

»Ich hasse Sie... ich verachte Sie... töten Sie mich doch...«

Mit tränenüberströmtem Gesicht beschimpfte Zéphyrine ihren Mann. Dem Prinzen riß anscheinend die Geduld, denn er befahl:

»Avanti...«

Wie in einem gut inszenierten Theaterstück rollte eine jener Sänften auf Rädern, die von Mauleseln gezogen werden, auf die Lichtung. Die Tiere waren kokett mit Federbüschen geschmückt.

»Ich weigere mich einzusteigen...«

Zéphyrine teilte Fußtritte aus und versuchte, die beiden armen Knappen zu beißen.

Ein Krächzen aus der Sänfte unterbrach ihre Schimpftirade:

»Salut, Sardine... Salut, Saucisse!«

Das war Gros Léon... die zahme Dohle, das letzte Geschenk von Michel de Nostre-Dame, als Zéphyrine Salon-de-Provence hatte verlassen müssen.

»Nostradamus... mein lieber Freund... Sehen Sie meine Not?« stöhnte die junge Frau, während Paolo und Piccolo sie hinter die karmesinroten Vorhänge der Sänfte schoben.

Gros Léon saß auf den roten Kissen und schlug vor Freude über das Wiedersehen mit seiner geliebten Herrin wild mit den Flügeln.

»Sauver Sardine!... Sauver Saucisse!«

Der Vogel krächzte stolz, um der jungen Frau zu verstehen zu geben, daß sie ihm zu Dank verpflichtet war, weil er ihre Spur wiedergefunden und ihre Rettung ermöglicht hatte!

Von Zéphyrines plötzlicher Ruhe angenehm überrascht, lokkerten Paolo und Piccolo ihren Griff. Die junge Frau machte sich diesen kurzen Moment der Unachtsamkeit sofort zunutze und entwischte ihnen. Sie sprang geschickt aus der Sänfte und rannte auf das Felsloch zu, aus dem sie mit Gaétan herausgeklettert war.

Bevor der Leopard und seine Männer sich noch von ihrer Überraschung erholt hatten, drehte Zéphyrine sich um und rief: »Wenn Sie sich mir nähern sollten, Prinz Farnello, oder wenn einer Ihrer Schergen versucht, mich einzuholen... ich schwöre es bei meiner Seele, daß ich dann sofort in diesen Felstunnel stürzen werde!«

Der Prinz verharrte zunächst regungslos neben seinem Rotfuchs, den er gerade besteigen wollte. Seine Soldaten schienen wie gelähmt. Unter ihren federbuschgeschmückten Helmen rollten sie die Augen und wagten es nicht, sich zu bewegen.

Dann ging der Prinz allein auf Zéphyrine zu.

»Bleiben Sie stehen, oder ich springe!« drohte die junge Frau mit schriller Stimme.

»Das wäre die reinste Wohltat... Ich ziehe das Schicksal eines Witwers bei weitem dem eines Mannes vor, der mit einer gewissenlosen Xanthippe verheiratet ist!«

Der Prinz war nur noch wenige Schritte von Zéphyrine entfernt. Sie bekreuzigte sich hastig.

»Adieu, Monsieur, Sie haben es selbst so gewollt...«

Bei diesen Worten stürzte sich Zéphyrine in den Abgrund, ohne daß der Leopard versuchte, sie zurückzuhalten.

4

Ponte Vecchio

Jedes menschliche Wesen, auf welcher Entwicklungsstufe es auch stehen mag, reagiert empfindlich, wenn es sich der Lächerlichkeit preisgegeben sieht.

Manche Menschen haben in dieser Hinsicht allerdings ein dickeres Fell als andere, aber Zéphyrine war viel zu sensibel, um sich in ihrer albernen Situation nicht zutiefst gedemütigt zu fühlen.

Sie hatte geglaubt, sie würde hundertfünfzig Fuß tief in den Engpaß abstürzen, und statt dessen war sie nur auf den Köpfen Riminis und seines Kumpans Cul d'Or gelandet.

»Putana Eva...«

Es war der dicke Cul d'Or, der diesen Fluch ausstieß. Die Banditen kletterten geschickt aus dem Felsloch heraus, während die Männer des Leoparden, durch das Beispiel ihres Herrn dazu ermutigt, in schallendes Gelächter ausbrachen.

Das war zuviel für die junge Frau. Scham und Schwäche ließen sie zu dem einzigen Ausweg greifen, der ihr als weiblichem Wesen zur Verfügung stand. Sie sank bewußtlos ins weiche Gras.

Während die beiden Knappen sie, auf ein Zeichen des Prinzen hin, zur Sänfte trugen, konnte sie noch die verblüffenden Worte Riminis hören: »Vergib uns, Leopardo...«

»Dir ist voll und ganz verziehen, Rimini«, erwiderte Prinz Farnello gelassen.

»Sie ist uns entwischt... Dem armen Cul d'Or und den Männern in der Höhle sind hundert Polypen lieber als diese rote Furie. Paß gut auf sie auf, Monsignore...«

»Danke für den guten Rat, Rimini... wir werden...«

Das weitere konnte Zéphyrine nicht mehr hören. Mit mißtrauischer Entschlossenheit legten Paolo und Piccolo sie auf die Kissen der Sänfte und banden sie diesmal vorsichtshalber fest.

Gros Léon krächzte traurig:

»Stupide Saucisse... stupide Sardine!«

Die Dohle, die sie der Dummheit zieh, sprach die Wahrheit. Zéphyrine wußte selbst genau, daß sie sich der Situation nicht gewachsen gezeigt hatte.

Die Sänfte setzte sich in Bewegung. Die Glöckchen der Maulesel dröhnten im schmerzenden Kopf der jungen Frau, während sich in ihrem fiebrigen Hirn die verrücktesten Ideen überstürzten. Sie hatte Gaétan verloren, ihren Verlobten, ihre Liebe, und sie befand sich nun wieder in der Gewalt ihres Ehemanns, der ihr widerwärtig war.

Sie durfte sich keinen falschen Hoffnungen hingeben: unter der zivilisierten Oberfläche, die er zur Schau trug, war der Leopard nichts weiter als ein wildes Tier, ein lombardischer Wichtigtuer, der daran gewöhnt war, daß alle ihm sklavisch gehorchten und vor Bewunderung buckelten.

›Monsignore hat den Befehl gegeben... Der Prinz will... Don Fulvio befiehlt... Ich bin von nun an seiner Gnade ausgeliefert... Er kann mit mir machen, was ihm gefällt... mich in ein Verlies werfen lassen... mich windelweich prügeln oder – noch schlimmer – mich wie sein Spielzeug behandeln... Ich bin seine Frau... seine Frau...‹, dachte Zéphyrine verzweifelt.

Sie mußte es von nun an ganz allein mit einem Despoten aufnehmen, der bestimmt nicht darauf verzichten würde, sich für die ihm zugefügte Schmach grausam zu rächen. Die junge sechzehnjährige Frau, die wie eine Verbrecherin an einen verzierten Holzpfosten gebunden war, begann bitterlich in die Samtkissen zu schluchzen.

Sie hatte jedes Zeitgefühl verloren. Hatte sie nur wenige Minuten oder aber stundenlang geweint? Letzteres schien ihr wahrscheinlicher, denn sie erinnerte sich dunkel daran, daß die Sänfte mehrmals angehalten hatte und daß die Maulesel gewechselt worden waren. Vielleicht hätte sie sich bemerkbar machen und um Hilfe schreien müssen... Aber wer hätte es schon gewagt, der Eskorte des Prinzen Farnello kühn entgegenzutreten?

Plötzlich flog Gros Léon auf den Kopf seiner Herrin:

»Souris, Sardine...«

Der sprechende Vogel, der ihr den Rat gab zu lächeln, war über ihren lang anhaltenden Kummer ganz verstört. Mit seinem Schnabel schob er die roten Vorhänge der Sänfte etwas zur Seite.

Durch diesen Spalt konnte Zéphyrine nun sehen, daß sie in die Vororte einer großen Stadt einfuhren.

Sie verrenkte sich den Hals, um ihren Mann ausfindig zu machen. Aber der Leopard schien seiner Frau nicht die Ehre erwiesen zu haben, sie zu begleiten. Er hatte sie anscheinend der Obhut Paolos, Piccolos und eines Dutzends seiner Männer überlassen!

Zéphyrine betrachtete das bunte Treiben auf der Straße, ohne zu wissen, wo sie sich befand.

»Porca guida!«

»Porca miseria!«

»Porca l'oca!«

Die üblichen Flüche des einfachen Volkes der Toscana erschallten in den Sträßchen dieser Ortschaft. Man beschimpfte sich mit Ausdrücken wie »Mistkerl«, »elender Dreckskerl« oder »blöder Hund«, ohne sich weiter darüber aufzuregen.

›Im Königreich von Frankreich‹, dachte Zéphyrine unwillkürlich, von ihrem Unglück etwas abgelenkt, ›hätten die derart beschimpften Männer schon ihre Waffe gezückt...‹

Hier dagegen herrschte eine Art gutmütiger Fröhlichkeit.

Zéphyrines Eskorte hatte einige Schwierigkeiten, sich durch die wimmelnde Menschenmenge einen Weg zu bahnen. Wenn die junge Frau nicht festgebunden gewesen wäre, hätte sie mit Leichtigkeit aus der Sänfte entwischen können. Sie fragte sich wieder, ob sie schreien sollte, um die Aufmerksamkeit auf sich zu lenken, aber ihr Instinkt sagte ihr, daß es besser sei, sich im Augenblick ruhig zu verhalten.

Paolo mußte trotzdem etwas beunruhigt sein, denn er streckte scheinheilig seinen Kopf mit dem verschlagenen Gesicht zwischen die Vorhänge hindurch und fragte in allerhöflichstem Ton:

»Ist alles in Ordnung, Principessa?«

Zéphyrines beredter Blick sprach Bände.

»Wir erreichen soeben Firenze...«, verkündete er noch liebenswürdig, bevor er seinen Kopf wieder zurückzog.

Firenze... Florenz...

›Wir sind also in Richtung Norden gefahren...‹, dachte Zéphyrine.

Unter anderen Umständen wäre die gebildete junge Frau sehr gespannt darauf gewesen, diese Stadt kennenzulernen, deren künstlerischer, wirtschaftlicher und politischer Ruhm vor dem schrecklichen Krieg von 1525 bis ins Loiretal gedrungen war. Aber im Augenblick konnte Zéphyrine an dem, was sie von der

Stadt flüchtig sehen konnte, nichts Bewundernswertes entdecken.

Eine wimmelnde Menschenmenge drängte sich auf den engen Straßen, vor den Verkaufsständen und den Holzhäusern, die genauso aussahen wie die Behausungen der Bauern in den Marktflecken.

Die obere Etage dieser Bruchbuden konnten die Bewohner über eine Außentreppe erreichen, die direkt von der Straße in einen Raum führte, der den Familien als überfülltes Schlafzimmer diente.

Wäsche hing zum Trocknen in den Fenstern. Gestank stieg Zéphyrine in die Nase, aber er schien die gute Laune der Florentiner nicht zu beeinträchtigen.

Allmählich stellte die junge Frau fest, daß die Häuser stattlicher und höher, die Straßen breiter wurden.

Zéphyrines Eskorte hatte die überfüllten Vororte hinter sich gelassen und befand sich nun in jenen Vierteln, die von einem gewissen bürgerlichen Wohlstand zeugten.

Die Kaufleute in ihren langen schwarzen Samtmänteln, mit ihren berühmten florentinischen Kopfbedeckungen, die erhöhte Ränder hatten und mit dem Emblem ihres Handelszweiges geschmückt waren, hatten Holz und grobes Baumaterial verschmäht und sich teure Steinhäuser errichten lassen, die über die Besonderheit verfügten, fünf oder sechs Stockwerke hoch zu sein, was auf die räumliche Enge in der Nähe des Stadtkerns zurückzuführen war.

Zéphyrine war an einen derartigen ›Wald von Türmen‹ nicht gewöhnt. Sie staunte über ihre Höhe und fragte sich, wie diese Konstruktionen überhaupt stehenbleiben konnten.

»Per Bacco... lassen Sie Don Antonio vorbei...«

»Poffar Bacco... Platz für Son Reverendo...«

»Per Diana, aus dem Weg für die Duchessa...«

»Gribbio...«

»Santi numi...«

Schreie, Beschimpfungen, Flüche – verschiedenartigste Ausrufe ertönten in dem Gedränge von Tragesänften und rollenden Sänften, die das beliebteste Fortbewegungsmittel zu sein schienen. Letztere sah Zéphyrine zum erstenmal.

Mit Rädern und Tragebalken ausgestattet, wurden diese Sänften – eine Art hoher, rechteckiger Kisten – von zwei oder vier Lakaien gezogen und geschoben, deren Kleidung entsprechend der Bedeutung der Persönlichkeit in der Sänfte mit Tressen besetzt war.

Manchmal blieb ein Rad stecken. Dann verdoppelten sich die

Flüche, während die vornehmen Damen in ihren prächtigen Kostümen mit den Gold- oder Silberstickereien, perlen- oder edelsteinbesetzte Schleier auf ihren Haaren, völlig unerschüttert blieben.

Wie ein junges Mädchen aus der Provinz war Zéphyrine unwillkürlich geblendet von dem Überfluß an beispiellosen Reichtümern, die sie durch ihren Vorhangspalt hindurch erkennen konnte.

Niemand achtete auf ihre geschlossene Sänfte. Durch das Gewimmel von Sänften und Reitern bewegten sich auch noch andere Fahrzeuge mit geschlossenen Vorhängen, damit das Inkognito der Insassen gewahrt blieb.

Zéphyrine begriff, daß sie noch nichts gesehen hatte.

Die Eskorte der jungen Prinzessin hatte sozusagen einen sozialen Graben zur übrigen Bevölkerung gezogen und war in das Viertel vorgedrungen, wo neben Marmorpalästen noch viele Baustellen zu sehen waren. Die privilegierten Schichten von Florenz waren ganz offensichtlich vom Baufieber erfaßt worden.

Als ein Mädchen von Adel erkannte Zéphyrine im Vorbeifahren das Wappenschild der Medici an der Fassade ihres nun schon achtzig Jahre alten Palastes; und dort waren auch die Paläste der Strozzi, Pitti, Bardini und Mozzi!

Blumengeschmückte Loggias, Säulen aus rosa Marmor, mit blauer oder grüner Maserung und Skulpturen aller Art verschönerten die Fassaden. Trotz ihrer Müdigkeit und ihrer Unruhe über das Geschick, das ihr Ehemann über sie verhängen würde, erkannte Zéphyrine an den herrlichen Bauwerken die typisch florentinischen Charakterzüge: Ironie, Kunstsinnigkeit, Gewandtheit, Intelligenz und eine Vorliebe für das Spektakuläre.

Unter anderen Umständen wäre Zéphyrine bestimmt begeistert gewesen, aber die Fesseln um ihre Knöchel und Handgelenke erinnerten sie stets daran, daß sie nur eine Gefangene war.

Die ersten Fackeln wurden angezündet, als ihre Sänfte eine Brücke über den Arno überquerte.

Auf beiden Seiten reihten sich Goldschmiedegeschäfte aneinander.

Auf einem Stein saß ein Bettler und leierte:

»Habt Mitleid, ihr braven Leute, habt Mitleid mit einem armen Kerl auf dem Ponte vecchio ...«

Plötzlich fuhr Zéphyrine erschrocken zusammen.

Eine Frau mit schwarzem Spitzenschleier auf dem Kopf war soeben aus einem der Geschäfte getreten. Ihr mit Gagatlitzen besetztes Brokatkleid legte Zeugnis davon ab, daß sie eine bedeutende Persönlichkeit war. Aber Zéphyrines Blicke wurden hauptsächlich von dem mißgestalteten Geschöpf angezogen, das der Dame folgte: ein Zwerg, dessen Gesicht unter der Feder seines gelben Hutes, die bei seinem kleinen Wuchs riesig wirkte, nicht zu sehen war.

»Karolus ... Doña Hermina ...«, murmelte Zéphyrine.

Sie versuchte, den Gestalten der eleganten Dame und des Gnoms mit den Augen zu folgen. Im flackernden Licht der Fackeln sah die junge Frau, daß das Paar rasch auf eine rollende Sänfte zuging. Beide stiegen ein. Ein Lakai ohne Livree zog die Vorhänge vor, und – von zwei anderen Dienstboten gezogen – entfernte sich das Gefährt in Richtung des Palastes der Pitti.

›Die San Salvador ... Allmächtiger Gott im Himmel, ist sie in Florenz?‹ dachte Zéphyrine.

Sie hatte heftige Kopfschmerzen und malvenfarbene Ringe um die Augen. Sie glaubte, unter den Vorhängen hindurch das schwere, zu Kopf steigende Parfum Doña Herminas wahrzunehmen, jener verfluchten Person, die sich von Karl V. hatte bestechen lassen.

»Souris, Sardine ...«

Gros Léon war nach einem langen Schlummer aufgewacht. Er schlug mit den Flügeln, um wenigstens den Anflug von Fröhlichkeit auf das Gesicht seiner Herrin zu zaubern.

›Lächeln!‹ dachte Zéphyrine bitter. Sie ließ ihren Kopf auf die Kissen sinken und schloß die Augen. Schauder überliefen sie am ganzen Körper. Sie hatte Angst, Angst vor der Gegenwart ... aber noch mehr Angst vor der Zukunft, die so Düsteres verhieß.

5

Diebin!

Die Räder der Sänfte hallten auf den Pflastersteinen wider. Zéphyrine hörte kurze Befehle.

»Öffnen Sie!«

»Ja, Signor Paolo ...«

Eine schwere Tür drehte sich in den Angeln. Die Sänfte legte aber noch eine beträchtliche Strecke zurück, bevor sie stehenblieb.

Piccolo öffnete die Vorhänge weit. Zéphyrine sah den prächtigen Hof eines großen Palastes aus rosa Marmor.

»Sua Grazia sind angekommen...«, verkündete Paolo. Dann bückte sich der Knappe und löste ihr die Fesseln. Er war über die Unbeweglichkeit und Ruhe der jungen Frau erstaunt. Er wiederholte noch einmal:

»Euer Gnaden sind angekommen... Möchte die Principessa jetzt ihre Gemächer aufsuchen?«

Viel zu erschöpft, um sich bewegen zu können, viel zu müde, um zu antworten, hätte Zéphyrine gern noch die Kraft gehabt, um diesen Paolo zu beschimpfen, aber sie konnte keinen Laut hervorbringen.

Ein Schrei ertönte von der Freitreppe her, die von anmutigen Pfeilern umrahmt war.

»Heilige Barbara... Gott sei gelobt... Zéphyrine, Prinzessin... meine Kleine... Ich bin's, Euer Gnaden... Pluche...«

Ein vages Lächeln huschte über Zéphyrines Lippen. Demoiselle Pluche, ihre Anstandsdame, die sie auf der ganzen Reise aus dem Loiretal zu Prinz Farnello begleitet hatte, eilte die Stufen herab. Die schwarzen Unterröcke hatte sie bis weit über ihre mageren Knie geschürzt.

Zéphyrine stützte sich auf einen Ellbogen. Mit Hilfe von Paolo und Demoiselle Pluche stand sie auf.

Zwei Diener mit Kandelabern in den Händen beleuchteten die Freitreppe. Während sie die Treppe hinaufging, spürte sie, daß diese Männer sie mit einer gewissen Neugierde betrachteten. ›Die Principessa kehrt aber in mitleiderregendem Zustand zurück!‹ dachten sie bestimmt.

›Wenn Sua Grazia mir bitte folgen würden... ich zeige Ihnen den Weg...«, sagte Paolo.

Trotz der höflichen Form war das eine deutliche Aufforderung. Der größeren Sicherheit halber beschloß Piccolo den Zug.

Ganz außer sich vor Freude, Zéphyrine heil und gesund wiederzusehen, schwatzte Arthémise Pluche in einem fort:

»Jesus, Maria und Josef... was für ein Abenteuer! Haben Sie nicht zuviel durchmachen müssen, meine kleine Zéphyrine? Wenn ich nur daran denke... wer hätte so etwas auch nur ahnen können... wer hätte so etwas glauben mögen... am Hochzeitstag entführt zu werden!... Diese Räuber, diese Banditen... Mein Täubchen, was müssen Sie nur ausgestanden haben!... Monseigneur Farnello hat allerdings gesagt: ›Ich werde sie wiederfinden...‹ Und, bei meiner Seele, er hat Wort gehalten! Hat er die Räuber eigenhändig umgebracht? Allmächtiger Gott im Himmel, Sie so einfach gewaltsam zu entführen... Sie gegen Ihren

Willen mitzuschleppen ... wegen eines Lösegelds ... diese elenden Halunken!«

Während sie die riesigen Palastsäle durchquerten, erfuhr Zéphyrine auf diesem Weg, was für eine offizielle Version Fulvio ihrer Flucht gegeben hatte: ›Die Prinzessin Farnello ist gegen ihren Willen von Räubern entführt worden!‹

Die junge Frau war an diesem Abend viel zu müde und verwirrt, um entscheiden zu können, ob sie sich über diese Neuigkeit nun freuen oder aber beunruhigt sein sollte. Sie wurde plötzlich von Fieber geschüttelt, ihre Stirn glühte, und Schauder liefen ihr über den Rücken. Sie hatte Schwierigkeiten, sich auf den Beinen zu halten und die langen Korridore zu durchqueren.

»Hier sind die Gemächer, die für Sua Altezza bestimmt sind!« verkündete Paolo.

Er stieß eine hohe weiß-goldene Tür auf.

»Das Souper wird für Sua Grazia hierhergebracht werden ... Piccolo wird alles bringen, was Sua Eccelenza benötigen ... Wir reisen morgen früh in die Lombardei weiter ... Wenn die Principessa die Güte haben würden, bei Sonnenaufgang reisefertig zu sein ...«

Trotz seiner ganzen ›Hoheit‹, ›Exzellenz‹ und ›Euer Gnaden‹ war es Zéphyrine vollkommen klar, daß sie eine Gefangene war. Aber anstatt sich dagegen aufzulehnen, ließ sie sich nur in einen geschnitzten Sessel fallen.

»Ich weiß nicht, ob ich morgen in der Verfassung sein werde weiterzureisen«, stellte sie einfach fest.

»Ich werde Don Farnello über die Erschöpfung Euer Gnaden Bericht erstatten ... und wenn Monsignore es erlaubt, werden wir erst übermorgen abreisen ...«

Zéphyrine richtete sich rasch auf und rief lebhaft mit hochrotem Kopf:

»Ich will nicht, daß Sie ihn um etwas bitten ... Ich will nicht, daß Sie mit ihm darüber sprechen ... Außerdem geht es mir ausgezeichnet ...«

Bei diesen Worten taumelte die junge Frau. Die bestürzte Demoiselle Pluche gab Paolo ein Zeichen. Bevor Zéphyrine protestieren konnte, hatte der Knappe sich schon zurückgezogen und hinter sich die Tür abgeschlossen. Er eilte in den Südflügel des Palastes und stieg ins oberste Stockwerk hinauf. Vor einer Tür, die mit einem verzierten Wandteppich verdeckt war, den Ludovico il Moro dem Vater des Prinzen geschenkt hatte, blieb er stehen und klopfte leise an.

»Komm herein, Paolo.«

In einem Raum mit einer Decke, die in bemalte Fächer unterteilt war, lag Prinz Farnello auf einem Ruhebett, das mit Goldbrokat bezogen und mit Zobel gefüttert war. Er trug jetzt ein weißes Spitzenhemd, das offen war und seine muskulöse Brust freigab, und dazu einfache Hosen aus grauem Samt, und er sah jetzt viel jünger aus. Die schmale, schwarze Augenbinde teilte zwar auch jetzt sein Gesicht in zwei Teile, aber er wirkte entspannt. Zwei Windhunde erhoben sich lässig, als Paolo eintrat.

»Nun?« fragte Prinz Farnello.

»Die Principessa ist untergebracht, Monsignore.«

»Großartig. Bring sie morgen wie verabredet in die Lombardei... Ich selbst bleibe hier!«

Nachdem er diesen Befehl erteilt hatte, vertiefte sich der Prinz wieder in die Lektüre eines Manuskripts.

Paolo kratzte seinen kahlen Schädel.

»Es ist nur so, mit Verlaub zu sagen, Monsignore... die Principessa Zephyra ist sehr müde... und sie befürchtet, daß sie nicht die Kraft haben wird, morgen früh weiterzureisen...«

Das Gesicht des Prinzen nahm wieder einen hochmütigen Ausdruck an.

»Die Prinzessin muß sich eben ein wenig zusammennehmen. Im übrigen – wenn sie zu erschöpft sein sollte, um die zehn Schritte bis zur Karosse zu gehen, so wirst du sie eben tragen, Paolo, ob sie nun will oder nicht...«

Bei diesen ironischen Worten schlug er demonstrativ eine Seite um, um seinem Knappen zu verstehen zu geben, daß die Angelegenheit damit für ihn erledigt sei.

Paolo bewegte sich nicht vom Fleck.

»Es ist nur... offen gesagt, Monsignore... sie sieht so... nun ja... so merkwürdig aus... Ich bin zwar kein Arzt, aber sie sieht so aus wie...«

Fulvio Farnello spottete:

»Du scheinst ein sehr weiches Herz zu haben, Paolo...«

Der Knappe trat von einem Fuß auf den anderen:

»Na ja, Monsignore, die Principessa ist so jung und... wenn Sie sie sehen würden... sie sieht so traurig aus, so sanft...«

»Traurig... sanft... diese Furie... Na so was, sie hat dir ja den Kopf verdreht, Paolo...«, rief der Prinz gereizt und sprang auf. Sein Auge funkelte zornig.

›Er wird ihr nie verzeihen‹, dachte Paolo, der dem jungen Prinzen früher sozusagen als ›Amme‹ gedient hatte. Aus diesem

Grunde war er auch der einzige im Hause Farnello, der es wagen konnte, Fulvio manchmal die Meinung zu sagen.

»Diese Hexe hat es verstanden, dich mit ihrem Lächeln oder ihren Tränen zu becircen! Du enttäuschst mich, Paolo...«, fuhr der Prinz fort und verließ mit großen Schritten seinen ›Zufluchtsort‹.

»Man hat mir berichtet, Sie seien leidend, Madame...«

Nachdem er flüchtig angeklopft hatte, hatte der Prinz den von außen steckenden Schlüssel umgedreht und war in Zéphyrines Gemach eingetreten.

Die verwirrte junge Frau erhob sich automatisch. Während Demoiselle Pluche mit Hilfe zweier Dienstmädchen im Nebenzimmer ein heißes Bad für sie vorbereitete, war sie entkräftet im Sessel sitzen geblieben.

»Keineswegs, es geht mir ausgezeichnet«, brachte Zéphyrine mühsam hervor.

Ihre glänzenden Augen, ihr mitgenommenes Aussehen, die trockene Nase und die hochroten Wangen widerlegten ihre Worte, aber der Prinz war von seiner rachsüchtigen Wut so erfüllt, daß ihm das nicht auffiel.

Er ging absichtlich zum hohen Fenster und prüfte die Festigkeit des Gitters, dann sagte er ironisch:

»Ich bin entzückt, daß Ihre Gesundheit so rasch wiederhergestellt ist. Ich denke mir schon, daß die Aussicht, in der Lombardei allein in einem Schloßturm leben zu müssen, Ihnen nicht gefällt... aber wer ist denn schuld daran, Madame?«

»Ich weiß, daß Sie mir furchtbar zürnen, und daß Sie sich rächen wollen...«

Der Prinz fiel ihr ins Wort:

»Sie sind wirklich eine hervorragende Hellseherin, Madame...«

Im Kerzenlicht sah das Gesicht des Prinzen so streng aus, daß Zéphyrine ein Schauder überlief. Sie wischte sich die feuchten Hände an ihrem zerrissenen Flanellrock ab. Dann holte sie tief Luft und bemühte sich, ruhig zu sprechen.

»Ich bitte Sie, Monseigneur, mich zurückzubringen.«

»Und wohin, wenn ich fragen darf?«

»Nach Frankreich.«

»Nach Frankreich!« wiederholte der Prinz sarkastisch.

»Ja, ins Kloster Saint-Savin.«

»Wo Sie vermutlich den Schleier nehmen werden?«

»Wo ich ... Sie müßten doch verstehen können, daß ich nach all den schweren Erschütterungen Frieden und Zeit zum Nachdenken brauche.«

»Ich habe andere Pläne mit Ihnen, Prinzessin Farnello!«

Ein schrecklicher Hohn lag in dieser Anrede, der er besonderen Nachdruck verlieh. Zéphyrines Wangen glühten. Sie hatte so starkes Herzklopfen, daß sie zu ersticken glaubte. Sie nahm Arthémise Pluche nur undeutlich wahr, die mit Gros Léon auf der Schulter hereingekommen war, um ihr zu sagen, daß ihr Bad gerichtet sei.

»Sermon ... Seigneur«, krächzte die Dohle.

Auf eine gebieterische Geste des Hausherrn hin verschwanden Anstandsdame und Vogel wie durch Zauberei. Vor Zéphyrines Augen drehte sich alles. Mit immenser Anstrengung brachte sie hervor:

»Sie sind nicht aufrichtig, Monseigneur... ich hatte Sie ja gewarnt...«

»Gewarnt?«

Der Prinz hob die Brauen und fuhr höhnisch fort:

»Ich erinnere mich nicht daran, Madame, daß Sie die Freundlichkeit hatten, mich vorzuwarnen, daß Sie versuchen würden, mich ermorden zu lassen...«

»Ermorden?!« stammelte Zéphyrine.

»Das ist der richtige Ausdruck... Ich muß schon einen harten Schädel haben, sonst hätte ich nicht überlebt...«

Zéphyrine schluckte.

»Ich... das habe ich nicht gewollt...«

Eine Hand auf seinen weiten Ärmel gelegt, verneigte sich der Prinz.

»Wie liebenswürdig von Ihnen...«

Zéphyrine ignorierte seine Ironie und fuhr hastig fort:

»Ich bin ganz offen zu Ihnen gewesen... Gleich bei unserer ersten Begegnung, Prinz Farnello, habe ich Sie davon unterrichtet, daß ich nur Abscheu empfinde beim Gedanken an...«

»An einen einäugigen Ehemann!«

»An unsere Eheschließung«, korrigierte Zéphyrine. »Ich habe meinem Vater nur widerwillig und gezwungenermaßen gehorcht... Sie haben mich sozusagen für zweihunderttausend Dukaten gekauft...«

»Und, offen gesagt, war es verschleudertes Geld... Schauen Sie sich doch einmal an, Sie sind kaum wiederzuerkennen... Übrigens, Madame, ich möchte zwar nicht kleinlich wirken, aber könnten Sie mir vielleicht sagen, was Sie mit dem Kollier gemacht haben, das ich Ihnen an unserem Hochzeitstag geschenkt habe…«

»Mit dem Kollier?« wiederholte Zéphyrine mit einem törichten Gesichtsausdruck.

»Ja, mit dem Smaragdkollier, das aus der Schmuckkassette meiner verstorbenen Mutter stammte, der Prinzessin Farnello, die würdig war, dieses Schmuckstück zu tragen…«

Zéphyrine runzelte die Stirn. Sie preßte ihre Hände gegen die schmerzenden Schläfen und versuchte, etwas Ordnung in ihre wirren Gedanken zu bringen.

›Das Kollier…‹, dachte sie. ›An einer langen Kette aus feinstem Gold, die in fünfzig mit herrlichen Edelsteinen besetzte Glieder unterteilt war, funkelte der größte Stein, ein nußgroßer Smaragd, der im Rachen eines goldenen Leoparden steckte… *Das dritte Kollier*, von dem Nostradamus in seinen Prophezeiungen gesprochen hatte…

Zéphyrine sah vor sich, wie sie am Abend ihrer Hochzeit das bewundernswerte und geheimnisumwitterte Schmuckstück abgelegt hatte, das der Prinz ihr am Morgen geschenkt hatte.

»Dieses Schmuckstück befindet sich seit Generationen in unserer Familie… Genauer gesagt, seit 1187… Seit der Eroberung von Jerusalem… durch Kaiser Saladin, kurz vor dem dritten Kreuzzug…«

Diese Worte des Prinzen an ihrem Hochzeitstag schwirrten jetzt durch Zéphyrines Kopf. Sie konnte sich einfach nicht erinnern, was sie mit dem Schmuck gemacht hatte. Die metallische Stimme des Leoparden traf sie wie ein Peitschenhieb.

»Ich muß zugeben, daß ich Ihnen zwar vieles zugetraut habe, Madame, aber nicht, daß Sie sich so weit erniedrigen würden, wie eine Straßenräuberin zu handeln…«

Zéphyrine brachte die Kraft auf zu protestieren:

»Sie nennen mich eine Straßenräuberin, eine Diebin, und dabei unterhalten Sie selbst gute Beziehungen zu einem Straßenräuber…«

»Sie meinen zweifellos Rimini, Madame?«

»So ist es, Monsieur…«

»Ich könnte Ihnen jetzt zwar sagen, daß Sie das nichts angeht, aber ich möchte Ihnen doch erklären, daß dieser Bursche ein Patriot ist… Zweifellos hat er Verbrechen gegen die Gesellschaft begangen, aber im Gegensatz zu vielen Großen dieser Welt hält er immer sein Wort… Ich hatte einmal Gelegenheit, ihn vor der Hinrichtung zu retten, und – bei Gott! – das wird er mir nie vergessen. Ich glaube allerdings gern, daß Sie ihn nicht gerade ins Herz geschlossen haben, Madame, nachdem es schließlich Rimini zu verdanken ist, daß ich Sie wiedergefunden habe...«

»Sie haben vollkommen recht, Monsieur...«, brachte Zéphyrine mühsam hervor.

»Ausgezeichnet... Aber das alles sagt mir noch lange nicht, was Sie mit dem Kollier gemacht haben! Erzählen Sie mir nur nicht, daß Rimini es gestohlen hat, denn das würde ich Ihnen sowieso nicht glauben...«, knurrte der Prinz sarkastisch.

»Ich... ich habe es auf meinen Toilettentisch gelegt... wenigstens glaube ich es...«, murmelte die junge Frau. Ihre Zunge war belegt.

»So, Sie glauben es also?« fragte Fulvio ironisch. »Sie irren sich aber, Madame... es lag nicht dort, es war nirgends zu finden... Sie haben es mit Ihrem Geliebten gestohlen...«

»Nein... ich... wissen Sie... heute sah ich...«

»Was – etwa das Kollier?«

»Karolus... Doña Hermina... Ich glaube... ich bin mir sicher... beim Goldschmied, auf dem Ponte vecchio... Karolus... ich habe ihn gesehen... das ist... ich schwöre Ihnen... ich schwöre Ihnen...«, wiederholte Zéphyrine.

Sie fühlte eine völlige Leere im Kopf. Am Ende ihrer Kräfte sank sie vor den Füßen des Leoparden zu Boden wie eine Strohpuppe.

Der Prinz glaubte, es handle sich um einen Trick, und wartete einige Sekunden, bevor er trocken bemerkte:

»Stehen Sie auf, Madame, Ihre Schauspielkünste imponieren mir nicht...«

Zéphyrine bewegte sich nicht. Nach kurzem Zögern beugte sich der Prinz über seine junge Frau. Sie war neben eine Truhe mit Elfenbeinintarsien gefallen. Fulvio legte seine lange, schmale Hand auf Zéphyrines Stirn. Ihre Haut war glühend heiß. Er nahm einen Kerzenleuchter zur Hand und hielt ihn über sie. Das schweißdurchtränkte Mieder klebte an ihrem Körper. Ihre langen wirren Haare waren an den Schläfen feucht. Ihr Gesicht war hochrot. Sie schlug ihre fieberglänzenden Augen auf und sah Fulvio angsterfüllt an.

»Sie... sie wird mich töten...«, stammelte Zéphyrine, dann verlor sie endgültig das Bewußtsein.

Fulvio kniete sich auf den Orientteppich und nahm sie in seine Arme. Ihr Kopf fiel nach hinten.

»Pluche!« rief der junge Mann.

»Allmächtiger Gott im Himmel, Monseigneur hat sie umgebracht!« kreischte die Anstandsdame von der Türschwelle aus.

»Schweigen Sie, Sie verrücktes Weib! Sagen Sie Paolo, er soll meinen Arzt rufen!«

Während Pluche davoneilte, trug Fulvio seine Last mit großen Schritten ins Nebenzimmer. Unterwegs konnte er wider seinen Willen keinen Blick von dem hübschen Köpfchen wenden, das auf seiner Schulter ruhte.

Nachdem er die junge Frau unter den blau-goldenen Baldachin des breiten Himmelbettes gelegt hatte, wollte Fulvio sich wieder aufrichten. Aber Zéphyrine hinderte ihn daran, indem sie beide Arme um seinen Nacken schlang.

»Gaétan...«, phantasierte sie im Fieber. »Verlaß mich nicht... ich flehe dich an... ich werde sterben...«

Sie richtete sich keuchend, mit purpurroten Wangen, etwas auf.

»Na, na... ruhig, ruhig...«

Der Prinz strich ihr über die Stirn, wie er es bei einer nervösen Stute gemacht hätte. Unter seiner zarten Hand beruhigte sich Zéphyrine. Der Prinz streichelte sie weiter, bis eine salbungsvolle Stimme hinter ihm ertönte.

»Eure Hoheit hat mich rufen lassen?«

Das war der berühmte Doktor Calliduccio. Er trug einen schwarzen Rock, einen breiten Gürtel und einen schwarzen Mantel, der bis zu den spitzen Schuhen reichte. Den in Florenz kursierenden Gerüchten zufolge hatte er zweimal in extremis Lucretia Borgia gerettet, als deren heißgeliebter Bruder Cesare ihr, vor zwanzig Jahren, Gift verabreicht hatte, bevor er dann selbst einem Giftanschlag zum Opfer fiel.

»Diese... Dame ist krank...«

Fulvio trat etwas beiseite, damit der Arzt Zéphyrine sehen konnte.

»Hm...«, brummte dieser, während er lange, gelbe Handschuhe überstreifte.

»Was halten Sie davon, Calliduccio?«

»Hm...«

Der Arzt schüttelte seinen Kopf mit dem breitkrempigen Hut, während er weiße Ärmelstulpen anzog. Dann schlug er seinen großen Hermelinkragen bis zur Nase hoch, um sich gegen Ansteckung zu schützen.

»Wie sieht der Urin der Kranken aus?« erkundigte er sich.

»Aber... hmm... ich weiß nicht.«

Der Prinz blickte Demoiselle Pluche etwas verlegen an.

»Monsignore sollte uns lieber allein lassen...«, schlug der Arzt vor.

Fulvio zögerte etwas, dann packte er den Arzt am Mantelaufschlag und zog ihn an eines der Fenster.

»Es handelt sich bei der Kranken um die Prinzessin Farnello... meine... Frau... Ich will, daß sie gesund wird, Calliduccio... Sie haben mich verstanden... Ich befehle, daß alles zu ihrer Heilung Erforderliche getan wird...«

Der Arzt verbeugte sich.

»Monsignore will es, aber alles liegt in Gottes Hand. Euer Gnaden können jedoch sicher sein, daß ich alles in meiner Macht Stehende tun werde.«

»Was fehlt ihr denn?« fragte Fulvio beharrlich.

»Wahrscheinlich hat sie ein Fieber, das das Kleinhirn angegriffen hat, Monsignore.«

»Ist das gefährlich?« erkundigte sich Fulvio leichenblaß.

»Sehr... Hoheit, gehen Sie jetzt lieber hinaus, ich werde mich um die Kranke kümmern.«

Während der Prinz sich zurückzog, hörte er noch die Anordnung, die der Arzt Pluche erteilte.

»Demoiselle, rufen Sie die Kammerzofen der Prinzessin, man muß ihr die nassen Kleider ausziehen und ihr Bett mit dem zypriotischen Pulver bestreuen... Ihr Puls ist sehr schwach, wir werden ihr diese Veilchenessenz einflößen, und ich bereite meine Lanzetten für einen Aderlaß vor...«

Demoiselle Pluche schüttelte traurig den Kopf. Sie mißtraute den Ärzten. Ihrer armen kleinen Zéphyrine schien es sehr schlecht zu gehen. Würde sie in diesem Gesundheitszustand die Behandlung des Doktor Calliduccio überleben?

6

Prinz Farnello

Fulvio verzichtete darauf, einen Pagen zu rufen, der ihm eine Fackel vorangetragen hätte, und stieg in der Dunkelheit in seinen ›Zufluchtsort‹ hinauf, wie er seine Gemächer gern nannte.

Der florentinische Palazzo, dessen Bau vor drei Jahrhunderten von seinen Vorfahren begonnen worden war, war ein bewundernswert harmonisches und elegantes Bauwerk, mit seinem ursprünglichen Haupttrakt und den im Laufe der Zeit angebauten Seitenflügeln.

Die riesigen Säle im Erdgeschoß wurden bei den prunkvollen Festen benutzt, die seine Eltern zu Beginn des Jahrhunderts zu geben pflegten. Die letzte Prinzessin Farnello war sehr schön und mondän gewesen. Sie empfing gern Gäste und war stolz darauf gewesen, sogar den vorletzten Papst bei sich zu Besuch gehabt zu haben, den Schirmherrn der schönen Künste Giovanni di Medici, der als Papst den Namen Leo X. trug.

Die herrlichen Zimmer der ersten Etage mit ihren ausgewogenen Proportionen, in denen man jetzt Zéphyrine untergebracht hatte, waren die Privatgemächer der Prinzen Farnello. Nach dem Tode seiner Eltern hatte Fulvio sie abschließen lassen. Er hatte sich im Haupttrakt einen ›Zufluchtsort‹ geschaffen, der aus vier großen Räumen bestand: einem Zimmer mit ›Garderobe‹ und angrenzender ›Toilette‹, einem Salon, einer Kapelle und einem Arbeitszimmer, das mit seinen Waffen, den seltenen Büchern und den Hunden sein Lieblingsaufenthaltsort war.

Als ihr Herr eintrat, erhoben sich Cäsar und Kleopatra, um von ihm gestreichelt zu werden. Die Hündin bellte vor Freude.

»Still, Kleo... wir müssen jetzt leise sein... Wir haben eine Kranke im Haus!«

Während er sein Lieblingstier zerstreut am Hals kraulte, machte Fulvio Farnello einige Schritte in seinem von Kandelabern erhellten Arbeitszimmer. Wie ein Mensch, der nach irgendeiner Beschäftigung sucht, berührte er im Vorbeigehen die Rüstungen, die immer auf den Büsten bereitstanden. Er prüfte die Beweglichkeit der einzelnen Teile; Schulterbleche, Panzerhemden und Knieschienen waren gut geölt. An den tapezierten Wänden hingen seine Turnier- und Jagdwaffen, die Lanzen, Bogen, Hellebarden, Köcher, Pfeile, Piken, die Armbrüste mit ihren Sehnen und Pfeilen, die Stangen für Wurfnetze, die Panzerhandschuhe, die Jagd-, Vogel- und Fischernetze, Degen mit Damaszenerklingen und lange Kampfdolche.

Der Prinz rückte einige Waffen zurecht, dann trat er ans Fenster und lehnte seine Stirn an das farbige Glas. Die Gärten mit ihren prächtigen Blumenbeeten waren in silbernen Mondschein getaucht. Donatellos Statuen – Neptun, umgeben von Meeresgöttern – schienen im Mittelpunkt eines Springbrunnens zu tanzen, dessen Wasser aus den Rachen goldener Leoparden sprudelte... Aber Fulvio nahm diese Schönheiten, an die er gewöhnt war, gar nicht wahr... Seine Gedanken waren bei der jungen Frau mit den grünen Augen, die eine Etage tiefer lag, bei der Frau, die ihn verhöhnt und gedemütigt hatte, die es gewagt hatte, ihn zu verlassen – ihn, den mächtigen italienischen Prinzen, dem sich jeder fügte.

War sie wirklich krank, oder spielte sie nur Komödie, um ihn milde zu stimmen?

Fulvio verspürte einen bitteren Geschmack im Mund. Warum nur hatte er ihr nicht gleich bei ihrer Ankunft in der Lombardei die Wahrheit gesagt? Warum nur hatte er aus Stolz darauf verzichtet, sich ihr zu offenbaren, warum nur hatte er sich in den Kopf gesetzt, er wolle um seiner selbst geliebt werden... von dieser eigensinnigen, egoistischen dummen Gans... anmaßend war sie... viel zu gebildet und gelehrt für eine Frau! Wäre es nicht viel besser gewesen, wenn sie gestickt hätte anstatt zu diskutieren? Hätte sie nicht kochen lernen sollen, anstatt mit Begeisterung Griechisch und Latein zu deklinieren?

In der Ferne schlug es vom Florenzer Dom elf Uhr.

Fulvio wandte der schlafenden Stadt den Rücken zu und trat vor einen venezianischen Spiegel. Er betrachtete sich einen Augenblick in dem geschliffenen Glas. Sein bleiches Gesicht mit den schönen, energischen Zügen verzerrte sich unter dem schmalen, schwarzen Band der Binde, die sein linkes Auge verbarg.

War er wirklich so entstellt, war er ein derartiges Schreckensbild geworden, daß sie ihn nicht wiedererkannt hatte? Wo blieb nur die berühmte weibliche Intuition? Wie war es nur möglich, daß sie sich nicht mehr an ihre erste Begegnung erinnerte? Sicher, damals hatte er noch beide Augen gehabt. Es war ja noch vor jener Schlacht auf dem Lago Maggiore gewesen... Gegen wen? Fulvio wußte es selbst nicht mehr. In den letzten zehn Jahren hatte er gegen die Franzosen, die Schweizer, die Deutschen, die Österreicher, die Engländer gekämpft... sogar gegen die anderen italienischen Prinzen... Dieses Land, das schönste auf der Welt, schien verflucht zu sein, seit die französischen Könige Karl VII., Ludwig XII. und dann Franz I. ihren Fuß darauf gesetzt hatten.

Hatte Zéphyrine wirklich das Smaragdkollier gestohlen? Fulvio zweifelte plötzlich daran. Er war nicht so sehr wegen des Wertes dieses Schmuckstückes empört als vielmehr deshalb, weil er die Tat verwerflich fand. Vielleicht hatte sie es verloren? Oder sollte es sich doch Rimini angeeignet haben?

In seiner Wut und... Eifersucht hatte Fulvio nicht einmal

daran gedacht, Gaétan de Ronsard durchsuchen zu lassen. Warum hatte er ihn nicht mit eigener Hand getötet? Was für eine Schwäche!

»Ich bin ein Ehrenmann und habe keine Verbrechen begangen...« Was hatte der Jüngling damit sagen wollen?

Gaétan... wie sie seinen Namen geschrien hatte! Bei diesem Gedanken erbleichte Fulvio. Lügen... Machenschaften... Verstellungen... Verschlagenheit... Morgen früh wird sie wieder frisch und munter sein, ausfallend, widerspenstig, drohend, sie wird sich bester Gesundheit erfreuen... Und er hätte sich fast erweichen lassen! Morgen würde sie in die Lombardei reisen, und dort würde sie unter strengster Bewachung bleiben, bis Fulvio über ihr weiteres Schicksal entschieden haben würde: Kloster, Annullierung der Ehe, Gefängnis... Auf jeden Fall würde er die drakonischste Bestrafung wählen.

Fulvio konnte sie sogar enthaupten lassen, niemand würde sich darüber aufregen, wenn er sich dieser untreuen französischen Ehefrau entledigte... einer Verräterin und Diebin!

»Ich habe Angst... ich habe Angst...« Sie hatte gezittert, als sie diese Worte stammelte. Wenn sie nun aber wirklich sehr krank war? Wenn sie... sterben würde? Was hatte sie nur gemeint, als sie gestöhnt hatte: »Sie wird mich töten!« Wen hatte sie damit gemeint?

Mit verzerrtem Gesicht lief Fulvio im Zimmer auf und ab. Die Hunde betrachteten ihren Herrn aus ihren schönen, treu ergebenen Augen, als verstünden sie, was in ihm vorging.

Fulvio ballte die Fäuste. Nein, sie würde gesund werden, und er würde so großmütig sein und sie gehen lassen... am allerbesten zum Teufel... Es gab hier in Italien schließlich genug andere Frauen, vielleicht noch schönere als Zéphyrine – beispielsweise die üppige braunhaarige Contessa Andrea Pazzi, die sich auf die Jagd verstand wie ein Mann, die nicht einmal vor Wölfen Angst hatte, oder aber die reiche Carolina Bigallo aus Rom, die immer gehofft hatte, Prinzessin Farnello zu werden.

»Monsignore... hm, Hoheit...«

Bei dieser diskreten und doch entschlossenen Anrede kehrte Fulvio auf den Boden der Realität zurück. Es war Paolo, den er gar nicht eintreten gehört hatte.

»Können Euer Gnaden einen Boten empfangen?«

Fulvio kannte die Gewissenhaftigkeit seines Knappen. Wegen eines unwichtigen Vorfalls würde er ihn zu dieser späten

Stunde niemals stören. Beinahe erleichtert, aus seinen Gedanken gerissen zu werden, nickte Fulvio.

»Das Sendschreiben kommt von Seiner Majestät Karl V....« flüsterte Paolo.

Er wollte sich zurückziehen, um den Besucher hereinzubitten, aber der Prinz hielt ihn zurück.

»Wie geht es der... Prinzessin?«

»Doktor Calliduccio bleibt die Nacht über an ihrem Krankenbett, Monsignore... Das Fieber ist weiter gestiegen...«

»Ich möchte jede Stunde über ihren Zustand informiert werden«, befahl Fulvio.

»Gut, Monsignore...«

Bei diesen lakonischen Worten begab sich Paolo ins Vorzimmer und geleitete gleich den Boten herein, der die Besonderheit hatte, eine... Botin zu sein.

Wenn der Prinz über die schwarzverschleierte Gestalt überrascht war, deren Seidengewand bei jeder Bewegung knisterte, so ließ er sich jedenfalls als Grandseigneur nichts davon anmerken.

»Hoheit...«

Die Frau machte eine tiefe Verbeugung. Fulvio erwiderte höflich den Gruß. Ein berauschender Parfümgeruch umgab die Botin. Fulvio wies ihr einen Sessel an und nahm selbst gegenüber der rätselhaften Gestalt Platz, die Karl V. zu ihm geschickt hatte. Dann sagte er kurz, in dem ihm eigenen höflichen und zugleich hoheitsvollen Ton:

»Ich höre, Madame... Mit wem habe ich die Ehre?«

»Mein Name würde Ihnen nichts sagen, Monseigneur«, erwiderte die Botin mit einer tiefen, melodischen Stimme. »Sagen wir einfach, ich bin die sehr ergebene Dienerin Seiner Katholischen Majestät... Hier ist der Beweis dafür...«

Die Unbekannte schien fest entschlossen, ihren Schleier nicht zu lüften; aus dem schwarzen Faltenwurf streckte sich dem Prinzen eine weiße Hand mit einer Pergamentrolle entgegen.

Wortlos brach Fulvio das Siegel auf, dann stand er auf und hielt das Schreiben ins Licht eines Kandelabers. Erstaunt las er folgende Zeilen in einer nervösen Handschrift:

›Lieber Freund!

Der Überbringer dieses Schreibens, der unser volles Vertrauen genießt, wird Ihnen sagen, was wir von Ihrer liebenswürdigen Mitarbeit in der uns interessierenden Angelegenheit erwarten.

Der Überbringer wird Ihnen als Unterpfand unserer Freundschaft ein bestimmtes Andenken überreichen.

In Erwartung baldiger guter Nachrichten von Ihnen, lieber Freund, möchte ich Sie unseres treuesten Gedenkens versichern.

Carlos Ramon.‹

Wenn Fulvio die unleserliche Schrift und die hingekritzelte Unterschrift des spanischen Herrschers nicht gekannt hätte, so wäre er versucht gewesen, an eine Maskerade zu glauben.

Carlos Ramon ... Was war das für eine verrückte Idee?

»Seine Majestät ist äußerst mißtrauisch«, erklärte die Unbekannte, die Fulvios Bestürzung bemerkte. »Ich habe ihn vor dreißig Tagen im Escorial gesehen, bevor ich mit einer Galeere nach Genua zurückgefahren bin ...«

»Seine Majestät muß über den Sieg gegen den französischen König doch hocherfreut sein«, sagte Fulvio.

»Seine Majestät war sehr beunruhigt!« erwiderte die Frau, die mit ihren langen Fingernägeln auf die geschnitzten Sessellehnen klopfte.

»Ach was! Beunruhigt?« wiederholte Fulvio. »Weswegen denn nur, Santa numi? Ist Seine Majestät nicht seit Pavia auf der ganzen Linie siegreich? König Franz ist als Gefangener in Pizzighettone, ich habe ihn mit eigenen Augen dort gesehen ... und glauben Sie mir, Madame, nur ein Vögelchen könnte aus dieser Festung entweichen.«

»Der König von Navarra ist aber doch aus dieser Festung entflohen, Monseigneur«, erwiderte das geheimnisvolle Geschöpf schlagfertig.

Fulvio versuchte, ihre Gesichtszüge hinter dem dichten Schleier zu erkennen, aber abgesehen von langen, ringgeschmückten Händen, der eleganten Gestalt in dem mit Gagatlitzen besetzten Kleid und dem betäubenden Parfüm konnte der Prinz nichts von seiner Besucherin erkennen.

»Erzählen Sie mir jetzt bitte nur nicht, Madame, daß sich Seine Majestät vor den Wutausbrüchen von Henri d'Albret und vor dessen kleinem Königreich Navarra fürchtet!« meinte Fulvio ironisch.

Das geheimnisvolle Geschöpf machte eine gereizte Handbewegung. Offensichtlich entwickelte sich die Unterhaltung nicht wie vorgesehen.

»Ich will Ihnen kurz und knapp die Lage schildern, Hoheit«, sagte die Unbekannte nüchtern. »Der Vizekönig von Neapel, der den Gefangenen bewacht, befürchtet einen Ausbruch... Er hat dem Kaiser von seinen Befürchtungen Mitteilung gemacht, und dieser wünscht nun, daß der König von Frankreich nach Spanien gebracht wird...«

»Ein weiser Entschluß!« stimmte Fulvio zu.

»Aber der französische König hat dem englischen König Heinrich VIII. in einem ›Erkenntlichkeitsvertrag‹ die Summe von zwei Millionen Goldtalern versprochen...«

»Bei den Engländern läßt sich alles letzten Endes mit Geld arrangieren!« stellte Fulvio ironisch fest.

»Wenn der König nicht bezahlt, was angesichts der leeren französischen Staatskasse wahrscheinlich ist, wird der englische König ohne jeden Zweifel versuchen, die Seereise auszunutzen, um...«

»Um sich Franz I. zu bemächtigen. Ich würde an seiner Stelle ebenso handeln, aber ich sehe nicht, Madame, womit Prinz Farnello Seiner Majestät Karl V. behilflich sein könnte. Ich habe weder so starke Schiffe noch genügend Seeleute, um das Schiff des Gefangenen schützen zu können...«

»Nein, Hoheit, darum geht es gar nicht, aber während der Vizekönig von Neapel den französischen König nach Genua oder Neapel bringt, um ihn nach Spanien einzuschiffen, würde Seine Majestät es sehr ›begrüßen‹ (das sagte sie in einem Ton, der besagte, daß es sich eigentlich um einen höflich umschriebenen Befehl handelte), wenn Eure Hoheit den Botschafter des englischen Königs ›entfernen‹ würden.«

»Entfernen?« wiederholte Fulvio mit zweifelnder Miene.

»Eure Hoheit genießt das Vertrauen Seiner Heiligkeit des Papstes Klemens VII.... Sorgen Sie dafür, daß der Engländer im Vatikan empfangen wird, Hoheit. Entfernen Sie ihn aus Pizzighettone, wo er umherschleicht wie eine Fliege um den Honigtopf... Laden Sie ihn zu einem Besuch bei Ihnen hier in Florenz ein. Begleiten Sie ihn anschließend nach Rom... Schmeicheln Sie ihm... Kurz gesagt, schläfern Sie seinen Argwohn ein, damit er aufgrund Ihrer Bemühungen seinem König Heinrich VIII. beruhigende Botschaften schickt, während unsere Leute Franz I. unauffällig nach Barcelona, nach Spanien bringen... Von einem mächtigen italienischen Prinzen in Sicherheit gewiegt, wird der König von England keine Hinterlist vermuten, und es wird eine gewisse Zeit dauern, bis er dahinterkommt und entsprechend reagieren kann...«

Fulvio Farnello schlug seine langen, muskulösen Beine in

Seidenstrümpfen übereinander. Er verstand nun endlich, worauf die Botschafterin Karls V. hinauswollte. Der dicke Heinrich VIII. würde hauptsächlich befürchten, daß Franz und Karl, wenn sie in Spanien vereint wären, sich versöhnen könnten – kurz gesagt, daß der königliche Gefangene und sein kaiserlicher Kerkermeister hinter dem Rücken Englands eine Allianz schließen könnten.

Prinz Farnello hatte keinen speziellen Grund, das Mißfallen Karls V. erregen zu wollen, ebensowenig wie er Grund hatte, Heinrich VIII. einen Gefallen zu tun; noch weniger hatte er einen Grund, Franz I. beschützen zu wollen. Aber als geschickter Politiker sagte er mit unentschlossener Miene:

»Glauben Sie mir, Madame, daß ich das große Vertrauen sehr zu schätzen weiß, das mir Seine Majestät Karl V. erweist, aber wenn ich es mir richtig überlege ... muß ich nicht aus Gründen der inneren Sicherheit und der moralischen Integrität neutral bleiben ... mich aus jedem Komplott heraushalten? Muß ich nicht auf die Positionen und Interessen der verschiedenen Parteien oder Gegner Rücksicht nehmen?«

Während dieser schönen Rede klopfte der kleine Fuß der Besucherin, die schwarze Schuhe mit hohen Absätzen trug, nervös auf das Bärenfell, das auf dem gewachsten Parkettboden lag.

»Ausgezeichnet, Monseigneur. Seine Majestät hat die Gründe für die Beunruhigung Eurer Hoheit schon vorausgesehen und mir deshalb jede Vollmacht erteilt, mit Eurer Herrlichkeit zu verhandeln ... Abgesehen von diesem Ring, den ich Eurer Hoheit im Auftrage des Kaisers als Unterpfand seiner Freundschaft überreichen soll ...«

Bei diesen Worten streifte die verschleierte Frau einen schweren Goldring mit ziselierter Fassung in Form eines diamantenbesetzten Adlerkopfs von ihrem Daumen und reichte ihn dem Prinzen. Als er ihre eiskalten Finger berührte, überlief Fulvio unwillkürlich ein Schauder. Das alles ging sehr schnell vor sich, schon zog sie ihre Hand wieder zurück, während Fulvio das Geschenk Karls V. höflich an seinen Zeigefinger steckte.

Ohne zu zeigen, ob sie das Zusammenzucken des Prinzen bei ihrer Berührung bemerkt hatte, fuhr die verschleierte Frau fort:

»Hoheit, hier ist ein Vertragsentwurf, in welchem sich der Kaiser verpflichtet, Eurer Hoheit die mailändischen Gebiete zurückzugeben, welche die Franzosen sich seit dem Krieg von 1515 angeeignet hatten ...«

Die Gebiete, die Franz I. sich angeeignet hatte... Fulvio

Farnello mußte sich beherrschen, um seine Freude nicht zu zeigen. Er erhob sich und trat hinter einen Tisch, der mit Karten und Manuskripten bedeckt war.

»Es versteht sich natürlich von selbst, Madame, daß Seine Majestät der Kaiser auf die treuen Dienste des Leoparden zählen kann...«

Nachdem er den Vertrag gelesen und verschiedene Einzelheiten mit der Abgesandten besprochen hatte, klatschte Fulvio in die Hände. Sofort erschienen zwei Pagen mit Fackeln.

Der Prinz begleitete seine Besucherin die Treppen hinab bis zur Palasttür. Eine rollende Sänfte mit vier Lakaien wartete vor dem Bronzeportal.

Ein Zwerg mit großem Kopf, der einen Hut mit gelber Feder trug, stieg sofort aus, um seine Herrin zu empfangen.

»Mein Knappe wird Kontakt mit Eurer Hoheit aufnehmen, wenn es erforderlich werden sollte«, flüsterte die Botin Karls V., während sie auf den Zwerg deutete. »Er wird nachts kommen und Ihren Leuten als Parole ›Saint-Siméon‹ nennen...«

Zum Zeichen seiner Zustimmung verneigte sich Fulvio höflich vor der seltsamen Frau.

Ihre Seidengewänder knisterten, als sie – gefolgt von dem Gnom – die Sänfte bestieg. Ein kurzer Befehl. Die vier Dienstboten an den Tragebalken des Gefährts setzten sich in Bewegung.

Prinz Farnello blieb einen Augenblick auf der Marmortreppe stehen und blickte den Laternen nach, die sich in Richtung der Kirche Santa Felicita entfernten. Er fühlte sich etwas unwohl. Diese Frau verwendete ein aufdringliches Parfüm, das ihn störte.

Rasch stieg Fulvio wieder in seine Wohnung hinauf und ließ Paolo zu sich kommen.

»Sind Sie zufrieden, Hoheit?« erkundigte sich der Knappe.

Mit wenigen Worten informierte der Prinz seinen Vertrauten über den Inhalt des soeben geführten Gesprächs. Sofort runzelte Paolo seine kahle Stirn.

»Eure Hoheit sollte sich das noch einmal gut überlegen... Der König von England ist ein schwieriger Feind... aber der Kaiser ist ein noch gefährlicherer Freund.«

»Ich weiß«, erwiderte Fulvio kurz und bündig.

»Sie würden mit dem Feuer spielen«, beharrte Paolo.

»Ich habe keine Wahl. Aber als guter Christ werde ich den Papst nicht in Unwissenheit darüber lassen, was für ein Komplott geschmiedet wird. Wenn Seine Heiligkeit dann den Engländer über die Reise des Franzosen informieren möchte, habe ich nichts damit zu tun!«

Angesichts der verblüfften Miene Paolos konnte Prinz Farnello ein Lächeln nicht unterdrücken.

»Du hast doch nicht wirklich geglaubt, daß ich in die Falle gehen würde?«

»Ich freue mich, Hoheit, denn – unter uns gesagt – gefallen mir die Machenschaften Ihrer Besucherin nicht sehr!«

»Inwiefern?«

»Ich habe ihren Zwerg dabei überrascht, wie er diesen geschwätzigen Piccolo ausfragte.«

»Ausfragte?«

»Ja, und das gefiel mir überhaupt nicht ... nein und nochmals nein ... das gefiel mir nicht.«

»Per Bacco!« rief Fulvio. »Hör mit diesem Herumreden auf und sag, was du zu sagen hast! Was machte der Zwerg, während ich mit seiner Herrin redete?«

»Dieser Gnom hat sich in den ersten Stock des Palastes geschlichen. Er hat Piccolo über ... die Prinzessin Zéphyra ausgefragt. Er wollte alles wissen, ob sie wirklich verschwunden gewesen sei ... ob man sie wiedergefunden habe ... ob es ihr gut gehe. Ich habe ihn abgefangen, als er sich gerade einen Moment der Unaufmerksamkeit des Wächters zunutze machen und in ihre Gemächer eindringen wollte.«

»Meine ... Frau wird gut bewacht«, sagte Fulvio ironisch. »Wie geht es ihr übrigens?«

»Der Arzt ... möchte Eure Hoheit deswegen sprechen«, antwortete Paolo ausweichend.

Die Neuigkeit, über die der Prinz sich doch eigentlich hätte freuen müssen, traf ihn ganz im Gegenteil wie ein Blitzschlag. Das Fieber, das Zéphyrine verzehrte, stieg unaufhörlich. Die Veilchenessenzen, das Irispulver – ein zypriotisches Arzneimittel –, die Aderlässe am Fuß und am Ohr – nichts hatte geholfen.

Die junge Frau schien unweigerlich verloren zu sein.

7

Zwischen Tod und Leben

In ihrem Delirium weiß Zéphyrine, daß sie sterben wird. Das Fieber, das ihr Gehirn befallen hat, läßt sie nicht zur Ruhe kommen.

Von diesem inneren Feuer verzehrt, ist sie abwechselnd völlig apathisch und hochgradig erregt. Eindrücke, Gefühle und Bilder wechseln mit rasender Geschwindigkeit hinter der undurchdringlichen Barriere ihrer geschlossenen Lider.

»Michel...«, stöhnt Zéphyrine, während sie in ein schwarzes Loch fällt.

Aber über ihre versiegelten Lippen kommen nur Seufzer, die von den Personen an ihrem Krankenbett nicht verstanden werden können.

»Michel...«, wiederholt die Sterbende unermüdlich. Sie hört eine eigenartige, schöne Musik. Sie streckt ihre zitternden Hände ins Leere aus... Ihre Arme hängen in der Luft... Michel de Nostre-Dame kommt ihr entgegen... Er schreitet auf einer Wolke...

»Nostradamus... endlich sind Sie gekommen!«

Ein verzücktes Lächeln breitet sich auf Zéphyrines Gesicht aus. Sie richtet sich auf. Irgendwelche Hände versuchen, sie daran zu hindern. Man legt ihr kalte Umschläge auf die Stirn. Zéphyrine wehrt sich. Sie will zu ihrem lieben Freund, dem jungen gelehrten Arzt und Astrologen aus Salon-de-Provence. Er hat sie wirklich geliebt, er... Selbst wegen Gaétan hätte sie ihn niemals verlassen dürfen.

Der Arzt Michel de Nostre-Dame streckt seine Hand aus. Er legt seine kühlen Finger auf ihre glühende Stirn. Bei dieser Berührung beruhigt sie sich.

»Sie haben mich gerufen, und ich bin sofort gekommen. Ich liebe Sie, Zéphyrine, ich werde Sie niemals vergessen... Deshalb bin ich hier... Nachts, in meinem Studierzimmer, habe ich Sie gehört...«

»Ich sterbe, Michel...«, stöhnt die junge Frau.

»Kämpfen Sie, göttliche Zéphyrine...«

»Ich bin viel zu müde, Michel...«

»Nein, Sie werden jetzt diese Mixtur aus Kräutern der Provence trinken, die ich extra für Sie zubereitet habe.«

Ganz klar und deutlich sieht Zéphyrine im Fiebertraum Michel de Nostre-Dame. Er reicht ihr einen goldenen Becher. Der Durst hat Zéphyrines Kehle ausgetrocknet. Der Arzneitrank schmeckt gut. Sie trinkt... trinkt die wohltuende Flüssigkeit.

Erschöpft von dieser Anstrengung, fällt sie nach hinten. Michel de Nostre-Dame entfernt sich zu den Wolken.

»Nein, Michel, gehen Sie nicht fort...«, jammert Zéphyrine. »Wenn Sie mich verlassen, sterbe ich...«

Sie zittert vor innerer Auflehnung. Flehend schreit sie zum Himmel, zu Nostradamus.

»Hilf mir... wenn ich gewollt hätte, wäre mein Schicksal ganz anders verlaufen... Michel... Sag mir die Wahrheit... Hatte ich recht, als ich vor *ihm* geflohen bin? *Er* hat gelogen, als er sagte, er wolle mich glücklich machen... Ich mußte Gaétan folgen, nicht wahr? Michel, komm zurück...«

Der Hellseher von Salon-de-Provence gehorcht der Sterbenden und nähert sich wieder. Seine schmalen Lippen hauchen Zéphyrines Lider an. Zwei warme Hände massieren ihr den Nacken und die schmerzende Stirn. Sie verspürt bei dieser Berührung ein großes Wohlbehagen. Eine Art innerer Frieden und seliger Ruhe überkommen sie wie in jener Nacht von Salon-de-Provence.

»Die Sonne wird gleich aufgehen. Ich kann nicht mehr lange bleiben... Haben Sie Vertrauen, eines Tages wird sich alles aufklären... Sie werden die Wahrheit entdecken... Der Hahn hat dreimal gekräht... Ich muß mich beeilen... Ich liebe Sie... Schlafen Sie jetzt... schlafen Sie, ich wünsche es, göttliche Zéphyrine, mein Liebling, meine Liebe...«

Zéphyrine ist jetzt ruhiger. Sie weiß, daß ihr Freund Michel wie durch Zauberei Zeit und Raum durchquert hat, um ihr in der tiefen Nacht zu Hilfe zu kommen.

Sie will ihn zurückrufen:

»NOSTRADAMUS... NOSTRADAMUS...!«

Zéphyrine klammert sich ganz fest an eine Hand. Ihre Lider öffnen sich einen Spaltbreit. Ihre bleichen Pupillen heften sich auf einen großen Schatten, der sich über sie beugt.

»Die Prinzessin sieht Sie an, Monseigneur!« flüstert eine Stimme.

Zéphyrine bewegt ihre Lippen. Sie will sprechen. Sie kann keinen Laut hervorbringen. Sie schließt wieder ihre Augen.

»Allmächtiger Gott im Himmel, sie hat ihren Geist aufgegeben!« stöhnt Demoiselle Pluche.

»Nein, ich glaube, sie schläft...«

Acht lange Tage hindurch schwebte Zéphyrine zwischen Tod und Leben.

Seit dem ›Besuch‹ von Nostradamus kämpfte die junge Frau insgeheim gegen das Spinngewebe, das sie in den schwarzen Abgrund ziehen wollte.

Eines Morgens schlug Zéphyrine die Augen auf. Sie war so schwach, daß sie nicht einmal nach der Person rufen konnte, die auf einem Strohsack vor dem Ofen zu schlafen schien. Zéphyrine versuchte, sich mühsam im Bett umzudrehen. Um ihr rechtes Handgelenk war ein Band geknüpft, und als sie sich bewegte, läutete ein Glöckchen und weckte sofort die Schläferin.

»Zéphyrine ... Demoiselle ...«

Arthémis Pluche eilte herbei.

»Santé ... Sardine ... Souci ... Saucisse ...«

Auf dem hohen wappengeschmückten Baldachin saß flügelschlagend Gros Léon.

»Meine kleine Zéphyrine ... hm ... Eure Hoheit ... Wie fühlen Sie sich?« fragte Pluche.

Ohne eine Antwort zu geben, ließ Zéphyrine ihre Blicke müde über die luxuriöse Ausstattung dieses unbekannten Zimmers schweifen. Was waren das für Türen mit vergoldetem Schnitzwerk, was für Möbel, Tische, Konsolen, Truhen und Kandelaber aus Holz und wertvollen Metallen, alle kunstvoll verziert? Was war das für ein Parkett mit seinen geometrischen Mustern und den Orientteppichen, die ihn teilweise bedeckten? Was waren das für Marmorstatuen und moderne Gemälde, mit ihren leuchtenden Farben, die an den prächtig tapezierten Wänden hingen?

»Wo ... wo bin ich?« murmelte Zéphyrine so leise, daß Pluche sie kaum verstehen konnte.

»In Florenz!«

»In ... Florenz!« wiederholte Zéphyrine.

»Im Palast Farnello ...«

»Ah! ...«

»Beim Prinzen Farnello!«

»Far...nello ...«

Zéphyrine schien nicht zu verstehen.

»Bei Ihrem Mann ... Fulvio Farnello ...« erklärte Demoiselle Pluche sanft.

»Bei ... meinem ... Mann ...« brachte Zéphyrine mühsam hervor.

Sie war so bleich und blickte so apathisch drein, daß Pluche erschrak.

›Wenn nur ihr Gehirn nicht unheilbaren Schaden erlitten hat!‹ dachte die brave Anstandsdame angsterfüllt.

Mit lauter Stimme redete sie weiter:

»Sie haben uns große Angst eingejagt, meine kleine Zéphyrine. Jeder im Palast hat für Sie gebetet und für Sie getan, was irgend möglich war... Monseigneur selbst hat jede Nacht an Ihrem Krankenbett verbracht. Er hat auf die angrenzenden Straßen frisches Stroh streuen lassen, damit der Lärm der Fahrzeuge gedämpft wurde, der Ihnen solche Kopfschmerzen bereitete. Monseigneur Farnello wußte nicht mehr, was er tun sollte... Er hat die besten Ärzte kommen lassen, sogar von weit her...«

Die gute Pluche hob die Bemühungen des Prinzen besonders hervor. Hatte Zéphyrine etwas verstanden? Ihr Verhalten ließ daran zweifeln. Ohne ihrer Anstandsdame zu antworten, wandte sie ihr Gesicht ab.

»Sie müssen etwas Hühnerbrühe zu sich nehmen«, erklärte Demoiselle Pluche kategorisch.

Sie klatschte in die Hände, worauf zwei junge Dienstmädchen mit freundlichen Gesichtern unter den roten Hauben erschienen.

Von ihren Kammerzofen gestützt, schluckte Zéphyrine appetitlos einige Löffel der stärkenden Brühe. Man wechselte ihr das Nachthemd.

›Sie war ja nie dick, unsere graziöse Demoiselle, aber wie furchtbar mager sie jetzt geworden ist!‹ dachte Pluche.

Sie betrachtete besorgt Zéphyrines so dünnen Körper, der unglaublich zart und schwach aussah.

Auch Gros Léon mußte dieser Meinung sein, denn er krächzte traurig:

»Squelette... Sardine...«

Normalerweise hätte Zéphyrine über den bildhaften – immer mit dem Buchstaben ›S‹ beginnenden – Wortschatz des sprechenden Vogels, der sie soeben treffend ›Skelett‹ genannt hatte, herzlich gelacht. Im Augenblick war sie aber so erschöpft, daß sie sofort wieder einschlief.

Am nächsten Tag schien sie für längere Zeit aus ihrer Apathie zu erwachen und stellte Pluche mit sehr leiser Stimme einige Fragen.

»Was für... ein Tag... ist heute?«

»Dienstag, Madame«, erwiderte die Anstandsdame. »Zwei Monde vor Fastnacht...«

»Aha... Fastnacht...«, wiederholte Zéphyrine mit eigenartigem Gesichtsausdruck.

»Sie werden bald wieder vollkommen gesund sein, mein

Liebling«, sagte Pluche, während sie die Spitzenleintücher glattstrich. »Sie werden wieder schöne Ausritte unternehmen und Ihre Position als Prinzessin einnehmen...«

Nach leichtem Zögern hatte Pluche besonderen Nachdruck auf das Wort ›Prinzessin‹ gelegt.

›Die beste Art, sie zu heilen‹, hatte die brave Jungfer insgeheim beschlossen, ›besteht darin, unsere Zéphyrine ein wenig zu brüskieren. Sie muß ein für allemal akzeptieren, daß sie verheiratet ist... Um so schlimmer für den kleinen Chevalier Gaétan... Man muß sie mit dem Prinzen versöhnen... wenn das noch möglich ist... ein so schöner Mann... Bei meiner Seele, es wird mir gelingen...‹, dachte die Anstandsdame, der Fulvio vollständig den Kopf verdreht hatte.

Während sie auf einem Tisch Schalen und Zinngeschirr ordneten, tat Pluche so, als hätte sie Zéphyrines veränderten Gesichtsausdruck nicht bemerkt und fuhr fort:

»Sobald es Ihnen ein bißchen besser geht, meine kleine Zéphyrine, werden wir Ihre schönen Haare waschen, ich werde sie flechten und Ihnen eine hübsche Frisur machen. Dann werden Sie Monseigneur zu einer offenen und ehrlichen Aussprache empfangen... Sehen Sie mal, Seine Hoheit hat Ihnen diese Blumen bringen lassen...«

Pluche deutete auf einen herrlichen Strauß malvenfarbener Ranunkel, der auf einem Tischchen stand.

Pluches Lächeln erstarrte jäh, als Zéphyrine leidenschaftlich rief:

»Nein, ich will ihn nicht sehen...«

»Aber, meine kleine Zéphyrine, er ist doch Ihr Ehemann...«

»Schweigen Sie, Pluche, sprechen Sie nicht mehr von ihm...«

Sprachlos machte Pluche den Mund auf und zu wie ein Fisch auf dem Trockenen.

Doktor Calliduccio kam gerade zur rechten Zeit.

»Wie fühlt sich unsere Kranke heute?... Oh! Es scheint Eurer Hoheit sehr gut zu gehen... Na, jetzt wird es nicht mehr lange dauern, bis die Principessa wieder zu Pferd die schönsten Ausflüge unternehmen kann, nicht wahr, Demoiselle Pluche?«

In den folgenden Tagen machte Zéphyrines Genesung deutliche Fortschritte. Sie aß wieder normal. Ihre Kräfte kehrten zurück. Ihre Kammerzofen bereiteten ihr ein Bad mit Jasminessenzen, und Demoiselle Pluche wusch ihr die Haare mit einem Gewürznelkenabsud, dann trocknete sie sie mit vorgewärmten Linnentüchern.

Frisiert und parfümiert, kam nun wieder eine Zéphyrine zum

Vorschein, wie man sie vor ihrer Krankheit gekannt hatte, rührend in ihrer Schwäche, vielleicht noch schöner als früher. Die Krankheit hatte ihre Wangen ausgehöhlt und ließ ihr ovales Gesicht noch zarter erscheinen.

Sie benötigte Pluches Hilfe nicht mehr, um ihr Hauskleid aus Brokatell anzuziehen und langsam zu einem Sessel zu gehen, der ans Fenster gerückt worden war.

Dort blieb sie stundenlang sitzen, ohne zu lesen, ohne etwas zu fragen, regungslos, in finstere Gedanken versunken, und beobachtete Gros Léon, der über den gestutzten Büschen herumflatterte. Diese sonderbare Gemütsverfassung beunruhigte die Anstandsdame sehr. Sie sprach mit Doktor Calliduccio darüber. Der Arzt war zufrieden. Er hatte den Körper kuriert. Für die Seele war er nicht zuständig!

›Es muß sich um eine Art krankhaften Groll handeln, der Zéphyrine bestimmt zu neuen Exzessen treiben wird... Sie hat keine Mutter mehr... Deshalb muß ich selbst unverzüglich etwas unternehmen...‹, beschloß Pluche.

Am nächsten Morgen – es war Sonntag – schürzte die brave Anstandsdame ihre steifen Unterröcke und stieg zu Fulvios Gemächern hinauf.

»Monseigneur«, begann Pluche mutig, »bei allem Respekt, den ich Eurer Hoheit schuldig bin, möchte ich Sie doch fragen, welche Absichten...«

Bei diesen Worten richtete der Prinz sich auf. Mit Hilfe von Paolo war er gerade dabei, eine Truhe mit Waffen, Wämsen und Manuskripten zu packen.

»Geht Eure Hoheit auf Reisen?« stammelte Pluche.

»Morgen früh bei Sonnenaufgang fahre ich nach Rom, Demoiselle Pluche«, erklärte Fulvio.

»Aber, Monseigneur... und...«

»Was aus Ihrer Herrin wird? Das ist es doch, was Sie beunruhigt? Sie brauchen sich keine Sorgen zu machen, Demoiselle Pluche, Prinzessin Farnello kann nach Frankreich zurückkehren... es steht ihr frei zu gehen, wohin sie möchte und zu leben, wie es ihr beliebt... Paolo wird ihr eine Geldsumme aushändigen, die der Lösegeldsumme für den Marquis de Bagatelle entspricht... Piccolo und sechs weitere Männer werden sie bis ins Loiretal begleiten, wenn sie dorthin möchte...«

»Aber...«

Vor Ergriffenheit mußte Pluche sich rasch auf einen Hocker setzen, während Fulvio fortfuhr:

»Ich möchte mich persönlich für die treuen Dienste bedanken, Demoiselle Pluche, die Sie ... (hatte er ›meiner Frau‹ sagen wollen?) ... Donna Zephyra erwiesen haben. Nehmen Sie dies hier als Zeichen meiner Dankbarkeit ...«

Fulvio nahm einen schweren bestickten Samtbeutel aus einer Truhe und legte ihn in die Hände der Anstandsdame.

Pluches unschönes Gesicht wurde hochrot.

»Mehr als das Gold, Monseigneur, rührt mich Ihre edle Geste ...«

Sie stand auf und machte einen tiefen Knicks. Fulvio glaubte, sie wolle sich zurückziehen.

»Leben Sie wohl, Demoiselle Pluche ...«

»Verzeihen Sie, Monseigneur ... aber ... Was Gott zusammengefügt hat, das soll der Mensch nicht scheiden ...«

Bei diesen kühnen Worten runzelte Fulvio seine braunen Augenbrauen. Ohne sich von dem bevorstehenden Gewitter einschüchtern zu lassen, fuhr Pluche beherzt fort:

»Eure Hoheit gibt doch zu, daß Prinzessin Zéphyrine legal mit Eurer Hoheit verheiratet ist, in guten und in schlechten Tagen?«

»Mir scheint, eher in schlechten!«

Pluche überhörte die Ironie und redete weiter:

»Eure Hoheit kann die Prinzessin nicht nach Frankreich zurückschicken.«

»Und weshalb nicht, Demoiselle Pluche?« fragte Fulvio hochmütig.

»*Sie ist in Gefahr,* Monseigneur ...«

In wirrem Durcheinander berichtete Pluche nun alles, was sie von Zéphyrines Vergangenheit wußte oder erraten hatte: Doña Herminas eigenartigen Haß auf ihre Stieftochter. Die Angst, die Zéphyrine vor dem Zwerg Karolus zu haben schien. Ihre verdächtigen Krankheitszustände. Das Attentat im Camp du Drap d'or ...

Das letztgenannte Ereignis schien Fulvio ganz besonders zu interessieren.

»Und man hat nie herausgefunden, wer Donna Zephyra aus den Flammen gerettet hat?« erkundigte sich der Prinz schroff.

»Nie ... Aber sie denkt oft an jenen Unbekannten, der sein Leben riskiert hat, um ihres zu retten ... Monseigneur kennt sie nicht, meine kleine Zéphyrine ist kein undankbares Geschöpf, sie ist die intelligenteste, gelehrteste, großzügigste, fröhlichste und geistvollste junge Dame ihres Alters ...«

»Von ihrem miesen Charakter einmal abgesehen ... Sagen Sie

mir, Demoiselle Pluche, wie ist diese Doña Hermina de San Salvador?« erkundigte sich der Prinz plötzlich neugierig.

Die Beschreibung, die Pluche ihm gab, machte ihn sehr nachdenklich. Die Botschafterin Karls V. hatte erstaunlich große Ähnlichkeit mit Zéphyrines Stiefmutter, und die Tatsache, daß ihr Gnom mit der gelben Feder am Hut versucht hatte, sich in die Gemächer der jungen Frau zu schleichen, kam Fulvio immer verdächtiger vor.

Unter Paolos Blicken lief der Prinz im Zimmer auf und ab. Plötzlich blieb er vor Pluche stehen und stellte einen Fuß auf einen Schemel. Er deutete mit seinem juwelengeschmückten Zeigefinger auf sie und fragte:

»Nun, und was schlagen Sie eigentlich genau vor, Sie dickschädeliges Geschöpf?«

Seit ihrer Kindheit litt Pluche an Lispeln und einer feuchten Aussprache, wodurch sie sich beim Reden immer stark behindert fühlte, aber an jenem Morgen war sie ein wahres Wunder an Beredsamkeit.

Als sie eine Stunde später in Zéphyrines Gemächer zurückkehrte, schien ihre lange, spitze Nase kürzer geworden zu sein, und ihre schmalen Augen funkelten vor Zufriedenheit.

Zéphyrine hatte sich in der Zwischenzeit nicht bewegt. Sie saß noch immer im Sessel und betrachtete die irisierenden Wasserkaskaden des Neptun-Springbrunnens, ohne sie richtig wahrzunehmen.

»Wir werden uns jetzt anziehen, um ein wenig an die frische Luft zu gehen«, verkündete Pluche.

Bei diesen Worten wandte Zéphyrine ihre Blicke der Anstandsdame zu.

»Wenn Sie wollen«, murmelte sie gleichgültig.

»Es ist Sonntag, Ihnen geht es jetzt schon viel besser, wir könnten am Gottesdienst teilnehmen ...«

»Wenn Sie wollen«, wiederholte Zéphyrine in dem gleichen abwesenden Ton.

Kurze Zeit später verließ die schwarz-goldene Kutsche der Prinzessin Farnello, von vier Pferden gezogen und von sechs Leibwächtern umringt, den florentinischen Palast.

8

Ein Sonntagmorgen in Florenz

»Vanitas... vanitatum et omnia vanitas... Eitler Tand der Nichtigkeiten, alles ist nichtig... Der wahre Reichtum hienieden auf Erden ist die Armut!«

Unter der imposanten Kuppel der Kathedrale Santa Maria del Fiore predigte Frate Domenico, ein Mönch, der Savonarola nacheiferte, und der zum neuen Idol der vornehmen florentinischen Gesellschaft geworden war.

Alle scharten sich am Sonntagmorgen hier zusammen, um seine Predigten zu hören. Obwohl er wild gestikulierte und mit wild funkelnden Augen von der Kanzel donnerte, vermochte Frate Domenico sich in seinem Zorn doch besser zu mäßigen als Girolamo Savonarola, der – nachdem er von seinen Mitbürgern zunächst vergöttert worden war – später, während er sich schon für unbezwinglich hielt, von seinen ehemaligen Verehrern gehängt und verbrannt worden war, als für ihn die Stunde der Ungnade geschlagen hatte.

Man mußte vor dem florentinischen Temperament auf der Hut sein. Hatte nicht im Chor ebendieser Kathedrale vor nunmehr achtzig Jahren die dramatische Verschwörung der Pazzi stattgefunden? Diese Rivalen der Medici hatten versucht, Lorenzo il Magnifico am Sonntag, dem 26. April 1478, zu ermorden... Obwohl er verletzt wurde, gelang es dem Fürsten doch noch, sich in eine Sakristei zu flüchten, während Giuliano von den Attentätern umgebracht wurde...

Frate Domenico hatte diese Ereignisse zwar mit Sicherheit selbst nicht miterlebt, aber er kannte sie gut vom Hörensagen. Er ließ seine finsteren Blicke über die elegante Menge schweifen, die gekommen war, um seinen Worten über die Armut scheinheilig zu lauschen.

Alle waren da, Männer und Frauen... sie saßen auf den Bänken, die für sie reserviert waren... in ihren von Orden und Goldtressen strotzenden Gewändern: mit Pelz besetzte Samtcapes, federgeschmückte Barette, Kleider mit weiten, edelsteinbesetzten Ärmeln, duftige Spitzen, prächtige Geschmeide... alle waren sie da... die bedeutendsten Namen von Florenz: die Prinzen Strozzi, Rivalen der Medici, die versuchten, diesen die Macht streitig zu machen; die Pazzi, die Bondi, die Bardi, die Pitti, die Bardini, die Pandolfini... Frate Domenico konnte wirklich stolz auf seine Zuhörerschaft sein. Er wollte seine Predigt gerade beenden, als seine Blicke von der Bank der Prinzen Farnello magisch angezogen wurden.

Nachdem sie seit Monaten leer geblieben war, saßen dort an diesem Morgen zwei Frauen, von denen die eine – eine magere, häßliche Frau mittleren Alters – Frate Domenico überhaupt nicht interessierte; neben ihr saß aber ein junges Geschöpf mit bleichem, mattem, aber sehr schönem Gesicht, das anmutig in eine große grüne Kapuze gehüllt war, unter der nur einige rotgoldene Haare hervorkamen.

Das war zweifellos die neue Prinzessin Farnello, über die sich im Flüsterton die ganze vornehme florentinische Gesellschaft die aufregendsten Dinge erzählte.

›Hieß es nicht, daß diese junge Frau französischer Herkunft noch am Abend ihrer Hochzeit mit einem Chevalier aus dem Palast ihres Mannes entflohen war, daß sie aber zurückgeholt und von der Hand des schrecklichen Leoparden so gut wie getötet worden sei? Sie sah an diesem Morgen aber gar nicht wie eine Sterbende aus, höchstens ein wenig zart und schwach, hauptsächlich aber sehr verträumt, wie sie so die großen Rosetten der Fenster betrachtete, anstatt der Predigt zu lauschen.‹

Frate Domenico beschloß, sie aus ihren Träumen zu reißen. Er befeuchtete mit der spitzen Zunge seine Lippen. Die Zuhörer glaubten schon, die Predigt sei zu Ende, und erhoben sich, um das Credo anzustimmen. Mit lyrischem Elan donnerte der Prediger:

»Vade retro, Satana!«

Alle setzten sich wieder.

Die junge Prinzessin Farnello hatte sich nicht einmal bewegt. Freudig erregt, beschloß Frate Domenico, energisch durchzugreifen.

»Und die Ehebrecherin wird bestraft werden... der Teufel wird ihr Gemahl sein, die Tränen ihre einzige Gesellschaft, die Verzweiflung ihre Züchtigung...«

Frate Domenico blickte demonstrativ in die Richtung von Zéphyrine.

Ein Murmeln ging durch die Menge. Die Florentiner wandten ihre Köpfe und flüsterten miteinander.

»Das ist die Prinzessin Farnello...«

»Es hieß doch, er hätte sie umgebracht...«

»Auf jeden Fall wird er sie davonjagen...«

»Sie hatte Liebhaber...«

»Sie wollte ihren Mann vergiften...«

»Der Hund des Prinzen ist an seiner Stelle gestorben...«

»Sie soll den Schmuck der Farnello gestohlen haben...«

»Eine Französin, stellen Sie sich das nur einmal vor...«

»Zéphyrine, sie heißt Zéphyrine...«

Ganz in die Betrachtung eines Sonnenstrahls auf einem gotischen Weihwasserkessel versunken, schien sich Zéphyrine des Skandals, dessen Gegenstand sie war, gar nicht bewußt zu sein.

›Was hatte ich da nur für eine Idee, mein Gott... ich hätte sie nie hierherbringen dürfen... und er, wo bleibt er nur?‹ dachte Demoiselle Pluche, die nicht mehr ein noch aus wußte.

»Magister dixit... Wahrlich, ich sage euch, werft den verfaulten Apfel von euch, auf daß er nicht die anderen verderbe! Legt alles Böse ab... vertreibet die Sünde...«

Frate Domenico schrie sich ganz umsonst heiser, denn Zéphyrine reagierte überhaupt nicht. Noch schlimmer, sie lächelte.

Das war nun doch zuviel! Frate Domenico vergaß all seine Prinzipien der Vorsicht und wurde noch deutlicher. Er wies anklagend mit dem Zeigefinger auf Zéphyrine und brüllte:

»Ja, meine lieben Brüder, die Sünderin ist mitten unter uns! Als Christen wollen wir für die Beruhigung ihrer Leidenschaften beten... Im Namen Gottes befehle ich ihr, diese heilige Stätte zu verlassen und erst wiederzukommen, nachdem sie das Büßerhemd getragen und strenge Buße getan hat...«

Frate Domenico blieb mit ausgestrecktem Arm stehen.

Mit geschmeidigen Schritten, sein Samtbarett auf dem Kopf, kam Prinz Farnello den Mittelgang entlang. Vielleicht hatte er die Kathedrale soeben erst betreten und die Predigt nicht gehört? Oder hatte er nur hinter einer Säule gestanden und war deshalb unbemerkt geblieben?

Die Neuigkeit eilte von Bank zu Bank.

»Das ist er...«

»Der Leopard!«

»Er ist nach Florenz zurückgekehrt!«

»Er wird sie töten!«

»Sie vor unseren Augen erwürgen!«

»Gütiger Himmel... in der Kathedrale!«

An diesem Morgen bedauerte wirklich kein Mensch, zum Gottesdienst gekommen zu sein. Das war wirklich eines der unterhaltsamsten Schauspiele, das die florentinische vornehme Gesellschaft seit langem miterlebt hatte.

Alle hielten den Atem an.

In dem tiefen Schweigen hallten Fulvios Schritte dumpf durch das Kirchenschiff. Ganz ungezwungen erreichte er die Bank der Farnello. Nachdem er Demoiselle Pluche kurz begrüßt hatte, ergriff der Prinz demonstrativ Zéphyrines kleine behandschuhte Hand und führte sie an seine Lippen. Er setzte sich neben seine junge Frau und hob den Kopf, um dem Ende der Predigt zu lauschen.

Alle Köpfe wandten sich nun wieder dem Kanzelredner zu, enttäuscht darüber, daß kein Blut geflossen war.

Es war ein harter Schlag für Frate Domenico. Er mußte sich so schnell wie möglich aus dieser schlimmen Affäre ziehen. Hastig stammelte der Mönch jene Worte, die immer gut paßten:

»Erinnere dich, Mensch, daß du Staub bist, und daß du wieder zu Staub wirst...«

Der restliche Gottesdienst wurde von dem Dominikaner zelebriert, als hätte er gleich ein Rendezvous mit dem Teufel höchstpersönlich.

Die Meßkännchen flogen förmlich. Die Glöckchen läuteten. Die Kinder, die im Chor sangen, waren so bestürzt über dieses Tempo, daß sie einander schubsten.

»Ite, missa est...«

Frate Domenico stieß einen erleichterten Seufzer aus, als er das Ende des Gottesdienstes verkündete. Er verschwand eilig in der Sakristei, während die vornehmen Damen und Herren mit majestätischer Langsamkeit den Dom verließen.

Prinz Farnello bot seiner Frau galant den Arm. Mit gleichbleibend abwesendem Gesichtsausdruck legte Zéphyrine ihre Finger auf seinen gebauschten Brokatärmel.

Gefolgt von Pluche, verließ das Prinzenpaar die Kathedrale. Fulvio zeigte den Neugierigen ein entspanntes Gesicht und grüßte nach links und rechts.

Die Klatschmäuler kamen nicht auf ihre Kosten. Einen so mächtigen Mann wie Farnello wollte sich niemand zum Feind machen.

Auf dem Vorplatz der Kathedrale versammelten sich die Notabeln von Florenz in kleinen Gruppen, um vertraulich miteinander zu plaudern, während die kleinen Leute um eine milde Gabe bettelten.

Die dicke Prinzessin Pandolfini ging als erste auf die Farnellos zu.

»Prinz... stellen Sie uns bitte diese hinreißende Prinzessin Zéphyrine vor... Tausend Dank... Was für eine Schönheit, was für ein Charme... Es heißt, Sie seien eine Französin, Madame... Oh, die Franzosen! Wissen Sie, daß ich die Ehre hatte, Seine Majestät Ludwig XII. zu kennen...«

Ein regelrechter Andrang entstand. Jeder wollte sich Zéphyrine nähern, die völlig unfreiwillig zum großen Erfolg dieses Vormittags geworden war. Ein starres Lächeln auf den Lippen, erwiderte sie die Grüße durch ein leichtes Neigen des Hauptes. Sie schien gar nicht zu begreifen, was vor sich ging.

Prinz Farnello warf ihr einen Blick zu. Die physische Schwäche stand Zéphyrine sehr gut, sie verlieh ihrem ganzen Wesen eine bezaubernde Melancholie.

›Hat ihr Verstand wirklich gelitten, während sie äußerlich schön geblieben ist?‹ dachte der Prinz.

Er gab ein Zeichen, und die schwarze Karosse mit den goldenen Leoparden bahnte sich einen Weg durch die Menge, umgeben von den Leibwächtern und den livrierten Lakaien.

»Warten Sie mit Ihrer Herrin auf mich, Demoiselle Pluche, ich muß noch eine kleine Angelegenheit erledigen, dann begleite ich Sie...«

Bei diesen Worten bot Fulvio Zéphyrine seine Hand an, um ihr beim Einsteigen zu helfen.

Absichtlich oder unabsichtlich übersah Zéphyrine seine Geste. Sie ließ sich von einem Lakaien in die Karosse helfen und setzte sich auf die Polsterbank, ohne daß ihr Gesicht auch nur das geringste Gefühl verriet.

Während Fulvio sich entfernte, fragte die Anstandsdame, die gegenüber der jungen Frau Platz genommen hatte:

»Geht es Ihnen gut, Madame?«

»Sehr gut«, erwiderte Zéphyrine leise.

»Sind Sie nicht ermüdet?«

»Weshalb... müßte ich denn müde sein?«

»Hmm... nach dem, was soeben vorgefallen ist...«

»Ach. Was ist denn vorgefallen?« murmelte Zéphyrine.

»Hm... die Predigt... das heißt... hm...« – Pluche verhaspelte sich in ihren Worten – »... nein, es ist nichts... Haben Sie Hunger oder Durst?«

»Wenn Sie wollen«, antwortete Zéphyrine gleichgültig.

Pluche schüttelte bekümmert den Kopf. Ihre aufbrausende, stolze, feurige, eigensinnige und immer aufsässige Zéphyrine nun in diesem Zustand der Apathie sehen zu müssen, bestürzte die alte Jungfer mehr als alles auf der Welt.

Plötzlich fuhr Pluche zusammen. In der Menge von Honoratioren verließ gerade eine Dame in schwarzem Samtkleid, das Gesicht von einem Seidenschleier verhüllt, die Kathedrale. Ihr folgte ein Zwerg, dessen Hut mit einer gelben Feder geschmückt war.

»Meine kleine Zéphyrine, ist das nicht Ihre...«

Demoiselle Pluche wollte sagen: ›Ihre Stiefmutter‹, aber sie brach mitten im Satz ab.

Zéphyrine spielte wie ein Kind mit Gros Léon.

»Hübscher Vogel... hübsche Mama...«, flüsterte sie der Dohle ins Ohr.

›Wozu ihr etwas erzählen, ihr armer Kopf ist ja doch nicht mehr zu vernünftigem Denken fähig!‹ dachte Pluche.

Die Anstandsdame blickte wieder zu der verschleierten Dame hinüber. Gefolgt von ihrem Zwerg, stieg diese eilig in eine schwarze Sänfte ein. Das Gefährt verschwand in Richtung der gezackten Flachdächer des Palazzo vecchio, dem Sitz der Signoria der Medici.

Fulvio war mit großen Schritten auf das Pfarrhaus zugeeilt. Ohne erst anzuklopfen, trat der Prinz ein, schob in einem Vorzimmer einige erschrockene Küster beiseite und drang gerade in dem Augenblick in den Saal ein, als Frate Domenico seine Meßgewänder mit einer Wollkutte vertauschte.

»Hör mir gut zu, du Teufelsmönch«, donnerte Fulvio, während der Prediger sich in panischer Angst hastig bekreuzigte, um diesen Fluch zu bannen. »Wenn du nicht ein sogenannter Mann Gottes wärst, würde ich dir eine solche Tracht Prügel verabreichen, daß du dich dein Leben lang nicht mehr im Beichtstuhl auf deinen grün und blau geschlagenen Hintern setzen könntest!«

»Aber... Hoheit...«

Frate Domenicos X-Beine schlotterten unter der schmierigen Kutte.

»Noch ein Wort, und deine Zähne landen im Weihwasserkessel, du blöder, anmaßender Kerl mit deinen falschen Anschuldigungen!...«

Fulvio machte einen Schritt nach vorne, woraufhin der Mönch gleich drei Schritte zurückwich.

»Hör mir gut zu: Ich befehle dir, bei deiner nächsten Predigt die schändlichen Beschuldigungen gegen Prinzessin Farnello zurückzunehmen... Wenn du nicht sagst, daß die Prinzessin ein Engel des Himmels ist, dann schwöre ich bei Christus, daß du dich bald an Savonarola erinnern wirst ... Du wirst das gleiche Schicksal erleiden wie diese verdammte Seele, und du wirst zuerst hier auf der Erde brennen, bevor du in die Hölle wanderst ...«

»Nein, nur das nicht!« jammerte Frate Domenico und warf sich mit großem Gepolter vor dem Prinzen auf die Knie. »Gnade, Eure Hoheit ... Es war nicht meine Schuld, böse Zungen haben mich gegen Prinzessin Farnello aufgehetzt ... Schwätzer ... Prinzessin Pazzi ... Graf Bondi ... die Strozzi ... die Barini ... alle ... alle ... Sie haben vollkommen recht, Hoheit, sie ist ein Engel, was sage ich, ein Erzengel, der vom göttlichen Thron herabgestiegen ist ... Ich werde es sagen ... ich werde es ganz Florenz ins Gesicht schreien ... der ganzen Welt ... sogar den Wilden, die von Christoph Kolumbus entdeckt worden sind ...«

Soviel verlangte Fulvio gar nicht. Der Mönch war ganz und gar vernichtet.

»Also gut, stehen Sie auf, Frate Domenico«, sagte der Prinz ruhig, der hervorragend mit Zuckerbrot und Peitsche umzugehen verstand, »ich sehe, daß Sie ein aufrichtiger Mann sind und nur von schlechten Seelen irregeführt wurden ... Sagen Sie mal, was würden Sie zu einer Spende von tausend Golddukaten für Ihre persönlichen Bedürfnisse sagen ...«

Die Piazza war jetzt fast leer. Zufrieden mit seiner Strafexpedition, ging Fulvio auf seine Equipage zu, die für die Florentiner durch die Krone und den Wahlspruch der Farnello ›Ich will‹ an den Türen deutlich zu erkennen war.

Demoiselle Pluche und Zéphyrine hatten sich nicht von ihren Plätzen gerührt. Der Prinz sprang elegant in die Karosse. Zéphyrine wandte nicht einmal den Kopf.

Fulvio beugte sich aus dem Fenster und rief dem Kutscher zu:

»Zuerst zum Palast, und dann nach San Casciano ... wir werden dort übernachten ...«

Dann wandte Fulvio sich an Demoiselle Pluche und erklärte in einem Ton, der keinen Widerspruch duldete:

»Sie werden doch bestimmt die Sachen Ihrer Herrin und Ihre eigenen packen wollen, Demoiselle Pluche?«

»Monseigneur hat also tatsächlich seine Entscheidung getroffen ... Machen wir uns nun alle zusammen auf die Reise?« lispelte die Anstandsdame.

»Ja, tatsächlich«, wiederholte Fulvio amüsiert. »Ich habe meine Entscheidung getroffen, wir reisen alle zusammen nach Rom,

Demoiselle. Die Prinzessin und ich selbst fahren voraus... Sie folgen mit Piccolo und den Fuhrwerken...«

Angesichts Pluches bestürzter Miene konnte Fulvio ein Lächeln nicht unterdrücken.

»Beruhigen Sie sich, Demoiselle, wir werden uns in den Übernachtungsquartieren immer treffen...«

»Hmm... hmm... es ist nur...«

Stammelnd versuchte Pluche, zusammenhängende Sätze zu bilden. Wie sollte sie dem Prinzen nur erklären, daß sie nicht mit einer so raschen Entwicklung der Dinge gerechnet hatte, und daß sie Angst hatte, Zéphyrine mit ihm allein zu lassen?

»Madame ist noch... sehr erschöpft... leidend... nicht in der Lage...«, murmelte Pluche.

Zéphyrine schien überhaupt nichts von der Unterhaltung gehört zu haben. Sie blickte starr vor sich hin, in ihren endlosen Traum versunken.

Der Prinz bewegte seine Hand im Samthandschuh mehrmals vor Zéphyrines Gesicht hin und her, aber sie zeigte keinerlei Reaktion. Sie blinzelte nicht einmal mit ihren herrlichen grünen Augen.

Eine leichte Falte bildete sich zwischen den Brauen des Leoparden.

Inzwischen war man vor dem Palazzo angekommen. Piccolo öffnete die Tür. Pluches angsterfüllte Gedanken waren ihr so deutlich von dem unschönen Gesicht abzulesen, daß Fulvio lächeln mußte.

»Sie brauchen sich keine Sorgen um die Prinzessin zu machen, Demoiselle Pluche. Sehe ich denn aus wie ein blutrünstiger Wolf?«

Pluche wagte nicht, ihm zu sagen, wie er aussah.

›Allmächtiger Gott im Himmel, hat die arme Kleine sich ihrem Gaétan hingegeben?... Schließlich ist der Prinz ihr Ehemann... und »das« wird vielleicht die ganze Situation entspannen‹, dachte sie bei sich, während sie höchst ungern aus der Karosse stieg.

»Benötigt Madame irgend etwas?«

Um Zeit zu gewinnen, wandte sich Pluche an Zéphyrine, die in so fernen Welten zu schweben schien, daß sie die Frage nicht einmal gehört hatte.

»Bis heute abend... oder bis morgen, Demoiselle Pluche!« rief Fulvio.

›Morgen... gütiger Gott...‹, dachte Pluche, während sie verzweifelt der schweren schwarz-goldenen Karosse nachblickte, in der – von Leibwächtern umgeben – der Leopard und eine junge Frau saßen, die physisch zwar geheilt war, deren Verstand aber stark gelitten zu haben schien.

9

»Wenn Sie wollen«

Die einzige ›Person‹, die in der Karosse redete, war Gros Léon. Das Schweigen der Eheleute schien die Dohle aufzuregen, und sie legte deshalb so richtig los:

»Sardanapale... sornettes... sortilèges... sabato... salutare... signore... signora... sacrilegio...«

Seit einigen Tagen hatte der sprechende Vogel sich nun auch an die italienische Sprache gewagt.

Fulvio konnte das krächzende Geschwätz plötzlich nicht mehr ertragen, packte Gros Léon mit Daumen und Zeigefinger und warf ihn aus dem Fenster.

Beleidigt flatterte die Dohle ein wenig über der Karosse herum, bevor sie sich auf Paolos Schulter niederließ, der neben der Karosse herritt.

Mit einer nüchternen Bewegung schloß der Prinz sodann die roten Damastvorhänge wieder. Er wandte sich an Zéphyrine, die trotz des holprigen Weges völlig steif und regungslos dasaß, in ihre eigene Welt versunken, und fragte sie höflich:

»Möchten Sie vielleicht einen Imbiß einnehmen, Madame?«

Zéphyrine gab keine Antwort. Fulvio berührte sie am Arm.

»Donna Zephyra, haben Sie Hunger?«

Er schüttelte sie leicht. Zéphyrine schien endlich zu sich zu kommen. Sie betrachtete Fulvio, als sähe sie ihn zum erstenmal, dann murmelte sie mit einer Kleinmädchenstimme:

»Wenn Sie wollen!«

»Haben Sie Durst?«

»Wenn Sie wollen...«

»Hm... Ist Ihnen kalt?«

»Müßte es das...?« erkundigte sich Zéphyrine angestrengt.

»Ich weiß nicht... Sie müssen doch selbst wissen, ob Ihnen kalt oder warm ist. Möchten Sie eine Decke?«

»Wenn Sie wollen...«

Wie ein Automat wiederholte Zéphyrine immer nur den einen Satz: »Wenn Sie wollen.«

Nachdem er sorgfältig eine schwarze Decke mit blauen Vögeln über Zéphyrines Rock gebreitet hatte, bückte sich der Prinz und holte einen Korb unter dem Sitz hervor, den der Koch immer mit den verschiedensten Delikatessen füllte.

»Würde Ihnen diese Schwanenpastete schmecken?« schlug Fulvio vor. »Oder möchten Sie lieber einen Pfauenflügel, oder als Auftakt vielleicht etwas Wildbret mit Kruste?«

Angesichts einer so schwierigen Entscheidung biß sich Zéphyrine auf die Lippen. Ein langer, schwerer Seufzer entrang sich ihrer Brust, während ihr Gesicht einen niedergeschlagenen Ausdruck annahm. Leise murmelte sie:

»Wie Sie wollen...«

»Wie ich will!« wiederholte Fulvio zweifelnd.

Mit Hilfe eines Silbermessers mit ziseliertem Elfenbeingriff stellte der Prinz eine Auswahl der verschiedenen Speisen zusammen und präsentierte sie Zéphyrine auf einem vergoldeten Silberteller. Er selbst schnitt sich eine Wildschweinrippe ab, in die er herzhaft hineinbiß.

»Ich habe dieses Tête-à-tête gewünscht, Madame, um die Behauptungen Ihrer Anstandsdame nachzuprüfen... Ihr armer Kopf ist also immer noch krank!... Sie reden nicht mehr, aber wenn Sie auch Ihren scharfen Verstand verloren haben, so haben Sie sich doch Ihre bewundernswerte Schönheit bewahrt... Welcher Ehemann wäre über eine solche Entwicklung nicht ganz zufrieden? Seien Sie schön, verehrte Damen, und schweigen Sie am besten... Wie sagt man in Ihrem kriegerischen Land? Zuerst leben, dann philosophieren... ›Primum vivere, deindre philosophari‹, hätten Sie mir früher bestimmt geantwortet, denn ohne Sie beleidigen zu wollen, muß ich Ihnen doch sagen, daß Sie dazu neigten, zuerst zu philosophieren und dann erst zu leben... Aber Sie haben ja allem Anschein nach alles vergessen? Selig sind die Armen im Geiste, denn ihrer ist das Himmelreich – und auch der Friede auf Erden... Amen!«

Während er mit einem scheinbar unstillbaren Appetit aß, stellte Fulvio Fragen und beantwortete sie selbst, ohne einen Blick auf Zéphyrine zu werfen.

Sobald er einen Knochen abgenagt hatte, warf er ihn achtlos aus dem Fenster. Auf die Hilfe des Messers verzichtete er inzwischen, er riß Flügel und Keulen einfach mit der Hand ab und häutete sie geschickt mit seinen spitzen Zähnen – ganz wie ein Leopard!

Zéphyrine rührte das Essen nicht an. Ihr Gesicht drückte

weder Schmerz noch Langeweile noch Zufriedenheit aus – einfach *gar nichts* ...

»Aber Sie essen ja gar nichts, Madame ... Muß ich Sie füttern wie einen kleinen Vogel?« rief Fulvio, während er sich die Hände an einer Spitzenserviette abwischte. »Es ist anstrengend, für Ihr leibliches Wohl zu sorgen, Donna Zephyra!«

Er nahm eine Schwanenkeule und führte sie an die Lippen der jungen Frau.

»So, nun essen Sie ...«

»Wenn ... Sie ... wollen ...«

Während Zéphyrine an dem saftigen Fleisch herumknabberte, betrachtete Fulvio sie scharf.

»Sie waren viel zu intelligent, Zéphyrine de Bagatelle, um plötzlich idiotisch zu werden ... Oder sind Sie es tatsächlich? Schön und dumm wie eine Gans ...«

Bei diesem Wort huschte ein Lächeln über Zéphyrines Gesicht.

»Das ist gut ... sehr gut ...«

»Gut ... ausgezeichnet ... noch ein Häppchen ... so, jetzt haben Sie ja brav alles aufgegessen!«

Nachdem er Zéphyrines Kinn mit einem bestickten Tuch abgewischt hatte, goß er edlen Roséwein aus den mailändischen Anbaugebieten in zwei Zinnhumpen. Einen preßte er der jungen Frau zwischen die Finger, dann hob er den anderen.

»Auf *unser* Wohl! ... Ich glaube, daß es noch nie eine perfektere Ehe gegeben hat ... Sicher, Ihr beschädigtes Hirn kann nicht verstehen, was ich sage, aber was macht das schon! Ehrenwort, ich habe immer von einer schönen und dummen Frau geträumt, die mir alle Wünsche erfüllt! Ich glaube tatsächlich, diese Frau in Ihnen gefunden zu haben! ... Wie dumm ich doch war! ... Wenn ich nur daran denke, daß ich schwankte, ob ich Sie zurückschicken sollte – womit ich mich der stillen Freuden beraubt hätte, die Sie mir schenken werden –, oder ob ich mich jenes ausgehöhlten Ringes bedienen sollte, in dem ich – auf den Rat meiner Freunde, der Medici, hin – vorsichtshalber immer ein wenig acqua tofana aufbewahre, das mich endgültig von Ihnen befreien würde, sobald Sie mich nicht mehr amüsieren ... In bezug auf Gifte ist man in Florenz sehr geschickt, Madame! Aber ich habe dann doch einen anderen Entschluß gefaßt, der im Grunde viel angenehmer ist ... für *mich* ...«

Während er diese beunruhigenden Sätze von sich gab, ließ Fulvio seine Frau nicht aus den Augen. Ihr Gesicht blieb völlig ausdruckslos.

Der Prinz streckte seinen Kopf zwischen den Vorhängen hindurch:

»Paolo, haben wir es noch weit?«

»Vier Meilen, Exzellenz!«

»Großartig! Ich möchte unter keinen Umständen gestört werden! Wir haben mehr Zeit, als nötig ist, Madame...«

Nachdem er die Vorhänge wieder zugezogen hatte, beugte er sich über Zéphyrine.

»Sie haben einen recht blühenden Teint, wie mir scheint... Nun, würde es Ihnen gefallen, wenn ich Ihr Mieder aufschnüre, um Ihre Brust liebkosen zu können, Donna Zephyra...«

Mit den Fingerspitzen berührte Fulvio die schönen Brüste, die durch das fest geschnürte Mieder zusammengepreßt wurden.

Lag es an dem Galopp der Pferde, daß Zéphyrine plötzlich stoßweise atmete?

»Warum reden Sie nicht mehr mit Ihrer hübschen Kinderstimme? Sagen Sie doch wieder: ›Wie Sie wollen‹!«

Nach kurzem Zögern brachte Zéphyrine hervor:

»Wie... Sie... wollen...«

»So ist's gut... Ziehen Sie sich jetzt aus, Donna Zephyra, damit ich beurteilen kann, ob Sie noch eine gut aussehende Prinzessin Farnello abgeben... Sie müssen mich verstehen, schließlich hat man mir von meiner Ware ja schon etwas gestohlen...«

Beim Reden legte Fulvio seinen Degen, sein Degengehänge und seinen Samtrock ab. Nur noch mit einem weit offenen Hemd und einer Hose bekleidet, wandte er sich mit zufriedenem Gesichtsausdruck seiner Frau zu.

Ihre Stirn auf die Hand gestützt, mit gesenkten Augen, schien Zéphyrine in schmerzliches Nachdenken versunken. Man mußte schon sehr gefühllos sein, um sich von ihren bleichen Lippen und von den langen zitternden Wimpern auf den feuchten Wangen nicht erweichen zu lassen.

Fulvio rief streng:

»Wie, Madame, Sie haben sich überhaupt noch nicht entkleidet... Na, macht nichts, wir werden Ihnen auch so die Ehre erweisen... Bei Zeus, schließlich muß man sich ja die Zeit angenehm vertreiben!«

Der Prinz ließ seinen Worten die Tat folgen und drückte Zéphyrine auf die rot-goldenen Damastpolster der Bank...

10

Das wiederauferstandene Salamanderweibchen

Geheimnisvoller Salamander!

Dieses Emblem – mit Sicherheit das berühmteste von allen, welche die Könige von Frankreich bis dahin gewählt hatten: die Rose Karls VII., die Sonne Karls VIII., das Stachelschwein Ludwigs XII. – gab den Zeitgenossen Franz I. immer wieder Rätsel auf.

Die gelehrtesten unter ihnen versuchten, Ursprung und Bedeutung dieses Emblems den Inschriften zu entnehmen, die aus unbekannten Gründen in italienischer und lateinischer Sprache verfaßt waren: ›Notrisco al buono stringo El Reo‹, ›Nutrisco et exstinguo‹. Jeder Gebildete interpretierte sie anders, aber nach eigener Aussage des Königs selbst sollten diese Worte folgendes bedeuten: ›Ich stelle das Recht wieder her und vernichte die Ungerechtigkeit‹, ›Ich nähre das Feuer, und ich lösche es‹.

Seit uralten Zeiten wurde dem Salamander – diesem kleinen, leuchtendgelben oder auch orangefarbenen Tier – die geheimnisvolle Kraft nachgesagt, das Feuer löschen zu können und es wieder auflodern zu lassen, selbst wenn man ihm Bein, Schwanz und Kopf abschnitt ... Eines Tages kam Graf Jean d'Angouleme, der Großvater von Franz I., auf die Idee, aus diesem geheimnisumwitterten Tier ein dynastisches Symbol zu machen. Er verglich den Salamander, der aus seiner Asche wieder aufersteht und die Flammen löscht, mit einem Anwalt für Gerechtigkeit, der das Böse vernichtet!

Da er sich, wie die meisten Prinzen der damaligen Zeit, seiner Dichtkunst rühmte, hatte er im vorigen Jahrhundert folgendes Gedicht verfaßt:

O menschenliebender, sanftmütiger und weiser Gott, / Vater des Friedens und der Einigkeit, / der Du jedwedes heiße Feuer löschest / des Zwists und der Uneinigkeit, / o menschenliebender, sanftmütiger und weiser Gott, / Vater des Friedens und der Einigkeit, / Dir bringe ich dieses Opfer dar: / EINEN SALAMANDER, DER DAS FEUER DURCH SEIN EINGREIFEN LÖSCHT ...

Das entsprach – von den galanten Floskeln einmal abgesehen – fast genau dem, was Zéphyrine gerade widerfahren war.

»Alter Haudegen! ... Gemeiner Rohling! ... Lassen Sie mich los, Sie widerlicher wilder Kerl ...!«

Wie der Salamander der Valois, so war die alte Zéphyrine

plötzlich wieder auferstanden. Von Fulvio auf die Bank niedergedrückt, hatte sie auf einmal erstaunlicherweise genügend Kraft, um mit einer Energie zu kratzen, zu beißen und sich gegen Fulvio zu wehren, die einen Augenblick zuvor niemand für möglich gehalten hätte. Und was ihren armen gestörten Verstand betraf, so war sie plötzlich imstande, Schimpfworte zu ersinnen, von denen ein Küster allerhand hätte lernen können!

»Haudegen!... Säbelrassler!... Mörder!... Giftmischer!... Lieber sterbe ich, als mich Ihnen hinzugeben! Hilfe! Hilfe!«

Nachdem Paolo den strikten Befehl erhalten hatte, ›unter keinen Umständen zu stören‹, wagte aber niemand von der Eskorte einzugreifen. Kutscher, Lakaien, Leibwächter und sogar Gros Léon taten so, als seien sie plötzlich taub geworden.

Nach dem ersten Moment der Überraschung lockerte Fulvio seine Umarmung und ließ seiner Heiterkeit freien Lauf, was die junge Frau nur noch mehr erbitterte.

»Bei Gott, Madame! Sehen Sie mal, was für ein Wunder ich vollbracht habe!... Calliduccio war mit seinem Latein am Ende... und ich habe es fertiggebracht, Ihren armen gestörten Verstand zu heilen... bei meiner Ehre...«

»Eine schöne Ehre... Wenn Sie glauben, mich wie all Ihre schwachsinnigen Sklaven behandeln zu können, so täuschen Sie sich...«

Wütend riß Zéphyrine eine Hand los und ohrfeigte Fulvio mit aller Kraft. Noch nie hatte irgendeine Frau den Prinzen so zu behandeln gewagt. Während er noch einen Augenblick zuvor in seinem Spiel nur eine Methode gesehen hatte, Zéphyrines Geisteskrankheit, an der er zweifelte, auf die Probe zu stellen, preßte er nun plötzlich ihre Handgelenke schmerzhaft zusammen.

»Ich werde mit Ihnen verfahren, wie Sie es verdienen, Madame... das heißt, wie mit einer Hure der allerschlimmsten Sorte, die ein Mann nimmt und anschließend verächtlich wegwirft...«

Sein Zorn war um so verständlicher, als er während der Krankheit seiner jungen Frau sogar seinen berechtigten Groll vergessen und sich wegen des Fiebers große Sorgen um sie gemacht hatte.

Demoiselle Pluche hatte nicht gelogen. Jede Nacht hatte er bei Zéphyrine gewacht. Sein Verhalten am Krankenbett der Bewußtlosen hatte keineswegs dem des rachsüchtigen Leoparden entsprochen.

Wenn Zéphyrine gestorben wäre, so hätte Fulvio seltsamerweise wohl immer Gewissensbisse verspürt. Aber lebend hatte sie das Talent, ihn zu verhöhnen, zu demütigen, verrückt zu machen.

Wie sollte er jemals vergessen, daß sie ihn am Hochzeitsabend wegen dieses Gecken verlassen hatte...?

Seit ihrer Heilung hätte sie eigentlich sanft, dankbar und ergeben sein müssen. Statt dessen hatte sie den Einfall gehabt – vielleicht den schimpflichsten von allen –, bewußt und mit voller Absicht die Dumme zu spielen, bestimmt, um einen Augenblick der allgemeinen Unaufmerksamkeit leichter ausnutzen und schnellstens zu ihren Liebhabern zurückkehren zu können!

Denn es mußten mehrere sein... Wer mochte dieser Michel sein und dieser andere Kerl mit dem blödsinnigen Namen Nostradamus, nach dem sie im Delirium immer wieder gerufen hatte? Fulvios Namen hatte sie kein einziges Mal erwähnt.

Das hitzige Blut der Farnello, das durch die Verbindung einer sizilianischen Prinzessin mit einem bedeutenden normannischen Baron zur Zeit des ersten Kreuzzuges entstanden war, floß in seinen Adern.

Sie hätte schweigen, weinen, weich werden müssen. Während sie ihn weiterhin beschimpfte!

»Sie kennen nichts anderes als Rache, Ironie und Habsucht! Sogar Ihre Hunde haben für Sie nur Verachtung übrig!«

Bei diesen Worten, die vielleicht noch stärker waren als Zéphyrine beabsichtigt hatte, konnte Fulvio seinen Zorn nicht mehr beherrschen.

»Du Xanthippe, ich werde dich schon zur Räson bringen, und zwar auf die einzige Art und Weise, die ich kenne, um ungezogene Mädchen zu zähmen...«

Er stieß Zéphyrine von der Bank auf den Boden der Karosse. Sie spürte im Rücken die Unebenheiten des Holzes, die sich ihr durch ihren Umhang hindurch in die Haut bohrten.

Sie versuchte immer noch, sich zu wehren, aber die beiden Bänke behinderten sie in ihren Bewegungen, und Fulvios Körper lastete mit seinem ganzen Gewicht auf ihr.

»Nein... nein...«, stöhnte sie.

Ohne auf ihre Proteste zu achten, schob Fulvio ihre Röcke hoch und spreizte ihr mit Gewalt die Beine.

Selbst durch seine Hose hindurch konnte sie die physische Veränderung bei ihrem Mann wahrnehmen. Auch sein Atem ging plötzlich viel lauter und heftiger.

»Lassen Sie mich... lassen Sie mich!« flehte die junge Frau.

Ihre Stimme hatte einen ganz anderen Klang bekommen. Eine

Hitzewelle überlief ihre Lenden. Fulvios Finger drangen unter ihr geschnürtes Mieder, und ihre jungen, festen Brüste kamen zum Vorschein, mit rosigen aufgerichteten Brustwarzen, die nach den Liebkosungen des Mannes verlangten. Atemlos bemerkte Zéphyrine, daß sie nicht mehr gegen die Zudringlichkeiten ihres Ehemannes protestierte. Ganz im Gegenteil, sie erwartete sie sehnsüchtig. Trotz ihrer geschlossenen Augen spürte sie, daß auch das Benehmen des Prinzen sich änderte, aber sie war viel zu unerfahren, um den Grund dafür zu erkennen.

Die männliche Brutalität hatte einem Liebesspiel Platz gemacht, in dem der Mann sich als Frauenkenner nicht hinters Licht führen ließ.

Mit prickelnder Haut sehnte sich Zéphyrine nur noch nach jener wichtigen Erfahrung, die sie noch nie gemacht hatte.

Sie schämte und verachtete sich wegen ihrer Schwäche, und sie haßte diesen Mann nur noch mehr, weil er es verstand, in ihr so verwirrende körperliche Gefühle zu erwecken.

Es war einfach stärker als sie. Sie seufzte wollüstig, ihre Nasenflügel bebten, und genußvolle Schauder überliefen ihren Unterleib und ihre Brust. Unter ihren Röcken liebkoste Fulvio sie so geschickt und gezielt, daß sie stöhnte.

Angesichts dieses großen Mysteriums der Sinneslust geriet Zéphyrine völlig durcheinander. Sie lechzte nach diesen Empfindungen, aber gleichzeitig hatte sie das Gefühl, daß sie sich erniedrigte, daß sie auf das Niveau des niedrigsten Tieres der gesamten Schöpfung absank: eines brünstigen Weibchens!

›Das ist abscheulich... Er wird aus mir sein Spielzeug, sein Objekt, seine Sklavin machen... er wird meinen ganzen Willen brechen...‹

Die Lippen des Prinzen berührten ihren Mund. Plötzlich stieß sie ihn mit gewaltiger Willensanstrengung von sich und brachte mühsam hervor:

»Sie sind das gemeinste Geschöpf, das mir je begegnet ist...«

Um ein Haar hätte sie enttäuscht aufgejammert. Die kundige Hand des Leoparden hatte aufgehört, sie zwischen den Schenkeln zu liebkosen.

Zwischen den halb gesenkten Wimpern hindurch sah Zéphyrine Fulvios erstaunte Blicke auf sich ruhen. Er versuchte, die Gründe für diesen neuen Wutausbruch zu erraten.

»Ich verachte Sie, Sie widern mich an, Prinz Farnello... in

einem Ausmaß, das Sie sich überhaupt nicht vorstellen können... Meine Schwäche auszunutzen... um sich wie ein Schwein auf mich zu stürzen!«

Zéphyrine zitterte von Kopf bis Fuß. Sie wandte ihr Gesicht ab, als hätte unermeßlicher Ekel sie übermannt. Hitzig und drohend ertönte Fulvios Stimme:

»Passen Sie auf Ihre Worte auf, Donna Zephyra...«

Die junge Frau öffnete ihre Augen und sah ihren Mann verächtlich an, der sie auf dem Boden der Karosse festhielt.

Fulvio war sehr bleich. In seinem verkrampften Gesicht war die schmale Narbe rot angelaufen, und sein Auge funkelte zornig.

»Ihre Worte sind sehr gravierend, und wenn sie tatsächlich Ihre Meinung widerspiegeln...«

»Ich übertreibe nicht. Ganz im Gegenteil, für meine wahren Empfindungen fehlen mir die Worte...«

Zéphyrine hatte diese Sätze mit so entstellter Stimme ausgestoßen, daß Fulvio glauben mußte, es handle sich tatsächlich um Ekel.

»In Anbetracht Ihrer Jugend war ich bereit, Ihnen zu verzeihen, mehr noch, Ihnen meinen Schutz anzubieten... in Ermangelung von Liebe zwischen uns wollte ich Ihnen meine Freundschaft anbieten... Sie schleudern mir Ihre Beleidigungen ins Gesicht... die schlimmsten, die es für einen Mann geben kann... Ist es denn etwa nicht normal, Madame, daß ein Ehemann seine Frau besitzen kann, wann und wo er will...«

Bei diesen Worten erhob sich der Prinz. Die muskulösen Beine über Zéphyrine gespreizt, betrachtete er die junge Frau einen Augenblick mit leicht geneigtem Kopf, dann streckte er gleichgültig die Hand aus, um ihr beim Aufstehen behilflich zu sein.

Zéphyrine wies seine Hilfe zurück. Trotz des holprigen Weges gelang es ihr, allein auf die Beine zu kommen und auf der Bank, in einer Ecke, Platz zu nehmen.

Wie ein Seemann, der ans Schlingern gewöhnt ist, legte Fulvio seinen Rock, das Degengehänge und den Degen wieder an. Er befestigte seinen breiten Spitzenkragen. Sein Blick fiel auf die junge Frau, die in ihrer Ecke kauerte.

»Sie brauchen wirklich nicht so ängstlich dazusitzen, Madame!« sagte er gereizt. »Obwohl Sie eine so schlechte Meinung von mir haben, bin ich nicht der Mann, der auf seine Recht pocht. Ich habe eine Schwäche: ich will, daß eine Frau mich liebt oder mich zumindest begehrt, sonst rühre ich sie nicht an... Ich hatte in bezug auf Sie falsche Hoffnungen... Sie brauchen keine Angst zu haben, von nun an üben Sie auf mich keine größere Wirkung aus als eine der Ziegen auf meinen Weiden...«

»Das freut mich ganz ungemein!« prahlte Zéphyrine, während sie versuchte, ihre Kleidung ein wenig in Ordnung zu bringen.

Ihre Haare, die Pluche sorgfältig geflochten hatte, standen nach allen Seiten ab. Ihre entblößten Brüste kamen zur Hälfte unter dem Mieder hervor.

Der Prinz setzte sich auf die andere Seite der Karosse, schlug die Beine übereinander und erklärte:

»Ich sage Ihnen ganz offen, Donna Zephyra, daß ich mich für all Ihre Beleidigungen rächen werde...«

»Rächen?« stammelte Zéphyrine. »Wenn Sie mich in ein Kloster stecken wollen, so ist es genau das, was ich wollte und...«

»Nein, Madame, wir fahren nach Rom, und ich werde bei dieser Gelegenheit alles versuchen, um diese ebenso alberne wie haßerfüllte Ehe annullieren zu lassen.«

»Ein Annullierung paßt mir ausgezeichnet, wie ich Ihnen wohl nicht erst zu sagen brauche!« Es war Zéphyrine inzwischen mit viel Mühe gelungen, ihre Haare wieder aufzustecken.

»Ich warne Sie aber, Madame – an dem Tag, wo Sie mich auf Knien um Gnade bitten werden, wo Sie beschwörend meinen Namen rufen und mich um Erbarmen und um meine Liebe anflehen werden – an jenem Tag werde ich Ihnen keine Verzeihung gewähren, sondern mich revanchieren und mich an Ihnen bitter rächen...«

Die Karosse hielt an. Fulvio öffnete die Tür und sprang gewandt hinaus.

Mit klopfendem Herzen lehnte sich Zéphyrine in die Rükkenpolster zurück. Plötzlich bemächtigten sich ihrer Angst und Verwirrung.

›Was hatte er nur mit seiner Drohung, mit seiner Rache gemeint? Vielleicht hätte sie ihm nicht in dieser Form die Stirn bieten dürfen?‹

Beim Gedanken an die vorangegangene heftige Szene überlief sie Entsetzen.

Anstatt den Prinzen zurückzustoßen und ihn offen zu verhöhnen und zu beschimpfen, hätte sie diplomatischer sein und ihn gewähren lassen müssen! Um so mehr, als diese Sache ja alles andere als unangenehm gewesen war. Zumindest aber hätte sie eine scheue oder flehende Haltung einnehmen müssen.

Scheu war sie ja tatsächlich gewesen. Schließlich war es ja das erste Mal, daß sie so etwas mit einen Mann erlebt hatte!

Gaétans sittsame Küsse waren im Vergleich zu dieser wilden Leidenschaft immer sehr sanft gewesen.

Zéphyrine biß sich auf die Lippen.

Sie spürte immer noch Fulvios Kuß auf ihrem Mund.

Wieder einmal dachte sie an den Kuß jenes Unbekannten im Camp du Drap d'or, und wie immer erregte sie diese Erinnerung. Was für ein Unterschied zu dem arroganten Leoparden! »Von nun an üben Sie auf mich keine größere Wirkung aus als eine der Ziegen auf meinen Weiden!«

Wie er das gesagt hatte! Wie arrogant! Wie verächtlich!

Mit zitternden Händen zog Zéphyrine die Bänder ihres Capes mit dem Zobelkragen fester an.

Die Tür der Karosse öffnete sich. Paolo zog die Damastvorhänge zurück. An seinem undurchdringlichen Gesicht konnte Zéphyrine nicht ablesen, ob der Knappe ihre Hilferufe gehört hatte.

»Monsignore erwartet Sua Grazia...«, erklärte er nur.

Er reichte ihr die Hand, um ihr beim Aussteigen behilflich zu sein.

Sie hatte Lust zu antworten, daß sie sich von seinem Monsignore nichts befehlen lasse, verzichtete aber doch lieber darauf, weil sie es vor der Eskorte nicht auf einen Skandal ankommen lassen wollte.

Mit großer Anstrengung setzte sie ein gleichgültiges Gesicht auf, das sie von nun an dem Prinzen immer zeigen wollte, und stieg aus.

Sie wurde sogleich von einem freudigen Ausruf empfangen:

»Hallo... Milady... Welch angenehme Überraschung!«

Zéphyrine lächelte anmutig und huldvoll, war aber in Gedanken meilenweit von dem gutaussehenden Mann entfernt, der auf sie zugeritten kam.

11

Machiavellistische Verwirrung

Milord Mortimer, Herzog von Montrose, Gesandter Seiner Majestät Heinrichs VIII., einer der reichsten Gutsherren Englands – hieß es nicht, daß er in Cornwall fünftausend Schafe besaß? –, stieg von seinem Pferd, um Zéphyrine zu begrüßen.

Während er mit seinem typisch britischen steifen Gang auf sie zukam, stellte die junge Frau, die über diese unerwartete Begegnung ganz verwirrt war, fest, daß er in Wirklichkeit noch viel verführerischer aussah, als sie ihn in Erinnerung gehabt hatte.

Mortimer von Montrose war kaum über dreißig und ebenso blond, wie Prinz Farnello dunkel war. Seine honigfarbenen Locken umrahmten ein Gesicht mit regelmäßigen Zügen. Nur die in der Mitte leicht geknickte Nase erinnerte daran, daß dieser vornehme Herr auf dem Schlachtfeld und bei Turnieren eine richtige Bulldogge sein mußte.

›Wenn er nun der Unbekannte vom Strand wäre...‹

Bei diesem Gedanken schlug Zéphyrines Herz schneller.

Wie immer, wenn sie aufgeregt war, biß sie sich mechanisch auf die Lippen, aber sie hatte sich doch noch so gut unter Kontrolle, daß sie einen tiefen Knicks machte, während der schöne Engländer seinen federgeschmückten Hut abnahm und mit einer weit ausholenden Bewegung damit den Boden fegte.

»Tausend Dank, Your Highness... Ich habe nun also die Freude und die Ehre, die hochgeschätzte Milady Zéphyrine de Bagatelle als Prinzessin Farnello wiederzusehen... Darf ich die opportunity – die Gelegenheit – wahrnehmen, Eure Hoheit zu dieser überaus klugen Wahl zu beglückwünschen?«

Die letzten Worte waren an den Prinzen gerichtet. Die beiden Männer begrüßten sich, dann fuhr Mortimer fort, Zéphyrine Komplimente zu machen.

»Die hochverehrte Milady de Bagatelle war ohne jeden Zweifel die reizvollste junge Dame bei der ›Begegnung des Jahrhunderts‹... Das stimmt doch, Milady? Was für Glückskinder wir doch waren, das Camp du Drap d'or miterleben zu dürfen... My God!... Unsere beiden Könige als ›Brüder‹... Damals waren noch bessere Zeiten, beim heiligen Georg!... Kein Mensch auf der ganzen weiten Welt wird solche Wunderdinge jemals wieder sehen! Eine wirklich bello, beautiful Erinnerung!...«

Mortimer vermischte beim Sprechen französische, italienische und englische Ausdrücke, besonders wenn er rasch redete.

Wenn Fulvio über diese Schwatzhaftigkeit, die dem englischen Charakter meistens fremd ist, erstaunt war, so zeigte er es jedenfalls nicht.

Statt dessen faßte er den Gesandten mit einer Vertraulichkeit, die sein Rang ihm erlaubte, an dessen gebauschtem Ärmel und überbot sich nun seinerseits in Artigkeiten.

»Ich bin außerordentlich erfreut, Milord, daß Eure Gnaden die Einladung der Prinzessin und meiner Wenigkeit angenommen haben...«

›Das wird ja immer schöner! Jetzt soll ich den Engländer eingeladen haben...‹, dachte Zéphyrine.

Fulvio fuhr unerschütterlich fort:

»...unsere Kutsche mit uns zu teilen... bis Rom, wo – wie die Prinzessin und ich hoffen...«

›Schon wieder!‹

»Euer Gnaden für die Dauer des Karnevals unser Gast sein werden...«

Während Mortimer in der gleichen Art antwortete, überschlugen sich Zéphyrines Gedanken.

Hinter dieser Sache steckte etwas. Die beiden Männer spielten sich gegenseitig eine Liebenswürdigkeit vor, durch die sie sich nicht täuschen ließ.

›Warum wollte Fulvio Mortimer nach Rom mitnehmen?‹

Diese Begegnung war sehr sonderbar.

Offensichtlich hatten der Gesandte und Prinz Farnello es vorgezogen, sich der Neugierde der Florentiner zu entziehen und sich erst am Rand dieses Marktfleckens zu treffen.

Zéphyrine schaute sich um und entdeckte, daß sie in der Nähe einer Herberge mit dem pompösen Schild ›Marcellus von Syrakus‹ angehalten hatten.

Die Eskorte des Herzogs, etwa zehn Reiter, wartete an einer Wegkreuzung, in der Nähe eines Dornengestrüpps, in respektvollem Abstand von den Männern des Prinzen.

Ganz in ihre Unterhaltung vertieft, gingen die beiden Männer unter den Zypressen am Straßenrand auf und ab. Der fahle Himmel kündigte schon die Dämmerung an.

Plötzlich verspürte Zéphyrine große Müdigkeit. Rührte sie noch von ihrer schrecklichen Krankheit her, oder von der ›Aufführung‹ in der Karosse? Sie hatte große Lust, sich einfach ins Gras zu legen und ordentlich auszuschlafen. Ein Krächzen ließ sie den Kopf heben.

»Sardine... Zuppa...«

Der Angsthase Gros Léon flog auf seine Herrin zu. Er schlug mit den Flügeln und gab sich besonders fröhlich, gleichsam als Entschuldigung für seine ›Feigheit‹.

»Ja, du Schönredner, und als ich dich brauchte, warst du nicht da...«, tadelte Zéphyrine den Vogel.

Mit undurchdringlicher Miene kehrte Fulvio Farnello zu seiner Frau zurück.

»Milord von Montrose nimmt unser Angebot dankend an, mit uns zu reisen und in Rom unser Gast zu sein... Wir werden hier, in San Casciano, übernachten...«

Mortimer war damit beschäftigt, seinen Männern Anweisungen zu geben. Fulvio warf ihm rasch einen Blick zu, dann packte er Zéphyrine mit eisernem Druck am Handgelenk:

»Wenn Sie versuchen sollten zu fliehen, wenn Sie mir auch nur den geringsten Ärger machen, so schwöre ich bei Ihrem rothaarigen Köpfchen, daß ich...«

Zéphyrine fiel ihm ins Wort.

»Sie brauchen nicht zu schwören, Monseigneur, denn ich habe nur den einen Wunsch: nach Rom zu fahren und unsere verwünschte Verbindung annullieren zu lassen. Sie irren sich also sehr, wenn Sie...«

Sie unterbrach sich. Der Herzog von Montrose näherte sich.

Fulvio ließ ihre Hand los. Zéphyrine änderte ihren Tonfall vollständig und streckte dem Engländer ihre schmerzenden Finger entgegen.

»Der Prinz hat mir gerade gesagt, daß Sie unsere Einladung annehmen! Ich bin entzückt darüber, Milord... Wir werden über diese Pavane plaudern, die ich leider nicht mit Ihnen tanzen konnte...«

Bei diesen Worten, die schon neue Komplikationen andeuteten, betrat Zéphyrine lächelnd zusammen mit den beiden Männern die Herberge.

Der Leopard mußte genaue Anweisungen erteilt haben. Alles war zum Empfang der Herrschaften und ihrer Begleiter vorbereitet.

Der Besitzer der Herberge ›Marcellus von Syrakus‹ war ein Grieche namens Aristophanes, der ein Bataillon von Köchen und Dienstboten befehligte und nun vor den mächtigen Gästen katzbuckelte: »Eure Hoheiten, Eure Exzellenzen, Eure Ehren,

Eure Gnaden, Principe, Principessa, Milord – ja sogar Majestät...«

›Wie soll ich mich nur umziehen, wo ich doch nichts mitgenommen habe?‹ dachte Zéphyrine in ihrem Zimmer vor dem Bottich, den die Dienstmädchen mit schäumendem Wasser gefüllt hatten. Gleich darauf bekam sie die Antwort auf ihre Frage. Vier Fuhrwerke rollten in den Hof der Herberge. Abgesehen von Pluche befanden sich darauf Kammerzofen, Diener, Kammerherren, Truhen mit Kleidern, Möbelstücke, Statuen, Gemälde – sogar Betten und Wandbehänge, wie das bei Reisen aller Grandseigneurs der damaligen Zeit nun einmal üblich war.

»Meine Kleine... Madame... Prinzessin... Mein Gott, wie fühlen Sie sich?«

»Ausgezeichnet, Pluche...«

Zéphyrine war plötzlich ganz entspannt und sang im heißen Wasser vor sich hin. Nur mit einem dünnen Hemd bekleidet, spielte sie mit Gros Léon.

»Ich habe befürchtet... ich hatte Angst, daß... Du lieber Gott, wie soll ich es nur sagen...«, stammelte Pluche.

»Daß der Prinz versuchen würde, seine ehelichen Rechte durchzusetzen?« vervollständigte Zéphyrine gelassen. »Keineswegs, wir sind uns völlig darüber einig, daß wir von Seiner Heiligkeit die Annullierung unserer Ehe erbitten wollen.«

»Ist Monseigneur denn damit einverstanden?«

»Völlig.«

»Gütiger Himmel, eine Annullierung!«

Vor Aufregung sank Pluche auf einen Schemel Zéphyrines.

Dienstmädchen zogen ihr das nasse Hemd aus und trockneten sie mit einem parfümierten Tuch ab, und währenddessen betrachtete sich Zéphyrine im Spiegel.

Seit ihrer Ankunft in Italien war sie um mindestens eine halbe Daumenlänge gewachsen. Ihre Taille war schmäler geworden, ihre Rippen standen ein wenig zu stark vor – sie mußte etwas zunehmen –, aber ihre Brüste mit den rosigen Brustwarzen waren immer noch rund.

Beim Gedanken an die wilden und doch zarten Liebkosungen des Leoparden überlief sie unwillkürlich ein wollüstiger Schauder. Wider Willen stellte sie sich auch Fulvios Hände auf ihren intimsten Körperteilen vor. Ganz in Gedanken versunken, hob sie ihre Arme zum Kopf empor, um ihre Haare festzuhalten.

›Wenn Mortimer von Montrose mich so sehen würde!‹ dachte sie plötzlich.

Ihr Herz klopfte laut. Warum sah der Engländer sie seit langer Zeit auf solch eigenartige Weise an?

›Und wenn er tatsächlich jener Unbekannte wäre, der mich aus den Flammen gerettet und mir jenen Kuß gegeben hat?‹

Aber warum hatte sie mit Fulvio vorhin diese Verwirrung – diese Erregung – erlebt?

Es war Zéphyrines Fehler, daß sie viel zu intellektuell war und alles logisch erklären wollte.

»Möchte Madame zum Souper diese ›ropa‹ und eine ›sottana‹ anziehen?« erkundigte sich Emilia.

Zéphyrine schwankte zwischen dem Kleid, das die Kammerzofe ihr zeigte, und einer bequemeren Kleidung – einer Art Hauskleid aus einem goldfarbenen ägyptischen Stoff – und entschied sich schließlich für letzteres.

Was sollte sie machen? Unten mit den beiden Herren speisen oder sich geheimnisvoll in den beiden Zimmern aufhalten, die für sie im ersten Stockwerk der Herberge reserviert waren?

»Seine Hoheit empfiehlt Sua Grazia, sich auszuruhen ... Morgen früh brechen wir schon im Morgengrauen auf ...«

Paolo überbrachte ihr diese Botschaft des Prinzen. Zéphyrine gab sich keiner Täuschung hin: Fulvio wollte allein mit dem englischen Gesandten soupieren.

›Er irrt sich gewaltig, wenn er glaubt, mich damit zu kränken! Ich bin überglücklich, ihn nicht sehen zu müssen ...‹

Mit typisch weiblicher Unlogik ärgerte Zéphyrine, die kurz zuvor beinahe entschlossen gewesen war, die schöne Rätselhafte zu spielen und oben zu bleiben, sich nun aber doch darüber, daß sie den ganzen Abend in ihren Zimmern bleiben mußte.

Nach einer Mahlzeit, die aus Suppe, kleinen frischen Artischockenböden, ›Leckerbissen‹ in Pasteten, Geflügelklößchen, Hahnenkämmen, Mettwurst aus Kalbs- und Schweineleber und Hirn bestand, nicht zu vergessen die Desserts: bittere Pomeranzen, Mandelkremkuchen und überzuckertes Trüffelkonfekt, das Aristophanes eigenhändig servierte, beschloß Zéphyrine, ins Bett zu gehen, weil Pluches Gesprächsthemen sie ohnehin nur langweilten.

Wie es indessen oft der Fall ist, wenn man übermüdet ist – kaum waren die Kerzen gelöscht, konnte Zéphyrine keinen Schlaf mehr finden. Sie dachte an ihre Krankheit zurück.

War der Prinz wirklich an ihr Krankenbett gekommen? Sie erinnerte sich nur noch an Nostradamus' kühle Hand auf ihrer schmerzenden Stirn.

Als Zéphyrine das Bewußtsein wiedererlangt hatte, war sie wirklich erschöpft gewesen, unfähig, einen klaren Gedanken zu fassen oder einen Wunsch zu äußern... Erst nach und nach, als es ihr besser ging, war ihr die Idee gekommen, sich dumm zu stellen, besonders, als sie merkte, welchen Schrecken sie Pluche mit ihrem trostlosen Zustand einjagte.

So hatte sie, um der Überwachung durch ihren Mann besser entgehen zu können, ihre Umgebung in den Glauben versetzt, daß ihr Verstand dauerhaften Schaden erlitten hätte.

Wie hatte der Leopard ihre List nur durchschauen können?

Auf der Treppe waren Schritte zu hören.

»Gute Nacht, Milord...«

»Good night, Monsignore...«

Die beiden Fürsten verabschiedeten sich auf dem Treppenabsatz.

Türen schlugen. Jeder begab sich in die für ihn reservierten Räume. Zéphyrine hörte Schritte hinter der Schiebetür ihres Zimmers. Wer von den beiden mochte wohl ihr Nachbar sein?

Der Lichtstrahl, der unter der Tür durchschimmerte, bewegte sich, als hätte man den Kerzenleuchter im Nebenzimmer an eine andere Stelle gerückt.

Leise stand Zéphyrine auf. Sie mußte über Pluche und Emilia hinwegsteigen, die auf ihren Strohsäcken schon fest schliefen, ebenso wie Gros Léon auf einer Truhe. Zéphyrine preßte ihr Ohr gegen die Wand.

Kein Laut war zu hören. War ihr Nachbar – Fulvio oder Mortimer – schon eingeschlafen? Sie bezweifelte es.

Ein Knarren ertönte. Das Fenster im Nebenraum war aufgemacht worden. Die junge Frau öffnete ihres ebenfalls einen Spaltbreit. Sie warf einen verstohlenen Blick nach draußen. Wenn sie Gelüste bekommen hätte, mit Hilfe aneinandergeknüpfter Leintücher zu entfliehen, so wäre sie dagegen ›geschützt‹ gewesen. Vier Leibwächter des Prinzen hielten – mit Lanzen in der Hand – unter ihren Fenstern Wache. Sie wagte es nicht, sich hinauszubeugen, aus Angst, von ihrem Nachbarn entdeckt zu werden. Dieser spähte anscheinend in die Nacht hinaus. Plötzlich zuckte Zéphyrine zusammen. Im Mondlicht durchquerten zwei schattenhafte Gestalten den Hof. Trotz der Dunkelheit war sie sicher, Paolos hinkenden Gang erkannt zu haben. Neben dem Knappen ging gebückt ein anderer Mann, dessen Gesicht von einem Umhang verhüllt war.

Die beiden Männer gingen bis zur Mauer der Herberge.

»Seine Hoheit erwartet Sie, Messire…«, flüsterte Paolo.

Seine Hoheit…? Also war der Prinz Zéphyrines Nachbar!

Die junge Frau drückte sich in die Fensterecke und entnahm den Geräuschen, daß der nächtliche Besucher mühsam eine an die Mauer gelehnte Leiter emporkletterte.

Ein leises Gemurmel war zu hören. Zéphyrine konnte aber nicht verstehen, was im Nebenzimmer gesprochen wurde.

Ihre Neugierde war nun erst recht aufgestachelt. Auf Zehenspitzen schlich sie zur Tür. Diese war von außen abgeschlossen.

Zéphyrine fröstelte in ihrem langen Nachthemd und wollte sich schon wieder ins Bett legen, als ihr plötzlich die Idee kam, auf die Toilette zu gehen, die sich in einer Nische ihres Zimmers befand. Vorsichtig öffnete sie die Tür. Um ein Haar hätte sie eine Kanne umgeworfen, aber schließlich konnte sie doch ihr Ohr an die Wand pressen, und zu ihrer großen Befriedigung hörte sie nun deutlich, was im Zimmer ihres Mannes gesprochen wurde.

»Monsignore hat den Geächteten von San Casciano also nicht vergessen…«, flüsterte eine verbrauchte Stimme.

»Niemals, Messire Machiavelli«, erwiderte der Prinz.

»Aber die undankbaren Medici haben mich doch verstoßen!« sagte der Besucher verbittert.

»Ich bin nicht Giuliano de Medici, mein lieber Niccolo, und ich bin weit davon entfernt, den Unterricht zu vergessen, den Sie mir in meiner Jugend in Florenz gewährt haben…«

»Eure Hoheit ist sehr gütig.«

»Wissen Sie, Niccolo, daß Ihr Werk ›Il Principe‹ meine Bettlektüre ist?«

»Ah! ›Der Fürst‹!… Sie erweisen mir zuviel der Ehre, Hoheit. Es stimmt allerdings, daß in dieser Abhandlung einige Gedanken enthalten sind, die den Großen dieser Welt helfen könnten, wenn sie nur darauf hören würden… aber können die Großen dieser Welt – von Ihnen, Hoheit, einmal abgesehen – überhaupt richtig lesen?«

»Ich habe sagen hören, daß Ihre ›Betrachtungen über die ersten zehn Bücher des Titus Livius‹ das Lieblingswerk Seiner Majestät Kaiser Karls V. sind… Etwas Wein?«

»Nein, danke, mein armer schwacher Magen verträgt keinen Wein mehr. Wenn Eure Hoheit mir etwas Wasser aus dieser Karaffe einschenken könnte…«

Zéphyrine konnte am Geräusch erkennen, daß Fulvio die Becher füllte.

»Wie verbringen Sie, der sich soviel mit der Politik beschäftigt hat, jetzt Ihre Tage?« erkundigte sich der Prinz neugierig.

»Nun, morgens stehe ich bei Sonnenaufgang auf, dann mache ich einen Spaziergang im Wald. Von dort gehe zu einer Quelle – ich habe immer ein Buch dabei ... Manchmal Dante oder Petrarca ... manchmal einen der unbedeutenderen Dichter wie Ovid oder andere ...«

›Ein Gelehrter!‹ dachte Zéphyrine. Sie hatte den glühenden Wunsch, das Gesicht des seltsamen Besuchers zu sehen. Sie hob den Kopf und entdeckte oberhalb der schlecht abgedichteten Wand einen schmalen Lichtstreifen. Leise und behutsam wie ein Mäuschen drehte sie einen leeren Eimer um, stieg hinauf und stützte sich auf ein Holzbrett. Sie preßte ihre Augen dicht an den Spalt und konnte nun endlich auch sehen, was im Nebenzimmer vor sich ging.

Im flackernden Kerzenlicht saßen sich Fulvio und sein Gast an einem Tisch gegenüber.

Der Besucher war etwa fünfundfünfzig bis sechzig Jahre alt und wirkte sehr entkräftet. In seinem Gesicht, das zwar nicht schön, aber sehr intelligent war, schienen nur noch die Augen unter den buschigen silbergrauen Brauen lebendig zu sein.

»Schreiben Sie zur Zeit etwas?« erkundigte sich Fulvio.

»Ich habe eine theoretische Abhandlung über die Kriegskunst beendet, Monsignore, sodann eine Geschichte von Florenz bis Lorenzo il Magnifico, und ein Theaterstück, eine Komödie ... ›La Mandragore‹.«

»Ich würde sie gern lesen. Worum geht es darin?«

»Lucrezia ist die Ehefrau des alten Arztes Nicia, sie betrügt ihn mit dem jungen Callimaccio. Das ist sehr amüsant. Aber hat Eure Hoheit mich eine Leiter hinaufklettern lassen, um sich mit mir über das Theater zu unterhalten?« erkundigte sich der Gelehrte unverblümt und stellte seinen Becher ab.

Fulvio tat das gleiche.

»Nicht ganz, Messire Machiavelli.«

›Machiavelli ... Machiavelli ...!‹ dachte Zéphyrine. Sie hatte diesen Namen noch nie gehört. In Frankreich hätte man ihn abgekürzt und den Mann einfach Machiavel genannt. Dieser seltsame Name hatte für Zéphyrine etwas Finsteres, ja sogar Gefährliches an sich!

»Ich würde mich gern mit Ihnen die ganze Nacht hindurch über die schönen Künste unterhalten, mein lieber Niccolo«, sagte Fulvio ohne jedes Anzeichen von Verstimmung, »aber Sie haben recht, wir reisen morgen in aller Frühe weiter. Wenn ich diese Begegnung in San Casciano organisiert habe, so hauptsächlich deshalb, weil ich Ihre Dienste in Anspruch nehmen und Sie bitten möchte, mich nach Rom zu begleiten.«

»Ich soll also der persönliche Ratgeber des Prinzen Fulvio Farnello werden!« sagte der ältere Mann nachdenklich.

»Genau das!«

Der Besucher seufzte.

»Ach, Hoheit, Sie kommen zu spät.«

Bei dieser Antwort runzelte Fulvio die Stirn.

»Heißt das, daß Sie wieder im Dienste von jemandem stehen?«

»Nun ja, Monsignore ... im Dienste des Todes ... Ich werde nicht mehr lange leben. Ich werde mit jedem Tag schwächer, und der Vorschlag Eurer Hoheit erfüllt mich mit Freude und gleichzeitig mit Trauer. Das italienische Land hat schwere Zeiten vor sich, und ich hätte Eurer Hoheit gern geholfen ...«

Ein Schweigen trat ein, das nur vom Knistern der Flammen durchbrochen wurde. Schließlich sagte Fulvio:

»Mein Arzt ist einer der besten; er könnte Sie behandeln, Niccolo.«

Der seltsame Besucher unterbrach Fulvio mit einer unmißverständlichen Geste, die besagte: zwecklos!

»Ich glaube, ich weiß, was Sie quält, Fulvio, denn es ist das Schicksal aller italienischen Prinzen ... Mein lieber Freund, wenn Sie mir diese Anrede immer noch gestatten – ein großer Prinz darf in der Politik nur an die Ziele denken, die er erreichen will. Er darf sich nicht von moralischen Vorurteilen beherrschen lassen ... Er muß skrupellos alles opfern, was sich ihm in den Weg stellen könnte ... Nehmen Sie sich in acht vor allem und jedem, Prinz Farnello! Seien Sie auf der Hut vor Ihrer Familie, vor Ihrer Frau und Ihren Kindern, wenn Sie welche haben! Seien Sie auf der Hut vor sich selbst!

Denken Sie daran, daß Sie letztlich mehr Treue und mehr Vorzüge bei jenen Menschen finden werden, die Ihnen zu Beginn Ihrer Herrschaft suspekt waren, als bei jenen, in die Sie anfänglich Ihr Vertrauen setzten ...

Seien Sie auf der Hut vor dem Priester, bei dem Sie beichten!

Seien Sie auf der Hut, wenn Sie schlafen! Hüten Sie Ihr Gesicht, Ihre Blicke, Ihre Gedanken ...

Lernen Sie es, sie immer zu verbergen! Lächeln Sie jenen zu, die Sie insgeheim hassen, und ignorieren Sie jene, die Sie schätzen! Und erinnern Sie sich stets daran, daß man aus der alten und aus der neuen Geschichte anhand vieler Beispiele folgende Lehre ziehen kann: Jeder neu an die Macht gekommene Fürst wird mit der Zeit einsehen müssen, daß es leichter für ihn ist, die Freundschaft von Männern zu gewinnen, die ursprünglich für das vorangegangene Regime waren und ihn deshalb bekämpft haben, als sich die Freundschaft jener Männer zu erhalten, die seine Freunde waren und ihm geholfen haben, an die Macht zu kommen, weil sie selbst unzufrieden waren...«

»Sie wollen damit sagen, Niccolo, daß ich den Franzosen – meinen Feinden – mehr Vertrauen schenken kann als den Spaniern oder Engländern – unseren... Verbündeten...«, murmelte Fulvio.

»Ich will damit sagen, was ich gesagt habe. Es ist Sache Eurer Hoheit, meine Worte in bezug auf die Ereignisse zu interpretieren. Aber begehen Sie niemals den fatalen Fehler, jemandem – wer es auch sein mag – Ihr Vertrauen, Ihre Freundschaft und besonders Ihre Liebe zu schenken... Das ist das Vermächtnis, das Ihnen, Hoheit, der unglückliche Machiavelli aus respektvoller Freundschaft mit auf den Weg geben kann...«

Bei diesen Worten erhob sich der Besucher, um sich gleich darauf in einem heftigen Hustenanfall krampfhaft zu krümmen. Liebevoll stützte Fulvio den Kranken, während dieser Blut in eine Schale spuckte.

»Ich werde Sie durchs Treppenhaus zurückbegleiten«, sagte Fulvio, als Niccolo Machiavelli etwas zur Ruhe gekommen war.

»Auf gar keinen Fall«, protestierte der Besucher, während er sich den Schweiß von der Stirn wischte. »Der Engländer könnte mich sehen, und das würde ihn nur mißtrauisch machen. Das darf nicht geschehen. Vielmehr muß Eure Hoheit seine Zweifel einschläfern, ihn in Sicherheit wiegen, um ihn dann wie eine Schlange zu zertreten.«

Bei diesen letzten Worten lächelte der alte Mann verschlagen.

»Ich bin über die Leiter gekommen, ich werde auch jetzt wieder die Leiter benutzen. Leben Sie wohl, Prinz Farnello! Möge Eure Hoheit meine Theorien in die Praxis umsetzen können... Dann werde ich im Fegefeuer, wo ich bestimmt landen werde, um für meine Sünden zu büßen, ganz zufrieden sein.«

Der Prinz und sein Besucher waren aus Zéphyrines Gesichtskreis verschwunden, und sie begriff, daß die beiden Männer zum Fenster gingen. Vorsichtig verließ sie ihren Horchposten.

›Dieser Mann ist machiavellistisch!‹ dachte die junge Frau, ohne daß es ihr auffiel, daß sie soeben ein neues Wort erfunden hatte.

»Lächeln Sie jenen zu, die Sie insgeheim hassen, und ignorieren Sie jene, die Sie schätzen... Schenken Sie niemandem Ihr Vertrauen... seien Sie auf der Hut vor allen, sogar vor sich selbst!«

Nachdenklich warf Zéphyrine einen Blick aus dem Fenster. Die gebückte Gestalt entfernte sich hinter Paolo. Die junge Frau bedauerte, dem nächtlichen Besucher nicht folgen zu können. Sie hätte sich gern mit dem Denker unterhalten, mit ihm diskutiert und gestritten.

›Utopische Hirngespinste... politische Träume von einem Zynismus ohnegleichen, oder aber ein genialer Theoretiker, der eine neue Synthese des Regierens erfunden hat?‹

Mit eiskalten Füßen legte sich Zéphyrine wieder ins Bett. Ihr schwirrte der Kopf von allem, was sie gehört hatte, aber schließlich schlief sie doch mit dem beruhigenden Gedanken ein: ›Mir kann nichts mehr passieren... Wir reisen nach Rom... *Rom, die Ewige Stadt!*‹

12

Wettstreit in... den schönen Wissenschaften

»Salut... Saucisse!«

Gros Léons Krächzen weckte Zéphyrine.

Demoiselle Pluche brachte ihr eine Rebhuhnbouillon.

Gut ausgeruht und mit wachen Sinnen befeuchtete Zéphyrine Gesicht und Hände mit etwas Weingeist.

Sie ließ sich ihre Haare zu einem Zopf flechten – einer für die Reise praktischen Frisur – und wählte als Kopfputz nur ein feines Haarnetz mit goldenen Kügelchen. Trotz der Schlichtheit sah das sehr reizvoll aus.

Nachdem sie die hochmodernen venezianischen Schuhe angezogen hatte, streifte Zéphyrine ein kurzes Hemd über, das ihre Kammerzofe ihr reichte, sodann einen Unterrock zum Schnüren und eine an den Hüften ausgepolsterte Unterhose.

»Was für eine schöne Taille Eure Hoheit hat!« bewunderte Emilia, während Zéphyrine sich gegen einen Bettpfosten stemmte, um so fest geschnürt zu werden, bis sie zu ersticken glaubte.

Sie zögerte, ob sie ein französisches, italienisches oder spanisches Kostüm anziehen sollte. Letzteres war bei den Damen der vornehmen Gesellschaft sehr in Mode. Nach schwierigen Überlegungen wählte sie ein schwarzes Reisekostüm, das von iberischer Schlichtheit war. Rasch streifte sie die zweiteilige ›saya‹ über, den ›vaquero‹, ein enges Mieder mit abnehmbaren Ärmeln, und über die drei Unterröcke eine ›ropa‹, einen weiten Rock, in dem sie bequem gehen und sitzen konnte. Der ›rebato‹, ein Spitzenkragen, der mit Metallfäden eingefaßt war, umrahmte anmutig ihr Gesicht, und eine schwarze Mantilla auf ihren goldenen Haaren vervollständigte ihre Toilette.

Nachdem sie endlich fertig war, begab sie sich – mit Pluche, Emilia, Gros Léon, dem Knappen Piccolo und dem dienstbeflissenen Aristophanes im Gefolge – auf den Hof der Herberge.

Fulvio und Mortimer warteten vor der Karosse auf sie.

Fest entschlossen, von diesem Morgen an die nächtlichen Ratschläge Machiavellis zu befolgen, schenkte Zéphyrine ihrem Ehemann ein strahlendes Lächeln und begrüßte den Herzog nur mit einem kühlen Kopfnicken.

Der überraschte Fulvio und der bestürzte Mortimer stiegen nach ihr ein, während Demoiselle Pluche und Emilia in einem der drei Fahrzeuge des Gefolges Platz nahmen.

War es die frühe Morgenstunde? Jedenfalls wurde während der ersten Meilen in der Karosse kaum gesprochen. Jeder schlummerte noch halb oder hing seinen Gedanken nach.

Sogar Gros Léon war still!

Zéphyrine saß neben dem Prinzen Farnello, gegenüber von Mortimer, und betrachtete verträumt die vorbeiziehende Landschaft.

Unter dem klaren Morgenhimmel empfand sie Begeisterung für dieses italienische Land. Wie schön die florentinische Landschaft im Sonnenschein war! Warum war sie nur so empfänglich für den Reiz dieser Länder, die sie doch eigentlich hätte hassen müssen?

›Man muß zwischen den Menschen und ihrem Land unterscheiden können‹, dachte die junge Humanistin angesichts dieser bezaubernden Landschaft.

Sie hatte auch die Lombardei mit ihren Schäfchenwolken am strahlendblauen Himmel geliebt, und nun, im goldenen Licht der

Toskana, wurde Zéphyrine in ihren streitbaren Entschlüssen vollends schwankend.

Die Verzauberung ging keineswegs von dem Mann an ihrer Seite aus, sondern nur von dieser vollendeten Kulisse, an der ihre Karosse vorbeifuhr.

Und dabei war es ja noch Winter. Im Königreich Frankreich zitterte der Bauer jetzt in seiner baufälligen Hütte vor Kälte, und den Gutsherrn zog es in die Nähe seines warmen Kamins. Während hier die Felder, auf denen die Getreidesaat noch nicht aufgegangen war, unter den milden Sonnenstrahlen glänzten... Rosafarbene Dörfer ließen sich hinter dem Laubwerk erahnen, und wären nicht die schrecklichen Condottieri oder die spanischen Söldner gewesen, die in ihren Panzerhemden ab und zu vorbeiritten, so wäre Zéphyrine nie auf den Gedanken gekommen, daß die Halbinsel von fremden Truppen besetzt war.

Während Täler, Flüsse, am Horizont aufragende Zypressen, im Wind sich leicht wiegende Weiden und die Umrisse stolzer Burgen auf Hügeln an ihr vorbeizogen, verstand Zéphyrine die Werke jener modernen Maler immer besser, die sie an den Wänden des Palazzo Farnello entdeckt hatte und deren Talent sie bewunderte. Dieses irdische Paradies mit seinen blauen, grünen, rosa und goldenen Farben beschwor in ihr unwiderstehlich Namen wie Botticelli, Fra Angelico, Raffael, die in Frankreich noch kaum bekannt waren.

Ein hinreißendes Lächeln verklärte ihr Gesicht und verlieh ihr das Aussehen eines Modells eben dieser Maler. Plötzlich fuhr sie, jäh aus ihren Träumen gerissen, zusammen.

»Wir nähern uns dem Kirchenstaat!« hatte die metallische Stimme des Prinzen Farnello soeben geäußert.

»Oh... dann werden wir also bald den historischen Tiber überqueren!« rief der Herzog.

Fulvio warf Zéphyrine einen anzüglichen Blick zu und sagte: »Das wird unser Rubikon sein! Alea iacta sunt! Der Würfel ist gefallen!«

Es waren aber nicht diese Worte, welche die junge Frau verwirrten. Vielmehr hatte sich ein Männerbein unter ihre Unterröcke geschoben. Ein Knie berührte eroberungslustig das ihrige. Mit gesenkten Augen, wie eine Madonna aussehend, versuchte Zéphyrine herauszufinden, welcher der beiden Herren zum Angriff übergegangen war. Prinz Farnello hatte seinen Kopf an die Tür gelehnt. Es konnte gar keinen Zweifel geben: Wenn man die Richtung in Betracht zog, mußte es der Herzog von Montrose sein.

»Wir werden aussteigen müssen, um eine Fähre zu nehmen. Es wäre praktischer, wenn die Karosse beim Übersetzen leer sein könnte...«, erklärte Fulvio, »... aber wenn Sie müde sind, Madame, werden wir es so einrichten, daß Sie hier sitzen bleiben können...«

So unterwürfig, wie sie nur konnte, erwiderte Zéphyrine:

»Nein, Monseigneur, ich möchte Ihren Leuten auf keinen Fall unnötige Umstände machen, ich werde das gleiche tun wie Eure Hoheit...«

Fulvio betrachtete seine Frau immer überraschter – als gehöre sie zu einer ihm völlig unbekannten Gattung.

»Trotzdem, Milady, wenn Sie Angst vor dem Wind haben, könnten wir – Monseigneur und ich – die Pferde durchaus im Zaum halten«, schlug Mortimer vor.

Zéphyrine unterbrach ihn mit der trockenen Bemerkung:

»Vielen Dank... aber ich bin nicht bewegungsunfähig...«

Das Knie des Herzogs unter ihren Röcken schien zu zögern. Daraufhin ging Zéphyrines Knie ihrerseits zum Angriff über. Beruhigt schob Mortimer sein Bein wieder vor. Während Zéphyrine ihrem Mann scheinheilig zulächelte, ließ sie nicht nur zu, daß der schöne Engländer seine Wade an die ihre schmiegte, sondern ging sogar temperamentvoll auf sein Spielchen ein.

Sie war von dieser Beschäftigung so in Anspruch genommen, daß sie nicht auf die Unterhaltung der Herren achtete. Die nun schon fast heiße Sonne hatte ihnen die Zungen gelöst.

Zum hundertsten Male stellte sich Zéphyrine die Frage: ›Wenn der Unbekannte vom Strand nun Mortimer von Montrose wäre?‹

»Was halten Sie davon, Madame?« fragte Fulvio plötzlich.

Sie hatte keine Ahnung, worüber gerade gesprochen worden war.

»Ich... ich habe keine eigene Meinung in dieser Frage...«, erwiderte die junge Frau.

›Keine Meinung? Sie?!‹ schien der scharfe Blick des Leoparden auszudrücken.

»Nachdem die Prinzessin keine Antwort bereit hat, Milord«, fuhr Fulvio fort, »schließe ich mich Ihrer Meinung an. Sie beurteilen unsere Zeit ganz richtig. Im letzten Jahrhundert hat der Mensch mehr Fortschritte gemacht als in den zehn vorhergegangenen. Er hat es gewagt, die Küstengewässer zu verlassen und ist zu neuen Ufern aufgebrochen – nehmen wir nur mal Magellan oder Amerigo Vespucci, diesen florentinischen Seefahrer, auf den wir alle stolz sind, der mehrere Reisen in die Neue Welt unternommen hat... Wußten Sie, Madame, daß ein bedeutender Kartograph in einer Stadt namens Saint-Dié im Herzogtum Lothringen Amerigos Vornamen benutzt hat, um diese Neue Welt zu benennen? Amerika...«

Zéphyrine schüttelte den Kopf, während einer ihrer kleinen Füße von den Knöcheln des Engländers liebkosend umschlossen wurde.

Der Leopard war so in seine Ausführungen vertieft, daß er gar nicht zu bemerken schien, was zwischen seiner Frau und seinem Gast vorging, den er zu beeindrucken versuchte.

»... Man darf auch Pinzon, Verrazzano, Cabral und Sébastien Cabot nicht vergessen. Letzterer ist erst vor kurzem wieder nach Amerika aufgebrochen. Ich bewundere sie alle! Manchmal würde ich – genau wie Sie, Milord – am liebsten unsere ganze humanistische Kultur hinter mir lassen, ein Schiff mieten und Unbekanntes erforschen.«

»Das ist richtig, Monseigneur, aber ist es nicht traurig, daß der Mensch trotz dieser großen Fortschritte der größten Geißel immer noch machtlos gegenübersteht – der Pest, die die gesamte Bevölkerung einer Stadt dahinraffen kann? In London hatten wir innerhalb von zehn Jahren drei schreckliche Epidemien – zwanzigtausend unglückliche Tote!«

Trotz seiner Worte schien das Schicksal dieser armen Pestopfer Mortimer aber nicht allzu nahe zu gehen, denn er liebkoste Zéphyrines Wade dabei immer kühner.

Zéphyrine hatte verstanden: Zur Zeit schien es Mode zu sein, daß sich die vornehmen Herren gegen den Humanismus und die Moralphilosophie auflehnten.

»Das gebe ich zu, Montrose...«

Fulvio schlug jetzt dem Engländer gegenüber einen vertraulicheren Ton an.

»... aber andererseits müssen Sie auch wieder zugeben, daß wegen eben dieser apokalyptischen Zeiten, wie Sie sie beschreiben, gerade die schwarze Pest den genialen Boccaccio zu seinem grandiosen ›Dekamerone‹ inspiriert hat.«

»Das Gemälde, das er von dem florentinischen Leben im 14. Jahrhundert entwarf, die Versessenheit auf Genüsse und auf Kultur, macht ihn ohne jeden Zweifel zum größten Prosaschriftsteller Italiens, Farnello«, gab Mortimer zu.

Er erwiderte Vertraulichkeit mit Vertraulichkeit, während sein Knöchel liebkosend an Zéphyrines Bein entlangstreifte.

In Zéphyrine kämpften – wie immer – zwei widerstreitende Kräfte miteinander: Sinne und Verstand. Sie wurde immer erregter von dem Hin und Her auf ihrem Seidenstrumpf, aber gleichzeitig ärgerte sie sich auch darüber, von dem brillanten Wettstreit ausgeschlossen zu sein. Schließlich siegte ihr Geist über ihren Körper, und sie mischte sich ins Gespräch.

»Homo ferus ...«, sagte sie.

Die beiden Herren verstummten höflich. Sie wandten ihre Köpfe der jungen Frau zu und lauschten pflichtschuldig.

»Der wilde, grausame Mensch, meine Herren – hat er nicht erst vor einem knappen Jahrhundert die Barbarei und die geistige Finsternis überwunden? Das moderne Zeitalter, in dem wir leben, wurde von dem berühmten Petrarca eingeleitet ... Er war es, der diese ›studia humanitatis‹ neu begründete, die uns den Zugang zu den kulturellen Werten ermöglichten.«

Die beiden Fürsten stimmten ihr zu. Mortimer ließ sich durch das Gesprächsthema nicht abschrecken und versuchte, sein Knie zwischen Zéphyrines Knie zu schieben. Petrarca konnte manches vertragen! Mit geröteten Wangen und rosigen Lippen diskutierte Zéphyrine lebhaft und geistreich unter den Blicken von Prinz Farnello.

›Petrarca versetzt Sie in ausgesprochen gute Laune!‹ schien er mißbilligend sagen zu wollen.

»Soiffard ... Soldats!«

Gros Léon, der für die brillante Konversation der Insassen nicht das geringste Interesse gezeigt hatte, war aufgewacht und verkündete, daß man am Fluß angelangt war, wo sich betrunkene Soldaten aufhielten.

Die Karosse hatte angehalten.

Tatsächlich döste – wie die Dohle gesagt hatte – eine betrunkene Soldateska an den Uferböschungen vor sich hin. Es waren Söldner, die vermutlich von französischen Fürsten angeheuert worden waren und deshalb jetzt keine Beschäftigung mehr hatten.

Es mochten etwa hundert Mann sein, bärtige Gesellen in stinkenden, zerrissenen alten Lumpen, die um die Lagerfeuer herumlagen, vermutlich ohne Offiziere, sich selbst überlassen.

Während die Karosse auf die Rückkehr der Fähre wartete, stiegen Fulvio und Mortimer aus. Gros Léon nutzte die Gelegenheit, um sich etwas Bewegung zu verschaffen, und flog über dem

Fluß hin und her. Zéphyrine streckte, allein geblieben, ihren Kopf aus dem Fenster, um die schimmernden Fluten des Tiber zu betrachten.

Sofort wurden anzügliche Bemerkungen laut.

»Schaut mal – ein Frauenzimmer!«

»Ein tolles Weib!«

»Eine Frau zum Scharfwerden!«

»Hübsche Dirn!«

»Gehört sie dem Dunklen ... gehört sie dem Blonden?«

»Allen beiden, du Arschloch!«

Das unanständige Gelächter war nicht direkt bösartig, aber Paolo flüsterte dem Prinzen trotzdem besorgt ins Ohr:

»Eure Hoheit sollte Sua Grazia den Rat geben, sich zu verschleiern – diese Begegnung gefällt mir gar nicht.«

»Pah ... wir sind, einschließlich der Leute des Herzogs, dreißig Mann, und wir sind bis zu den Zähnen bewaffnet«, erwiderte Fulvio.

»Es sind aber mehr als hundert Kerle, und sie sind alle schwer betrunken.«

Als wollten sie dem Knappen recht geben, stand ein gutes Dutzend der Söldner auf und kam mit schleppenden Schritten, ihre Füße mit Lumpen umwickelt, auf die Karosse zu.

»Ziehen Sie sich lieber zurück, Madame«, riet der Prinz. »Ihr Anblick erregt diese Männer, wie es scheint...«

Mit diesen kühlen und ironischen Worten schloß Fulvio die roten Vorhänge und wandte Zéphyrine dann wieder den Rücken zu.

Sie hätte ihn am liebsten geohrfeigt. Durch einen Spalt sah sie, wie der Prinz sich entfernte.

Ein eigenartiges Gefühl überkam die junge Frau, wie schon so oft. Sie hatte diese breiten, mächtigen Schultern, diesen geschmeidigen katzenartigen Gang schon einmal gesehen – früher. Zéphyrine lehnte ihren Kopf an den Fensterholm und zog ihre schmalen Brauen zusammen.

War sie verrückt geworden? Prinz Farnello, ihr Gemahl, sollte jener Unbekannte vom Strand sein, jener Edelmann, der sie vor dem verbrecherischen Brandanschlag gerettet hatte?...

Würde sie denn jenen leidenschaftlichen Kuß, dem sie sich nicht hatte widersetzen können, niemals vergessen?... Jene magische Anziehungskraft des geheimnisvollen Kavaliers, jenen Genuß, den sie in den Armen eines Mannes empfunden hatte, dessen Gesicht sie nicht einmal gesehen hatte ... Nie war Zéphyrine auf diese Weise geküßt worden ... Keuchend, diesem Mund ausgeliefert, der ihr neues Leben einhauchte, hatte Zéphyrine all ihre Ängste vergessen. Von einem herrlichen Taumel erfaßt, hatte sie seinen langen Kuß leidenschaftlich erwidert ... Nie hatte irgendein Edelmann sie so behandelt ... außer Fulvio am Vortag in der Karosse ... Bei dieser Erinnerung glühten ihre Wangen.

Das war doch einfach lächerlich! Der Unbekannte vom Strand hatte beide Augen gehabt ... und der Prinz war einäugig.

Ein Schrei brachte Zéphyrine wieder auf die Erde zurück – ihr eigener Schrei. Es war vier Söldnern gelungen, unter der Karosse hindurchzukriechen und ins Innere zu gelangen, ohne von den Wachen bemerkt zu werden. Einer der Söldner setzte Zéphyrine seinen scharfen Dolch an die Kehle und brüllte zum Fenster hinaus:

»Waffen, Gold, Fleisch und Pferde, oder wir schneiden der Kleinen die Kehle durch!«

13

Die Freiheit

Hunger und Durst quälten Zéphyrine. Aus Angst vor den Söldnern, die hinter der Tür Wache hielten, wagte sie kaum, sich zu bewegen, und sie konnte – abgesehen von einem fernen Donnergrollen – auch nichts hören.

Es war inzwischen Nacht geworden.

Zéphyrine richtete sich auf. Der elende Strohsack piekte. Verzweifelt darüber, daß sie nur eine schwache Frau war, ließ sie sich aber gleich wieder nach hinten fallen und verkroch sich unter dem Federbett, das ein Söldner ihr gnädig überlassen hatte.

War es nicht furchtbar, daß sie ihre Hoffnungen, gerettet zu werden, auf ihren Mann setzen mußte?

Welch eine Ironie des Schicksals – sie war schon seine Geisel, und nun forderten die Söldner von ihm ein Lösegeld für sie!

Unter den Augen von Fulvio und Mortimer, die wegen des Dolches an Zéphyrines Kehle machtlos waren, hatten die Verräter den Kutscher von seinem Platz verjagt und die Karosse dann zu einem abgelegenen Bauernhaus gebracht, in dem sie anscheinend ihr Lager aufgeschlagen hatten.

Während zwei Banditen, die nach Branntwein stanken, Zéphyrine auf diesen Dachboden geschleppt hatten, wo sie nun schon seit Stunden wartete, hatte sie den Anführer dieser Bande von Renegaten kurz gesehen.

Es war ein großer Kerl, dessen schmutziger Filzhut tief ins Gesicht gezogen war.

Er hatte gerade den Hof durchquert und sich in Richtung des Tiber entfernt, mit einem Gewehr in der Hand, an dessen Lauf er zum Zeichen, daß er verhandeln wollte, einen weißen Lappen gebunden hatte.

»Bei ›La Liberté‹ / deutsch: ›Die Freiheit‹ / werden diese feinen Herren ganz schön kuschen müssen!« brummte einer der Haudegen befriedigt, bevor er Zéphyrine einschloß. »Der kann nämlich reden, unser ›La Liberté‹! He, ›Lame d'Acier‹ / deutsch: ›Stahlklinge‹ /, gib mir doch mal die Branntweinpulle, damit ich wieder zu Kräften komme!«

»Hallo... Mordieu... Jawohl... Hurensohn... Le Zolder... Siméon... Lame d'Acier... Rog le Dur... Le Vulpian... Pesano... Timur... Braoz... Joli Cœur... Le Loriquet... Le Busard... Goéland...«

Zéphyrine hörte, wie die Männer sich auf dem Hof in verschiedenen Sprachen und Dialekten unterhielten. Unter anderen Umständen hätte sie sich bestimmt über die Spitznamen dieser Leute amüsiert, die ihre Vergangenheit und ihre Nationalität ablegten, um Söldner zu werden. Aber in Anbetracht ihrer Situation haßte Zéphyrine sie von ganzem Herzen.

Nach einem besonders stürmischen Würfelspiel hatten Braoz und Le Zolder sich direkt unter der mit Brettern vernagelten Öffnung des Dachbodens geprügelt. Ein lauter Schrei hatte die Partie beendet.

Seitdem war nichts mehr zu hören. Das Blut der Männer hatte sich inzwischen wohl etwas abgekühlt. Sie hatten sich beruhigt.

Wieviel Zeit mochte inzwischen vergangen sein? Zéphyrine schloß aus ihrem großen Hunger, daß es mindestens schon Mitternacht sein mußte. Ein Blitz erhellte den Dachboden für einen Augenblick. Es war ein niedriger Hängeboden. In einer Ecke waren Strohbündel aufgestapelt.

Unten wurde eine Tür zugeschlagen. Zéphyrine geriet plötzlich in Wut und sprang auf. Sie schlug sich den Kopf an der Decke an und stolperte in ihrem langen Kleid.

›Die Männerkleidung, die sie auf der Flucht mit Gaétan getragen hatte, war wesentlich praktischer gewesen...‹

Gaétan... der Gedanke an ihn traf sie wie ein Peitschenschlag. Seit sie sich wieder in der Gewalt des Leoparden befand, hatte sie ihn fast vergessen.

›Gaétan hätte diesen Bauernhof schon längst stürmen lassen, um sie zu befreien... Und dieser geizige Prinz Farnello schlief zur Stunde bestimmt irgendwo in einem weichen Bett...‹

Während Zéphyrine ihre Wut an Fulvio ausließ, tastete sie sich mit eingezogenem Kopf bis zur Wand und begann, mit den Fäusten dagegen zu hämmern.

»Ich habe Hunger... ich habe Durst... Ihr Haudegen... ihr Verbrecher... ihr seid schlimmer als wilde Bestien...«

Fast sehnte sie sich nach Riminis Bande, die ihr wenigstens etwas zu essen gegeben hatte.

»Macht auf, ihr Flegel! Wollt ihr mich in diesem stinkenden Drecksloch denn verhungern lassen?«

Sie schürfte sich an dem rauhen Holz die Hände auf. Wie durch ein Wunder öffnete sich die Tür einen Spaltbreit. Zéphyrine wollte hinausstürzen. Zwei Söldner, die sie im Schein einer Laterne erkennen konnte, hinderten sie daran.

»Sie schreien ganz vergeblich, liebe Dame, wir können Ihnen nur das da anbieten... Jawohl...«

Während Lame d'Acier Zéphyrine zu ihrem Strohsack zurückbrachte, bot Le Zolder ihr liebenswürdig einen Krug mit Branntwein an.

»Ich will Suppe und Brot«, kreischte Zéphyrine.

»Verdammt, wir haben nichts anderes, schöne Frau!« brummte Le Zolder und hielt ihr den Krug wieder hin. Zéphyrine schnappte ihn blitzschnell und schüttete den Inhalt den Männern ins Gesicht.

»Hure...«

»Schlampe...«

Während sich die Söldner fluchend die Augen rieben, eilte Zéphyrine zur Treppe. Sie rannte direkt in einen Mann hinein, der gerade hinaufstieg. Ohne sich von ihren Schreien erweichen zu lassen, packte er sie und warf sie sich über die Schulter wie einen Mehlsack.

»Bravo, ihr bewacht sie großartig!« stellte er trocken fest, als er seine Beute in den Dachboden zurückbrachte.

Lame d'Acier und Le Zolder blickten verlegen und beschämt drein.

»Es war nicht unsere Schuld, La Liberté! Das ist ja eine rasende Furie...«

»Jawohl, sie hatte großen Durst...«

»Holt Wasser für sie!« befahl der Mann. »Und Sie verhalten sich gefälligst ruhig, Madame, sonst lasse ich Sie fesseln.«

Mit dieser Drohung legte La Liberté die junge Frau ziemlich sanft wieder auf ihren Strohsack. Im schwachen Licht der Laterne konnte Zéphyrine den Anführer der Renegaten undeutlich erkennen. Er mußte jung und stark sein. Wie die anderen Männer, so war auch er in Lumpen gekleidet, aber sie hatten immerhin den Vorteil, weniger zu stinken als die von Lame d'Acier und Le Zolder.

»Beeilt euch. Nehmt diese Laterne mit. Oder haltet ihr es für besonders klug zu zeigen, wo wir sie gefangen halten...«

Diese Worte gaben Zéphyrine neue Hoffnung.

Wenn der Söldner Wert darauf legte, kein Licht auf dem Dachboden zu haben, so bedeutete das, daß Fulvio sich noch in dieser Gegend aufhielt.

Während Lame d'Acier und Le Zolder den Befehlen ihres Anführers gehorchten, setzte dieser sich auf einen Hocker vor den Strohsack.

Zéphyrine versuchte, in der Dunkelheit seine Gesichtszüge zu erkennen. Wieder erhellte ein Blitz flüchtig den Dachboden. Der Mann hatte seinen Filzhut tief ins Gesicht gezogen. Zéphyrine hatte den Eindruck, daß er ihr sein Gesicht nicht zeigen wollte.

»Sie sind Französin, Madame?« erkundigte er sich mit leiser Stimme.

»Ich frage mich, was Sie das angeht!«

Zéphyrine vergaß Machiavellis weise Ratschläge.

»Ich bin selbst Franzose... das heißt, ich war es einmal...«, fuhr La Liberté fort.

»Sie sind sehr tief gesunken!«

Der Renegat schien sich über Zéphyrines Worte nicht zu ärgern. Er stand auf, öffnete die Tür und ergriff den Krug, den Lame d'Acier gebracht hatte.

»In Ordnung. Sag den anderen, sie sollen alle Ausgänge bewachen.«

Die Laterne entfernte sich. La Liberté schloß die Tür.

»Hier, trinken Sie.«

Er hielt Zéphyrine den Krug hin.

Sie hatte große Lust, ihm den Inhalt ins Gesicht zu schütten. Aber wozu sollte das gut sein? Sie hatte viel zu großen Durst. Tastend packte sie den Krug. Ihre Finger berührten die des Söldners. Sie trank gierig das frische Wasser aus dem Tiber, dann protestierte sie:

»Sie könnten mir wenigstens ein Stück Brot geben!«

Der Mann hatte sich wieder auf den Hocker gesetzt. Zéphyrine konnte seine Silhouette erkennen.

»Bedauerlicherweise haben wir keines, wir haben seit Tagen nichts zu essen.«

»Jedenfalls haben Sie genug zu trinken«, spottete Zéphyrine.

»Das ist alles, was uns noch geblieben ist – Branntweinfässer.«

»Glauben Sie, daß das Ihnen das Recht gibt, Leute zu überfallen? Mich als Geisel zu nehmen? Soll ich vielleicht auch noch über Ihr Schicksal weinen?«

Es blitzte wieder.

»Sie urteilen, ohne überhaupt etwas zu wissen, Madame.«

La Liberté war aufgestanden. Zéphyrine war sicher, daß die Stimme des Renegaten gezittert hatte. Befriedigt darüber, einen Punkt für sich verbuchen zu können, griff sie ihn weiter an.

»Weil Sie eine gesetzlose Bande anführen, glauben Sie, daß Ihnen alles erlaubt ist, sogar eine Frau von ihrem Ehemann zu entführen und Waffen und Gold zu verlangen!«

»Wir haben unsere Kommandeure in Pavia verloren.«

»Soll das ein Grund sein?«

»Wir sterben vor Hunger, niemand will uns zu essen geben.«

»Sie müßten eben höflich darum bitten!«

»Was?« brüllte La Liberté.

»Ganz recht!... Mit ein wenig gutem Benehmen erhält man, worum man bittet und...«

Der Söldner sprang auf den Strohsack, kniete sich mit einem Bein auf die junge Frau und schüttelte sie aus Leibeskräften.

»Seien Sie still... Wann werden Sie denn endlich begreifen? Mit diesen ganzen fremden Truppen herrscht hier auf dem Land praktisch Hungersnot... Wir suchen Arbeit, aber ohne Krieg finden wir niemanden, der uns in seine Dienste nimmt.«

»Das ist ja ein starkes Stück, wenn Sie Krieg brauchen, um...«

Sie mußte mitten im Satz aufhören. La Liberté drückte ihr die Kehle zusammen.

»Wissen Sie, was Hunger heißt? In Ihren Schlössern und Palästen vergraben... was wissen Sie schon vom Leben? Immerhin, Sie sehen ständig die gebeugten Schultern Ihrer Leibeigenen und Diener... Aber Ihnen kommt wohl niemals der Gedanke, daß es sich dabei um Männer und Frauen wie Sie selbst handelt!«

Halb erstickt, wehrte sich Zéphyrine gegen den Revolutionär, der vor Zorn außer sich war.

Plötzlich änderte sich das Verhalten des Mannes. Er umarmte

sie, zog sie an sich, streichelte sie, versuchte unter ihre Röcke zu gelangen. Seine Lippen wollten sich ihres Mundes bemächtigen. Sie verstand seine Absichten nur allzugut und wehrte sich mit aller Kraft. Aber während sie sich gegen seine Brust stemmte, spürte Zéphyrine zu ihrem Entsetzen, daß eine Hitzewelle ihre Lenden überkam. Der heiße Atem des Mannes schien ihren Hals zu verbrennen.

Was war nur aus ihr geworden, daß sie sich nun schon von diesem Haudegen erregen ließ?

Den Tränen nahe, kämpfte sie jetzt mehr gegen sich selbst als gegen den Renegaten. Gleich würde sie vergewaltigt werden, und sie – sie sehnte sich insgeheim sogar danach! Mit aller Kraft versuchte sie, den Angreifer zurückzustoßen.

Verwirrt über ihre eigene Begierde, die immer stärker wurde, mußte sie unwillkürlich denken: ›Das wird meine Rache an meinem Herrn Gemahl sein!‹

Hatte der Söldner Zéphyrines unausgesprochenen Wunsch verstanden? Er warf sich mit seinem ganzen Gewicht auf die junge Frau und flüsterte verworrene Sätze:

»Du bist meine Frau ... die ewige Frau ... Du hast immer mir gehört ... Ich habe dich nie vergessen ... Zéphy ... meine Zéphy ...«

Ein Blitzstrahl erhellte den Dachboden zwei oder drei Sekunden lang, sofort gefolgt von einem kräftigen Donnerschlag. Dieser Augenblick der Helligkeit genügte, um Zéphyrine das junge Gesicht erkennen zu lassen, das schon vom schweren Leben geprägt war.

»Bas ... tien!«

In der nun wieder hereingebrochenen Dunkelheit hatte Zéphyrine immer noch eindringlich dieses Gesicht vor Augen, die energischen, offenen Züge und die blauen Augen ihres ehemaligen Spielgefährten, mit dem sie aufgewachsen war, den Neffen ihrer Amme Pélagie, ihren Leibeigenen Bastien, der unter Umständen geflohen war, auf die sie alles andere als stolz sein konnte.*

»Bastien!« wiederholte sie mit veränderter Stimme.

Der Zauber war gebrochen. Der junge Mann rückte von ihr ab und setzte sich ans Ende des Strohsacks. Den Kopf mit den dichten Haaren in seine Hände vergraben, murmelte er erschöpft:

»Ja, Demoiselle, ich bin es wirklich.«

* siehe ›Göttliche Zéphyrine‹

Unwillkürlich hatte der junge Mann Zéphyrine wieder – wie früher – ganz korrekt angeredet. Sie kniete sich auf den Strohsack und tastete nach seiner Hand.

»Bastien, mein Freund ... ich bin so glücklich, dich wiederzusehen.«

Ihre Finger streichelten die schwielige Hand des jungen Mannes. Sie umschlang seinen Hals, schmiegte ihren Kopf an den seinigen. Mit Bastien stieg die ganze Vergangenheit wieder in ihr auf ... Sie war so gerührt, daß ihr Tränen über die Wangen liefen. Sie schluchzte:

»Ich habe nach dem Camp du Drap d'or überall nach dir gesucht. O Bastien, warum bist du nur auf diese Weise verschwunden? Ich hatte solche Angst um dich!«

Erschüttert drückte der junge Mann sie fest an sich.

»Ich bitte dich um Verzeihung dafür, Zéphy, aber ich hielt es nicht mehr aus ...«

In Gedanken fügte er hinzu: »... dich in meiner Nähe leben zu sehen, dich zu lieben, von dir täglich gemartert zu werden.«

»Ich suchte die Freiheit, ich habe sie gefunden, und für meine Männer bin ich zu La Liberté geworden ... ich verkörpere für sie die Freiheit ...«, sagte er stolz.

Zéphyrines Rührung hatte sich inzwischen etwas gelegt, und sie erkundigte sich, Bastiens Hand noch immer zwischen ihren Händen:

»Gaétan hat mir erzählt, daß du ihn in Pavia gerettet hast ...«

»Nun ja, ich hatte Glück. Ehrenwort, als ich den armen Edelmann blutüberströmt auf der Erde liegen sah, dachte ich an Sie, an Ihren Kummer ... aber Sie sind inzwischen ja mit einem anderen Mann verheiratet und ... Prinzessin«, schloß Bastien mit leichtem Groll in der Stimme.

»Urteile doch nicht, ohne Bescheid zu wissen!« rief Zéphyrine.

Kunterbunt durcheinander erzählte sie ihm alles, was in Frankreich nach der Katastrophe von Pavia geschehen war ... die Verarmung ... die Verzweiflung ... ihre Eheschließung unter dem Zwang, ihren Vater zu retten ... Sie vermied es äußerst geschickt, ihre Flucht mit Gaétan zu erwähnen, und kam direkt auf die gegenwärtige Situation zu sprechen:

»Und nun sind wir unterwegs nach Rom, um diese Ehe annullieren zu lassen. Aber erzähl du jetzt lieber von dir ... wie ist es nur dazu gekommen, daß du ...?«

»Ein Renegat geworden bist«, ergänzte sie in Gedanken.

Bastien schüttelte den Kopf.

»Du lieber Himmel, ich bin damals wie ein räudiger Hund aus dem Camp du Drap d'or in die Nacht entflohen ... ich fürchtete den Tag, an dem die Häscher mich aufgreifen würden und ich auf einem öffentlichen Platz gerädert werden würde. Für den Krieg wurden damals gerade Söldner angeworben, die man nicht viel nach ihrer Vergangenheit fragte, und so trat ich in die Dienste von Messire de la Palice. Nach seinem Tod und der Niederlage von Pavia haben wir, die Elenden, die Bettler, die Habenichtse, uns zusammengetan, und wir haben begonnen, von Plünderung und Raub zu leben. Aber bei den italienischen Bauern herrscht ja fast die Hungersnot ... Und da bin ich auf die Idee gekommen, bei der Fähre vornehme Herrschaften zu überfallen und Lösegeld für sie zu fordern.«

»Du wußtest also nicht, daß ich es war?« rief Zéphyrine erstaunt.

»Du lieber Himmel, nein, ich wollte mich ... deines Ehemanns oder des anderen Herrn bemächtigen. Als ich Sie im Türfenster der Karosse gesehen habe, wurde mir ganz heiß ums Herz ... Ich sagte mir: Das ist Schicksal ... Ich habe meine Zéphy wiedergefunden ... Deshalb gab ich den Befehl, Sie zu entführen.«

Schweigen breitete sich auf dem Dachboden aus. Der Donner wurde schwächer. Es hatte zu regnen begonnen.

Eine Schleiereule kreischte. Zéphyrine fröstelte in ihrem feuchten Kleid.

»Du kannst so nicht weitermachen, Bastien – Leute entführen und Lösegeld für sie fordern.«

»Nun, hat denn Ihr Prinz, Ihren Erzählungen zufolge, nicht genau das gleiche getan? Aber er hat natürlich sämtliche Rechte, weil er zufällig mit einer Krone auf dem Kopf zur Welt gekommen ist, und ich habe kein einziges, weil ich mit den Füßen im Lehm stecke!«

Zéphyrine schüttelte den Kopf.

»Hör mal, Bastien, es ist spät, und wir wollen jetzt nicht über Rechte und Gesetze diskutieren. Ich verspreche dir, deine Angelegenheit morgen früh in Ordnung zu bringen. Du warst mein Leibeigener, ich war deine Herrin. Ich werde schwören, daß wir dir in Bagatelle die Freiheit geschenkt haben ... Du wirst diese Horde von Taugenichtsen verlassen können und irgendwo eine Anstellung finden. Begleite mich jetzt zurück.«

Zéphyrine stand auf. Bastien blieb wie versteinert sitzen. Ein Schrei entrang sich seiner Brust:

»Sie sind noch schlimmer als früher ... Sie haben nichts gelernt, nichts verstanden... Sie sind hartherzig und hochmütig! Glauben Sie, ich werde Sie laufen lassen und zu dem anderen zurückbringen?«

Bastien hatte Zéphyrine an ihrem Kleid gepackt. Er warf sie zu Boden. Wie in ihrer Kindheit kämpften sie miteinander und beschimpften sich dabei.

Die Tür öffnete sich. Es war Lame d'Acier, der den Lärm gehört hatte. Er hob seine Laterne hoch.

Im gleichen Augenblick ertönte im Hof ein Schrei:

»Zu den Waffen!«

Mit der Armbrust abgeschossene brennende Pfeile fielen auf die Dächer.

Bastien ließ Zéphyrine los und wollte aufstehen und zur Treppe rennen, aber in diesem Moment zersplitterte die mit Brettern vernagelte Dachluke.

Wie zwei Racheengel sprangen Fulvio und Mortimer auf den Dachboden hinunter, ihre Vorderlader in den Händen. Bevor Bastien aufstehen konnte, versetzte Fulvio ihm einen Schlag in den Nacken.

»Töten Sie ihn nicht!« schrie Zéphyrine.

Ihr Schrei ging in einem lauten Knall unter. Mortimer hatte auf Lame d'Acier geschossen, der gerade fliehen wollte. In den Rücken getroffen, brach der Söldner zusammen. Seine Laterne fiel auf den Boden. Die mit dem Alkohol, den Zéphyrine verschüttet hatte, durchtränkten Strohhalme fingen sofort Feuer. Fulvio sprang über die ersten Flammen und über Bastiens Körper hinweg und half Zéphyrine beim Aufstehen.

»Rasch... können Sie gehen?«

Zéphyrine leistete Widerstand.

»Retten Sie ihn... retten Sie ihn!«

Das Feuer leckte schon an Bastiens alten Lumpen. Beißender Rauch drang in die Augen. Ohne auf Zéphyrines Schreie zu achten, warf Fulvio sein Gewehr beiseite und hob die junge Frau auf seine Arme. Gefolgt von Mortimer, der ihm Deckung gab, rannte er zur Treppe.

Im Hof herrschte ein unbeschreibliches Durcheinander. Die völlig kopflosen Söldner rannten wild umher, um das Feuer zu löschen, zu kämpfen oder zu fliehen.

Hinter einer niedrigen Mauer verschanzt, fuhren Fulvios und Mortimers Männer fort, perfekt organisiert, ein Knie auf dem Boden, ihre Armbrüste zu spannen und brennende Pfeile abzuschießen.

Währenddessen verfolgte Paolo mit seinen lanzenbewaffneten Wachen die Söldner unerbittlich.

»Beenden Sie doch dieses Gemetzel!« flehte Zéphyrine.

Das Feuer wütete. Die drei brennenden Gebäude des alten Bauernhofs beleuchteten das Blutbad.

»Bring die Prinzessin in Sicherheit!« schrie Fulvio.

Er übergab seine Frau Piccolo. Zéphyrine schlug um sich. Das Dach über dem Speicher brach mit einem Höllenlärm zusammen.

»Bastien... Bastien...«, schluchzte Zéphyrine.

Die Söldner schrien:

»Wo ist La Liberté?... Rette sich, wer kann, La Liberté ist tot!«

Während Piccolo Zéphyrine zur Karosse zog, sah sie, wie Fulvio und Mortimer Dolche und Papiere hervorholten.

Mit wilden Schreien stürzten die beiden Fürsten sich auf ein Dutzend Söldner, die von Le Zolder angeführt wurden.

»Der Preuße gehört mir!« brüllte Fulvio.

Mit offensichtlicher Kampfeslust ging er auf seinen Gegner los. Nach einigen Ausfällen durchbohrte er ihm mit seinem Degen die Kehle. Mortimer fügte währenddessen zwei Banditen schreckliche Wunden zu. Fulvia drehte sich blitzschnell um, um dem vereinten Angriff von Braoz und Le Busard auszuweichen.

Um sich schlagend, wilde Schreie ausstoßend, hatten die beiden Fürsten in ihrem Mordrausch keinerlei Ähnlichkeit mehr mit jenen wohlerzogenen jungen Leuten, die über Petrarca diskutierten.

»Sang... Sermon... Serment... Saperlipopette...«

In der Karosse wartete Gros Léon auf Zéphyrine. Er schüttelte seine vom Feuer angesengten Federn.

»Homo ferus... der blutrünstige Mensch«, murmelte Zéphyrine.

Ein Tropfen rann über ihre Wange. Sie wischte ihn ab. Er war warm und klebrig – es war Blut.

›Ich bin verflucht, ich bringe jenen, die mich lieben, nur Unglück... Bastien... mein armer Kleiner, bist du in den Flammen umgekommen?‹

Zéphyrine, das junge Salamanderweibchen, begann zu schluchzen. Verstört über ihren Kummer, flog Gros Léon zu ihr und knabberte an ihrem Ohrläppchen.

»Salvare... Sauvée...«, krächzte die Dohle.

»Hast du ihnen meinen Aufenthaltsort gezeigt? O Gros

Léon«, jammerte Zéphyrine. »Wäre es nicht besser gewesen, wenn ich zusammen mit meinem armen Bastien gestorben wäre?«

Auf das Kampfgetöse folgte tiefe Stille.

Der neue Tag brach an.

Mit Wunden bedeckt, vom Pulver geschwärzt, schienen Fulvio und Mortimer sich inzwischen genügend ausgetobt zu haben.

Auf einen Befehl des Prinzen verfolgten seine Männer die letzten Überlebenden nicht weiter.

Mit einem katzenartigen Gang kam der Leopard auf seine Frau zu. Der Hahn krähte. Das Leben forderte wieder sein Recht, und Zéphyrine stellte zu ihrem Entsetzen fest, während sie ihre Tränen trocknete, daß sie immer noch schrecklichen Hunger hatte.

Am anderen Ufer des Tiber ging die Sonne über der römischen Landschaft auf. Zéphyrine spürte Fulvios Blicke auf sich und schloß rasch die Augen, die durch ihre Tränen ein noch intensiveres Grün angenommen hatten.

Sie haßte Fulvio dafür, daß er mit solcher Grausamkeit getötet hatte. Rachegelüste stiegen in ihr auf: Sie hatte Bastien verloren, aber sie würde ihn nie vergessen... und sie würde kämpfen, um... *ihre Freiheit wiederzugewinnen.*

TEIL II

PRINZESSIN FARNELLO

14

Offene Aussprache

Vom Glockenturm der Basilika Sankt Peter schlug es gerade acht Uhr, als Prinz Farnello und sein Freund Mortimer von Montrose in den Hof des Palazzos in der Via Giulia hinunterkamen, um wie jeden Morgen bei den Prinzen Colonna Pelote zu spielen – ein baskisches Ballspiel, das bei den Grandseigneurs sehr in Mode war.

Unter Gelächter und Geschrei wurde dabei stark geschwitzt und hoch gewettet. Erst am Vortag hatte ein Ritter aus Malta zweihundertfünfzig römische Taler an Fulvio verloren.

»Hätten Sie Lust, sich heute nachmittag einmal unser aus Florenz importiertes Ballspiel anzuschauen?« erkundigte sich der Prinz.

Mortimer war ein angenehmer Gast. Er war immer mit Fulvios Anregungen einverstanden. Während die jungen Männer ihre Paradepferde bestiegen, die sich von den im Kriege eingesetzten Schlachtrössern unterschieden, erklärte Fulvio dem Engländer kurz, daß es entlang der Mauern des Vatikans riesige terrassenförmige Bänke für das Volk und dem Adel vorbehaltene Logen gäbe.

»Mannschaften mit fünfundzwanzig bis dreißig Spielern kämpfen darum, in den Besitz des Balles zu kommen, unter dem Beifall und den Pfiffen der Zuschauer. Manche nennen dieses Mannschaftsspiel ›calcio‹ – ›Fußtritt‹ ... Ich glaube, es würde den Engländern gefallen!«

»Ja ... very interesting!« rief Mortimer.

Prinz Fulvio ging ganz und gar in seiner Rolle als Fremdenführer auf und wollte seinem britischen Gast auf dem Weg zu den Colonnas diesmal einen Springbrunnen mit drei Wassermolchen zeigen.

Bevor sie um die Straßenecke bogen, hob er seinen dunkelhaarigen, mit einem Barett bedeckten Kopf zur herrlichen Fassade seines Palastes empor. Eine weiße Silhouette trat rasch von einem der Fenster zurück. Ein leichtes Lächeln huschte über das Gesicht des Leoparden. Gefolgt von Mortimer, setzte er ohne jeden Kommentar den Weg zum Palast seiner Freunde Colonna fort.

Wütend darüber, daß ihr Mann sie bei einer Neugierde ertappt hatte, ließ Zéphyrine die schweren Brokatvorhänge wieder herabfallen. Nach kurzem Zögern begab sie sich gähnend in ihr Betzimmer, dann ging sie in die Kapelle hinunter.

Nachdem sie nun schon seit vierzehn Tagen im Palazzo Farnello wohnte, hatte sie sich wohl oder übel an ihren neuen Rang einer Prinzessin und ans ›vecchia Roma‹ gewöhnt.

Obwohl sie sich in höchstem Maße vor einem Leben unter einem Dach mit ihrem Mann gefürchtet hatte, verlief alles nicht allzu dramatisch, denn Zéphyrine bekam Fulvio kaum noch zu Gesicht.

In diesen vierzehn Tagen war sie ihm und Mortimer in irgendeinem der hundert Säle des Palastes höchstens zwei- oder dreimal kurz begegnet. Der römische Wohnsitz des Prinzen Farnello war von einer Vielzahl von Dienstboten bevölkert; ein dreistöckiges Gebäude in korinthischem Stil umschloß den Hof; schwere Balkone auf der Straßenseite stellten schwelgerischen Reichtum zur Schau, und die prunkvollen Säle waren prächtig ausgestattet.

Diese feierliche Umgebung war nicht geeignet für ein intimes Zusammenleben, und das war Zéphyrine nur allzu recht. Bei ihren flüchtigen Begegnungen begrüßten die drei jungen Leute einander kühl unter den Blicken von zehn livrierten Lakaien.

»Wann begeben wir uns in die Vatikanstadt, Monseigneur?« hatte Zéphyrine sich erkundigt.

»Der Heilige Vater ist im Augenblick viel zu beschäftigt!« hatte der Prinz einsilbig geantwortet.

»Vielleicht würde es genügen, wenn wir mit einem seiner Kardinäle sprechen...«

»Das bezweifle ich sehr, Madame... Der Fall eines Farnello kann nur von Seiner Heiligkeit persönlich entschieden werden.«

Bei diesen Worten hatte Fulvio sich von ihr verabschiedet und sich, zusammen mit Mortimer, entfernt.

Zéphyrine war sich bewußt, daß sie den Herzog verärgert hatte, weil sie ihm nicht dafür gedankt hatte, daß er sein Leben aufs Spiel gesetzt hatte, um sie aus den Händen der Söldner zu retten. Und das eisige Gesicht des Prinzen schien auszudrücken:

›Ich habe Sie mit diesem Banditen überrascht... Ich kann Sie für Ihre Undankbarkeit nur verachten...‹

Dieses Gefühl beruhte auf Gegenseitigkeit. Zéphyrine hätte ihm am liebsten ins Gesicht geschleudert, daß er – anstatt dieses Gemetzel zu veranstalten – nur das Gold, die Waffen und die Nahrungsmittel hätte herausgeben sollen, welche die Söldner verlangten. Der Geiz des Prinzen hatte das Blutbad bewirkt... Wie sollte sie ihm erklären, wer Bastien war und was er für sie bedeutete? Auf dem Weg in die Kapelle steigerte sie sich wieder einmal in ihren Ärger hinein. Sie beichtete voller Inbrunst und Leidenschaft bei dem Kaplan des Palastes. Kunterbunt durcheinander erzählte sie ihm alles, was sie gegen Fulvio auf dem Herzen hatte. Auch an diesem Morgen begann sie wieder mit ihrer Litanei:

»Ich hasse ihn. Ich verabscheue ihn, mein Vater. Ich erwarte sehnsüchtig unsere Trennung, um wieder aufleben zu können. Er hat meinen Verlobten vertrieben, er hat den Freund meiner Kindertage getötet. Er hat mich verkauft, und jetzt hält er mich gefangen. Er ist ein Teufel, mein Vater...«

»Aber, mein Kind«, protestierte der brave Kaplan, der von diesen Enthüllungen ganz niedergeschmettert war, »Prinz Farnello ist Ihr Gemahl. Als solcher hat Seine Hoheit auch das Recht... das Recht... Denken Sie Ihrerseits doch auch einmal daran, daß er Sie vielleicht geliebt hat, als Sie geheiratet haben...«

Zéphyrine brauste auf:

»Mich geliebt? Niemals! Er liebt nur sich selbst, seinen Stolz, seine Macht, seine Pferde... ›Ich will es! Ich befehle es!‹... Eine Frau ist für ihn so etwas wie ein Tier...«

»Jedenfalls haben Sie ihn gedemütigt...«

»Mein Vater«, flehte Zéphyrine, »ich möchte mich von diesem Mann befreien. Helfen Sie mir, diese Ehe annullieren zu lassen, wie er es mir versprochen hat – aber er nimmt mich nie in die Vatikanstadt mit... mein Gott...«

Zéphyrine faltete die Hände und neigte ihren Kopf.

»Der Hochmut ist Ihre Hauptsünde, Prinzessin Farnello. Sie werden drei Vaterunser und drei Ave Maria beten... Aber ich verspreche Ihnen, Ihre Angelegenheit beim Heiligen Stuhl vorzutragen...«

Ein wenig erleichtert begab sich Zéphyrine wieder in ihre Gemächer. Unter den Blicken von Pluche, die stickte, und von Gros Léon, der krächzte, ging sie im Zimmer auf und ab.

Nachdem sie das etwa drei Minuten lang getan hatte, packte sie plötzlich eine Apoll-Statuette und schleuderte sie in einen Spiegel.

»Zéphy... Madame... Was ist denn los?«

Verstört beobachtete Pluche, wie die junge Frau methodisch Kunstgegenstände gegen die Wände warf.

»Ich will ausgehen, ich will spazierengehen, ich will Rom sehen. Ich habe es satt, mich zu Tode zu langweilen, während Monsieur sich amüsiert!«

»Aber ich weiß nicht, ob...«

»Ob Monseigneur den Befehl dazu erteilt hat? Ob ich das Recht habe, einen Spaziergang zu machen? Na schön! Das werden wir gleich sehen...«

Wie eine Furie raffte Zéphyrine ihre Röcke und eilte die Marmortreppe so schnell hinab, wie die steifen Gewänder es gerade noch erlaubten.

»Ich befehle, daß man mir ein Pferd sattelt oder eine Kutsche anspannt! Ich will ausgehen!« rief Zéphyrine in einem Ton, der keinen Widerspruch duldete.

Paolo tat so, als bemerke er die Aufregung der Prinzessin nicht, und verbeugte sich:

»Monseigneur hat heute morgen angeordnet, daß alle Pferdegeschirre und das Sattel- und Zaumzeug geputzt werden...«

»Und das bedeutet?«

»Euer Gnaden müssen vielmals entschuldigen, aber... kein Pferd ist verfügbar.«

Zéphyrine stampfte mit dem Fuß auf.

»Dann nehme ich eben die Sänfte.«

»Die Lakaien sind alle mit den Vorbereitungen für den Karneval beschäftigt, Euer Gnaden.«

»Gut, dann gehe ich zu Fuß.«

Sie ging auf die große Tür zum gepflasterten Hof zu.

»Daran darf Hoheit nicht einmal denken, die Stadt ist viel zu gefährlich. Euer Gnaden würde schlechte Erfahrungen machen...«

»Soll das heißen, Paolo, daß ich eine Gefangene bin und daß Sie mein Kerkermeister sind?« fragte Zéphyrine verächtlich.

»Euer Gnaden quälen mich sehr. Es ist besser, wenn Hoheit mit Monsignore spricht, sobald Don Fulvio vom Pelotespielen zurückkommt.«

Paolo machte zwar ein bekümmertes Gesicht, bewegte sich aber ebensowenig von der Stelle wie Atlas, der das Himmelsgewölbe stützte.

Zéphyrine sah ein, daß sie den Knappen umbringen müßte, um ins Freie zu gelangen.

Ganz außer sich vor Wut, setzte sie sich in die Halle und wartete mit verschränkten Armen...

»Sie wollten mich sprechen, Madame?«

Auf schweißbedeckten Pferden waren Fulvio und Mortimer fröhlich in den Palast zurückgekehrt.

Zéphyrine erhob sich.

»In der Tat, Monseigneur.«

Während Mortimer sich nach einem kurzen Gruß in seine Gemächer begab, kam Fulvio auf Zéphyrine zu.

Ein männlicher Geruch – eine Mischung aus Moschusparfüm und Schweiß – ging von ihm aus.

»Sprechen Sie, Madame, ich höre«, sagte Fulvio in einem Tonfall, der besagte: ›Ich bin in Eile, also fassen Sie sich kurz.‹

Ohne ihren Mann anzusehen, brachte Zéphyrine mühsam hervor:

»Bin ich eine Gefangene, Monsieur – ja oder nein?«

»Warum fragen Sie? Haben Sie diesen Eindruck?«

»Ich kann nicht ausgehen. Ihr Paolo bewacht die Tür wic ein Zerberus.«

In Anbetracht der Anwesenheit von Lakaien hatte Zéphyrine unwillkürlich die Stimme gesenkt.

»Ah ... und Sie möchten ausgehen?« sagte Fulvio ganz laut.

»Ja.«

»Warum?«

»Wie – warum? Ganz einfach, weil ich Lust dazu habe«, erwiderte Zéphyrine wütend.

In Fulvios Auge tanzten goldene Fünkchen. Er schien sich sehr zu amüsieren.

»Man kann nicht immer tun, wozu man Lust hätte, Madame ...«

Nach diesen anzüglichen Worten legte er absichtlich eine kurze Pause ein, dann fügte er hinzu:

»Also gut, folgen Sie mir.«

Mit großen Schritten begab Fulvio sich in seine Wohnung im ersten Stock des Südflügels, ohne sich um Zéphyrine zu kümmern, die hinter ihm herhasten mußte.

Bei seinem Eintritt erhoben sich Cäsar und Kleopatra, um gestreichelt zu werden. Dann legten die beiden Hunde sich wieder vor den Kamin, in dem verschwenderischerweise Tag und Nacht ein Feuer brannte.

Unwillkürlich betrachtete Zéphyrine voller Neugierde das Zimmer ihres Mannes, mit seinen Rüstungen, Feuerwaffen, den Tierfellen auf dem Boden und dem Himmelbett, dessen purpurrote Vorhänge geschlossen waren.

Nachlässig wies Fulvio ihr einen Sessel an. Während sie sich vorsichtig setzte, um den Holzreifen ihrer Krinoline nicht zu zerbrechen, rief Fulvio ironisch:

»Was für teuflische Kunstgriffe! O Weiber, wie könnt ihr euch nur – verdammt noch mal – so widernatürlich herausputzen? Warum verhüllt ihr nur mit solchem Aufwand genau jene Körperpartien, auf die sich normalerweise unsere männliche Bewunderung konzentriert?«

Ohne Zéphyrines Erröten bei diesen Äußerungen zu bemerken, zog er sein Wams und sein schweißnasses Hemd aus und rieb sich mit Weingeist ab.

Um ihren Mann nicht mit entblößtem Oberkörper sehen zu müssen, senkte Zéphyrine beharrlich die Augen, während er ein Spottliedchen auf die Damenmode trällerte.

»Was halten Sie von diesem – für meine Begriffe ziemlich derben – Spottliedchen?« fragte er sodann. »Es täte mir leid, wenn ich damit Ihre keuschen Ohren beleidigt hätte.«

Zéphyrine hob die Augen. Der Prinz hatte inzwischen ein besticktes Hemd angezogen.

Sie ging lieber gleich zum Angriff über:

»Ich bin nicht hergekommen, Monsieur, um mit Ihnen über Modefragen zu diskutieren, sondern um eine offene Aussprache zu führen.«

»Eine offene Aussprache!« wiederholte der Prinz voller Zweifel.

»Ich möchte mit Ihnen über ein Thema sprechen, das mir sehr am Herzen liegt: die Freiheit!«

»Potztausend! Über welche ... oder welchen?«

»Über die meinige«, stammelte Zéphyrine.

»Mir fällt ein Stein vom Herzen, Madame. Ich dachte schon, Sie wollten sich mit mir über jenen Söldner La Liberté unterhalten, an dem Sie so zu hängen schienen, daß ich mich schon gefragt habe, ob ich das Leben meiner Männer nicht für eine von Ihnen organisierte Hinterlist aufs Spiel gesetzt habe ...«

Fulvio hatte Zéphyrine gegenüber Platz genommen. Sie forderte ihn geradezu heraus:

»Meinerseits frage ich mich, Monsieur, ob nicht Ihr größter Charakterfehler der Geiz ist ... Hätten Sie denn nicht, anstatt zu töten, den Söldnern geben können, was sie verlangten?«

Fulvio schlug seine langen Beine in den Trikotstrümpfen übereinander.

»Ganz abgesehen davon, Madame, daß Sie zu teuer werden –

nicht meinem Herzen, aber meiner Geldbörse –, besonders da meine Unkosten sich für mich ja nicht bezahlt machen, sollen Sie erfahren, daß es mindestens drei Tage gedauert hätte, um die Wagen mit Waffen und Lebensmitteln kommen zu lassen, welche die Söldner verlangten. Ich glaubte irrtümlich, Sie seien in Gefahr, und beschloß deshalb, zusammen mit Montrose, den betrunkenen Zustand der Bande auszunutzen und sie völlig überraschend anzugreifen ... Ich muß gestehen, daß Ihr Verhalten mich äußerst erstaunt hat.«

Er sagte das ohne jede Bissigkeit, als einfache Feststellung.

Zéphyrine mußte zugeben, daß er nicht unrecht hatte. Sie erinnerte sich an Machiavellis Ratschläge und begriff, daß sie ihm etwas Honig um den Mund schmieren mußte.

»Sie ... haben etwas Falsches geglaubt, Monsieur«, sagte sie mit großer Anstrengung. »Der Mann, der den Namen La Liberté angenommen hatte, war mein ehemaliger Leibeigener Bastien ... ein Kinderfreund, den ich völlig unerwartet bei jenen Gesetzlosen wiedersah. Trotz seiner Fehler erinnere ich mich daran, daß wir zusammen aufgewachsen sind und daß ...«

»Sie den armen Kerl grausam quälten, indem Sie mit seiner Leidenschaft für Sie spielten. Deshalb mußte er Sie verlassen, mußte im Galopp vor der Göttin fliehen, die ihn marterte ...«

Zéphyrine erinnerte sich nur allzugut an die Szene am Strand, wo Bastien nach einer stürmischen Aussprache tatsächlich geflohen war, und sie warf dem Prinzen einen mißtrauischen Blick zu.

»Woher wissen Sie denn, daß Bastien geflohen ist?«

Der Prinz legte ein Holzscheit ins Feuer.

»Das ist doch eine klassische Situation, meine Liebe ... Der Leibeigene verzehrt sich nach dem Burgfräulein, der Troubadour nach der Königin ... der Zwerg nach der Riesin ... der Bruder nach der Schwester ...«

»Warum sagen Sie das?«

»Pah! Weil der Inzest sehr in Mode ist und ...«

»Nein, der Zwerg für die Riesin ...«

»Mögen Sie etwa keine Zwerge?«

War sie verrückt? Einen Augenblick lang war der düstere Schatten des Zwerges Karolus auf sie gefallen.

Mit zitternden Fingern strich Zéphyrine sich über die Stirn, als wollte sie diese schreckliche Erinnerung verscheuchen, dann wechselte sie das Thema und griff wieder an:

»Sie haben mir etwas versprochen, Monseigneur!«

»Ich?«

Fulvio spielte den Überraschten.

»Sie haben mir geschworen, Sie würden alles tun, um unsere Ehe annullieren zu lassen.«

»Ich habe mein Versprechen keineswegs gebrochen. Wir leben wie Fremde, und ich glaube nicht, daß Sie sich über mein Benehmen, über irgendwelche Zudringlichkeiten beklagen können.«

Bei dieser direkten Anspielung errötete Zéphyrine von neuem. Trotzdem ließ sie sich nicht unterkriegen.

»Gut, sprechen wir über Ihr Benehmen ... Sie sperren mich ein, Sie lassen mich nicht aus dem Haus, ich muß wie eine Einsiedlerin leben!«

Fulvio stand so abrupt auf, daß Cäsar und Kleopatra aufsprangen und bellten, bevor sie sich wieder am Kamin niederließen.

»Sie wollen ausgehen?«

Zéphyrine erhob sich nun ebenfalls.

»Das will ich.«

»Sie haben bisher nicht darum gebeten.«

»Nun gut, ich bitte Sie jetzt darum.«

Die Eheleute maßen sich einen Augenblick lang mit Blicken. Fulvio betrachtete Zéphyrines angespanntes Gesicht. Diese herausfordernde Miene! Sie senkte ihre Lider nicht, um das Funkeln ihrer Augen zu verbergen. Von ihrer kämpferischen Haltung einmal abgesehen, war sie seit ihrer Krankheit noch schöner geworden. Fulvio hatte Lust, seine Finger auf ihr seidiges Haar zu legen, in dessen rotgoldene Zöpfe Perlen verflochten waren.

Zéphyrine war schön, sie war fraulicher als bei ihrer Ankunft in Italien. Die kleine Puppe war zu einem herrlichen Schmetterling geworden ... oder vielmehr zu einer prachtvollen Stute, die noch gezähmt werden mußte.

Fulvio ballte seine Fäuste. Er unterdrückte sein Verlangen, die Diskussion abzubrechen und sie einfach auf das Bett zu werfen, um endlich das zu vollenden, was er in der Karosse versäumt hatte.

Sie hatte Temperament, aber ob sie das wußte? War sie schon geweckt worden? Oder war sie noch eine Jungfrau, deren Launen erst noch ausgetrieben werden mußten?

Fulvio bedauerte plötzlich, daß seine Eltern ihn in dem Kartäuserkloster von Mailand von gelehrten Mönchen hatten erziehen lassen. Im vorigen Jahrhundert hätte sein Großvater sich über alle guten Manieren einfach hinweggesetzt. Er hätte die Schöne ausgepeitscht, sie – wenn notwendig – gefesselt und sie zur Frau gemacht, wie es sich gehörte. Mit einem Male gezähmt, hätte sie ihren Ehemann in Zukunft, am Spinnrad sitzend, sehnsüchtig erwartet!

Und diese hier war dazu auch noch gebildet! Fulvio hatte sich abgewandt und lief im Zimmer auf und ab.

»Wenn ich Sie ausgehen lasse, Madame, werden Sie einen neuen Fluchtversuch unternehmen! Sie werden die Garnisonen aufwiegeln! Krawalle schüren! In einen Teich fallen! Den Papst ermorden! Franz I. zur Flucht verhelfen! Karl V. vergiften! ... Was weiß ich noch alles, Ihnen fehlt es ja weder an Ideen noch an Erfindungsreichtum ... Ich mache Ihnen keinen Vorwurf daraus, Madame, aber Sie sind nun einmal keine beruhigende Ehefrau, und ich darf nicht das Risiko eingehen, daß Sie Skandale provozieren, solange Sie Prinzessin Farnello sind.«

›Schließlich kann ich ja nicht jeden Frate Domenico von Rom verprügeln!‹ dachte der Prinz.

Zéphyrine war viel zu intelligent, um nicht zugeben zu müssen, daß seine Befürchtungen nur allzu begründet waren.

»Und wenn ich Ihnen mein Ehrenwort gebe, daß ich bis zur Annullierung keinen Fluchtversuch unternehmen werde?«

»Hmm ...«

»Ich werde mich ruhig verhalten, das schwöre ich Ihnen.«

Zéphyrine verlegte sich aufs Bitten.

»Ich schwöre Ihnen, daß ich Rom nicht verlassen werde. Ich schwöre es bei meinem Leben, bei meiner Seele, bei der Ehre meines Vaters. Es ist schrecklich – Sie halten mich immer noch für eine Diebin! Sie zürnen mir wegen des Smaragdkolliers ...«

Fulvio machte eine Handbewegung, die auszudrücken schien: ›Firlefanz, Madame!‹

Beharrlich fuhr Zéphyrine fort:

»Ich habe es nicht gestohlen. Wie soll ich Sie nur davon überzeugen? Der Smaragd in der Mitte war ausgehöhlt, ich habe ihn geöffnet und eine Plakette aus einem seltsamen Metall gefunden, das violett reflektierte. Darauf befand sich eine geometrische Zeichnung und eine Inschrift ...«

»Eine Inschrift?« wiederholte Fulvio ungläubig.

»Ja. Die Worte lauteten ... ich erinnere mich genau daran ... ›Der erschöpfte Leopard entdeckt im Himmel sein Auge. Ein Adler sieht sich dank der Schlange um die Sonne fliegen.‹«

»Meine Liebe, entweder haben Sie eine sehr blühende Phantasie oder aber ...«

»Sie müssen mir glauben! Die Zeichnung stellte drei ineinander verschachtelte Dreiecke dar. Meine Familie besaß ein ebensolches Kollier, und ein zweites habe ich unter merkwürdigen Umständen erhalten... Beide wurden mir gestohlen!«

Zéphyrine redete hastig.

»Was haben Sie mit der Plakette gemacht? Haben Sie sie in den Smaragd zurückgelegt?« erkundigte sich Fulvio.

Zéphyrine schüttelte den Kopf.

»Nein, ich habe sie in einem kleinen Gemach zwischen den Dielen des Parkettbodens versteckt. Der größeren Sicherheit halber habe ich einen Teppich über die Spalte gezogen, und... das Kollier habe ich auf meinem Frisiertisch liegengelassen.«

»Und dann?«

»Ich bin auf die Terrasse gegangen, wo Sie sich mir angeschlossen haben«, sagte Zéphyrine mühsam.

»Und wo Ihr Freier mich prompt niedergeschlagen hat«, beendete Fulvio.

Er hatte Zéphyrines Bericht regungslos gelauscht, nun begann er wie mit sich selbst zu sprechen:

»Wie ich Ihnen – wenn ich mich recht erinnere – schon an unserem Hochzeitstag erzählt habe, geht der Ursprung dieses Kolliers auf das Jahr 1187 zurück, direkt vor dem dritten Kreuzzug. In meiner Familie wurde behauptet, daß dieses Kollier eine tragische Geschichte hätte. Ursprünglich soll es drei Kolliers gegeben haben, die den Töchtern Saladins gehörten... Die Legende besagt, daß eine Frau die drei Kolliers, die seit 333 Jahren getrennt sind, wieder vereinen wird. Sie hätte dann Zugang zum Schatz des großen Sultans Saladin. Aber das ist nur eine Legende. Wenn Sie die Wahrheit sagen, wenn es drei Plaketten gibt, so handelt es sich dabei wahrscheinlich um eine Art Talisman... Um die Bedeutung der Dreiecke und der Worte zu verstehen, muß man bestimmt alle Plaketten besitzen...«, murmelte Fulvio, »aber die Hand, die bereits gestohlen hat, wird sie wiedererlangen wollen...«

»Wenn Sie mir nicht glauben, schicken Sie doch jemanden in die Lombardei, um festzustellen, ob die Plakette sich noch dort befindet...«

»Danke für den Rat«, sagte der Prinz ironisch.

Schon halb überzeugt, konnte er doch nicht umhin, Zéphyrine mit einem gewissen Argwohn zu betrachten.

»Haben Sie doch Vertrauen zu mir! Ich bin zwar aufsässig, aber ich würde mich nie zu einem Diebstahl erniedrigen. Wie soll ich Sie nur davon überzeugen, daß Sie mich ruhig ausgehen lassen können, daß Sie mich nicht wie eine Verbrecherin zu behandeln brauchen? Ich schwöre Ihnen, mich so zu benehmen, wie es sich für eine Prinzessin Farnello gehört, und erst abzureisen, wenn ich wieder Zéphyrine de Bagatelle geworden bin! Ich ertrage es nicht, eingesperrt zu sein! Ich konnte es nie ertragen, ich werde dann gereizt und benehme mich abscheulich. Ich bitte Sie, ich flehe Sie an ... *Fulvio* ... glauben Sie mir!«

Zum erstenmal hatte die junge Frau ihren Mann mit seinem Vornamen angeredet. Ihre Augen standen voller Tränen.

Wenn der Prinz sie in diesem Augenblick in seine Arme genommen hätte, wären ihm vermutlich viele Aufregungen und Erschütterungen erspart geblieben, aber auch er war viel zu stolz. Im Augenblick konnte er seiner jungen Frau weder Zärtlichkeit schenken noch Verzeihung gewähren.

Er glaubte, nach dieser Frau, die ihm getrotzt hatte, nur ein körperliches Verlangen zu haben, das um so größer war, da es unerfüllt bleiben mußte.

Anstatt zu antworten: ›Seien Sie auf der Hut, Zéphyrine, denn wenn eine verbrecherische Hand tatsächlich die dritte Plakette an sich nehmen will, so habe ich allen Grund, um Ihre Sicherheit zu fürchten. Sie haben eine unerbittliche Feindin, Sie sind so jung, ich möchte Sie vor dieser Feindin beschützen, ich fühle mich für Sie verantwortlich!‹, wandte er sich ab, um sich nicht erweichen zu lassen, und begnügte sich mit der trockenen Bemerkung:

»Es ist gut, Madame. Was geht mich schließlich Ihr Schicksal schon an? In Zukunft steht es Ihnen frei, zu kommen und zu gehen, jedoch in Begleitung von Piccolo. Ich werde in diesem Sinne Anweisungen geben.«

Ein triumphierendes Lächeln huschte über Zéphyrines Gesicht.

»Danke, Monseigneur«, sagte sie mit einem tiefen Knicks.

Fulvio ergriff ihre Hand, um sie zu küssen. Seit der Szene in der Karosse wußte Zéphyrine, in welchem Ausmaß Fulvio sie erregen konnte. Um stark zu bleiben, durfte sie sich von ihm nie berühren lassen. Sie ließ ihm keine Zeit, seine Lippen auf ihre Haut zu drücken. Wie verbrannt, zog sie rasch ihre Hand zurück. Fulvio mußte ihre Bewegung natürlich mißverstehen. Er führte sie auf den Abscheu zurück, den er ihr einflößte. Der Prinz machte ein paar Schritte im Zimmer auf und ab und trat dann wieder dicht vor seine Frau.

»Vergessen Sie aber nicht, daß Ihre ›Enthüllungen‹ an unserer Beziehung nichts ändern. Ich habe Sie herausgefordert, und ich rechne fest damit zu gewinnen. An jenem Tag, wo Sie mich um Gnade anflehen und sich mir zu Füßen werfen werden, um Prinzessin Farnello bleiben zu können – an jenem Tag werde ich mich für Ihr Verhalten rächen und Sie unerbittlich zurückstoßen ...«

Mit diesen Worten, die bewiesen, wie sehr Zéphyrine ihn soeben wieder verletzt hatte, drehte er sich auf dem Absatz um und verließ das Zimmer.

Trotz ihrer Selbstbeherrschung blieb Zéphyrine einen Augenblick lang bleich mitten im Zimmer stehen. Sie machte einige Schritte und mußte sich an einen Pfosten des Himmelbetts lehnen. Die roten Vorhänge flimmerten ihr vor den Augen.

Sollte Zéphyrine sie öffnen, sich ausziehen und sich wie eine blökende Ziege ins Bett legen? Nein, sie würde sich nie für besiegt erklären! Weinen, um Prinzessin zu bleiben? War Fulvio denn vor Hochmut wahnsinnig, um ihr auf diese Weise zu drohen?

Ein Diener klopfte an die Tür, um die Prinzessin in Kenntnis zu setzen, daß – gemäß dem Befehl Seiner Hoheit – eine Sänfte zu ihrer Verfügung bereit stünde.

Die junge Frau setzte die undurchdringliche Miene auf, die sich für eine Prinzessin Farnello schickte, dann ging sie langsam in den Palasthof hinunter.

15

Die Ewige Stadt

»Alles, was recht ist, Madame, aber ich kann einfach nicht mehr!«

»Soupière ... Soulier ... Soumission ...«

Demoiselle Pluche und Gros Léon streikten. Innerhalb von drei Tagen hatte Prinzessin Farnello Rom gründlich besichtigt, wobei sie ihr Versprechen hielt und nichts anstellte. Mit einem alten Plan ausgerüstet, den sie in der Palastbibliothek entdeckt hatte, befriedigte die junge, gebildete Frau nun sowohl ihren Wissensdurst als auch ihre Neugierde, indem sie die Ewige Stadt erforschte, die zur Zeit des römischen Kaiserreichs fast zwei Millionen Menschen beherbergt hatte, während sie nun nur noch hunderttausend Einwohner zählte.

Die alte Stadtmauer des Aurelius begrenzte immer noch Roms Ausdehnung. In andächtigem Staunen hatte Zéphyrine davorgestanden, ebenso wie auch vor dem antiken ›Forum boarium‹, den Thermen des Diokletian, die in eine Kirche umgewandelt worden waren, vor Hadrians Mausoleum, dem Kolosseum, das sich in so schlechtem Zustand befand...

Diese Ruinen ließen Zéphyrines Herz höher schlagen. Von den byzantinischen Kaisern ihres reichen Schmucks beraubt, von den Barbaren geplündert, während des Mittelalters in Befestigungsanlagen verwandelt, wurden die Tempel, Patrizierpaläste, Amphitheater und Thermen nun auch von den Architekten dieses Jahrhunderts – das heißt der Renaissance – geplündert.

Begeistert von den Spuren der Vergangenheit, empörte Zéphyrine sich darüber, daß ihre Zeitgenossen ohne Rücksicht auf die vergangene Größe die römischen Denkmäler zerstörten, indem sie deren Steine einfach als Material für moderne Bauten benutzten.

Obwohl sie zugeben mußte, daß die neuen, aus dem Boden schießenden Stadtviertel prachtvoll waren, zogen diese sie doch weit weniger an als die antiken.

Sie war entsetzt über den furchtbaren Gestank auf den Straßen – den Schmutz von Paris hatte sie schon vergessen. Die Gerüche waren um so schlimmer, als das Fehlen von Klosetts in den Häusern die Leute veranlaßte, ihre Notdurft unter Portalen, auf Treppen und sogar in den Palasthöfen zu verrichten.

Zéphyrine, die an die Sauberkeit von Anjou gewöhnt war, wunderte sich sehr über diese römische Schamlosigkeit.

Aber die große Bucht des Tiber war trotz des Gestanks so belebt und unterhaltsam, daß Zéphyrine sich manchmal in ihrer Sänfte dorthin begab.

In dem Labyrinth von Gassen gab es neben Palästen, Klöstern und Kirchen eine Vielzahl bescheidener Häuser von Handwerkern und Kleinbürgern.

Condottieri, spanische Granden, die Garden des Vatikans, besiegte – aber immer noch stolze – Franzosen ebenso wie die ›Verräter‹ des Konnetabels von Bourbon – hier waren sie alle nebeneinander anzutreffen, hier gingen sie zu Waffenschmieden, Juwelieren oder zu den jüdischen Schneidern.

Fünftausend Angehörige dieser Religion lebten in Rom, und es ging ihnen in dieser Stadt sehr gut.

Manchmal ließ Zéphyrine sich bis zu den nahen Weinbergen und Gärten bringen, die nahtlos ins Stadtgebiet übergingen. Große Ochsen mit riesigen Hörnern lagen friedlich unter Obelisken, und Schafherden weideten in den Ruinen.

Beherrscht wurde Rom, wie Zéphyrine feststellte, von der

Vatikanstadt mit ihrem päpstlichen Palast, der im vorangegangenen Jahrhundert fertiggestellten Sixtinischen Kapelle, der Basilika Sankt Peter, die vor zwanzig Jahren von Bramante erbaut worden war, und mit ihrem alten Castel Sant'Angelo – der Engelsburg –, hinter deren Mauern, die aus dem 3. Jahrhundert stammten und im 15. Jahrhundert ausgebessert worden waren, sich so viele Dramen abgespielt hatten. Zéphyrine dachte an all jene Menschen, die hier getötet oder gefoltert worden waren, und sie wandte den Kopf ab, um die kreisförmige Festung nicht mehr sehen zu müssen.

Immer wieder kehrte sie zu den antiken römischen Kulturdenkmälern zurück, die sie faszinierten und begeisterten.

»Schauen Sie mal, Pluche, das muß das Augustus-Mausoleum sein!«

»Ja, Madame.«

»Dieser große ägyptische Obelisk, der wie eine Leiche auf der Erde liegt, war vielleicht ein Geschenk Kleopatras an Cäsar.«

»Ah! Cäsar... Das ist wirklich traurig, Madame. Er ist ja ganz zerbrochen, dieser... Dingsda, wie Sie ihn nannten«, stimmte die Anstandsdame zu, die für die römische Kultur absolut nichts übrig hatte.

»Diese zerstörten Mauern gehören zweifellos zum Palatin!«

»Zweifellos, Madame.«

»Wo ist das Tabularium?« fragte Zéphyrine aufgeregt.

»Hmm... ich habe nicht die leiseste Ahnung.«

»Souci... Sornettes...«, protestierte Gros Léon.

Ohne auf das Gejammere ihrer Begleiter zu achten, setzte Zéphyrine ihre archäologischen Erkundungen fort.

Das Forum, das wieder zu einem Rindermarkt geworden war, war nur noch ein unkrautüberwucherter Platz, umgeben von halb verschütteten Bauwerken.

Ein Meisterwerk der römischen Architektur, das Marvellus-Theater, hatte vierzig seiner zweiundfünfzig Arkaden eingebüßt, die seine Außenmauern geschmückt hatten, und es war von einer Unmenge armer Leute bevölkert und mit den Hütten von Schmieden verbaut. Die Ambosse dröhnten, und schmutzige Lumpen hingen in den Fenstern.

»Das ist ja furchtbar! Sie haben keinerlei Respekt vor der Vergangenheit«, entrüstete sich Zéphyrine.

»Nun, Madame, das kommt bestimmt daher, weil die Gegenwart für diese armen Teufel alles andere als fröhlich ist«, lispelte Pluche, die hinter Zéphyrine hertrottete.

Die Römer kannten die Sänfte der Prinzessin Farnello allmählich schon. Diese originelle junge Frau hatte die seltsame Angewohnheit, auszusteigen und zu Fuß zu gehen. Ein merkwürdiges Benehmen für eine Person ihres Standes! Ungeachtet der Dornen, die ihre Röcke zerrissen, lief sie aufgeregt zwischen den Ruinen umher, stets gefolgt von ihrer Anstandsdame, einem sprechenden Vogel und zwei Knappen.

Wenn sie abends von ihren Ausflügen zurückkam, traf sie die beiden Fürsten in den Gärten an, wo diese miteinander plauderten. Sie vergaß ihren Groll und erzählte ihnen voller Begeisterung, was sie alles entdeckt hatte.

»Stellen Sie sich nur vor, meine Herren, in den Caracallathermen ist das ganze Mauerwerk von Efeu und Dornengestrüpp überwuchert! Und was das hervorragendste Monument der römischen Genialität betrifft, das Kolosseum, wo die ersten Christen von Löwen zerfleischt wurden, so ist keine einzige Marmorbank mehr vorhanden, die Arena ist angefüllt mit dem Schutt aus verschiedenen Jahrhunderten. Die Stadtmauer droht einzufallen! Es ist beklagenswert, sehen zu müssen, wie auf diese Weise der große Epilog einer Kultur verlorengeht.«

Angesichts von Zéphyrines Aufregung konnte Prinz Farnello an jenem Abend einfach nicht umhin, scherzend zu bemerken:

»Die Stimme eines Predigers in der Wüste ...«

Erzürnt entgegnete Zéphyrine:

»Die Götter waren für die Sieger, aber Cato war für den Besiegten. Wenn eine Sache gerecht ist, so wird sie eines Tages auch anerkannt werden!«

Fulvio machte den Herzog zum Schiedsrichter.

»Sehen Sie, Montrose, die unreife Frucht muß erst noch ›verdaut‹ werden. Das einzige auf der Welt, was die Prinzessin rühren kann, ist die Epoche von Castor und Pollux.«

»Hmm ... Farnello, diese Zwillinge haben wirklich sehr viel Glück!« erwiderte Mortimer in seiner phlegmatischen Art.

Seit Zéphyrine ihre Freiheit wiedererlangt hatte, fühlte sie, daß sich das Verhalten des Herzogs ihr gegenüber geändert hatte. Vielleicht hatte er auch einfach die Kränkung inzwischen ›verdaut‹.

»Die Prinzessin Carolina Bigallo lädt uns an Karneval zu einem Maskenball ein, Madame ... Würden Sie Milord Montrose und mir die Ehre erweisen, uns zu begleiten?« erkundigte sich Fulvio nachlässig.

Zéphyrine brauchte eine gewisse Zeit, um ebenso gleichgültig antworten zu können:

»Warum nicht, Monseigneur? Die Prinzessin ist doch, glaube ich, eine Ihrer ›besten‹ Freundinnen...«

Während er sich mit einem Fächer aus Federn Luft zufächelte, erkundigte sich Mortimer:

»Würden Euer Gnaden das Souper in unserer Gesellschaft einnehmen? Farnello und ich werden sonst noch zu richtigen Bären, weil wir bei Tisch immer soviel von der Wolfsjagd sprechen.«

Die drei jungen Leute lachten aus vollem Halse über den Scherz. Zéphyrine war damit einverstanden, das Abendessen in dem großen, von hundert Kerzen beleuchteten Speisesaal einzunehmen.

In einem karmesinroten, mit Silberkugeln besetzten Kleid, das ihren Oberkörper unbequem einzwängte, lauschte Zéphyrine den Tischgesprächen der beiden Fürsten.

»Ich habe Ihre Gastfreundschaft schon viel zu lange in Anspruch genommen, Farnello, auch wenn ich sehr gern hier bin. Ich habe hier noch eine Kleinigkeit zu erledigen, und dann werde ich nach Pizzighettone zurückreisen müssen, um König Franz zu sehen.«

»Pah, Montrose, Sie haben genügend Zeit, nichts eilt so sehr«, sagte Fulvio, während er mit Hilfe einer ›fuscina‹, einer kleinen Gabel, ein Stück Wildschweinbraten aufspießte.

Zéphyrine wollte sich – wie gewohnt – mit den Fingern bedienen. Sie betrachtete mißtrauisch diesen spitzen Gegenstand, und es schien ihr sehr gefährlich, ihn zum Munde zu führen.

»Probieren Sie doch einmal die Gabel aus, meine Liebe. Ich habe sie extra Ihretwegen auflegen lassen«, schlug Fulvio ihr vor. »Wissen Sie, daß die Florentiner sie bereits seit zwei Jahrhunderten benutzen? Sagen Sie jetzt, um Himmels willen, nicht wie jene rückständigen Franzosen, die von einem Tischgast behaupteten, der mit diesem Instrument kämpfte: ›Es gelingt ihm nicht, die beiden Enden zusammenzubringen.‹«

»Haha... Die beiden Enden! Den Mund und die Gabel!... Sehr komisch, Farnello!«

Mortimer lachte laut auf, während er versuchte, das in Stücke geschnittene Fleisch mit diesem ihm neuen Gegenstand aufzuspießen. Er ließ die Stücke ungeschickt wieder auf den Teller fallen, bespritzte sich und war ganz verblüfft.

Zéphyrine amüsierte sich zurückhaltender. Sie widmete sich der neuen Aufgabe mit Anmut, machte rasch Fortschritte und handhabte die Gabel bald mit solcher Geschicklichkeit, daß Fulvio halb spöttisch, halb bewundernd sagte:

»Es ist das reinste Vergnügen, Madame, Sie in allen Dingen so geschickt zu sehen.«

Zéphyrine errötete unter seinem strahlenden Blick. Sie wandte den Kopf ab und brachte das Gespräch auf die Politik, ein Thema, bei dem sie sich wohler fühlte.

»Wurde nicht viel über einen Friedens- und Freundschaftsvertrag gesprochen, Milord, in welchem Seine Majestät Heinrich VIII. sich verpflichten sollte, sich für die Freilassung unseres Königs Franz einzusetzen?«

Mortimer hatte gerade einen vollen Mund und mußte erst schlucken, bevor er das bestätigen konnte.

»So ist es, Milady ... während ich hier in Italien als Vermittler mit dem gefangenen König fungiere, führen Fitz William und Doktor Taylor Verhandlungen mit der Regentin von Frankreich. Der Feind Ihres Landes ist nicht Heinrich VIII., Milady«, plädierte Mortimer.

›O nein, ganz gewiß nicht, der dicke Heinrich träumt nur davon, sich zum König von Frankreich krönen zu lassen, oder zumindest, das Königreich zwischen sich und Karl V. aufzuteilen‹, dachte Zéphyrine.

Als hätte er Zéphyrines Gedanken erraten, verteidigte Mortimer seinen König:

»›Wen ich unterstütze, der ist Herrscher‹, hat König Heinrich mir in London gesagt. Heinrich VIII. wird Ihr Land nicht überfallen, im Gegenteil, er wird es unterstützen, wenn das nötig ist!«

›Unglaublich! Dieser King Henry spielt sich als Herr auf, er betrachtet sich als Statthalter Europas!‹ dachte Zéphyrine empört.

»Solange Franz I. England als Balance zwischen Spanien und sich betrachtet, Milady, werden Gleichgewicht und Geld sich die Waagschale halten.«

Während er diese ökonomische Feststellung traf, streckte Mortimer sein Bein aus, um Zéphyrines Fuß zu suchen. Die junge Frau erwiderte seine Attacke, indem sie ihren Knöchel vorschob, dann lauschte sie Fulvio.

»Sie haben etwas Goldrichtiges gesagt, Montrose«, sagte der Prinz anerkennend. »Denn die wesentliche Frage – das sind immer die Finanzen. Wenn Frankreich auch seit Pavia viel durchgemacht hat, so müssen wir doch zugeben, daß es trotz allem reicher ist als Spanien, das den Krieg gewonnen hat.«

»Ah, der Reichtum Frankreichs!« seufzte Mortimer bewundernd.

»Sachte, sachte, meine Herren«, protestierte Zéphyrine und zog ihren Fuß zurück. »Als ich Frankreich verließ, war es völlig ausgeblutet.«

»In wenigen Monaten hat Ihr Land sich erholt, Milady! Sogar die Städte haben Nahrungsvorräte für ein Jahr in die Lagerschuppen gebracht.«

»Ich wollte, wir könnten das gleiche von Italien sagen«, meinte Fulvio.

»Aber, Farnello, der Ruhmsüchtige sitzt in Spanien, das wissen Sie ganz genau«, beteuerte Montrose. »Daß ihr italienischen Prinzen immer noch nicht verstanden habt, daß der einzig mögliche Verbündete für euch nicht Karl V., sondern King Henry ist!«

»Entschuldigen Sie, Milord«, unterbrach Zéphyrine ihn trokken, »der natürliche Verbündete für Italien wäre Frankreich, wenn ...«

»Wenn Ihre Könige nur in ihrem eigenen Land geblieben wären, meine Liebe«, bemerkte Fulvio nüchtern, während er sich mit einem ganzen Rebhuhn bediente.

Zéphyrine ließ sich von seinem Argument nicht aus der Fassung bringen.

»Und wenn Sie sich nicht alle untereinander bekämpft hätten, wären Sie zuverlässige Gesprächspartner für Karl VIII., Ludwig XII. und Franz I. gewesen. Italienische Fürsten, Herzöge, Schattenkönige – sie alle diskutieren, machen Komplotte, setzen Europa in Brand, anstatt ein einziges, vereintes Königreich zu schaffen... Da sind Venedig, Florenz, Mailand, Parma und Sie, Monseigneur, mit Ihrer Lombardei!... Jeder möchte aus seinem Winkel heraus der Drahtzieher sein. Wenn ich Italienerin wäre, so lebte ich seit Pavia in ständiger Angst, denn während Franz I. Ihr Verbündeter sein könnte, wird Karl V., der schon die Herrschaft über Neapel und Mailand erlangt hat, sich nicht genieren, die ganze Halbinsel zu unterwerfen, um sich in Rom krönen zu lassen...«

»Nicht schlecht argumentiert«, gab Fulvio zu.

»My God!« rief Mortimer entsetzt.

»Die Krone Karls des Großen«, fuhr Zéphyrine fort. »Betrachten

Sie doch einmal die Weltgeschichte, meine Herren. Ich bin sicher, daß Karl V. nach der Weltherrschaft trachtet, nach der universellen Monarchie. Das Projekt Cäsars und Hannibals.«

»My God!« wiederholte Mortimer.

»Da sehen Sie, Montrose, was das ist – eine intelligente Frau! Ihre Argumentation verschlägt Ihnen sogar den Appetit auf den schönsten Braten!«

Zéphyrine sprang gereizt auf. Fulvio hielt sie mit einer Handbewegung zurück.

»Schmollen Sie nicht und setzen Sie sich wieder, meine Liebe. Sie träumen also – welch lobenswertes Paradoxon! – von der Wiedervereinigung der einzelnen Staaten Italiens. Der alte Traum meines Vaters: aus Italien ein einziges Königreich zu machen ...«

»Zweifellos mit Ihnen als König – Fulvio I.!« rief Zéphyrine.

Ohne ihren Spott zu beachten, fuhr Fulvio fort:

»Ich glaube nicht, daß die Einheit in absehbarer Zeit zu verwirklichen sein wird. Die Republik von Venedig, die Medici von Florenz, Franciso Sforza, der mailändische Herzog, die Colonna und die Orsini von Rom, Seine Heiligkeit Papst Klemens VII., Parma, Genua, Neapel, Sizilien und Sardinien ... ich selbst mit meiner Lombardei ... vereint zu nationaler Unabhängigkeit ... Die Idee ist verlockend, schöne Dame.«

Bei diesen Worten beugte Fulvio sich vor und berührte mit seinen Lippen Zéphyrines Finger. Unter der Liebkosung konnte die junge Frau ein Zittern nicht unterdrücken.

Sie zog rasch ihre Hand zurück und warf dabei eine goldene Wasserkanne um. Zwei Diener eilten herbei, um das vergossene Wasser auf dem Spitzentischtuch abzuwischen. Der spöttische Blick des Prinzen schien zu besagen: ›Auf Galanterie verstehen Sie sich nicht so gut wie auf Politik!‹

Mortimer befreite Zéphyrine aus ihrer Verlegenheit, indem er sagte:

»Wir sind hier unter Freunden. Ich werde Ihnen ein Geheimnis anvertrauen. Ich habe morgen ... wie nennen Sie das ... eine Audienz bei Seiner Heiligkeit dem Papst, und Sie würden mir einen großen Dienst erweisen, Farnello, wenn Sie mich in den Vatikan begleiteten.«

»Bei aller Freude, Ihnen gefällig zu sein, Montrose – aber wodurch könnte ich Ihnen denn nützlich sein?« erkundigte sich Fulvio mit jener ihm eigenen katzenartigen Mischung aus liebenswürdiger Höflichkeit und Mißtrauen.

Mortimer warf einen Blick zu den Dienern hinüber. Offensichtlich wollte er auf keinen Fall von neugierigen Ohren belauscht werden, denn er redete plötzlich englisch – eine Sprache, die Fulvio und Zéphyrine ausgezeichnet verstanden.

»Es handelt sich nicht um irgendeine Kleinigkeit, sondern um ein *Staatsgeheimnis*, meine Freunde. König Heinrich ist verliebt...«

Fast wie Komplizen wechselten Fulvio und Zéphyrine einen beredten Blick: ›Was gehen uns die Liebesaffären des dicken Heinrich an?‹

Ohne die Ironie des Ehepaars zu bemerken, fuhr Mortimer unbeirrt fort:

»Ihre Einladung nach Rom, Farnello, kam mir sehr gelegen. Ich hatte nämlich den Befehl erhalten, mich diskret hierherzubegeben, um mit Seiner Heiligkeit zu sprechen – über... hmm... über eine heikle Frage, die Seiner Majestät Heinrich sehr am Herzen liegt.«

»Reden Sie deutlich, Montrose, oder überhaupt nicht, denn – bei meiner Seele! – ich verstehe bisher kein Wort von Ihrer Geschichte. Ich nehme schließlich nicht an, daß Sie Seine Heiligkeit mit dem heißen Liebesverlangen unterhalten wollen, das der englische König für einen Weiberrock empfindet.«

»Doch, genau das... Der König hat sich wahnsinnig in eine der Hofdamen Ihrer Majestät Königin Katharina verliebt. Die glückliche Auserwählte heißt Anna Boleyn, und... ich... nun ja, ich habe den Auftrag... dem Papst, wenn ich so sagen darf, auf den Zahn zu fühlen... bezüglich einer... einer...«

»Sie meinen doch nicht etwa eine Annullierung?« rief Fulvio.

»Doch«, sagte Mortimer kläglich, »und da dachte ich mir, daß Sie als italienischer Prinz, der das Vertrauen Seiner Heiligkeit genießt, genau der richtige Mann wären, um mir bei meiner Mission behilflich zu sein.«

»Ich?«

»König Heinrich wird Ihnen sehr dankbar dafür sein!« versicherte Mortimer hastig.

»Ich... Santi numi... Per Diana!«

Fulvio konnte einen plötzlichen Ausbruch von Heiterkeit nicht unterdrücken, der Mortimer völlig unverständlich war.

»Ich begreife nicht, was...«, begann der Engländer gereizt.

»Ich auch nicht!« stellte Zéphyrine trocken fest.

Fulvio wischte sich die Augen. Er hatte sich rasch wieder unter Kontrolle.

»Entschuldigen Sie, Montrose. Bei Zeus, ich bin Ihr Mann. Wir werden sogar alle drei hingehen. Was halten Sie davon, Madame?«

»Sehr gern, Monseigneur«, erwiderte Zéphyrine mit großem Nachdruck.

»Hmm... vielleicht... sollte die Prinzessin lieber...«

Der Herzog wollte Zéphyrine offensichtlich nicht dabei haben.

»Aber nein, Montrose, meine Frau wird sich am besten für eine andere Frau einsetzen können. Das stimmt doch, meine Teure?« sagte Fulvio lächelnd.

»Eure Hoheit kennt die menschliche Seele!« bestätigte Zéphyrine.

Dann wandte sie ihre Aufmerksamkeit wieder dem Engländer zu und erkundigte sich:

»Königin Katharina ist doch eine geborene Infantin von Aragon, nicht wahr?«

Während sie diese Frage stellte, schickte Zéphyrine einen ihrer kleinen Füße auf die Suche nach Mortimer. Als sie den Männerschuh gefunden hatte, drückte sie ihren Knöchel dagegen, als wollte sie sagen: ›Machen Sie sich keine Sorgen, ich stehe auf Ihrer Seite.‹

Beruhigt erwiderte Mortimer die Berührung und erwiderte gleichzeitig:

»Ja, Milady. Genau an dieser Stelle drückt ja der Schuh! King Henry weiß genau, daß er den König von Spanien und den Kaiser des Heiligen Kaiserreichs Karl V. erzürnen wird, wenn er die Königin Katharina von Aragon legal verstößt – eine Verwandte des Kaisers und leibliche Mutter unserer Thronfolgerin Maria Tudor...«

Während ihre Kammerzofen sie entkleideten, trällerte Zéphyrine zum erstenmal seit langer Zeit jenes Liedchen, das Franz I. als Gefangener komponiert hatte:

›Wohin seid ihr entschwunden, meine schönen Gespielinnen? Seid ihr denn jeden Tag an einem anderen Ort? Ich sehne mich nach euch, meine schönen Gespielinnen, ich weine und träume von eurer Rückkehr...‹

»Wie fröhlich Eure Hoheit heute abend ist!« stellte Emilia fest, während sie die prachtvollen Haare der jungen Frau bürstete.

»Ja«, gab Zéphyrine zu. »Ich fühle mich wie von einem schweren Gewicht befreit.«

»Das freut mich sehr für Eure Hoheit... Soll ich vielleicht dieses Kopfkissen für den Monseigneur hinlegen?« wagte das junge Dienstmädchen zu fragen, das den Zwist zwischen den Eheleuten nur allzugern beendet gesehen hätte.

»Untersteh dich! Weg damit!« protestierte Zéphyrine und schleuderte das Kissen heftig beiseite.

Als sie allein war, mit Gros Léon als einziger Gesellschaft, der aber auch schon auf dem Baldachin des Himmelbetts schlief, räkelte sich Zéphyrine im Bett wie ein Kätzchen.

Diese Liebesgeschichte zwischen der Hofdame Boleyn und Heinrich VIII. war ein unerwarteter Hoffnungsstrahl. Wenn der französische König Franz I., selbst als Gefangener, seinen englischen ›Cousin‹ gegen seinen spanischen ›Bruder‹ unterstützen würde, so wäre eine Umkehrung der Bündnisse möglich, und außerdem... sie, Zéphyrine, würde endlich den Papst sehen!

Fulvio war damit einverstanden, daß sie sich in den Vatikan begab! Mehr noch, er hatte selbst diesen Vorschlag gemacht.

›Monsieur Ich-will-es! muß meine Gründe wohl doch endlich eingesehen haben und zugeben, daß eine Annullierung für uns die einzig mögliche Lösung ist‹, dachte Zéphyrine.

Sie war sehr zufrieden, daß sie den hochmütigen Leoparden bezwungen hatte.

Es schien so, als sei Zéphyrines Stern mit dem Stern Frankreichs eng verknüpft. Wenn für das Königreich und seinen König alles schlecht verlief, ging es auch Zéphyrine schlecht.

An diesem Abend schien sich der schwarze Himmel aber sowohl über ihrem eigenen Schicksal als auch über jenem des Gefangenen von Pizzighettone aufzuklären. Bei diesem angenehmen Gedanken blies Zéphyrine die Kerzen aus. Durch die geschlossenen Bettvorhänge hindurch schimmerte das Mondlicht.

Auf dem Korridor näherten sich energische Schritte ihrer Tür. Mit klopfendem Herzen schob sie den Vorhang beiseite und blickte in jene Richtung. Ein Lichtstrahl drang unter der vergoldeten Holztür hindurch in ihr Zimmer. Jemand war vor ihrer Tür stehengeblieben.

Zéphyrine hielt den Atem an. Sie glaubte, einen Seufzer zu hören, dann entfernten sich die Schritte in Richtung Südflügel.

Welcher der beiden Fürsten war gekommen? Fulvio oder Mortimer?

Beruhigt, aber zugleich auch enttäuscht, schlief Zéphyrine endlich ein, während sie noch an jene Hofdame Anna Boleyn dachte, die es verstanden hatte, eine derartige Leidenschaft zu entfachen...

16

Giulio de Medici

»Guten Tag, Messire Michelangelo!«

»Guten Tag, Eure Hoheit!«

»Was ist denn das für eine Neuigkeit, die wir gerade von Benvenuto Cellini gehört haben – Sie sind unter die Modeschöpfer gegangen?«

Prinz Fulvio deutete auf die brandneuen Kostüme der Schweizergarde mit ihren breiten gelben und roten Bändern, den Kniehosen, die nicht so stark gepludert waren wie sonst üblich, den Helmen aus getriebenem Silber auf den halblangen Haaren und den langen Hellebarden in den Händen.

»Seine Heiligkeit hatte tatsächlich bei mir Uniformentwürfe für seine persönliche Garde bestellt. Und ich muß gestehen, daß es mir große Freude gemacht hat, diese Kostüme zu zeichnen und auf diese Weise die Kuppel von Sankt Peter, die mich sehr strapaziert, einige Stunden vergessen zu können. Dürfte ich mir erlauben, die Prinzessin Farnello um ihre aufrichtige Meinung eines Menschen mit viel Geschmack über diese Kostüme zu bitten?«

Der Mann, der sich so galant an Zéphyrine wandte, war der große Michelangelo – auch schon für seine Zeitgenossen.

Zéphyrine war der Respekt nicht entgangen, mit dem der hochmütige Leopard den Künstler behandelte, der etwa fünfzig Jahre alt sein mußte und noch sehr rüstig war. Sein Bart und das Haupthaar waren kraus und nur wenig ergraut, sein Gesicht wies sehr regelmäßige Züge auf. Seine braunen Augen, die von einem inneren Feuer leuchteten, ruhten bewundernd auf Zéphyrine.

»Ich finde Ihre Entwürfe sehr schön und wirkungsvoll, Messire Michelangelo, und ich prophezeie Ihnen, daß Seine Heiligkeit nicht so bald etwas daran ändern wird!« bemerkte Zéphyrine mit einer leichten Verneigung, wie sie für eine Dame der vornehmen Gesellschaft einem genialen Künstler gegenüber angebracht war.

»Ha! Ich werde King Henry davon erzählen. Ehrenwort, er wird Sie nach London kommen lassen, freiwillig oder unfreiwillig, damit Sie die Kleider der Königin entwerfen ... Unter uns gesagt ... die Ärmste ist immer wahnsinnig schlecht angezogen!«

Bei Mortimers frecher geflüsterter Bemerkung brach die kleine Gruppe, die – abgesehen von dem Engländer – aus Fulvio, Zéphyrine, Benvenuto Cellini und Michelangelo bestand, in schallendes Gelächter aus.

»Würden Euer Gnaden mir gnädigst erlauben, die bewundernswerten Gesichtszüge Ihrer Frau Gemahlin, der Prinzessin Farnello, zu skulptieren?« wagte Cellini zu fragen.

Benvenuto, der viel jünger war als Michelangelo, machte keinen Hehl aus seiner Bewunderung für Zéphyrine.

Prinz Fulvio runzelte die Stirn.

»Die Prinzessin hat keine Zeit, um Modell zu stehen, Cellini.«

›Und was ich selbst davon halte, ist völlig bedeutungslos!‹ dachte Zéphyrine wütend.

»Warum nicht, ich würde Sie sehr gern einmal in Ihrem Atelier besuchen, Monsieur Cellini«, sagte sie mit einem betörenden Lächeln ganz laut und nachdrücklich.

Der Blick des Leoparden verhieß ein nahendes Unwetter.

Mit der Sicherheit, die ihm seine bevorzugte Stellung eines von den Päpsten geförderten Künstlers verlieh, mischte sich Michelangelo vermittelnd ins Gespräch.

»Eure Exzellenz dürfen die Bitte meines jungen Kollegen Cellini nicht übelnehmen. Wäre Botticelli noch am Leben, so hätte er Eurer Hoheit bestimmt die gleiche Bitte vorgetragen. Die Prinzessin besitzt jenes seltene Oval seiner Madonnengesichter, und die den Wellen entsteigende Venus mit ihrem goldenen Haar ist nur ein schwacher Abglanz der Schönheit Ihrer Gnaden.«

»Ich habe früher tatsächlich schon einmal für Messire Leonardo da Vinci Modell gestanden«, erwähnte Zéphyrine.

»Ah! Leonardo... Dieses Porträt würde ich gern sehen«, sagte Michelangelo sofort.

»Es hängt in Frankreich. König Franz hat es gekauft. Das Gemälde heißt ›La Gioconda‹.«

»La Gioconda... la Gioconda!«

Die beiden Künstler gerieten ins Schwärmen.

»Wir haben schon viel von diesem großartigen, göttlichen Gemälde gehört, das ein Höhepunkt in Leonardos Schaffen darstellen soll!«

Ein Schweizer unterbrach ihre Begeisterung. Er klopfte mit seinem Stab auf den gewachsten Parkettboden und rief mit tiefer Stimme:

»Seine Hoheit Monsignore Prinz Farnello; Seine Exzellenz, der Gesandte Milord von Montrose...«

Sie verabschiedeten sich von den beiden Künstlern, dann hob Zéphyrine anmutig den Saum ihres cremefarbenen Kleides mit den eingearbeiteten Goldfäden an, senkte schon jetzt andächtig den Kopf und folgte ihrem Gemahl. Ohne sie zu beachten, ging Fulvio mit Mortimer rasch auf die ›Pforte des heiligen Petrus‹ zu.

Am frühen Morgen waren die beiden Fürsten auf ihren Pferden und die Prinzessin in ihrer Sänfte in die Vatikanstadt gekommen.

Die junge Frau war sehr bewegt gewesen, hinter die alte – im 9. Jahrhundert unter Leo IV. erbaute – Stadtmauer vordringen zu dürfen. Sie wußte, daß die heidnischen Götter zugunsten des Christentums aufgegeben worden waren, als Kaiser Konstantin dieses im Jahre 330 zur Staatsreligion erklärt hatte.

Während des 5. und 6. Jahrhunderts hatte Rom unter den Angriffen der Barbaren schwer gelitten. Unter der Herrschaft von Byzanz hatte die Ewige Stadt dann zum erstenmal von ihrem geistlichen Oberhaupt, dem Bischof von Rom, Beistand erhalten. Aber erst Pippin der Kurze hatte im Jahre 756, als er das von den Lombarden besetzte Territorium der Halbinsel einnahm und es nicht dem Kaiser von Byzanz, sondern dem Bischof von Rom – der inzwischen zum Papst geworden war – zurückerstattete, das Fundament für die Gründung des Kirchenstaates gelegt.

Die drei jungen Leute waren im Hof des päpstlichen Palastes angekommen, und Zéphyrine hatte begeistert das riesige Bauwerk betrachtet, das sein gegenwärtiges Aussehen den verschiedenartigen Ideen von zehn Päpsten verdankte und der jungen Frau einmalig zu sein schien, sowohl was seine Dimensionen als auch seinen eigentümlichen Charakter betraf.

»Im 4. Jahrhundert ließ Papst Damasus I. in der Nähe der damaligen Basilika Sankt Peter ein Bauwerk errichten«, erklärte Fulvio. »Leo IV. schuf dann im 9. Jahrhundert die ›Leonische Stadt‹, und vor nunmehr hundert Jahren, im 15. Jahrhundert, wurde unter Nikolaus V. der Bau des jetzigen Palastes begonnen. Alexander VI. Borgia vergrößerte ihn, Innozenz VIII. ließ die Bibliothek und diese Villa – das Belvedere – erbauen, das Bramante später durch einen Hof mit dem Palast verband. Und was jenes Bauwerk dort mit seinen auf Sankt Peter hinausgehenden Fenstern betrifft – die Sixtinische Kapelle –, so wurde sie, wie ja schon der Name besagt, unter Sixtus IV. im Jahre 1475 erbaut. Sie ist mit Fresken von Signorelli, Botticelli, Perugino geschmückt ... Wenn wir Zeit haben, werden wir sie nachher besichtigen.«

Fulvio spielte für seine Begleiter den gelehrten Fremdenführer, der sich in der Geschichte des Vatikans hervorragend auskannte.

Ein Anflug von Affektiertheit war aus seinen Äußerungen herauszuhören, und Zéphyrine hatte den Leoparden im Verdacht, ein wenig mit seinen Kenntnissen angeben zu wollen, sei es, um Mortimer zu beeindrucken, sei es, um seiner Frau zu zeigen, daß sie nicht die einzige war, die über etwas Wissen verfügte.

»Hmm... very interesting«, bemerkte der Engländer.

»Die erste über dem Grab des heiligen Petrus errichtete Kirche grenzte an eine Mauer von Neros Circus...«, fuhr Fulvio ungerührt fort. »Julius II. vertraute, ich glaube im Jahre 1506, den Bau der neuen Basilika, die Sie hier sehen, Bramante an. Mein eigener Vater hat der Grundsteinlegung beigewohnt. Mehrere Architekten haben an diesem gigantischen Bauwerk gearbeitet, von Raffael bis Sangallo. Und jetzt ist es Michelangelo, der die Apsis vollendet.«

Noch nie hatte Zéphyrine ihren Mann so gesprächig erlebt. Fasziniert von all dem Neuen, hob sie ihren Kopf zu Fulvio empor, um sich kein einziges Wort entgehen zu lassen. Dabei übersah sie eine Stufe und stolperte. Sie wäre gestürzt, wenn Fulvio sie nicht aufgefangen hätte.

»Bleiben Sie bei uns, Madame«, flüsterte der Prinz.

Seine heißen Lippen berührten ihr Ohr. Sie schauderte. Fulvios Finger glitten an ihrem Rücken entlang bis zu ihrer Taille. Das war noch schlimmer als alles andere. Wütend über ihre verwirrende Erregung, löste sie sich von ihm und stürzte sich in die dichte Menge von Kardinälen, Bischöfen, Monsignori, Gesandtschaftssekretären, Prälaten, Protonotaren, Bannerträgern, Stabträgern, Türhütern, Wachtposten, Soldaten, Saalwächtern, Condottieri und Stallknechten, die sich um den Palast scharten.

Im Innern war es noch schlimmer. In dem eigenartigen Durcheinander von bombastischen Salons, dunklen Korridoren und Wendeltreppen stellte Zéphyrine fest, daß der größte Teil des Vatikans von Galerien, Kapellen, Küchen und sogar von einer Kanonengießerei ausgefüllt wurde.

Eine Vielzahl subalterner Bediensteter bewegte sich völlig ungezwungen zwischen den Kirchenfürsten und den weltlichen Mächtigen.

Außer den ›Bussolanti‹, der Dienerschaft im Innern des Palastes, entdeckte die junge Frau amüsiert, daß ganze Familien vom Lande in den Gängen kampierten, die bestimmt ihren Verwandten – Diakonen oder Stallknechten – einen Besuch abstatten wollten.

Ungewaschene Kapuzinermönche kauerten auf dem Boden und aßen Weißbrot, während in ihrer unmittelbaren Nähe einige vornehme Herren antichambrierten.

»Monsignore Prinz Farnello ... Milord von Montrose ...«, wiederholte der dicke Schweizer mit seiner Stentorstimme.

Alle Köpfe drehten sich nach den glücklichen Auserwählten um, die das Recht haben, ins Allerheiligste vorzudringen: in die Privatgemächer Klemens VII.

»Die Prinzessin begleitet uns«, erklärte Fulvio, als der päpstliche Wachtposten Zéphyrine den Zutritt verwehren wollte.

Der Schweizer mußte den Prinzen kennen, denn er verbeugte sich und ließ die junge Frau passieren.

Mit ehrfürchtig gesenktem Kopf folgte sie den beiden Fürsten. Mit den Örtlichkeiten gut vertraut, durchquerte Fulvio einen Korridor, dann ein kleines Vorzimmer. Ein weiterer Wachtposten, der schon über die Audienz unterrichtet war, stieß eine schwere Tür aus schwarzem Holz auf und ließ die drei Besucher in einen hellen Saal mit gefächerter Decke eintreten: das Arbeitszimmer des Papstes.

Eine tiefe Stimme donnerte:

»Um Himmels willen, Jacomo ... wer hat nur dieses furchtbare Durcheinander angerichtet?«

Bestürzt blickte Zéphyrine auf. Sie hatte erwartet, daß der Papst in einem weißen Gewand auf dem Thron des heiligen Petrus sitzen würde. Als moderner Stellvertreter Christi lief Giulio de Medici, der vor drei Jahren unter dem Namen Klemens VII. Papst geworden war, statt dessen hinter einem großen Tisch auf und ab, der mit Karten, Manuskripten und Pergamenten übersät war. Sein langer roter Rock fegte den Fußboden. Er trug auf der Brust ein Panzerhemd und hatte ein Federbarett auf dem Kopf.

In dieser Aufmachung glich Klemens VII. viel eher einem kriegerischen Heerführer als einem geistlichen Oberhaupt. Dieser kräftige, energische zweiundfünfzigjährige Papst mit seiner Donnerstimme schien keinen einfachen Charakter zu haben. Der kleine Schreiber, den Seine Heiligkeit mit Jacomo angeredet hatte, zitterte wie Espenlaub, während er die Pergamentrollen suchte, die der Papst haben wollte.

»Ich ... ich habe sie dorthin gelegt, Heiliger Vater.«

Er deutete schüchtern auf den Tisch.

»Du Idiot, wenn du sie dorthin gelegt hättest, dann wären sie auch dort. Verdammt! Wirst du wohl sofort das Dossier über diesen Luther finden, der mich so in Wut bringt! Daß Leo X. ihn exkommuniziert hat, war völlig nutzlos. O Herr, warum hast Du ihn nur nicht abberufen? (Der Papst blickte bei diesen Worten vorwurfsvoll zum Himmel empor.) Wenn dieser kleine Dreckfink seinen Radau in Deutschland fortsetzt, werden wir ein zweites Schisma erleben wie in der schlimmen Zeit von Avignon! Zum Donnerwetter noch mal, Jacomo, hast du in diesem Haufen nachgesehen? ... Die Reformation! Ich werde noch einen Reichstag einberufen müssen, um diesen Schmutzfink mit dem Reichsbann zu belegen! Sechs Fürsten und vierzehn Städte protestieren ... und schon nennt man sie ›Protestanten‹! Wenn du dich nicht etwas beeilst, trete ich dich gleich in den Hintern! Ah, endlich!«

Zitternd reichte Jacomo ihm einige Pergamentrollen.

»Danke, mein kleiner Jacomo. Du siehst, wenn du dich nur anstrengst, dann klappt's. So, und nun geh und bete deinen Rosenkranz. Ich möchte dieses Problem in Ruhe studieren. Du wirst mir Bescheid sagen, wen es Zeit für die nächste Audienz ist.«

»Hm ... es ist so, daß ... hmm ...«, stammelte Jacomo schüchtern.

Klemens VII. hob den Kopf. Er kniff seine großen, runden Augen zusammen, was Zéphyrine zu der Vermutung anregte, der Papst sei kurzsichtig. Dann erkannte er seinen Besucher und rief gutgelaunt:

»Du bist's, Prinz Farnello. Welcher gute Wind führt dich denn her?«

Bei diesen Worten streckte Klemens VII. Fulvio seine Hand entgegen. Der Prinz küßte den Ring des Papstes, dann trat er einen Schritt zurück und erwiderte:

»Ich habe die Ehre, Heiliger Vater, den bevollmächtigten Gesandten Englands zu begleiten – Milord Mortimer von Montrose.«

»Seien Sie gesegnet, mein Sohn!«

Der Papst hatte das Kreuzzeichen so rasch geschlagen, daß Mortimer nicht einmal Zeit gehabt hatte, sein Knie zu beugen.

Sichtlich gerührt, den päpstlichen Segen zu empfangen, verharrte Mortimer nun in seiner knienden Position. Er senkte seinen Kopf so beharrlich, daß Klemens VII. seinen Segen schließlich wiederholen mußte.

»Ausgezeichnet, mein Sohn, wir sehen, daß Sie ein guter Christ sind. Wie geht es Seiner Majestät Heinrich VIII.?« erkundigte der Papst sich, während Mortimer aufstand.

»Ausgezeichnet, Heiliger Vater. Der König von England hat mich beauftragt, Eurer Heiligkeit nicht nur die besten Gesundheitswünsche zu übermitteln, sondern Eurer Heiligkeit auch seiner frömmsten Gelübde und Gedanken zu versichern und Eurer Heiligkeit mitzuteilen, daß Seine Majestät morgens und abends beim Gebet niemals den Namen Eurer Heiligkeit zu erwähnen vergißt.«

»Darüber sind wir sehr zufrieden!« erwiderte der Papst in einem Ton, als hätte er ›Aufgesessen!‹ gesagt. »Kommen Sie, meine Söhne.«

Klemens VII. deutete auf Schemel, die kreisförmig um einen erhöhten Sessel aufgestellt waren.

Fulvio und Mortimer folgten dem Befehl des Papstes.

›Wollen sie mich denn einfach hier stehenlassen?‹ dachte Zéphyrine verwirrt.

»Aber was ist denn das da?«

Mit zusammengekniffenen Augen wurde Klemens VII. plötzlich Zéphyrines Anwesenheit gewahr. Mit ausgestrecktem Zeigefinger stürmte Seine Heiligkeit auf die junge Frau zu wie ein wilder Stier. Mehr tot als lebendig, versank Zéphyrine in eine tiefe Verbeugung, während Fulvio zu ihr trat und sie vorstellte.

»Verzeihen Sie mir, Heiliger Vater, daß ich versäumt habe, die Prinzessin Zéphyrine Farnello Eurer Heiligkeit vorzustellen.«

»Deine Frau?«

Der Papst ging mißtrauisch um Zéphyrine herum.

»Ja, Heiliger Vater. Eure Heiligkeit erinnert sich zweifellos daran, daß sie mir – abgesehen von ihrer Eheerlaubnis – einen Legaten geschickt hat, um unsere Eheschließung in der Lombardei zu segnen«, sagte Fulvio.

›Muß er denn unbedingt so viele Erklärungen abgeben? Wir sind schließlich nicht hier, um über die Ehe zu sprechen, sondern über eine Scheidung!‹ dachte Zéphyrine gereizt.

»Du hast eine gute Wahl getroffen, Prinz Farnello. Ich beglückwünsche dich dazu... Eine schöne Zuchtstute... Venezianerin?... Florentinerin?«

»Nein, Heiliger Vater... Französin.«

Zéphyrine hat selbst geantwortet.

»Und impertinent! Mach ihr rasch zehn Kinder, Farnello, sonst wirst du nichts als Ärger haben«, riet der Papst. »Also, meine Tochter, kommen Sie.«

Klemens VII. ging auf seinen Thron zu. Zéphyrine bemerkte, daß der Papst unter seinem roten Rock Stiefel und Sporen trug.

»Heiliger Vater«, begann Mortimer, nachdem Fulvio und Zéphyrine sich neben ihn gesetzt hatten, »als Gesandter werde ich ganz offen zu Ihnen sprechen...«

»Ausgezeichnet, mein Sohn, dabei spart man viel Zeit«, stimmte der Papst zu.

»Oh... mein armer Kopf tut mir so weh!«

Der Herzog von Montrose rieb sich die blonden Haare mit einer Grimasse, die Zéphyrine bestimmt zum Lachen gebracht hätte, wenn die junge Frau nicht selbst noch völlig unter dem Eindruck des Erlebten gestanden wäre.

Nachdem er sich bei seinen Gastgebern entschuldigt hatte, ging Mortimer schwankend die Treppe zu seinen Gemächern empor.

Sobald sie mit ihrem Mann allein in der Halle zurückgeblieben war, stellte Zéphyrine trocken fest:

»Das haben Sie absichtlich gemacht.«

Es schien Fulvio schwerzufallen, ein Lachen zu unterdrücken.

»Sie setzen mich in Erstaunen, Madame. Habe ich Ihnen Ihre Wünsche denn nicht erfüllt?«

»Sie sind machiavellistisch!« rief Zéphyrine unbedacht.

»Machiavellistisch!« wiederholte Fulvio. »Das Wort ist interessant und wird sich vielleicht durchsetzen können. Kommen Sie einmal her und erzählen Sie mir, Sie Philosophin, wie Sie darauf gekommen sind.«

Fulvio hatte Zéphyrine genau in dem Augenblick am Arm festgehalten, als sie sich auf dem gleichen Wege wie der Engländer zurückziehen wollte. Er zog die junge Frau in einen Saal im Erdgeschoß und sagte dort:

»Sie müssen Ihr hübsches kleines Näschen wirklich in alles hineinstecken! Ich hätte eigentlich wissen müssen, daß Sie trotz aller Müdigkeit noch an Türen horchen und von Niccolo Machiavellis Ratschlägen profitieren würden.«

Ohne sich einschüchtern zu lassen, parierte Zéphyrine:

»Und ich hätte wissen müssen, daß Sie die Reaktion des Papstes schon vorhersahen, als Sie mich so bereitwillig mit dem armen Mortimer in den Vatikan mitnahmen.«

Unwillkürlich mußte sich Zéphyrine das Lachen verbeißen, als sie an die Szene von vorhin zurückdachte.

Klemens VII. schien auf seinem Thron vor sich hinzudösen, während er Mortimers Plädoyer für die Scheidung von King Henry lauschte. Nachdem Mortimer gute zehn Minuten geredet und dem Papst sämtliche Gründe aufgezählt hatte, einschließlich des verständlichen Wunsches des englischen Königs nach einem männlichen Thronfolger – eines Wunsches, den Königin Katharina ihm allem Anschein nach nicht mehr erfüllen konnte –, war der englische Gesandte in Erwartung der päpstlichen Antwort verstummt.

Schlimmstenfalls rechnete er mit einer vagen Antwort der Art: ›Seine Majestät Henry möge sich gedulden. Wir werden über die Frage nachdenken.‹

Statt dessen war der Papst mit unglaublichem Temperament von seinem Thron aufgesprungen und hatte sich auf den Engländer gestürzt.

Er hatte den armen Mortimer am Kragen gepackt und heftig geschüttelt.

»Nein, nein und nochmals nein! Das ist die Antwort, die du deinem Herrn bringen wirst. Außerdem wirst du ihm den Befehl seines Papstes übermitteln, vierzig Tage lang das Büßerhemd zu tragen ... und seine Attribute eines dicken Galgenstricks nicht mehr in den giftigen Charme des Geschöpfes zu stecken, von dem du mir so schön erzählt hast! Was diese Boleyn angeht, so soll er sie in ein Kloster stecken, mit geschorenem Kopf und nacktem Hintern! Gott wollte Königin Katharina auf dem englischen Thron sehen, und Gott wird sie bis zu ihrem Tode dort belassen! Das möge Henry sich also gesagt sein lassen, und er soll sich gefälligst anstrengen, um von ihr einen Sohn zu bekommen ... sonst geht es ihm an den Kragen!«

»Hmm ... aber, Heiliger Vater ...«, versuchte Mortimer einzuwenden.

Rot vor Wut, donnerte Giulio de Medici:

»Keine Widerrede, wenn ich bitten darf! Dein König ist ein katholischer König, ein Christ, der meiner Autorität untersteht ... Er will doch nicht etwa einer von diesen Protestanten der schändlichen Reformation werden ... Also, die Dame Anna Boleyn ins Kloster! Keine Trennung von der Königin ... *Keine Annullierung*!«

Der Fall war entschieden. Klemens VII. ließ Mortimer los, der auf seinen Schemel sank, wandte sich dem Prinzen Farnello zu und fragte mit plötzlicher Sanftmut:

»Und du, mein lieber Sohn, was hast du auf dem Herzen?«

»Es ist die Prinzessin Farnello, Heiliger Vater, die Eurer Heiligkeit eine Bitte vortragen möchte«, erwiderte Fulvio in seinem liebenswürdigsten Ton.

›Gemeiner Heuchler!‹ schimpfte Zéphyrine innerlich.

Der Heilige Vater trat auf die junge Frau zu.

»Sprechen Sie ohne Furcht, meine liebe Tochter«, sagte Giulio de Medici in gutmütigem Ton.

Der spöttische Blick des Leoparden schien auszudrücken: ›Na, worauf warten Sie denn, um den Papst anzuflehen, unsere Ehe zu annullieren?‹

Zéphyrine mußte sich entscheiden. Sie fiel vor Klemens VII. auf die Knie und murmelte:

»Ich bitte um den Segen Eurer Heiligkeit.«

»Hier hast du ihn, meine Tochter, hier hast du ihn: ad vitam aeternam in temporalibus.«

Giulio de Medici schlug rasch das Kreuzzeichen über Zéphyrine.

»Erheben Sie sich, meine Tochter«, fuhr der Papst gütig fort.

Er reichte der jungen Frau seine Hand.

»Ich sehe, daß Sie eine gute Christin zu sein scheinen, das ist ausgezeichnet. Um mich dessen zu vergewissern, werde ich Ihnen die Beichte abnehmen.«

Bevor sich Zéphyrine noch von ihrer Überraschung erholt hatte, zog der Papst sie schon zu seinem Thron. Mit einer autoritären Geste bedeutete er Fulvio und Mortimer, sich zurückzuziehen, und Zéphyrine, auf den Stufen des Thrones niederzuknien.

»Im Namen des Vaters, des Sohnes und des Heiligen Geistes ... Dominus vobiscum ...«

Mit gesenktem Haupt wollte Zéphyrine gerade beginnen, sich ihrer Sünden anzuklagen, als sie folgende bestürzende Worte des Papstes venahm:

»Sie sind also eine Französin, meine Tochter. Ich hoffe, Sie sind auch die treue Dienerin eines gefangenen Martyrerkönigs.«

Das war so unglaublich, daß Zéphyrine sich fragte, ob sie nicht vielleicht träumte. Der Papst als Verbündeter von Franz I. ... Sie faßte sich aber rasch wieder und murmelte:

»Ja, Heiliger Vater. Obwohl ich mit einem seiner Gegner aus Staatsräson verheiratet bin, halte ich doch meinem König die Treue. Ich habe ihn in Pizzighettone gesehen, und ich konnte ihm sogar eine Botschaft seiner Frau Mutter, der Regentin von Frankreich, übermitteln ...«

Ohne eine Falle des Papstes zu befürchten, hatte Zéphyrine mit gefalteten Händen rasch gesprochen.

»Der Himmel schickt Sie mir, meine Tochter. Dieser Schweinehund Karl V. hat den König von Frankreich durch seine Leute aus Pizzighettone weggebracht. In einigen Tagen soll Franz I. mit einem Schiff nach Spanien geschafft und dort im Alcazar von

Madrid eingesperrt werden ... Ich brauche einen Boten, um Franz meine Vorschläge zu unterbreiten. Aber er wird so streng bewacht, daß meine Prälaten nicht an ihn herankommen. Die spanischen Wachen haben schon zwei meiner Männer getötet. Vielleicht gelingt es einer Frau ... obendrein einer Prinzessin ... Aber Sie müssen mir bei diesem Kreuz schwören, nicht einmal Ihrem Gemahl etwas davon zu verraten.«

Zéphyrine legte diesen Eid gern ab, den dieser seltsame Papst ihr abverlangte, der in erster Linie nicht ein Seelenhirte, sondern ein Politiker und Verschwörer war.

»Gut, aber zunächst einmal: Wie wollen Sie an den König herankommen?«

»Ich werde mich nicht selbst auf den Weg machen, Heiliger Vater ... ich werde jemanden schicken, der durchkommt, wo kein Mensch durchkommen kann.«

Guilio de Medici runzelte die Stirn.

»Meine zahme Dohle kennt den König. Sie wird ihm die Botschaft überbringen, Heiliger Vater. Ich schwöre Ihnen, Sie können mir vertrauen.«

Der Papst betrachtete das stolze, intelligente Gesicht, das zu ihm emporblickte. Er las darin Trauer, Kummer und Verwirrung, aber auch die Loyalität und die Hoffnung, die seine Worte hervorgerufen hatten.

»Das Schicksal Europas einem Vogel anvertrauen ... Ich habe keine andere Wahl. Ich vertraue Ihnen, meine Tochter«, sagte Giulio de Medici plötzlich. »Ich habe folgenden Plan ...«

Die heilige Liga!

Der Papst schlug vor, Franz I. sollte – sogar als Gefangener – seiner Mutter, der Regentin, politische Anweisungen geben und einen Wechsel der Allianzen erreichen: Venezianer, Päpstliche, Mailänder und andere Konföderierte, wie der Genueser Andrea Doria, würden sich mit Frankreich verbünden, um die spanischen Armeen aus Italien zu vertreiben.

›Wieder ein Krieg gegen Karl V.‹, dachte Zéphyrine, während sie diesem Papst im Panzerhemd zuhörte. ›Aber diesmal ohne Einmischung Englands.‹

Der dicke Henry würde sich nicht rühren, der Papst hatte ihn wegen seiner Dame Boleyn in der Hand. Um die Allianz mit Frankreich enger zu knüpfen, schlug der Papst Franz I. außerdem eine Verbindung zwischen seiner kleinen Kusine Katharina de Medici, Herzogin von Urbino, einem Kind, und dem jüngsten Sohn von Franz I., Prinz Heinrich, vor.

»Werden Sie das alles behalten können?« fragte der Papst beunruhigt.

»Ja, Eure Heiligkeit, ich habe ein sehr gutes Gedächtnis...«, versicherte Zéphyrine.

»Gehen Sie, meine Tochter, und Gott möge Sie beschützen...«

Für den Papst war die Sache erledigt.

»Heiliger Vater«, murmelte Zéphyrine bewegungslos, »ich würde Euer Heiligkeit gern eine Bitte vortragen.«

»Wenn ich kann, werde ich sie Ihnen mit größter Freude gewähren, mein Kind«, sagte Klemens VII. milde.

Zéphyrine flüsterte hastig:

»Heiliger Vater, ich flehe Sie an, ordnen Sie die Annullierung meiner Ehe mit Prinz Fulvio Farnello an.«

Sie wagte nicht, sich zu bewegen.

»Aber was haben denn nur heute alle auf einmal?« rief der Papst.

Giulio de Medici betrachtete mit seinen großen runden Augen den Prinzen, der sich an einem der Fenster leise mit Mortimer unterhielt.

»Zum Teufel noch mal«, knurrte der Papst zwischen den Zähnen. »Und ich hatte Angst, du könntest diesen Herzensbrecher Fulvio so sehr lieben, daß du deinen Mund nicht im Zaume halten könntest.«

»Aber, Heiliger Vater...«

»Keine Widerrede, ich ertrage keine Widerreden, Prinzessin. Meine Befehle sind meine Befehle. Gehorchen Sie! In einigen Monaten werden wir, wenn die Dinge sich bis dahin nicht ändern, versuchen, eine so schlechte Ehe zu lösen. Gehen Sie, meine Tochter, und möge der Heilige Geist Sie mit Seinem Licht erleuchten!«

Bei diesen Worten erhob sich Giulio de Medici. Seine Sporen klirrten auf dem Parkett.

»Jacomo... Zum Teufel noch mal, wo hast du die Pergamentrollen hingelegt? Ich trete dich gleich in den Hintern!«

Der kleine Schreiber eilte herbei.

Die Audienz war beendet.

Fulvio, Mortimer und Zéphyrine verließen rückwärts gehend das Zimmer. Wortlos stiegen die beiden Männer auf ihre Pferde und die Prinzessin in ihre Sänfte. Jeder war auf dem Rückweg in seine eigenen Gedanken versunken.

Tragische Gedanken für Mortimer: Wie sollte er King Henry die Antwort des Papstes beibringen?

Aufregende, aber ebenso beunruhigende Gedanken für Zéphyrine: Sie war mit einer Mission betraut worden, aber die Annullierung schien auf die lange Bank geschoben zu sein!

Der einzige, der ausgezeichnete Laune zu haben schien, war Prinz Farnello.

»Seine Heiligkeit hat Ihnen sehr lange die Beichte abgenommen!« sagte Fulvio.

»Die Liste meiner Sünden ist eben besonders lang«, erwiderte Zéphyrine schlagfertig.

»Daran zweifle ich nicht, Madame, der Papst muß entsetzt gewesen sein. Aber immerhin nicht so sehr, um Ihnen die Annullierung zu gewähren...«

»Eine angenehme Überraschung ist immer möglich.«

Mit dieser spitzen Bemerkung verneigte sich Zéphyrine und ging auf die Treppe zu.

Wenn sie sich umgedreht hätte, so hätte sie gesehen, daß Fulvio ihr nachblickte, wie sie anmutig in den ersten Stock hinaufstieg.

›Ich werde diese Stute schon zähmen... Aber in der Zwischenzeit würde ich einen Sack voll Dukaten dafür geben, wenn ich wüßte, was dieser Schuft Giulio ihr erzählt hat!‹

»Eure Hoheit...«

Paolo unterbrach die Gedankengänge seines Herrn.

»Was gibt's?«

Es war die Parole ›Saint-Simon‹ und eine Botschaft, die der Zwerg jener geheimnisvollen, von Karl V. gesandten Dame ihm überbrachte. Angesichts dieses Gnoms überlief den Prinzen unwillkürlich ein Schauder, denn während ihrer Unterhaltung blickte der Zwerg sonderbar neugierig zur Decke empor, durch die Zéphyrines Schritte im oberen Stockwerk zu hören waren. Plötzlich bedauerte Fulvio, daß er sich bereit erklärt hatte, Kaiser Karl V. einen Dienst zu erweisen.

Zéphyrine hatte Pluche und ihre Kammerzofen weggeschickt. Nur mit Gros Léon als Gesellschaft setzte sie sich an einen Tisch, dachte nach, tauchte dann eine Gänsefeder in die Tinte und schrieb folgendes:

›Mon premier apporté par le zéphyr est un vent leger.
Mon second de la Cité des Anges en est le berger.
Mon troisième du loup sanguinaire veut s'éloigner.
Mon quatrième de ma mère doit me rapprocher.
Mon cinquième d'amis lointains en gigue Sainte peut espérer.

Mon sixième Magister dixit le pêcheur peut toujours pêcher.
Mon septième de cousine Berger union filial dois marier.
Et mon tout, sur mon âme, d'un ami haut placé
qui vous veut bien placé.‹

Zéphyrine las ihr Rätsel noch einmal aufmerksam durch. Der König, der sich leidenschaftlich gern mit der Aufschlüsselung solcher Rätsel beschäftigte, war der einzige, der den Sinn verstehen würde, so daß kein Schaden entstehen konnte, wenn der Brief unglückseligerweise in falsche Hände geriet.

Sie streute Sand auf das Pergament, blies darauf, um die Tinte zu trocknen, und rief dann die Dohle.

»Gros Léon, jetzt mußt du zeigen, daß du einmal Nostradamus' Vogel warst. Du erinnerst dich doch an Sire ... Seul / Allein / ... Serment / Eid /... Solitaire / Einsam /.«

»Sire ...«, krächzte die Dohle.

»Sire fort ... Sire auf dem Meer ... Du mußt fliegen, Gros Léon, in Richtung Süden ... Spezia ... Golf von La Spezia.«

Während sie Gros Léon erklärte, wohin er fliegen mußte, wickelte sie ihm ihre Botschaft an den König um den Hals und befestigte sie mit einem Strumpfband.

Sehr stolz auf seine Mission, schlug Gros Léon mit seinen Flügeln.

»Serment ... Spezia ... Sincère ... Salamalec ... Sud.«

Zéphyrine öffnete das Fenster, und nachdem Gros Léon seine Herrin liebevoll auf den Kopf gepickt hatte, flog er zum römischen Himmel empor.

Zéphyrine sah ihn über der Engelsburg kreisen, dann schien der Vogel sich zu entscheiden, und seine schwarzen Flügel verschwanden in südlicher Richtung.

Jeder Mensch, der Augenblicke intensivster Gefühlsbewegung erlebt hat, kennt die Leere, die sich einstellt, sobald man allein ist und es nichts mehr zu tun gibt, um die Unruhe des Wartens zu überbrücken.

Zéphyrine blieb einige Minuten regungslos stehen. Sie wußte nicht, was sie tun sollte. Plötzlich entdeckte sie auf vergoldeten Kleiderhaken mehrere Umhänge, Dominokostüme und antike Gewänder.

Auf einmal fiel es ihr wieder ein. An diesem Abend fand der Maskenball bei der Prinzessin Carolina Bigallo statt.

17

Der Maskenball

Carolina Bigallo zog sich nun schon zum zwölften Male um. Nachdem sie ein Sultanin-Kostüm ausprobiert hatte, mittelalterliche, byzantinische, griechische, kretanische und ägyptische Gewänder, entschied sich die schöne Römerin schließlich für ein babylonisches Kleid, in dem sie aussah wie eine Gestalt auf einem antiken Relief. Ihre schwarzen Haare, die von ihrer geschicktesten Kammerzofe mit einer Brennschere leicht gekräuselt worden waren, wurden zu einer außerordentlichen Höhe emporgetürmt. Ihre Arme, der üppige Busen und die Knöchel, die unter dem Saum des golddurchwirkten Gewandes gewagt hervorkamen, waren mit ziselierten Goldketten und -reifen behängt.

Carolina betrachtete sich zufrieden im Spiegel.

Mit ihren zweiundzwanzig Jahren galt Prinzessin Bigallo als die beste Partie von Rom. Sie war schön und reich, und ihr alter Ehemann war geschmackvoll genug gewesen, ein Jahr nach der Hochzeit zu sterben.

Wie gewöhnlich ohrfeigte sie aufs Geratewohl einige ihrer Dienstmädchen, dann stellte sie sich wieder einmal die quälende Frage: Wie würde das französische Weibsbild kostümiert sein?

Seit die Bigallo von Fulvios Eheschließung mit der Französin erfahren hatte, kochte sie innerlich vor Wut. Wenn er wenigstens noch Andrea Pazzi aus Florenz geheiratet hätte, das wäre nicht so unfair gewesen, aber diese ausländische Hure herbeizuholen, die zu allem Unglück auch noch rothaarig war, und obendrein vielleicht sogar eine Hexe...

Bei diesem Gedanken erzitterte Carolina, die als typische Römerin sehr abergläubisch war. Sie vergewisserte sich rasch, daß sie die Kette mit dem kleinen Hufeisen aus Korallen umgehängt hatte, das die Dämonen und ihren ›mal'occhio‹ – den bösen Blick – bannen sollte. Ein Blick aus den grünen Augen der Französin konnte einen bestimmt verhexen und großes Unglück hervorrufen.

An diesem Morgen war eine Befestigungsmauer des Palastes eingestürzt, und die Wasser des Tiber stiegen. Wie viele ihrer Zeitgenossen, so sah auch Carolina in diesen Ereignissen ein himmlisches Vorzeichen für irgendeine große Gefahr.

Carolina zögerte noch, ob sie den Todesring verwenden sollte, der sehr praktisch war, um sich eines Feindes zu entledigen. Sie könnte der Französin die Hand schütteln, bis das in dem spitzen Ring enthaltene Pulver in deren Hand eindrang. Die Feindin würde dann in Katalepsie – in Starrsucht – verfallen; oder aber sie könnte ihr unauffällig jede Woche einen Tropfen ›acqua tofana‹ verabreichen, so daß diese Schlampe nach spätestens zwei Jahren tot sein würde. Aber das war eine sehr lange Zeit... Carolina Bigallo beschloß, nichts Bestimmtes vorzubereiten und sich auf ihre schöpferische Intuition im richtigen Moment zu verlassen.

Vielleicht wäre es das beste, Hadriano zu bezahlen, damit er der Intrigantin während der Messe eine lange Stecknadel durchs Haar in den Schädel bohrte. Das wäre nur ausgleichende Gerechtigkeit! Waren nicht die schlimmsten Gerüchte über sie im Umlauf?

War der schöne Fulvio tatsächlich schon ein betrogener Ehemann? In diesem Fall bestand für Carolina vielleicht noch Hoffnung. Ohne ein Verbrechen begehen zu müssen, vor dem dieser Dummkopf von Beichtvater sie abzuhalten versuchte, würde sie durch den Ehemann selbst von dieser Kreatur befreit werden...

Trösterin: das war die Rolle, die sie übernehmen mußte.

»Prinzessin, die ersten Gäste treffen soeben ein«, kündigte ein zitterndes Dienstmädchen an.

»Idiotin! Konntest du mir nicht eher Bescheid sagen?«

Carolinas Hand klatschte auf die Wange der Unglücklichen, dann stieg sie die breite Treppe hinab, wobei sie sich schon wieder – zum hundertsten Male – die Frage stellte: Wie würde das französische Weibsbild kostümiert sein?

Das ›Weibsbild‹, das von den Rachegelüsten, die es erzeugte, nichts ahnte, hatte sich ebenfalls mit großer Sorgfalt angekleidet. Da sie aber weniger Grund zur Nervosität hatte als Carolina, hatte Zéphyrine sich nur dreimal umgezogen. Schließlich entschied sie sich für ein persisches Gewand aus hellgrünem Seidengeorgette mit schmalen Trägern, an deren Enden Perlen befestigt waren. Trotz ihres eigensinnigen Grolls auf Fulvio mußte Zéphyrine zugeben, daß er seine Sache sehr gut machte und ihre Garderobe immer prachtvoll auswählte. Er mußte es ja wohl sein, der sich darum kümmerte, denn Zéphyrine selbst bekam keinen Schneider zu Gesicht.

Kleider, Schmuck und Accessoires tauchten wie durch ein Wunder in ihren Gemächern auf. Zéphyrine wußte, daß sie – wenn sie ganz ehrlich mit sich sein wollte – all diese Sachen eigentlich zurückweisen müßte, aber sie war nun einmal sehr kokett.

›Es bleibt mir ja nichts anderes übrig!‹ dachte die junge Frau, die auf der Suche nach einer überzeugenden Ausrede war, warum sie diese Geschenke annahm.

›Wenn ich ihn verlasse, werde ich alles zurücklassen‹, beschwichtigte sie ihr Gewissen.

Wie ihre ›Rivalin‹, so betrachtete sich auch Zéphyrine im Spiegel.

»Sie werden die Schönste sein, meine kleine Zéphy ... äh ... Prinzessin«, lispelte Pluche.

Zéphyrine gab keine Antwort, hoffte aber sehr, daß das tatsächlich der Fall sein würde.

Ein Schleier von der gleichen Farbe wie ihr Kleid auf ihren leuchtenden Haaren vervollständigte ihre Toilette. Vergnügt griff sie nach dem letzten modischen Accessoire, einer schwarzen Samtmaske, um ihr Gesicht zu verbergen.

Emilia legte ihr ein weites, mit Biberfell gefüttertes Cape um die Schultern.

»Monseigneur bittet Euer Gnaden in den blauen Salon«, meldete Paolo.

Zéphyrine wußte, daß sie erst in zwei oder drei Tagen mit Nachrichten von Gros Léon rechnen konnte. Sie beschloß, an diesem Abend nur an den Karneval zu denken.

»Hallo, guten Abend, Milady!«

»Buona sera, Sua Grazia!«

Zéphyrine mußte wider Willen lachen. Fulvio und Mortimer hatten ihren effektvollen Auftritt gut vorbereitet. Sie waren beide völlig gleich verkleidet, als Könige der Zypressen, und auf ihren Köpfen trugen sie Kronen aus Pflanzen. Da sie etwa gleich groß waren, und da beide ihre Masken aufgesetzt hatten, konnte Zéphyrine nur an ihren Stimmen erkennen, wer der Prinz und wer der Herzog war.

Die Glocke des Kapitols läutete den Karneval ein.

»Ihren Arm bitte, Madame!« ertönte Fulvios Stimme.

»Werden Euer Gnaden mir die erste Pavane gewähren?« fragte Mortimer, der seinen Schock von der Papstaudienz überwunden zu haben schien.

Zéphyrine ging mit ihren beiden Kavalieren zur Karosse, vor die sechs weiße Pferde gespannt waren, und die für das Fest mit antiken Fresken dekoriert war.

Fulvio sagte leise zu seiner Frau:

»Könnten wir nicht alle beide für die Dauer des Karnevals einen Waffenstillstand schließen?«

»Drei Tage...«

»Nein, hier dauert der Karneval elf Tage«, erklärte Fulvio kategorisch.

Zéphyrine kam nicht mehr dazu, ihm zu antworten. Die Lakaien halfen ihr beim Einsteigen. Fulvio und Mortimer nahmen links und rechts von ihr Platz.

Der Kutscher knallte mit der Peitsche.

Die Fackelträger liefen vor der Karosse her.

Zéphyrine wollte sich eigentlich nicht von der Fröhlichkeit auf den Straßen anstecken lassen, aber sie konnte ihren Vorsatz nicht lange durchhalten.

Seit die Glocke des Kapitols geläutet hatte, war ganz Rom außer Rand und Band.

Elf Tage lang herrschte nun überall das ausgelassene Vergnügen.

Zéphyrine wurde unwillkürlich von der allgemeinen Tollheit angesteckt und beteiligte sich an den Konfettischlachten, am Geschrei und an der überschäumenden Freude, die sich der Stadt bemächtigt hatte.

»Hallo, hübsches Herzchen! Steig ein zu uns!«

Der phlegmatische Mortimer begeisterte sich für die schönen Damen, die auf blumengeschmückten Wagen saßen.

Eine dichte Menge von Fußgängern folgte den Karossen und Reitern. In den Fenstern drängten sich Neugierige, die den vornehmen Herrschaften in den Wagen zuwinkten. Zéphyrine hatte den Kopf aus dem Fenster geschoben und lachte und winkte, während sie dachte:

›Diese Römer sind doch allesamt verrückt!‹

Satyre, Maurinnen, turbangeschmückte Derwische, Türken, Könige mit Zepter, falsche Bettler, Seeleute, Masken der Commedia dell'arte, ›Mörder‹, Harlekine, Pierrots, Advokaten, Hanswurste, als Männer verkleidete Frauen, als Frauen verkleidete Männer – alle Kostüme waren erlaubt, ausgenommen die von Nonnen, Mönchen und Geistlichen.

»Verkleiden sich alle an Karneval?« erkundigte sich Zéphyrine.

»Ja, schöne Frau, außer den Geistlichen, den Juden und den Kurtisanen«, erklärte Fulvio.

»Aber das ist doch ungerecht! Warum haben sie kein Recht dazu wie alle anderen?« protestierte Zéphyrine.

»Weil es nun einmal so ist; hören Sie doch auf, die Welt verbessern zu wollen, Sie kleine Rechthaberin!«

Fulvio schüttete ihr eine Handvoll Bonbons in die Hand.

Die Karosse kam auf den überfüllten Straßen nur mühsam vorwärts. ›Hagelkörner‹ wurden von der fröhlichen Menge durchs Fenster geworfen. Das waren Kugeln aus vulkanischer Erde, mit Gips und Kalk verkleidet.

Fulvio reichte Zéphyrine ein Stück Pappe, damit sie ihr Gesicht schützen konnte.

Plötzlich zuckte die junge Frau zusammen.

In einer schwarzen Sänfte mit vier Trägern verbarg eine Dame ihr Gesicht hinter einer Maske, die einer antiken Medea-Darstellung nachgeformt war.

Aus den Augenschlitzen der Maske heraus fühlte Zéphyrine sich durchdringend gemustert. Die junge Frau hätte diese Medea aber nicht weiter beachtet, wenn nicht neben ihr ein kleines Geschöpf seinen Kopf aus der Sänfte gesteckt hätte.

Ein Zwerg, der ebenfalls maskiert war, warf zur großen Belustigung der Menge mit stinkenden Kugeln.

›Karolus... Doña Hermina...‹, murmelte Zéphyrine unhörbar.

Sie zog ihren Kopf rasch aus dem Fenster zurück. Es war lächerlich, Angst zu haben. Sie war maskiert. Wenn diese Medea wirklich Doña Hermina war, so hatte die Verfluchte sie bestimmt nicht erkennen können.

Fulvio und Mortimer hatten nichts von ihrer Panik bemerkt, und inzwischen waren sie auch bei der Prinzessin Carolina Bigallo angekommen.

Lakaien in prächtigen blau-silbernen Livreen standen feierlich in Reih und Glied auf der großen, von Fackeln beleuchteten Marmortreppe, die mit einem Teppich bedeckt und mit Myrten- und Orangenbäumen in Kübeln geschmückt war.

»Da sind die Colonna... und die Orsini...«

Fulvio deutete auf die prächtigen Karossen dieser rivalisierenden Familien.

Prinz Colonna war als Gallier und Orsini als Athener verkleidet.

Zéphyrine wußte, daß etwa dreißig Familien, die seit dem hohen Mittelalter in politische Kämpfe verwickelt waren, die unbestrittene Elite der römischen Aristokratie bildeten. Der erste Rang gehörte dabei mit Sicherheit den Colonna und den Orsini, die an diesem Abend zum Ball mit einer stattlichen Zahl von

Leibgarden und Soldaten erschienen. Auch die Savelli, die Conti, die Corsini, die Dona, die Borghese und die Massimo waren vertreten.

Bei diesem Maskenball gab kein ›Ausrufer‹ die Namen der Gäste bekannt. Es war Sache der Hausherrin, die Verkleidung zu durchschauen oder sich davon in die Irre führen zu lassen.

»Guten Abend, Carolina...«

Ohne seine Stimme zu verstellen, neigte Fulvio sein Haupt mit der Blütenkrone. Prinzessin Bigallo säuselte:

»Fulvio, mein Lieber... Welche Freude, Sie mit Prinzessin Farnello hier bei mir begrüßen zu dürfen!«

Carolinas schwarze Augen versuchten, Zéphyrines Gesichtszüge hinter der Maske zu erkennen, und sie studierte genau ihren Hals, die Arme und die Taille.

›Diese Schlampe... dieses Weibsbild... wenn sie doch wenigstens buckelig wäre!‹ tobte Carolina Bigallo innerlich, als sie der Schönheit ihrer Rivalin gewahr wurde. Laut sagte sie indessen, nachdem sie tief Luft geholt hatte:

»Ich wünsche mir so sehr, Ihre Freundin zu werden, Prinzessin Farnello. Sie müssen wissen, daß Fulvio für mich wie ein Bruder ist... Er verheimlicht mir nichts.«

Trotz der zur Schau getragenen Liebenswürdigkeit spürte Zéphyrine Carolinas Haß. Sie verneigte sich und erwiderte:

»Der Prinz hat mir seinerseits schon viel von den brüderlichen Gefühlen erzählt, die er für Sie hegt, Madame. Ich freue mich sehr, heute abend endlich die ältere Schwester kennenzulernen, die er in Ihnen gefunden hat...«

Bei diesen Worten bekam Mortimer einen heftigen Hustenanfall, und Fulvio griff rasch vermittelnd ein und stellte der Gastgeberin den englischen Herzog vor.

»Was ist denn plötzlich in Sie gefahren, Sie Tigerin?« erkundigte sich Fulvio, während er sich mit Zéphyrine in den Ballsaal begab.

»Das wissen Sie doch genau«, erwiderte die junge Frau. »Wenn Sie mich all Ihren Mätressen vorstellen wollen, so ist mir das völlig gleichgültig – nur sollen sie mir ja nicht auf den Füßen herumtrampeln!«

»Ich kenne niemanden, der dieses Risiko eingehen würde!« stellte Fulvio trocken fest.

Zéphyrine war sicher, daß er hinter seiner Maske lachte. Sie wandte sich rasch ab. Ein Rundtanz, der gerade in den riesigen Sälen veranstaltet wurde, kam ihr zu Hilfe. Ein Derwisch mit

Turban zog sie mit sich, und gleich darauf tanzte sie mit einem Bettler. Hinter diesem tanzte ein riesiger Kerl in langem, weißem Hemd, das mit roten Blattern übersät war.

»Als was ist er denn verkleidet?« erkundigte sich Zéphyrine.

»Als Opfer der französischen Krankheit, welche die Franzosen ihrerseits die italienische nennen...«

Der Bettler lachte lauthals.

Obwohl Zéphyrine diese Kostümierung ziemlich befremdlich fand, hielt sie es für das beste, einfach mitzulachen.

In allen Ecken der Säle waren riesige Büfetts mit allen möglichen Delikatessen aufgebaut.

»Haben Sie Durst, schöne Perserin?« erkundigte sich der Bettler.

Zum Klang von Bratschen formierten sich Damen und Herren zur Pavane. Zéphyrine, die sich in diesem Trubel ein wenig verloren vorkam, nahm das Angebot ihres Kavaliers gern an. Er reichte ihr einen Humpen Malvasierwein und kleine Melonenstücke in Eierkuchenteig, dann nahm er seine Maske ab.

»Uff, diese vielen Kerzen verbreiten ja eine irrsinnige Hitze!«

Es war ein junger Mann von etwa fünfundzwanzig Jahren, dessen bleiches Gesicht von einem winzigen Bärtchen umrahmt war. Er hatte schöne, funkelnde Augen und lächelte mit der Selbstsicherheit eines romanischen Verführers.

»Ich frage Sie nicht nach Ihrem Namen, schöne Perserin, aber würden Sie mir vielleicht Ihr Gesicht zeigen, das von bewundernswerter Schönheit sein muß?«

»Erst, wenn ich weiß, wer Sie sind«, erwiderte Zéphyrine kokett.

»Manuel Massimo... ganz zu Ihren Diensten... Jetzt sind Sie an der Reihe...«

»Gleich«, sagte Zéphyrine.

»Sie brechen Ihr Wort...«

»Nein, denn ich habe Ihnen nicht gesagt, wann ich meine Maske abnehmen werde.«

»Die Pest hol doch meine Neugier! Ich werde Ihnen die ganze Nacht hindurch folgen, schöne Perserin, um herauszufinden, wer Sie sind, denn – bei meiner Seele – Sie sind weder eine Conti noch eine Savelli, noch eine Gaetani... Würden Sie mir die Ehre erweisen und diese Pavane mit mir tanzen?«

Der junge Mann war sympathisch, anziehend und fröhlich. Während sie sich inmitten einer Schar von mindestens fünfzig anderen Tänzern aufstellten, erkundigte sich Zéphyrine:

»Stimmt es, Prinz Massimo, daß Maximus der Römer Ihr Vorfahre war?«

Die langsamen, feierlichen Bewegungen der Pavane begannen mit einer Verbeugung der Herren und einem Knicks der Damen, dann schritten alle Paare vor und zurück, konnten sich unterhalten oder einander zulächeln. Manuel Massimo schüttelte den Kopf:

»Ich könnte es nicht beweisen, aber dieses Gerücht kursiert seit über tausend Jahren in unserer Familie...«

Bei diesen Worten lachte der junge Mann und zeigte dabei seine blendendweißen Zähne. Er ließ sich elegant auf ein Knie nieder. Wie es die Tanzfigur vorschrieb, schritt Zéphyrine im Kreis um ihn herum.

»Sehen Sie mal«, fuhr er fort, das Gesicht zu Zéphyrine emporgewandt, »so sind wir alle hier in Rom. Die Matei glauben, von Mucius Scevola abzustammen, die Cenci von Crescentius Centius, die Santa Croce von Valerius Publicola, die Altieri von Amilcar und die Farnello von dem römischen Konsul Fabius Rullianus...«

Der junge Mann erhob sich aus seiner knienden Haltung. Jetzt mußte er sich im Kreis um Zéphyrine drehen, die reglos, mit graziös über dem Kopf angewinkelten Armen dastand. Sie beobachtete Manuel, um herauszufinden, ob er den Prinzen Farnello wohl absichtlich erwähnt hatte, aber der junge Mann schien es nur auf einen Flirt und einen amüsanten Abend abgesehen zu haben.

Während sich Manuel nun, eine Hand in die Hüfte gestützt, vor der Dame neben Zéphyrine verneigte, hielt diese zerstreut Ausschau nach ihrem Mann. Ein Zypressenkönig drückte gerade eine Sklavin eng an sich. War das Fulvio? Sie verrenkte sich den Hals, um das Paar besser sehen zu können.

Zéphyrine hatte den Rhythmus und die entsprechenden Schritte ganz außer acht gelassen und war einem Gallier mit unmaskiertem Gesicht auf die Füße getreten. Es war Prinz Colonna. Seine männlich reifen, durchfurchten Gesichtszüge lächelten galant.

»Entschuldigen Sie, Monsignore, ich war ganz in Gedanken.«

»Ja, das habe ich gesehen. Wir müssen die anderen wieder einholen...«

Das erwies sich aber als eine schwierige Aufgabe. Der Prinz und Zéphyrine bewegten sich voneinander weg, wenn die anderen Paare aufeinander zuschritten, sie verharrten bewegungslos, während die anderen sich drehten. Zéphyrine und ihr neuer Partner brachen in Lachen aus. Sie hatte Manuel an eine Maronenverkäuferin verloren. Als die Pavane endlich zu Ende war, blieb sie einen Augenblick bei Colonna stehen.

»Würde es Ihnen gefallen, hübsche Perserin, sich mit mir zurückzuziehen und mir Ihr Gesicht zu enthüllen?« flüsterte Colonna, der es offensichtlich eilig hatte, ans Ziel zu kommen.

Zéphyrine zögerte. Sie begriff genau, worauf er es abgesehen hatte. Ein Zwischenfall kam ihr zu Hilfe. Die Flügel einer als Engel verkleideten Dame hatten an den Kerzen Feuer gefangen.

»Feuer... Feuer...«

Unter Gelächter und Geschrei wurde der Engel mit Fruchtsäften, Weinen und Kompott begossen, um das Feuer zu löschen.

Die Angst des Engels war weitaus größer als der tatsächliche Schaden. Man brachte die ›ohnmächtige‹ Dame ins obere Stockwerk. In dem allgemeinen Durcheinander wurde Zéphyrine von Colonna getrennt. Sie war darüber nicht traurig.

Kurze Zeit ging sie von einem Büfett zum anderen. Maskierte Dienstboten boten ihr Sorbets und verschiedene Süßigkeiten an. Zéphyrine naschte von diesem und jenem, als ein Patrizier in roter Toga sie zur nächsten Pavane aufforderte. Zéphyrine hätte gern mit ihm getanzt, aber die Lasche an einem ihrer Entenschnabelschuhe war gerissen. Sie erklärte dem Patrizier ihr kleines Mißgeschick.

»Die Kammerzofen im oberen Stockwerk werden dieses Unglück leicht beheben können. Kommen Sie anschließend gleich wieder zurück, ich werde auf Sie warten, mein Herz.«

Zéphyrine beschloß, den Rat des Patriziers zu befolgen, um so mehr, als in den Salons die Ausgelassenheit ihren Höhepunkt erreicht hatte. Der Wein floß in Strömen, und die Gäste tranken mehr davon als gut war. Man konnte inzwischen jene zählen, die nicht vollständig betrunken waren.

Zéphyrine schob sich mühsam durch die Menge und ging nach oben, wo es ruhiger war. Ohne jede Schwierigkeit fand sie das Boudoir, wo die Kammerzofen alle kleinen Schäden des Abends behoben.

Der Engel schimpfte halbnackt in einer Ecke vor sich hin, während seine Flügel repariert wurden.

Während Zéphyrine auf ihren Schuh wartete, überkam sie plötzlich jenes Gefühl der Melancholie, das man inmitten einer vergnügten Menschenmenge haben kann, wenn man selbst keinen Grund zum Fröhlichsein hat.

›Ich bin ganz allein auf der Welt...‹, dachte Zéphyrine und hätte am liebsten geweint.

Nachdem sie sich bei der Frau, die ihren Schuh repariert hatte, bedankt und ihr ein Geldstück in die Hand gedrückt hatte, schreckte Zéphyrine davor zurück, in die Ballsäle zurückzukehren. Dort war es so laut und so heiß, daß sie beschloß, sich erst einmal an irgendeinem kühlen Ort ein wenig von all diesen Verrückten zu erholen.

Die obere Etage war nicht so hell beleuchtet wie das Erdgeschoß. Zéphyrine ging einen Korridor entlang. Sie wollte ein Zimmer betreten, aber darin hielten sich schon mehrere Damen auf, die sich – nach ihrem Gelächter zu urteilen – sehr komische Dinge erzählen mußten.

»Meine Liebe, dieser Colonna hat ein noch größeres Glied als Apoll.«

»Und Orsini?«

»Ein kleineres als jedes Pinseläffchen.«

Bei dieser Äußerung glucksten alle Damen wie schnatternde Gänse.

Gereizt darüber, daß sie nichts verstanden hatte, ging Zéphyrine weiter. Der Korridor machte eine Biegung. Sie sah eine offene Tür und wollte gerade ein Boudoir betreten, das von einer Kerze nur schwach beleuchtet wurde, als sie aus einer Nische das Rascheln von Seide hörte. Zéphyrine hätte sich diskret zurückgezogen, wenn nicht eine Stimme plötzlich aufgeregt gemurmelt hätte:

»Auch ich habe große Lust dazu, mein lieber Prinz...«

Zéphyrine konnte ihre Neugierde nicht bezwingen, preßte sich gegen die Wand und streckte den Kopf vor. In einer dunklen Nische entdeckte sie ein Paar, das halb ausgestreckt auf einer Bank lag. Der Mann hatte seine Maske nicht abgenommen. Es war ein Zypressenkönig, und die Dame mit den geschürzten Röcken, deren intime Körperteile entblößt waren, war die schöne Carolina Bigallo.

›Fulvio und dieses falsche Frauenzimmer...‹

Angewidert wollte Zéphyrine sich entfernen, aber ein weiteres Pärchen hatte sich in der nächsten Nische eingefunden und versperrte ihr den Rückweg. Es war Manuel Massimo mit seiner Maronenverkäuferin. Diese ließ sich nicht nur widerstandslos die Röcke hochheben, sondern spreizte von selbst die Beine und flüsterte:

»Da... ja... da... mein Liebling...«

Verwirrt und voller Scham wagte Zéphyrine sich weder zu bewegen noch an ihrer ›Eroberung‹ von vorhin vorbeizugehen. An die Wand gepreßt, mit angehaltenem Atem, konnte sie ihre Blicke nicht von der Maronenverkäuferin lösen, die mit langsamen, rhythmischen Bewegungen ihr Becken kreisen ließ. Zéphyrine biß sich auf die Lippen, um nicht laut herauszuschreien. Manuel Massimo knöpfte rasch seine Bettlerlumpen auf, während er gleichzeitig die Frau liebkoste und sie leidenschaftlich küßte. Zéphyrine bekam einen leichten Schwindelanfall. Sie hatte den Eindruck, als spieße der Mann die an die Wand gedrückte Frau langsam auf. Diese stöhnte leise:

»Schneller, mein Liebling...«

Grunzend stieß Massimo seinen Unterleib in sie hinein. Zéphyrine wollte nicht zu ihrem Mann und Carolina hinüberblikken, die sich auf der Bank ihrem Vergnügen hingaben. Aus ihren Geräuschen erriet selbst die unerfahrene Zéphyrine, daß sie beim letzten Stadium angelangt waren. Um nichts mehr sehen zu müssen, versteckte sie ihr Gesicht in den Händen.

Das also war die Liebe. Diese animalische Triebhaftigkeit. Wie recht sie doch gehabt hatte, sich gegen Fulvio zu wehren. Er hätte sie erniedrigt wie diese Bigallo, die stöhnte:

»Das tut gut... komm... komm...«

Ein letzter Schrei.

Die Maronenverkäuferin und Manuel brachten ihre Kleidung wieder in Ordnung und begaben sich völlig ungezwungen wieder in den Ballsaal zurück.

Der Weg war frei. Zéphyrine floh stolpernd in die Dunkelheit hinein. Seufzer, Gelächter, Schreie und Stöhnen waren aus allen Boudoirs zu hören, die nun von mehreren Pärchen gleichzeitig besetzt waren. Die halbnackten Männer und Frauen trieben es wild miteinander. Angewidert von diesen Ausschweifungen blieb Zéphyrine erst in einem Wintergarten voller Grünpflanzen stehen. Sie riß sich die Maske vom Gesicht und sank auf ein Kanapee, um ihre Fassung wiederzugewinnen. Ihre Augen standen voller Tränen.

›Wie recht ich doch hatte, diesen Fulvio zu hassen. Dieser gemeine Kerl – ich hasse ihn... ich verabscheue ihn... ich verachte ihn...‹, dachte sie und zerknüllte vor Zorn ihr Spitzentaschentuch.

»Hallo, Milady... Was für eine freudige Überraschung!«

Zéphyrine hörte rasch auf, sich die Augen zu reiben. Mortimer, der sich ebenso wie sie vor dem wüsten Treiben zurückgezogen haben mußte, rückte seine Krone zurecht. Er hatte seine Maske nicht abgenommen, aber Zéphyrine hätte seinen Akzent unter Tausenden wiedererkannt.

»O Mortimer, Sie sind's...«, seufzte die junge Frau.

»Darf ich mich neben Sie setzen, Milady?« erkundigte sich der Herzog von Montrose höflich.

»Aber ja, kommen Sie her.«

Zéphyrine raffte ihr Kleid, um ihm auf dem Kanapee Platz zu machen. Mit seinem typischen Gang, der in der Dunkelheit noch steifer wirkte als sonst, kam der englische Herzog auf sie zu.

»Hallo, woher kommt denn die Traurigkeit, die ich in Ihren Augen lese, Milady?«

Während er sich setzte, ergriff Mortimer Zéphyrines Hand und führte sie an seine Lippen, die heiß, weich und zärtlich waren.

»O Mortimer!« seufzte die junge Frau, ohne ihm ihre Hand zu entziehen. »Ich bin sicher, daß Sie genauso fühlen wie ich. Dieser Abend ist schrecklich, abscheulich, grauenhaft... All diese Leute, die sich... Es ist... es ist...«

Zéphyrine fand einfach keine Worte mehr. Mortimer nutzte ihre Verwirrung aus und umschlang ihre Taille.

»Ja, Milady, ich fühle genau wie Sie. Ich kann überhaupt nicht verstehen, wie Ihr Mann eine so schöne Frau allein lassen kann!«

»Mein Mann! Er und seine Bigallo, diese liederliche Hure! Wissen Sie, was er im Augenblick gerade treibt... mein Mann?« rief Zéphyrine mit erstickter Stimme.

Einschmeichelnd wie eine Schlange, streichelte der Herzog mit einer Hand Zéphyrines Brust, während er sie mit der anderen fester an sich zog.

»Arme schöne Milady... ich möchte Sie trösten.«

Mortimers Lippen näherten sich Zéphyrines Mund.

»Ja, Mortimer, trösten Sie mich... ich will mich an ihm rächen...«

»Yes, Milady. Ich werde Sie rächen«, versicherte Mortimer im Brustton der Überzeugung.

Bevor Zéphyrine eine Bewegung machen konnte, preßte Mortimer seine Lippen auf ihren Mund und küßte sie mit einer Leidenschaft, die Zéphyrine dem phlegmatischen Engländer niemals zugetraut hätte.

Ohne jeden Versuch des Widerstands erwiderte Zéphyrine seinen Kuß. Sie unterwarf sich der Kraft dieses Mundes, der ihre Zähne auseinanderzwang, sie in die Zunge biß, ihren Gaumen liebkoste, feucht und heiß zurückkam, wie um an einer Quelle zu trinken. Nie war Zéphyrine auf diese Weise geküßt worden – außer von jenem unbekannten Kavalier, der ihr das Leben gerettet hatte.

Von einem köstlichen Schwindelgefühl erfaßt, leistete Zéphyrine in den Armen des Herzogs von Montrose keinerlei Widerstand.

»Mortimer«, stöhnte sie, »das waren also doch Sie im Camp du Drap d'or...«

Ohne zu antworten, legte der Lord sie aufs Kanapee. Seine Hand streichelte ihre Brüste, liebkoste die vor Begierde harten, steifen Brustwarzen. Zéphyrine zuckte zusammen, als sie im Mondlicht den schweren Siegelring am Zeigefinger des jungen Mannes erkannte.

Ein Leopard mit goldenem Rachen! Das Wappen der Farnello!

»Fulvio!...«

Zéphyrine stieß den Prinzen mit aller Kraft zurück.

Er lachte und nahm seine Maske ab. Trotz der Dunkelheit konnte sie sehen, daß sein Auge belustigt funkelte.

»Fulvio«, wiederholte Zéphyrine, »Sie sollten sich schämen!«

Sie schwankte zwischen Lachen und einer gewissen Verwirrung.

»Da sehen Sie, Madame, wie tief ich gesunken bin, nur um meine eigene Frau zu verführen...«, seufzte der Prinz mit gespielt zerknirschter Miene.

Zéphyrine war zufriedener, als sie sich selbst eingestehen wollte, während sie dachte:

›Aber dann vergnügt sich die Bigallo ja mit Mortimer...‹

Aber sie konnte es noch immer nicht lassen zu spotten:

»Ich wußte gar nicht, daß Sie ein so begabter Imitationskünstler sind, Monseigneur.«

»Sie kennen mich eben überhaupt sehr wenig, Madame«, erwiderte Fulvio sanft.

Er bot seiner jungen Frau den Arm.

»Würde es Ihnen gefallen, jetzt heimzufahren, Zéphyrine?«

Fulvio stellte diese Frage so zärtlich, daß Zéphyrine völlig klar war, daß er damit sagen wollte: ›Kommen Sie, wir werden alles vergessen und uns lieben.‹ Sie zögerte unmerklich, dann legte sie ihre zitternden Finger auf seinen Ärmel und ging mit ihm auf die Salons zu, besiegt, innerlich schon bereit, in seine Arme zu sinken.

›Ich liebe ihn... ich liebe meinen Mann... ich gebe auf...

ich werde ihm gehören... Fulvio... Fulvio...‹, ging es ihr immer wieder durch den Sinn.

Diese Entdeckung hatte sie völlig aus der Fassung gebracht.

»Bleiben Sie hier, Zéphyrine, ich werde Ihr Cape holen«, sagte Fulvio.

Mit seinem katzenartigen Gang entfernte sich der Prinz, um seine Leute zu suchen. Draußen herrschte ein fürchterliches Durcheinander. Peitschen knallten, Schreie und Gewieher waren zu hören.

Die ersten Gäste verließen das Fest. Die Kutscher beschimpften einander. Überall in den Korridoren und Vorhallen lagen Gäste – Männer und Frauen –, die ihren Rausch ausschliefen.

Zéphyrine fröstelte in ihrem dünnen Kleid und flüchtete vor dem Luftzug hinter einen Orangenbaumkübel. Schwere Vorhänge verbargen den Eingang zu den niedrigen Räumen, die normalerweise für die Lakaien und Palastwachen reserviert waren.

Die Zeit wurde Zéphyrine lang. Sie wollte gerade zur Freitreppe gehen und nach Fulvio Ausschau halten, als sie hinter den Vorhängen ein Geflüster hörte, bei dem sie wie angewurzelt stehenblieb.

»Das sind Befehle, Charles«, sagte eine Frauenstimme.

»Das ist eine ernste Sache, Henriette. Bist du auch ganz sicher, die Befehle des Kaisers richtig verstanden zu haben?« fragte ein Mann.

Zéphyrine preßte ihre Hand auf den Mund, um einen überraschten Ausruf zu unterdrücken. ›Charles... Henriette...‹ Doña Hermina und Charles von Bourbon – waren ihre schlimmsten Feinde ganz in ihrer Nähe, nur durch diesen Vorhang von ihr getrennt?

»Karolus kam mit der Botschaft aus Genua zurück. Sie ist eindeutig. Lies! Wenn unsere Annahmen sich als richtig erweisen, so wird es am letzten Tag des Karnevals geschehen...«

Beim Klang dieser eisigen Stimme lief Zéphyrine ein Schauder über den Rücken.

Die Verfluchte! Sie war es tatsächlich! Ihre Stiefmutter mit der teuflischen Seele! Und der Verräter des Königs von Frankreich, der Konnetabel von Bourbon. Die beiden Knechte Karls V.!

Die beiden Komplizen, die nicht ahnen konnten, daß sie belauscht wurden, flüsterten weiter:

»Das alles ist ja sehr schön, Henriette, aber ich warte auf das

Versprechen des Kaisers ... Er hält Franz gefangen, und ich bin immer noch nicht König von Frankreich ...«

»Du wirst es sein, das verspreche ich dir, Charles. Der erste Bourbone auf dem französischen Thron ... Karl V. hält sein Wort. Dies hier ist das letzte Hindernis. Du mußt es überwinden, Charles! Übrigens wirst du nicht allein sein – Prinz Colonna hat mir vorhin sein Einverständnis gegeben, und es gibt noch andere ... Außerdem habe ich *Farnello* ... Er wird auf unserer Seite stehen! Du siehst, italienische Fürsten sind unsere Verbündeten. Sag ja, Charles, jenes ›Ja‹, das dir die Pforten des Paradieses öffnen wird ...«

»Diese Idee, sich am Papst zu vergreifen, gefällt mir gar nicht!«

Zéphyrine konnte nicht weiter lauschen. Der Prinz kam auf seine junge Frau zu, ihr pelzgefüttertes Cape über dem Arm. Zéphyrine verließ hastig ihren Horchposten und ging ihm entgegen. Sie mußte sehr bleich sein, denn er fragte beunruhigt:

»Fehlt Ihnen etwas, Zéphyrine?«

»Mir ist nur ein wenig kalt.«

Ihre Zähne klapperten. Es kostete sie große Überwindung, sich Fulvios Hilfe beim Einsteigen in die Karosse gefallen zu lassen.

Sie hatte wahnsinnige Angst vor dieser Rückfahrt zu zweit. Glücklicherweise hatte die alte Prinzessin Savelli ihre Sänfte beschädigt, und es blieb Fulvio nichts anderes übrig, als sie in seiner Karosse mitzunehmen. Ohne auf das Geschwätz der alten Patrizierin zu achten, versuchte Zéphyrine, ihre wirren Gedanken ein wenig zu ordnen.

Was hatte sie soeben erfahren?

1. Daß ein schreckliches Ereignis für den letzten Tag des Karnevals geplant war. Aber welcher Art? Sie wußte es nicht.

2. Daß der Papst bedroht war. Auf welche Weise? Auch das wußte sie nicht.

3. Daß Colonna und Prinz Farnello, dank der Bemühungen von Doña Hermina, Verbündete Karls V. waren.

Daß Fulvio in Kontakt mit ihrer Stiefmutter stand und für den Kaiser zu Komplotten bereit war – das konnte Zéphyrine ihm nicht verzeihen.

›Wie hatte sie nur so naiv sein können, um sich von dem Charme des Prinzen einwickeln zu lassen?‹

Sie durfte nie vergessen, daß sie einen Feind Frankreichs geheiratet hatte ... Daß Fulvio der geborene Verführer war, daß er sie verwirrte und erregte, änderte überhaupt nichts an dieser Tatsache. Das Salamanderweibchen mußte gegen den Leoparden kämpfen.

Fulvio mußte den Umschwung ihrer Stimmung gespürt haben. Während der ganzen Rückfahrt hatte sie kein einziges Wort gesagt. Nachdem sie die alte Prinzessin vor deren Palazzo abgesetzt hatten, verkroch sich Zéphyrine in ihrer Ecke.

Nebeneinander gingen Zéphyrine und Fulvio wortlos an den Fackelträgern vorbei, die breite Treppe des Palastes Farnello hinauf.

Auf dem Treppenabsatz blieb Zéphyrine stehen.

»Gute Nacht, Fulvio. Ich habe heute abend furchtbare Migräne und möchte mich rasch zurückziehen.«

»Das hätten Sie früher sagen müssen, Zéphyrine. Die Prinzessin Savelli hätte es bestimmt verstanden, wenn wir Sie zuerst heimgebracht hätten.«

Zéphyrine hielt die Lider gesenkt, um Fulvios Blick nicht begegnen zu müssen.

»Gute Nacht, Zéphyrine ...«

Fulvio verbeugte sich und küßte ihre heißen Finger. Es war ein langer, heißer Kuß, der Zéphyrines Blut in Wallung brachte.

Sie entzog ihm ihre Hand und lief in ihre Gemächer, ohne daß Fulvio einen Versuch unternahm, sie aufzuhalten.

Emilia, die auf sie gewartet hatte, erkundigte sich:

»Hat Eure Hoheit einen schönen Abend verbracht?«

»Einen wunderbaren ... Geh schlafen, ich brauche dich nicht mehr«, antwortete Zéphyrine.

Als sie allein war, schloß sie die Tür zweimal ab und sank aufschluchzend in einen Sessel, während sie dachte:

›Als ich ihn haßte, war alles viel einfacher ... Woher soll ich nur die Kraft nehmen, ihn auszuspionieren, nachdem ich jetzt weiß, daß ich ihn liebe? Mein Gott, hilf mir!‹

18

Das Duell

Während sie jeden Augenblick damit rechnete, daß der Leopard ihre Tür einschlagen würde, war Zéphyrine schließlich doch eingeschlafen.

Die Sonne stand schon hoch am Himmel, als ein Krächzen sie

weckte. Gros Léon war schon zurückgekommen. Er klopfte mit dem Schnabel ans Fenster.

»Salutations ... Sardine.«

Mit nackten Füßen lief Zéphyrine im Nachthemd zum Fenster und ließ den Vogel ein. Er hielt ihr stolz seinen Hals hin. Ein Brief, von einer Blume verdeckt, war dort befestigt. Zéphyrine entfaltete ihn rasch und las die Botschaft von Franz I. mehrmals aufmerksam durch. Sie war wohl die einzige, die sie verstehen konnte. Franz I. hatte ihren Brief also erhalten. Seine Antwort war eindeutig: Er war mit der Heiligen Liga einverstanden. Er beauftragte Zéphyrine, das Salamanderweibchen, das er in »Samarkande« umgeformt hatte, seine Einwilligung der ›Heiligen Taube‹ – dem Heiligen Vater – zu übermitteln.

»Wie geht es dem König, Gros Léon?« flüsterte Zéphyrine.

Der Vogel schien nachzudenken, dann plusterte er seine Feder auf und krächzte:

»Seul / Allein / ... Sire ... Souci / Sorgen / ... Sourire / Lächeln / ... Sournois / verschlossen / ... Sortie / Ausweg / ... Soldats ...«

Was zu bedeuten hatte:

›Der König ist ganz allein, von Soldaten umgeben, er macht sich große Sorgen, aber er bewahrt sich sein Lächeln, denn er verzweifelt nicht und versucht, einen Ausweg zu finden!‹

»Hast du ihn auf dem Schiff gefunden?«

»Ja.«

»Auf hoher See?«

»Ja.«

»Es stimmt also ...«, murmelte Zéphyrine. »Die Verräter bringen unseren König nach Spanien. Bravo, mein Gros Léon, du hast gute Arbeit geleistet, aber sie ist noch nicht beendet ... Du mußt eine weitere Botschaft befördern ...«

»Soif / Durst / ...«, protestierte Gros Léon.

Zéphyrine gab ihm sofort zu trinken und brachte ihm auch Kapuzinerkressesamen, die er besonders gern aß. Während die Dohle sich danach ausruhte, schrieb Zéphyrine folgende Botschaft an den Papst:

»Streichen Sie diesen Tag im Kalender rot an, die Botschaft der Besiegten heißt, nicht länger zu warten, das ist die Antwort, die das Mädchen vom Beschützer bekam. Vor der letzten Stunde des Karnevals nehmt euch in acht, denn ein Plan des Adlers wurde zufällig erlauscht. Die Taube ist sein Angriffsziel. Hütet euch auch vor dem Leoparden, denn er ist ein Freund des Adlers.«

Zéphyrine beschloß, das Schreiben Franz I. ihrem Brief beizufügen. Sie mußte sich gedulden, bis Gros Léon auf dem Baldachin ihres Himmelbetts ausgeschlafen hatte. Nachdem der Vogel sich in einer vergoldeten Schüssel mit frischem Wasser erfrischt hatte, befestigte sie die Botschaften an seinem Hals und verdeckte sie mit kleinen Hutfedern.

Dann flüsterte sie der Dohle zu:

»Saint-Père / Heiliger Vater /... Sainteté /Heiligkeit /... Saint-Siège / Heiliger Stuhl /... Du hast verstanden – für den Heiligen Vater... nur für ihn allein.«

Während sie sich von ihren Kammerzofen ankleiden und frisieren ließ und zerstreut Pluches Geplauder zuhörte, wartete Zéphyrine nervös auf die Rückkehr von Gros Léon. Nach einer knappen Stunde kam der Vogel schon zurück. Zéphyrine stürzte ans Fenster. Um der Neugier ihrer Dienstboten zu entgehen, trug sie Gros Léon in eine Toilette. Dort entfaltete sie den winzigen Brief, der unter den Federn versteckt gewesen war, und las die Antwort Klemens VII:

›Man muß dem Zephir immer vertrauen.‹

Das war charmant, alles andere als priesterlich – aber gab es nicht verschiedene Arten, die Religion zu verteidigen? Zéphyrine war nicht allzu ›katholisch‹, und ihr schien die Art Klemens VII. die einzig mögliche, in Anbetracht der Wüteriche, die Rom umlagerten.

Die nächsten Tage verliefen sehr ruhig. Der Prinz hatte zusammen mit Mortimer die Stadt mit einem Zéphyrine unbekannten Ziel verlassen. Sie war erleichtert, zugleich aber auch verdrossen. Nach dem Kuß auf dem Maskenball hatte sie Angst vor Fulvios Nähe, und trotzdem sehnte sie sich danach.

Vielleicht wäre es ihr gelungen, ihn zum Reden zu bringen und herauszufinden, ob er wußte, welches Komplott für den letzten Tag des Karnevals geschmiedet wurde.

Zéphyrine vertrieb sich die Langeweile in der Bibliothek, oder sie unternahm Spazierfahrten durch Rom. Aber sie hatte den Lärm, die Masken und Verkleidungen allmählich satt. Der Karneval dauerte viel zu lange. Dieses wilde Toben ermüdete sie. Mit jedem Tag vermehrte sich ihre Beunruhigung wegen des bevorstehenden Ereignisses, von dem sie nichts Genaues wußte.

Sie schien nicht die einzige zu sein, die dieses undefinierbare Unbehagen verspürte. Auf Fulvios Befehl hin war Paolo zu ihren Diensten in Rom geblieben. Der Knappe mußte etwas gemerkt haben, entweder an Zéphyrines Benehmen oder an der Stimmung in der Stadt. Jedesmal, wenn die Prinzessin ausgehen wollte, ließ er sie streng bewachen. Sie durfte nur noch in der großen Karosse spazierenfahren, begleitet von zwanzig Leibwächtern.

›Was befürchtet er? Daß ich mein Wort breche und wie ein Vögelchen entfliehe?‹ dachte Zéphyrine mit schlechtem Gewissen.

Sie nahm eine Einladung zu einem Nachmittagsempfang bei der alten Prinzessin Savelli an, weil sie hoffte, aus den Unterhaltungen nützliche Hinweise erhalten zu können. Gerade als sie sich schon verabschieden wollte, weil sie von den Gästen – hauptsächlich alten Damen aus dem vorigen Jahrhundert, deren einziges Gesprächsthema die Borgia waren – doch nichts Interessantes erfahren konnte, vermeldete ein Haushofmeister:

»Prinzessin Colonna.«

Zéphyrine nahm wieder Platz und gab sich den Anschein, als lausche sie dem müßigen Geschwätz der versammelten Damen. Bei einer Frage spitzte sie plötzlich die Ohren.

»Werden Sie am letzten Tag des Karnevals wie im vergangenen Jahr ein Feuerwerk veranstalten, Prinzessin?« erkundigte sich die alte Savelli bei Prinzessin Colonna, die auf Zéphyrine einen schüchternen und sanften Eindruck machte, ganz im Gegensatz zu ihrem Mann, dem ›Gallier‹, der ihr streng und herrschsüchtig vorgekommen war.

»Ich glaube nicht, meine Teuerste. Der Prinz will morgen mit uns Rom verlassen und nach Neapel reisen.«

»Sie werden demnach den Abschluß des Karnevals nicht hier erleben können – wie schade!«

»Ich bedaure es auch sehr.«

Die Aufmerksamkeit wurde von diesem Thema abgelenkt, weil Prinzessin Orsini den Salon betrat. Zéphyrine fiel die gespielte Kühle zwischen ihr und Prinzessin Colonna auf.

»Die Ärmsten, sie haben sich sehr gern, sie waren in der Kindheit eng befreundet, aber ihre Ehemänner sind miteinander verfeindet«, flüsterte Herzogin Ruspoli Zéphyrine ins Ohr.

»Ich sehe nicht ein, warum sie sich durch die Abneigungen ihrer Männer ihre Freundschaft zerstören lassen!« widersprach Zéphyrine.

Die Herzogin betrachtete diese junge Französin mit den kritischen Ideen so entsetzt, als sei diese eine Teufelin, und sie würdigte Zéphyrine von nun an keines Wortes mehr.

Die Diener brachten die ersten Kandelaber. Prinzessin Colonna brach auf. Dafür erschien Carolina Bigallo. Sie baute sich vor Zéphyrine auf und erkundigte sich:

»Gefällt es Ihnen in Rom, Madame?«

»Mit jedem Tag mehr!« erwiderte Zéphyrine mit einem zufriedenen Lächeln.

»Für zartbesaitete Menschen ist die hiesige Luft aber nicht gesund!« meinte die Bigallo mit besorgter Miene.

»In diesem Falle sollten Sie lieber nicht hierbleiben, Madame!«

»Ich hoffe, Sie am Donnerstag in meinen Salons wiederzusehen – das ist der Tag, an dem ich Ausländer empfange.«

»Und Sie müssen freitags zu mir kommen, das ist der Nachmittag der Autochthonen.«

Die Bigallo, die dieses Wort nicht kannte, glaubte, daß Zéphyrine sie beleidigt hatte. Sie setzte sich neben Prinzessin Orsini und flüsterte dieser zu:

»Haben Sie gehört – die Französin hat mich als Autochthonin bezeichnet!«

»Autochthonin?«

Das Wort machte die Runde im Salon. Zéphyrine hatte hier nichts mehr zu tun. Sie hatte genug erfahren. Gefolgt von ihrer Anstandsdame, erhob sie sich und verabschiedete sich von der alten Prinzessin Savelli.

»Kommen Sie mich bald wieder besuchen, mein liebes Kind«, sagte die Prinzessin laut. Dann flüsterte sie Zéphyrine zu: »Betiteln Sie Carolina lieber nicht mehr als Autochthonin, sie ist sehr empfindlich.«

Die kleinen, schwarzen Augen der alten Dame lachten.

Zéphyrine stellte fest, daß sie die Prinzessin Savelli sehr gern hatte, und sie versprach:

»Ich werde mit großer Freude wiederkommen, Madame.«

Sie meinte es wirklich aufrichtig.

›Die Colonna verlassen also die Stadt!‹ Ganz in ihre Gedanken versunken, schrak sie richtig zusammen, als Paolo ihr mitteilte, während sie in den Hof des Palastes einfuhren:

»Don Fulvio und Milord sind anscheinend zurückgekommen!«

Zéphyrine zwang sich dazu, ihre plötzliche Nervosität zu verbergen und würdevoll aus der Karosse zu steigen.

Ohne den Dienstboten, die Fulvios und Mortimers staubige

Pferde absattelten, irgendwelche Fragen zu stellen, begab sich Zéphyrine in die Gärten. Sie wollte sich auf die Begegnung mit ihrem Mann vorbereiten.

Sie fragte sich, welche Haltung der Prinz ihr gegenüber wohl einnehmen würde. Würde er versuchen, sie zu verspotten, sie nicht zu beachten oder zu verführen?

Bei der letzten Möglichkeit lief ihr ein Schauder über den Rücken. Fest entschlossen, sich von Fulvio nicht umgarnen zu lassen, ging sie in den Palast. Bestürzt blieb sie auf der Schwelle stehen. Lautes Gebrüll erscholl aus dem ersten Stockwerk.

Die Dienstboten drängten sich in der Vorhalle und wagten keine Bewegung. Sie reckten mit offenen Mündern die Köpfe in Richtung des Geschreis.

»Ha... Sie haben mich betrogen!«

»Eine seltsame Art, mir zu danken!«

»Sie sind nichts weiter als ein Lügner!«

»Nehmen Sie sich in acht! Als mein Gast sind Sie mir zwar noch heilig, aber...«

»Ha... ich reise ab!«

»Wie Sie wünschen.«

»Sie verräterischer Prinz!«

»Sie lächerlicher Herzog!«

»Sie sind ein gemeiner Verräter!«

»Sie sind ein undankbarer Kerl!«

»King Henry wird Sie bestrafen!«

»Vielleicht indem er mir die Bastonade geben läßt?«

»Er wird Sie im Turm von London einsperren lassen!«

»Mir scheint, Sie scherzen...«

»God damn... Warum haben Sie es mir verheimlicht?«

»Per Bacco... Sie hatten mich nicht gebeten, Sie über das Kommen und Gehen des französischen Königs auf dem laufenden zu halten!«

»Bloody prince... ich sollte den Gefangenen überwachen... und nun ist er auf hoher See, auf dem Weg zu Karl V.!«

»Es tut mir wahnsinnig leid für Sie, aber Sie hatten mich nicht beauftragt, Ihnen bei Ihren Aufgaben behilflich zu sein.«

»Sie haben mich absichtlich hierhergelockt...«

»Per Diana... Sie haben sich nicht gelangweilt, wie mir schien...«

»Ha!... God damn... und der Papst, der die Scheidung verweigert!«

»Dafür kann ich doch nichts.«

»Lassen Sie mich vorbei, ich will mich Colonna und Bourbon anschließen.«

»Nur über meine Leiche!«

Bei diesen Worten ihres Mannes ging Zéphyrine, die reglos mitten unter den Lakaien und Zimmermädchen stehengeblieben war, endlich zur Marmortreppe. Gefolgt von Pluche und von Dienstboten, die sicher waren, daß die Principessa den Streit zwischen dem Prinzen und Milord von Montrose schlichten würde, stieg sie die Stufen empor.

»Um Gottes willen, meine Herren!«

Bei Zéphyrines Eintritt drehten sich die beiden Fürsten, die sich wie Kampfhähne gegenüberstanden, um. Zéphyrine lächelte ihnen von der Türschwelle aus beschwichtigend zu.

»Ich bitte Sie, Ihnen beiden werden Ihre Worte leid tun...«

Die englische Bulldogge wandte sich brüsk an Fulvio.

»Sie sind ja nicht einmal in der Lage, eine so hübsche Frau glücklich zu machen, Farnello!«

»Dafür werden Sie mir Satisfaktion geben, Montrose!«

Mortimer begriff, daß er zu weit gegangen war, aber er konnte nicht mehr zurück.

Er wußte, daß er von dem Italiener hereingelegt worden war, und dafür wollte er sich rächen.

Fulvio hatte aus seinem Degengehänge blitzschnell Dolch und Rapier gezogen. Mortimer tat es ihm gleich. Ohne auf Zéphyrines Schreie zu achten, nahmen die beiden Fürsten ihre Ausgangsstellungen für den Kampf ein.

»Ziehen Sie sich zurück, Madame!« rief Fulvio.

»Der Prinz ist unvorsichtig, dieser Engländer ist der beste Duellant Englands«, murmelte Paolo.

Der Knappe betete zum Himmel, daß Mortimer wenigstens nicht wie Fulvio den großen Luigi d'Ampreso aus Venedig als Lehrmeister gehabt haben möge, den einzigen Fechtkünstler der Welt, der den ›Ausfall von Castor und Pollux‹ kannte.

Nach den üblichen Einleitungen gingen die beiden Männer aufeinander los. Fulvio und Mortimer beherrschten beide meisterhaft diese Duellart, bei der man in der rechten Hand den Degen, in der linken den Dolch hält.

Zéphyrine erbleichte. Sie konnte nichts mehr ausrichten, und ihr war bewußt, daß hier ein Kampf auf Leben und Tod ausgetragen wurde.

Wie war so etwas nur möglich gewesen?

Die beiden Fürsten ›beschnupperten‹ noch das Können des

Gegners. Tische und Stühle wurden umgeworfen. Die Duellanten hatten ihre Wämse aufgeknöpft. Mit gekreuzten Klingen machte Mortimer einen brillanten Ausfall, den Fulvio gerade noch rechtzeitig parieren konnte.

»Wir haben hier zuwenig Bewegungsfreiheit!« schrie Fulvio.

»Stimmt! Ich würde Sie liebend gern tanzen lassen!«

Ohne seinen Gegner aus dem Auge zu lassen, bewegte sich Fulvio auf die Tür zu. Die Lakaien drängten sich in einer Ecke des Korridors zusammen. Zéphyrine wollte diese Atempause ausnutzen, um die beiden Männer anzuflehen, ihr Duell einzustellen, aber Paolo packte sie am Arm.

»Nein, Prinzessin, dafür ist es zu spät...«

Sogar auf der Treppe setzten die beiden Männer ihren Kampf fort.

»Fackeln her!« brüllte Fulvio.

Die Fackelträger eilten zum Kampfort. Zéphyrinc folgte ihnen.

›Mein Gott... bin ich schuld daran?‹ dachte sie.

Mortimer, der in der Halle mehr Spielraum hatte, griff wie eine Bulldogge an. Er machte immer mehr Finten. Fulvio wich bis zur Tür in die Gärten zurück. Der Prinz kämpfte kunstreich, aber er hatte Mühe, die kraftvollen Flankenhiebe des Engländers zu parieren.

Zweimal wäre es Mortimer fast gelungen, dem Prinzen den Degen aus der Hand zu schlagen. Fulvio versuchte einen Vorstoß mit dem Dolch. Mortimer verhinderte das mit knapper Not. Der Prinz geriet in Wut. Er durchschaute Mortimers Taktik. Dieser wollte ihn in die Enge treiben und einen Vorstoß ausnutzen, um ihn dann von der Flanke her anzugreifen. Dieser Stoß war tödlich. Fulvio hatte begriffen: Das war die Taktik Bosnells, des erfahrenen Fechters von York.

Der Prinz spürte, daß die englische Bulldogge gern drauflosstürzte, aber für einen langen Kampf nicht viel übrig hatte. Er mußte also Zeit gewinnen und seinen Gegner hinhalten.

Einen Augenblick nahm er vage Zéphyrines goldenen Schopf wahr, der über die Marmorbrüstung gebeugt war. Sie sah beunruhigt aus. Wem galt diese Unruhe? Weswegen war sie verstört? Wegen ihrer Zukunft... wegen dem Engländer... wegen ihm, Fulvio? Letzteres bestimmt nicht. Sie hatte ihm ja nur allzu deutlich zu erkennen gegeben, daß er ihr völlig gleichgültig war.

Fulvio wußte genau, daß er sich von seinen Gedanken nicht ablenken lassen durfte, daß Zerstreuung sich für ihn tödlich auswirken konnte. Er riß sich zusammen und führte zwei Stöße aus, die den Engländer streiften. Dieser parierte und griff erneut von der Flanke her an.

Zéphyrine stieß einen Schrei aus. Fulvio stieß die Tür mit dem Fuß auf und sprang ins Freie. Er brauchte frische Luft. Mortimer verfolgte ihn. Im Licht der Fackeln setzten die beiden Fürsten ihr Duell zwischen den Bäumen fort.

Plötzlich erkannte Fulvio seine Chance.

Der Engländer war Meister im Degenfechten, aber er gab sich manchmal eine Blöße mit dem Dolch. Der Kampf zog sich für ihn schon viel zu sehr in die Länge. Trotzdem gelang ihm plötzlich ein Hieb, der Fulvios Wams aufschlitzte. Der Prinz sprang auf die Einfassung des Springbrunnens. Anstatt, wie Mortimer erwartete, zu parieren, zielte er aufs Herz und stieß plötzlich mit gekreuztem Degen und Dolch zu. Dieser Angriff war unabwehrbar. Für die Dauer eines Blitzschlags sah Fulvio in Mortimers blauen Augen die Bestürzung, die Verwirrung und die Ergebung in den Tod. Ohne zu wissen weshalb, lenkte der Prinz im letzten Augenblick seinen Degen und Dolch um Daumenbreite nach rechts ab. Die Klingen bohrten sich in Mortimers Brust. Mit einem fast kindlichen Gesichtsausdruck stürzte der Engländer zu Boden, wobei er noch murmelte:

»Gratuliere ... Der Ausfall von Castor und Pollux ...«

Mit diesen Worten eines wirklich fairen Gegners fiel Mortimers blonder Kopf nach hinten, in eine Blutlache.

»Herr des Himmels, Sie haben ihn getötet!« rief Zéphyrine und rannte zu Fulvio hin.

Der Prinz war sehr bleich. Er reichte Paolo seine Waffen.

»Es tut mir schrecklich leid, Madame, daß ich Ihnen nicht die Freude gemacht habe, Witwe zu werden ...«, murmelte der junge Mann.

Zéphyrine stampfte mit dem Fuß auf.

»Seien Sie doch still, Prinz Farnello, Sie reden nur Unsinn ... Sind Sie verletzt?«

Sie griff nach Fulvios Arm, um sich zu vergewissern, daß die Haut unter dem aufgeschlitzten Wamsärmel wirklich nur leicht aufgeritzt war. Nachdem sie in dieser Hinsicht beruhigt war, kniete sie sich neben den Schwerverletzten, ohne sich darum zu kümmern, daß ihr Kleid beschmutzt wurde.

»Er atmet noch«, murmelte sie.

Auf eine Geste Fulvios hin eilten Paolo und Piccolo zu dem Verletzten. Vorsichtig hoben die beiden Knappen ihn auf und trugen ihn in seine Gemächer.

»Meine Herren, Sie sind Zeugen, daß das Duell korrekt ausgetragen wurde«, sagte der Prinz zu Mortimers englischen Dienern.

»Ja, Hoheit, das können wir bezeugen.«

Nachdem Doktor Calliducio hier in Rom nicht verfügbar war, wurde ein römischer Arzt gerufen. Er untersuchte die klaffende Wunde, brannte sie mit einen glühenden Eisen aus und verkündete dann mit düsterer Miene:

»Es befindet sich Blut im Urin – dieser Herr wird keine drei Tage mehr leben…«

›Mortimers Tod wird uns Unglück bringen‹, dachte Zéphyrine. Sie machte sich Vorwürfe, daß sie es nicht fertiggebracht hatte, dieses schreckliche Duell zu verhindern.

Seit dem Kampf hatte Fulvio sich in seinen Gemächern eingeschlossen.

Es mußte etwa Mitternacht sein. Im Palast war alles ruhig. Draußen ertönte das übliche Geschrei und Gelächter des Karnevals, an das Zéphyrine sich inzwischen schon gewöhnt hatte. Ein Laternenzug bewegte sich auf den Vatikan zu.

Auf das Fensterbrett gestützt, nur mit einem Nachthemd bekleidet, gab sich Zéphyrine ihren düsteren Gedanken hin.

›Sie brachte allen Menschen nur Unglück… Der arme Mortimer, der von Demoiselle Pluche gepflegt wurde, würde mit großer Wahrscheinlichkeit sterben, und Fulvio…‹

Plötzlich wurde Zéphyrine aus ihren düsteren Überlegungen gerissen. Ein kleines, mißgestaltetes Geschöpf mit großem Federhut auf dem Kopf durchquerte hinter Paolo den Palasthof.

›Karolus?‹

Zéphyrine eilte aus ihrem Zimmer. Sie wurde inzwischen nicht mehr bewacht. Über die Dienstbotentreppe schlich sie auf Zehenspitzen zu Fulvios Gemächern. Sie war zu schnell gewesen. Um ein Haar wäre sie mit dem Fackelträger zusammengestoßen, der Paolo und dem Zwerg vorausging.

Zéphyrine drückte sich in eine Nische und ließ das Trio vorbei. Wie ihr Instinkt ihr gesagt hatte, war der Zwerg auf dem Weg zum Prinzen.

Nachdem Paolo angeklopft hatte, trat er mit dem Gnom ein. Zéphyrine war wütend, denn der Fackelträger blieb vor der Tür stehen. Glücklicherweise stand am anderen Ende der Halle auf einer Anrichte eine silberne Konfektdose, mit Süßigkeiten und Pfefferkuchen gefüllt. Der gefräßige Page konnte dieser Versuchung nicht widerstehen, verließ seinen Posten und begann, sich mit Süßigkeiten vollzustopfen.

Diese Gelegenheit nutzte Zéphyrine aus. Sie lief zur Tür, öffnete sie geräuschlos und versteckte sich hinter einem Vorhang auf dem Flur, der die Gemächer Seiner Hoheit des Prinzen miteinander verband.

Die Tür zum Arbeitszimmer stand einen Spalt weit auf. Von drinnen konnte Zéphyrine die Stimme des Prinzen hören.

»Sie werden Ihrer Herrin und dem Herzog von Bourbon mitteilen, daß ich mich – obwohl ich ein Verbündeter Seiner Majestät des Kaisers bleibe – weder Colonna noch dem Konnetabel anschließen werde. Mehr noch, ich rate ihnen ausdrücklich, von diesem Vorhaben Abstand zu nehmen, das sie zur Schande der ganzen Christenheit machen wird.«

»Aber, Monsignore, Sie brauchen wirklich nichts zu befürchten! Dem Papst wird kein Leid geschehen, wir müssen ihn nur an einem Komplott mit dem französischen König hindern. Auf irgendeine Weise, für die wir keine Erklärung finden können, stehen Franz I. und der Papst miteinander in Verbindung. Die Regentin von Frankreich hat ihre Einwilligung zu der Liga gegen Karl V. gegeben, die sie ›Heilige Liga‹ nennen... Meine Herrin hofft auf eine positive Antwort.«

Zéphyrine wischte ihre Hände am Nachthemd ab.

›Das war tatsächlich die kehlige Stimme des Zwerges Karolus!‹

Er sprach von Doña Hermina. Um ihren verzehrenden Ehrgeiz zu befriedigen, war die Verbrecherin zu allem bereit, sogar dazu, sich am Papst zu vergreifen.

»In Ordnung, ich werde Ihnen meine Antwort morgen mittag durch Paolo überbringen lassen... Sagen Sie das Ihrer Herrin... Wenn ich einverstanden bin, wird Paolo eine weiße Armbinde tragen, wenn ich mich weigere, wird es eine rote Armbinde sein.«

»Eine weiße Armbinde – Eure Hoheit wird auf unserer Seite stehen. Eine rote Armbinde – Eure Hoheit wird gegen uns sein«, wiederholte Karolus.

»Verzeihung, rot bedeutet, daß ich neutral bin«, verbesserte Fulvio.

Karolus' Lachen jagte Zéphyrine einen Angstschauder über den Rücken.

»Der Kaiser kennt keine Neutralität, Hoheit. Sie sind für uns oder gegen uns!«

»Gute Nacht... Paolo wird Sie hinausbegleiten«, unterbrach ihn der Prinz trocken.

Zéphyrine spürte, wie Karolus mit dem Knappen dicht an ihr vorbeiging. Sie hörte, wie Paolo nach dem naschhaften Pagen rief und wie das Trio die Treppe hinabging.

Vorsichtig kam Zéphyrine hinter dem Vorhang hervor.

Sie schlich zu der angelehnten Tür. Fulvio stand am Fenster und starrte in die sternenklare Nacht hinaus.

Sie überlegte, ob sie sich wieder zurückziehen sollte. Aber statt dessen betrat sie das Zimmer – eigentlich gegen ihren Willen. Bei ihrem Eintritt erhoben sich Cäsar und Kleopatra bellend.

Fulvio drehte sich um. Er hatte ein gequältes Gesicht.

»Zéphyrine, was machen Sie denn um diese Nachtstunde hier? Sie werden sich erkälten ...«

Er wußte nicht mehr so recht, was er sagte. Zéphyrine sah auf einem Sessel einen weiten Überwurf und hüllte sich hinein. Sie machte einen Schritt auf ihren Mann zu.

»Sie wollen den Papst entführen, nicht wahr?«

Ohne ihre Frage zu beantworten, trat Fulvio zu ihr. Mit einem Finger hob er ihr Kinn an, während er in diese grünen Augen blickte, die sich diesmal nicht von ihm abwandten.

»Wir fügen uns nur Leid zu, Zéphyrine ... und ich füge es auch anderen zu ... Ich hatte mich an Mortimer gewöhnt ... ich mochte ihn ... Wenn er stirbt, werde ich mir immer Gewissensbisse darüber machen.«

Er sagte das in sehr sanftem Ton. Zéphyrine schüttelte den Kopf.

»Nein, Fulvio ... Mortimer wird nicht sterben, das ist einfach nicht möglich ... Er wird nicht sterben ...«

»Sie beschließen etwas, Zéphyrine, und Sie erklären: ›Das darf nicht geschehen, weil ich es nicht will‹, aber man kann den Lauf des Schicksals nicht ändern. Ich wollte es, Zéphyrine, und es ist mir bei Ihnen nicht gelungen. Sehen Sie, diese Botschaft habe ich aus Frankreich erhalten. Ich habe sie Ihnen einige Tage vorenthalten, weil ich mir Ihre Reaktion darauf nur zu gut vorstellen konnte ... Aber heute abend habe ich diese ganze Komödie satt.«

Fulvio reichte der jungen Frau ein Pergament, das sie im Schein einer Kerze las.

»Mit der wohlwollenden Genehmigung Ihrer königlichen Hoheit, der Regentin von Frankreich, teilen Chevalier Gaétan de Ronsard und Mademoiselle Bernadette de Vaumouleurs den durchlauchtigsten Hoheiten Prinz und Prinzessin Farnello mit, daß sie am 15. des vergangenen Monats im engsten Familienkreis auf Schloß Possonnière geheiratet haben, wo sie seitdem wohnen...«

Schloß Possonnière!... Die ganze Familie Ronsard war jetzt also wieder dort vereint, abgesehen von den in Pavia Gefallenen. Der kleine Pierre de Ronsard mußte inzwischen stark gewachsen sein. Wie alt war er jetzt? Drei Jahre...? ›Der kleine Pierre wird einmal ein großer Dichter werden‹, hatte seine Mutter immer gesagt.

Und Louise... ihre Freundin Louise...? Wie glücklich war Zéphyrine bei dieser Familie de Ronsard gewesen! Hatte sie diese familiäre Wärme vielleicht mehr geliebt als Gaétan?

›Gaétan und Bernadette... Er hat keine Zeit verloren... Ja, er hat sich rasch getröstet.‹

Zéphyrine legte die Heiratsanzeige auf den Tisch.

Eigentlich hätte sie doch nun vor Kummer ganz außer sich sein müssen. Aber die Nachricht berührte sie kaum. Sie verspürte nur eine verschwommene leichte Trauer, in die sich eine etwas peinliche Erinnerung mischte. Bernadette? War das nicht jene Schülerin gewesen, die im Kloster Saint-Savin besonders feurig auf die Liebkosungen von Albina de la Roche-Boutée reagiert hatte? Und war nicht auch Zéphyrine selbst von jener Kühnen erregt worden, die den Schlafsaal der Mädchen in ein Lager für sinnliche Erfahrungen verwandelt hatte? Ohne zu erröten, zuckte Zéphyrine mit den Schultern. Das alles lag so weit zurück! War Gaétan von Fulvio vor drei Monaten, drei Jahren oder drei Jahrhunderten verjagt worden? War Zéphyrine inzwischen gegen ihren eigenen Willen tatsächlich Prinzessin Farnello geworden?

Fulvio hatte sich diskret abgewandt und blickte wieder in die Nacht über Rom hinaus.

Zéphyrine machte einen Schritt auf ihren Mann zu.

»Ich danke Ihnen, Fulvio, daß Sie mich davon in Kenntnis gesetzt haben.«

»Sie werden mir wahrscheinlich nicht glauben, aber es tut mir sehr leid, Zéphyrine«, sagte Fulvio schlicht.

›Ich gebe eine lächerliche Figur ab... ich lasse mir von meinem Mann sein Beileid aussprechen, weil mein Verlobter geheiratet hat!‹ dachte Zephyrine.

Fulvio trat auf die junge Frau zu.

»Trotz allem, was zwischen uns steht, schwöre ich Ihnen, daß Sie der letzte Mensch auf der Welt sind, dem ich von nun an Leid zufügen möchte... Was kann ich für Sie tun?«

Verwirrt durch Fulvios Nähe, überlegte Zéphyrine nicht lange, sondern rief:

»Sie können das Schicksal ändern, Fulvio. Sie haben alles in der Hand. Das wünsche ich mir mehr als mein Leben. Hüten Sie sich vor diesen Verrätern ... Warnen Sie den Papst! Raten Sie ihm, sich an einen sicheren Ort zurückzuziehen, der leichter zu verteidigen ist als der Vatikan, der nach allen Himmelsrichtungen offen ist!«

Mit erhobenem Kopf flehte Zéphyrine ihren Mann an, mit aller Überzeugungskraft, die ihr zu Gebote stand.

»Ich bitte Sie, Fulvio, hören Sie mich an ... Besudeln Sie sich nicht zusammen mit Karl V., dem Bourbonen und Colonna durch diese Schandtat! Kommen Sie mit uns, in das getreue und gerechte Lager der Kinder der Kirche! Vereiteln Sie das Vorhaben des Gegners. Verräter müssen selbst verraten werden ... Ich flehe Sie an, Fulvio, es geht hier um die Ehre der Farnello, und das wissen Sie selbst genau.«

Zéphyrine hatte ins Schwarze getroffen.

»Die geringste Bewegung des Papstes wird schon überwacht. Ich kann niemanden zu ihm schicken«, murmelte der junge Mann.

»Aber ich habe jemanden ... Gros Léon!«

Zéphyrines Augen funkelten.

»Verschwörerin! Ich hätte es eigentlich ahnen sollen, weil Sie in letzter Zeit viel zu vernünftig und besonnen waren! Sie sind also die Kontaktperson zwischen Franz I. und dem Papst ... Es gibt nur einen einzigen Ort in Rom, wo man seine Heiligkeit verteidigen könnte«, erklärte Fulvio und setzte sich an seinen Arbeitstisch. »Und zwar hier.«

Fulvio deutete mit dem Zeigefinger, an dem das Leopardenwappen funkelte, auf einen großen Stadtplan Roms.

Zéphyrine beugte sich vor, um sehen zu könne, welchen Ort er meinte.

Es war die Engelsburg.

Zéphyrine ging erst im Morgengrauen in ihre Gemächer hinunter. Zum erstenmal hatte sie das Gefühl, wirklich etwas mit Fulvio geteilt zu haben.

Durch die Politik einander näher gebracht, hatten Salamanderweibchen und Leopard während der Nacht einen Plan ausgearbeitet.

›Es ist ein Pulverfaß‹, dachte Fulvio, ›aber ich muß es für den Papst wagen!‹

Wenn er ganz ehrlich gewesen wäre, hätte er hinzugefügt:

›Und ich will es für Zéphyrine.‹

Er unternahm keinen Versuch, die junge Frau aufzuhalten, als diese mit glückstrahlendem Gesicht aufstand und sich mit einer kleinen Verbeugung verabschiedete.

Galant begleitete Fulvio sie bis zur Tür seiner Gemächer. Während ein Fackelträger ihr auf der Treppe leuchtete, folgte der Prinz ihr einen Augenblick mit seinen Blicken, dann ging er in sein Arbeitszimmer zurück und setzte sich wieder an seinen Schreibtisch. Er streichelte Kleopatras seidigen Kopf, während er lächelnd murmelte:

»Göttliche Zéphyrine...«

19

Liebhaber und Mätresse

Charles de Bourbon schlug mit der Faust so heftig auf den Tisch, daß Siegel, Karten und Pergamente auf der Tischplatte tanzten.

»Nichts läuft so, wie es sollte, Henriette... Hör mal zu, was dein Sohn mir soeben berichtet hat. Wiederhole es deiner Mutter, Ricardo... Prinz Farnello, von dem du behauptet hast, er sei unser Verbündeter, hat im Morgengrauen Hauptmann Renzi da Ceri um Hilfe gebeten! Den gleichen Renzi, der neulich Marseille so großartig gegen mich verteidigt hat! In wenigen Stunden haben der Leopard und er viertausend Männer angeworben... viertausend, hörst du!... Während du mir versichert hast, Rom sei ohne jede Verteidigung, werden wir nun einen Papst vorfinden, der sich hinter seinen Mauern verschanzt hat...«

Außer sich vor Wut, lief der Konnetabel von Bourbon in seinem Zelt auf und ab, unter den forschenden Blicken von Doña Hermina.

Zéphyrines Stiefmutter, die schon fast vierzig Jahre alt war, trug über ihrem rabenschwarzen Haar einen Schleier; sie hatte sich ihre düstere Schönheit voll bewahrt.

Die Marquise de Bagatelle bewahrte nach außen hin eine majestätische Ruhe und verriet ihre Nervosität nur dadurch, daß sie mit dem Fuß auf den Teppich klopfte.

Mager und knochig, mit fliehender Stirn, kurzgestutztem Bart und unruhigem Blick, sah Charles de Bourbon, der ›Enkel‹ Ludwigs des Heiligen, in Wirklichkeit genauso aus wie auf seinem von Tizian gemalten Porträt.

Wie hatte dieser französische Grandseigneur, der Held von Marignano, die angesehenste Persönlichkeit Frankreichs, Oberhaupt des mächtigen Geschlechts der Bourbonen, Großoffizier der Krone, Konnetabel von Frankreich, Vetter von Franz I. – wie hatte dieser Mann nur zum Verräter an seinem König, seinen Pairs und seinem Vaterland werden können?

»Durch die San Salvador«, hätte Zéphyrine geantwortet, die als erste von dem Verrat erfahren und versucht hatte, Franz I. zu warnen.

Zweifellos war Hermina de San Salvador, Karls V. böser Geist, wesentlich daran beteiligt, aber zunächst einmal hatten der französische König und sein Vetter sich wegen einer unglückseligen Angelegenheit entzweit, nämlich wegen der Erbschaft von Anne de Beaujeu, welche Charles de Bourbon von der Mutter Franz I. streitig gemacht worden war.

Durch Franz I. in seinem Stolz tief verletzt, dem es natürlich gelungen war, die Erbschaft Madame Louise, seiner Mutter, zusprechen zu lassen, war Charles de Bourbon – von Doña Hermina geschickt aufgehetzt – mit Waffen und Truppen ins Lager Karl V. übergelaufen. Dieser hatte ihm zum Dank dafür die Krone Frankreichs in Aussicht gestellt.

Nach Pavia hatte sich Charles de Bourbon schon auf dem Thron seines gefangenen Vetters Franz gesehen, aber er hatte seine Seele dem Teufel verschrieben: Karl V. machte Ausflüchte und wollte seine Beute nicht so leicht aufgeben.

»Und was die Engländer angeht, so ist natürlich – wie immer in solchen Fällen – keiner von ihnen mehr hier... Montrose ist verschwunden – er hätte mir Gold geben können, um die Truppen zu besolden.«

Doña Hermina zuckte mit den Schultern.

»Ein Engländer und Gold hergeben! Du träumst, Charles! Jedenfalls ist er tot, oder so gut wie tot.«

»Was?«

»Farnello hat ihn beinahe getötet... Und wenn er sich wider Erwarten doch noch erholen sollte, so wird er große Schwierigkeiten haben, Heinrich VIII. gewisse Dinge zu erklären – beispielsweise die Tatsache, daß er seinen Überwachungsposten in Pizzighettone verlassen und sich statt dessen hier in Rom vergnügt hat. Außerdem verweigert der Papst Heinrich VIII. die Scheidung. Mit Montrose können wir also nicht mehr rechnen.«

»Du siehst selbst, mir bleibt nur noch Colonna!«

Charles de Bourbon hatte sein Hinundherlaufen eingestellt.

Er polierte mechanisch den Brustriemen seines Harnisches mit Hilfe einer Spitzenmanschette.

Doña Hermina sah, daß der Höhepunkt der Krise überwunden war.

Sie gab ihrem Sohn Ricardo ein Zeichen, das Zelt zu verlassen. Dann näherte sie sich mit großen Schritten dem Konnetabel.

»Das ist *sie* ... Charles ... ich hätte sie schon vor langer Zeit umbringen sollen.«

»Wen?« knurrte Bourbon.

»Meine Stieftochter, Zéphyrine de Bagatelle ... Ich bin überzeugt davon, daß sie es war, die alles eingefädelt und Farnello völlig umgekrempelt hat. Ich hätte mich vor ihr in acht nehmen sollen, aber ich dachte, sie sei nach ihrer schweren Krankheit idiotisch geworden. Dieses Früchtchen ist wieder auferstanden und hat sich vermutlich auch mit ihrem Mann ausgesöhnt. Wenn das der Fall ist, wird meine Rache schrecklich sein!«

Doña Hermina holte aus ihrer Tasche drei Wachspüppchen. Eines hatte rotgoldene Locken, das zweite schwarze Locken, das dritte war dunkelblond. Doña Hermina legte sie nebeneinander auf einen Tisch und stieß ihnen Nadeln in die Stellen, wo sich beim Menschen das Herz befindet. Dazu psalmodierte sie:

»Beim allmächtigen Astar, Baals Prinzen! Dreimal ist die schändliche Zéphyrine durch Magie dem Tod entronnen: dem Gift, dem Feuer, den Verwünschungen! Ich beschwöre dich, Agaliarept, mein Herr, die Verfluchte möglichst rasch sterben zu lassen, zusammen mit dem Verräter Farnello und diesem Hampelmann, dem sogenannten König von Frankreich. Mach den Platz frei für den wirklichen König – für Charles de Bourbon ...«

Dieser hatte sich abgewandt. Er war bleich und hatte offensichtlich Angst vor diesen Beschwörungen, obwohl er durch Doña Hermina schon einigermaßen daran gewöhnt war.

Er wollte sich von dem Einfluß befreien, den diese Frau nun schon seit so langer Zeit auf ihn ausübte.

»Gefasel ... Deine blöden Püppchen werden mir bestimmt nicht den Weg nach Rom und damit nach Frankreich ebnen ...«

»Lästere nicht, Charles! Ich habe schon viel für dich getan, das weißt du genau. Hüte dich davor, unseren obersten Herrn zu erzürnen ... der noch weit über Karl V. steht ... den Fürsten der Finsternis, Beelzebub ...«, murmelte Doña Hermina.

Vor ihren funkelnden Augen senkte Charles de Bourbon seinen Blick.

Während Doña Hermina ihre Püppchen wieder einpackte, widersprach der Konnetabel ihr weiterhin:

»Es war nicht deine Zierpuppe von Stieftochter, die uns in die Situation gebracht hat, in der wir uns jetzt befinden. Ich stehe mit einer Truppe von dreißigtausend Mann da, die ihren Sold fordern. Ich habe keinen Heller. Es würde zwei Monate dauern, bis vom Kaiser Geld käme. Colonna hat ebenfalls kein Geld. Farnello ist reich. Nur er könnte den Sold meiner Soldaten bezahlen. Aber dieser verfluchte Leopard steht nicht mehr auf unserer Seite, und da verlangst du – im Namen des Kaisers – von mir, den Vatikan anzugreifen und des Papstes habhaft zu werden! Himmeldonnerwetter, meine Truppen werden sich weigern, vorzurücken. Schließlich kann ich ja nicht allein zu Klemens VII. gehen – nicht einmal durch den unterirdischen Gang zwischen Vatikan und Engelsburg – und ihm sagen: Sie sind mein Gefangener!«

Tiefes Schweigen breitete sich in dem Zelt aus, nur unterbrochen vom Heulen des Nordwindes und den Geräuschen aus dem Feldlager, das wenige Meilen von Rom entfernt aufgeschlagen war.

Zufrieden, weil er Doña Hermina einmal die Meinung gesagt hatte, warf sich der Konnetabel auf ein Bett.

Er hörte an dem Rascheln von Seide, daß sie auf ihn zukam.

»Versprich deinen Truppen die Beute, und du brauchst sie nicht zu bezahlen ...«, säuselte die San Salvador.

Charles de Bourbon glaubte, sich verhört zu haben.

»Du bist ja verrückt, Henriette, du sprichst doch wohl nicht von der Plünderung Roms!«

»Du hast mich ganz richtig verstanden, Charles ... Über diese Römer mit ihrem ränkeschmiedenden Papst muß ein Strafgericht hereinbrechen!«

»Der Kaiser will Klemens gefangennehmen, aber du bist dir nicht bewußt, was du redest, Henriette«, protestierte Charles.

»Dummes Zeug! Was Karl V. will, das will er ... mit allen Mitteln!«

Bei diesen Worten kniete sich Doña Hermina neben den Konnetabel. Sie strich nachlässig über die gepolsterten Hosen ihres Liebhabers. Dieser wurde abwechselnd rot und weiß.

Seit Monaten hatte Doña Hermina, die viel zu beschäftigt mit ihren Komplotten war – einer Reise nach Spanien, um im Escorial von Karl V. Befehle entgegenzunehmen, und einer Reise nach Frankreich zur Regelung ihrer privaten Angelegenheiten – sich Charles de Bourbon verweigert. Sie beherrschte ihn seit fast zwanzig Jahren. Sie kannte jede seiner Schwächen – die moralischen ebenso wie die physischen. Sie verstand es, ihn zu becircen, und sie wußte genau, welche Macht sie über diesen mächtigen und doch so schwachen Mann hatte.

Durch seinen Machthunger, seine Träume von Geld und Königskrone, war Charles de Bourbon an diese Frau gefesselt, die vor nichts zurückschreckte, nicht einmal vor Mord. Und trotz seiner Ehe und seinen zahlreichen Liebesabenteuern bewahrte er für die Nonne Henriette, die er im Kloster kennengelernt hatte, eine Art morbider Leidenschaft aufgrund der sexuellen Anziehungskraft, die sie durch ihre Lasterhaftigkeit auf ihn ausübte. Sie kannte all seine Gelüste, selbst die perversesten. Sie allein verstand es, diese Gelüste zu befriedigen.

Charles de Bourbon wußte, daß er eigentlich aufspringen und die Liebkosungen seiner Geliebten zurückweisen müßte, aber er war sich auch bewußt, daß er dazu außerstande war.

Seit Pavia hatte er seine Lüste nicht mehr befriedigen können. Vielleicht war das seine Strafe – er war impotent geworden. Er hatte alles versucht, Mädchen und Knaben, nichts hatte geholfen. Doña Hermina schob ihre langen Hände in die Hose ihres Liebhabers. Sie packte sein Glied alles andere als sanft an. Weit davon entfernt, ihm zärtliche Worte zuzuflüstern, verhöhnte sie ihn:

»Du bist nichts weiter als ein Bastard! Ein verächtlicher Leibeigener! Ein armseliger Bauer, ein ungebildetes, widerliches Schwein! Du und König? Du bist ein Sklave, mein Sklave! ... Dem ich Befehle erteile ... Ich kann mit dir machen, was ich will. Zieh dich aus! Nur ich gebe hier Befehle! Komm, du räudiger Hund, lauf, mein Lieber, lauf!«

Doña Hermina war aufgestanden. Sie griff nach einer Hundepeitsche, die an der Zeltwand hing, und ließ sie durch die Luft knallen. Vor Glück zitternd, zog Charles de Bourbon rasch Hose, Strümpfe und Schuhe aus. Brustharnisch und Panzerhemd behielt er an. Der kräftige untere Teil seines Körpers, vom Unterleib bis zu den Füßen, war vollkommen nackt. Sein Geschlechtsteil schwoll langsam an. Der Konnetabel ließ sich auf alle viere nieder.

Als die Peitsche seinen Hintern traf, winselte er glücklich.

»Lauf, du Schwein, du Dreckskerl, ich werde mich dir nicht hingeben, du widerst mich viel zu sehr an ... lauf ... lauf ...!«

Doña Hermina verlieh jeder ihrer Beleidigungen Nachdruck

durch einen Peitschenhieb, der die Haut des Herzogs mit Striemen überzog. Dieser bellte und versuchte wie ein Hund, der Züchtigung zu entkommen, indem er auf allen vieren Zuflucht unter dem Tisch, hinter einem Sessel und sogar in einer Truhe suchte. Mit beißenden Peitschenhieben jagte Doña Hermina ihn aus seinen Verstecken hervor. Der behaarte Hintern des Konnetabels zitterte vor Genuß unter den Schlägen.

»Sprich mir nach ... Ich bin nur ein armseliger, elender Kerl ...«

»Ja, ich, ich bin nur ein armseliger, elender Kerl!« stöhnte Charles entzückt.

»Du bist mein Sklave, ich kann mit dir tun, was ich will – dich sogar aufspießen ... töten ...«

»Ja, du bist meine Herrin! Du kannst tun, was du willst, mich sogar pfählen ...«

Doña Hermina ließ es sich nicht nehmen, den Griff der Peitsche in den After des Herzogs zu stoßen. Er zappelte, wand sich, heulte, wimmerte, stöhnte ... Plötzlich war es soweit. Mit stolz erigiertem Glied erhob sich Charles de Bourbon.

»Jetzt bist du die Hündin!«

Er entriß Doña Hermina die Peitsche und wollte ihr einen Hieb versetzen. Die San Salvador hatte aber eine Armbrust gepackt und zielte auf ihn.

»Wenn du näher kommst, töte ich dich!«

Knurrend, sabbernd und rülpsend ging der Konnetabel auf Doña Hermina zu.

»Ich schwöre dir ... ich bringe dich um ... du infames Schwein ...«, drohte die San Salvador.

Charles de Bourbon entriß ihr die Armbrust und packte sie.

»Ich bin dein Herr und Gebieter!« schrie er.

»Ja, du bist mein Gebieter«, beruhigte sie ihn, plötzlich ganz unterwürfig.

Der Herzog schleuderte sie aufs Bett. Er schürzte ihr wild die schweren Röcke und entblößte ihre schwarzen gekräuselten Schamhaare. Mit einem lustvollen Grunzen warf er sich auf sie. Er zerriß ihre Spitzenunterröcke. Dann drehte er sie um, weil er sie so nehmen wollte, wie er es bei seinen jungen Pagen zu tun pflegte.

Charles de Bourbon grunzte vor Wut. Seine Begierde war auf einmal verflogen.

Würde er so kurz vor dem Ziel versagen?

Doña Hermina grub ihm ihre Fingernägel ins Fleisch. Sie drehte ihren Kopf zur Seite und höhnte:

»Du bist nichts weiter als ein Hund... ich werde deinen fetten Hintern auf einem Rost aufspießen lassen!«

Außer sich vor Begierde, ohrfeigte Charles de Bourbon sie mit aller Kraft.

»Halt den Mund, ich bin der Herr, du bist die Hündin! Los, bell!«

Doña Hermina fügte sich. Bourbon drang endlich mit rasender Heftigkeit in sie ein. Die Verfluchte lächelte beruhigt. Bourbon hatte lange gebraucht, um geil zu werden – er wurde alt. Sie hatte schon befürchtet, keinen Erfolg zu haben. Jetzt war er wieder einmal völlig in ihrer Gewalt.

Er keuchte dicht an ihrem Ohr, in einem Sinnenrausch, den keine andere Frau, kein anderes Geschöpf ihm zu geben vermochte. Um seine Lust noch mehr zu steigern, hob Doña Hermina ihr Gesicht vom Kissen und brach in wildes Klagen aus.

Die letzte Kerze erlosch. Charles de Bourbon hatte einen so heftigen Orgasmus, daß er über seiner Herrin zusammenbrach. Einen Moment lang lag er völlig entkräftet auf ihr, dann stand er auf und schlug Feuer, um neue Kerzen anzuzünden.

Doña Hermina setzte sich auf die Bettkante. Charles bewunderte sie: Kein Härchen ihrer schwarzen, perlengeschmückten Flechten war in Unordnung geraten.

Der Konnetabel zog einen Morgenrock über seinen Brustharnisch. Dann setzte er sich in einen Sessel, ohne Doña Hermina aus den Augen zu lassen. Er wußte, daß diese Frau sein böser Geist war, aber er konnte nichts dagegen machen.

»Charles«, murmelte Doña Hermina, die seine Skrupel bemerkte. »Ich habe nie einen anderen als dich geliebt... Du wirst der mächtigste König des Abendlandes sein.«

Ohne zu antworten, goß er sich einen Humpen sizilianischen Wein ein und trank ihn in großen Zügen aus, dann ging er zum Eingang des Zeltes und rief seinen Adjutanten:

»Ricardo!«

Der junge Mann eilte herbei. Ohne seine Mutter zu beachten, stand er vor dem Konnetabel stramm.

»Hol die Hauptleute!« befahl der Herzog von Bourbon.

Mit einer Handbewegung wies er Doña Hermina an, sich in das zweite Zimmer des Zeltes zurückzuziehen.

Sechs grobe behelmte Hauptleute, grausame Condottieri, die jedem dienen, der sie bezahlt, betraten kurz darauf das Zelt des Herzogs.

»Meine Herren, wir lösen das Lager auf! Wir marschieren

nach Rom, um den Papst gefangenzunehmen«, befahl der Konnetabel.

Die sechs Hauptleute blickten einander fassungslos an.

»Monseigneur ... wir wären allenfalls noch dazu bereit ... aber die Truppen sind schlecht gekleidet, schlecht ernährt, ohne Geld ... Sie weigern sich vorzurücken, bevor man ihnen den Sold bezahlt hat.«

»Ich weiß«, sagte Charles de Bourbon ruhig. »Aber ich verspreche ihnen ... Beute, Frauen und Schlemmereien!«

Die Hauptleute, die glaubten, sich verhört zu haben, tauschten wieder Blicke untereinander, bevor einer zu fragen wagte:

»Möchte Monseigneur damit sagen, daß die Männer sich in Rom schadlos halten können?«

»Genau das ... die Stadt ist reich ... sie werden nur zuzugreifen haben ... Übermitteln Sie den Männern meine Befehle«, erwiderte der Konnetabel ruhig.

Die Hauptleute schienen wie vom Donner gerührt. Diese Männer hatten in ihrem Söldnerleben schon alles mögliche getan, getötet, geplündert, vergewaltigt und was sonst noch alles – aber Rom war schließlich Rom ... Daß ein französischer Fürst von Geblüt ihnen einen derartigen Befehl gab, machte sie völlig sprachlos.

»Wir brechen die Lager im Morgengrauen ab«, erklärte der Konnetabel.

Die Hauptleute salutierten und zogen sich zurück.

Der Adjutant Ricardo wollte ihnen folgen. Bourbon hielt den jungen Mann zurück. Er betrachtete diesen zarten Kavalier mit seinem zwielichtigen Charme und seiner katzenartigen Schönheit – seinen Sohn. Den Konnetabel überkam plötzlich der Wunsch, Ricardo die Wahrheit über seine Herkunft zu erzählen, aber er beherrschte sich und befahl dem jungen Mann:

»Sag Doña Hermina Bescheid, daß ich allein sein will!«

Plötzlich zitterte der Fürst vor Kälte.

Er kniete auf einem Betschemel nieder, küßte die Füße des Gekreuzigten und murmelte angsterfüllt:

»Herr ... in Deine Hände befehle ich meinen Geist ...«

Doña Hermina hatte das Zelt mit ihrem Sohn durch den Dienstboteneingang verlassen. Der Himmel nahm schon eine bleiche Färbung an – bald würde der Morgen dämmern.

Aus dem Heerlager waren Rufe zu hören. Die Männer weckten einander und gaben die gute Neuigkeit weiter.

»Entschuldigen Sie mich, Mutter, ich muß mich um das Gepäck des Herzogs kümmern«, sagte Ricardo.

»Geh, mein Kleiner... geh nur«, flüsterte Doña Hermina zärtlich.

Sie blickte dem jungen Mann nach – dem einzigen Menschen auf der ganzen Welt, für den sie verzehrende Liebe empfand.

›Ricardo...‹ Wenn sie nur daran dachte, daß diese Zéphyrine ihren Ricardo verschmäht hatte! Allein schon aus diesem Grunde verdiente sie den Tod.

Doña Hermina fröstelte. Die Nachtluft war kühl.

»Hier, zieh das an, Henriette.«

Der Zwerg Karolus reichte ihr einen Umhang, den sich die San Salvador um die Schultern legte. Der Zwerg blickte zu ihr empor, der er sich mit Leib und Seele verschrieben hatte.

»Mach dir keine Sorgen, alles wird gutgehen«, versicherte der Gnom mit seiner kehligen Stimme. »Komm, du darfst nicht hier herumstehen, du wirst dich sonst noch erkälten... Gehen wir ins Zelt... Du bist müde... Ich werde dir den Rücken massieren... Komm, Henriette...«

Während sie Karolus folgte, blickte Doña Hermina zum Himmel empor, wo ein Stern funkelte.

»Beelzebub!... Ich flehe dich an, gewähre uns den Sieg!«

Doña Hermina vergrub ihre langen spitzen Nägel so tief in ihre Handflächen, daß Blut hervorquoll.

Gleichsam als Antwort schrie irgendwo am Himmel ein Nachtvogel.

Es war ein Rabe, oder vielleicht auch eine Dohle, die mit raschen Flügelschlägen gen Rom flog.

20

Der Tod eines Verräters

»Sac / Plünderung /... Scélérats / Verbrecher /... Salvador... Sorcière /Hexe /... Soixante Mille / 60 000 /... Soif / Durst /.«

Vor allen anderen hatte Zéphyrine die Gefahr geahnt. Seit Sonnenaufgang suchte sie Gros Léon und konnte ihn nicht finden. Sie rief vergeblich nach ihm. Und nun war er zurückgekehrt, erschöpft und verwirrt.

Zéphyrine verstand nicht alles, was der Vogel ihr sagen wollte, aber sie erriet, daß sich etwas viel Schrecklicheres, als sie alle sich vorgestellt hatten, ereignen würde.

»Mein Reitkostüm!« rief Zéphyrine ihren Kammerzofen zu.

Seit Fulvio sich bereiterklärt hatte, die Verteidigung des Papstes zu organisieren, war Zéphyrine von leidenschaftlicher Lebenskraft erfüllt. Sie hatte die dringenden Bitten Fulvios, sie solle Rom verlassen, stolz zurückgewiesen: sie wollte nicht so feige sein wie Prinzessin Colonna.

Schließlich wollte Karl V. ja nicht sie, Zéphyrine, gefangennehmen, sondern den Papst.

Wie ein verzaubertes Schloß, das durch den magischen Zauberstab einer Fee zum Leben erweckt worden war, wirkte der Palast Farnello. Es ging plötzlich ein endloser Besucherstrom von Boten, Oberleutnants, Hauptleuten und Söldnern ein und aus.

Fulvios Freund, Renzo da Ceri, gefiel der jungen Frau sehr gut.

Renzo, ein stolzer Condottiere von dreißig Jahren, hatte in mancher Hinsicht Ähnlichkeit mit dem Prinzen.

Groß, dunkel, mit lockigen Haaren, machte Renzo da Ceri keinen Hehl aus seiner Bewunderung für die schöne Prinzessin Farnello.

Mit Hilfe von Fulvios Gold hatte Renzo innerhalb von vierundzwanzig Stunden – wie Charles de Bourbon richtig gesagt hatte – viertausend Männer angeworben, die er hinter den Mauern des Vorortes Borgo aufgestellt hatte, um jedem ›verdächtigen Besucher‹ den Zugang zur Stadt zu verwehren.

Währenddessen verließen Klemens VII. und seine Kardinäle den Vatikan und richteten sich in der Engelsburg ein.

In dieser Nacht hatten Fulvio und Renzo den Borgo nicht verlassen. Nachdem Zéphyrine sehr lange vergeblich auf sie gewartet hatte, war sie schließlich doch eingeschlafen. Beunruhigt war sie mit bösen Vorahnungen aufgewacht und hatte Gros Léon gesucht.

»Schnell ... schnell ...«, drängelte Zéphyrine nun.

Während die Kammerzofen ihren schwarzen Rock schnürten, befahl die junge Frau ihrer Anstandsdame:

»Packen Sie einige Bündel, Pluche – möglichst wenige! Wir werden vielleicht den Palast in großer Eile verlassen müssen.«

»Aber, Madame ...«, protestierte Pluche.

»Tun Sie, was ich Ihnen sage!«

Zéphyrine griff nach ihrer Reitpeitsche mit dem goldenen Knauf.

»Und der arme englische Herr?«

»Man soll eine Bahre und einen Strohsack vorbereiten, damit Milord von Montrose transportiert werden kann, wenn es sein muß.«

»Gütiger Himmel... Jesus, Maria und Josef!«

Ohne auf das Gejammere ihrer Anstandsdame zu hören, eilte Zéphyrine die große Treppe hinab... Im Hof hielten Paolo und zwanzig Mann Wache.

»Paolo, ich muß zum Prinzen«, rief Zéphyrine.

»Eure Hoheit...«

Der Knappe zögerte, ihrem Befehl Folge zu leisten.

»Beeilen Sie sich und kommen Sie mit. Bourbon rückt mit sechzigtausend Mann an.«

»Tatsächlich – mit sechzigtausend Mann?« wiederholte Paolo bestürzt.

»Gezählt habe ich sie nicht. Auf jeden Fall kommt der Verräter aber mit einer großen Armee.«

Auf dem Weg zum Borgo mußten Zéphyrine, Paolo und zwei ihrer Wachen immer wieder Maskierten und Tanzenden ausweichen, die den letzten Tag des Karnevals feierten.

Trotz der Fröhlichkeit ringsum spürte Zéphyrine aber doch die wachsende Beunruhigung der Bevölkerung. Angesichts der Söldnertruppen von Renzo da Ceri hatten sich manche Römer in ihren Häusern verbarrikadiert.

In der Nähe der Vororte konnte Zéphyrine ihr Pferd durch einen Peitschenhieb auf den Hals endlich in wilden Galopp übergehen lassen.

Fulvio war mit Renzo auf den Festungswällen. Er gab den Schützen gerade Anweisungen, als er Zéphyrine im Damensitz heranreiten sah.

»Viva la Principessa!«

Die Söldner begrüßten die junge Frau wie eine Madonna.

Unzufrieden verließ Fulvio die Wälle.

»Bei allen Heiligen des Himmels, Madame, was suchen Sie hier?« brummte er, während er Zéphyrine beim Absteigen behilflich war.

Sie hatte sich auf seine Schultern gestützt, und er umfaßte ihre Taille. Ihre Oberkörper berührten sich. Einen Augenblick lang schimmerte ein seltsamer Glanz im Auge des Leoparden. Verwirrt senkte Zéphyrine den Blick.

Fulvio hielt sie einen Moment fest an sich gedrückt, dann ließ er sie sanft zu Boden gleiten und erkundigte sich mit weicher Stimme:

»Was ist denn los, Zéphyrine?«

In wenigen Worten berichtete die junge Frau ihrem Mann, was sie von Gros Léon erfahren hatte. Als wollte die Dohle die

Aussage ihrer Herrin bestätigen, flatterte sie über den Wällen umher und krächzte:

»Salopards / Dreckskerle /...«

Das war eine kurze Zusammenfassung von dem, was jeder dachte. Ein Schrei ertönte von den Mauern:

»Da sind sie!«

Fulvio und Zéphyrine eilten zu Renzo da Ceri. Der Condottiere deutete nach Westen auf einen Punkt, der zusehends größer wurde.

Frundsbergs Landsknechte, diese deutschen Fußtruppen, die als Söldner dienten, tauchten auf dem Monte Mario auf, dann kamen die Lanzenreiter, die Armbrustschützen, die spanische Reiterei, die Artillerieeinheiten mit ihren Kanonen und Kugeln, zum Schluß die Flaggen und Fähnriche.

Bestürzt beobachteten die Verteidiger der Stadt von den Verteidigungsmauern aus diesen Aufmarsch.

»Gros Léon hat nicht gelogen«, murmelte Prinz Farnello. »Bourbon rückt mit einer Armee an.«

»Es sind mehr als vierzigtausend«, meinte Renzo da Ceri. »Und wir sind kaum viertausend.«

Zéphyrine suchte in der wogenden Menschenmenge nach der Flagge des Herzogs von Bourbon. Sie ließ sich von Renzo da Ceri dessen Fernrohr geben. Das war eine Art zylinderförmiges Vergrößerungsglas, etwas ganz Neuartiges. Zéphyrine preßte es an ihr rechtes Auge, und nachdem sie die Armee abgesucht hatte, zuckte sie plötzlich zusammen. Zwischen den Karren bewegte sich eine schwarze, von Maultieren gezogene Sänfte mit geschlossenen Vorhängen.

»Doña Hermina... sie ist es... der böse Geist... ich wußte es doch...«, murmelte die junge Frau.

Sie hob den Kopf. Fulvio berührte sie am Arm.

»Sie müssen fort, Zéphyrine. Paolo, begleite die Prinzessin in den Palast zurück und bringe sie von dort zusammen mit allen anderen in die Engelsburg, unter den Schutz des Papstes.«

»Ich will aber hier bei Ihnen bleiben«, protestierte Zéphyrine.

Ohne ihr zuzuhören, packte der Prinz sie am Arm und zog sie zu ihrem Pferd.

»Prinz Farnello bricht auf... Der Prinz bricht mit der Prinzessin auf... Rette sich, wer kann!« schrien die Männer.

Innerhalb einer Sekunde war alles in Auflösung begriffen. Renzos Söldner verließen in wildem Durcheinander ihre Posten auf den Mauern.

»Hiergeblieben! Das ist ein Befehl! Ihr werdet dafür bezahlt, daß ihr kämpft!« brüllte Renzo, während Fulvio mit Donnerstimme versprach:

»Bleibt hier, ihr bekommt doppelten Sold.«

»Bleibt hier, *ich bleibe auch!*«

Es war Zéphyrine, die dieses Versprechen mit lauter Stimme abgegeben hatte. Angesichts der Panik hatte sie sich aus Fulvios Griff befreit. Sie ging zu einer Kanone, stellte einen Fuß auf die Lafette und rief:

»Seid ihr Condottieri oder Memmen?... Wollt ihr eine Frau gegen vierzigtausend Mann ihrem Schicksal überlassen?«

Die Nachricht breitete sich wie ein Lauffeuer unter den Söldnern aus.

»Die Prinzessin Farnello will kämpfen... Die Prinzessin bleibt hier.«

Allmählich nahmen die Männer ihre Posten wieder ein. Einer von ihnen, ein riesiger Ire mit roten Haaren, schrie:

»Wenn deine Frau bleibt, Prinz Farnello, bleiben wir... aber wenn sie aufbricht, brechen wir auch auf.«

»Du hast uns nicht gesagt, Renzo, daß wir einer gegen zehn kämpfen müssen«, rief ein anderer vorwurfsvoll.

»Also, was macht die Prinzessin?« schrie eine Gruppe von Kanonieren.

Fulvio betrachtete Zéphyrine. Sie stand stolz vor einer Zinne.

»Was sollen wir tun?« flüsterte der Prinz Renzo zu.

»Sie gefällt den Männern, sie muß hierbleiben, wenn du nicht willst, daß du und ich ganz allein sind, Prinz«, murmelte der Söldner.

Fulvio schüttelte mißbilligend den Kopf, rief aber:

»Meine Freunde, die Prinzessin bleibt hier!«

Ein Hurra ertönte, und gleich darauf ertönte auch schon der erste Kanonendonner. Bourbon hatte seinen Leuten den Befehl erteilt, die Stadtmauern, die Rom schützten, anzugreifen.

»Feuer!« brüllte Renzo da Ceri.

Die drei armseligen Kanonen der Stadt erwiderten das Feuer der kaiserlichen Truppen. Die auf den Zinnen stehenden Armbrustschützen zielten auf die Reiter, während die Gewehrschützen ihre Schüsse mit Hilfe von Lunten abgaben.

»Bringen Sie sich in Sicherheit!« rief Fulvio Zépyhrine zu.

Die junge Frau senkte den Kopf.

Innerhalb kürzester Zeit wurden die Wälle heftig bestürmt.

»Ammazza! Ammazza! Tötet sie! Tötet sie!« brüllten Bourbons Männer.

Sie legten schon die ersten Sturmleitern am Fuß der Mauern an.

»Das Pech! Das Pech!« kommandierten Fulvio und Renzo zur gleichen Zeit.

Die Behälter mit dieser klebrigen und zähen Masse aus Harz und Holzkohle, die auf glühenden Kohlen erhitzt worden war, wurden über die Mauern gekippt. Schmerzensschreie wurden laut, und der Gestank von verbranntem Fleisch stieg Zéphyrine in die Nase. Sie kauerte unter einer Zinne und hatte keinerlei Ähnlichkeit mehr mit der stolzen Prinzessin Farnello von vorhin.

Sie war nur noch eine junge Frau, die von dem Lärm, den Schreien, Schüssen und den in die Mauern einschlagenden Kanonenkugeln fast zu Tode geängstigt wurde.

Schon waren in den Westwall Breschen geschlagen worden.

»God damn...«

Der irische Schütze war in die Stirn getroffen worden und fiel dicht neben Zéphyrine zu Boden. Beißender gelber Rauch brachte sie zum Husten. Sie konnte nichts mehr sehen. Nur die Flüche, die Schmerzensschreie und das Siegesgebrüll drangen an ihre Ohren.

Plötzlich hörte sie in unmittelbarer Nähe laute Geräusche. Eine Sturmleiter war an ihrer Schießscharte angelehnt worden.

Ohne genau zu wissen, was sie tat, griff Zéphyrine nach der Muskete, die dem toten Iren aus der Hand gefallen war. Sie hatte diese Waffe zwar noch nie benutzt, aber wie jedes Mädchen von hohem Adel wußte sie, wie sie funktionierte. Obwohl sie vor Angst zitterte, wagte sie – eigensinniges Salamanderweibchen, das sie nun einmal war – doch einen Blick über die Zinne.

Sie hatte sich nicht getäuscht. Ein Dutzend Männer von den kaiserlichen Truppen unter dem Kommando eines Hauptmanns, der vom Pferd gestiegen war, setzten zum Sturm auf die Zinne an.

Der Hauptmann erklomm als erster die Leitersprossen. Zéphyrine spannte die Muskete.

Sie schloß die Augen, drückte ab... Zu ihrem großen Erstaunen ging der Schuß wirklich los.

Ein Schmerzensschrei ertönte. Sie öffnete die Augen und blickte hinab. In der Leistengegend getroffen, lag der Hauptmann am Fuße der Leiter.*

* Charles de Bourbon wurde tatsächlich von einem Schuß in die rechte Leiste getroffen, als er den Sturm auf den Borgo in Rom befehligte.

Im Bruchteil einer Sekunde erkannte Zéphyrine unter dem verschobenen Visier die knochigen Gesichtszüge des Herzogs von Bourbon.

»Der Todesengel...«, stammelte der Konnetabel.

Er richtete seinen verschleierten Blick auf Zéphyrines Gesicht über der Schießscharte, das ihm wie eine Vision vorkam.

Sie konnte ihren Kopf gerade noch rechtzeitig einziehen. Die Kaiserlichen zielten auf sie. Überall wurden Rufe laut. Verzweifelte Schreie bei den Angreifern.

»Der Herzog von Bourbon ist verletzt! Der Herzog stirbt!«

Freudenschreie bei den Belagerten:

»Die Prinzessin hat den Herzog von Bourbon getötet! Viva! Hurra für Prinzessin Farnello!... Sie ist unser Engel, unsere Madonna!«

Renzos Männer hoben Zéphyrine im Triumph auf ihre Schultern. Sie küßten den Saum ihres Kleides, sprachen von einem Wunder.

Die Angreifer waren durch die Verwundung des Konnetabels verwirrt und gerieten in Panik. In kürzester Zeit konnten im Innern des Borgo die Breschen geschlossen werden, und man konnte ein wenig Atem schöpfen.

Mit rauchgeschwärztem Gesicht, das Wams von einer Lanze aufgerissen, kam Fulvio auf Zéphyrine zu. Sie hielt die Muskete noch immer in der Hand.

Die Männer gaben dem Prinzen den Weg frei. Wortlos beugte sich der Leopard über seine Frau. Seine Lippen berührten ihr Haar. Er drückte sie fest an sich.

»Meine Zéphyrine...«

Bestürzt blickte Zéphyrine der hohen Gestalt ihres Mannes nach, der zu Renzo zurückging. Sie kannte diese mächtigen Schultern, diesen katzenartigen Gang. Der Unbekannte vom Strand, der tapfere Edelmann, der sie den Flammen entrissen hatte, das war er... ihr Ehemann, Prinz Farnello.

Sie hatte es im Innersten immer geahnt, aber sie hatte es nicht wahrhaben wollen.

Ein Schrei entrang sich ihrer Brust.

»Fulvio... Fulvio...!«

Der Prinz drehte sich um. Er schien verstanden zu haben. Er legte einen Finger auf seine Lippen, als wolle er ihr einen Kuß schicken oder sie bitten, leise zu sein.

Während er sterbend in sein Lager getragen wurde, wiederholte der Herzog von Bourbon unaufhörlich:

»Der Todesengel ... ich habe den Todesengel gesehen ... ich will beichten ...«

Die Nachricht von der schweren Verletzung des Konnetabels breitete sich im Heerlager rasch aus, und sobald sie auch zu Doña Hermina gedrungen war, eilte diese mit Karolus an sein Bett.

In Anbetracht des Blutstroms, der sich aus Bourbons Wunde ergoß, wagte der Arzt nicht, diese zu untersuchen.

»Ich kann an dieser Stelle – an der Lende – nicht ausbrennen – der Herzog ist verloren!« flüsterte der Arzt den Hauptleuten zu.

Diese gaben der verschleierten Doña Hermina den Weg frei. Sie wußten, daß eine unbekannte Dame, die Favoritin des Herzogs, der Armee folgte.

»Henriette«, stöhnte der Verwundete, als er seine Geliebte erkannte.

Doña Hermina kniete neben seinem Bett nieder. Mit Augen, die schon die fahle Farbe des Todes annahmen, machte Charles de Bourbon ihr ein Zeichen, ihr Ohr an seinen Mund zu bringen.

»Henriette ... mein letzter Wille ... gib ihn weiter ... schwöre es mir ...«

Doña Hermina legte ihre Hand mit den spitzen Nägeln auf die Stirn des Sterbenden.

»Aber ja, ich schwöre dir, Charles ... bei meiner Seele ... dir zu gehorchen.«

»Ruf meine Hauptleute hierher ...«, keuchte der Herzog.

»Mein lieber Freund, was wollen Sie ihnen denn sagen?« säuselte Doña Hermina.

Mit übermenschlicher Anstrengung versuchte der Konnetabel sich aufzurichten.

»Das ist die Strafe«, murmelte er.

An der Schwelle des Todes gewann er seine Energie zurück und brachte hervor, allerdings so leise, daß nur Henriette es hören konnte:

»Man muß ... alles einstellen ... ich will ... mich zurückziehen ... in Mailand begraben werden ... Sag ihnen ... sie dürfen nicht nach Rom ... *nach Rom!«**

* Charles de Bourbon starb wirklich mit den Worten: »Nach Rom ... Nach Rom!«

Bei diesem Aufschrei fiel Charles de Bourbon mit weit aufgerissenen Augen nach hinten.

Doña Hermina schloß ihm die Lider. Ohne eine Gefühlsregung zu zeigen, wandte sie sich an die Hauptleute:

»Sie haben die letzten Worte des Konnetabels gehört, meine Herren... Nach Rom! Nach Rom! Das sind Befehle, es hat sich nichts geändert... Der Herzog Charles de Bourbon will, daß Sie ungeachtet seines Todes die Stadt einnehmen.«

21

Sacco di Roma

»Wir müssen uns zurückziehen! Die Festungswälle aufgeben...«, schrie Renzo da Ceri.

Fulvio war sich der katastrophalen Situation ebenfalls bewußt. Der Borgo war von allen Seiten dicht belagert. Während die Verteidiger der Stadt gehofft hatten, die Partie durch den Tod des Konnetabels gewonnen zu haben, hatten die Angreifer den Sturmangriff mit vermehrter Kraft wieder begonnen.

Die Kanonenkugeln zerschlugen die Mauer. Wilde Horden warfen sich in die Breschen.

»Paolo! Bring sie weg von hier, ob sie will oder nicht!« donnerte der Prinz.

Er kämpfte mit einer Axt gegen zwei riesige Landsknechte.

Überall erscholl der gleiche Ruf:

»Ammazza! Wo ist das Gold?«

›Das sind keine Soldaten, sondern wilde Räuber, denen man Beute versprochen hat‹, dachte Fulvio entsetzt.

Die Angreifer massakrierten jeden, der ihnen über den Weg lief. Sie drangen schon in die ersten Häuser ein. Sie warfen Strohsäcke und die Bewohner aus den Fenstern.

Paolo hatte auf den Befehl seines Herrn nicht geantwortet.

›Wo ist sie?‹ Diese quälende Frage verfolgte Fulvio.

Er bahnte sich mit der Axt einen Weg durch die Spanier und kam gerade noch zurecht: Zéphyrine wurde in einem Hof des Borgo gerade von zwei Hellebardieren angegriffen.

»Das ist das Weib, das den Herzog getötet hat!« brüllte einer der Männer.

Er hob seine Hellebarde. Fulvio schlug mit seiner Streitaxt in des Söldners Hals, über dem Brustharnisch. Röchelnd brach der

Mann zusammen. Zéphyrine wurde mit Blut bespritzt. Der andere Söldner floh. Fulvio packte Zéphyrine am Handgelenk und rief:

»Reiten Sie zur Engelsburg ... Sagen Sie dem Papst, daß wir hier einen Kampf auf Leben und Tod ausfechten, daß wir aber nicht verhindern können, daß sie in die Stadt eindringen.«

Während er sie mit dieser Botschaft betraute, zog Fulvio seine Frau zu einer Kirche, wo die Belagerten ihre Pferde untergebracht hatten. Aufs Geratewohl packte er ein Pferd am Zügel. Dann bückte er sich und half Zéphyrine dabei, sich in den Sattel zu schwingen.

»Das ist kein Damensattel, setzen Sie sich lieber rittlings aufs Pferd.«

Zéphyrine schürzte ihre Röcke bis zu den Knien und gehorchte. Fulvio wiederholte seine Anweisungen.

»Galoppieren Sie ... direkt zur Engelsburg ... Versprechen Sie mir das, Zéphyrine?« beharrte der Prinz.

Er blickte zu ihr empor.

»Ja, Fulvio.«

Plötzlich beugte sich Zéphyrine hinab und drückte ihre Lippen auf Fulvios Mund, dann murmelte sie:

»Fulvio ... Waren Sie jener Edelmann, der mich im Camp de Drap d'or gerettet hat?«

Ohne zu antworten, versetzte der Prinz dem Pferd einen Schlag aufs Hinterteil. Dann hob er grüßend den Arm.

Er blickte seiner Frau nach, bis diese im Galopp hinter den baufälligen Häusern des Vorortes verschwunden war, dann warf er sich wieder in die Schlacht.

Paolo, der eine Wunde über den Brauen hatte, lief ihm entgegen.

»Kannst du dich auf einem Pferd halten?« rief Fulvio.

»Ja, Herr.«

Der Knappe band sich einen Schal um die Wunde.

»Folg der Prinzessin in die Engelsburg!« befahl der Prinz.

»Ich kann hier doch nicht fort! Es steht jetzt einer gegen zwanzig Mann«, protestierte Paolo.

Fulvio unterbrach ihn gebieterisch:

»Folge ihr ... Santi numi, und beschütze sie. Weiß der liebe Himmel, was ihr noch alles einfallen könnte!«

Ohne sich weiter um den Knappen zu kümmern, eilte Fulvio Renzo da Ceri zu Hilfe, der gegen zehn Landsknechte kämpfte.

Der Karneval in Rom hatte ein abruptes Ende gefunden. Die vom Kanonendonner aufgeschreckten Bewohner suchten Zuflucht in Kirchen und Klöstern, manche verließen auch mit Karren die Stadt in Richtung Süden. Andere versuchten, wie Zéphyrine, die Engelsburg zu erreichen.

Auf den Straßen, Plätzen und unter den geschmückten Triumphbögen herrschte ein unbeschreibliches Chaos. Zéphyrine konnte sich nur mit Mühe einen Weg durch das aufgeregte Menschengewirr bahnen.

Sie verirrte sich mehrmals zwischen dem Palatin, dem Alten Forum und dem Kapitol. Sie kam am verlassenen Palazzo der alten Prinzessin Savelli vorbei, und schließlich wurde ihr bewußt, daß sie ganz in der Nähe des Palastes ihres Mannes war.

Sie vergaß Fulvios Ratschläge und beschloß, sich zu vergewissern, ob auch tatsächlich jedermann den Palast verlassen hatte.

Im Marmorhof heulte jämmerlich ein zurückgebliebener Hund. Es war der arme Cäsar.

»Bist du ganz allein hier? Wo ist denn Kleopatra? Bestimmt mit den anderen weg, und dich hat man vergessen.«

Während sie sich mit dem Hund unterhielt, der ihr die Hand leckte, stieg Zéphyrine vom Pferd.

»Saint-Ange / Engelsburg / ... Sainteté / Heiligkeit / ... Sermon / Predigt / ...«

Gros Léon war Zéphyrine gefolgt. Seine Flügel waren von der Kanonade ganz zerzaust. Er erinnerte seine Herrin an Fulvios Anweisungen.

»Flieg du als erster zum Heiligen Vater. Ich folge dir gleich, Gros Léon«, sagte die junge Frau.

Den braven Cäsar dicht neben sich, betrat Zéphyrine die Halle. Unwillkürlich lief ihr ein Schauder über den Rücken. Ihre Schritte hallten laut auf dem Marmorboden wider.

»Ist da jemand?« rief sie und versuchte, ihrer Stimme einen festen Klang zu geben.

Nur das Klappern eines Fensterladens aus den oberen Stockwerken war zu hören. Am liebsten wäre sie umgekehrt. Sie wollte aber nicht feige sein und begab sich deshalb in ihre Gemächer, wobei sie Cäsar streichelte, um sich Mut zu machen.

Die offenen Truhen bewiesen, daß Pluche eilig einige Kleidungsstücke zusammengepackt hatte, vermutlich auch den

Schmuck und andere wertvolle Gegenstände. Zéphyrine ging weiter in Mortimers Gemächer. Dort bot sich ihr der gleiche Anblick. Man mußte den Herzog auf seinem Strohsack weggetragen haben, denn das Bettzeug war entfernt.

»Ist niemand mehr hier?« rief Zéphyrine wieder.

Erneut klapperte der Fensterladen. Zéphyrine ging dem Geräusch nach und stieg in den zweiten Stock hinauf, in Fulvios Wohnung.

Sie zögerte einen Augenblick, bevor sie eintrat. Dann aber stieß sie doch die Tür auf, die ins Arbeitszimmer ihres Mannes führte.

Cäsar begann zu bellen – er suchte seinen Herrn.

Unwillkürlich hatte Zéphyrine ein schlechtes Gewissen, daß sie in den geheimen Zufluchtsort des Prinzen eindrang.

Sie ging im Arbeitszimmer umher, dann betrat sie den Nebenraum, wo der Fensterladen klapperte. Neugierig betrachtete sie das Himmelbett mit den zugezogenen karmesinroten Vorhängen. Hier also schlief Fulvio!

Die junge Frau schob den Damast zur Seite. Sie stieß einen Schrei aus. Ein an der Wand hängendes Porträt stellte Fulvio in noch jüngeren Jahren dar; er mochte auf dem Bild etwa zwanzig Jahre alt sein. Ein Spitzenkragen umgab sein bartloses Gesicht. Der Prinz lächelte. Seine braunen Augen funkelten amüsiert... *Seine beiden Augen...*

Zéphyrine kniete sich aufs Bett, um die Inschrift auf dem Kupferrahmen lesen zu können.

›Seiner Hoheit dem Prinzen Fulvio Farnello als letztes Zeichen dankbarer Verehrung von Raffael. 1520.‹

Zur Zeit des Camp du Drap d'or hatte Fulvio also noch beide Augen gehabt. Zéphyrine war sich bisher nicht im klaren darüber gewesen, denn sämtliche Porträts des Prinzen waren aus den Galerien verschwunden.

Er konnte also noch nicht sehr lange der einäugige Leopard sein... Seit zwei Jahren? Seit drei Jahren? Plötzlich begriff Zéphyrine, wie sehr Fulvio unter seinem ›Gebrechen‹ wohl leiden mußte, nicht einmal so sehr physisch wie psychisch.

»Fulvio«, murmelte die junge Frau mit Tränen in den Augen. »Ich werde es wiedergutmachen, ich werde Sie lieben und Sie die Qualen vergessen lassen, die wir durchgemacht haben.« Wenn es aber schon zu spät war... wenn Fulvio inzwischen getötet worden war?

Diese schreckliche Möglichkeit fiel ihr ein, als im Hof gerade die ersten Schreie der Haudegen laut wurden:

»Verdammt, Leute... hier geht's rein!«

Zéphyrine rannte zum Fenster, wich aber sofort wieder zurück. Der Palast war von betrunkenen Barbaren überschwemmt. Sie liefen in die Gärten, zertrümmerten Statuen.

›Eine schöne Armee hat Bourbon – eine Bande von Räubern, die alles plündern!‹ dachte Zéphyrine.

Grölend ritten die Söldner die Freitreppe hinauf und direkt in die Halle hinein. Zéphyrine hörte, wie sie die Kristallkronleuchter zerschmetterten.

»Ha... Gold... Edelsteine!« brüllten sie.

Sie stürzten die Treppen hinauf, rissen wertvolle Gemälde von den Wänden... Andere rohe Gesellen begaben sich in die Küchen, machten sich gierig über die Lebensmittel her, öffneten mit der Axt die Fässer mit Malvoisierwein.

Entsetzt bei dem Gedanken, diesen Kerlen in die Hände zu fallen, stieg Zéphyrine rasch in die oberste Etage hinauf, wo sich die Zimmer der Dienstboten befanden. Sie betete zum Himmel, daß die Söldner nicht so weit hinaufsteigen würden. Sie rannte in eine Kammer mit Hängeboden. Zwei Küchenmädchen, deren Gesichter ihr flüchtig bekannt waren, preßten sich auf einem Strohsack ängstlich aneinander.

Als Zéphyrine hereinkam, stießen sie einen Schrei aus.

»Pst! Leise!« befahl die junge Frau atemlos.

»Principessa!« murmelten die Mädchen.

Zéphyrines Anwesenheit schien sie zu beruhigen.

»Was macht ihr hier?« flüsterte Zéphyrine. »Warum habt ihr euch nicht mit den anderen in Sicherheit gebracht?«

»Man hat uns vergessen, Principessa«, erwiderte ein Mädchen.

Wie alt mochte sie sein? Siebzehn... achtzehn.

»Wie heißt ihr?« erkundigte sich Zéphyrine.

»Ich bin Carlotta, und das ist meine Schwester Carla«, antwortete die etwas Beherztere von beiden.

Von unten war lautes Geschrei und Radau zu hören. Die brutalen Kerle warfen das Mobiliar des Salons aus dem Fenster, um im Hof damit ein Feuer zu machen.

»Mein Gott!« jammerten Carla und Carlotta.

»Gibt es hier einen Dachboden?« fragte Zéphyrine.

»Ja, Principessa.«

»Gehen wir hinauf! Im Augenblick sind sie damit beschäftigt, alles zu plündern... Vielleicht kommen sie nicht auf die Idee hinaufzusteigen... Kennt ihr den Weg?« erkundigte sich Zéphyrine. Sie versuchte, Ruhe zu bewahren.

»Ja, Principessa.«

Vorsichtshalber nahm Zéphyrine einen Henkelkrug als Waffe mit, dann öffnete sie leise die Tür. Der Gang schien leer zu sein. Direkt unter ihnen zertrümmerten die Vandalen gerade alles in den Gemächern des Prinzen.

»Rasch, Principessa ... hier entlang«, flüsterte Carlotta.

Mit heiserem Grölen stiegen die Söldner in die Dienstbotenetage hinauf. Geführt von Carlotta, flüchteten die jungen Frauen durch ein Labyrinth enger Korridore. Sie rannten hastig eine Wendeltreppe hinauf, die auf den Dachboden führte.

»Verdammt ... ich habe Lärm gehört ... Hier muß jemand sein«, brüllte eine rauhe Stimme.

Zéphyrine und die beiden Küchenmädchen schlossen rasch die Tür. Sie hörten Schritte.

»Hurensohn ... da ... es ist nur ein Hund.«

Der arme Cäsar, den die Soldaten gefangen hatten, bellte und jaulte.

»Dreckiger Köter! Er hat mich gebissen ... Fang ihn wieder, Hans! Wir werden ihn braten und essen.«

Lautes Gebell und Schreie waren zu hören, dann senkte sich Stille über den Dachboden.

Zéphyrine war sehr bedrückt, weil sie Cäsar verloren hatte. Die Anwesenheit des armen Tieres hatte ihnen das Leben gerettet. Sie wischte sich ihre zitternden Hände am Rock ab, dann bedeutete sie den beiden Mädchen, sie sollten sich setzen. Es war dunkel auf dem großen Dachboden.

Zéphyrine ging zu einer Dachluke. Sie stellte sich auf die Zehenspitzen. Das Fenster befand sich in der Mitte des Daches, und so konnte sie unmöglich sehen, was im Hof vor sich ging.

»Principessa ... was soll nur aus uns werden?« jammerten Carla und Carlotta.

Zéphyrine trat zu den beiden Mädchen.

»Sucht zusammen mit mir, ob wir hier vielleicht zufällig andere Kleidungsstücke finden.«

Die Küchenmädchen verstanden sie nicht.

»Wir brauchen Bauernkittel, Hosen und Mützen.«

Carla und Carlotta bekreuzigten sich eilig.

»Principessa, es ist Sünde, sich wie ein Mann anzuziehen.«

»Ganz wie ihr wollt! Ist es euch lieber, von den Soldaten gefangen und vergewaltigt zu werden?«

»Nein, Principessa.«

Aufgeschreckt duch die Drohung, begannen die Mädchen, in

den Reisekoffern und Körben zu kramen. Eine Menge alter Pergamente, Briefe, Manuskripte, Gebetbücher, Gemälde, Waffen aus vergangenen Zeiten, Helme, alte Rüstungen, Pfeile und Köcher lagerten auf dem Dachboden – sogar eine Kanone!

›Wir können doch nicht in einer Rüstung aus der Zeit der Kreuzzüge den Palast verlassen!‹ dachte Zéphyrine.

Sie stellte sich die Gesichter der Söldner vor, wenn plötzlich drei Ritter aus dem Mittelalter an ihnen vorbeispazierten.

»Principessa, ich habe etwas gefunden!«

Carlotta zeigte triumphierend auf geflickte Kleidungsstücke.

Unter den verblüfften Blicken der Mädchen zog Zéphyrine ihr Reitkleid, ihre Unterröcke und ihr Korsett aus. Dann legte sie die Kleider eines römischen Bauern an – für sie war es ja schließlich nicht das erstemal, daß sie sich als Mann verkleidete!

Ein Untergewand aus Baumwolle, das Ähnlichkeit mit einer Jacke hatte, lange Hosen mit sichtbarem Schlitz und eine Weste aus Schafsleder; eine Wollmütze, unter der sie ihre Haare versteckte, vervollständigte ihren Aufzug.

»Jetzt seid ihr an der Reihe!« befahl Zéphyrine.

Schüchtern und schamhaft zogen Carla und Carlotta ihre Flanellröcke aus und legten die gleiche Verkleidung an wie ihre Herrin.

»Ihr seht sehr gut aus«, lobte Zéphyrine. »Jetzt werden wir die Nacht abwarten.«

Vollkommen beruhigt und ihrer Herrin aufs Wort gehorchend, nahmen die beiden Mädchen neben der jungen Prinzessin Platz.

Auf dem rauhen Holzboden sitzend, lehnte Zéphyrine ihren Kopf an die Wand und überließ sich wieder ihren quälenden Gedanken.

›Wo war Fulvio? Wenn die kaiserlichen Truppen schon in Rom eingedrungen waren, so bedeutete das, daß die Verteidiger des Borgo verwundet, tot oder geflohen waren.‹

Sie kannte den Prinzen gut genug, um sicher zu sein, daß er bis zum bitteren Ende kämpfen würde.

Es wurde Nacht. Carla und Carlotta waren eingeschlafen. Zéphyrine berührte sie an den Schultern. Sie fuhren ruckartig aus dem Schlaf auf.

»Es ist Zeit.«

Zéphyrine gab ihren Gefährtinnen Dolche mit langen Griffen, die sie unter den Waffen gefunden hatte, und versteckte selbst einen unter ihrer Schafsweste. Vorsichtig verließen die drei jungen Frauen den Dachboden.

Sie sahen niemanden. Zum Glück kannten Carla und Carlotta sich in den verwinkelten Korridoren hervorragend aus. Als sie die Treppe erreichten, die in die Etage des Prinzen hinabführte, machte Zéphyrine den anderen ein Zeichen. Sie hörte nichts mehr. Diese Stille kam ihr verdächtig vor. Hatte die Horde den Palast verlassen?

Zéphyrine umfaßte den Dolchgriff unter ihrer Weste fester und übernahm die Führung. Gefolgt von den Mädchen, die sich trotz ihrer Angst gut hielten, bewegte sich Zéphyrine vorsichtig von Stufe zu Stufe, bis sie die Etage des Prinzen erreichten.

Dort bot sich ihr ein unvorstellbarer Anblick. Im Schein der tief herabgebrannten Kerzen sah sie, daß nichts – kein einziger Gegenstand – heil geblieben war. Alles war zerbrochen, geplündert, gestohlen und vernichtet worden.

Sie hörte lautes Schnarchen. Betäubt von Wein und anderem Alkohol, schliefen die Haudegen überall, in den verwüsteten Räumen, in den Hallen, auf den Treppen. Erbrochenes beschmutzte das einzige, was unversehrt geblieben war: den Marmorfußboden.

Die große Treppe war unpassierbar. Etwa zwanzig Soldaten in Panzerhemden schliefen, furzten und rülpsten auf den Stufen.

Zéphyrine schlich zur Dienstbotentreppe. Hier schien der Weg frei zu sein. Abgesehen von zwei Söldnern, die auf dem Parkett schliefen, mußten die drei Frauen keine Hindernisse überwinden. Einer der Betrunkenen öffnete seine glasigen Augen, schloß sie aber gleich wieder, weil diese Bauern ihn nicht interessierten.

Zéphyrine und ihre beiden Gefährtinnen mußten jetzt nur noch die letzten Hindernisse überwinden – die Halle und den Palasthof.

Auf einen Wink der Prinzessin hin versteckten sich die Flüchtenden in einer Speisekammer, wo die Horde nicht einmal eine Brotrinde übrigggelassen hatte. Durch die angelehnte Tür hindurch überblickte Zéphyrine die Situation. Etwa zwanzig Soldaten, die auf den Überresten eines Teppichs lagerten, versperrten den Durchgang zum Dienstbotenausgang. Auf der anderen Seite, in Richtung Freitreppe, sah es auch nicht besser aus: dort hielten taumelnde Haudegen Wache.

Zéphyrine sah ihre Hellebarden. Ihre Helme reflektierten das Lagerfeuer im Hof. Die Prinzessin begriff, daß sie und die beiden Mädchen keine andere Wahl hatten als zu versuchen, an den Schläfern vor dem Dienstboteneingang vorbeizukommen.

Ein Hund bellte. Es war Cäsar, der doch nicht gebraten worden war. Er hatte Zéphyrine trotz ihrer Verkleidung am Geruch erkannt.

»Sei still, mein Lieber«, flüsterte Zéphyrine, die glücklich war, den braven Hund lebendig wiederzusehen.

Sie mußte sich entscheiden. In der Speisekammer konnten sie nicht ewig bleiben. Im Morgengrauen würden all diese Barbaren aus ihren Räuschen erwachen. Zéphyrine verließ ihr Versteck. Gefolgt von den Dienstmädchen und von Cäsar, umging sie den schnarchenden Haufen. Den Dolch unter ihrer Weste fest umklammernd, öffnete sie vorsichtig die Tür. Sie konnte gerade noch einen Aufschrei unterdrücken – ein Spanier kam schwankend die Treppe herauf. Er versperrte ihr den Weg.

Zéphyrine sah seine schwarzen, grausamen Augen unter den buschigen Brauen. Sein Koppel war geöffnet, sein Panzerhemd hochgeschoben. Offensichtlich hatte er gerade seine Notdurft verrichtet.

Alles ging blitzschnell vor sich. Der Spanier hatte nicht damit gerechnet, plötzlich drei Bauern gegenüberzustehen. Er legte seine Hand auf Zéphyrines Arm.

»Ein Römer zum Totlachen!« stammelte er undeutlich.

Ihr Überlebensinstinkt trieb Zéphyrine zur Tat. Sie zog ihre Hand aus der Weste hervor und stieß den Dolch mit aller Kraft in den nackten Bauch des Spaniers. Er taumelte und faßte sich an den Leib. Zéphyrine nutzte seine Bestürzung aus und stieß ihn beiseite. Dann rannte sie wie verrückt auf das Hofgitter zu und floh, die beiden Dienstmädchen und den Hund dicht auf den Fersen.

»Fangt sie ... der Kerl hat mich umgebracht ... der Italiener hat mich erwischt!« wiegelte der Spanier mit letzter Kraft seine Kameraden auf.

Wie in einem Alptraum sah Zéphyrine, daß die um das Feuer lagernden Männer aufsprangen. Zum Glück konnten sie in ihrem umnebelten Zustand nicht so rasch rennen. Den blutigen Dolch immer noch fest umklammert, erreichte Zéphyrine das offene Ausfalltor. Sie hörte Schreie. Eines der beiden Mädchen war gefangen worden.

»Allmächtiger Himmel, ein Weib!«

Ohne sich darum zu kümmern, was die Barbaren jetzt mit der Unglücklichen anstellen würden, rannte Zéphyrine weiter. Die Söldner verfolgten sie. Einige Musketenschüsse schlugen in die Palastmauern ein. Zéphyrine bog nach rechts ab, nach links, lief geradeaus ... wieder nach links ... nach rechts. Sie entfernte sich vom Zentrum Roms. Schließlich gelangte sie zu einem großen Garten, der von verfallenen Mauern umgeben war. Sie sprang durch eine Öffnung und ließ sich unter einem eingestürzten Bauwerk erschöpft zu Boden fallen. Jemand war ihr auf der Spur. Zum Glück waren es aber nur Carlotta und Cäsar.

»Meine arme Schwester... Was werden sie mit ihr machen?« jammerte das junge Mädchen, während es neben seiner Herrin auf die Erde sank.

Zéphyrine schüttelte wortlos den Kopf. Sie konnte es sich nur allzugut vorstellen. Wenn die Unglückliche noch am Leben sein würde, nachdem diese Rohlinge sie nacheinander mißbraucht hatten, würde einer von ihnen sie niedermetzeln.

Sie nahm Carlotta in die Arme und murmelte:

»Wir können für Carla nichts mehr tun, das weiß ich, Carlotta... Es ist schrecklich, mein Gott... aber es hätte nichts genutzt, wenn wir geblieben wären – sie hätten nur auch uns noch vergewaltigt und umgebracht.«

Lange Zeit weinte Carlotta an Zéphyrines Schulter.

In den Ruinen wurde es langsam hell. An der Statue des Farnesischen Stiers erkannte Zéphyrine, daß sie in den Caracalla-Thermen Zuflucht gefunden hatten.

Der Hunger begann die Flüchtigen zu quälen. Der arme Cäsar jaulte, aber Zéphyrine beschloß, daß sie noch bis zum Einbruch der nächsten Nacht in ihrem Versteck bleiben mußten.

»Sobald es wieder dunkel ist, werden wir versuchen, uns zur Engelsburg durchzuschlagen«, sagte sie laut.

Sie wollte damit ihre Gefährtin beruhigen, aber sie selbst wurde von einer schrecklichen Unruhe gepeinigt.

Die ganze Stadt mußte eingenommen worden sein. Konnten Fulvio und Renzo da Ceri den Papst überhaupt noch verteidigen?

»Wo ist sie?« schrie Fulvio als erstes, nachdem er die Festung erreicht hatte.

Niemand hatte Zéphyrine gesehen. Paolo hatte, wie ihm befohlen, den direkten Weg zur Engelsburg eingeschlagen, den die Prinzessin benutzen sollte. Aber er hatte nirgends eine Spur von ihr gefunden.

Mit blutigen Gesichtern und zerfetzten Kleidern organisierten Fulvio und Renzo die Verteidigung des Papstes. Giulio de Medici stürmte an den Festungsmauern entlang, in Panzerhemd und Helm, sein Gewand über die gespornten Stiefel geschürzt, und verfluchte mit seiner Donnerstimme den Feind, der die Stadt in Brand setzte.

»Los, meine braven Burschen, setzt alle Kanonen gegen diese Halunken ein... Tod und Teufel... ich werde diesen räudigen Hund Karl V. exkommunizieren!«

Angefeuert von den Worten des Heiligen Vaters, schleppten die Überlebenden Kanonenkugeln herbei, schürten das Feuer, erhitzten das Pech.

Eine riesige Schar kleiner Leute und Aristokraten hatte in der alten Burg Zuflucht gefunden, die das päpstliche Rom überragte.

»Wo ist sie, Monseigneur? Wo mag sie nur sein, um Himmels willen?«

Das war Demoiselle Pluche, die sich einen Weg durch die verängstigten Bauern und erschöpften Soldaten bahnte, um zu Fulvio zu gelangen, der sich auf den Wällen aufhielt.

Der Prinz zog die Anstandsdame zu einem geschützten Pecherker.

»Ruhig Blut... vielleicht hat sie in irgendeinem Haus Zuflucht gefunden, oder...«

In Gedanken fuhr er fort: ›Oder sie hat die Ereignisse vielleicht ausgenutzt, um zu fliehen.‹

Laut sagte er indessen nur:

»Heute nacht werde ich mich hinausschleichen und sie suchen.«

»Sie, Monseigneur?« stammelte Pluche weinerlich.

»Ich komme mit«, brummte Paolo, dessen Wunde inzwischen verbunden worden war.

»Kommt gar nicht in Frage.«

»Dieses eine Mal werden Euer Gnaden mir gehorchen.«

Renzo da Ceri unterbrach ihre Diskussion:

»Leopard, per Giove, mir fehlen Leute an den Schießscharten!«

»Ich komme«, erwiderte der Prinz. »Wie hat Mortimer den Transport überstanden?« erkundigte er sich noch, bevor er Pluche verließ.

»Milord von Montrose ist im Schloßturm untergebracht. Er hat die Augen geöffnet und nach einem Gewehr verlangt, um mitzukämpfen.«

»Gut, dann ist er gerettet... ich werde ihn besuchen, sobald ich kann.«

Fulvio war sehr erleichtert, daß es Mortimer besser ging.

Um fünf Uhr nachmittags unternahmen die kaiserlichen Truppen einen ersten Angriff auf die Festung. Glücklicherweise waren sie schlecht organisiert und hatten ihre Kräfte überschätzt.

Den Kanonieren und Schützen unter Fulvios und Renzos Kommando gelang es, den Feind an den Tiber zurückzutreiben. Viele Männer blieben auf dem Kampffeld liegen.

»Hurra für den Leoparden! Hurra für unseren Hauptmann Renzo! Es lebe der Papst!« schrien die Söldner, die dem Heiligen Vater treu geblieben waren.

»Sie werden ihre Truppen neu formieren und morgen früh wieder angreifen«, sagte Renzo da Ceri bedächtig.

»Ich verlasse dich jetzt für die Nacht, Freund Renzo. Wenn ich im Morgengrauen nicht zurück bin, so bedeutet das ...«

Fulvio machte eine bezeichnende Geste.

»Du kannst nicht fort, Fulvio.«

Renzo da Ceri zog den Prinzen zu einer Schießscharte.

»Sieh und hör doch nur, was da unten los ist.«

Er reichte Fulvio sein Fernrohr. Aus der Stadt erschollen Schreie von Frauen und Kindern. Fulvio betrachtete Rom durch die Linse. Es war ein furchtbarer Anblick. Kirchen, Paläste und Häuser wurden geplündert und in Brand gesetzt. Auf der anderen Seite des Tiber, auf den Plätzen, hingen Männer am Galgen, andere wurden gerädert. Frauen rannten mit ihren Kindern auf den Armen in blinder Panik umher.

Fulvio sah entsetzt, wie Landsknechte Säuglinge mit ihren Lanzen aufspießten.

»Ich muß dorthin, Renzo ... Sag ihm nichts davon«, fügte der Prinz hinzu, indem er auf den Heiligen Vater deutete.

Angesichts dieser Beharrlichkeit sagte Renzo seufzend:

»Du hast nur eine Möglichkeit, um durchzukommen, Leopard.«

Er deutete auf die Leichen der Landsknechte am Fuße der Mauern.

»Warte, bis es dunkel ist – es dauert nicht mehr lange.«

Die Sonne versank schon am Horizont.

Der silberne Mond ging gerade über dem verwüsteten Rom auf, als Fulvio und Paolo in grünen Hosen, kurzen Wämsen, Stiefeln aus Kuhleder und schwarzen Umhängen – der Kleidung der deutschen Söldner –, in Helmen und mit Hellebarden im Schein einer Laterne in den langen Geheimgang schlichen, der die Festung mit dem Vatikanpalast verband. Fulvio hoffte, daß die Lutheraner den Ausgang noch nicht entdeckt hatten, der im Thronsaal, direkt hinter dem Sitz des Papstes, verborgen war.

22

Das Leichenfeld

Gros Léon wußte, daß er eine große Dummheit begangen hatte. Anstatt direkt zur Engelsburg zu fliegen, wie seine Herrin ihm befohlen hatte, hatte er sich unter dem Dach einer Kirche etwas ausruhen wollen.

Seit einigen Tagen führte die Dohle ein anstrengendes Leben. Sie flog von einem zum anderen, überbrachte Franz I. und dem Papst Botschaften, durfte sich weder in der Richtung noch in der Antwort irren. Nostradamus' Vogel wußte, daß er kein gewöhnliches Exemplar seiner Gattung war, daß seine Intelligenz weit über dem Durchschnitt der meisten seiner Artgenossen lag, ja sogar über der mancher Menschen. Aber nun sträubten sich Gros Léon die Federn. Er zitterte. Vielleicht hatte er Fieber, oder aber er hatte – wie die Menschen – Angst vor dem unerträglichen Schauspiel, das unter ihm in der Stadt seinen Lauf nahm. ›Meine Herrin ist vielleicht in Gefahr‹, dachte Gros Léon.

Aber er kam nicht mehr aus seinem Zufluchtsort heraus. Jemand hatte das Fenster geschlossen. Die Dohle war in dem Glockenturm gefangen ... aber sie war nicht allein! Der Glöckner kniete auf einem Bund Stroh und betete inbrünstig. Er roch sehr schlecht.

Gros Léon war ein sehr empfindsamer Vogel. Er öffnete und schloß seinen Schnabel angewidert.

Der Glöckner holte einen Brotkanten hervor und begann zu essen. Gros Léon hatte Hunger ... Er flog begierig auf dieses Abendessen zu. Das hätte er lieber nicht tun sollen. Obwohl der Glöckner noch vor einem Augenblick so fromm gebetet hatte, sprang er nun mit funkelnden Augen auf:

»Ein Federvieh zum Abendessen!«

Gros Léon bekam einen heftigen Schlag auf den Flügel. Es gelang ihm aber doch, mit geknickten Federn in den Glockenturm zu flattern, wo er sich hinter einem Mauervorsprung verkroch und über die Gottlosigkeit und Schlechtigkeit der Menschen meditierte ...

In den Caracalla-Thermen schlug Zéphyrine ihre Augen auf. Es war Nacht. Sie konnte kaum glauben, daß sie den ganzen Tag geschlafen hatte. Der Mond war soeben über der gemarterten Stadt aufgegangen.

In der Ferne war der schwarze Himmel durch Feuersbrünste erhellt. Wenn Zéphyrine, Carlotta und Cäsar überhaupt eine Chance hatten durchzukommen, so jetzt oder nie.

»Madame, ich habe Hunger«, flüsterte Carlotta. Sie rieb sich den Magen.

»Ich auch«, gab Zéphyrine zu.

Sie versuchte, sich zu orientieren. Während sie über Distelfelder liefen, fragte sie sich, wie es nur möglich war, daß eine der schönsten Städte der Welt, der Stolz der Christenheit, in wenigen Stunden eingenommen und einer völlig entfesselten Soldateska ausgeliefert werden konnte.

In der Nähe der Porta Sebastiano hörten sie Schreie aus der Kirche San Balbino, deren mittelalterliche Fresken Zéphyrine einmal besichtigt hatte.

Die Prinzessin und ihre Gefährten krochen durchs Gras. Das große Kirchenportal war weit aufgerissen.

»Mein Gott, Madame, sie haben vor nichts Respekt«, jammerte Carlotta.

Zéphyrine konnte ihr Zähneklappern nur mit großer Mühe unter Kontrolle bringen. Die Kirche bot einen unerträglichen Anblick. Etwa zwanzig total betrunkene Soldaten tummelten sich in der Apsis. Mitten im Chor machten sie aus Bänken und Betschemeln ein Lagerfeuer.

»Wo hast du dein Geld versteckt?« schrie einer der Landsknechte einem Gemarterten zu.

Als der Mann keine Antwort gab, tötete der Barbar den Unglücklichen, der sich noch am Balken festgehalten hatte. Die Landsknechte schüttelten sich vor Lachen beim Anblick der armen Gefolterten, die zerschmettert am Boden lagen.

»Mein Gott«, flehte der letzte Gefolterte. »Nimm Manuel Massimo in dein himmlisches Reich auf.«

Zéphyrine konnte einen Schrei nicht unterdrücken. Manuel Massimo ... der schöne junge Prinz, der am Abend des Maskenballs so gekonnt mit seiner Dame geschäkert hatte.

»Vorsicht, Madame«, jammerte Carlotta.

Durch Zéphyrines Schrei aufmerksam geworden, näherten sich die Barbaren mit einer Laterne. Die jungen Frauen und Cäsar konnten sich gerade noch rechtzeitig zurückziehen. Sie rannten in den Westen der Stadt, wo es etwas ruhiger zu sein schien.

Sie kamen am Grabmal der Scipionen vorbei, dann an der Kirche San Giovanni, deren Tabernakel zerschlagen, die Kandelaber und Weihrauchgefäße gestohlen waren. Schließlich beschloß Zéphyrine, durch das Marcellus-Theater weiterzugehen.

In der Ferne sah sie den Palazzo Orsini in Flammen stehen. Der Palazzo Cenci war verwüstet, der Palazzo Farnese ausgeplündert.

Sobald die beiden jungen Frauen eine Gruppe grölender Soldaten sahen – die Hände voller Edelsteine, Perlen und Gold, Säcke voller sakraler Gegenstände auf dem Rücken –, versteckten sie sich hinter Mauern, unter Portalen oder hinter Bäumen. Der Selbsterhaltungstrieb ließ sie wahre Wunder vollbringen.

Sogar Cäsar hatte rasch gelernt, sich vor den wilden Horden zu verstecken.

An der Porta Portese entdeckten sie zum Glück eine alte Holzbrücke, die vom Einsturz bedroht war, aber dafür den großen Vorteil hatte, nicht bewacht zu sein. Sie liefen in die Vororte, in Richtung des Vatikans und der Engelsburg.

Als sie sich der Basilika von Sankt Peter näherten, sahen Zéphyrine und Carlotta, daß auch dieser heilige Ort entweiht worden war. Die kaiserliche Soldateska hatte unter Michelangelos Pietà ihre Pferde untergebracht. Frevelhaft Maskierte kamen aus dem Vatikan. Die Lutheraner hatten die liturgischen Gewänder des Papstes und seiner Kardinäle angelegt. Tiaren auf den Köpfen, zogen sie Karren, auf denen nackte Frauen saßen. Die Unglücklichen zitterten wie Espenlaub. Sie versuchten, ihre Blöße mit den Händen und mit ihren langen Haaren zu bedecken.

›Auch wir könnten jetzt dort sitzen!‹ dachte Zéphyrine entsetzt.

»Nieder mit dem Papst! Nieder mit den Papisten! Es lebe Luther!« brüllten die Landsknechte, während sie die Statuen auf dem Petersplatz zertrümmerten.

Zéphyrine hatte verstanden. Zum Köder reicher Beute hatte sich auch noch die frevelhafte Wut dieser Schüler Luthers gesellt, die die ihnen verhaßte Religion vernichten wollten. Sie zitterte.

›Mein Gott, die Welt ist verrückt geworden. Der Papst hatte recht, das ist viel mehr als nur ein Schisma, das ist ein Glaubenskrieg… ein Religionskrieg!‹

»He! Du da und dein Kumpan… ihr Papisten!« grölte ein Landsknecht, der Zéphyrines und Carlottas Mützen hinter dem Sockel einer Statue entdeckt hatte.

Die beiden jungen Frauen vergaßen alle Vorsicht und rannten, mit Cäsar auf den Fersen, davon. Hinter sich hörten sie die Lutheraner, für die diese Verfolgungsjagd ein großer Spaß war.

Als sie die Borghi mit ihren dunklen Gassen erreichten, glaubte

Zéphyrine, sie seien gerettet. Sie hörte, daß die Landsknechte langsamer wurden.

»Verdammt! Kehren wir zu den anderen zurück!«

Unglückseligerweise kam aber gerade eine Horde Betrunkener aus einem bürgerlichen Haus, mit Fackeln und vollen Säcken in den Händen. Sie versperrten den Frauen den Weg. Zéphyrine begriff, daß sie in der Klemme saßen. Ihre Verfolger, die atemlos stehengeblieben waren, riefen ihren Glaubensgenossen zu:

»Haltet sie, das sind Papisten!«

Die Lutheraner ließen ihre Säcke fallen und stürzten sich auf Zéphyrine und Carlotta.

»Wir wollen sie vor ihren Idolen rösten!« schlug einer vor.

Die jungen Frauen wurden vorwärtsgezerrt, gestoßen, mit Fausthieben angetrieben, mit Dolchen gekitzelt; sie stolperten, fielen hin, bekamen Tritte und erhoben sich taumelnd wieder.

Als Zéphyrine, deren Hände bluteten, deren Gesicht geschwollen und ein Auge halb geschlossen war, es dann versäumte, rasch genug wieder auf die Beine zu kommen, packte einer der Söldner sie an der Mütze. Angesichts der goldenen Haarpracht waren sie zunächst einmal sprachlos.

»Ein Weib!«

Zehn Hände gleichzeitig griffen nach Zéphyrine, tasteten gierig nach ihren Brüsten, grapschten zwischen ihren Beinen. Sie stieß einen Schrei aus. Obwohl sie wußte, daß ihr Widerstand lächerlich war, biß sie doch wild um sich und teilte Fußtritte aus.

›Ich hoffe, daß sie mich wenigstens schnell töten werden!‹ dachte sie dabei.

Die Haudegen waren inzwischen mit Carlotta ebenso verfahren. Diese war wie versteinert, sie weinte nicht einmal. Unter schmutzigem Gelächter rissen die Landsknechte den Frauen die Jacken vom Leibe. Mit nacktem Oberkörper wurden sie zur Sixtinischen Kapelle gezerrt.

Die kurze Galgenfrist, die sie bekamen, hatte nur einen Grund: die Vandalen wollten ihre Säcke mitnehmen. Wenn sie die Wahl zwischen Gold und Frauen hatten, gab es für sie kein Zögern. Da sie einander mißtrauten, wollten sie ihre Beute erst an einen sicheren Ort bringen, bevor sie ihre Gefangenen mißbrauchten.

Im Innern der Sixtinischen Kapelle, unter den Fresken von Botticelli und Michelangelo, erreichte das Schauspiel ein solches Ausmaß an Entsetzen, daß Zéphyrine und Carlotta keinen Laut mehr hervorbrachten.

Die Elenden krönten ihre Morde, Brandstiftungen, Plünderungen und Folterungen, die frevelhaften Umzüge und Orgien aller Art durch das schlimmste Sakrileg: sie hatten die Sixtinische Kapelle in ein Bordell verwandelt.

Zéphyrine und Carlotta waren zu einer Gruppe nackter Frauen gebracht worden. Mit gefalteten Händen ›warteten‹ diese darauf, an die Reihe zu kommen. Auf dem Altar hatten die Barbaren ein provisorisches Bett errichtet. Mit offenen Hosen, aus denen ihre Geschlechtsteile heraushingen, warteten sie hintereinander.

Vollkommen nackt, mit gespreizten Beinen auf dem Altar liegend, vor dem leeren Tabernakel, wurde eine Unglückliche von einem nach dem anderen vergewaltigt. Sie wehrte sich nicht mehr. Ihr Unterleib bebte vor Schmerzen. Sonst zeigte sie keine Reaktion. Ihre Lenden waren blutig.

Nachdem die Männer mit ihr fertig waren, warfen sie sie wie eine Strohpuppe beiseite.

Zéphyrine hörte, wie ihr Körper dumpf auf dem Marmorboden aufschlug.

»Ich! Jetzt bin ich dran!«

Vor dem Altar kam es zu einer Schlägerei. Ein riesiger Deutscher wollte sich an einem Schweizer vorbeidrängen.

»Caramba! Es sind doch genug Weiber für alle da!«

Ein spanischer Unteroffizier griff vermittelnd ein, um – wenn man so sagen will – etwas Ordnung in seine Truppen zu bringen.

Mit iberischer Strenge organisierte er die Vergewaltigungen.

»Madame ... Principessa ...«

Um etwas Trost zu finden, klammerte sich Carlotta verzweifelt an ihre Herrin.

»Wir wollen still sein und beten, meine kleine Carlotta«, murmelte Zéphyrine.

Inmitten der zitternden Unglücklichen kniete die junge Prinzessin nieder. Sie verbarg ihren Kopf in den Händen. Mit einer seit langem verlorenen Inbrunst murmelte sie die Gebete ihrer Kindheit.

Allmählich stieg ein leises Verlangen nach dem Märtyrertod in ihr auf ... Sie würde ähnliche Leiden erdulden müssen wie die ersten Christen in Rom ...

»Du bist dran!«

»Leb wohl, Carlotta!« stöhnte Zéphyrine.

Rauhe Hände rissen ihr die letzten Fetzen ihrer Hosen vom Leibe. Vollkommen nackt mußte sie die Schlange von Männern passieren, die schmutzig lachten. Manche drängelten rücksichtslos, um sie besser auf dem Altar liegen zu sehen.

Mit geschlossenen Augen preßte Zéphyrine ihre gefalteten Hände gegen die Brust. Sie würde auf die niederträchtigste Art und Weise umgebracht werden... von einer ganzen Armee vergewaltigt wie ein Tier.

Plötzlich schrie sie laut auf. Einer der Landsknechte hatte sie an den Haaren gepackt. Entsetzt öffnete sie die Augen. Sie mußte wohl von all dem Schrecklichen, das sie gesehen hatte, verrückt geworden sein. Sie hatte Visionen.

An der Schwelle des Todes sah sie Fulvio.

»Ful...«, stammelte sie.

Eine Hand preßte sich auf ihren Mund. Mit aufgerissenen Augen begriff Zéphyrine nun, daß es tatsächlich Fulvio war, der sich über sie beugte. In seiner Uniform der kaiserlichen Söldner war er schwer zu erkennen. Er hatte auch die berühmte schwarze Augenbinde abgenommen. Zum erstenmal sah Zéphyrine das ganze Gesicht des Prinzen, sein leeres Auge, das für immer geschlossen war. Trotzdem war er schön.

In reinstem kastilianischen Spanisch erklärte Fulvio:

»Hauptmann Herrera will eine Blonde haben! Hier ist der Befehl, Unteroffizier!«

Der Offizier war an den Altar getreten. Er zögerte. Die Männer in der Warteschlange murrten:

»Wir warten alle!«

»Beeilen Sie sich, Herr Unteroffizier... Hauptmann Herrera wartet nicht gern.«

Selbstsicher half Fulvio seiner Frau beim Aufstehen.

Der Offizier starrte verwirrt auf das Pergament, das Fulvio ihm präsentierte.

›Hoffentlich kann dieser Kerl nicht lesen!‹ dachte Fulvio angsterfüllt.

Am anderen Ende der Sixtinischen Kapelle wartete Paolo, um seinem Herrn, wenn nötig, beizustehen. Der Knappe hatte in der Schar nackter Frauen Carlotta entdeckt.

Das Wachssiegel war tatsächlich das des Hauptmanns Herrera, der schon Franz I. in Pizzighettone bewacht hatte.

»Be... Befehl«, las der Unteroffizier mühsam.

»Mir eine blonde Frau vor die Engelsburg zu bringen. Sie sind selten!« las der Prinz über die Schulter des Offiziers hinweg rasch weiter.

Er hob seinen behelmten Kopf, lachte und machte eine obszöne Geste in Richtung der wartenden Männer.

»Pah! Dieses Weibsbild reizt auch mich, Kameraden... aber

was soll's, wir wollen dem Hauptmann auch seinen Spaß gönnen. Schließlich fehlt es euch hier wirklich nicht an Huren, mit denen ihr euch vergnügen könnt! Es lebe Hauptmann Herrera, dessen Schwanz schon so glüht, daß nicht einmal die Wasser des Tiber ihn abkühlen könnten!«

Fulvios ordinäre Ausdrucksweise gefiel den Männern. Die Landsknechte brachen in schmutziges Gelächter aus. Zwei Rohlinge zerrten eine unglückliche Frau zum Altar, die Zéphyrines Stelle einnehmen sollte.

Die Prinzessin sah einen Augenblick ihre Augen – die Augen eines Tieres im Todeskampf.

Fulvio warf Zéphyrine seinen schwarzen Landsknechtsumhang um die Schultern. Ohne Zeit zu verlieren, zerrte er sie grob zum Ausgang. »Komm, du Hure, du sollst dem Hauptmann Vergnügen bereiten!«

Paolo hatte inzwischen Carlotta gepackt.

»Hört mal, Kameraden«, rief Fulvio noch, »unsere Schwadron belagert die Festung, wo dieser Verbrecher von Papst sich verkrochen hat... Wir lassen aber nicht mit uns spaßen! Wir werden euch die Braunhaarige zurückschicken, Brüder – wir wollen sie nur erst auf unsere Art und Weise liebkosen!«

Ohne eine Antwort abzuwarten, verließen Fulvio und Paolo hastig die Sixtinische Kapelle. Zwei spanische Pferde warteten mit Cäsar im Vorhof.

Fulvio und Paolo sprangen rasch in die Sattel. Dann hoben sie die beiden Frauen auf ihre Pferde. Gefolgt vom bellenden Cäsar ritten sie im Galopp über den Petersplatz, der von Lagerfeuern hell beleuchtet war.

Leider hatte inzwischen einer der Soldaten, der gebildeter war als die anderen, die tatsächliche Botschaft von Hauptmann Herrera entziffert, eine Botschaft, die Fulvio gestohlen hatte, nachdem er einen Kurier niedergeschlagen hatte. Diese Botschaft lautete:

»Befehl an alle Reiter, sich unverzüglich ins Hauptquartier zu begeben, um im Morgengrauen die Engelsburg anzugreifen.«

»Fangt sie! Fangt sie! Das sind Spione!... Verkleidete Papisten!« brüllte der Unteroffizier in der Sixtinischen Kapelle.

Fulvio und Paolo ließen ihre Pferde einen Berg zu Tode gefolterter Menschen überspringen. Der Gestank war entsetzlich. Ohne auf die Schüsse zu achten, die die Lutheraner abgaben, galoppierten Fulvio und Paolo auf die dunkleren Vororte zu.

›Er liebt mich... er liebt mich, sonst hätte er nicht so viel riskiert‹, dachte Zéphyrine überglücklich.

Nackt unter dem Umhang, den Kopf an Fulvios Schulter gelehnt, ließ sie sich in die Nacht des römischen Leichenfeldes entführen.

23

Heinrich Cornelius Agrippa von Nettesheim

Doña Hermina hatte ihre Ellbogen auf ein Fensterbrett gelehnt und betrachtete aus dem Palazzo Farnello die Feuersbrünste in Rom – wie einstmals Nero.

Die Leiche des Konnetabels von Bourbon lag, von vier brennenden Kerzen flankiert, auf einem Feldbett in dem verwüsteten Zimmer.

Doña Hermina verspürte über seinen Tod keinen Kummer. Im Gegenteil, sie war erleichtert. Hatte sie dem Herzog nicht goldene Berge versprochen, die Karl V. ihm bestimmt nicht gegeben hätte?

Charles de Bourbon war immer zu schwach gewesen, zu leichtgläubig, ein Waschlappen in den energischen Händen Doña Herminas.

Die San Salvador hatte von den erschrockenen Lutheranern gehört, daß ein blonder Engel … eine Frau … den Konnetabel auf den Festungsmauern des Borgo getötet haben sollte.

Ein Name machte unter den Soldaten die Runde – Prinzessin Farnello.

›Sie – wenn sie es war, werde ich sie bei lebendigem Leibe in Stücke reißen!‹ dachte Doña Hermina wütend.

Niemand widersetzte sich ihr! Weder Männer, noch Könige – ja nicht einmal Kaiser Karl V., der sogar – wie sie genau wußte – etwas Angst vor ihr hatte … und ihr Gemahl natürlich schon gar nicht, dieser Dummkopf Roger de Bagatelle, aus dem sie eine Marionette gemacht hatte, und der im Loiretal geduldig auf sie warten mußte … Niemand widersetzte sich ihr, außer dieser verfluchten Rothaarigen, ihrer Stieftochter Zéphyrine.

Doña Hermina hatte ihre Gegnerin im Verdacht, sich irgendwelcher magischer Kräfte zu bedienen. Vielleicht wurde sie von einem ebenso mächtigen Mann unterstützt, wie es der geniale deutsche Geisterbeschwörer Heinrich Cornelius Agrippa war.

Cornelius hatte sie einstmals, zu einer Zeit, als sie noch Henriette hieß, seine Wissenschaft der Zauberei gelehrt, weil er wahnsinnig verliebt in sie gewesen war.

Später hatte Cornelius es angesichts der ungeheuren Fortschritte seiner Schülerin bedauert, ihr zuviel davon beigebracht zu haben. Er hatte sie bei Christus schwören lassen, diese Wissenschaft niemals für böse Zwecke zu mißbrauchen. Bei Christus! ... beim Teufel, ja! Henriette hatte alles geschworen, was der Magier wollte. Später war sie Doña Hermina de San Salvador geworden, dann Marquise de Bagatelle, und alles war ihr gelungen ... nur den Widerstand, den Zéphyrine ihr seit der Kindheit entgegensetzte, vermochte sie nicht zu brechen.

Nachdem sie dreimal ihrem Ziel ganz nahe gewesen war und zuletzt doch immer Mißerfolg gehabt hatte, spürte Hermina, daß ihre Zauberkräfte an Zéphyrine abprallten wie an einem Schild.

Magische Kreise, mit Kreide gezeichnete unheilvolle Quadrate, Verwünschungen, Schlangenhäute und Krötenpulver – nichts schien auf sie eine Wirkung auszuüben.

Michel de Nostre-Dame? Beschützte vielleicht dieser elende Kerl ihre Stieftochter? Dieser Magier aus Salon-de-Provence, den manche Nostradamus zu nennen begannen?

Bei diesem Gedanken knirschte Doña Hermina mit den Zähnen. Ihr schönes Gesicht verzerrte sich in ohnmächtiger Wut.

Doña Hermina hatte ihre privilegierte Position als Botschafterin Karls V. in dieser Armee von Vandalen ausgenutzt und sich im Palast Farnello einquartiert, wohin auch der Leichnam ihres Liebhabers gebracht worden war. Nachdem sie die Betrunkenen, die sich in den Sälen tummelten, davongejagt hatte, richtete sich Doña Hermina in den Gemächern der ersten Etage so häuslich wie möglich ein. Kein Möbelstück war übriggeblieben. Alles war geplündert worden.

Trotzdem spürte Doña Hermina, daß sie sich in Zéphyrines Räumen aufhielt. Sie vergewisserte sich, daß sie – abgesehen vom Leichnam des Herzogs – allein im Zimmer war. Sie hob ihren schwarzen Brokatrock hoch. Dann holte sie unter ihrem dritten Unterrock ein winziges Schächtelchen hervor, das mit einer Goldkette daran befestigt war. Sie öffnete es mit einem Schlüssel, den sie stets um den Hals trug. Mit Hilfe ihrer langen, spitzen, gekrümmten Nägel brachte sie zwei Plaketten aus einem seltsamen, violett schimmernden Metall zum Vorschein.

Sie betrachtete sie lange und seufzte:

»Ich muß ihn haben! Saladins Schatz – ich bin ganz sicher, daß er bald mir gehören wird... Und dann – leb wohl, Karl V.! Ich werde endlich Armeen aufstellen können und allein über Spanien herrschen... über Frankreich... Deutschland... ich werde den Thron Karls des Großen einnehmen! Eine Frau als Herrscherin des Abendlandes! Alles, was ich bisher geschafft habe, sind nur Kleinigkeiten... Wo mag nur die dritte Plakette sein? Astar, antworte mir! Ich habe die drei Kolliers. Aber sie interessieren mich nicht. Beelzebub... Nach der Hochzeit dieser rothaarigen Hexe war der dritte Smaragd leer wie eine taube Nuß. Sollte vielleicht Karolus die dritte Plakette gestohlen haben, bevor er mir das Kollier der Farnello übergeben hat?

Dieser Gedanke bestürzte die San Salvador. Sie schüttelte ihre schwarzen Flechten. Unmöglich! Karolus war manchmal von törichter Empfindsamkeit, aber er würde nie soweit gehen, die Frau zu betrügen, an die er sein Schicksal geknüpft hatte.

Doña Hermina biß sich so stark in die Wange, daß sie einen Blutgeschmack im Mund verspürte. Sie mußte handeln. Sie hatte seit einigen Monaten ihre privaten Angelegenheiten vernachlässigt, weil sie so sehr mit den Angelegenheiten Karls V. beschäftigt gewesen war. Als erstes mußte sie nun diesen Ehemann loswerden, der ihr keinerlei Nutzen brachte...

Im Licht einer Kerze setzte sich die San Salvador neben den Leichnam. Sie holte aus einem Reisekoffer Tinte, Pergament und Gänsefeder. Mit ihrer kunstvoll verschnörkelten Handschrift schrieb sie folgende Zeilen:

›*Mein lieber Gemahl!*

Bald werden Sie Ihre stets treue Hermina wiedersehen, die große Sehnsucht nach Ihnen hat.

Eine dringliche, gottesfürchtige Pflicht hält mich noch hier zurück, aber diese Blütenblätter mögen Ihnen unsere Liebe in Erinnerung rufen, die wie eine Dauerpflanze ewig blüht.

Mein Herz ist immer bei Ihnen.

Ihre
Hermina.‹

Vorsichtig streifte sie lange Handschuhe mit schwarzen Manschetten über. Dann legte sie eine Gesichtsmaske mit spitzer Nase an, um die Ausdünstungen nicht einatmen zu müssen, und holte aus einem metallisierten Ledersäckchen einige Blütenblätter verwelkter Rosen hervor.

Mit Hilfe eines Stäbchens ließ sie drei Blätter auf das Pergament fallen. Sie verschloß das Säckchen und versiegelte den

Brief mit ihrem schwarzen Siegellack, den sie über einer Kerze erhitzte.

Sie zog Maske und Handschuhe aus und ging zur Tür. Mit ihrer melodischen Stimme rief sie:

»Byzantiner!«

Ein Leibwächter mit riesigem Oberkörper und O-Beinen erschien. Sein pockennarbiges Gesicht unter dem Helm war ebenso unbeweglich wie das einer Statue. Seine gelben Augen betrachteten Doña Hermina völlig ausdruckslos.

»Du wirst dich auf den Weg nach Frankreich machen und diesen Brief dem Marquis de Bagatelle überbringen. Du wirst ihn nur ihm persönlich aushändigen, sonst keinem ... Hast du mich verstanden?«

»Vollkommen, Doña Hermina. Ich sattle sofort mein Pferd und breche auf.«

Bevor sie ihm das Pergament übergab, zögerte sie einen ganz kurzen Augenblick.

Konnte selbst diese entsetzliche Frau so etwas wie Gewissensbisse verspüren?

Doña Hermina legte das Schreiben in eine flache Schachtel aus Sandelholz. Sie hatte ihre Ruhe schon wiedererlangt und fuhr fort:

»Nimm dieses Pergament nicht aus der Schachtel heraus und fall nicht ins Wasser. Geh, Byzantiner, beeil dich, ich werde ungeduldig auf deine Rückkehr warten und hoffe, daß du mir eine gute Nachricht überbringen wirst.«

Der Mann verbeugte sich und machte sich auf den Weg. Die San Salvador beugte sich aus dem Fenster und sah, wie er den Hof durchquerte, der mit Pferden und mit Männern in Rüstungen überfüllt war.

Als der Byzantiner hinter dem halb herausgerissenen Gitter des Palastes verschwunden war, huschte ein Lächeln über ihr Gesicht.

›Das Schicksal des Vaters ist besiegelt – und nun zu dem der Tochter!‹

Doña Hermina war so versunken in ihre Pläne, daß sie nicht bemerkte, wie eine schattenhafte Gestalt das Zimmer betrat.

»Nimm dich in acht, Henriette, eines Tages wird sich das Böse gegen dich selbst kehren und dir das nehmen, was dir am liebsten ist.«

Beim Klang dieser strengen Stimme wandte sich Doña Hermina bestürzt um.

»Cornelius ... Bist du's?«

»Ich bin es.«

Ein betagter Mann, dessen Gestalt aber immer noch sehr eindrucksvoll war, kam im Kerzenlicht auf die San Salvador zu.

»Cornelius Agrippa von Nettesheim!« wiederholte sie.

Sie streckte dem Besucher ihre Hände entgegen.

»Ich bin glücklich, dich zu sehen, Cornelius ... Wie geht es dir?«

»Gut ... und schlecht«, erwiderte der Besucher, ohne Doña Hermina zu berühren. »Heutzutage ist das Leben für einen Alchimisten schwer. Ich habe mich in die Niederlande zurückgezogen und schreibe eine Satire über ›Die Ungewißheit und Nichtigkeit der Wissenschaften‹. Ich korrespondiere auch mit einem sehr begabten jungen Mann, Michel de Nostre-Dame ... Ich beschäftige mich mit meiner großen Abhandlung über die okkulte Philosophie, und außerdem *denke ich an dich, Henriette.*«

»Du denkst an mich, Cornelius?« wiederholte Doña Hermina.

Wieder streckte sie die Hand aus, um Heinrich Cornelius Agrippa von Nettesheim zu berühren, aber sie griff ins Leere. Sie jammerte:

»Cornelius, wo bist du?«

Agrippa – größter Magier aller Zeiten, dieser seltsame Mann, der einer mächtigen Kölner Familie entstammte – lächelte eigenartig.

»Bei dir in Rom, Henriette, und zugleich in meinem Arbeitszimmer in den Niederlanden. Ich bin gekommen, um dir folgendes zu sagen: Mach Schluß mit deinen Schandtaten, Henriette, hol den Mann zurück, der eben als Todesbote weggeritten ist! Laß auch das Salamanderweibchen in Ruhe! Ruf die bösen Geister zurück, oder sie werden dich auf schreckliche Weise treffen, und ich werde nichts mehr für dich tun können, Henriette ... ich werde nichts mehr tun können ... ich werde ...«

Cornelius' Gesicht wurde verschwommen, seine Stimme verklang.

Doña Hermina stieß einen Schrei aus:

»Bleib noch, Cornelius ... Warum bist du mein Feind geworden?«

Mit großer Anstrengung war der Alchimist mitten im Zimmer stehengeblieben.

»Ich bin nicht dein Feind, Henriette, aber ich sehe alles, was in Rom vor sich geht. Dieser Schrecken ist dein Werk. Ich sehe den Mordplan, den du für deinen Gemahl ausgearbeitet hast ... Ich sehe die junge Frau, die du mit deinem Haß verfolgst ... Ich sehe dein Schicksal, Henriette – es ist erbärmlich. Kehr um, zieh dich in ein Kloster zurück. Werde wieder Nonne, tu Buße ... Beschäftige dich nicht mehr mit der Magie, die ich dich zu meinem Leidwesen gelehrt habe ... Gehorche mir, solange noch Zeit ist, Henriette, sonst stehe ich für nichts mehr ein ... Leb wohl.«

Es war vorbei. Heinrich Cornelius Agrippa von Nettesheim war verschwunden.

Doña Hermina stürzte in den Korridor. Zwei Landsknechte hielten bei Fackelschein die Wache.

»Wo ist der Mann, der soeben herausgekommen ist?« stammelte Doña Hermina.

Die Soldaten sahen einander verdutzt an.

»Aber ... niemand ist herausgekommen.«

»Ein großer Mann ist vorhin ins Zimmer gegangen«, beharrte sie.

»Nein. Niemand ist hineingegangen, und niemand ist herausgekommen.«

Mit leichenblassem Gesicht kehrte Doña Hermina ins Zimmer zurück. Sie legte ihre zitternde Hand auf ihre eiskalte Stirn.

›Das ist die Müdigkeit ... ich werde langsam nervös‹, dachte sie. ›Und wo ist Karolus? Der Dummkopf ist nie da, wenn man ihn braucht.‹

Sie holte aus ihrem Reisekoffer eine Phiole, die mit einer grünen Flüssigkeit gefüllt war. Dieser Kräutertrank, den ihr ein arabischer Händler mitbrachte, beruhigte und stärkte sie und brachte sie zum Träumen.

Sie trank einige Tropfen davon. Wie immer half ihr die geheimnisvolle Flüssigkeit mit dem bitteren Geschmack, die Haschisch hieß, schon nach wenigen Minuten. Sie verließ das Zimmer wieder.

»Begleite mich!« befahl sie einem Fackelträger.

Sie begab sich in den Salon hinab, wo Hauptmann Alarcon sein Hauptquartier aufgeschlagen hatte. Umgeben von Oberleutnants und von seinem neuen Adjutanten, Ricardo de San Salvador, bereitete der Hauptmann den Angriff auf die Engelsburg vor.

»Womit kann ich Ihnen zu Diensten sein, Madame?« erkundigte sich der Spanier höflich.

»Hauptmann, ich habe vielleicht eine Möglichkeit, Ihnen den Papst herbeizuschaffen. Vertrauen Sie diese Mission meinem Sohn Ricardo an, und liefern Sie mir dafür die Prinzessin Farnello aus ...«

Alarcon kratzte seinen rasierten Kopf unter der Panzerhemdkapuze, die er vergessen hatte abzunehmen.

»Die Frau, die den Konnetabel getötet haben soll?«

»Dieselbe, Hauptmann.«

»Leider weiß niemand, wo sie sich aufhält.«

»Vermutlich in der Engelsburg, oder sie hat sich in der Stadt verkrochen. Schicken Sie Patrouillen aus, um nach ihr zu suchen.«

»Ich kann es versuchen, aber ich verspreche Ihnen nichts, Madame. Abgesehen von einigen Regimentern wie dem Herreras gehorchen die Männer nicht mehr – das macht das Gemetzel. Es wird einige Tage dauern, bis sie sich wieder etwas beruhigt haben. Was den Papst angeht, so will ich gern Ricardo mit dieser Mission betrauen, aber wie soll er an Klemens VII. herankommen?« erkundigte sich der spanische Hauptmann.

Ein engelhaftes Lächeln verklärte Doña Herminas Gesicht.

»Ich habe den Herzog von Bourbon selbst von einem unterirdischen Geheimgang sprechen hören, der den Vatikanpalast mit der Engelsburg verbinden soll...«

24

Die Katakomben

»Eine Patrouille!« murmelte Fulvio.

Zéphyrine trat zu ihrem Mann. Er nahm ihre Hand und machte ihr ein Zeichen, nicht mehr zu sprechen und sich zu bücken.

Paolo kümmerte sich auf die gleiche Weise um Carlotta.

Hinter einer Dachluke kauernd, hörten die Flüchtlinge den Widerhall lauter Stiefelschritte auf der Gasse.

Indem sie die Köpfe etwas vorstreckten, konnten sie sechs Soldaten mit Hellebarden erkennen, die von einem spanischen Unteroffizier befehligt wurden und die gerade an dem baufälligen Haus vorbeigingen, in welchem sie Unterschlupf gefunden hatten.

Die Flüchtenden hatten sich von der Engelsburg und dem Vatikanpalast abgekehrt und waren in dem finsteren Labyrinth von Trastevere untergetaucht.

Fulvio hoffte, in den verwinkelten Gassen ein von seinen Bewohnern verlassenes Haus zu finden, wo sie zunächst einmal in Sicherheit sein würden, wo man für die beiden jungen Frauen irgendwelche Kleidungsstücke auftreiben und darüber nachdenken konnte, wie man nun am besten in die Engelsburg zurückgelangen sollte. An den Geheimgang im Vatikan war nicht mehr zu denken. Es war unmöglich, dorthin zurückzukehren.

Auf dem Petersplatz würden die Söldner jetzt in ihrer Wut bestimmt eifrig nach den falschen Landsknechten und den beiden Frauen suchen, die sie übers Ohr gehauen hatten.

Der erste Teil des Planes hatte sich tatsächlich genau nach Fulvios Vorstellungen realisieren lassen: die kaiserliche Armee konnte nicht überall gleichzeitig sein. In der Nähe einer Säulenhalle stiegen die Flüchtlinge von ihren Pferden. Nachdem sie die Tiere in einem Schuppen versteckt hatten, drangen sie in ein baufälliges Haus ein, das nicht ›besucht‹ worden war. Das schäbige Äußere hatte die Plünderer bestimmt davon überzeugt, daß hier keine Schätze zu holen waren.

Fulvio und Paolo wagten nicht, eine Kerze anzuzünden. Sie tasteten im Dunkeln herum und entdeckten schließlich zwischen Holznäpfen und anderem Plunder stinkende Bettlerlumpen.

Die Bettelei war in Rom ein sehr einträglicher Beruf, und die Flüchtigen hatten in dem Loch einer dieser Bettler Zuflucht gefunden.

Während sie hastig diese Lumpen anzog, bemerkte Zéphyrine, daß Fulvio unwillkürlich ihren nackten Körper im Mondlicht bewundernd betrachtete.

›Werden wir jemals aus diesem Inferno herauskommen?‹ dachte sie.

»Was ist aus dem armen Cäsar geworden?« fragte sie flüsternd ihren Mann.

»Ich hoffe, daß er entkommen konnte, um so mehr, als ich es ihm zu verdanken habe, daß ich Sie gefunden habe«, erwiderte Fulvio. »Ich habe ihn vor der Sixtinischen Kapelle entdeckt. Nur deshalb war es Paolo und mir möglich, Ihre Entführung vorzubereiten ... Den Raub der Sabinerinnen!« fügte Fulvio hinzu, während er sich über seine junge Frau beugte.

Zéphyrine hatte starkes Herzklopfen. Sie wußte nicht, ob es von der Gefahr herrührte oder davon, daß Fulvio ihre Hand hielt.

»Wer ist dort?«

Der Unteroffizier hob seine Fackel.

»Amigo!«

Die Patrouille hatte zwei Landsknechte abgefangen, die gerade eine Kirche ausgeraubt haben mußten, denn sie schleppten Ziborien weg.

»Amigo, schön und gut, aber nennt uns lieber das Losungswort!« erwiderte der Unteroffizier trocken.

»Goldenes Vlies!«

»Das war gestern.«

Der eine Landsknecht wandte sich an seinen Kameraden.

»Hans – weißt du es noch?«

»Bourbon und Alarcon!«

»Das war vorgestern ... Legt an!« befahl der Unteroffizier.

Seine Männer richteten ihre Büchsen auf die Plünderer.

»He ... nicht so schnell ... Wir sind tapfere Soldaten des Kaisers ... Sie sind im Irrtum ...«

»Das Losungswort, rasch ... oder meine Männer verwandeln euch in Siebe«, drohte der Unteroffizier.

»Wir wußten es ... ich schwöre es Ihnen ... Gottfried, denk doch mal nach!«

»Esco ... irgendwas und Al ... oh, verdammt!«

»Escorial und Alcazar ... Das stimmt doch, Herr Unteroffizier?«

Der mit Hans angeredete Plünderer wischte sich den Angstschweiß von der Stirn.

»Euer Glück, daß ihr euer Gedächtnis doch noch wiedergefunden habt ... Ihr seid gerade noch einmal davongekommen!«

Der Unteroffizier gab seinen Männern ein Zeichen, die Büchsen sinken zu lassen.

Die Plünderer hoben rasch die Ziborien wieder auf, die sie fallen gelassen hatten.

»Aber was ist denn eigentlich los, Herr Unteroffizier? Wir sind ehrliche Soldaten ... Der Konnetabel hatte uns freie Beute versprochen ... Haben wir dieses Recht nicht mehr?«

»Ihr könnt stehlen, was ihr wollt, aber wir haben den Befehl, zwei falsche Landsknechte und zwei Frauen zu finden und sie, möglichst lebendig, ins Hauptquartier zu bringen ... Es ist eine hohe Belohnung für jene ausgesetzt, die sie schnappen.«

»Ah!«

»Zweitausend Dukaten!«

Die Stimme des Unteroffiziers verlor sich in Richtung des Anguillaro-Turmes. Die Flüchtlinge atmeten auf. Unglückseligerweise wählten die im Schuppen versteckten Pferde genau diesen Augenblick, um laut zu wiehern. Die Patrouille machte sofort kehrt.

»Jemand hält sich in diesem Häuserblock versteckt!« schrie der

Unteroffizier. »Schlagt alles zusammen! Räuchert sie aus wie Ratten!«

Mit ihren Hellebarden schlugen die Soldaten die Türen ein. Sie warfen brennende Fackeln in die Häuser. Schreie von Frauen und Kindern, die sich in den Häusern versteckt hatten, wurden laut.

Die Flammen breiteten sich rasch in Trastevere aus.

Die Flüchtlinge mußten sich beeilen, durften aber keine Aufmerksamkeit erregen.

»Trennen wir uns in zwei Gruppen, Paolo. Wir müssen versuchen, durch die Via Aurelia Antica zu entkommen. Wir bringen die Frauen in Sicherheit und kehren dann, koste es, was es wolle, in die Engelsburg zurück... Viel Glück!«

Während er seine Anweisungen gab, zog Fulvio Bettlerlumpen über seine Kleidung. Das Zeug stank derart, daß er nur hoffte, der Bettler sei kein Leprakranker.

Paolo machte es seinem Herrn nach.

Die Haustür wurde gerade eingeschlagen, als die vier Flüchtlinge durch den Hinterausgang in ein Gärtchen stürzten. Sie rannten durch das Häusergewirr. Paolo und Carlotta schwenkten nach Westen, Fulvio und Zéphyrine nach Osten.

»Dort... dort«, schrie der Unteroffizier, der Silhouetten gesehen hatte.

Schüsse krachten. Fulvio, der rittlings auf einer Mauer saß, streckte seine Hand Zéphyrine entgegen, um sie hochzuziehen. Er schwankte, weil eine Kugel ihn in die linke Schulter getroffen hatte. Mit schmerzverzerrtem Gesicht gelang es ihm, seine Frau hochzuziehen, dann sprangen sie auf der anderen Seite der Mauer hinunter.

»Fulvio, Sie sind ja verletzt...«

Auf seiner Brust war ein Blutfleck.

Kurzatmig murmelte Fulvio:

»Rasch, Zéphyrine, ich weiß einen Ort, wo wir uns verstecken können...«

Im Morgengrauen, unter dem verhangenen Himmel, wirkte der Ort unheimlich.

Zéphyrine und Fulvio waren in einen verlassenen Friedhof eingedrungen. Der Prinz verlor viel Blut. Er konnte kaum noch laufen. Zéphyrine stützte ihn, aber sein Gewicht lastete schwer auf ihrer Schulter. Sie biß die Zähne zusammen und bewegte sich mühsam vorwärts.

»Ich muß Ihnen einen Verband anlegen...«, murmelte sie.

»Später«, keuchte der Prinz.

Er deutete mit dem Kinn auf eine Erhöhung hinter einer Kapelle – eine Art Erdhügel, auf dem wilde Blumen wuchsen.

Fulvio und Zéphyrine waren auf dem Friedhof nicht allein. Einige armselige Gestalten, ebenfalls in Lumpen gehüllt, schlichen an den Gräbern entlang und verschwanden wie durch Zauberei.

Hinter dem Erdhügel führte eine schmale Treppe, die von einer gewundenen Säule verdeckt wurde, in die Erde hinab.

»Die Katakomben!« flüsterte Zéphyrine.

Fulvio nickte.

»Als Kind habe ich zum großen Kummer meines Hauslehrers oft hier gespielt.«

Er biß sich auf die Lippen, um nicht vor Schmerz zu stöhnen.

»Das sind ehemalige Steinbrüche, und ich glaube nicht, daß die Spanier etwas von ihrer Existenz wissen.«

Seinen Arm um Zéphyrines Hals gelegt, führte Fulvio die junge Frau taumelnd unter die weiße Erde des Steinbruchs.

Eine große Zahl armer Teufel und Bettler hatte hier Unterschlupf gefunden. Sie waren im Licht der in den Gängen hier und da brennenden Fackeln undeutlich zu erkennen.

Fulvio schien genau zu wissen, wohin er wollte. Mit pfeifendem Atem führte er sie durch ein Labyrinth von Gängen und Stollen, die sich polypenartig nach allen Richtungen auszudehnen schienen.

Je weiter sie kamen, desto klarer wurde es Zéphyrine, daß das unterirdische Netz, das auf den ersten Blick chaotisch wirkte, nach einem genauen Plan sternartig angelegt war und sich meilenweit erstrecken mußte.

Zéphyrine hatte eine Pechfackel vom Boden aufgehoben. Wenn Fulvios Verletzung nicht gewesen wäre, wären sie jetzt – nachdem sie Licht hatten – sehr rasch vorwärtsgekommen.

Die Katakomben der Via Aurelia erstreckten sich über mehrere Stockwerke. Nach Zéphyrines Schätzung mußten sie sich jetzt etwa sechzig Fuß unter der Erde befinden. Manchmal zuckte sie zusammen. Sie begegneten furchtsamen Bettlern, die ihnen aber – dank ihrer stinkenden Lumpen – keine Aufmerksamkeit schenkten. Allmählich gewöhnte sich die Prinzessin an ihre neue Umgebung. Sie und ihr mächtiger Gemahl waren jetzt nichts weiter als Flüchtlinge, die auf den Spuren der ersten Christen wandelten.

Nach langem Weg gelangten sie in eine Krypta. Gemeißelte

Sarkophage standen in den Nischen übereinander, wie in den Zellen eines Bienenstocks. Andere Säle schlossen sich an. Das waren, wie Zéphyrine begriff, unterirdische Kapellen. Manche waren mit Marmoraltären ausgestattet und sogar mit Zeichnungen geschmückt, mit Vögeln und hübschen Ornamenten, die sie in der Eile nicht genau betrachten konnte.

›Die Maler der Katakomben ... Diese Künstler, die wegen des Irrsinns der Menschen verfolgt worden waren und hier ohne frische Luft und ohne Licht hausen mußten.‹

Zéphyrine stieß einen Schrei aus. Ganz in ihre Gedanken versunken, hatte sie eine Gruft übersehen, die mit menschlichen Skeletten und Schädeln angefüllt war.

»O Fulvio«, jammerte die junge Frau.

»Sie brauchen keine Angst zu haben, das sind nur die Gebeine der Märtyrer ... Kommen Sie.«

Aber bei diesen Worten taumelte Fulvio. Ohne Zéphyrines Hilfe wäre er gestürzt.

»Ich flehe Sie an, bleiben wir doch hier!«

»Ich ... glaube ... tatsächlich, daß ... uns ... nichts anderes ... übrigbleibt ...«, gab Fulvio zu. Seine Beine versagten ihm den Dienst.

Er sank neben einem Sarkophag zu Boden.

»Lassen Sie mich sehen.«

Zéphyrine hielt die Fackel in die Nähe der Wunde. Behutsam schob sie die Lumpen beiseite und öffnete das Wams. Sie zwang sich dazu, ein unbewegtes Gesicht zu machen. Das Blut spritzte aus einer schlimmen Wunde unter dem Schlüsselbein hervor.

»Man müßte ... die Kugel entfernen«, brachte Fulvio mühsam hervor.

»Mein Gott, ich habe nichts, woraus ich Ihnen einen Verband machen könnte!« rief Zéphyrine verzweifelt.

Fulvio machte eine schwache Bewegung und legte ihr seine Hand auf den Arm.

»Gehen Sie lieber, Zéphyrine ... Wenn Sie nach Westen gehen, haben Sie ... eine Chance ... Sie sind für das Leben geboren ... für das Leben ...«

Das Sprechen hatte Fulvio erschöpft. Tränen stiegen Zéphyrine in die Augen. Mit den Zähnen riß sie ein halbwegs sauberes Stück von ihrem Hemd ab und drückte es auf die Wunde, um das Blut zu stillen.

Vor Schmerz sank Fulvios Kopf nach hinten.

»Fulvio ...«, jammerte sie.

Der stolze Leopard war ohnmächtig geworden. Zéphyrine überließ sich ihrer Verzweiflung. Wenn sie nicht handelte, wenn sie nicht so rasch wie möglich Hilfe fand, würde Fulvio sterben.

Ihre schreckliche Situation kam ihr nun erst voll zu Bewußtsein. Sie war in diesem unterirdischen Labyrinth, wo sie sich überhaupt nicht auskannte, verloren. Fulvio hatte gesagt, sie solle nach Westen gehen... Aber wo war Westen?

›Ich kann nichts anderes tun als mit ihm zusammen auf den Tod zu warten‹, stellte sie fest.

Sie drückte Fulvios Kopf fest an ihre Brust und überließ sich ihren wirren Gedanken.

Wozu noch kämpfen? Ihr tragisches Schicksal war ohnehin besiegelt. Fulvio würde verbluten und in ihren Armen sterben, und sie selbst würde in dem Labyrinth umherirren und schließlich den schrecklichen Hungertod erleiden. Ihre Gebeine würden neben denen der Märtyrer ruhen.

Die Fackel flackerte. Ihre Flamme drohte zu erlöschen.

Bald würde sie zu allen anderen Schrecken auch noch von finsterer Nacht umgeben sein. Zéphyrine weinte jetzt still vor sich hin. Sie wurde wieder zum Kind, rief ihre Umgebung von einstmals zu Hilfe: ihre Pélagie und Vater Coquet, die von Doña Hermina umgebracht worden waren, ihr Pferd Beau Museau, ihren Vater Roger de Bagatelle...

›Lieber Papa, wenn Sie jetzt Ihre Zéphyrine sehen könnten... und Bastien... und Gaétan...‹

Zéphyrine klagte sich an, sie alle schlecht behandelt zu haben. Sie brachte Unglück, verlor all jene, die sie liebten.

Schluchzend beugte sich Zéphyrine über den ohnmächtigen Mann.

»Fulvio... ich liebe Sie.«

Ihre Lippen berührten seinen üppigen Mund. Sie erbebte am ganzen Leibe. Trotz seiner Bewußtlosigkeit erwiderte der Prinz ihren Kuß.

Plötzlich richtet Zéphyrine sich auf. Sie hat aufgehört zu weinen. Fulvio hat recht. Sie will leben, lieben, sie will diesen Mann – ihren Gemahl – retten.

›Nostradamus, mein lieber Freund, denken Sie an mich! In dem ganzen Aufruhr habe ich den Davidsstern verloren, den Sie mir geschenkt haben... Aber führen Sie mich jetzt, ich flehe Sie an!«

Mit geschlossenen Augen beschwört Zéphyrine den Magier aus Salon-de-Provence.

Erreichen ihre Gedanken den jungen Seher in seinem Studierzimmer?

Keine Antwort dringt in die Katakomben. Aber trotzdem überkommt Zéphyrine plötzlich ein tiefes Gefühl von Frieden.

Entschlossen löst sie die Finger, die ihren Gürtel umklammern. Sie zuckt zusammen. Fulvios Auge scheint sie vorwurfsvoll anzusehen. Befürchtet er, daß sie ihm gehorcht und flieht?

»Fulvio, ich werde Hilfe holen«, flüstert sie. »Nur Mut, ich komme zurück ...«

Hat er ihre Worte gehört? Er stößt einen Seufzer aus und schließt sein Auge wieder. Glaubt er, wenn er überhaupt noch zum Denken fähig ist, daß Zéphyrine ihn im Stich läßt? Sie zerreißt weitere Lumpen und legt ihm einen behelfsmäßigen Verband an. Sie legt ihren Kopf auf seine Brust. Sein Herz schlägt schwach, aber regelmäßig.

Zéphyrine steht auf. Sie nimmt die Fackel in die Hand und macht einige Schritte.

Noch zögert sie. Sie dreht sich nach der großen Gestalt um, die auf dem Boden liegt. Dieses Bild prägt sich ihrem Gedächtnis für immer ein. Plötzlich erlischt die Fackel.

Ringsum ist es dunkel. Zéphyrine müßte jetzt eigentlich vor Angst laut schreien. Aber wie durch ein Wunder gerät sie nicht in Panik. Sie tastet sich an der Wand entlang und gelangt in den Gang.

In welche Richtung soll sie gehen? Er hat gesagt: nach Westen. Zéphyrine beschließt, sich nach rechts zu wenden.

Sie läuft ... Sie stolpert über ein Hindernis ... Aus Angst hinzufallen, kriecht sie auf allen vieren weiter. In weiter Ferne bewegt sich links ein heller Lichtfleck.

Freund oder Feind?

Zéphyrine steht wieder auf und läuft in diese Richtung. Das Licht entfernt sich. Sie rennt jetzt, so schnell sie kann. Sie darf diesen Leitstern nicht verlieren. Erschöpft und atemlos ruft sie:

»Hilfe! Hilfe!«

Ihre Stimme hallt dumpf wie in einer Gruft.

Zéphyrines Entsetzen erreicht seinen Höhepunkt, als sie plötzlich spürt, daß sie in die Tiefe fällt ... in einen Abgrund.

Sie steht wieder auf, stampft mit den Füßen und schreit ... In der Dunkelheit ertastet sie nur Gebeine.

Zéphyrine ist in ein Massengrab gestürzt, und sie ist sicher, daß es auch ihr Grab werden wird.

25

Die Bettler von Rom

»Ein komischer Heuschreck!«

»Was ist denn das für einer?«

»Was machst denn du da?«

Im Schein einer Laterne erkannte Zéphyrine drei Visagen, die sich über den Rand des Grabes beugten.

»Ich bitte euch, meine Herren, helfen Sie mir«, flehte die junge Frau.

Sie trampelte auf den Skeletten herum und streckte diesen unerwarteten Helfern die Arme entgegen. Ihr Hilferuf löste bei den drei Kerlen große Heiterkeit aus.

»Hi ... hi ... ›meine Herren‹ ... ho ... ho ... ›meine Herren‹!«

Die Individuen schienen es nicht eilig zu haben, Zéphyrine aus dem Grab herauszuziehen.

»Was bist du denn überhaupt – Junge oder Mädchen?« erkundigte sich einer der Männer, während er sich die Lachtränen abwischte.

»Weder – noch«, erwiderte sie mißtrauisch.

»Na sowas, weder Junge noch Mädchen! Was bist du denn dann?«

Der zweite Geselle leuchtete sie mit seiner Laterne ab.

Der dritte Kerl war aus ihrem Gesichtsfeld verschwunden.

Die beiden anderen Männer erhoben sich nun auch wieder. Die junge Frau stieß einen markerschütternden Schrei aus, wie ein Tier in der Falle.

»Gehen Sie nicht weg! Sie können mich hier doch nicht meinem Schicksal überlassen!«

»Reg dich nicht auf, Schmetterling!«

»Pagnoto holt gerade ein Seil.«

Kurze Zeit später wurde Zéphyrine auf den Gang gehievt. Sie fühlte sich von dem Sturz in zehn Fuß Tiefe zwar etwas angeschlagen, war aber unverletzt.

Erstaunt betrachtete sie die drei Bettler, die ihr gerade einen großen Dienst erwiesen hatten. Sie waren mißgestaltet, krumm und verwachsen: der erste hatte keine Nase mehr, dem zweiten fehlte ein Arm, der dritte humpelte auf einem Holzstumpf. Sie stanken in ihren alten Lumpen wie die Pest. Trotzdem stellten sie sich ›als Männer von Welt‹ vor.

»Wir sind die Unzertrennlichen vom Ponte (Stadtviertel Roms).

Ich bin Pagnoto, der König der Bettler«, verbeugte sich der Kerl, dem die Nase fehlte. »Das hier ist mein Bruder Palco (das war der Einarmige), und das da ist mein Vetter Pannochio (das war der Einbeinige). Und du, Schmetterling, wie heißt du?«

»Zéphyron!« erklärte die junge Frau, die es vorzog, für einen Mann gehalten zu werden.

»Wir kennen dich nicht. In welchem Viertel arbeitest du denn?« erkundigte sich Pagnoto, der sich stolz als König der Bettler bezeichnet hatte.

»Das ist ganz verschieden – manchmal in Trastevere, manchmal auch in Monti oder San Eustachio«, erklärte Zéphyrine im Brustton der Überzeugung. Aufgrund ihrer zerlumpten Kleidung glaubten die drei Bettler, sie – oder vielmehr er – sei einer von ihnen.

»Du bist noch ganz schön jung. Kommst du zurecht, Zéphyron? Wie stellst du's denn überhaupt an, was zu erbetteln – du hast ja noch nicht mal 'ne dreckige Schnauze, und sonst sieht man dir auch kein Gebrechen an?« erkundigte sich Pagnoto mit professioneller Neugier. Dabei berührte er die Stelle, wo sich eigentlich seine Nase hätte befinden müssen.

Zéphyrine schauderte innerlich. Sie wußte vom Hörensagen, daß man in Rom kleine Kinder verstümmelte, damit sie beim Betteln erfolgreich waren. Sie wollte sich aber ihr Entsetzen und ihr Mitleid nicht anmerken lassen und erklärte mit fester Stimme:

»Ich weiß mir schon zu helfen... ich bin Meister im Schminken.«

»Malst du dir Pusteln auf deine hübsche kleine Fresse?«

»Ja, und auch Narben. Mein Bruder – dem fehlt wirklich ein Auge«, berichtete Zéphyrine.

»Das ist toll – ein gleich in der Wiege ausgestochenes Auge!« meinten die drei Bettler anerkennend.

Plötzlich schienen sie es eilig zu haben.

»Also dann, Zéphyron, bis zum nächsten Mal...«

Die Bettler machten Anstalten, sich zu entfernen.

Entsetzt bei dem Gedanken, ihre Retter zu verlieren, rannte Zéphyrine hinter ihnen her.

»Mein Bruder ist verletzt, er liegt irgendwo hier in den Katakomben! Verlaßt mich nicht, helft mir, ihn zu finden, damit ich ihn pflegen kann.«

»Weißt du denn nicht mehr, wo er ist?«

Palco holte eine Laus aus seinen Haaren und zerdrückte sie geschickt zwischen den Zähnen.

»Nein, er ist in einer Krypta, mit Sarkophagen, vielleicht da... oder dort...«

Zéphyrine deutete verzweifelt auf verschiedene Gänge.

»Tja, jetzt ist aber gerade Zeit für unsere Suppe.«

»Suppe!« wiederholte Zéphyrine sehnsüchtig, denn ihr Magen knurrte fürchterlich.

»Allerdings... was anderes gibt's im Augenblick leider nicht zu fressen... dieser spanische Eindringling hindert uns daran, unserer ehrlichen Arbeit nachzugehen... nicht wahr, Zéphyron, so ist's doch?... Also los, komm schon mit! Nachher werden wir uns dann zusammen mit den anderen um deinen Bruder kümmern... Ehrenwort des Königs!« erklärte Pagnoto majestätisch.

Zéphyrine war gezwungen, der Einladung Folge zu leisten. Sie ging mit den drei Bettlern und gelangte in eine große Krypta. Sie hätte nie geglaubt, daß es so viele ›Einwohner‹ in diesen Katakomben gab. Etwa hundert arme Teufel vom gleichen Schlag wie Pagnoto, Paco und Pannochio – verkrüppelt und mißgestaltet – drängten sich um einen riesigen Kessel, dessen Inhalt Zéphyrine unter normalen Umständen angewidert hätte.

Über dem Holzfeuer kochte inmitten von Kraut und Linsen der Kopf eines Pferdes, das sie wahrscheinlich dem Feind gestohlen hatten.

Alles war hervorragend organisiert. Es gab genügend Schüsseln aus gebranntem Ton, die noch aus der Zeit des antiken Rom stammten. Ein Krüppel ohne Beine, der auf einem Sarkophag saß, teilte das ›Abendessen‹ mit einer Suppenkelle aus. Ihren Durst löschten die Bettler mit Wein aus römischen Amphoren.

Pagnoto stellte Zéphyrine der Gesellschaft vor. Die Tatsache, daß sie mit dem ›König‹ zusammen war, bewirkte bei den Bettlern eine gewisse Ehrerbietung ihr gegenüber. Der einarmige Palco bedeutete ihr, sie solle sich aus dem Kessel bedienen. Die verwöhnte Prinzessin Farnello ließ sich das nicht zweimal sagen. Nachdem sie die Fleischstücke mit den Fingern herausgefischt und gierig verschlungen hatte, trank sie die fette Flüssigkeit und leckte ihren Napf säuberlich aus. Dann wartete sie ungeduldig darauf, daß die Bettler ihr Versprechen einlösten.

Endlich war Pagnoto gesättigt und erhob sich. Er rieb sich den Bauch unter seinen Lumpen und erklärte:

»Kameraden, wir brauchen den brüderlichen Beistand aller

Bettler! Der Bruder unseres jungen Kumpans Zéphyron ist verletzt und irgendwo hier verlorengegangen ... Er ist wie wir alle ein ehrlicher Bettler ... Wir müssen ihn finden! Du, Quacksalber, kommst mit uns!«

»Gut, Majestät.«

Ein kleiner, alter Mann von skelettartiger Magerkeit gehorchte dem Befehl des ›Königs‹, während die anderen Bettler mit Fackeln in die verschiedenen Gänge ausschwärmten.

Zéphyrine war verwundert über diese Disziplin und gerührt von der echten Güte dieser armen Teufel! Seit sie bei ihnen war, hatte sie keine Angst mehr. Trotz des abstoßenden Äußeren, das allen Männern und Frauen gemeinsam war, fühlte sie sich durch den Kontakt mit ihnen sogar richtig erleichtert.

»Hast du wirklich gar keine Ahnung mehr, Zéphyron, wo dein Bruder ist?« erkundigte sich Palco.

»Nein ... ich weiß nur, daß es eine Krypta ist.«

»Verdammt, an Krypten fehlt es uns hier wirklich nicht. Es gibt gut zweihundertfünfzig davon ...«

»Zweihundertfünfzig!« wiederholte Zéphyrine entsetzt.

»Komm, Kleiner, nur nicht den Mut verlieren!«

Pannochio klopfte Zéphyrine auf die Schulter, während er auf seinem Holzstumpf vorwärtshinkte. Überall in den Katakomben ertönten Pfiffe. Auf diese Weise verständigten die Bettler sich untereinander, teilten mit, daß sie noch nichts gefunden hatten und in einer anderen Richtung weitersuchen würden.

Nach einer Stunde begann Zéphyrine allmählich zu verzweifeln.

›Wenn die Bettler es nicht schaffen, wird niemand ihn wiederfinden können‹, dachte sie, von Müdigkeit und Sorge überwältigt.

Sie biß die Zähne zusammen und zwang sich, Pagnato, Palco und Pannochio weiter zu folgen. Hinter sich hörte sie den pfeifenden Atem des Quacksalbers. Trotz seiner erschreckenden Magerkeit kam der Alte gut vorwärts.

An einer Kreuzung von vier Gängen blieben die Bettler stehen. Zéphyrine und der Quacksalber taten das gleiche. Letzterer nutzte diese Gelegenheit, um dicht an Zéphyrine heranzutreten. Sie zuckte zusammen. Er hatte sie mit seinen gekrümmten Fingern in den Hintern gekniffen und flüsterte ihr zu:

»Warum behauptest du, ein Junge zu sein? Du hast den Arsch einer Fotze ...«

Zéphyrine erschrak darüber, daß sie durchschaut war. Zum

Glück kam sie um eine Antwort herum, denn in diesem Augenblick ertönten Pfiffe – drei lange, zwei kurze – aus einem weit entfernten Gang.

Pagnoto sagte nur:

»Das wär's – sie haben deinen Bruder gefunden... Kommt mit.«

Fulvio war nicht mehr in der Krypta. Mit letzter Kraft mußte der Prinz im Dunkeln bis zu einem Skeletthügel gekrochen sein. Glücklicherweise war er nicht – wie Zéphyrine – in ein Grab gefallen.

Eine lange Blutspur zog sich auf dem Kreideboden dahin.

»Fulvio!«

Zéphyrine stürzte auf ihren bewußtlosen Mann zu.

Die Bettler standen im Kreis um den Verwundeten herum.

»Macht Platz und legt mir diesen Burschen auf den Sarkophag, damit ich ihn untersuchen kann«, befahl der Quacksalber.

Seine Anordnungen wurden augenblicklich ausgeführt.

»Leuchtet mir!«

Zwei Laternen wurden über Fulvio gehalten. Zéphyrine konnte nur mit Mühe einen Schrei unterdrücken. Fulvios fahle Nasenflügel und sein wachsbleiches Gesicht ließen das Schlimmste befürchten.

»Ist es ernst?« murmelte sie, während der Quacksalber die Lumpen und den ›Verband‹ beiseiteschob und die blutige Brust unter dem Wams des Landsknechts betrachtete.

»Du stellst wirklich saudumme Fragen«, knurrte der Quacksalber.

»Mein Bruder trägt Kleider, die wir einem Soldaten gestohlen haben...«, versuchte Zéphyrine zu erklären.

Sie befürchtete, daß die Bettler beim Anblick des Wamses Zweifel an ihrer Identität bekommen würden.

»Du solltest lieber helfen, deinen Bruder festzuhalten, anstatt die ganze Zeit dummes Zeug zu schwafeln!« schimpfte der Quacksalber.

Er hatte entschieden einen ziemlich miesen Charakter.

Er hielt sein Messer in eine Flamme, dann untersuchte er Fulvios Wunde. Der Prinz stieß vor Schmerzen einen lauten Schrei aus.

Zéphyrine biß sich auf die Lippen, um nicht ebenfalls zu schreien. Sie unterstützte Pagnoto, Palco und Pannochio bei deren Bemühungen, den großen Körper auf dem Sarkophag festzuhalten.

Plötzlich stieß der Quacksalber einen Freudenschrei aus.

»Da ist sie ... ich habe immer noch eine sichere Hand, Kameraden.«

Triumphierend hielt er die Kugel, die er mit der Spitze seines Messers entfernt hatte, in die Höhe.

»Die Lunge ist nicht verletzt. Dein Bruder wird wieder betteln können ... wenn das wirklich sein Beruf ist!« fügte der Quacksalber grinsend hinzu.

Sie hatte keine Zeit zu protestieren. Ein Geruch von verbranntem Fleisch und Fulvios Gebrüll erfüllten die Krypta. Der Quacksalber hatte die Wunde ausgebrannt.

Er zog aus seinen Lumpen ein Durcheinander von Kräutern, Lappen und Tonkügelchen hervor. Geschickt knetete er einen weichen Verband, den er auf die Wunde legte.

Zéphyrine hielt liebevoll Fulvios Kopf. Der Prinz hatte sein Auge geöffnet ... War er bei Bewußtsein?

Zéphyrine drückte ihre zitternden Lippen auf seine schweißnasse Stirn.

»Wir werden Sie retten ...«, flüsterte sie.

»Sag mal, Schmetterling, du mußt dein Brüderchen aber schwer gernhaben!« grinste der Quacksalber. »Los, ich bin fertig. Bringen wir ihn zu uns.«

Mit Hilfe starker Bohlen hatten die Bettler eine Bahre hergestellt. Zéphyrine begab sich mit allen zusammen auf den Rückweg. Sie hielt Fulvios fieberheiße Hand fest umklammert.

Zéphyrine, die nun das Leben einer Höhlenbewohnerin führte, hatte jeden Zeitbegriff verloren. Waren sie seit zwei Tagen in den Katakomben oder seit einer Woche? ... Sie wußte es nicht mehr.

In den Stunden nach der Operation hatte sie sich ausschließlich Fulvio gewidmet. Sie folgte den Anweisungen des Quacksalbers und gab ihrem Mann nichts zu trinken, sondern befeuchtete seine vom Fieber ausgetrockneten Lippen mit Orangen und Zitronen, die Pagnoto, Palco und Pannochio ihr brachten.

Es fehlte den Bettlern an nichts. Wie durch ein Wunder wurden Lebensmittel und Getränke von jenen herbeigeschafft, die sich nach draußen begaben.

Je länger Zéphyrine bei den Bettlern lebte, desto besser verstand sie deren Stolz auf ihren ›Beruf‹. Während sie Fulvios Schläfen befeuchtete, waren ihr Pagnotos aufmerksame Blicke auf die Hand ihres Mannes aufgefallen. Der Siegelring mit dem Wappen des Leoparden funkelte immer noch an seinem Zeigefinger.

Zéphyrine versuchte zu erklären:

»Mein Bruder hat... diesen Ring gefunden.«

Pagnoto verzog seinen großen Mund.

»Du traust uns nicht, Zéphyron... Und dabei hat noch niemals ein echter römischer Bettler seinen Nächsten bestohlen. Nein, wir betteln, und wir nehmen nur das, was man uns gibt... freiwillig gibt!«

Unter seinem Vorwurf senkte Zéphyrine den Kopf. Mit einiger Mühe zog sie den Siegelring von Fulvios Finger. Sie reichte ihn Pagnoto und murmelte:

»Verzeih mir, Pagnoto! Nimm dieses Souvenir von meinem Bruder und mir an. Wenn er bei Bewußtsein wäre, würde er diesen Ring dir, Palco und Pannochio von Herzen gern geben... Nimm dieses bescheidene Geschenk zusammen mit meiner Freundschaft entgegen.«

Zéphyrine verfügte über die Gabe, daß man ihr leicht verzieh.

»Wenn du ihn uns wirklich aus Freundschaft und gern gibst... nehmen wir dein Geschenk an, nicht wahr?« beschloß Pagnoto.

Palco und Pannochio nickten. Sie ließen Fulvios Ring von Hand zu Hand gehen und bissen mit ihren schwarzen Zahnstümpfen darauf, um sich zu vergewissern, ob er auch wirklich aus Gold war.

»Wir hatten dich schon immer sehr gern, Zéphyron«, gestand Palco, »aber jetzt sind wir erst recht deine Brüder...«

Um seinen Worten Nachdruck zu verleihen, schlug er sich kräftig auf seinen Armstumpf, während Pannochio das gleiche mit seinem Bein tat. Pagnoto legte seinen Daumen auf das Loch an der Stelle seiner Nase.

Befriedigt darüber, daß sie jetzt zu dieser Familie gehörte, schlief Zéphyrine auf dem Boden ein, zu Füßen Fulvios.

Dieser hatte den besten Schlafplatz der Krypta, in einer Nische des Kalkfelsens.

Alle Bettler schnarchten. Plötzlich wachte Zéphyrine ruckartig auf. Eine Hand zog sie unter ihrer Mütze an den Haaren. Im flackernden Licht einer Laterne beugte sich Fulvio über sie und betrachtete sie überrascht.

»Zéphyrine... was machen Sie... was machen wir hier?« brachte er mühsam hervor.

Einige Bettler brummten im Schlaf. Zéphyrine legte einen

Finger auf ihre Lippen. Sie stand leise auf, schob Fulvio vorsichtig etwas weiter nach hinten in die Nische und legte sich neben ihn auf die Lumpen.

»Pst... wir sind in den Katakomben, bei den Bettlern von Rom...«

Die Lippen dicht an sein Ohr gepreßt, berichtete sie ihm von ihrem gemeinsamen Abenteuer, von seiner Verletzung und Rettung. War der Prinz schon wieder eingeschlafen? Zéphyrine hörte, wie er einen Seufzer ausstieß. Sie wollte auf den Boden zurückkehren, aber Fulvio hielt sie mit beiden Armen fest umklammert.

Behutsam, um nicht gegen seine verletzte Schulter zu stoßen, lehnte sie sich an den großen muskulösen Körper. Sie hörte Fulvios Herzschlag. Sie spürte seine Wärme und nahm den Geruch seiner Brust in sich auf.

Wie eine schnurrende Katze blieb sie mit offenen Augen so liegen und dachte verwirrt und gegen ihren Willen erregt: ›Ich liege neben meinem Mann... bei ihm... Was würde wohl geschehen, wenn wir jetzt in einem richtigen Bett liegen würden?‹

Fulvio konnte nicht ganz bewußtlos sein, denn Zéphyrine spürte, daß er sich bewegte und seinen Körper an sie preßte.

Dicht aneinandergeschmiegt, Fulvios regelmäßigen Atem im Nacken, fiel Zéphyrine in tiefen Schlaf.

Als sie erwachte, mußte es draußen schon hell sein, denn abgesehen von Palco und dem Quacksalber, die sich als Köche am Kessel zu schaffen machten, hatten alle Bettler die Krypta schon verlassen.

Zéphyrine wollte aufstehen. Sie zuckte zusammen. Fulvio betrachtete sie intensiv. Er lächelte so zärtlich, wie sie es noch nie bei ihm gesehen hatte.

»Unsere erste Liebesnacht war sehr sittsam, carissima mia...«, seufzte er.

Seine Lippen saugten an Zéphyrines Wange, liebkosten ihren Mundwinkel. Sie errötete. Mit plötzlich zurückerlangter Kraft zog Fulvio sie an seine Brust.

»Du hast mich also nicht verlassen... Du wolltest deinen Ehemann retten, den du doch verabscheust... Bellissima mia, ich werde mein ganzes Leben lang versuchen, aus dir die glücklichste aller Prinzessinnen Farnello zu machen...«

Die Stimme des Prinzen bebte vor unterdrückter Leidenschaft. Zéphyrine stöhnte leise. Ihre ganzen Befürchtungen wurden wahr. Gegen Fulvio hatte sie keinen eigenen Willen mehr. Er würde aus ihr seine Sklavin machen. Trotzdem gab sie sich begierig seinem fordernden Mund hin. Ihre Zunge erwiderte leidenschaftlich seinen Kuß. Er spürte ihren heißen Atem, trank ihren Speichel, riß ihr die Mütze vom Kopf, versenkte seine Finger in ihre langen Locken, streichelte ihren Nacken. Von aller Welt entrückt, versanken die Blicke der beiden jungen Menschen ineinander. Ein herrliches Schwindelgefühl hatte auf ihrem elenden Lager von ihnen Besitz ergriffen.

Ein fast schmerzliches Verlangen überkam Zéphyrine. Sie wußte, daß sie für diesen strengen, eigensinnigen Mann geschaffen war, der doch so zärtlich sein konnte, wenn er liebte.

Noch hatte sie die Worte nicht ausgesprochen, die ihn glücklich machen würden: ›Fulvio, ich liebe Sie ...‹ Er zog ihren Kopf gerade wieder nach hinten, als die spöttische Stimme des Quacksalbers dicht neben ihnen ertönte:

»Hihi! Komische Geschwister sind das! Ich sehe, daß mein Patient völlig geheilt ist ...«

Fulvio schob Zéphyrine zärtlich beiseite und erhob sich. Er schwankte ein wenig, fand aber genügend Kraft, um sich zu verbeugen und zu erklären:

»Dir verdanke ich also mein Leben, Freund – ich danke dir von Herzen. Ich schwöre, wenn ich wieder zu etwas Vermögen kommen sollte, werde ich dir alles zukommen lassen, was du für einen friedlichen Lebensabend haben möchtest ... Was aber diesen jungen Taugenichts angeht«, fuhr er fort, während er Zéphyrine in die Wange kniff, »so hat dein scharfer Blick sein Geheimnis entdeckt ... er ist tatsächlich nicht mein Bruder – sie ist meine Frau!«

»Hihi ... den Quacksalber kann man nicht so leicht hinters Licht führen ... Ich wußte doch gleich, daß du keinen Arsch wie ein Junge hast, sondern einen hübschen kleinen Mädchenarsch!«

»Da hast du etwas Goldrichtiges gesagt, mein Freund! Dein Scharfblick ist wirklich unübertrefflich!« erklärte Fulvio und warf Zéphyrine einen anzüglichen Blick zu.

Sie war leicht verlegen und wußte nicht so recht, was sie auf diese Würdigungen ihrer Anatomie erwidern sollte. Zum Glück kamen gerade die anderen Bettler zurück, aber leider brachten sie sehr schlechte Nachrichten mit: die Spanier hatten Renzo da Ceris Männer überrumpelt, indem sie durch den Geheimgang eingedrungen waren, und sie hatten die Engelsburg eingenommen!

Der Papst und seine Kardinäle wurden im Schloßturm gefangengehalten. Renzo da Ceris Söldner hatten bis zum letzten Mann gekämpft. Der Condottiere selbst war verschwunden, vermutlich hatte man ihn mit seinen Männern in den Tiber geworfen.

Die Verwüstung war komplett. Die Vandalen hatten sogar die Kinder getötet, die in der Nähe des Heiligen Vaters Zuflucht gesucht hatten.

Fulvio und Zéphyrine waren durch diese Nachrichten wie am Boden zerstört.

›Demoiselle Pluche... Mortimer von Montrose... Paolo und Carlotta, wenn sie zurückgekommen waren... Piccolo... Emilia... waren sie alle tot, von den Landsknechten Karls V. umgebracht, niedergemetzelt?‹ dachte Zéphyrine.

Auch die Bettler waren sehr aufgebracht.

»Diese Halunken!«

»Mörder!«

»Verbrecherische Spanier!«

»Verfluchter Karl V.!«

»Sie hatten kein Recht, sich an unserem Papst zu vergreifen!«

Die Gemeinschaft war außer sich. Zéphyrine war erstaunt über die heftige Reaktion dieser armen Teufel, die aus der Gesellschaft ausgeschlossen waren und trotzdem ihre Gesetze, ihre Ehre und ihren Stolz hatten.

»Schauen Sie sich nur einmal diese Bettler an, Zéphyrine«, flüsterte Fulvio. »Sie haben nichts zu verlieren. Und doch spiegeln sie genau das Bild, das morgen die ganze Christenheit bieten wird, wenn sie von der Freveltat des Spaniers und des Herzogs von Bourbon erfährt. Rom erobert, geplündert und verwüstet, der Papst ein Gefangener! Das wird für alle Zeiten ein unauslöschlicher Schandfleck auf der Stirn Karls V. bleiben!«

Zéphyrine betrachtete das finstere Gesicht ihres Mannes.

›Dank dieser fürchterlichen Ereignisse wird der Leopard nun also im Lager Franz I. bleiben. Er wird nicht zu Karl V. zurückkehren‹, ging es ihr durch den Kopf.

Sie senkte rasch die Lider, um das Funkeln ihrer Augen zu verbergen. Sie hatte also Erfolg gehabt!

Als hätte er ihre Gedanken gelesen, drückte Fulvio ihr fest die Hand.

»Das Salamanderweibchen gewinnt zuletzt doch immer...«, murmelte er.

Dann rief er mit kräftiger Stimme, welche die aufgeregten Bettler übertönte:

»Meine Freunde, ich bin Italiener wie ihr alle. Ich bin Prinz Farnello, und das hier ist meine Frau, Prinzessin Zéphyrine. Wir stehen auf seiten des Papstes! Wir haben bei unserem Leben geschworen, ihn zu retten...«

Ein Gemurmel entstand unter den Bettlern. Pagnoto, Palco und Pannochio riefen:

»Ich hatte doch gleich gesagt – ein Schmetterling!«

»Ich fand diesen Zéphyron auch etwas eigenartig!«

»Das ist also kein Junge, sondern eine Dame!«

Die Kommentare rissen nicht ab. Dagegen war die Tatsache, daß Fulvio ein Prinz war, den Bettlern ziemlich gleichgültig. Vielleicht, weil es in Rom viele falsche Aristokraten gab, oder aber, weil es Zeit für die Morgensuppe war!

An diesem Tag bestand das ›Festmahl‹ aus einem Schweinekopf mit Brotstücken.

Während Fulvio mit dem Appetit eines Menschen aß, der rasch wieder zu Kräften kommen möchte, erkundigte er sich bei Zéphyrine:

»Welcher von den Männern ist Ihrer Meinung nach am intelligentesten?«

»Pagnoto, der König der Bettler«, erwiderte Zéphyrine ohne Zögern. »Das ist der, dem die Nase fehlt...«

Sie deutete auf den Bettler, der mit seinem Bruder und seinem Vetter in der Nähe des Kessels saß.

»Eigentlich fühle ich mich unter diesen braven Leuten sehr wohl. Ihnen fehlt auch allen etwas...«, stellte der Prinz fest und berührte dabei sein geschlossenes Lid.

»Fulvio!« murmelte Zéphyrine mit leisem Vorwurf. Es verwirrte sie immer, wenn er über sein ›Gebrechen‹ ironische Bemerkungen machte. Angesichts ihres Gesichtsausdrucks konnte er ein Lächeln nicht unterdrücken.

Er wechselte das Thema und erklärte:

»Wir wollen uns einmal mit dem König unterhalten.«

Es fiel ihm noch schwer aufzustehen. Zéphyrine bot ihm ihre Schulter an, und sie bahnten sich einen Weg durch die ›Speisenden‹ bis zu Pagnoto.

»Erlaubst du?« fragte Fulvio.

Pagnoto versetzte Palco und Pannochio einige Rippenstöße, um Platz zu schaffen. Dann wies er seine Gäste mit königlicher Geste an, sich zu setzen.

»Sag mal, Pagnoto«, kam Fulvio sofort aufs Thema, »als ich ein Kind war und in den Katakomben spielte, hörte ich sagen, daß ein

Gang unter dem Tiber hindurch bis zur Engelsburg führt. Stimmt das?«

Der Bettlerkönig kratzte sich am Kopf.

»O ja, unter dem Mausoleum von einem Kerl namens Hadrian, und es heißt, daß irgend so ein verdammter Marc Aurel das Grabmal in eine Festung verwandelt haben soll. Du lieber Himmel, das alles ist in der Zeit von Adam und Eva passiert.«

»Im 3. Jahrhundert«, berichtigte Zéphyrine.

»Kann sein, aber ob im 3. oder im 4. Jahrhundert – für mich ist das alles das gleiche ...«

»Kurzum, die Katakombe existiert also, und du kennst sie?« fragte Fulvio.

»Verflucht, ja, ich kenne sie, und Palco auch.«

Fulvio und Zéphyrine tauschten einen Blick, der Pagnoto nicht entging.

»Hoppla! Ihr Verliebten solltet euch nicht zu früh freuen. Der Weg ist alles andere als leicht! Man muß sich dort sehr vorsichtig bewegen, und für viele Personen ist er überhaupt nicht geeignet, denn er ist sehr schmal ... Die Römer haben überall Fußangeln ausgelegt, Fallgruben und eine ganze Menge anderer Bösartigkeiten, die man umgehen muß ... 'ne tolle Fantasie müssen die Kerle gehabt haben ... Mir klappern jedenfalls die Zähne, wenn ich nur daran denke! Ihr müßt nämlich wissen, die Römer, die konnten die Christen nicht ausstehen, und deshalb hatten sie Schiß, daß die Betbrüder ihrem Hadrian was tun könnten ... Na ja, man kann sie schließlich verstehen, nicht wahr?«

»Hmm ...«

Fulvio wollte sich in keine Diskussion über Kaiser Hadrian einlassen. Er fragte beharrlich:

»Bist du ganz sicher, Pagnoto, daß dieser Weg nicht der gleiche ist wie jener Geheimgang zwischen Vatikan und Engelsburg?«

Pagnoto beschäftigte sich inzwischen wieder mit seinem Festessen. Während er genußvoll wie eine Katze an einem Schweinsohr nagte, antwortete er mit vollem Munde:

»Na klar ... Der Geheimgang zum Papst ist doch für keinen in Rom mehr ein Geheimnis ... bei Pagnotos Seele, es überrascht mich überhaupt nicht, daß diese Dreckskerle von Spaniern Wind davon bekommen haben ...«

Bei der Erwähnung der Spanier spuckte Pagnoto verächtlich aus, dann kratzte er an dem Loch in seinem Gesicht und sagte spitzbübisch:

»Du brauchst gar nicht wie eine Katze um den heißen Brei zu

schleichen, mein Prinz... Ich weiß schon, worauf du hinauswillst. Du gefällst mir, du und deine kleine Frau. Man hätte nur mal sehen müssen, wie sie dich liebt! Ich bin ein Mensch mit viel Gefühl. Die Ärmste weinte so sehr, daß ich zu Palco und Pannochio sagte: ›Das ist schön, einen Bruder zu sehen, der seinen Bruder so sehr liebt – ihr Mistkerle würdet für mich eure Haut bestimmt nicht riskieren‹ – ja, das hab' ich zu denen gesagt!«

Unter Fulvios Blick, der zu besagen schien: ›Sie haben um mich geweint, Madame?!‹, verbarg Zéphyrine ihr Gesicht hinter den Locken, die unter ihrer Mütze hervorkamen. Sie räusperte sich verlegen, dann erkundigte sie sich:

»Pagnoto, kannst du uns diesen Katakombenweg nun zeigen, ja oder nein?«

»Aber sicher. Nur hätten wir keine große Chance, lebend da rauszukommen, denn – selbst mal angenommen, wir wären zu zehnt – was sollen wir denn den Scheißkerlen in der Burg erzählen?

›Kuckuck, da sind wir... wir wollen nur mal eben unserem Papst Grüßgott sagen...‹? Die ziehen uns doch sofort das Fell über die Ohren!«

Seine Argumente waren so einleuchtend, daß Fulvio und Zéphyrine sich niedergeschlagen anblickten.

»Ich werde ganz allein gehen«, beschloß Fulvio.

»Ich komme mit!« rief Zéphyrine.

»Und ihr landet beide geradewegs im Himmel!« grinste Pagnoto.

Zéphyrines Augen füllten sich mit Tränen. Sie konnte sich einfach nicht damit abfinden, auf jeden Kampf verzichten zu müssen.

»Pagnoto, hilf uns, den Papst und seine Gefährten – wenn sie noch am Leben sind –, aus den Klauen der Spanier zu befreien!«

Ihre Tränen schienen den König der Bettler zu rühren.

»Hört mal her, ich hab' da vielleicht 'ne Idee, aber ihr müßtet mir gehorchen... Also, wir werden es folgendermaßen anstellen...«

Pagnoto zog mit seinen schmutzigen Händen Fulvios und Zéphyrines Köpfe dicht an sich heran und flüsterte lange auf sie ein.

Sein Plan mußte interessant sein, denn die Gesichter der beiden jungen Leute hellten sich immer mehr auf.

Als Pagnoto seinen Vortrag beendet hatte, murmelte Fulvio:

»Viertausend Bettler... was für eine Armee! Wir glauben dir, mein Freund, aber ich muß dir ganz ehrlich gestehen, daß meine Frau und ich alles verloren haben. Wir haben keinen Heller mehr, kein einziges Schmuckstück... Warum also...?«

Fulvio zögerte, seinen Satz zu beenden. Zéphyrine tat es an seiner Stelle.

»Warum solltest du das tun, Pagnoto? Es wäre für euch alle sehr gefährlich.«

Der König der Bettler gab eine großartige Antwort:

»Nicht nur Fürsten lieben es, sich im Ruhm zu sonnen, meine Lämmer... auch die Bettler von Rom möchten gern einmal in die Geschichte eingehen!«

26

Die Engelsburg

»Hauptmann, eine Delegation von Bettlern klopft ans Ausfalltor... Sie bitten darum, vorgelassen zu werden...«

Bei dieser Meldung seines Adjutanten Ricardo de San Salvador versetzte Hauptmann Herrera einer Waffentruhe einen heftigen Fußtritt.

»Lassen Sie sie aufhängen!«

»Eure Exzellenz«, fuhr Doña Herminas Sohn beharrlich fort, »diese Bettler machen uns den Vorschlag, sie würden die Straßen säubern...«

Der Hauptmann blieb abrupt stehen.

»Was wollen sie dafür haben?«

»Nicht viel, nur das Recht, den Leichen die Kleider abnehmen zu dürfen...«

»Gut, sie sollen heraufkommen... Nein, ich werde sie lieber im Hof empfangen.«

Herrera hatte furchtbar schlechte Laune. Alles ging hier in Rom schief. Sicher, die kaiserlichen Truppen hielten den Papst gefangen, aber nach den Orgien und dem Gemetzel der letzten acht Tage, für welche hauptsächlich die protestantischen Landsknechte verantwortlich waren, verströmten die Leichenberge einen bestialischen Gestank.

Fünf- bis sechstausend Männer, Frauen und Kinder, die niedergemetzelt worden waren, lagen verwesend auf den Straßen herum.

Herrera selbst hatte sowohl die Plünderung als auch das

Blutbad scharf mißbilligt. Er war ein spanischer Offizier, der für Ordnung und Disziplin eintrat.

Die Soldaten, die inzwischen über ihre Schandtaten selbst entsetzt waren, setzten sich mit ihrer Beute aufs Land ab.

Als wäre die Situation nicht ohnehin schon katastrophal gewesen, drohte Rom nun auch noch eine andere Gefahr. Aus verschiedenen Stadtvierteln wurden Fälle von Pest gemeldet. Es waren auch schon Soldaten angesteckt worden.

Herrera wagte gar nicht daran zu denken, was geschehen würde, wenn die Soldaten, die bisher noch auf ihren Posten geblieben waren, von der Epidemiegefahr Kenntnis erhalten würden.

In der letzten Nacht hatte Herrera sehr schlecht geschlafen.

Von den Zinnen der Engelsburg aus hatte er die Rufe von Schleiereulen in den Straßen Roms gehört. Sie hatten wie ein Signal geklungen. Aber er konnte einfach keine Patrouillen mehr in das Labyrinth dieser verfluchten Stadt schicken. Die Männer kehrten nicht zurück: entweder sie betranken sich, plünderten und vergewaltigten, oder aber sie wurden ermordet, wenn sie die Unvorsichtigkeit begingen, sich in den Vororten abzusondern...

Alles ging schief. Hauptmann Herrera war alles andere als glücklich. Er verabscheute Rom und die Engelsburg, er haßte Italien... und er verfluchte seine Aufgabe, den Papst zu bewachen.

Schließlich war Herrera auf seinem Feldbett doch eingeschlafen. Er hatte einen entsetzlichen Alptraum gehabt. Eine Armee von Schatten, die wie Ratten aus allen möglichen Löchern hervorkrochen, stürzte sich auf ihn und wollte ihn ersticken. Der Ärmste war schreiend aufgewacht.

In seinem Panzerhemd, das er nicht einmal zum Schlafen ablegte, war er die steinerne Wendeltreppe bis zum Stockwerk des Gefangenen hinaufgestiegen.

Die Wachtposten versicherten ihm, daß alles ruhig sei und daß Klemens VII., umgeben von seinen Kardinälen, schlafe.

›Der Papst schlief... Er hatte Glück!‹

»Sollen wir hineingehen und den Heiligen Vater fragen, ob alles in Ordnung ist, Hauptmann?« fragte ein junger Unteroffizier.

»Keinesfalls... du lieber Himmel, laßt ihn schlafen!«

Während er die kalte Treppe wieder hinabging, schwitzte Herrera aus allen Poren.

›Was für eine Aufgabe... mein Gott, was für eine undankbare Aufgabe!‹

Trotz des fürchterlichen Klimas wäre er jetzt tausendmal lieber fünftausend Meilen entfernt von hier bei seinem Freund Cortez gewesen, hätte Azteken umgebracht und sich die Taschen mit dem Gold des Neuen Spanien – Mexikos – gefüllt. Warum hatte der Kaiser nur gerade ihn nach Italien geschickt, warum nur hatte gerade er den Auftrag bekommen müssen, zuerst den französischen König und nun auch noch den Papst zu bewachen. Was für ein Pech!

Herrera lief unwillkürlich jedesmal ein Schauder über den Rücken, wenn er an den Auftritt Klemens VII. nach der Einnahme der Engelsburg zurückdachte.

Gefolgt von seinen Männern, hatte Herrera als erster den riesigen Saal betreten, wohin der Papst sich zurückgezogen hatte.

Der Hauptmann erwartete, einen durch die Niederlage völlig niedergeschmetterten Mann vorzufinden. Weit gefehlt! In großem päpstlichen Ornat, den Bischofsstab in der Hand, brüllte Klemens VII. mit Donnerstimme:

»Vade retro, Satana! Geh mir aus den Augen, verfluchter Spanier! Du kannst dich nur deiner physischen Kraft rühmen, wir aber rühmen uns der Macht des allmächtigen Gottes. Wir exkommunizieren dich, deine ganze Armee und deinen Karl V., dem wir das Recht absprechen, zu jenem Christus zu beten, den er so schwer beleidigt!«

»Aber, Allerheiligster Vater...«, hatte Herrera zu widersprechen versucht und hatte einen Schritt nach vorne gemacht.

»Zurück! Ich verbiete dir, das Wort an uns zu richten! Wenn du deinem Papst auch nur ein Haar krümmst, wirst du vom Teufel geholt werden und anschließend bis in alle Ewigkeit in der Hölle schmoren...«

Etwa fünfzig Kardinäle bildeten einen geschlossenen Halbkreis hinter dem Papst. Herrera war sicher, daß die Würdenträger andere Leute versteckten — Soldaten, Flüchtlinge oder sogar Verschwörer.

Der Hauptmann insistierte:

»Eure Heiligkeit hat für seine Person nichts zu befürchten, ebensowenig die Kardinäle – wenn aber Eure Heiligkeit andere Leute hier versteckt...«

Herrera streckte die Hand aus und wollte den Heiligen Vater beiseiteschieben. Er bekam einen kräftigen Schlag mit dem Bischofsstab auf den Arm.

»Auf die Knie vor deinem Papst, den du gefangenzunehmen wagst! Auf die Knie – alle! Wenn ihr Gott um Vergebung bittet und als gute Christen eure Freveltat bereut, Soldaten, werdet ihr vielleicht der ewigen Verdammnis entgehen, und die schreckliche Strafe unseres Herrn wird nur Karl den Antichristen treffen!«

Zur großen Überraschung Herreras hatten seine rauhen Soldaten, die so gewöhnt ans Töten auf dem Schlachtfeld waren, dem Papst gehorcht. Zitternd flehten sie ihn an:

»Es ist nicht unsere Schuld, Heiliger Vater... Das sind Befehle des Kaisers... Wir werden jeden daran hindern, Eurer Heiligkeit etwas zuleide zu tun... Segnen Sie uns, Heiligkeit, segnen Sie uns!«

Der Hauptmann war gezwungen, es seinen Männern gleichzutun, und so hatte auch er den päpstlichen Segen empfangen. Danach war die ganze Welt auf den Kopf gestellt, denn nun gab der Papst die Befehle.

»Zieht euch nun zurück, meine Kinder. Wie unser Herr Jesus Christus, so zürnen auch wir unseren Peinigern nicht. Wir werden sogar für euer Seelenheil beten... Geht, meine Kinder, laßt mich mit meinen Kardinälen allein.«

Die katholischen Spanier küßten den Ring des Papstes. Herrera hielt das für eine günstige Gelegenheit herauszufinden, wer sich hinter Seiner Heiligkeit alles versteckte, und tat es deshalb seinen Männern gleich. Während er sich verbeugte, wollte er verstohlen einen Blick um sich werfen, erhielt aber einen weiteren Schlag mit dem Bischofsstab, diesmal auf den Nacken. Außerdem flüsterte der Papst ihm eine sehr weltliche Drohung ins Ohr:

»Wenn du nicht sofort von hier verschwindest, du Fettwanst, werde ich dich vor deinen Haudegen als den Verantwortlichen hinstellen, und dann werden sie dir mit meinem Segen die Haut bei lebendigem Leibe über die Ohren ziehen!«

Nach dieser Drohung verkündete der Papst mit sanftem Gesichtsausdruck sein ›Urbi et Orbi‹.

Als sie den Saal verließen, war Herrera sich völlig bewußt, daß seine Männer Klemens VII. kein Haar krümmen würden. Was für ein Schicksal!

Der Hauptmann hätte nur allzugern den Kaiser an seiner Stelle sehen wollen! Er dachte an alle Beleidigungen zurück, die sein erster Gefangener, der König von Frankreich, ihm in Pizzighettone zugefügt hatte: er hatte Komplotte geschmiedet, Herrera verspottet und sogar gesungen, um Herrera lächerlich zu machen. Und nun belegte sein neuer Gefangener ihn – einen Hauptmann Kaiser Karls V. – auch noch mit dem Kirchenbann!

Was war das doch für ein Hundeleben, Karl V. zu dienen!

Und zu allem übrigen war da auch noch diese Frau, Doña Hermina, die überall ihre Spione hatte und einen Bericht nach dem anderen in den Escorial schickte!

Soweit war der Ärmste in seinen trüben Gedanken gerade gekommen, als Ricardo ihm die Delegation der Bettler gemeldet hatte.

Herrera ging in den Hof hinab. Auf seinen Befehl hin hatten die Wachtposten die Elenden hereingelassen.

Die Engelsburg, die über dem Tiber emporragte, bestand aus fünf Stockwerken und war an den Ecken der Festungsmauern mit Türmen und achteckigen Bastionen versehen.

In der ersten Etage befand sich die Kapelle, und dort waren auch die Urnen untergebracht. Die zweite diente als Depot für Öl und Weizen, und außerdem waren dort die Gefangenenzellen. Im dritten Stock befand sich der Schloßhof, die Waffensäle der päpstlichen Leibgarde und die Gerichtssäle. Im vierten waren die privaten Sammlungen des Papstes untergebracht, und dort befand sich auch die herrliche, von Bramante erbaute Loge Julius II. Hier hatte der Hauptmann sein Hauptquartier aufgeschlagen. In der fünften und obersten Etage, nahe dem Himmel, befand sich in einem großen runden Saal der irdische Zufluchtsort des Papstes.

»Eure Exzellenz ...«

Etwa zehn Bettler verneigten sich vor Herrera. Der dicke Hauptmann, der große Angst vor Seuchen und Ansteckung hatte, holte ein Spitzentaschentuch unter dem Brustriemen seiner Rüstung hervor und hielt es sich vor die Nase.

»Habt ihr keine Angst hierherzukommen, ihr gottlose Bande?« knurrte er, während er die zerlumpten Gestalten aufmerksam betrachtete.

Es konnte gar keinen Zweifel daran geben – diese armen Teufel, bucklig, mißgestaltet, einarmig, einbeinig, einäugig, in ihren stinkenden Lumpen, waren der Ausschuß der menschlichen Gesellschaft.

Von ihnen brauchte Hauptmann Herrera wirklich kein Komplott zu befürchten – höchstens konnte man sich bei ihnen mit einer Seuche anstecken.

Einer der Bettler seufzte:

»Ach, Monsignore, was könnten wir schon befürchten?«

Es war ein großer, buckliger Kerl, das Gesicht mit Pusteln übersät, ein Auge geschlossen und blutunterlaufen. Er mußte fast blind sein, denn er stützte sich auf einen kleinen, schwächlichen Kerl, dessen Wangen mit schrecklichen bräunlichen Narben bedeckt waren und der beharrlich zu Boden blickte.

»Wir haben nur Hunger«, jammerte ein dritter Bettler, dem die Nase fehlte.

Er lächelte freundlich und zeigte dabei seine schwarzen Zahnstümpfe. Herreras Männer, alles stolze Spanier, machten sich über diese Bande von Parias lustig.

Die Soldaten amüsierten sich damit, ihnen wie Tieren Gemüseschalen und trockene Brotstücke zuzuwerfen. Sie zielten absichtlich so, daß diese Abfälle in die Drecklachen fielen. Hinkend liefen die armen Teufel umher und hoben mit Freudenlauten diese schmutzigen Relikte der Mahlzeiten der neuen Herren auf.

Der Anblick war so komisch, daß die Eroberer ihre Posten auf den Festungsmauern verließen, wo sie sich ohnehin nur langweilten. Sie gestellten sich nach und nach zu ihren Kameraden, um das Schauspiel zu genießen.

Aus den Fenstern der Festung wurde neue ›Verpflegung‹ geworfen. Die ganze Garnison lachte schallend.

Herrera gönnte seinen Männern gutmütig diese kleine Abwechslung. Er verhandelte währenddessen mit den drei Bettlern, die vor ihm stehengeblieben waren.

»Ihr armen Schlucker wollt also die Straßen von den Leichen säubern?«

»Ja, Exzellenz«, grinste der große einäugige Bucklige. »Wir bitten Eure Hoheit nur um die Erlaubnis, den Leichen die Kleider abnehmen zu dürfen. Und außerdem hätten wir gern ein bißchen Brot...«

»Ihr Bande stinkender Schakale, ich kann euch erst alles säubern lassen und dann aufhängen...«

Diese Drohung schien den großen Buckligen nicht einzuschüchtern.

»Eure Exzellenz könnte das zwar tun«, sagte er ruhig, »aber sie wird es nicht... Wer wird nach uns die Straßen säubern und die Stadt von unseren Leichen befreien?«

Der Bucklige senkte seine Stimme:

»Eure Hoheit weiß zweifellos schon, daß in den Vororten die Pest ausgebrochen ist. Man muß rasch vorgehen...«

»Du hast eine sehr lose Zunge, Halunke«, brummte Herrera. »Ich werde sie dir abschneiden lassen, um dich Demut zu lehren.«

Der Bettler ohne Nase stellte sich vor seinen Kameraden.

»Das wird Eure Hoheit doch bestimmt nicht fertigbringen, wo alle römischen Bettler der Sache Spaniens so treu ergeben sind... Wir würden uns für den Kaiser glatt vierteilen lassen, Exzellenz!«

Es gibt nichts ›Tragischeres‹ als die Einsamkeit des Siegers nach vollbrachter Schandtat. Die Überlebenden verfolgen ihn mit ihrem Haß, und unwillkürlich hat er Angst davor. Entzückt darüber, Verbündete gefunden zu haben, auch wenn es nur so elende Gestalten waren, beging der Hauptmann einen Fehler. Er ließ seine Wachen und Ricardo hinter sich und ging die zwei Stufen hinab, die ihn bis dahin von den Bettlern getrennt hatten.

»Das ist schön, meine Guten – schließlich sind wir ja auch keine Menschenfresser! Wir werden euch sogar richtiges Weißbrot geben, aber erst, wenn die Stadt gesäubert ist...«

»Für den Herrn Offizier ein kräftiges Hurra!« brüllte der große Bucklige mit Donnerstimme.

Das war das vereinbarte Signal. Die Bettler, die die Abfälle aus dem Dreck aufgelesen hatten, richteten sich plötzlich auf. Die einen eilten auf ihre Kameraden zu, die anderen rannten zum Ausfalltor.

Wie durch Zauberei entschwand Hauptmann Herrera plötzlich den Blicken seiner Soldaten. Einen Augenblick lang waren die Spanier völlig verblüfft. Das genügte den Bettlern. Als der Hauptmann wieder auftauchte, war sein violett angelaufener Kopf unter den Armen des Buckligen und des Nasenlosen eingezwängt wie in einem Schraubstock. Sie setzten ihm zwei Dolche an die Kehle.

»Kein Wort und keine Bewegung, oder wir stechen euren Hauptmann ab wie ein Ferkel...«

Während er diese Drohung in einem Kommandoton vorbrachte, richtete sich der große Bucklige auf. Der kleine schwächliche Kerl an seiner Seite fesselte dem Hauptmann die Hände. Jetzt hob er auch endlich die Lider. Seine grünen Augen funkelten.

»Rasch, Zéphyrine«, flüsterte der Bucklige.

Ricardo de San Salvador hatte den Namen gehört. Er zuckte zusammen. ›Zéphyrine?‹

Bisher war er – wie seine Kameraden – wie gelähmt dagestanden, aber nun rannte er in die Festung zurück. Es gelang ihm, den Bettlern zu entkommen.

Im Hof herrschte ein totales Durcheinander.

»Im Laufschritt marsch!« rief ein Unteroffizier seinen Leuten zu, die ihre Hellebarden in den Sälen gelassen hatten.

»Feuer!« befahl ein Oberleutnant den Gewehrschützen, die ihre Büchsen auf den Zinnen vergessen hatten.

»Zielt!« brüllte ein Unteroffizier seinen Armbrustschützen zu, die ihre Armbrüste nicht zur Hand hatten.

»Nicht schießen!« schrie Herrera, entsetzt über die Gefahr, von seinen eigenen Leuten getroffen zu werden.

»Gehorcht ihm nicht, schießt!« brüllte ein Offizier, der Herrera gern loswerden wollte.

»Gehorcht ihm und schießt nicht!« schrie der Unteroffizier, dem Herrera eine Beförderung versprochen hatte.

Verwirrt über diese entgegengesetzten Kommandos, rannten die Soldaten umher, suchten ihre Waffen, verloren ihre Helme.

»Achtung – dort drüben!«

Wie ein Rudel von Ratten drangen die Bettler von Rom in die Engelsburg ein. Fünfzig dieser armen Teufel tauchten mit kreidebeschmierten Gesichtern aus dem alten Brunnen mitten im Hof auf. Das waren die Bettler aus den Katakomben, die den gefährlichen Weg geschafft hatten.

Palco und Pannochio nutzten die Panik aus und rannten zum Ausfalltor. Zwei gutgezielte Fausthiebe betäubten den einzigen Mann, der seinen Wachtposten nicht verlassen hatte. Die Bettler öffneten das Tor weit.

Fünfhundert Bettler, mit Steinen, Knüppeln und Schleudern bewaffnet, drangen in die Festung ein und schrien: »Viva il Papa!«

Die Spanier, die nicht daran gewöhnt waren, gegen stinkende Phantome zu kämpfen, versuchten, sich untereinander zu verständigen.

»Hierher!«

»Dort!«

»Da sind noch mehr!«

»Achtung!«

Andere Bettler kletterten mit Hilfe von Enterhaken über die Mauern und drangen so in die Engelsburg ein.

Entsetzt über die Zahl der Angreifer, von Steinen betäubt, verfolgt von diesen Teufeln, die aus dem Erdinnern aufgetaucht waren, flüchteten die Spanier in die Burg. Sie verbarrikadierten sich auf Treppen, verkrochen sich in Kellern, versteckten sich in den Sälen der vierten und fünften Etage.

»Kommt mit, Freunde!«

Fulvio – denn der große Bucklige war kein anderer als er gewesen – zog Pagnoto und Zéphyrine mit sich. Gefolgt von hundert Bettlern, betraten sie die Engelsburg. Auf der Suche nach dem Papst eilten sie die Treppen hinauf.

Im fünften Stock blieben sie an der Biegung der Wendeltreppe plötzlich stehen. Zehn Spanier hatten sich hinter umgeworfenen und gestapelten Tischen verschanzt. Sie bedrohten die Bettler mit ihren Lanzen und Büchsen und versperrten den Zugang zu der großen Tür hinter ihnen.

»Wenn ihr näher kommt, gehe ich hinein und bringe den Papst eigenhändig um!« brüllte ein junger Offizier.

Seine bleichen Lippen verzogen sich in dem schönen Gesicht, das aber ungesund zarte, fast weibliche Züge trug.

Zéphyrine stöhnte auf. Ricardo de San Salvador ... der Sprößling Doña Herminas. Würden diese Monster denn immer wieder ihren Weg kreuzen? Sie umklammerte die Hand ihres Mannes.

»Kennen Sie ihn?« flüsterte Fulvio.

Und ob sie Ricardo kannte! Der brutale Halbwüchsige, mit dem Doña Hermina sie einst verheiraten wollte!

»Das ist der Sohn meiner Stiefmutter. Wir sind teilweise zusammen aufgewachsen ... Seien Sie auf der Hut, er ist arglistig und grausam.«

Fulvio warf seiner Frau einen Blick zu. In ihren Augen las er all die Schrecken, die sie durch diese Kreaturen erlitten hatte.

›Wenn wir mit dem Leben davonkommen‹, dachte Fulvio, ›wie werde ich sie dann verwöhnen, meine Zéphyrine.‹

Auf Ricardos Drohung hin waren die Bettler stehengeblieben. Fulvio zögerte einen Augenblick, dann rief er:

»Aus dem Weg, junger Mann! Sie werden Ihr Gewissen doch nicht mit diesem Verbrechen belasten wollen, dem allerschlimmsten von allen ...«

»Zum Teufel noch mal, es würde mir sehr leid tun, aber – bei meiner Ehre – ich würde es tun!« grinste Ricardo.

»Verflixt und zugenäht, mein Prinz – was tun wir jetzt?« flüsterte Pagnoto.

»Er will uns einschüchtern; ich glaube nicht, daß er es tatsächlich wagen würde ...«, murmelte Fulvio.

Er kratzte an den falschen Pusteln, die ihm auf der Haut juckten. Zéphyrine hatte seine Hand losgelassen. Ans Treppengeländer gelehnt, ihr Gesicht hinter Fulvios Schulter versteckt, überdachte sie die Situation.

Hundert Männer drängten sich auf der Treppe. Ihnen standen nur zehn Türhüter gegenüber.

Plötzlich deutete Ricardo auf Fulvio und Zéphyrine.

»Du großer Lulatsch, laß mich mal eben das Gesicht des Kleinen sehen, den du verdeckst... Sind das tatsächlich Sie, meine liebe Zéphyrine, die sich unter dieser armseligen Verkleidung verbirgt?«

Bevor Fulvio eingreifen konnte, machte Zéphyrine einen Schritt nach vorne.

»Ich bin es wirklich, Ricardo.«

Die Augen der jungen Frau schleuderten Blitze.

»Was ist nur aus der herrlichen Zéphyrine de Bagatelle geworden? Sie sind ja in einem jämmerlichen Zustand, meine Liebe!« lästerte Doña Herminas Sprößling.

»Nicht so jämmerlich wie Sie und Ihre Mutter, Ricardo! Sie haben das falsche Lager gewählt: nämlich das der Mörder.«

Vor Wut verzerrte sich Ricardos Gesicht so haßerfüllt, daß er plötzlich große Ähnlichkeit mit seiner Mutter hatte.

»Wir werden ja sehen, ob ich das falsche Lager gewählt habe, Prinzessin Farnello!«

Ricardo gab einem seiner Männer ein Zeichen, und dieser drehte den großen Schlüssel, der die Tür zu Klemens VII. öffnen sollte.

Es gelang ihm jedoch nicht, die Tür aufzustoßen. Ein anderer Spanier eilte ihm zu Hilfe. Sie klopften, schoben und stießen vergeblich, die Tür bewegte sich nicht.

»Sie haben sich verbarrikadiert«, verkündeten die Spanier kläglich.

»Öffnet mir diese Tür!« brüllte Ricardo.

Die auf der Treppe zusammengedrängten Bettler verfolgten die Szene aufgeregt. Die Spanier hämmerten jetzt mit Gewehrkolben auf die Tür zu den päpstlichen Gemächern ein.

Sie waren von dieser Beschäftigung so in Anspruch genommen, daß sie nicht bemerkten, wie Palco und Pannochio Waffen unter ihren Lumpen hervorzogen, die sie dem Feind abgenommen hatten.

Die Spanier hatten eine Axt gefunden. Die schwere Eichentür zerbarst unter ihren Schlägen.

»Hinein!« brüllte Ricardo seinen Männern zu.

Das war der Augenblick, auf den Fulvio gewartet hatte.

»Du bist dran, Majestät!« flüsterte er.

Der Bettlerkönig hatte einen Stein in seine Schleuder gelegt. Er spannte den Riemen. Das Geschoß traf Ricardo de San Salvador genau an der Stirn. Er stürzte zu Boden, war aber nur betäubt, denn er bewegte sich schwach. Einen Augenblick später war eine blutige Schlägerei im Gange. Die Wachen feuerten aus ihren Büchsen und schossen Pfeile auf die Bettler ab.

Zéphyrine konnte plötzlich ihren linken Arm nicht mehr bewegen. Eine Kugel hatte ihr einen Hautfetzen abgerissen. Hinter ihr taumelte der Quacksalber gegen die Mauer. Palco fehlte ein Daumen an seiner einzigen Hand, Pannochio hielt sich sein Bein, und Fulvio schenkte seinem blutenden Ohr keinerlei Beachtung.

In kürzester Zeit war alles vorbei. Die Spanier hatten zwar wild um sich geschossen, konnten aber gegen die Übermacht nichts ausrichten und fielen, niedergestreckt von Gewehrkolben, Lanzen, Hellebarden, Messern, Äxten und sogar Kochkesseln.

»Tut das nicht! Nein...«, rief Zéphyrine flehend.

Die Bettler packten die Spanier, ob lebend oder tot, und warfen sie über die Schießscharten nach unten.

Zéphyrines Schrei hatte Ricardo gegolten. Trotz des Abscheus, den dieser junge Mann ihr immer eingeflößt hatte, wollte sie ihn vor diesem schrecklichen Tod bewahren. Zu spät! Doña Herminas Sohn erlitt das gleiche Schicksal wie seine Männer und wurde hundertfünfzig Fuß tiefer in den Wassergräben der Engelsburg völlig zerschmettert.

Zéphyrine hatte keine Zeit, um mitleidigen Gedanken über sein tragisches Los nachzuhängen, denn die Bettler stießen die Doppeltür auf und schoben die dahinter aufgetürmten Möbelstücke kraftvoll beiseite.

»Diese verdammten Kerle machen ja einen Höllenlärm!« ertönte die Donnerstimme des Papstes.

Fulvio, Zéphyrine und die Bettler stürzten in die Gemächer des Papstes. Alles lag hier wüst durcheinander: Truhen, Tische, Sessel, Anrichten, mit denen die Tür verbarrikadiert worden war.

Klemens VII. stand inmitten seiner Kardinäle, mit einem seltsamen schwarzen Rock, einem Brustpanzer und einem Federhut bekleidet, und breitete seine Arme aus.

»Meine lieben Kinder, ihr seid richtige Teufelskerle! Kommt her und laßt euch umarmen...«

Die Bettler brüllten aus vereinten Kehlen:

»Viva il Papa!... Segnen Sie uns, Heiliger Vater!«

Kniend wie alle Bettler, empfing Zéphyrine den päpstlichen Segen.

Fulvio erhob sich rasch.

»Allerheiligster Vater, wir dürfen keine Zeit verlieren.«

»Ah! Du bist's, Prinz Farnello!« rief der Papst, der Fulvio unter seiner Verkleidung erkannt hatte. »Ich freue mich sehr, dich zu sehen. Verdammt, da ist ja auch deine hübsche grünäugige Stute!«

Mit seinen dicken Fingern zwickte Klemens VII. Zéphyrine in die schmutzige Wange.

»Na also, du willst deinen Mann inzwischen wohl nicht mehr verlassen? Du siehst, Prinz Farnello, es gibt nichts Besseres als den Krieg, um diese feurigen Zuchtstuten zu zähmen...«

Giulio de Medici lachte still vor sich hin. Er schien sich weder Sorgen über sein weiteres Schicksal zu machen, noch hatte er es eilig, aus der Festung zu fliehen. Hinter ihm hatten sich die Kardinäle wie Schafe dicht aneinandergedrängt und zitterten am ganzen Leibe.

»Heiliger Vater«, wagte Fulvio ihn zu unterbrechen. »Die Bettler von Rom haben die Engelsburg eingenommen, aber in kürzester Zeit werden zweifellos die übrigen Garnisonen der Stadt angreifen. Wir dürfen uns hier nicht zu lange aufhalten. Diese tapferen Männer haben geschworen, Eure Heiligkeit zu retten...«

Fulvio deutete auf die Bettler, die den Papst umringten.

»Tapfere Seelen!« rief Klemens VII.

Ohne sich an den stinkenden Lumpen zu stören, zog er Pagnoto an seine Brust.

Fulvio unterbrach die Herzensergüsse des Papstes wieder.

»Wir müssen aufbrechen, Heiliger Vater! Wir werden durch die Katakomben fliehen, deren Ausgang durch den Brunnen die Bettler gefunden haben.«

»Ja, wir müssen fliehen... Rasch, Heiliger Vater!« jammerten die Kardinäle.

»Ruhe, ihr Bande gesattelter Esel!« brüllte der Papst.

An Fulvio, Zéphyrine und die Bettler gewandt, rief er mit ausgebreiteten Armen:

»Meine Kinder, wie soll ich euch nur danken? Aber der Papst wird Rom, seine Stadt, nicht verlassen!«

»Heiliger Vater, die Spanier...«, begann Fulvio.

»Diese Schakale können mir keine Angst einjagen, Prinz Farnello. *Ich bleibe in Rom*... Sie können mich töten, wie sie es mit den Märtyrern gemacht haben. Aber ich, Klemens VII., Stellvertreter Christi, ich bleibe hier, ja ich kehre sogar in den Vatikan zurück! Weißt du warum?... Um diesen Karl V. zu ärgern... Das könnte ihm so passen, wenn ich fliehen würde! Er würde einen anderen an meine Stelle setzen. Ah, er wollte den Papst gefangennehmen! Er wird schon sehen, was es ihn kostet, Franz I. auf dem Arm und Klemens VII. auf dem Kopf zu haben! Das wird schwer auf seinem Lorbeerkranz lasten...«

Der Papst bahnte sich einen Weg durch die respektvolle Menge der Bettler und zog Fulvio und Zéphyrine mit sich in den Hintergrund des großen runden Saales.

»Das Burgund Karls des Kühnen, wonach Karl V. lechzt... Bei meiner Seele, er wird dieses schöne katholische Land nicht bekommen... Gott ist mein Zeuge, ich werde Franz I. mit allen Kräften unterstützen! Was soll er denn machen, dieser Karl V. – mich umbringen? Dieser Scheißkerl, er würde mit der Leiche des Papstes schön blöd dastehen! Nein, mein Lieber, seine Staaten würden revoltieren. Folgendes ist mein Wille: Du, Prinz Farnello, verläßt Rom, denn du bist in Gefahr. Du wirst in Sizilien auf Nachricht von mir warten und deiner kleinen Frau zwölf Kinder machen. Hast du mich verstanden?... Nimm auch diesen tapferen Burschen mit, den ich vor den Mördern verstecken konnte!«

Klemens VII. deutete auf Paolo, der hinter einer Truhe auf einem Strohsack lag. Der Knappe hatte eine bandagierte Brust. Er versuchte sich aufzurichten, als er den Papst und seinen Herrn auf sich zukommen sah.

»Paolo...!«

Der Prinz war so glücklich, seinen treuen Gefährten lebend wiederzusehen, daß er auf ihn zustürzte und ihn an sich drückte. Vor Schmerzen wurde es Paolo dabei fast schwarz vor den Augen.

»Carlotta... Emilia... Piccolo... Oh, Demoiselle Pluche!«

Zéphyrine begrüßte freudig ihre Anstandsdame und ihre ganze Dienerschaft, die der Papst unter seinen Schutz genommen hatte, als es zum letzten Sturm auf die Engelsburg gekommen war. Es befanden sich noch andere – Zéphyrine unbekannte – Leute im Hintergrund des Saales: armselige Frauen, die ihre Kinder fest an ihre Brust drückten.

Zéphyrine bewunderte diesen unkonformistischen Papst immer mehr.

»Mortimer!«

Auch der Herzog von Montrose war vor der Raserei der Mörder gerettet worden. Er saß in einem Sessel und war noch zu schwach, um zu Zéphyrines Begrüßung aufstehen zu können.

»Hallo, Milady... die Stadt Rom steckt voller Überraschungen, nicht wahr?«

Die englische Bulldogge mit ihrem phlegmatischen Lächeln schien ihre Kaltblütigkeit in diesen schrecklichen Tagen nicht eingebüßt zu haben.

Zéphyrine ergriff seine Hand.

»Mein lieber Freund, wir haben uns schreckliche Sorgen um Ihr Schicksal gemacht. Ich bin so glücklich, daß der Papst Sie aufgenommen hat!«

Sie sah den eifersüchtigen Blick nicht, den Fulvio ihr zuwarf. Währenddessen gab der Papst seine letzten Anordnungen.

»Du wirst mir die Flucht all dieser braven Leute durch die Katakomben aus der Stadt heraus organisieren, Prinz Farnello!«

Zwei Bettler von Trastevere rannten in den Saal und meldeten, daß die Garnisonen vom Tiber sich zum Angriff sammelten. Zweitausend Bettler versperrten die Brücken, aber sie würden sich nicht sehr lange halten können.

In Rekordzeit organisierte Fulvio die Rückkehr des Papstes in den Vatikan und die Flucht der Zivilisten durch den Brunnen.

Zwei Gruppen bildeten sich im Schloßhof. Da war einerseits der Papst, der – umgeben von seinen Kardinälen und der Menge der Bettler – zu Fuß in den Vatikan zurückkehren wollte. Die zweite Gruppe bestand aus jenen, die durch die Brunnen fliehen sollten.

Als es ans Abschiednehmen von Pagnoto ging, hatte Zéphyrine Tränen in den Augen. Als Führer mußte ihnen jetzt Palco dienen, denn Pannochio konnte nicht mehr laufen.

»Ich werde dir vielleicht auch die andere Pfote noch abschneiden müssen!« grinste der Quacksalber.

»Ein Krüppel ohne Beine – das ist gut fürs Betteln! Leb wohl, Schmetterling... Leb wohl, Mäuschen!«

»Paß gut auf deinen Bruder auf, Zéphyron!«

Die römischen Bettler verabschiedeten sich auf ihre Art von Zéphyrine. Sie umarmte ihre Freunde ohne jeden Ekel.

»Lebt wohl, ihr Lieben, und danke für alles.«

»Good bye, Milady.«

Mortimer hatte im letzten Augenblick, nachdem er den Brunnen gesehen hatte, beschlossen, lieber den Papst zu begleiten. Vielleicht hatte der Herzog aber auch allmählich genug von dem aufregenden Leben des Ehepaars Farnello.

»So ist's recht, Engländer, bleib du bei mir! Wir werden uns über die Scheidung deines fetten Königs streiten können ... Leb wohl, Arthémise!«

»Oh! Eure Heiligkeit ... Eure Heiligkeit! Ich werde nie vergessen ...«, lispelte Pluche, während sie sich vom Papst verabschiedete.

»Vielen Dank für deinen Rock, der mir gute Dienste geleistet hat, meine Tochter«, sagte Klemens VII.

Er tätschelte Arthémise Pluche die Wange – vielleicht etwas länger, als es sich eigentlich gehörte, dann donnerte Seine Heiligkeit:

»Also, auf geht's! Wir kehren nach Hause zurück! Auf uns beide, Karl V.!«

Das waren die letzten Worte, die Zéphyrine vom Papst hörte. Pluches schwarzer Rock ersetzte seinen eigenen, der im Kampf zerrissen war. Die Prinzessin blickte ihm nach. Umgeben von seinen Kardinälen und tausend Bettlern, die ihm das Ehrengeleit gaben, verließ der Papst die Engelsburg durch das südliche Ausfalltor, um sich durch die verödeten Straßen in den Vatikan zu begeben.

»Kommen Sie, Zéphyrine, wir sind die letzten!«

Fulvio zog sie zum Brunnen.

»Was wird mit ihm geschehen, Fulvio?« murmelte die junge Frau. Sie warf einen letzten Blick auf die Gestalt des Papstes, der in der Menge der Bettler verschwand.

»Er wird ewigen Ruhm erlangen!« sagte Fulvio überzeugt.

»Aber Karl V. wird ...«

»Verhandeln müssen, und Klemens VII. wird ...«

»Komplotte schmieden!« beendete Zéphyrine seinen Satz.

Sie brachen in lautes Lachen aus.

»Salut! ... Sardine!«

Bei diesem Krächzen hoben Fulvio und Zéphyrine ihre Köpfe. Es war Gros Léon – ein sehr magerer Gros Léon mit geknickten Federn, der nur mit großer Mühe fliegen konnte.

»Da bist du ja!« rief Zéphyrine. »Du kommst noch rechtzeitig!«

Erschöpft von acht Tagen Hungerkur in der Kirche, wo er mit dem Glöckner eingesperrt gewesen war, ließ Gros Léon sich in die Hände seiner Herrin fallen.

»Mein Armer, wie siehst du denn aus?«

Zéphyrine drückte ihr Gesicht in das zerzauste Gefieder der Dohle.

»Wir selbst sehen auch nicht übel aus!« stellte Fulvio fest.

Zärtlich strich er über die bräunliche Wange seiner Frau. Die

Eheleute betrachteten einander: beide waren schmutzig, verlaust, mit falschen Pusteln, Narben und – zum Glück nur leichten – Wunden bedeckt.

»Würden Sie sich nicht auch so gern ein wenig waschen?«

Zéphyrine hatte keine Zeit, über Fulvios unmißverständliche Andeutung zu erröten. Vom anderen Ufer des Tiber waren Trommeln zu hören. Spanier und Landsknechte sammelten sich unter dem Befehl von Hauptmann Alarcon, der zweifellos sehr verwirrt darüber sein mußte, daß ein entkommener Gefangener freiwillig in sein Gefängnis zurückkehrte.

Fulvio nahm Zéphyrine bei der Hand und zog sie in den dunklen Brunnen – die erste Etappe auf dem Weg in die Sonne...

TEIL III

SIZILIANISCHE NÄCHTE

27

Die Rache der Liebe

Zéphyrine stieß einen Seufzer aus. Ein neuer strahlender Tag brach an. Sie kniff die Augen zusammen, weil das helle Licht sie blendete, während ihr die Düfte der Orangen-, Zitronen- und Mandelbäume süß in die Nase stiegen und sie vollends weckten.

Sie streckte sich unter der Decke ihres bequemen Bettes, dann stand sie auf und ging mit nackten Füßen auf dem Mosaikfußboden zum Fenster, um die Landschaft zu betrachten, die sie jeden Morgen neu bezauberte: der Ätna, der sich zehntausend Fuß über dem Meeresspiegel erhob, beherrschte den ganzen östlichen Teil der Insel und die weite Ebene Catanias, an deren Ende die sizilianische Besitzung der Farnello lag.

Von welcher Richtung aus Zéphyrine den Vulkan auch immer betrachtete, sie war stets fasziniert und beeindruckt von der riesigen Silhouette des ›Ungeheuers‹, dessen Spitze mit Schnee bedeckt war.

In dem Park, der sich spalierartig bis zum Ionischen Meer hin allmählich etwas senkte, vereinte eine so üppige Vegetation, wie Zéphyrine sie noch nie zuvor gesehen hatte, alle möglichen Farben, Düfte und Formen. Von den Griechen importierte Granatapfel-, Pistazien- und Nußbäume wuchsen neben Bäumen, die Sizilien den Arabern verdankte, wie Dattelpalmen, Johannisbrot- und Maulbeerbäume; und die Feigenbäume und Agaven waren, wie Zéphyrine erfahren hatte, vor zwanzig Jahren aus dem Neuen Spanien durch Conquistadores hergebracht worden.

Für jemand, der in dieser paradiesischen Umgebung lebte, stieß Zéphyrine erneut einen viel zu schweren Seufzer aus, dann ging sie zur Tür und rief nach Emilia und Carlotta.

In einem weißen Kleid mit einer Halskrause, ihre Haare geflochten und zu einer Krone aufgesteckt, begab sich Zéphyrine in die Gärten.

Mit Gros Léon und Demoiselle Pluche machte sie einen Rundgang durch den alten Besitz, der verschiedene Stilarten vereinigte. Auf den Ruinen eines alten Turmes, der im Jahre 392 von dem Tyrannen Dionysios von Syrakus erbaut und 902 von den Arabern zerstört worden war, denen die Vorfahren des Prinzen Farnello mütterlicherseits erbitterten Widerstand geleistet hatten, war das Schloß von einem normannischen Baron, Guillaume de Carentan, erbaut worden, mit dem sich die Savelli-Farnello durch Heirat um 1078 verbündet hatten.

Mit seinen Zinnen und den wunderschönen Fenstern, die von Einlegearbeiten aus schwarzem Bimsstein und Lava umgeben waren – den charakteristischen Ornamenten aller Gebäude dieser Insel –, beherrschte der Palazzo Farnello, der in den vergangenen zwei Jahrhunderten beträchtlich modernisiert worden war, mit seinen Wällen und Festungsmauern die Bucht von Ognino, wo Odysseus der Legende nach angelegt haben soll.

Nachdem sie Paolo einen Besuch abgestattet hatte, der sich in einem Häuschen im Park von seiner Verletzung erholte, kehrte Zéphyrine in die Festung zurück.

Am Fuße der Freitreppe seufzte sie zum drittenmal.

»Sind Sie müde, meine kleine Zéphyrine... hmm... Hoheit?« lispelte Pluche.

»Nein, es geht mir ausgezeichnet, Arthémise«, behauptete Zéphyrine und legte ihrer Anstandsdame herzlich ihre Hand auf den Arm.

»Soll ich vielleicht anspannen lassen? Wir könnten uns die Gegend anschauen, beispielsweise das griechische Theater von Taormina... Man sagt, es sei großartig«, schlug Pluche vor.

»Ich werde lieber lesen und auf...«

Zéphyrine biß sich rasch auf die Lippen. Fast wäre ihr entschlüpft: ›...auf die Rückkehr meines Mannes warten.‹ Sie konnte den Satz gerade noch abändern:

»...auf das Mittagessen warten.«

Mit einem Buch unter dem Arm verließ sie das Schloß gleich darauf wieder und machte es sich in einem Gartenhäuschen dicht am Meer bequem.

Sie blätterte kurze Zeit in dem alten Manuskript, das sie in der Bibliothek gefunden hatte. Sie bemühte sich, den Text zu entziffern, in dem ein Mönch von der »Sizilianischen Vesper« berichtete, dem blutigen Aufstand vom 30. März 1282 in Palermo. Ein unbedeutender Zwischenfall hatte das Massaker der Franzosen ausgelöst, und die wilde Revolte hatte sich über die ganze Insel ausgebreitet.

Zu jeder anderen Zeit hätte sich Zéphyrine, die an Kultur und Geschichte sehr interessiert war, für diesen Bericht begeistert, nun aber legte sie das Manuskript schon bald auf einen Steintisch und überließ sich ihren Gedanken und Träumen.

Seit Zéphyrine vor vierzehn Tagen die Insel betreten hatte, schwankte sie zwischen Glück und Enttäuschung.

Ihre geheime Qual hatte einen Namen: *Fulvio*!

Nach den schrecklichen Ereignissen in Rom hatten die jungen Leute und ihre treuen Gefährten dank der Bettler durch die gefährliche Katakombe die Stadt verlassen und in Richtung Neapel fliehen können.

Die Reise war alles andere als erholsam gewesen! Sie fuhren hauptsächlich nachts, sie hatten den schwerverletzten Paolo bei sich, junge Mädchen, die das Reisen nicht gewöhnt waren, und Demoiselle Pluche, die dauernd wiederholte: »Was wäre ohne den Heiligen Vater aus uns geworden? Wenn ich daran denke, daß er mich sozusagen unter seiner Soutane versteckt hat! Ah, er ist wirklich ein heiliger Mann, unser Heiliger Vater! Wenn ich nur daran denke, laufen mir schon Schauder über den Rücken!«

Bei diesen Worten überlief Pluche, die mit gefalteten Händen dasaß und ihre schielenden Augen zum Himmel erhob, tatsächlich ein Schauder.

Zéphyrine wußte nicht so recht, ob er von der Angst herrührte, welche die würdige alte Jungfer beim Angriff der Spanier ausgestanden hatte, oder ob es ein Glücksschauder war! Zéphyrine hatte Arthémise Pluche nämlich im Verdacht, sich in den Papst verliebt zu haben.

Acht Tage zusammen mit Klemens VII. eingeschlossen gewesen zu sein, schien der braven Anstandsdame völlig den Kopf verdreht zu haben, und zwar so sehr, daß Zéphyrine sich fragte, ob Giulio de Medici in einem Augenblick menschlicher Schwäche sich nicht vielleicht der tugendhaften Anstandsdame auf sehr unpäpstliche Weise zugewandt hatte.

Sie hatte aber nicht viel Zeit, sich um Pluches seelische Verfassung zu kümmern. In einer Gewalttour auf den von Spaniern heimgesuchten Straßen war es Fulvio und Zéphyrine gelungen, Neapel zu erreichen.

Ihre Leute hatten sie in zwei Heuwagen versteckt. Fulvio lenkte den ersten, Zéphyrine den zweiten. Sie spielten ihre Rollen als Bauern so großartig, daß sie übereifrige Soldaten stets überzeugen konnten.

Zwischen Fulvio und Zéphyrine waren merkwürdige Beziehungen entstanden. Manchmal fragte sich die junge Frau, ob ihr

Mann sie nicht als Knappen angestellt hatte. Seit der Engelsburg schien er größtes Vertrauen in sie zu setzen. Er fragte sie, wenn sie Rast machten, stets nach ihrer Meinung über den Weg und die Situation. Er hörte sie aufmerksam an, aber da sie nie allein waren, konnten sie sich über private Dinge nicht unterhalten.

In den Scheunen oder unter dem freien Himmel pflegte Fulvio immer neben Piccolo und Paolo zu schlafen, während Zéphyrine sich durchfroren neben Pluche und den Dienstmädchen ausstreckte.

Sie empörte sich innerlich darüber, sich nicht mit Fulvio zurückziehen zu können.

Trotz ihrer Müdigkeit konnte sie eines Nachts neben Pluche, die wie ein Korporal schnarchte, keinen Schlaf finden. Sie schlich sich aus dem Schafstall, wo sie Unterkunft gefunden hatten. In ihren Bäuerinnenkleidern, die sie jetzt anstatt der Bettlerlumpen trug, ging sie bis zu einem Ölbaum, an den sie sich lehnte. Ein Stern, der größer war als alle übrigen, strahlte hell am Himmel. Zéphyrine konnte ihre Augen nicht von ihm wenden.

Sie hatte den Schatten nicht bemerkt, der – mit einem Bauernkittel bekleidet – in seinem katzenartigen Gang auf sie zukam.

»Ja, schöne Dame, wie wir arme Menschen, so dreht sich auch die ganze Erde und der Mond um die Sonne!«

Fulvio beugte sich über Zéphyrine. Sie schlug unwillkürlich rasch das Kreuzzeichen.

»Seien Sie still! Es ist Häresie, so etwas zu sagen!«

Fulvios weiße Zähne leuchteten in der Dunkelheit. Er lachte leise und hob Zéphyrines Kinn etwas an, um sie zu zwingen, von neuem das Himmelsgewölbe zu betrachten.

»Wie können Sie, Zéphyrine, als das intelligenteste Mädchen seiner Generation, nur solche Gemeinplätze von sich geben? Auf dem Gebiet der Wissenschaften gibt es keine Häresien, hier regiert nur die Mathematik.«

»Wenn sich aber, wie Sie behaupten, Fulvio, die Erde tatsächlich drehen würde«, widersprach Zéphyrine, »so könnten wir nicht aufrecht stehen; und die Gegenstände, die wir in die Luft werfen, könnten nicht vor unseren Füßen zu Boden fallen – sie fielen dann vielmehr nach hinten.«

»Kein schlechtes Argument«, gab Fulvio zu. »Ich werde versuchen, Ihnen aus dem Gedächtnis heraus die Abhandlung wiederzugeben, die mein polnischer Freund Nikolaus Kopernikus mir vor dem Sacco di Roma geschickt hat. Ich weiß, daß er recht hat. Sehen Sie mal, Zéphyrine ...«

Er zog ihren Kopf an seine Schulter.

»Die Luft, die Wolken, die Vögel und wir selbst machen die Bewegung der Erde mit... und ebenso die sieben Planeten, die sich auch um die Sonne drehen.«

»Aristoteles und Ptolemäus haben aber gesagt, daß...«

»Sie sind jedenfalls der hübscheste kleine Soldat auf dieser Welt, der sich dreht... Sie könnten alle Astronomen zur Verzweiflung bringen.«

Fulvio küßte seine Frau ganz leicht auf die Stirn. Bevor er sich entfernte, gab er ihr noch folgenden Rat:

»Gehen Sie rasch schlafen, Zéphyrine; wenn alles gut geht, werden wir morgen in Neapel an Bord eines Schiffes gehen...«

Die Flüchtlinge hatten es einer nützlichen Beziehung Fulvios zu verdanken – einem jüdischen Wucherer im Hafen, dem der Prinz vor zehn Jahren bei einer Schlägerei das Leben gerettet hatte –, daß sie auf einer Galeere an Bord gehen konnten, deren portugiesischer Kapitän Küstenschiffahrt zwischen Messina und Malta betrieb.

Der Mann war – für tausend Sequins pro Person – bereit, die Flüchtlinge, ohne Fragen nach ihrer Identität zu stellen, nachts im Hafen von Catania abzusetzen.

Fulvio hatte lieber sämtliche Vorsichtsmaßnahmen getroffen, denn Sizilien wurde von einem spanischen Vizekönig regiert, der bei den Einheimischen verhaßt war. Allerdings hoffte der Prinz, daß die Vandalen von Rom nicht daran gedacht hatten, Boten auf die Insel zu schicken, die seine Parteinahme für den Papst verraten würden.

In dem Chaos, das in Rom herrschte, hielten die Männer Karls V. den Prinzen Farnello vielleicht für tot, wenn sie ihn nicht gar vollkommen vergessen hatten.

Während der Überfahrt, die wegen Windstille mehrere Tage dauerte, langweilte sich Zéphyrine mit Pluche und ihren Dienstmädchen in der Getreidekammer, wo die portugiesischen Seeleute ihnen etwas Platz freigemacht hatten. Fulvio und seine Männer schliefen im untersten Schiffsraum.

Die junge Frau hatte gehofft, ein Bad nehmen zu können. Aber das war auf diesem Schiff unmöglich. Sie wurde nachts immer wieder wach, weil der gräßliche Gestank der Galeerensträflinge sie anwiderte.

Sie konnte sich auch nicht an das Stöhnen dieser an ihren Bänken angeketteten Männer gewöhnen, an die Peitschenhiebe, mit denen die Wärter sie ausgiebig bedachten, wenn die Segel ihren Rudern nicht etwas Arbeit abnahmen.

Morgens ging Zéphyrine an Deck, wo sie endlich Fulvio treffen konnte, der höfliche Floskeln mit dem Kapitän oder dem Deckoffizier tauschte.

»Haben Sie gut geschlafen, Zéphyrine? Nur Mut, wir sind bald da...«

Fulvio zog seine junge Frau zum Vorderdeck. Er küßte ihr die Hand, erkundigte sich besorgt, ob sie etwas benötige, dann ließ er sie mit Pluche allein und ging in den Schiffsraum zu Paolo zurück.

Zéphyrine stellte allerlei Mutmaßungen über sein ausweichendes Benehmen ihr gegenüber an.

›Vielleicht bedauert er sein Mitgefühl für mich inzwischen schon, und es tut ihm leid, mich mitgenommen zu haben... Im Grunde ist er ja doch zur Liebe unfähig.‹

Sie lehnte an der Reling. In trübe Gedanken versunken, betrachtete sie in der Abenddämmerung die Äolischen Inseln und den riesigen rötlichen Vulkankegel von Stromboli, als Fulvio ihr beide Hände auf die Schultern legte. Sie versuchte, ihre Tränen zu verbergen. Fulvio schien sie auch gar nicht zu bemerken, er deutete auf den Vulkan:

»Man muß immer auf der Hut vor dem Zorn dieser Riesen sein... Im Jahre 79 nach Christus begrub der Vesuv in der Nähe von Neapel unter seiner glühenden Asche zwei Städte: Herculaneum und Pompeji... Man hat von diesen Städten keine Spur mehr finden können... Im Schlaf umschlungene Pärchen hatten nicht einmal die Zeit aufzuwachen, so schnell ging alles...«

Zéphyrine konnte ein Zittern nicht unterdrücken. Fulvio umfaßte ihre Taille und flüsterte ihr ins Ohr:

»Überlegen Sie nur mal, Zéphyrine, was für ein Schicksal!... Sich zu lieben und nackt aneinandergeschmiegt zu sterben, in einer solchen Erstarrung für alle Ewigkeit vereint.«

Fulvios Lippen liebkosten Zéphyrines Wange. Die junge Frau bebte vor Glück.

»Ich ziehe das Leben vor, Fulvio... das Leben mit dem Mann, den ich liebe...«

Sie wandte sich um. Fulvio beugte sich über sie. Genau diesen Augenblick wählte aber dieser Dummkopf von portugiesischem Kapitän, um ihnen mitzuteilen:

»Wir werden in Kürze die Meerenge von Messina passieren... In der kommenden Nacht setze ich Sie an Land, Signor Cornelio...«

Unter diesem Namen reiste Fulvio nämlich, um sein Inkognito zu wahren.

Zwei Tage später erreichten die Flüchtlinge auf Maultieren die sizilianische Burg der Farnello.

Nichts war für ihren Empfang vorbereitet. Marco und Perruchia, das Verwalterpaar, versetzten das ganze Dorf in Aufruhr, und kurze Zeit später legte eine große Schar junger Sizilianer in der alten Burg Hand an.

In den ersten Tagen waren die Flüchtlinge damit beschäftigt, sich häuslich einzurichten. Fulvio übergab Zéphyrine galant die Schlüssel zu allen Gemächern, Türmen, Gewölben und Kellern. Er überließ ihr die schönsten Zimmer im ersten Stockwerk, deren Terrassen aufs Meer hinausgingen.

Von ihrem riesigen Himmelbett aus, in dem sie allein schlief, konnte Zéphyrine das azurblaue Meer sehen.

»Und wo sind Ihre Gemächer, Fulvio?« Es kostete Zéphyrine viel Überwindung, diese Frage zu stellen.

In leichtem Plauderton erwiderte Fulvio:

»Natürlich im Schloßturm des Tyrannen...«

Zéphyrine biß sich auf die Lippen. Der Turm des Dionysios von Syrakus war am weitesten von ihren Gemächern entfernt.

›Warum spielt er nur so mit mir?‹ dachte sie. ›Ich kann mich doch nicht ihm zu Füßen werfen... oder aber seine Verletzung macht ihm noch immer zu schaffen...‹

Zéphyrine beobachtete ihren Mann genau. Aber der Prinz schien völlig geheilt zu sein. Er unternahm lange Ausritte, bei denen er seine Frau nicht mitnahm... er badete sogar im Meer.

Kurzum, Fulvio war offensichtlich wieder völlig gesund. Er verwöhnte Zéphyrine, schenkte ihr Schmuck und Kleider, die er in Palermo, Messina, Catania oder Syrakus bestellte. Er hatte auch, extra für ihre Ausritte, einen Zelter angeschafft. Er erkundigte sich immer wieder, ob sie mit ihrer Unterbringung, mit den Dienstboten und dem Klima zufrieden sei. Abends küßte er ihr galant die Hand und verschwand aus dem Palast.

Zéphyrine magerte ab. Sie fuhr nachts aus dem Schlaf hoch und hoffte, daß ihr Mann in ihr Zimmer einzudringen versuchte. Aber das ereignete sich nie, und morgens hörte sie, wie Fulvio sein Pferd in den Stall zurückbrachte.

Sie konnte die Augen nicht davor verschließen: Fulvio verbrachte jede Nacht außerhalb des Schlosses...

Um ihrem Unglück die Krone aufzusetzen, hatte Zéphyrine auch noch von ihren Dienstmädchen gehört, daß die Prinzessin

Carolina Bigallo in ihrem Palast in Taormina eingetroffen war. Zweifellos schlief Fulvio in ihren Armen!

Krank vor Eifersucht, versuchte Zéphyrine, die entschlossene Miene aufzusetzen, welche zu einer betrogenen Ehefrau paßt, die ihrem Gemahl überhaupt noch nie angehört hatte.

Zum Abendessen kamen oft sizilianische Prinzen, Nachbarn und Freunde Fulvios, in den Palazzo.

Aus ihren Gesprächen erfuhr Zéphyrine sehr viel über die Geschichte Siziliens. Trotz ihres Kummers konnte sie nicht widerstehen, sich an den angeregten Unterhaltungen zu beteiligen.

»Ich habe irgendwo gelesen, daß die ersten Bewohner dieser Insel drei Völkerstämmen angehörten: den Sikulern, den Sikanern und den Elymen... Stimmt das, Hoheit?«

Zéphyrine stellte diese Frage ihrem Tischnachbarn, dem alten Prinzen Francesco Piloso, einem Nachkommen der normannischen Könige von Sizilien Wilhelm I. und Wilhelm II.

»Sie haben recht, Prinzessin, aber diese Völkerstämme wurden rasch von den phönikischen Seefahrern verdrängt. Diese zogen sich, als die Griechen auf die Insel kamen, nach Karthago zurück, das sie gegründet hatten.«

»Stimmt es, daß sich die Dichter Pindar, Aischylos und Plato eine Zeitlang auf Sizilien aufhielten?« erkundigte sich Zéphyrine.

»Es wird in den alten Texten jedenfalls behauptet. Pindar soll sogar von den sizilianischen Tyrannen gefeiert worden sein, und ich für meine Person glaube gern daran, Prinzessin, denn selbst Odysseus soll – wie es in der ›Odyssee‹ heißt – in Sizilien, direkt unter Ihrem Palast, an Land gegangen sein... Der Tod des Minos, der den aus dem Labyrinth entflohenen Dädalus suchte, ereignete sich nicht weit von hier; und auch der Argonautenmythos spielte auf unserem geliebten Sizilien.«

»Und die römische und byzantinische Herrschaft?«

»Die römische ging der Herrschaft der Ostgoten voraus, und im 7. Jahrhundert gehörte die Insel zum byzantinischen Reich. Dann setzten sich die Araber auf Sizilien fest... Schließlich eroberten 1072 meine normannischen Vorfahren die Insel, zusammen mit Robert Guiscard und seinem Bruder Roger, dessen Kühnheit sprichwörtlich geworden ist...«

»Unter ihrer weisen Regierung wurde Sizilien doch reich, Messire Piloso, nicht wahr? Der Flachsanbau wurde doch stark gefördert, Schlösser und Kathedralen gebaut?«

»Genau, Madame«, bestätigte der alte Francisco stolz. »Unter der Herrschaft der Normannen wurde Sizilien zu einem blühenden Land.«

»Blieb es das nicht auch noch unter den Staufern?«

»Ich muß zugeben, daß beim Tod von Wilhelm II. dem Normannen, als der deutsche Kaiser Heinrich VI. seine Rechte geltend machte und sich der Insel bemächtigte ...«

»Im Jahre 1194?«

»So ist es, Madame. Damals brach eine sehr gute Zeit an. Heinrichs Sohn, der große Friedrich II. von Hohenstaufen, war ein außergewöhnlich fähiger Herrscher. Bis zu seinem Tode im Jahre 1249 lebte er fast ständig auf unserer Insel. An seinem Hof verkehrten viele hervorragende Künstler. Leider brach nach seinem Tode die Anarchie aus. Papst Urban IV. – ein Franzose, Madame – rief gegen den Bastard Manfred den Bruder Ihres Königs Ludwig IX., des Heiligen, Karl von Anjou zu Hilfe ... Damit begann – entschuldigen Sie bitte, daß ich Sie beleidigen muß – die triste Periode der Besetzung Sizilien durch die Anjou ...«

»Ich weiß genau, Messire, daß die Franzosen sich hier so verhaßt gemacht haben, daß ihre Herrschaft mit dem berühmten Aufstand – der ›Sizilianischen Versper‹ – endete.«

»Dank dieses Aufstandes konnte Peter von Aragonien, den die Sizilianer selbst zu Hilfe gerufen hatten, die Insel seinem zweiten Sohn Ferdinand übergeben ... Unser Schicksal hatte sich verändert: abgetrennt vom Königreich von Neapel erlebte Sizilien eine lange Periode der Instabilität, gekennzeichnet durch Kämpfe unter den Feudalherren und durch das Wüten der schwarzen Pest ... Nun, und schließlich, vor etwas mehr als hundert Jahren, wurde unsere Insel unter König Martin von Aragonien einem autonomen Verwalter anvertraut, und sie wird jetzt von einem spanischen Vizekönig regiert.«

»Messire Piloso, wie können Sie als edle Sizilianer nur die Arroganz und Wichtigtuerei dieser katalanischen Aristokratie ertragen?« erkundigte sich Zéphyrine, während sie geschickt die lange Gräte eines gebratenen Fisches entfernte.

»Sehr schlecht, Madame ... wir krümmen den Rücken und warten auf bessere Zeiten.«

»Würde also niemand gegen Karl V. revoltieren?« entrüstete sich Zéphyrine.

Die ganze Tischrunde verstummte betreten. Um das Unbehagen, das Zéphyrines Frage hervorgerufen hatte, zu vertreiben, lachte Fulvio schallend:

»Passen Sie nur auf, Piloso, meine Frau ist bei Wortgefechten einfach schrecklich! Ich kenne niemanden auf der Welt, der ihr widerstehen könnte ...«

Fulvio hob seinen Humpen und prostete Zéphyrine zu. Die Gäste machten es ihm nach. Alle tranken auf die Gesundheit der jungen Prinzessin Farnello.

»Meine Freunde«, fuhr Fulvio fort. »Ich habe noch eine Überraschung für Sie. Die göttliche Maria Solenara, die ich mehrmals im Theater von Catania singen hörte ...«

›Damit verbringt Fulvio also seine Abende‹, dachte Zéphyrine wütend, ›er lauscht dieser blökenden Ziege!‹

Die Gäste klatschten laut Beifall. Zéphyrine mußte sich das Girren eines ›unglücklicherweise‹ bezaubernden Geschöpfes mit braunen Haaren und feurigen schwarzen Augen anhören, das dem Hausherrn schmachtende Blicke zuwarf.

Als alle Zuhörer auch noch in den ›idiotischen‹ Refrain einstimmten, in dem von Sonne und Leidenschaft die Rede war, glaubte Zéphyrine zu ersticken.

Fulvio warf der Sängerin eine Blume zu. Sie fing sie im Fluge auf und drückte einen Kuß darauf.

Das war einfach zuviel!

Zéphyrine wartete auf den Auftritt der sizilianischen ›puparos‹, Puppenspieler, die dem Publikum volkstümliche Geschichten vorführten. Als alle den Abenteuern dieser Marionetten, die man in Frankreich nicht kannte, aufmerksam lauschten, stand Zéphyrine auf und zog sich auf eine Terrasse zurück. Sie hielt es einfach nicht mehr aus. Sie schluchzte wild auf. Sie machte sich lächerlich: wegen eines Mannes krank vor Liebe und Eifersucht zu sein, der sich über sie nur lustig machte!

›Und wenn sie einfach zu ihm gehen und ihn anflehen würde, dieses grausame Spiel zu beenden, wenn sie sich in seine Arme werfen würde ... wenn sie schreien würde: ich gehöre nur Ihnen ... ich liebe Sie, Fulvio!‹

Sie zerknüllte verzweifelt ihr Taschentuch. Fulvios Worte kamen ihr in den Sinn: »Ich sage Ihnen ganz offen, Donna Zéphyra, daß ich mich für all Ihre Beleidigungen rächen werde ... An dem Tag, wo Sie mich auf Knien um Gnade bitten werden, wo Sie beschwörend meinen Namen rufen und mich um Erbarmen und um meine Liebe anflehen werden – an jenem Tage werde ich Ihnen keine Verzeihung gewähren, sondern mich revanchieren und mich an Ihnen bitter rächen.«

Das waren seine Worte in der Kutsche gewesen, als Zéphyrine ihm ihren Haß ins Gesicht geschleudert hatte.

Sie mußte verrückt gewesen sein, ihn so verächtlich zu behandeln, ihm zu trotzen... und nun rächte er sich wirklich... Die Ereignisse der letzten Zeit hatten sie einander aber doch nähergebracht... Warum hatte er sie glauben lassen, er liebe sie?

»Cara mia... Amore mio.« Er mußte diese Worte nur gesagt haben, um sich über sie lustig zu machen, um sie anschließend um so besser zurückstoßen zu können.

Zéphyrine hatte das Gartenhäuschen erreicht, in das sie sich gern zurückzog. Hier war der Lärm aus dem großen Saal nur noch gedämpft zu hören.

Eine leichte Brise streifte ihre Schultern. Der Duft der Geißblätter, vermischt mit der Meeresluft, betäubte sie fast.

Sie lehnte ihren Kopf an die Mauer und ließ ihren Tränen freien Lauf.

Leichter Nebel hüllte die Mondsichel ein. Sie war ganz allein auf der großen Welt, ohne Liebe und Zuneigung, wenn sie von Pluche und Gros Léon einmal absah.

Plötzlich richtete sie sich auf. Aus den nahen Rhododendronbüschen waren die Klänge einer Mandoline zu hören. Welcher Musikant nahm sich da so viel heraus?

Zéphyrine trocknete rasch ihre Tränen. Die Stimme eines fahrenden Sängers tönte durch die Nacht. Humorvoll erzählte der Troubadour die tragikomische Geschichte von einem Tyrannen, der von einer schönen Fremden bezwungen wird. Zéphyrine biß sich auf die Lippen. Mit einem Gang, den sie unter Tausenden erkannt hätte, näherte sich der Mann dem Gartenhäuschen.

Mit rasendem Herzklopfen betrachtete Zéphyrine das maskierte Gesicht, das aus der Nacht auftauchte.

»Fulvio«, flüsterte sie.

Mehr konnte sie nicht sagen, denn die Lippen des Prinzen preßten sich auf die ihrigen. Es war ein wilder, verliebter Kuß, bei dem Zéphyrine vor Leidenschaft erbebte.

Sie war diesem Mund, der ihr Leben schenkte, völlig ausgeliefert. Sie erwiderte hingebungsvoll die glühendsten Küsse ihres Mannes. Wie hatte sie nur leben können, ohne diesen Genuß zu kennen?

Sie hatte jeden Stolz abgelegt. Sie lechzte nach seinen Küssen, öffnete ihre Lippen, liebkoste Fulvios Zunge, seinen Gaumen und seine Zähne, saugte sich an ihm fest, als wollte sie an dieser Quelle trinken.

Einen Augenblick lang löste er sich von ihr, um das hübsche Köpfchen zu betrachten, das sich in seinen Armen zurücklehnte.

»Sie haben Fortschritte gemacht, mein Liebling«, stellte er fest. Er lächelte unter seiner Maske. Er wollte sich also wieder über sie lustig machen. Sie wollte sich losreißen. Aber er hielt sie fest.

»Nein, so etwas soll es zwischen uns nicht mehr geben, meine Geliebte...«

Mit ruhiger Sicherheit hielt Fulvio seine junge Frau an sich gedrückt. Behutsam küßte er ihr Gesicht, ihre geschlossenen Lider, er wischte ihr die Tränen von den Wangen.

»Mein Salamanderweibchen... Mein Liebling... Göttliche Zéphyrine!«

Bei diesen Worten nahm Fulvio seine Maske ab.

Wie der Unbekannte vom Camp du Drap d'or legte er zwei Finger auf Zéphyrines zitternde Lippen.

»Sieh mich an, Geliebte, ich bin derjenige, der dich immer geliebt hat... seit jener Brandnacht, wo ich dich in Frankreich in meinen Armen hielt... Das war tatsächlich ich... Ich konnte dich nie vergessen... Passione della mia vita... Tesoro mio... Von nun an soll es zwischen uns keinen Hochmut mehr geben, nur noch Liebe.«

»Aber warum haben Sie mich so lange warten lassen... Wollten Sie sich rächen?« stammelte Zéphyrine.

»Mich rächen?«

Fulvio hob die Brauen. Er schien seine Drohungen vollkommen vergessen zu haben.

»Du wirst es bald verstehen, Liebste... Ja, ich werde mich rächen, indem ich dich leidenschaftlich liebe... Diese Nacht gehört uns, und wir werden sie allein auf der ganzen Welt verbringen«, flüsterte Fulvio.

Seine ungeduldigen Arme umschlangen Zéphyrine von neuem. Während ihre Lippen sich vereinten, hob der Leopard seine Frau hoch. Den Kopf an sein Wams gelehnt, ließ sie sich von ihm zu einem gesattelten Pferd tragen.

Zéphyrine war ganz verzaubert. Fulvio liebte sie... und sie liebte Fulvio.

In diesem Augenblick intensiven Glücks dachte Zéphyrine gerührt an Nostradamus. Hatte der Magier ihre Liebe zu Fulvio nicht vorhergesehen?...

Direkt über dem Salamanderweibchen stand am sizilianischen Himmel der Große Bär.

28

Der Pavillon am Ätna

Zéphyrine betrachtete erstaunt den unwirklichen Ort, an den Fulvio sie gebracht hatte.

Im Licht einer Fackel, die Fulvio in der Hand hielt, waren sie einen Serpentinenweg inmitten von Kastanienbäumen und Birken emporgeritten, bis sie zu einer Lichtung kamen.

An den Berg geschmiegt, strahlte ein kleiner Pavillon helles Licht aus – in allen Fenstern hingen Lampions.

Fulvio stieg vom Pferd. Er steckte die Fackel in einen gehämmerten Eisenpfahl. Er erlaubte Zéphyrine nicht, selbst abzusitzen, sondern nahm sie wieder in seine Arme.

»Wo sind wir?« flüsterte die junge Frau.

»Auf den Abhängen des Ätna, Geliebte. In einem Pavillon, den ich für dich und mich erbauen ließ, tesoro mio ... An einem Ort, wo wir fern von allen Menschen, von der ganzen Welt sind ... Ein neues Bauwerk – neu wie unsere Liebe ... Das ist der Grund, weshalb ich mich dir nicht nähern, dich nicht berühren wollte ... anders hätte ich das Warten nicht ausgehalten ...«

Zärtlich trug Fulvio Zéphyrine in das einzige Zimmer dieses bequemen Häuschens, das auf erkaltetem Lavagestein stand.

Vor dem Feuer, das im Kamin brannte, stand ein breites Bett, über das eine blendend weiße Decke gebreitet war. Darauf legte Fulvio seine Frau.

Mit unerträglicher Langsamkeit schnürte er ihr Kleid auf und holte ihre runden Brüste, von denen er so oft geträumt hatte, unter dem Korsett hervor. Mit seinen heißen Lippen liebkoste er die rosigen Brustwarzen. Zéphyrine schloß die Augen. Schauder der Lust überliefen ihre Lenden. Endlich würde sie das große Mysterium kennenlernen.

Zéphyrine spürte, daß Fulvio sie als erfahrener Liebhaber behutsam behandeln wollte. Obwohl er sicher war, daß sie schon anderen Männern gehört hatte, wollte er so tun, als hätte sie noch nie die körperliche Liebe kennengelernt. Das war der schönste Liebesbeweis, den ihr dieser feurige Romane erbringen konnte.

Er hatte sie dermaßen begehrt, daß er in dem Moment, wo er sie endlich besitzen konnte, eine Art Schmerz und sogar ein leichtes Zögern empfand.

Es war Zéphyrine, die ihn provozieren mußte. Sie verging fast vor Ungeduld, ihm endlich zu gehören. Sie schlang ihre Arme um seinen Hals. Sie spürte, wie sein Unterleib und seine Brust vor Begierde bebten.

Von Fulvios Liebkosungen halb entblößt, die Röcke hochgeschlagen, seufzte Zéphyrine sehnsüchtig. Fulvio betrachtete sie: Sie lag da, schön, erwartungsvoll, mit feuchten Lippen. Ihr goldenes Haar umrahmte wallend ihr hinreißendes Gesicht. Für ihn entdeckte sie den uralten Ruf der Frau:

»Komm... komm...«

Er konnte nicht widerstehen. Seine Begierde war zu groß. Sie berauschte ihn wie köstlicher Wein. Er hatte sie mit den raffiniertesten Küssen und Liebkosungen in Ekstase versetzen wollen, aber nun konnte er nicht mehr warten.

Er nahm sich nicht die Zeit, sich vollständig auszuziehen, riß sich nur Wams und Hose vom Leib, spreizte Zéphyrines Schenkel und bemächtigte sich ihrer wie ein Vandale.

Zéphyrine empfand einen Schmerz wie von einem Dolchstoß. Sie stieß einen Schrei aus, der Fulvio erstaunte, dann vermischte sich der Schmerz mit einer Lust, die sie bisher nicht gekannt hatte.

Zéphyrine ließ sich, vom Rhythmus ihrer Körper mitgerissen, ins Land der Liebe tragen.

»Nächstes Mal werden wir es besser machen, schöne Dame...«, sagte Fulvio zärtlich.

Der Prinz hob Zéphyrines hübsches Köpfchen etwas an und bedeckte es mit Küssen. Die Entdeckung, daß seine Frau noch unberührt gewesen war, erschütterte ihn mehr, als er zugeben wollte.

Wie alle Liebespaare, die ihre gegenseitige Leidenschaft entdecken, blieben Fulvio und Zéphyrine lange Zeit innig umarmt liegen. Sie flüsterten einander zärtliche Worte ins Ohr, dann verstummten sie ganz, von ihren Gefühlen überwältigt.

Behutsam zog Fulvio seine Frau vollends aus, dann tat er das gleiche, und sie schlüpften unter die Decke.

Nackt an die Brust ihres Mannes geschmiegt, dachte Zéphyrine berauscht: ›Ich bin eine richtige Frau... Das also ist die Liebe, diese herrliche Lust... diese völlige Hingabe.‹

Ein leichter Schmerz im Unterleib erinnerte sie daran, daß ihr Körper – dank Fulvio – sich für immer verändert hatte.

»Ich bete die Liebe an, ich bete dich an...«, flüsterte sie und sah Fulvio zärtlich an.

Ihre Lippen vereinigten sich von neuem. Mit ganz neuen sinnlichen Gelüsten beugte sich Zéphyrine über ihren Mann.

Fulvio brummte zufrieden; ein schier unwiderstehliches Verlangen stieg wieder in ihm auf.

Wie er sie liebte, seine kleine Prinzessin! Sie war noch viel leidenschaftlicher, als er je zu träumen gewagt hatte.

Unter der äußeren Schale einer schönen Intellektuellen verbarg sich also dieses Temperament, das Fulvio noch viel mehr hinriß als ihre Klugheit.

Obwohl er darauf brannte, ihr alle Geheimnisse der Liebe zu zeigen, löste sich der Prinz aus Zéphyrines Armen. Er stand auf. Mit der gelassenen Schamlosigkeit eines selbstsicheren Mannes rieb er sich mit Weingeist ab.

Zéphyrine lag entspannt auf dem Bett und betrachtete den muskulösen Körper ihres Mannes. Sie entdeckte die Narben auf seiner Brust, seinem Rücken, seinen Schenkeln – Andenken an seine Schlachten. Ihr Blick verweilte auf seinen Geschlechtsorganen, deren mächtige Kraft sie schon liebte, weil sie ihr solche Lust zu schenken vermochten.

Fulvio zog einen Morgenrock aus rotem Damast an, verknotete die Kordel, trat dann wieder ans Bett und schlug die Decke zurück.

»Du bist so zart«, murmelte er, während er zärtlich über ihre goldenen Schamhaare strich.

Sie erbebte und wollte ihre Schenkel öffnen. Trotz seines Verlangens, sie zu erregen, hielt er inne. Einige Blutstropfen schimmerten rot auf dem gestickten Leintuch.

»Es ist noch zu früh ... Ich muß an dich denken ... Komm, meine Liebste!«

Diesmal bezwang er seine rasende Begierde und reichte ihr ein hauchdünnes Negligé.

Plötzlich wieder ganz schamhaft, versuchte Zéphyrine, ihre Blöße vor den bewundernden Blicken ihres Mannes zu verbergen. Er aber schob gebieterisch ihre Hände beiseite, die sie auf ihre vollen Brüste gelegt hatte, und murmelte mit einem leisen Lachen:

»Versteck doch nicht, was so schön ist!«

Bei diesen Worten warf Zéphyrine sich in seine Arme.

»Fulvio, das gleiche hast du im Camp du Drap d'or zu mir gesagt. Warum hast du mir nicht sofort gestanden, wer du bist? O Fulvio!«

›Du hättest uns damit viel Unglück und Leid erspart‹, setzte sie in Gedanken hinzu.

»Ich habe es versucht«, protestierte Fulvio. »Lange Zeit habe ich die blaue Feder aufbewahrt, die ich dir am Strand gestohlen hatte. Ich wollte sie dir am Abend unserer Hochzeit zeigen, tesoro mio. Es ist wahr, wenn ich genügend Zeit dazu gehabt hätte, wären uns viele Kämpfe erspart geblieben ... Aber meine Zéphyrine wollte ja nichts hören und sehen. Was kann denn ein törichter verliebter Mann schon gegen den Starrsinn einer eigensinnigen Jungfrau ausrichten? Du hast mir Angst eingejagt ...«

Er sah bei diesen Worten so drollig aus, daß Zéphyrine schallend lachte.

»Du und Angst! ... Fulvio, der Leopard, vor dem alle Welt zittert ... nein, das glaube ich nicht ... Im Gegenteil, du wolltest mir Furcht einjagen ...«

»Hm ... Hast du Hunger?«

Fulvio zog seine junge Frau zu einem niedrigen Tischchen am Kamin, auf dem ein Imbiß vorbereitet war.

Im Schneidersitz auf einem Bärenfell sitzend, verzehrten sie mit dem Appetit der Liebe einen Schwertfisch aus Messina und Sardinen mit Sellerie, Tomaten und Zwiebeln.

»Gefällt dir unsere sizilianische Küche?« erkundigte er sich.

»Ich liebe sie ... wie dich ...«, seufzte Zéphyrine.

Sie nagte mit ihren schönen Zähnen den Flügel eines gefüllten Truthahns ab.

Fulvio füllte ihr Glas mit einem Marsala, der ihr ein leichtes, angenehmes Schwindelgefühl verursachte.

»Warum hast du in dem Gartenhäuschen geweint?« murmelte Fulvio.

Er griff nach ihrer Hand und küßte sie.

»Warum ich weinte, Monseigneur Farnello? ... Das fragst du noch?!« erwiderte Zéphyrine. »Weil du mich wegen dieser Grille im Stich gelassen hattest!«

Fulvio lachte schallend.

»Meine Zéphyrine war also eifersüchtig auf Maria Solenara! Das ist zu schön, um wahr zu sein!«

»Sie sollten sich nicht über mich lustig machen, mein Herr Gemahl. Denn ich liebe Sie von ganzer Seele. Ich habe Ihnen mein Herz geschenkt, und wenn Sie es verschmähen, wenn Sie mit mir nur spielen ...«

Fulvio stellte seinen Teller ab und trat zu seiner jungen Frau. Er lehnte sein Gesicht an ihr leuchtendes Haar.

»Spürst du denn nicht, daß du geliebt wirst ... einzigartig, leidenschaftlich geliebt?«

»Einzigartig?« wiederholte Zéphyrine.

»Ohne Einschränkungen... Was bedeuten mir schon andere Frauen?«

»Oh! Ihre Carolina Bigallo...«, protestierte Zéphyrine.

»Wovor hast du Angst?... Du, meine Schöne, mein Salamanderweibchen... Cara mia, wie kannst du nur an deiner Macht über mich zweifeln? ... Bellissima mia... Carolina Bigallo, Andrea Pazzi... das war doch nichts Ernsthaftes... Maria Solenara ist etwas anderes. Sie gehört zu einer Gruppe von Sizilianern, die jedem ausländischen Unterdrücker Widerstand leisten... Das ist der Grund, weshalb ich sie seit unserer Ankunft oft gesehen habe. Die Mitglieder der ›Ehrbaren Gesellschaft‹ verteidigen unsere Freiheit. Sie treffen sich im Theater von Catania, wo sie singt...«

Zéphyrine machte einen Schmollmund.

»Das ist wirklich eine schöne Erklärung... Sie hätten mich doch mitnehmen können, mein Herr Gemahl!«

»Ich wollte, daß meine Zéphyrine sich von all den Dramen erholt, die wir erlebt haben... Wir bereiten den Widerstand vor, und ich muß den Kopf dafür freihaben... Nicht um meine Zéphyrine bangen zu müssen, nicht an die Liebe denken...« In Gedanken fügte er noch hinzu: ›Ich wollte nicht, daß du in neue Gefahren hineinstolperst.‹

»Wie heißt diese Gruppe? Die ›Ehrbare Gesellschaft‹?«

»Ja... oder Maffia, vom toskanischen ›Misere‹ – ›Elend, Not, Pein‹. Bald wird die Parole in allen sizilianischen Städten erschallen: ›Morte alla Espagna, Italia anela‹ – ›Tod den Spaniern, das ist der Ruf der Italiener!‹«

Aus Rücksicht sagte er ihr nicht die ursprüngliche Parole, in der es statt ›Spaniern‹ ›Franzosen‹ geheißen hatte, aber die junge Frau wußte es ohnehin. Sie blickte Fulvio dankbar an, dann senkte sie die Augen.

»Maffia... brrr... dieser Name jagt mir einen Schauder über den Rücken – er hat für mich etwas Grausames an sich...«

»Liebste, die ›Ehrbare Gesellschaft‹ besteht nur aus Patrioten. Du bist zu nervös. Deine Nerven sind noch vom Sacco di Roma angegriffen. Denk nicht mehr daran – denk nur noch an uns. Es ist viel wichtiger, daß du endlich weißt, wer ich bin, amore mio, und ich will dir nun auch erzählen, warum ich dich zu unserer Heirat gezwungen habe...

Ich war ein einsamer Mann und beschäftigte mich nur mit meinen Ländereien, mit Politik und Kämpfen. Verzeih mir, aber ich hatte damals nur einen Gedanken: ich wollte mich für die Schlacht von Marignano rächen, ich wollte mich an deinem König rächen. Als ich nach Frankreich kam, mit einer Botschaft Karls V. an Heinrich VIII., dachte ich kaum an Frauen, sie dienten mir nur als angenehmer Zeitvertreib ... Auf gar keinen Fall dachte ich an Heirat ... Die erste Person, die ich bei meiner Ankunft im Camp du Drap d'or sah, war ein hinreißendes kleines Gänschen, das jedermann in einem Ton Befehle erteilte, der mich amüsierte. Ich sah dich später beim Turnier wieder, inmitten einer Schar von Hoffräulein ... Du warst so stolz, so zart und schön, daß ich mich – von dir abgelenkt – fast von meinem Gegner hätte aus dem Sattel heben lassen – zum Glück war er aber ein miserabler Turnierkämpfer.«

»Der schwarze Ritter waren also Sie ... Im Grunde wußte ich es!« murmelte Zéphyrine, ihren Kopf an Fulvios Brust geschmiegt.

»Du ahnst, was dann geschah ... Ich schlief am Strand, hinter einem entwurzelten Baumstamm, um mich vor dem Wind zu schützen, als meine Zéphyrine mit dem armen Jungen – diesem Bastien – daherkam, den sie quälte ... ›Die hübsche kleine Göre‹, dachte ich, ›ich würde sie gern um Gnade winseln lassen‹. Du erregtest mich, du interessiertest mich schon viel zu sehr ... Ich machte mir den Spaß, mir dein Barett mit der blauen Feder zu stehlen, die ich bis Rom immer bei mir hatte ...«, sagte Fulvio ernst.

»Und dann?« fragte Zéphyrine wie ein kleines Mädchen, das wissen will, wie eine Geschichte weitergeht.

»Ich mußte am nächsten Tag aufbrechen, und ich wollte nicht auf den Ball gehen, den Franz I. veranstaltete. Meine Mission als Sonderbeauftragter Karls V. erforderte Diskretion. Ich lief durchs Lager und träumte von politischen Konstellationen, von Allianzen ... Alle waren beim Ball. Plötzlich sah ich einen hellen Lichtschein in einer dunklen Allee, und ein kleines mißgestaltetes Geschöpf rannte auf mich zu und schrie: ›Rasch, Monsieur, eine Frau ist in diesem Zelt von den Flammen eingeschlossen!‹ ...«

»Ein kleines Geschöpf ... ein Zwerg?« erkundigte sich Zéphyrine leichenblaß.

»Ein Zwerg, ja, aber ich konnte im Dunkeln sein Gesicht nicht erkennen.«

»Karolus ... Sollte er es gewesen sein, der mich retten wollte?« flüsterte Zéphyrine.

Fulvios Lippen liebkosten ihre Schläfe.

»Denk nicht mehr daran, mein Liebling. Du bist jetzt bei mir, deinem Mann... nein, deinem Geliebten, und du weißt jetzt alles über unsere erste Begegnung.«

»Nicht ganz, mein Herr, denn nachdem Sie mich unter Einsatz Ihres Lebens aus den Flammen gerettet und durch Ihren Kuß verwirrt hatten, überließen Sie mich der Einsamkeit«, sagte Zéphyrine vorwurfsvoll.

»Ah! Die kleine Rechthaberin! Nachdem ich den Marquis de Bagatelle gefangengenommen hatte, sah ich in diesem Zufall plötzlich einen Wink des Schicksals – denn ich hatte Sie nicht vergessen können... Deshalb habe ich bei Ihrem Vater um die Hand seiner einzigen Tochter angehalten.«

Zéphyrine machte einen Schmollmund.

»Wirklich eine seltsame Art, Liebe zu wecken!« meinte sie. »Mich als Lösegeld zu fordern – auf diese Idee kann nur ein Mann verfallen!«

»Ich konnte Ihnen doch nicht einen Brief schicken und unterschreiben: Ein Kavalier, der Sie nicht vergessen kann und Ihnen sehr wohlgesonnen ist!«

»Das wäre besser gewesen! Was erwarten Sie sich von einer Ehefrau wie mir?«

»Daß sie schön und sinnlich ist... heißblütig und zärtlich, treu und sanft... Alles, was du ja auch bist, Liebste.«

Während er diese Worte flüsterte, liebkoste Fulvio Zéphyrines Körper.

Mit einem lustvollen Seufzer warf sie sich in seine Arme.

»Damit hätte ich beginnen müssen«, gab Fulvio zu, »denn ich kenne zwischen Mann und Frau nur eine einzige Sprache...«

Und auf diese Sprache verstand er sich hervorragend.

Jede Nacht verbringt Zéphyrine mit Fulvio auf ihrer Insel, in ihrem Liebespavillon.

Manchmal weckt ein dumpfes Grollen die junge Frau. Sie hat gelernt, keine Angst vor dem Berg zu haben.

»Das ist der Vulkan, der grollt«, hat Fulvio ihr erklärt. »Hab keine Angst, seit hundert Jahren schläft er nun schon wie ein gutmütiger Riese.«

Das Bewußtsein, daß der Ätna unter ihrem Pavillon lebt und schläft, ängstigt Zéphyrine nicht mehr.

Sie sucht dann nur noch mehr die beruhigende Nähe ihres Mannes.

Frühlingsnächte... Goldene Nächte... Sizilianische Nächte

mit ihren betäubenden Düften... Zéphyrine wird sie niemals vergessen.

Sie bettet ihr Haupt auf seiner Brust. Sie preßt ihre feuchten Lippen auf seinen Hals. Sie atmet seinen Geruch ein, dieses Gemisch aus Ambra und Moschus.

Ihr Kopf gleitet nach unten, ihr Mund streift sein Schamhaar. Sie vergräbt ihr Gesicht darin.

Fulvio schläft nicht. Er zieht sie zu sich hinauf.

»Wie rasch du gelernt hast, Liebste.«

Jede Nacht aufs neue ist er erstaunt über ihre Fortschritte. Zéphyrine ist unersättlich.

Er hatte recht, als er sagte: »Wir werden es besser machen.« Sie kamen einander mit jedem Tag ein bißchen näher, geistig ebenso wie körperlich.

Bei Fulvio verliert Zéphyrine jedes Schamgefühl. Sie gibt sich bereitwillig allen Liebkosungen hin, selbst den gewagtesten.

Sie gerät unter Fulvios Lippen in Ekstase, sie will ihn – seinen Körper, den sie inzwischen schon genau kennt – ebenso mit ausgefallenen Zärtlichkeiten beglücken.

Wie die Leidenschaft des Riesen, dessen Lava unter dem Pavillon brodelt, so wird auch Fulvios Leidenschaft immer größer. Sein Glied schwillt an, wird groß und steif. Er wirft sich auf Zéphyrine.

Sie öffnet sich ihm begierig, warm und feucht. Sie provoziert ihn mit ihren Hüften. Er zieht sich zurück... Er bewundert im Mondlicht ihre herrliche Figur. Ihr Unterleib drängt sich ihm wollüstig entgegen, ihre vollen Brüste sind straff.

Sie hat sich verändert. Sie wird fraulicher, irgendwie weicher. Er liebt sie... oh, wie er sie liebt, seine Prinzessin!

Ungeduldig schiebt sie sein Glied in sich hinein. Er zieht es zurück, weicht aus... Er will ihre Erregung noch mehr steigern. Ein Schauder überläuft Zéphyrine. Fulvios Lippen liebkosen ihre Brustwarzen, lassen sie hart werden, saugen, gleiten dann tiefer.

Zéphyrine bebt unter diesem sinnlichen Mund, der ihr kleine Schreie entreißt.

Gleichzeitig wird sie von Fulvios erfahrenen Händen liebkost. Sie berühren ihre empfindlichsten Stellen, spielen damit, dann werden sie von seinen Lippen ersetzt, die sich dort festsaugen, einmal unerbittlich, gleich darauf wieder ganz sanft – wie ein Insekt, das sich an einer Blume labt.

Zéphyrines Lust wächst ins Uferlose. Sie hat den Eindruck, als würde sie nie enden.

Als Meister der Liebe bringt Fulvio sie fast zum Höhepunkt, dann hält er inne. Sie stöhnt, stammelt, jammert, sie beißt ihn in die Hand. Unerbittlich reizt er sie jetzt an einer anderen Körperstelle – er ist der Mann, er ist sich seiner Macht bewußt, und er ist fest entschlossen, seinen Willen durchzusetzen.

Sie rebelliert, wirft ihn um, rollt auf ihn. Sie ist nicht mehr passiv, sondern aufsässig ... Sie liebkost ihn nun ihrerseits. Er ist ein Genießer, er läßt sie gewähren. Er hat sie alles gelehrt. Sie hat sein Glied im Mund, sie saugt daran, scheint es verschlingen zu wollen ... Sie wird ihn noch viel zu früh, viel zu schnell zum Höhepunkt bringen ... Er schiebt sie zurück, dann zieht er sie richtig auf sich ... Wie eine wilde Amazone reitet sie auf ihm, schreit, preßt ihre Schenkel um den Mann, den sie liebt. Sie will noch mehr ... er soll sie vergewaltigen ... durchbohren ... Er stöhnt ... zieht sich zurück ... er dreht sie um ... spreizt ihre Schenkel ... Er will sie immer neue Spielarten der Lust lehren ... Zéphyrines perlmuttfarbene Haut an ihren intimsten, wollüstigsten Stellen erregt ihn stets aufs neue ... Sie gehört ihm ... er will alles an ihr kennen ... Zéphyrine ... Fulvio ... Seine geschickten Finger dringen in sie ein. Er entreißt ihr Seufzer und Schreie. Sie wölbt ihren Rücken. Er zieht an ihren langen Haaren. Sie beißt ihn ins Handgelenk. Er umschlingt ihren Nacken, dann zieht er sich wieder zurück, läßt sich zu einer letzten Rast nach hinten fallen. Sie beugt sich über ihn. Mit ihren feuchten Lippen kühlt sie seine Glut.

Wie ein Faun nimmt er sie in seine Arme und trägt sie vor den Kamin. Nackt auf dem breiten Bärenfell liegend, verschlingen sie einander mit den Augen, überwältigt von ihrer Liebe.

Zéphyrine streckt Fulvio ihre Arme entgegen. Er läßt sich auf sie fallen, auf seine Frau ... seine tapfere kleine Prinzessin ... seine große Liebe.

Er versucht, seine Begierde noch ein wenig zurückzuhalten. Er dringt ganz sanft in dieses Nest ein, das für ihn wie geschaffen ist.

Zutiefst erregt, bringt Zéphyrine es doch fertig, einen Augenblick regungslos dazuliegen, aber sie glüht ... Sie kann nicht länger warten. Das Salamanderweibchen zieht den Leoparden noch fester an sich ... Sie sind nur noch ein Leib, eine Hydra mit zwei Köpfen. Sie wissen, daß sie sich dem Orgasmus nähern.

Zéphyrine spürt beglückt das Gewicht des Mannes auf sich, ihres Mannes, dem sie für immer gehört.

Noch einmal verlangsamt Fulvio seine Bewegungen. Er preßt

seine Lippen auf Zéphyrines Mund. Sie stöhnt und drängt sich noch fester an ihn ... an ihren Geliebten.

Er kann sich nicht länger beherrschen. Keuchend erreichen beide gleichzeitig den Höhepunkt der Lust.

Tief unten in der Erde scheint auch der Vulkan zufrieden zu schnurren ...

29

Practica arithmeticae generalis

Lange Zeit blieben Fulvio und Zéphyrine aneinandergeschmiegt auf dem Bärenfell liegen. Die vollkommene Harmonie in ihrer Liebe beglückte sie stets aufs neue. Die Flammen des Kaminfeuers verliehen ihren ineinanderverschlungenen Körpern einen goldenen Glanz.

Plötzlich löste sich Fulvio von ihr.

»Ich möchte dir etwas zurückgeben, das dir gehört, meine Liebste.«

Er holte etwas aus seinem Wams, das er vorhin nachlässig auf den Boden geworfen hatte. Er streckte seine zur Faust geballte Hand Zéphyrine entgegen.

»Sieh mal!«

Er öffnete die Faust.

»Fulvio, du hast sie wiedergefunden!« rief Zéphyrine.

Auf Fulvios Handfläche funkelte die Plakette aus violett schimmerndem Metall. Dieselbe, welche Zéphyrine am Abend ihrer Hochzeit in dem großen Smaragd des dritten Kolliers mit dem Leopardenzeichen entdeckt hatte.

Die jungen Leute lasen die ins kostbare Metall eingravierten Worte:

›Der erschöpfte Leopard entdeckt im Himmel sein Auge.

Ein Adler sieht sich dank der Schlange um die Sonne fliegen.‹

»Diese Worte passen hervorragend auf mich«, meinte Fulvio.

Er legte seine Finger auf sein Auge und lächelte. Wenn er allein mit Zépyhrine war, trug er seine schwarze Augenklappe inzwischen nicht mehr. Sie küßte sein geschlossenes Lid, dann fragte sie ihren Mann:

»Wie hast du sie bekommen?«

»Ich habe Angelo in die Lombardei geschickt und ihn an der Stelle suchen lassen, die du mir angegeben hattest. Er hat die

Plakette auch wirklich in einer Ritze des Parketts gefunden. Er brachte es fertig, die Spanier zu täuschen und hierherzukommen, indem er sich für einen Spitzenverkäufer ausgab.«

Beim Gedanken an den dicken Angelo, der gezwungen gewesen war, über die gefährlichen Straßen zu reisen, mußte Zéphyrine unwillkürlich lächeln.

»Hätten wir nicht selbst in die Lombardei zurückkehren können? Schließlich ist sie ja weit von Rom entfernt«, erkundigte sie sich.

Plötzlich hatte sie Sehnsucht nach diesem Schloß in der Nähe Mailands und Pavias, nach dem Ort, wo sie Italien und die Besitzungen des Prinzen Farnello kennengelernt hatte.

»Ich glaube nicht, daß jetzt ein günstiger Zeitpunkt wäre, um dorthin zurückzukehren. Später, wenn alles ruhig ist, fahren wir hin, cara mia.«

Er wollte das Thema wechseln und betrachtete deshalb die Plakette sehr aufmerksam. Er drehte sie um und studierte das geometrische Muster auf der Rückseite des geheimnisvollen Textes. Drei ineinanderverschlungene Dreiecke waren von einem Pfeil durchbohrt.

»Ist dir das hier aufgefallen?« fragte er und deutete auf einen Sprung an der Spitze des Pfeiles.

»Nein«, mußte Zéphyrine zugeben. »Weißt du, als ich diese Plakette entdeckte, hatte ich es eilig...«

»...vor mir zu fliehen«, vollendete Fulvio lächelnd ihren Satz.

»Ich liebte dich schon! Ich habe dich immer geliebt, seit dem Camp du Drap d'or, aber ich wußte ja nicht einmal, wer du warst!« rechtfertigte sich Zéphyrine.

»Ich bin schwach genug, es dir glauben zu wollen!«

Zéphyrine wollte protestieren, aber Fulvio verschloß ihr die Lippen mit einem Kuß und fuhr dann fort:

»Ich glaube, daß die drei Plaketten aus den drei Kolliers ineinandergefügt werden können.«

Zéphyrine bekreuzigte sich.

»Ist das nicht Hexenkunst?«

Fulvio lächelte.

»Du bist viel zu lange im Kloster erzogen worden, tesoro mio. Die Menschen unseres Jahrhunderts sind, wenn ihnen etwas Unbekanntes begegnet, immer sehr leicht geneigt, es für Zauberei, für Hexenkunst zu halten, aber es gibt für alles eine wissenschaftliche Erklärung, Zéphyrine. Auch für diese rätselhafte Plakette gibt es eine plausible Lösung. Es muß sich dabei um ein geometrisches Prinzip handeln. In seinem Hauptwerk ›La Docte Ignora‹ hat schon Nikolaus von Kues gesagt, daß nur die Mathematik es dem Menschen ermöglicht, Gewißheit zu erlangen, und daß sie die Grundlage der Physik ist...«

»O ja, mein Herr Gemahl«, konterte Zéphyrine, die es nicht ertrug, als Ignorantin hingestellt zu werden. »Ihr Nikolaus hat sich tatsächlich verdient gemacht, indem er die absolute Geltung des Kontinuitätsprinzips vertrat, und davon leitete er dann ab, daß ein Kreis identisch ist mit einem Polygon mit unendlich vielen Ecken. Aber ich sehe nicht ein, wohin uns das führen soll...«

»Dahin, daß du mich schon wieder reizt, dich zu lieben, meine schöne, gelehrte Zéphyrine«, flüsterte er.

Er streichelte liebevoll die aufreizenden Hüften seiner jungen Frau. Lachend versetzte sie ihm einen Klaps auf die Finger.

»Fahren Sie lieber mit Ihren logischen Argumenten fort, damit ich sehen kann, ob Sie sich auf die Geometrie ebensogut verstehen wie auf Liebkosungen...«

»Wenn ich die zweite Plakette zur Hand hätte, könnte ich dir beweisen, was ich meine. Eine der wichtigsten mathematischen Entdeckungen Leonardo da Vincis ist jene vom Schwerpunkt der Pyramide. Leonardo hat in seinen Notizbüchern, die ich 1519 anläßlich meiner Reise nach Frankreich glücklicherweise lesen durfte, Aufzeichnungen über die halbmondförmigen Figuren hinterlassen, deren ästhetischer Aspekt ihn reizte. Er hat gezeigt, daß die Summe der Halbkreise, die auf den Seiten eines rechtwinkligen Dreiecks errichtet werden, völlig identisch ist mit dem Flächeninhalt dieses Dreiecks. Betrachte jetzt einmal diese drei Dreiecke ganz genau: aus ihrer Anordnung läßt sich schließen, daß sie rechte Winkel zueinander bilden, und wenn die zweite Plakette nun Halbkreise aufweist – nun, dann habe ich recht...«

Bei diesen Worten versuchte der unersättliche Fulvio, Zéphyrine nach hinten zu ziehen.

Sie wich ihm aus.

»Schön und gut, und wenn sich nun auf der dritten Plakette Rosen oder Gänseblümchen befinden?«

Fulvio lachte schallend.

»Die kleine Rechthaberin in voller Aktion... Sie werden die Lösung bestimmt in Form einer Gleichung dritten Grades finden, welche positive, negative und sogar imaginäre Lösungen zuläßt. Sie vergessen nämlich, meine schöne Dame, daß in der Algebra die Quadratwurzel einer negativen Zahl imaginär ist.«

»Du hast mich besiegt!« gab Zéphyrine zu.

»Nicht an allen Fronten«, erklärte Fulvio und bedeckte ihren nackten Bauch mit Küssen.

Trotz ihrer Erregung fand Zéphyrine noch die Kraft zu murmeln:

»Du glaubst also tatsächlich an Saladins Schatz?«

Fulvio hielt in seiner angenehmen Beschäftigung inne und hob den Kopf. Seine Hände streichelten die Brüste der jungen Frau.

»Der wahre Schatz – das bist du, Zéphyrine, aber ich glaube, daß wir sehr vorsichtig sein müssen.«

Er wurde plötzlich ernst, stand auf und nahm die Plakette an sich.

»Es war sehr klug von dir, sie zu verstecken. Wir werden sie hier in diesen Kaminspalt legen.«

Er ließ seinen Worten die Tat folgen und schob den geheimnisvollen Talisman zwischen die Unebenheiten eines in die Lava eingeschlossenen Felsens.

»Demoiselle Pluche hat mir von den Gefahren erzählt, denen du ausgesetzt warst. Die anderen werden vor einem Mord nicht zurückschrecken, um an den Schatz Saladins heranzukommen, wenn er tatsächlich existiert.«

»Du glaubst also daran, Fulvio. Hör mir zu, ich muß dir endlich alles erzählen ...«

»Komm zu mir.«

Bequem auf dem Bärenfell ausgestreckt, den Kopf an Fulvios Lende gelehnt, redete sich Zéphyrine alles vom Herzen. Sie berichtete von ihrer einsamen Kindheit, dem sonderbaren Tod ihrer Mutter, dem Haß ihrer Stiefmutter und den Gründen, die sie für die Vermutung von deren falscher Identität hatte; sie erzählte von ihrem Unbehagen in Bagatelle, vom Kloster, von der alten Crapote, von den Enthüllungen Vater Coquets, von ihrem Verdacht gegen ihren eigenen Vater, Roger de Bagatelle, von ihrer Jungmädchenliebe zu Gaétan, von ihrer Einsamkeit, ihrer Begegnung mit Michel de Nostre-Dame, von dessen Prophezeiungen, von dem Namen Nostradamus, den sie ihm gegeben hatte ... Von dem magischen Kreis, über den er gesprochen hatte ...

Die Morgendämmerung brach schon an, als Zéphyrine ihren Bericht beendete. Fulvio strich ihr liebevoll übers Haar.

»Jetzt brauchst du dich vor nichts mehr zu fürchten, ich bin bei dir, das habe ich dir doch gesagt. Ich glaube nicht an Zauberei, aber deine Stiefmutter ist eine abgefeimte Verbrecherin. Ihr Ricardo wurde in der Engelsburg getötet, das war die gerechte Strafe! Hab keine Angst, mein Sizilien wird gut bewacht. Niemand könnte sich der Insel nähern, ohne daß ich es erfahre. Die Männer der Maffia sind überall, sie verbergen sich im Dickicht, in Höhlen, sie beobachten das Meer.«

»Sag mir die Wahrheit – was erwartest du tatsächlich?« erkundigte sich Zéphyrine.

»Alles und nichts. Vielleicht sogar eine Landung der Franzosen unter Lautrec, um den spanischen Vizekönig zu vertreiben. Ganz offen gesagt, wie in der Mathematik sind auch in diesem Falle alle Gleichungen möglich. Schließlich besteht ja auch noch die Möglichkeit, daß Karl V. uns fünfhundert Jahre hier in unserem Paradies vergessen könnte...«

In diesem Augenblick glaubte Fulvio beinahe selbst an seine Worte.

Das Feuer im Kamin war erloschen. Draußen heulte eine Schleiereule, die der Tagesanbruch vom Berg vertrieb und die in den Wald zurückflog.

Zéphyrine fröstelte. Fulvio nahm sie in seine Arme und trug sie ins Bett. Er breitete die Decke über sich und seine Frau. Dann zog er sie an sich und flüsterte:

»Und jetzt werden wir uns ein wenig mit Practica Arithmeticae Generalis beschäftigen...«

Einige Monate später entdeckte Zéphyrine, in welch hohem Maße der Mathematikunterricht Früchte getragen hatte.

Sie wollte erst ganz sicher sein, bevor sie es Fulvio erzählte. Staunend beobachtete sie, wie ihre Gestalt sich allmählich etwas rundete.

Demoiselle Pluche war die Veränderung ebenfalls nicht entgangen.

»Sie müssen es Ihrem Mann erzählen, meine kleine Zéphyrine... hmm... Hoheit.«

Die würdige Anstandsdame war sehr schockiert, daß Zéphyrine ihr Geheimnis vorerst noch für sich behielt.

An einem Spätnachmittag erzählte sie Fulvio im Gartenhäuschen endlich doch die große Neuigkeit.

»Jetzt müssen wir aufpassen, Liebste... keine Verrücktheiten mehr, keine akrobatischen Übungen, auch keine Ritte zum Pavillon mehr...«

Genau diese Reaktion hatte Zéphyrine befürchtet.

»Ich bin doch nicht krank!« protestierte sie.

»Von nun an, Madame«, fuhr Fulvio unbeirrt fort, »werden wir wie brave Bürger zu Hause bleiben!«

Um seine Rührung zu verbergen, beugte sich Fulvio über Zéphyrine. Die jungen Leute tauschten einen langen Kuß.

Sie sahen nicht die schwarzen Segel, die – aus der Meerenge von Messina kommend – sich vom blauen Meer scharf abhoben.

30

Die schwarzen Segel

»Die fragliche Person hat sich in Syrakus niedergelassen, Hoheit.«

Der Mann, den die Sängerin Maria Solenara eiligst zu Fulvio geschickt hatte, war einer der treuesten Mitglieder der Maffia.

Von den Spaniern grausam verfolgt, war der einfache Fischer Giacomo der Geheimgesellschaft beigetreten und zu einem ehrenhaften Banditen geworden, einem polulären Helden der Dörfer an den Abhängen des Ätna. Er war ein erstklassiger Vorkämpfer der Gerechtigkeit für seine Heimat.

»Ist sie allein?« erkundigte sich Fulvio.

»Einige Diener begleiten sie – ein Riese, der ›Byzantiner‹ gerufen wird, und ein Gnom, ein Zwerg, Hoheit...«

»Unter welchem Namen ist sie an Land gegangen?«

»Signora Trinita Orlando.«

»Trinita Orlando«, wiederholte Fulvio.

Er dachte eine Zeitlang nach, dann befragte er den Boten weiter, der – mit der Mütze in der Hand – auf Anweisungen wartete.

»Kannst du mir diese Dame Orlando beschreiben?«

»Ganz genau, Hoheit... Gemäß den strengen Befehlen von Maria Solenara bin ich ihr gefolgt, seit sie die unter venezianischer Flagge segelnde Galeere verlassen hat. Sie hat sich in einem kleinen Haus in der Nähe des Kapuzinerklosters niedergelassen. Ich habe mich auf dem Vorplatz der Kirche Santa Lucia postiert, von wo aus ich ihr Fenster und das Gärtchen überblicken kann. Die Dame ist dunkelhaarig und immer schwarz gekleidet, oft verschleiert. Aber ich habe trotzdem ihr Gesicht sehen können. Es ist von großer Schönheit, aber – Eure Hoheit wird mich bestimmt auslachen – diese Frau hat so schwarze Augen und so rote Lippen in ihrem bleichen Gesicht, daß mir bei ihrem Anblick ein Schauder über den Rücken lief...«

Der abgehärtete Giacomo machte nicht den Eindruck eines ängstlichen Menschen. Trotzdem bekreuzigte er sich nun rasch auf sizilianische Art, mit dem Daumen.

Entgegen der Vermutung des Maffioso war Fulvio überhaupt nicht zum Lachen zumute. Er lief in seinem Arbeitszimmer auf und ab, dessen Terrasse auf das Meer und die spalierartigen Gärten hinausging.

Sein Gesicht verzerrte sich besorgt, als er Zéphyrines schwerfällige Gestalt in einem rosa Kleid entdeckte. Am Arm von Demoiselle Pluche ging sie zwischen den Magnolienbäumen spazieren.

Zéphyrine war inzwischen schon im siebten Schwangerschaftsmonat. Sie fühlte sich ausgezeichnet, und Fulvios Liebe zu ihr wurde mit jedem Tag nur noch inniger.

Er wandte sich wieder Giacomo zu.

»Bedanke dich in meinem Namen bei Maria Solenara. Überwach diese Dame Orlando weiterhin genau, damit sie sich nicht aus Syrakus entfernen kann, ohne daß ich davon benachrichtigt werde. Paß genau auf ihr Kommen und Gehen auf und achte besonders darauf, ob sie Versuche unternimmt, sich mit dem spanischen Vizekönig zu treffen...«

»Gut, Hoheit, aber die Dame Orlando geht nur zweimal täglich ins Kapuzinerkloster, um dort zu beten!«

»Mißtraue allem, was sie tut – sei auf der Hut vor ihr! Wenn es sich bei dieser Kreatur um die Agentin Karls V. handelt, so ist Prinzessin Farnello in großer Gefahr. Und wir alle ebenfalls, denn überall, wo Doña Hermina auftaucht, gibt es nur Unglück, Verbrechen und Katastrophen.«

Um dieses schlimme Schicksal abzuwenden, machte Giacomo mit Zeigefinger und kleinem Finger eine Beschwörungsgeste in Richtung Syrakus.

Das Gespräch war beendet.

Der Mann verließ das Zimmer. Fulvio rief ihn zurück und übergab ihm einen wohlgefüllten Geldbeutel. Das Geld stammte aus dem Verkauf der Getreideernte, die diesmal auf seinen sizilianischen Ländereien zum Glück ausgezeichnet gewesen war, denn aus der Lombardei und Florenz kamen in letzter Zeit überhaupt keine Einnahmen mehr.

»Davon kann gar keine Rede sein«, sagte der Maffioso stolz. »Was Giacomo tut, das tut er für Gott, für sein Vaterland Sizilien und für die Maffia...«

»Nimm es, dieses Gold wird deinen Freunden helfen, den Feind wirksamer zu bekämpfen.«

»Wenn es für die ›Ehrbare Gesellschaft‹ ist, dann nehme ich es an.«

»Geh jetzt und ... paß gut auf, Giacomo ...«

»Machen Sie sich keine Sorgen, mein Prinz, ich habe die Orlando nicht unbeaufsichtigt gelassen, Mitglieder der Maffia passen auf sie auf ...«

Trotz dieser beruhigenden Worte war Fulvios Stirn immer noch umwölkt, als er hinunterging, um das Abendessen mit Zéphyrine einzunehmen.

»Was ist los, Fulvio?« erkundigte sich Zéphyrine sofort mit der Hellsichtigkeit einer liebenden Frau.

»Nichts, mein Liebling, alles ist in bester Ordnung ...«

Fulvio nahm die junge Frau zärtlich in seine Arme. Wie alle Eltern, die ihr erstes Kind erwarten, sprachen sie viel über seine Geburt.

Sie hatten beschlossen, das Kind – wenn es ein Mädchen sein würde – Corisande zu nennen, nach Zéphyrines Mutter, jener armen jungen Frau, die mit zwanzig Jahren gleich nach ihrer Niederkunft gestorben war. Sollte es ein Junge werden, so würde er den Namen Luigi bekommen, den Vornamen von Fulvios Vater.

Seit ihrer Schwangerschaft war Zéphyrine sanfter geworden. Ihre Gesichtszüge hatten sich nicht vergröbert, im Gegenteil, sie waren von strahlender Schönheit, von Glück verklärt. Sie wurde von Fulvio, Demoiselle Pluche und dem gesamten Schloßpersonal verwöhnt. Sogar Gros Léon schien ihren Zustand zu begreifen und pflückte Blumen für sie, die er ihr im Schnabel brachte.

Als Zéphyrine klein gewesen war, hatten sich ihre Gedanken sehr intensiv mit der toten Mutter beschäftigt, aber als sie heranwuchs, trat die Gestalt allmählich in den Hintergrund. Als sie nun aber spürte, wie sich das Kind in ihrem Leib bewegte, identifizierte sie ihr Schicksal unwillkürlich mit dem der armen Corisande.

War ihre Mutter tatsächlich an den Folgen der Niederkunft gestorben, oder war sie von einem Ungeheuer umgebracht worden?

Je näher die Geburt ihres Kindes heranrückte, desto stärker wurde sie von quälenden Gedanken heimgesucht: ›Und wenn sie nun, wie ihre Mutter, im Kindbett sterben würde ...‹

Dank Fulvio verflogen ihre Ängste aber immer rasch. Er versuchte mit allen Mitteln, Strapazen, Unannehmlichkeiten und Sorgen von ihr fernzuhalten.

Er erzählte ihr nichts von den alarmierenden Neuigkeiten, die der gefangene Papst ihm aus Rom zukommen ließ.

Die verschiedenartigsten Boten brachten ihm kurze Mitteilungen des Papstes nach Sizilien. Einmal war es ein Mönch, der unter seinem Habit einen Brief Klemens VII. hervorholte, in welchem Seine Heiligkeit versicherte, Karl V. wolle Franz I. gegen seine beiden Söhne, die Infanten Frankreichs, »austauschen«!

Ein anderes Mal war es eine ›schnurrbärtige Nonne‹, die den Prinzen über einen wahrscheinlichen Angriff der Franzosen in Sizilien informierte. Am nächsten Tag verkündete ein Kapuziner ihm die englische Allianz, aber kurz darauf teilte ihm ein als Lutheraner verkleideter Bote mit, Heinrich VIII. habe in seiner Wut, Anna Boleyn nicht heiraten zu können, beschlossen, die römische Kirche zu verlassen und seine eigene reformierte Kirche zu gründen, deren Oberhaupt er selbst sein würde!

Einige eilig hingekritzelte Zeilen von Mortimer lauteten:

›Hallo, Farnello, ich bin geheilt. Ich jetzt zurückkehre nach England. Meine Verehrung an die Prinzessin...

Trotz allem Ihr Freund
Mortimer.‹

Inmitten dieser ganzen Aufregungen wurde Karl V., wie Fulvio es vorhergesagt hatte, von ganz Europa, sogar von Heinrich VIII., geschmäht; alle empörten sich darüber, daß der Kaiser den Papst gefangenhielt. Die Regentin Madame Louise schürte diese Entrüstung der Könige, Fürsten und Staatsoberhäupter immer wieder.

Nur zwei Personen schienen nichts von dem allgemeinen Sturm der Entrüstung mitzubekommen: Zéphyrine in Sizilien, die sich nicht mehr mit Politik beschäftigte und nur noch an die bevorstehende Geburt ihres Kindes dachte; und Franz I., Gefangener im Schloßturm des Alcazar zu Madrid, der an nichts anderes als an Politik dachte und darüber seine Kinder vergaß.

Demoiselle Pluche konnte den Papst nicht vergessen und wagte es, Fulvio nach ihm zu fragen.

»Hat Eure Hoheit Nachricht von Seiner Heiligkeit?«

»Ja, Demoiselle, der Papst umarmt Sie!« versicherte Fulvio glaubhaft.

Demoiselle Pluche wurde vor Glück krebsrot im Gesicht und lispelte nur noch stärker als sonst.

Die Tage vergingen ruhig und friedlich, und der schicksalhafte Zeitpunkt von Zéphyrines Niederkunft rückte immer näher.

Fulvio hatte in dieser Hinsicht sehr moderne, um nicht zu sagen revolutionäre Ansichten. Der Prinz hatte statt der Matronen, die normalerweise bei Entbindungen gerufen wurden, einen praktischen Arzt aus Palermo kommen lassen, Doktor Vittorio Ursini, der bis zu dem Ereignis im Palast wohnen sollte.

Dieser Schüler von François Laurent Joubert dem Älteren, dem Vorsitzenden der medizinischen Fakultät von Montpellier, stellte Theorien über die Hygiene auf, die seine Zeitgenossen mitleidig belächelten. Behauptete dieses Original doch tatsächlich, daß das Risiko einer Infektion beträchtlich kleiner sei, wenn sich ein Arzt die Hände wasche, bevor er den Unterleib der Wöchnerin berühre, um das Kind herauszuholen.

Außerdem sah er große Gefahrenquellen in dem Fehlen von Klosetts und in der Mißachtung der elementarsten Sauberkeitsregeln. Weiterhin behauptete er auch noch, daß in der heißen Jahreszeit die Häuser in der Nähe von Friedhöfen die ersten seien, wo sich Seuchen ausbreiteten.

Aber der arme Doktor Ursino fand in Sizilien ebensowenig Zustimmung wie Joubert der Ältere in Frankreich.

Nur Fulvio und Zéphyrine teilten seine Ansichten. Die junge Frau war zwar zuerst schockiert von der Idee gewesen, daß ein Mann ihr Geburtshilfe leisten sollte, aber sie hatte sich rasch von den neuen Hygienemaßnahmen überzeugen lassen.

Die Wiege, mit einer Krone verziert, war schon fertiggestellt.

Unterstützt von Carlotta, Emilia und einer ganzen Schar junger Sizilianerinnen aus dem Dorf, nähte Pluche fieberhaft. Gros Léon feuerte die arbeitenden Frauen mit seinem Krächzen lautstark an.

Zusammen mit Paolo, der inzwischen wieder genesen war, hatte Fulvio ohne Zéphyrines Wissen seine Besitzungen inspiziert. Auf den Abhängen des Ätna hatte er Wachtposten aufgestellt; außerdem hatte er auf der Meeresseite die Festungswälle verstärken lassen.

Abgesehen von diesen Vorsichtsmaßnahmen, über die sich der Prinz keine großen Illusionen machte, konnte er nicht viel tun, weil er ja nichts über seine Feinde wußte.

Im Palast wurde also sowohl auf Ereignisse von der Halbinsel gewartet als auch auf die Geburt eines kleinen Prinzen.

Das erste Ereignis trat eines Morgens ein, und zwar in der Person eines Boten, mit dem Zéphyrine überhaupt nicht gerechnet hatte.

Sie hörte in ihrem Zimmer, wie er auf dem gepflasterten Hof lautstark seine Lieblingsflüche von sich gab.

Zéphyrine ließ ihren Zustand völlig außer acht, rannte die Treppe hinunter und warf sich dem erschöpften Riesen in die Arme, der aus Frankreich gekommen war.

»La Douceur!« rief sie.

Sie war außer sich vor Freude, den Knappen ihres Vaters wiederzusehen. La Douceur hatte sie – zusammen mit Pélagie – sozusagen aufgezogen.

»Mein La Douceur ... ich bin ja so glücklich ... so glücklich ...«, stammelte die junge Frau immer wieder. »Wie geht es Papa?«

Ohne ihre Frage zu beantworten, betrachtete La Douceur Zéphyrine.

»Verdammt, Sie sind ja sozusagen eine Zuchtstute, Mademoiselle Zéphy ... Entschuldigung ... Eure Hoheit.«

»Für dich werde ich immer Zéphy sein und bleiben ... Wie du ja schon bemerkt hast, erwarte ich ein Kind. Du bleibst doch hier, La Douceur, nicht wahr, du wirst ihm doch, wie mir, das Reiten beibringen. Hast du Hunger? Hast du Durst?«

»Verdammt, ja, ich hätte nichts dagegen ...«

Der Riese ließ sich ins Schloß schleppen. Zéphyrine klatschte in die Hände, und die jungen Sizilianer, die diesen französischen Riesen bewundernd anstarrten, brachten ihm zu essen und zu trinken.

Während er gierig zugriff, beantwortete La Douceur Zéphyrines Fragen über seinen Reiseweg.

Er hatte sich in Marseille eingeschifft, war in Genua an Land gegangen, durch Pavia, Florenz und Rom gekommen ... In Rom, das sich allmählich von den Verwüstungen erholte und wieder aufblühte, bekam er durch den Diener eines Kardinals Auskunft über den Aufenthaltsort den Prinzenpaars Farnello. Von Neapel bis Palermo war er wieder mit dem Schiff gereist. Von dort aus hatte er dann auf dem Rücken eines Maulesels das Schloß erreicht, geführt von einem Müllerburschen, der Mitglied der Mafia war.

»Wie geht es Papa?« fragte Zéphyrine wieder.

Inzwischen war Fulvio ins Zimmer getreten. Der Prinz konnte La Douceurs Gesichtsausdruck ansehen, daß der Knappe wegen Zéphyrines Zustand nicht mit der Sprache herausrücken wollte.

Unter einem fadenscheinigen Vorwand führte er La Douceur in sein Arbeitszimmer.

»Also?« erkundigte er sich.

»Verdammter Mist, der Herr Marquis ist tot. So ein Dreck! Ich habe einen Brief für seine Tochter bei mir. Was soll ich nur machen, gnädiger Herr?«

Es widerstrebte Fulvio, Zéphyrine den Tod ihres Vaters einfach zu verschweigen. Er wollte sie behutsam darauf vorbereiten. Aber Zéphyrine war nicht so leicht hinters Licht zu führen. Sobald die beiden Männer wieder ins Zimmer traten, murmelte sie:

»Warum wollt ihr mir nicht die Wahrheit sagen? Papa ist tot, nicht wahr?«

In ihren Augen standen Tränen. Auf ein Zeichen des Prinzen hin holte La Douceur den Brief hervor, der mit dem Wappen der Bagatelle versiegelt war. Das Pergament wies Wasser- und Schmutzflecke auf.

»Die Reise...«, entschuldigte sich La Douceur.

Zéphyrine öffnete die Wachssiegel, entrollte das Pergament und las die mit zittriger Hand geschriebenen Zeilen:

»Meine liebe Tochter!

Ich werde bald sterben. Wahrscheinlich bin ich von der gleichen verbrecherischen Hand vergiftet worden, die schon Ihre arme Mutter auf dem Gewissen hat. Aber ich erhebe schon wieder Anklagen, und dabei bin ich selbst der einzig Schuldige, weil ich blind und feige war.

An der Schwelle des Todes finde ich zur Religion zurück und bin endlich wieder bei klarem Verstand. Bald werde ich mit jener Frau vereint sein, der ich nie hätte untreu werden dürfen, mit meiner Corisande.

Ich habe mein Testament geändert. Sie sind jetzt die einzige Erbin des mir noch verbliebenen Besitzes.

In dem Augenblick, wo ich vor Gott treten muß, habe ich endlich die Todsünde eingesehen, die ich begangen habe, indem ich die wahre Identität meiner zweiten Gemahlin verschwieg.

Mit Ihrer kindlichen Intuition haben Sie sie durchschaut, meine Tochter. Hermina de San Salvador, geborene Henriette Saint-Savin, war eine der BEIDEN unehelich geborenen Schwestern Ihrer armen Mutter.

War sie es, die Ihre Mutter getötet hat?... Pélagie hatte sie im Verdacht, und sie machte mir Mitteilung davon. Ich wollte aber nichts davon wissen. Auch heute noch kenne ich die Wahrheit nicht. Zweifel überkommen mich. Ich bin ein großer Sünder, ich habe die

Übeltäterin gedeckt. Ich habe nicht einmal meinem König die Wahrheit gesagt, und heute klage ich mich in einem Brief an ihn der Lüge an.

Ich weiß nicht, meine Tochter, ob es in Ihren Augen Entschuldigungen für mein Verhalten gibt. Manchmal lassen mich heftige Kopfschmerzen und ein Gefühl der Leere im Gehirn daran denken, daß jene, der ich meinen Namen gegeben habe, mir Zaubertränke einflößte, die mich von ihr abhängig machten. Durch ein Wunder bin ich jetzt wieder frei davon...

Verzeihen Sie mir, meine Zéphyrine, ich war kein guter Vater. Ich würde Ihnen gern mehr schreiben, aber mein Blick trübt sich, mein Arm wird steif. Leben Sie wohl, ich segne Sie. Vergessen Sie in Ihren Gebeten die reumütige Seele Ihres Vaters nicht.

Roger de Bagatelle.«

Rücksichtsvoll respektierte Fulvio die Trauer seiner Frau. Er ließ sie zuerst allein, damit sie sich ausweinen konnte. Dann nahm er sie mit auf die Festungswälle und fand tröstende Worte für sie.

Zéphyrine hatte vor Fulvio keine Geheimnisse mehr. Sie gab ihm den Brief ihres Vaters zu lesen.

»Eine zweite Schwester... Wer ist sie?« erkundigte sich der Prinz.

Zéphyrine schüttelte den Kopf.

»Ich weiß es nicht«, seufzte sie niedergeschlagen. »Schon Michel de Nostre-Dame hat mir etwas von einer Verwandten erzählt, die mich angeblich beschützen soll.«

»Du scheinst ja auf diesen Nostradamus große Stücke zu halten«, murmelte Fulvio.

Trotz ihres Kummers mußte Zéphyrine lächeln.

»Sei nicht eifersüchtig, du bist mein ein und alles...«

Fulvio bezwang sein Verlangen, sie ganz fest an sich zu drücken, und brummte:

»Aber natürlich bin ich eifersüchtig. Ich will dich ganz für mich, sogar deine Gedanken... Was kannst du auch von einem Italiener, der außerdem auch noch sizilianisches Blut in den Adern hat, anderes erwarten, meine arme Liebste?«

Zéphyrine lehnte ihren Kopf an die Schulter ihres Mannes. Er küßte ihr goldenes Haar und fuhr fort:

»Dein unglücklicher Vater war das Opfer einer Intrigantin...«

»Sie hat noch viel mehr auf dem Gewissen. Das ist eine Hexe, Fulvio! Wie willst du dir sonst erklären, daß die Mutter Oberin des Klosters Saint-Sacrement in Salon-de-Provence mir versichert hat, als ich auf dem Weg zu dir in die Lombardei dort haltmachte, sie habe meinen Vater gesehen, mit ihm gesprochen, während du ihn doch in deinem Mailänder Palast gefangenhieltst und mir geschworen hast, er habe sich von dort nicht weggerührt?«

Fulvio schüttelte seine schwarzen Locken.

»Dummes Zeug, mein Engel, die Nonne hatte einfach etwas zuviel getrunken, oder aber sie log dich aus einem sehr einfachen und verständlichen Grund an.«

»Und was für einen Grund soll sie dazu gehabt haben, mein Herr Mathematiker?«

»Es war deine Stiefmutter... Saint-Sacrement... San Salvador... Saint-Savin...«

»Meine Stiefmutter als Äbtissin verkleidet?«

»Sie wollte dich in Schrecken versetzen, deinem Vater schaden. Was ich nur nicht verstehe, ist, warum sie die günstige Gelegenheit nicht wahrgenommen hat, warum sie nicht versucht hat, dich zu ermorden...«

»Wegen der drei Briefe!«

Zéphyrine erzählte Fulvio von ihrer Drohung, mit der sie Doña Hermina im Camp du Drap d'or in Schach gehalten hatte, indem sie vorgab, im Falle ihres plötzlichen Todes würden drei Briefe – an den Papst, an Martin Luther und an Franz I. – abgesandt werden, in denen Doña Hermina formell angeklagt würde.

»Meine Zéphyrine ist doch die klügste! Denk nur, wenn du dumm gewesen wärest, so wärest du jetzt schon lange tot... Ich liebe dich!« flüsterte Fulvio.

»Ich liebe dich«, antwortete sie.

Eine Seemöwe schwebte über den Mauerzinnen...

Wenn Fulvio nicht zu Hause war, ging Zéphyrine von nun an am Arm von La Douceur spazieren. Der Riese, der darauf sehr stolz war, paßte sich ihrem schwerfälligen Gang an und machte komische kleine Schritte.

Die junge Frau brachte es noch nicht über sich, den Knappen nach den letzten Lebensminuten ihres Vaters zu fragen. Sie wußte aber, daß er mit den Tröstungen der Kirche versehen gestorben war, und darüber war sie sehr erleichtert.

»Hast du die Familie Ronsard gesehen?« erkundigte sie sich.

»Hmm... ja... Mademoiselle Louise denkt oft an Sie... Monsieur Gaétan... hmm...«

La Douceur kratzte sich am Schädel.

»Ich weiß, daß er verheiratet ist«, sagte Zéphyrine.

Sie war selbst erstaunt über die Gleichgültigkeit, die sie inzwischen beim Gedanken an ihre erste Liebe verspürte.

»Ja, er wohnt in Possonière...«

Das Loiretal! Wie weit das alles zurückzuliegen schien! Aufs Ionische Meer hinausschauend, begriff Zéphyrine, daß sie inzwischen mit Leib und Seele eine italienische Prinzessin geworden war, eine Prinzessin ihres Jahrhunderts – eine Renaissanceprinzessin.

Eine Woche nach La Douceurs Ankunft schlief Zéphyrine wie immer neben Fulvio. Sie hatte einen schrecklichen Traum. Ihr Kind war auf die Welt gekommen. Sie konnte es sehen, es lag – schön und anmutig – in der Wiege neben ihrem Bett. Plötzlich trat eine verschleierte Frau in einem weißen Hemd aus der Mauer heraus und näherte sich der Wiege. Sie beugte sich über das Kind. Dann hob sie ihren Schleier und betrachtete Zéphyrine. Aus ihren grünen Augen rollten ihr große Tränen übers Gesicht, das jung und sehr schön war. Diese zauberhafte junge Frau hatte, wie Zéphyrine, rotgoldenes Haar. An ihrem Hals trug sie eine lange Kette, in fünfzig edelsteinbesetzte Glieder unterteilt, an deren Ende der zentrale nußgroße Smaragd funkelte, dessen Fassung die Form einer Schlange mit Menschenkopf hatte. »Zéphyrine... Zéphyrine...«, flüsterte die junge Frau zärtlich.

»Mutter... liebste Mutter, Sie sind es also.« Zéphyrine streckte ihre Arme dem Phantom entgegen. Aber anstatt ihre Tochter zu umarmen, nahm die weißgekleidete Frau das Kind aus der Wiege.

Zéphyrine lächelte glücklich, weil ihre Mutter und ihr Baby nun vereint waren. Die Dame drückte das Neugeborene an ihre Brust und sang halblaut vor sich hin:

»Die kleine Corisande ist geboren, die kleine Corisande wird nicht leben, die Verfluchte wird dich stehlen... Sie kommt im Galopp... Hörst du sie? Sie will dein Kind holen... Paß auf, meine Tochter... ich werde sie verstecken, sie wird sie nicht finden...«

Zéphyrine stieß einen Schrei aus. Die Dame in Weiß, die plötzlich mit schwarzen Schleiern umhüllt war, verschwand mit dem Neugeborenen in der Wand.

Zéphyrine erwachte in Fulvios Armen. Sie schrie:

»Mein Kind...!«

»Hab' keine Angst, es ist nicht sehr stark...«, brüllte Fulvio, um den ohrenbetäubenden Lärm, wie von tausend galoppierenden Pferden, zu übertönen.

Das Bett bewegte sich. Alles im Zimmer knackte, schwankte. Die Tische stürzten um, Vasen fielen von den Anrichten, Kandelaber zersprangen auf dem Fußboden. Über Fulvio und Zéphyrine schwankte der Baldachin wie ein Segel bei heftigem Wind. ›Er wird uns zermalmen‹, dachte Zéphyrine.

Es kam ihr so vor, als dauere diese Sarabande eine Ewigkeit. Plötzlich war wie durch Zauberei alles vorbei. Die Gegenstände im Zimmer bewegten sich nicht mehr. Ein tiefes Schweigen, das nur durch die tosende Brandung unterbrochen wurde, breitete sich im Palast aus.

»Was... was war das?« stammelte Zéphyrine.

»Ein Erdbeben. Es war aber nicht sehr stark«, erklärte Fulvio, während er seine Frau umarmte.

»Na, du bist mir aber gut!«

»Du hättest einmal das Erdbeben vor zwanzig Jahren miterleben müssen. Die ganze Gegend von Messina bis Syrakus war davon betroffen... aber mein Palast hat dem standgehalten, es gab nur einige kleine Risse in den Mauern«, berichtete Fulvio stolz.

Dann erkundigte er sich besorgt:

»Geht's, mein Liebling?«

Mit der automatischen Geste aller schwangeren Frauen legte Zéphyrine ihre Hände auf den Bauch. Das Kind, das ebenso überrascht wie seine Mutter gewesen sein mußte, hatte sich vorübergehend nicht mehr bewegt. Inzwischen rührte es sich aber schon wieder.

Am liebsten hätte Zéphyrine ihrem Mann ihren Alptraum erzählt, aber dafür war jetzt nicht der geeignete Moment.

Nachdem er Zéphyrines Bauch liebevoll gestreichelt hatte, erhob sich Fulvio. Er zog rasch einen Morgenrock an und verließ das Zimmer, um nachzusehen, wieviel Schaden entstanden war.

Die Schreie von Demoiselle Pluche und das Krächzen von Gros Léon hallten durch den Palast.

Zéphyrine schloß die Augen. Sie wußte genau, daß sie ihre Mutter gesehen hatte. Diese war ihr erschienen, um sie vor großer Gefahr zu warnen.

Zéphyrine streckte ihre Beine unter der Decke aus. Sie verspürte einen leichten Schmerz in den Lenden, achtete aber nicht darauf.

Sie war jetzt so dick, daß ihr alles weh tat. Sogar ihre Brüste waren angeschwollen. Wenn sie auf dem Rücken lag, erdrückte das Kind sie fast.

Sie reckte sich. Da war wieder dieser Schmerz, diesmal stechend. Aber er verging rasch – wie das Erdbeben.

Beruhigt war Zéphyrine gerade wieder am Einschlafen, als sie plötzlich einen röchelnden Schrei ausstieß. Der leichte Schmerz war unerträglich geworden. Ihr Bauch wurde ganz hart.

In diesem Augenblick betrat Demoiselle Pluche das Zimmer.

»Stellen Sie sich das nur einmal vor, meine kleine Zéphy... Eine Erde, die bebt... so etwas gibt es bei uns im schönen Loiretal nicht... Meiner Meinung nach ist das nicht sehr christlich...«

»Pluche!« stöhnte Zéphyrine.

Sie zerbiß die Spitze ihres Leintuchs.

»Mein Gott, was haben Sie, Hoheit? Ach! Heilige Jungfrau!«

Plötzlich begriff Pluche, was los war. Die brave alte Jungfer stürzte Hals über Kopf auf den Korridor hinaus und brüllte:

»La Douceur...! Hilfe! La Douceur!«

Zéphyrine brauchte indessen nicht den Knappen, sondern den Arzt, der von dem Erdbeben sowieso schon aufgewacht war und nun, auf Pluches Geschrei hin, ans Bett der Prinzessin eilte.

Leichenblaß hielt Fulvio die Hand seiner Frau. La Douceur fluchte mit seiner Donnerstimme, Demoiselle Pluche heulte, Emilia und Carlotta standen im Wege, Gros Léon krächzte aufgeregt, und im Bett stöhnte Zéphyrine.

Der Arzt bat sich gebieterisch Ruhe aus. Er setzte alle, sogar den Ehemann, vor die Tür. Er verlangte nach Schüsseln mit heißem Wasser. Er ließ die beiden Matronen holen, die ihm assistieren sollten, dann schob er die Ärmel hoch und trat zu Zéphyrine, die sich vor Schmerzen wand. Sie biß sich in die geballte Faust und stöhnte laut.

»Ich dachte nicht, daß es so weh tun würde... Wird es lange dauern?«

Mit einem freundlichen Lächeln beugte sich der Arzt über sie. Während er ihren Bauch durch das Nachthemd hindurch abtastete, sagte er die nicht gerade beruhigenden Worte:

»Nur keine Ungeduld, Prinzessin... bei einer Erstgebärenden, wie Sie es sind, wird es bestimmt die ganze Nacht dauern...«

31

Signora Trinita Orlando

Im gleichen Augenblick schob in Syrakus, wo das Erdbeben große Schäden angerichtet hatte, Signora Orlando die Glaskugel zurück, über die sie ihr Gesicht gebeugt hatte.

Ihre Augen funkelten triumphierend.

»Du hast meine Bitten erhört, Velifar... ich werde meinen Ricardo rächen können... Auf uns beide, du Verbrecherin!« Seit sie unter dem Namen Trinita Orlando in Syrakus angekommen war, lauerte Doña Hermina auf eine Gelegenheit, die Stadt verlassen zu können. Sie wußte, daß sie von der Maffia beschattet wurde.

Die San Salvador hatte dem spanischen Vizekönig ihre Ankunft auf Sizilien nicht mitgeteilt. Sie war nicht wegen Karl V. hergekommen, sondern um Rache zu nehmen.

Als sie vom schrecklichen Tod des einzigen Wesens auf der Welt, das sie liebte – ihres Sohnes Ricardo –, erfahren hatte, war die schändliche Kreatur zum erstenmal in ihrem Leben zusammengebrochen, von Kummer gebeugt.

Gewissensbisse wegen ihrer Schandtaten? Der Gedanke, Ricardos Tod sei die von Cornelius Agrippa angekündigte Strafe, kam ihr nicht einmal flüchtig in den Sinn. Ihr ganzer Haß konzentrierte sich, neu entfacht, auf Zéphyrine. Sie hatte erfahren, daß ihre Stieftochter und Fulvio mit den Bettlern in der Engelsburg gewesen waren.

»Warum nur habe ich sie damals in der Wiege am Leben gelassen?...« jammerte sie, während sie sich ihre schönen weißen Hände blutig biß. »Als ich sah, daß es ein Mädchen war, daß ich das Kind nicht mit meinem Jungen vertauschen konnte, hätte ich es erwürgen sollen... Warum habe ich es nur nicht getan?«

Während dieser Tage tiefster Verzweiflung, in denen sie jede Nahrungsaufnahme verweigerte, war der Zwerg Karolus nicht von ihrer Seite gewichen.

»Beruhige dich, Henriette, so beruhige dich doch!« flehte Karolus.

»Du hast sie immer gegen mich in Schutz genommen«, warf Doña Hermina ihm vor. »Ohne dich hätte ich meine Ziele erreicht. Du hast mich daran gehindert, die Weissagung wahr zu machen! Wir wären schon lange im Besitz des Schatzes! Mein

Ricardo wird jetzt niemals mehr davon profitieren können. Wenn er tot ist, so ist das deine Schuld, weil du dieses verdammte rothaarige Geschöpf am Leben gelassen hast!«

Bei diesen Vorwürfen legte sich das groteske Zwergengesicht in tiefe Falten! Mit seinen kurzen Fingern wischte er die Tränen fort die über Doña Herminas Wangen rollten.

Unterdessen war der Byzantiner mit guten Neuigkeiten aus Frankreich zurückgekehrt: Der Marquis de Bagatelle hatte die Botschaft seiner lieben Gemahlin erhalten. Nachdem er die Düfte der Rosenblätter eingeatmet hatte, war er in Katalepsie verfallen. Ein Arzt hatte ihn wieder zu sich gebracht, aber einige Tage später war er gestorben, und der Byzantiner hatte es für klüger gehalten, Frankreich so schnell wie möglich zu verlassen.

Wenigstens in dieser Hinsicht beruhigt, erteilte die San Salvador dieser verdammten Seele den Befehl, die Spur von Fulvio und Zéphyrine wiederzufinden. Der Byzantiner begann in Rom herumzuschnüffeln. Er kehrte mit der wertvollen Nachricht zurück:

»Der Prinz und die Prinzessin Farnello sind in Sizilien...«

»Wir werden sie verfolgen, den letzten Talisman auf irgendeine Weise in unsere Hände bekommen, und dann wirst du mich für immer von ihr befreien, Byzantiner!«

Dieser Plan hatte ein leichtes Lächeln auf Doña Herminas rote Lippen gezaubert.

Und so hatte sie eines Abends den Hafen von Syrakus erreicht, auf einem venezianischen Schiff mit schwarzen windgeblähten Segeln.

Wie eine Spinne, so ließ sich auch Doña Hermina Zeit. Sie spann ihr Netz äußerst sorgsam.

Um der Aufmerksamkeit Giacomos und der anderen Maffiosi zu entgehen, die sie auf dem Kirchenvorplatz erspäht hatte, brauchte sie irgendein unerwartetes Ereignis.

Jeden Tag bat sie Satan, ein Mittel zu finden, damit sie das Schloß der Farnello erreichen konnte. Der Teufel hatte mit einem Erdbeben geantwortet!

Doña Hermina kannte keine Angst. Sie lächelte spöttisch, als sie Frauen schreien, Kinder nach ihren Müttern rufen und Männer durch die aufgerissenen Straßen rennen hörte. Sie zog sich an wie ein Arzt, wickelte sich in den langen weiten Überwurf und zog die Kanten des spitzen Hutes tief ins Gesicht. Gefolgt von Karolus und dem Byzantiner, die als ›Assistenten des Arztes‹ verkleidet waren, ging sie über den leeren Vorplatz der Kirche Santa Lucia.

Die Fensterscheiben lagen zerbrochen auf dem Boden. Zwei eingestürzte Pfeiler bewirkten, daß der Portalvorbau und die Rosette an der Fassade schief herabhingen.

Doña Hermina bestieg rittlings einen der Maulesel, die der Byzantiner besorgt hatte, und das Trio verließ Syrakus ohne Zwischenfälle. Sie ritten an den Befestigungsmauern des Castello Euralio vorbei, diesem grandiosen Bauwerk, das – etwa um 400 vor Christus von Dionysios dem Älteren erbaut – allen Erdbeben getrotzt hatte.

Doña Hermina mußte für den Tyrannen von Syrakus sehr starke verwandtschaftliche Gefühle hegen, denn ein engelhaftes Lächeln verklärte ihr Gesicht, während sie an dem imposanten Bauwerk vorbeiritten. Dieses Lächeln tauchte auch vor den Latomien wieder auf, jenen in den Felsen gehauenen Gefängnissen, wo der Tyrann seine Gefangenen einsperrte und langsam verhungern ließ. ›Was für ein Mann! Was für ein König! Hatte er nicht siebentausend Athener dort umkommen lassen? Die Zeiten hatten sich leider sehr geändert...‹

In Gedanken mit Dionysios dem Tyrannen vereint, trat Doña Hermina ihrem Maultier heftig mit den Absätzen in die Flanken, um es auf die einsamen Hügel in der Umgebung des Ätna zuzutreiben. Die Sonne ging gerade über der Insel Ortygia im Ionischen Meer auf.

Doña Hermina und ihre Begleiter waren so vertieft in den herrlichen Anblick der alten Phönizierstadt Syrakus, daß sie eine Gestalt übersahen, die von Felsen zu Felsen sprang.

Das war der Maffioso Giacomo. Obwohl er von dem Erdbeben ziemlich angegriffen war, verfolgte er die Signora Trinita Orlando, wie er es versprochen hatte.

32

Zéphyrines Überraschungen

Zéphyrine hat keine Kraft mehr zu schreien.

Der neue Tag bricht an, und das Kind ist immer noch nicht geboren.

Zéphyrine weiß, daß es nicht normal liegt.

»Eine Steißlage...«, flüstern die Matronen.

Nachdem sie zuerst sehr tapfer gewesen war, reagiert Zéphyrine nun nicht mehr. Es geht ihr viel zu schlecht. Dieser

Schmerz ist unmenschlich. Sie will sterben. Man soll sie in Ruhe lassen!

Armes gemartertes Salamanderweibchen!

Ihre Haare kleben schweißnaß an den Schläfen. Ab und zu gibt sie noch leise Jammerlaute von sich.

»Nur Mut, Prinzessin, ich werde versuchen, das Kind umzudrehen«, sagt Doktor Ursino.

Er schwitzt stark. Er sieht ebenso erschöpft aus wie Zéphyrine.

Die Matronen drücken mit aller Kraft auf Zéphyrines Bauch und kommandieren:

»Pressen Sie ... pressen Sie ...«

Zéphyrine hat dazu keine Kraft mehr. Das Kind will nicht auf die Welt kommen.

Sie schreit laut auf. Die Hand des Arztes dringt in sie ein. Seine Finger wollen sie zwingen, sich auszudehnen. Ihr Körper weigert sich. Dieser Geruch ... dieses Blut ... das Wasser, das aus ihrem Unterleib fließt ... Zéphyrine schluckt.

»Fulvio ... ich will meinen Mann ...«

Gleich darauf spürt sie die lange, schmale Hand des Prinzen auf ihrer nassen Stirn. Er beugt sich über sie. Er sieht ganz erschüttert aus. Er schreit den Arzt an:

»Mein Gott, so tun Sie doch etwas, damit sie nicht so leiden muß ...«

Trotz ihrer Schmerzen befriedigt es Zéphyrine ungeheuer, daß Fulvio den Geburtshelfer anbrüllt.

Doktor Ursino zieht den Prinzen in eine Fensternische. Er flüstert, aber Zéphyrine versteht seine Worte trotzdem:

»Eure Hoheit, sie strengt sich überhaupt nicht mehr an, und das Kind ermüdet ... Wir werden wohl zwischen Mutter und Kind wählen müssen. Die Entscheidung liegt ganz bei Eurer Hoheit ...«

»Per Bacco!« knurrt Fulvio. »Retten Sie die Mutter! Retten Sie die Mutter!«

Zéphyrine will protestieren. Sie ist glücklich, daß Fulvio sie gewählt hat, aber sie wünscht sich mit aller Kraft, daß ihr Kind leben soll.

Sie beißt sich auf die Lippen, ballt die Fäuste, versucht, ihre Lebenskraft wiederzufinden. Fulvio kehrt an ihr Bett zurück. Er beugt sich über seine junge Frau, wie er es im Stall mit seinen Zuchtstuten schon oft getan hat.

Es geht ihr so schlecht, daß sie jedes Schamgefühl verloren hat. Sie bleibt mit gespreizten, angewinkelten Beinen liegen.

Fulvio tätschelt ihre Schenkel.

»Hast du Durst?« flüstert er.

»Ja...«

Der Arzt will Einwände machen, aber Fulvio läßt ihm dazu keine Zeit. Zéphyrine trinkt den Becher Wasser gierig aus. Sie erbricht sich sofort. Sie schämt sich ihres Mißgeschicks. Tränen treten ihr in die Augen. Sie hustet.

»Komm, Zéphyrine, atme tief durch, meine Schöne... so, und jetzt preßt du langsam, aber regelmäßig... Atme wieder tief durch... Schieb dieses Kind aus dir heraus... Unser Kind, Geliebte... Stoß es aus, es will leben, und du ebenfalls...«

Fulvio macht ihr Mut. Er drückt sanft auf ihren Bauch, nicht so wie die Matronen.

Zéphyrine spürt, daß der Schmerz ein anderer wird. Sie atmet keuchend. Das Kind schiebt sich weiter nach unten, erreicht den Korridor zum Leben. Zéphyrine preßt... mit aller Kraft.

Sie blickt nach unten. Ein kleines Köpfchen taucht zwischen ihren Beinen auf.

»Da ist es... jetzt ganz langsam, Prinzessin... ich halte es fest... Sachte... ganz sachte... Großartig...«

Doktor Ursino hebt das Neugeborene behutsam hoch. Triumphierend schwingt er einen kleinen verschmierten Körper hin und her. »Es ist ein Mädchen, Prinzessin, und es lebt...«, verkündet Doktor Ursino.

Tatsächlich, sie brüllt, die kleine Corisande!

»Meine Liebste...«

Gerührt küßt Fulvio seine Frau auf die Stirn. Tränen treten ihr in die Augen. ›Ein Mädchen... vielleicht ist Fulvio jetzt enttäuscht...‹ Alle hasten im Zimmer umher.

Zéphyrine fühlt sich eigenartig. Sie stöhnt wieder.

»Alles ist in Ordnung, es ist vorbei«, flüstert Fulvio. »Ich bin überglücklich, eine Tochter zu haben.«

Er muß ein bißchen schwindeln.

»Ich habe Schmerzen!« schreit Zéphyrine.

»Das ist nichts weiter – nur die Placenta, die gleich ausgestoßen wird, Prinzessin«, erklärt der Arzt.

»Aber...«

Zéphyrine findet die Placenta ziemlich groß. Vor Schmerz, der von neuem heftig einsetzt, beißt sie Fulvio in die Hand.

»Großer Gott, da ist ja noch ein zweites!«

Bei diesem Schrei vergessen alle das Neugeborene und eilen wieder zu Zéphyrine.

Demoiselle Pluche nimmt sich Corisandes an, während sich der Arzt und die Matronen mit Zéphyrine beschäftigen.

Die junge Frau schreit über die Ungerechtigkeit. Warum nur muß sie doppelte Schmerzen ertragen? Die Wehen sind nun heftiger, folgen rasch aufeinander. Wie beim ersten Kind, so wird Zéphyrine auch jetzt von Fulvio ermutigt. Er tätschelt ihren Bauch.

»Komm, Liebste, noch ein bißchen...«

Zéphyrine ist so erschöpft, daß sie diesmal nicht den Kopf hebt, um zu sehen, wie das Kind auf die Welt kommt.

»Es ist ein Junge! Ein Junge!« ruft Fulvio.

Außer sich vor Glück, nimmt er seine Frau in die Arme.

»Zwillinge! Meine Zéphyrine hat doch immer schöne Überraschungen bereit!...«

Fulvio lacht.

Sie läßt ihren Kopf nach hinten sinken. Sie ist so glücklich. Sie möchte es sagen, aber sie kann nicht sprechen. Sie fühlt sich gut, sie hat keine Schmerzen mehr... Ein Gedanke drängt sich ihr auf. Sie runzelt die Stirn und murmelt betrübt:

»Fulvio, wir haben doch nur eine einzige Wiege...«

Sie hört Fulvios Lachen. Sie fühlt seine Lippen auf ihrem Mund.

»Göttliche Zéphyrine, mein Liebling, meine geliebte Frau, mach dir keine Sorgen, damit werden wir uns morgen beschäftigen...«

Er betrachtet die Sonne, die ins Zimmer flutet.

»Nein, heute, Liebste...«

Zéphyrine schließt die Augen. Sie ist völlig erschöpft, sie will schlafen... Sie lächelt, während sie beglückt denkt:

›Heute bin ich Mutter geworden... Morgen werde ich mich mit meinen Zwillingen beschäftigen, mit Luigi und Corisande...‹

Unter den gerührten Blicken ihres Mannes schläft sie tief und ruhig ein.

Zum hundertsten Male beugt sich Zéphyrine über ihre Kinder. Man hatte den Jungen, den Erbprinzen, natürlich – wie es sich gehörte – in die Wiege mit der Prinzenkrone gelegt, während das arme kleine Mädchen in einem großen, zum Bettchen umfunktionierten Brotkorb lag, bis der Dorftischler eine zweite Wiege anfertigen würde, die einer kleinen Prinzessin würdig war.

Wie alle Mütter, so betrachtete auch Zéphyrine ihre Kinder

ganz genau. Sie war erstaunt darüber, etwas so Hinreißendes zur Welt gebracht zu haben. Sie zählte ihre Fingerchen, küßte ihre winzigen Nägel, streichelte ihre Nasen und die zarten Ohrläppchen.

Luigi war schon kräftig, er sah schon aus wie ein eigensinniger Junge. Hinter dem Ohr hatte er einen kleinen roten Fleck von der Form einer Rose oder eines Seesterns. Mit seinen schwarzen Haaren glich er Fulvio sehr.

»Ein Prachtkerl, verdammt noch mal! Ich werde aus ihm den besten Fechter der Welt machen!« polterte La Douceur.

Corisande wirkte neben ihrem Bruder ganz zart. Ihre goldenen Haare und ein winziges Näschen verliehen ihr das Aussehen einer Miniaturausgabe von Zéphyrine.

Sie öffneten ihre Augen wie kleine Kätzchen einen Spaltbreit. Zéphyrine war traurig, weil sie die Farbe nicht erkennen konnte.

Sechs Tage... Ihre Babys waren schon sechs Tage alt. Zéphyrine stieß einen glücklichen Seufzer aus. Entgegen den Gewohnheiten ihrer Zeit hatte sie die dicke Amme zurückgewiesen, die Fulvio aus einem Bergdorf kommen ließ. Prinzessin Farnello hatte beschlossen, ihren Kindern selbst die Brust zu geben.

»Meine Zéphyrine macht eben nie etwas so wie alle anderen«, hatte Fulvio erklärt und dem Wunsch seiner Frau nachgegeben.

Wer hätte den hochmütigen Leoparden in diesem Ehemann wiedererkannt, der seiner Frau jeden Wunsch von den Augen ablas?

Seit die Zwillinge geboren waren, liebt Fulvio Zéphyrine nur noch mehr – wenn das überhaupt möglich war. Nichts konnte für sie gut genug sein! Gleich am nächsten Tag hatte er einen Juwelier aus Catania kommen lassen und ihr Schmuck geschenkt, der einer Königin würdig gewesen wäre.

Fulvio wußte noch nicht, wie er ihn bezahlen würde. Die Einkünfte aus seinen anderen Besitzungen gingen nicht ein. Mit der Nonchalance des Grandseigneurs, dem es nie an etwas gefehlt hat, beschäftigte er sich nicht mit diesen materiellen Eventualitäten, an die ein Farnello nicht gewöhnt war.

Seit gestern war der Prinz bekümmert. Zéphyrine hatte es sofort bemerkt. Er hatte sich schon mehrmals erkundigt:

»Wie fühlst du dich, mein Liebling?«

»Ausgezeichnet...«

»Aber du darfst noch auf gar keinen Fall aufstehen...«

Bequem im Bett liegend, mit einem Nachthemd bekleidet, die Haare zu einem Zopf geflochten, führte Zéphyrine das Regiment über ihr Zimmer, ihre Dienstmädchen und ihre Babys; sie war gut gelaunt, bei bester Gesundheit und hatte einen ausgezeichneten Appetit.

»Einundzwanzig Tage im Bett, ohne aufzustehen, Prinzessin, sonst kann ich für nichts garantieren«, hatte Doktor Ursino angeordnet, bevor er – sehr zufrieden mit dem Zustand der jungen Mutter – nach Palermo zurückkehrte.

Am Morgen des sechsten Tages betrat Fulvio, der während ihrer Rekonvaleszenz in einem Nebenzimmer schlief, wie immer ihr Zimmer, um Zéphyrine und die Zwillinge zu besuchen. Er war völlig angekleidet. Seine staubigen Stiefel bewiesen, daß er schon früh am Morgen unterwegs gewesen war.

»Geht es dir gut, Liebste?« erkundigte er sich.

Zéphyrine streckte sich.

»Hervorragend.«

»Und den Kleinen?«

»Sieh sie dir an, diese Schätzchen...«

Während sich der Prinz über seine Kinder beugte, bemerkte Zéphyrine, daß er so übermüdet aussah wie jemand, der überhaupt nicht geschlafen hatte.

Zéphyrine runzelte die Stirn. Fulvio verheimlichte ihr etwas. Die alte Eifersucht erwachte wieder in ihr.

Vielleicht hatte Fulvio die Nacht außerhalb des Palastes verbracht? Und wenn es ihm nun plötzlich eingefallen war, die Bigallo zu besuchen?

Mißtrauisch betrachtete Zéphyrine ihren Mann nun noch genauer. Sein nachlässiges Äußeres sah ihm so gar nicht ähnlich. Er war noch nicht rasiert, und seine Wangen schimmerten grau.

»Bis heute abend, mein Liebling...«

Der Prinz küßte Zéphyrine zerstreut.

Sie wartete, bis ihr Mann das Zimmer verlassen hatte. Dann schlug sie entschlossen die Decke zurück und stand auf. Sie schwankte noch etwas auf den Beinen. Sie verspürte ein leichtes Prickeln in den Waden, aber zu ihrer großen Überraschung schaffte sie den Weg bis zum Fenster ohne Schwierigkeit. Das Meer war nicht so strahlend blau wie sonst. Ein leichter Nebel ließ die Sonne nicht so recht durchkommen.

Aber Zéphyrine dachte nur an die Wolken, die ihre Liebe trüben konnten.

Sie öffnete die Tür und rief:

»Emilia! Carlotta! Ein Kleid!«

Demoiselle Pluche kam herbeigeeilt.

»Meine kleine Zéphy ... Hoheit! Der Arzt hat doch gesagt ...«

»Ich pfeife auf den Arzt, ich habe es satt, im Bett zu liegen! Rasch, ich will mich anziehen ...«

»Sardine ... Saucisse!« krächzte Gros Léon, der auf seiner Sitzstange saß und seine Herrin und die Zwillinge nicht aus den Augen ließ.

Zéphyrine war wütend, weil sie in kein einziges Kleid paßte. Sie entschloß sich schließlich für eine plissierte Bluse und einen weiten Rock, der ihre immer noch rundliche Taille nicht einzwängte.

›Es ist schrecklich, ich bin noch immer dick. Werde ich je wieder aussehen wie früher, damit ich ihm gefallen kann?‹ dachte Zéphyrine. Sie betrachtete bekümmert ihre prall mit Milch gefüllten Brüste. Sie hatte schon von Männern sprechen gehört, die ihre Frauen nach der Geburt eines Kindes nicht mehr anrührten. Sie behandelten sie nicht mehr wie eine Frau, sondern nur noch wie ›die‹ Mutter. Diese Idee entsetzte Zéphyrine. Sie mußte rasch handeln.

Sie warf sich ein Cape um die Schultern. Ohne auf Pluches Jammern zu achten, die ihr wegen ihrer Unvorsichtigkeit die schlimmsten Folgen vorhersagte, verließ sie den Südflügel des Schlosses und begab sich, auf der Suche nach Fulvio, in den Schloßturm.

Der Prinz war nicht in seinem Arbeitszimmer. Zéphyrine ging in den Hof zurück. Dort hielten Soldaten Wache. Immer noch hielt ein warmer Nebel die Sonne ab. Die junge Frau begab sich in den Reitstall. Fulvios Pferd stand nicht in seiner Box.

Zéphyrine befragte einen Stallknecht.

»Weißt du, wo der Prinz ist?«

Anstelle des Knechts antwortete ihr Piccolo:

»Seine Hoheit ist zum Pavillon geritten ...«

›Was macht Fulvio in unserem Liebesnest?‹ dachte Zéphyrine aufgeregt, zwang sich aber zu einer unbewegten Miene und fragte weiter:

»Begleitet jemand den Prinzen?«

»Giaccomo der Sizilianer hat Seine Hoheit abgeholt ...«

»Ich sehe Paolo nirgends – ist er auch bei dem Prinzen?« setzte Zéphyrine ihr Verhör fort.

»Nein, Hoheit, auf Befehl des gnädigen Herrn ist Paolo mit La Douceur ins Gebirge geritten ...«

›Ins Gebirge ...! Warum hatte Fulvio La Douceur weggeschickt?‹

Beunruhigt über diese Auskünfte und blind vor Eifersucht befahl Zéphyrine:

»Man soll mir ein Pferd satteln!«

Trotz Piccolos erstauntem Gesicht und Pluches ängstlichem Geschrei, die inzwischen aufgetaucht war, stieg Zéphyrine aufs Pferd.

»Allmächtiger Himmel, eine Frau, die sechs Tage nach der Niederkunft schon wieder reiten will!... Sind das Manieren? Piccolo, lassen Sie Ihre Herrin nicht allein fort«, rief Pluche lispelnd.

»Piccolo, bleib hier, ich kenne den Weg genau«, befahl Zéphyrine.

»Hören Sie nicht auf sie, Piccolo!«

»Piccolo, ich befehle dir, mir zu gehorchen!«

Der Knappe wußte nicht mehr, wo ihm der Kopf stand. Verwirrt saß er auf, dann stieg er wieder ab. Hatte Seine Hoheit ihm nicht ausdrücklich befohlen, im Schloß zu bleiben, um die Prinzessin und die Kleinen zu bewachen?

Zéphyrine machte sich sein Zögern zunutze. Angelo, der das Tor bewachte, hatte den Auftrag, niemanden einzulassen. Von Leuten, die hinaus wollten, hatte der Prinz nichts gesagt.

Außerdem war die Prinzessin ja schließlich die Prinzessin! Innerhalb weniger Monate, vor allem aber durch die Geburt der Zwillinge, hatte sie sich bei diesen Leuten großen Respekt verschafft. Der brave Angelo wagte es nicht, sich zu weigern, das Tor für sie zu öffnen.

Zéphyrine galoppierte auf den Pavillon zu. Sie war fest entschlossen, das Geheimnis zu lüften, das Fulvio vor ihr verbarg.

Die junge Frau kannte die Strecke vom Schloß zu ihrem Liebesnest auswendig. Wie oft waren Fulvio und sie hier entlanggeritten, tagsüber und nachts!

Je höher sie kam, desto stickiger wurde die Luft. Sie fuhr sich mit der Zunge über die Lippen. Diese hatten einen schwefeligen Geschmack. Sie bemerkte auch, daß die Vögel nicht mehr sangen. Zéphyrine hob den Kopf und blickte zum Vulkan empor. Eine weiße Rauchwolke hing über ihm.

Zéphyrine hatte sich inzwischen schon an die Demonstrationen des Riesen gewöhnt. Wie alle Bewohner dieser Gegend hatte auch sie gelernt, ihn nicht zu fürchten. »Mein Berg hustet, dann beruhigt er sich wieder«, pflegte Fulvio zu sagen.

Heute aber war das Schweigen ringsum so unheimlich, daß

Zéphyrine plötzlich bedauerte, ohne Eskorte aufgebrochen zu sein.

Vielleicht war es nur Einbildung, aber sie hatte mehrmals den Eindruck, daß jemand sie hinter den Bäumen hervor belauerte! Sie drehte sich um und glaubte einen Schatten zu sehen, der sich rasch versteckte. Am liebsten wäre Zéphyrine umgekehrt, aber sie machte sich über ihre eigene Nervosität lustig und führte sie auf ihre Niederkunft vor wenigen Tagen zurück. Unbeirrt setzte sie ihren Weg über die Abhänge des Ätna fort.

33

Familientreffen

Als sie die Lichtung erreichte, stieß Zéphyrine einen erleichterten Seufzer aus. Es mußte sich um einen Kriegsrat handeln. Ein Dutzend Maultiere und Pferde, darunter Fulvios Vollbluthengst, waren vor dem Pavillon angebunden.

Einige Sizilianer bewachten die Eingänge. Als die Männer die Prinzessin sahen, die sie sehr gut kannten, nahmen sie grüßend ihre Barette ab. Einer löste sich aus der Gruppe. Anstatt ihr aber beim Absitzen behilflich zu sein, packte der ungeschliffene Sizilianer ihr Pferd am Zügel, wendete es und führte es auf den Weg zurück.

»Entschuldigen Sie, Prinzessin, aber Seine Hoheit hat befohlen, niemanden hereinzulassen.«

Diese ihr nur allzu bekannte Phrase: ›Seine Hoheit hat befohlen‹ ärgerte Zéphyrine maßlos.

»Dieser Befehl betrifft mich nicht«, sagte sie trocken. »Laß das Pferd los und hilf mir beim Absitzen.«

»Dazu habe ich kein Recht, Prinzessin.«

»Wer bist du, daß du es wagst, in diesem Ton mit mir zu sprechen?«

»Giacomo, Prinzessin – Stellvertreter von Maria Solenara.«

Zéphyrine zitterte vor Wut. Sie würde dem Rendezvous zwischen dieser girrenden Maffia-Chefin und ihrem Mann ein rasches Ende bereiten!

»Laß mich vorbei ...«

Zéphyrine hob ihre Reitpeitsche gegen Giacomo.

Als sie gerade vom Pferd sprang, öffnete sich die Tür des

Pavillons. Alarmiert von dem Lärm, wollte Fulvio nachsehen, was los war.

Sein Gesicht war ernst, aber weder überrascht noch ärgerlich. Wie Demoiselle Pluche murmelte er nur:

»Zéphyrine, wie unvorsichtig ...!«

»Ich wollte ...«, begann Zéphyrine, immer noch rot vor Zorn.

Fulvio unterbrach sie sanft:

»Und ich hoffte, dir – gerade jetzt – eine unangenehme Begegnung ersparen zu können. Tritt ein!«

Er nahm seine Frau am Arm und trat etwas beiseite, um ihr den Vortritt zu lassen. Zéphyrine glaubte, im Pavillon Maria Solenara und deren Leute vorzufinden.

Völlig fassungslos starrte sie auf das Bild, das sich ihr bot. Auf einem Sessel gefesselt, begann Doña Hermina bei Zéphyrines Eintritt ins Zimmer mit haßverzerrtem Gesicht Gift und Galle zu spucken.

»Ihr Verbrecher! ... Du hier, du! Bringt mich doch um! Ermordet mich, wie ihr es mit meinem armen Ricardo getan habt! ...«

Ein heiseres Stöhnen entrang sich ihrer Brust.

Entsetzt über diese Beschuldigungen verbarg Zéphyrine ihr Gesicht in den Händen. Fulvio legte ihr seine Hände auf die Schultern. In einem nüchternen Ton sagte er zu Doña Hermina:

»Seien Sie still, Madame, Ihnen wird hier kein Leid geschehen! Wie man es in Kenntnis Ihrer schändlichen Absichten von Ihnen beim besten Willen nicht behaupten kann ...«

»Gehört Sizilien etwa Ihnen, Farnello? Darf ich mich auf dieser Insel nicht frei bewegen, wohin ich will, mein lieber Schwiegersohn? Das sind Sie doch nun einmal, nicht wahr?« spottete Doña Hermina.

Zéphyrine hatte sich inzwischen gefaßt. Sie hob den Kopf und betrachtete dieses Ungeheuer, das erst vor kurzem den Marquis de Bagatelle ermordet hatte. ›Armer Vater ... Wie konnte er nur dieser Frau hörig werden?‹ dachte sie. Dann fragte sie ihren Mann:

»Warum hältst du sie hier fest, Fulvio?«

»Er hält mich nicht nur fest, er läßt mich auch noch fesseln wie Abrahams Schaf, das man schlachten will!« kreischte Doña Hermina.

»Wenn Sie sich ruhig verhalten würden, Madame, könnten wir Sie mit all jener Rücksicht behandeln, die eine Stiefmutter verlangen kann«, sagte Fulvio verächtlich.

Dann wandte er sich an Zéphyrine und erklärte:

»Seit sie ihren Fuß auf sizilianischen Boden gesetzt hat, nennt diese Frau sich Trinita Orlando. Als Arzt verkleidet, versuchte sie gestern abend ins Schloß einzudringen. Sie hatte dieses Fläschchen bei sich – ein Tropfen der Flüssigkeit hat eine Gans von unserem Geflügelhof augenblicklich getötet!«

Zur Veranschaulichung seiner Worte goß Fulvio ein wenig von der öligen Flüssigkeit ins Kaminfeuer. Unter der Einwirkung des Giftes verfärbte sich die Asche grün und begann zu schäumen. Zéphyrine konnte einen Schauder nicht unterdrücken. War ihre Mutter, die arme Corisande, von dieser schrecklichen Mixtur mit aufgedunsenem Gesicht gestorben?

»Das Gift der Borgia, dessen Rezept man für immer verloren glaubte…«, murmelte Fulvio. »Dieser schreckliche Giftstoff ruft die gleichen Symptome wie eine plötzliche Pockenerkrankung hervor…«

»Elender Dieb, mögest du von Pusteln zerfressen krepieren! Das ist aber noch nicht alles, was du mir gestohlen hast! Du Verräter, du hattest Karl V. Treue geschworen! Nimm dich in acht, der Kaiser läßt seine Gegner nicht so einfach laufen! Fürchte dich vor seiner Rache, Farnello, wenn du meine schon nicht fürchtest!«

Auf diese Drohungen reagierte Fulvio mit souveräner Verachtung.

»Ich fürchte nur das Urteil Gottes, Madame…«

An Zéphyrine gewandt, fügte er hinzu:

»Sie hatte auch das hier unter ihren Röcken bei sich. Giacomo hat die Kette zerrissen, als er mit ihr kämpfte.«

Fulvio zeigte seiner Frau eine kleine vergoldete Schachtel und entnahm ihr zwei Plaketten aus einem malvenfarbenen Metall, das ebenso reflektierte wie jene Plakette, die Zéphyrine in dem letzten Kollier gefunden hatte. Die junge Frau war geistesgegenwärtig genug, keine Fragen zu stellen. Sie begnügte sich damit, ihrem Mann einen fragenden Blick zuzuwerfen. Sie las an seinem Gesichtsausdruck ab, daß er die dritte Plakette aus ihrem Versteck im Kamin entfernt hatte.

Das diabolische Geschöpf mußte diesen stummen Dialog verstanden haben, denn es zischte wie eine Schlange.

»Du wirst diesen Frevel nicht zulassen, Velifar – diese Verfluchten wollen sich aneignen, was mir von Geburt an zusteht… Höre mich, Agaliarept, gib mir die Macht zurück, die Cornelius Agrippa mir in seinem Wahnsinn zu rauben versucht… Gib ein Zeichen, daß du meine Stimme hörst, Beelzebub…«

Tränen rollten über Doña Herminas Gesicht. Das elende Geschöpf hätte Mitleid erregen können, wenn es sich nicht an den Teufel gewandt hätte.

Um den bösen Geist zu vertreiben, den sie um den Pavillon schleichen zu hören vermeinte, schlug Zéphyrine das Kreuzzeichen. Doña Hermina knirschte mit den Zähnen. Fulvio wischte sich die Stirn. Er hätte es lieber mit hundert gedungenen Mördern zu tun gehabt als mit dieser schrecklichen Medea. Er zog Zéphyrine beiseite.

»Wir müssen beschließen, was wir mit ihr machen sollen«, flüsterte er.

Zéphyrine wich seiner Frage aus und erkundigte sich stattdessen:

»Wie hast du sie entdeckt, Fulvio?«

Der Prinz wollte Zéphyrine eigentlich nicht beunruhigen, bekannte dann aber doch:

»Wir überwachen mit den tapferen Maffiamitgliedern die Insel, denn – wie du dir ja vorstellen kannst – dieses Weib hat völlig recht: Karl V. wird sich nicht so leicht geschlagen geben. Die Männer der Maffia benachrichtigen mich über jede verdächtige Landung auf sizilianischem Boden. Es war Giacomo, der Doña Hermina in Syrakus entdeckt hat... Er war es auch, der sie verfolgt, im Gebirge überholt und mich gewarnt hat, daß sie auf dem Weg hierher sei... Wir haben sie am Ausfalltor festgenommen, zusammen mit einem ihrer Komplizen... Der andere konnte fliehen... aber ich habe Paolo und La Douceur, der diesen Mann als einziger gekannt hat, ausgeschickt, um ihn zu suchen...«

Beschämt darüber, daß sie Fulvio insgeheim beschuldigt hatte, La Douceur fortgeschickt zu haben, um frei zu sein, dachte sie an den Schatten, den sie auf dem Weg zum Pavillon gesehen zu haben glaubte. Sie erzählte Fulvio davon. Er beruhigte sie:

»Mach dir keine Sorgen um unsere Kinder, das Schloß wird gut bewacht... Du warst es, die eine große Dummheit begangen hat, indem du ohne Begleitung hergeritten bist. Wenn ich mir überhaupt hätte vorstellen können, daß du...«

Zéphyrine wußte, wie recht ihr Mann hatte. Sie zog es vor, auf das ursprüngliche Gesprächsthema zurückzukommen.

»Was sollen wir mit ihr machen?«

»Wenn du damit einverstanden bist, werde ich sie unter strenger Bewachung nach Frankreich bringen lassen, damit sie dort wegen ihrer Verbrechen vom Gerichtshof der Regentin zur

Verantwortung gezogen wird... Ein holländisches Schiff verläßt in acht Tagen Palermo mit Ziel Marseille... Die Entscheidung liegt bei dir, du weißt jetzt alles.« Die letzten Sätze hatte er etwas lauter gesagt.

Doña Hermina höhnte:

»Sehen Sie sich Ihre Frau doch einmal an, Farnello. Sie verspürt nicht den leisesten Wunsch, mich dem Gericht ihres Landes auszuliefern. Stimmt das etwa nicht, meine liebe Stieftochter, meine liebe Nichte? Willst du mich auf dem Scheiterhaufen sehen?... Aber nein! Die Ehre der de Bagatelle beschmutzt... wie peinlich, wie unangenehm! Oh, dieses hübsche Familientreffen... und dabei weiß sie noch lange nicht alles...!«

Doña Hermina brach in ein irres Gelächter aus.

»Karolus, sag unserer hochmütigen Prinzessin die Wahrheit! Wir werden ja sehen, ob sie hinterher noch so stolz ist!«

»Guten Tag, Rotschopf!«

Beim Klang dieser kehligen Stimme standen Zéphyrine die Haare zu Berge. In dem halbdunklen Zimmer hatte sie den Zwerg Karolus, der ebenfalls gefesselt war, bisher gar nicht bemerkt.

Obwohl es sie große Überwindung kostete, trat Zéphyrine zu dem Gnom.

»Es wäre nett von dir, Rotschopf, wenn du mir diese Fesseln etwas lockern würdest... mir tun nämlich die Füße furchtbar weh...«

Trotz ihrer Aversion gegen den Zwerg beugte sich Zéphyrine hinab und lockerte die Fesseln etwas, die seine Handgelenke und Knöchel einschnürten.

»Du bist sehr gut, Rotschopf...«

»Ich bin nicht gut, Karolus, ich konnte deine Gegenwart nie ertragen. Aber heute...« – Zéphyrine betrachtete Doña Hermina, die schlaff im Sessel hing –, »sie hat recht, wir sind nun am Scheideweg angelangt, und ich möchte wissen... *stimmt es, daß ich dir mein Leben verdanke?*«

»Ich war schon immer sentimental, meine Kleine...«

»Endlich gibst du zu, daß du dich mir widersetzt hast – mir, deiner Schwester!« kreischte Doña Hermina.

»Schweig, Henriette!« sagte Karolus mit einer gewissen Würde. »Es gibt Dinge, die man nicht aussprechen soll!«

»Zu spät, Charles-Henri, zu spät, Henriette. Sie beginnt, einen Teil der Wahrheit zu begreifen, unsere gute Zéphyrine... Welch ein Glück, seine richtige Familie endlich kennenzulernen, die man ihr immer verheimlicht hat! Der liebe Onkel und die liebe

Tante ... Na los, Prinzessin, nun fall schon in Ohnmacht, heul in den Armen meines Schwiegersohns ...«, höhnte Doña Hermina.

Weit davon entfernt, in Ohnmacht zu fallen, trat Zéphyrine an die Wahnsinnige heran. Um sie zum Schweigen zu bringen, ohrfeigte sie sie mit voller Kraft.

»Schweigen Sie, Elende ... *Charles-Henri* wird allein erzählen ...«

34

Die drei Schwestern

Karolus' Bericht begann wie ein Feenmärchen und endete wie der Bericht einer alten Hexe.

»Im Jahre des Herrn 1187 wurde die Christenheit von einem schweren Schlag getroffen: Sultan Saladin hatte Jerusalem zurückerobert!

Der deutsche Kaiser Friedrich I. Barbarossa rief daraufhin zum dritten Kreuzzug auf. Seinem Aufruf folgten der französische König Philipp August und der englische König Richard Löwenherz, zusammen mit vielen tapferen Rittern.

Drei junge Männer wurden während dieses Kreuzzuges unzertrennlich: der Franzose Hugues de Saint-Savin, der Engländer William Wytcliff und ein Lombarde, Raimondo Farnello ...

Nach einer für die Kreuzritter besonders harten Schlacht im Wüstensand von Tripolis ließ Sultan Saladin, der erfahren hatte, daß die christlichen Könige in ihren Zelten unter Fieber litten, ihnen Rosensorbets bringen, die in den Schneemassen des Libanon hergestellt wurden ...

Die erfrischenden Eisgetränke waren nicht vergiftet. Friedrich Barbarossa, Philipp August und Richard Löwenherz wußten ihren edlen Feind zu würdigen und schickten Hugues de Saint-Savin, William Wytcliff und Raimondo Farnello als Botschafter zu dem Wüstenherrscher, um ihm wertvolle Geschenke zu überbringen.

Die drei jungen Kreuzritter, die von Saladin äußerst gastfreundlich aufgenommen wurden, begingen den verhängnisvollen Fehler, sich wahnsinnig in die drei Lieblingstöchter des Sultans zu verlieben, Kinder einer christlichen Sklavin seines Harems, einer ehemaligen griechischen Prinzessin, die für ihre Schönheit und Intelligenz berühmt war.

Die jungen Kreuzritter mißbrauchten die Gastfreundschaft des Sultans und entführten eines Nachts Hela, Hortensia und Helena.

Nachdem die Männer des Sultans sie in einem Palmenhain eingeholt und gefangengenommen hatten, erwarteten die jungen Leute, geköpft zu werden, aber Hela, Hortensia und Helena warfen sich ihrem Vater zu Füßen und fanden die richtigen Worte, um sein Herz zu erweichen.

›Also gut, geht, ihr Undankbaren‹, sagte Saladin zu seinen Töchtern. ›Ich habe Angst um euer Schicksal, aber zum Zeichen meiner Großmut gebe ich euch noch ein Geschenk mit auf den Weg: Jede von euch bekommt ein Kollier. Jener eurer Erben, der die drei Kolliers vor Ablauf von 333 Jahren wieder vereint und außerdem meine Botschaft versteht, wird Zugang zu einem Schatz haben, der von drei Schlangen, drei Adlern und drei Leoparden bewacht wird. Dieser Nachkomme wird der Auserwählte meines Herzens sein... er wird mein geistiger Erbe sein... Lebt wohl, meine Töchter: Möge Allah euch trotz allem segnen und die Wüstensonne auf eure Häupter herabsenden...‹

Mit diesen Worten legte Saladin Hela, Hortensia und Helena herrliche Smaragdkolliers um den Hals, die sich nur dadurch unterschieden, daß der zentrale Smaragd einmal von den Klauen eines Adlers, einmal von einer Schlange und einmal von einem Leopardenrachen gefaßt war.

Nach der Rückkehr ins Lager der christlichen Könige schworen die jungen Mädchen ihrer Religion ab und nahmen bei der Hochzeit, die vor allen Rittern zelebriert wurde, die Religion ihrer Ehemänner an.

Dann trennte das Schicksal Saladins Töchter.

Die älteste, Helena, folgte ihrem Mann Raimondo Farnello, der mit der Armee Friedrich Barbarossas zog.

Wie der deutsche Kaiser selbst, so ertrank auch Prinz Farnello kurze Zeit später in Kilikien, diesem im Südosten Anatoliens gelegenen Teil der asiatischen Türkei.

Seiner jungen schwangeren Frau gelang es, die Lombardei zu erreichen. Die Eltern Farnello nahmen diese Schwiegertochter mit einer gewissen Reserve auf. Aber sämtliche Beweise für die vollzogene Eheschließung waren vorhanden. Als Helena einen Sohn gebar, den Erben des Geschlechts der Farnello, verziehen ihr die Schwiegereltern vollkommen.

Die arme Helena, die weder ihren geliebten Raimondo noch den vertrauten Wüstensand vergessen konnte, starb kurze Zeit später in dem düsteren lombardischen Schloß an Schwindsucht.

Sie hinterließ ihrem Sohn, dem Prinzen Raimondo II., der schon in der Wiege Waise wurde, ihr Kollier mit dem Leopardenrachen. Das Schmuckstück blieb in der Familie Farnello, die Helena rasch vergaß.

Hela, die mittlere Tochter Saladins, die William Wytcliff geheiratet hatte, folgte ihrem Mann und Richard Löwenherz nach Zypern.

Bei der Eroberung der Insel durch den englischen König wurde der Ritter Wytcliff in einer Seeschlacht getötet.

Hela, die ebenfalls schwanger war, schaffte es, bis Frankreich zu kommen. Sie erreichte nach tausend Schwierigkeiten ihre Lieblingsschwester Hortensia, die Hugues de Saint-Savin geheiratet hatte.

Nachdem sie völlig erschöpft von allen Entbehrungen im Loiretal angekommen war, hatte die arme Hela eine Totgeburt – ein Mädchen, das auf den Namen Henrietta getauft wurde. Sie legte ihr Smaragdkollier mit dem Adlerkopf in den kleinen Sarg, dann trat sie mit Hilfe ihrer Schwester und ihres Schwagers als Nonne in das Kloster Saint-Savin ein, dessen Äbtissin sie später wurde. Ihre geistliche Ausstrahlung war so groß, daß die Kirche sogar erwägte, sie heiligzusprechen. Vermutlich verhinderte ihre muselmanische Abstammung die Realisierung dieses Vorhabens.

Hela starb mit hundert Jahren. Sie hatte ihren Vater Saladin nie vergessen, und ebensowenig versäumte sie es, jeden Tag am Grab ihres Kindes, der kleinen Henrietta, im Park von Saint-Savin zu beten.

Die jüngste der drei Schwestern, Hortensia, war mit ihrem Mann Hugues de Saint-Savin ohne Hindernisse ins Loiretal gelangt. Dieser war Waise und einziger Erbe des Namens. Abgesehen vom König war er niemandem Rechenschaft schuldig, und Philipp August war mit seiner Eheschließung einverstanden gewesen.

Die jungen Leute lebten glücklich im Schloß der Saint-Savin. Aber ein leiblicher Vetter von Hugues, Graf Béliard, war auf ihre leidenschaftliche Liebe sehr eifersüchtig. Béliard, der niederträchtig und neidisch war, konnte es nicht ertragen, andere glücklich zu sehen.

Er machte Hortensia glühende Liebeserklärungen, aber sie wies ihn ab.

Eines Tages brachten vier Bauern Hugues tödlich verletzt ins Schloß zurück. Angeblich war der unglückliche junge Graf bei einer Jagd, zu welcher er sich mit Béliard getroffen hatte, von einem Wildschwein angefallen worden.

Hugues hatte gerade noch die Kraft, seine Hände auf den Bauch seiner schwangeren jungen Frau zu legen und seinen Vetter zu beschuldigen: ›Er war es... Béliard... er hat mich getötet... Versteck dich...‹

Außer sich vor Kummer, begab sich Hortensia unter den Schutz ihrer Schwester, der Äbtissin Hela. Sie starb, nachdem sie im Kloster einen Sohn zur Welt gebracht hatte, den kleinen Hugues II. de Saint-Savin, dem sie ihr Smaragdkollier mit dem Schlangenkopf hinterließ.

Die Äbtissin Hela ließ Hugues und Hortensia neben ihrer kleinen Henrietta beisetzen. Ihre Herzen ließ sie in zwei Urnen in einer Kapelle des Parkes aufbewahren; sie versah sie mit einer Inschrift, die Zéphyrine dank der alten Mutter Crapote später entdeckte: ›Hugues und Hortensia de Saint-Savin. Ihre Körper und Herzen waren im Leben vereint. Sie werden es auch im Tode sein. 1170–1190.‹

Zéphyrines Vorfahren waren nur zwanzig Jahre alt geworden.

Die Jahre vergingen. Hugues II. de Saint-Savin gründete seine eigene Familie. Das Smaragdkollier der armen Hortensia wurde zu jenem Schmuckstück, das die ältesten Söhne an ihrem Hochzeitstag jeweils ihren Frauen schenkten. Allmählich vergaßen alle die Herkunft dieses Kolliers. Man wußte, daß sich darin eine geheimnisvolle Plakette befand. Die Damen Saint-Savin sahen darin einen Talisman, einen Glücksbringer, denn im Laufe der Jahrhunderte nahmen Vermögen und Macht der Grafen Saint-Savin immer mehr zu.

Einer von ihnen, Hercule, war der Gefährte Jeanne d'Arcs und später Favorit von Karl VII., und sein Sohn Henri, Zéphyrines Großvater mütterlicherseits, genoß das Vertrauen des Königs Karl VIII. in so hohem Maße, daß dieser ihn in die Bretagne schickte, um die kleine Herzogin Anne abzuholen, die Königin von Frankreich werden sollte...«

An dieser Stelle seines Berichtes legte Karolus eine Pause ein.

Fulvio und Zéphyrine, die von ihm nichts Böses mehr befürchteten, hatten ihm die Fesseln abgenommen.

Doña Hermina war soeben eingeschlummert. Karolus hatte ihr eine sirupartige Flüssigkeit zu trinken gegeben, damit ihr Geschrei aufhörte. Wie durch Zauberei hatte die verdammte

Kreatur sich sofort beruhigt. Mit einem Lächeln auf ihren roten Lippen schlief Doña Hermina nun wie ein gefallener Engel.

Karolus fuhr mit seiner Erzählung fort. Zéphyrine lauschte atemlos. Sie wußte, daß der Zwerg jetzt zu den entscheidenden Vorgängen kommen würde...

35

Doña Herminas Geheimnis

»Auf dem Weg in die Bretagne traf Henri de Saint-Savin im Wald von Brocéliande ein junges Mädchen, fast noch ein wildes Kind, namens Sarmor. Sie war sehr schön, intelligent und verfügte über außergewöhnliche Fähigkeiten als Heilerin und Wahrsagerin. Mit geheimnisvollen Kräutern gelang es ihr, eine Knieverletzung zu heilen, die sich Henri bei einem Turnier zugezogen hatte.

Saint-Savin verliebte sich in die bezaubernde Bretonin und stellte sie Herzogin Anne vor, die bereit war, Sarmor als Weißnäherin in ihre Dienste zu nehmen.

Das Liebespaar kehrte ins Loiretal zurück.

Herzogin Anne heiratete Karl VIII., aber ihrer bretonischen Weißnäherin fiel es sehr schwer, sich ans Hofprotokoll zu halten.

Sarmor lief weiterhin, so oft sie nur konnte, mit nackten Füßen durch Wiesen und Wälder, um ihre geheimnisvollen Kräuter zu suchen.

Auf diese Weise traf sie eines Tages unter einem Pfirsichbaum, wo er sich ausruhte, den Herzog Ludwig von Orléans. Dieser führte eine unglückliche Ehe mit der Tochter Ludwigs XI. und suchte alle Wahrsager und Magier auf, um sich die Zukunft prophezeien zu lassen.

Im Wasser eines Brunnens, in das sie Feldthymian geworfen hatte, sah Sarmor für ihn folgendes Schicksal voraus:

›Du wirst König Ludwig XII. werden und die Königin von Frankreich heiraten.‹

›Königin Anne?‹ rief Ludwig.

›König Karl VIII. wird bald sterben, und du wirst seine Witwe, Königin Anne, heiraten‹, wiederholte Sarmor. ›Dadurch wird die Bretagne bei Frankreich bleiben.‹

›Aber – meine Frau...‹, stammelte Ludwig.

›Du wirst sie verstoßen...‹

Von der jungen Wahrsagerin völlig aus der Fassung gebracht,

brachte Ludwig es nicht fertig zu schweigen. Er erzählte seiner Kusine, einer Hofdame der Königin, von der seltsamen Weißnäherin. Diese erzählte alles der Königin weiter. Königin Anne, die Ludwig insgeheim liebte, fürchtete Sarmors Scharfblick. Bei Hof begann man über die ›bretonische Hexe‹ zu munkeln. Die Königin bat den Grafen von Saint-Savin, seine Mätresse zu entfernen.

Henri brachte Sarmor in einem bequemen Häuschen des Dorfes Saint-Savin unter, das auf halbem Wege zwischen Kloster und Schloß lag.

Dort gebar Sarmor ein Mädchen, das – nach ihrem Vater Henri – Henriette genannt wurde. Dieser erkannte das Kind an. Er räumte ihm sogar das Recht ein, den Namen Saint-Savin ohne Adelsprädikat zu tragen.

Dann begann der flatterhafte Henri die arme Sarmor zu vernachlässigen, weil er eine sehr vorteilhafte Ehe mit der schönen Marie-Zéphyrine de Hautun eingehen wollte.

Die unglückliche Sarmor, die ihren Geliebten vergötterte, versuchte ihn zurückzuerobern, indem sie jeden Abend selbstgebraute Kräutermixturen trank und dazu im Mondschein tanzte. Aber vergeblich! Es war, als hätte Sarmor ihre Zauberkräfte verloren, als sie sich verliebte.

Am Hochzeitstag von Henri und Marie-Zéphyrine, als der junge Graf seiner Frau gerade das Smaragdkollier überreichte, brachte die unglückliche Sarmor, die sich vielleicht mit ihren Kräutern selbst vergiftet hatte, ein mißgestaltetes Kind auf die Welt, halb Knabe, halb Mädchen. ›Ein Bastard des Teufels!‹ murmelte der Priester, der es taufte, als er den großen Kopf und den Buckel des Säuglings sah.

Sarmor verschloß die Augen vor der Wirklichkeit und gab ihrem ›Sohn‹ den Namen Charles-Henri.

Der Graf von Saint-Savin war von diesem Gnom ohne eindeutiges Geschlecht so abgestoßen, daß er sich weigerte, ihn anzuerkennen. Er wollte in dem Geschöpf auf keinen Fall einen Knaben sehen und nannte ihn zum Spott Henriette II.

Die Gräfin Marie-Zéphyrine de Saint-Savin gebar eine Tochter von großer Schönheit, Corisande. Mit der Ungezwungenheit, die damals bei den adligen Herren sehr in Mode war, brachte Graf Henri seinen Bastard Henriette oft zum Spielen ins Schloß.

Er liebte dieses dunkelhaarige intelligente Kind und machte es zur Spielgefährtin der kleine Corisande. Was mochte wohl in

Henriette vorgehen, wenn sie – die Tochter der sitzengelassenen Sarmor – den Prunk sah, in dem Corisande aufwuchs?

Corisande war niemals häßlich zu ihrer älteren Schwester, aber Henriettes Herz verhärtete sich immer mehr, wenn sie Sarmors Kummer und die ungerechte Zurücksetzung sah, mit der Charles-Henri – Henriette II. – behandelt wurde. In jener Zeit gewöhnte Henriette es sich an, ihren ›Schwester-Bruder‹ weder Henriette II. noch Charles-Henri, sondern Karolus zu nennen.

Dieser wuchs fast nicht. Er hatte aber ein sehr heiteres Wesen und liebte seine Schwester Henriette grenzenlos.

Vom Leid verzehrt und dem Wald von Brocéliande nachtrauernd, den sie nie hätte verlassen sollen, starb Sarmor eines Abends im Mondschein mit nackten Füßen, so wie sie auch gelebt hatte.

Man begrub die ›Hexe‹ des Nachts, und der Graf von Saint-Savin, dem seine beiden Kinder jetzt lästig waren, mußte sie ins Schloß mitnehmen.

Die Gräfin Marie-Zéphyrine stieß laute Schreie aus, als sie den Zwerg sah. Sie befahl ihrem Mann, ihr die beiden Bastarde aus den Augen zu schaffen.

Henri brachte sie ins Kloster Saint-Savin, wo vor zweihundert Jahren Hela gelebt hatte, und wo – fünfzehn Jahre später – Zéphyrine ihre Studien betreiben sollte.

Henriette war zu jener Zeit zehn, Charles-Henri acht Jahre alt. Der Graf beschloß, daß Henriette den Schleier nehmen sollte. Man würde aus ihr eine Nonne, dann eine Äbtissin machen. Kein Mensch kümmerte sich darum, was aus Karolus werden sollte.

Die schöne Corisande besuchte ihre Schwester oft im Kloster. Sie liebte sie sehr.

Hatte sie erraten, wer Karolus war? Niemals ließ sie ein Wort darüber verlauten, nicht einmal der treuen Pélagie gegenüber, ob sie über ihre Verwandtschaft mit dem Zwerg Bescheid wußte.

Karolus, der dank seiner kleinen Gestalt überall hindurchschlüpfen konnte, entdeckte eines Tages, als er hinter einer eingestürzten Mauer herumschnüffelte, in dem halbzerfallenen Sarg von Helas Kind das Smaragdkollier.

Karolus, der damals sechzehn Jahre alt war und wie fünf aussah, schenkte es seiner Schwester Henriette. Diese glaubte zuerst, es handle sich um das Familienerbstück, das ihr Vater seiner Frau, der Henriette verhaßten Marie-Zéphyrine, geschenkt hatte. Aber als sie das Schmuckstück aufmerksam betrachtete, sah sie den Unterschied. Sie öffnete mit dem Fingernagel den zentralen Smaragd und fand die erste malvenfarbene

Plakette. Ineinanderverschlungene Kreise, die von einer Fackel unterbrochen waren, waren auf einer Seite eingraviert, während auf der anderen Seite in lateinischer Sprache folgende Worte standen:

Das Familienoberhaupt grämt sich bei den Festungsmauern
Verraten unter dem Vorwand von Hochzeitsfeierlichkeiten
Vom Schicksal setzt Saladin von Gold und geschmolzenem Silber
Die Wüstenrose zum vereinten Erben ein.

Sarmors Tochter begriff sofort, daß dieser Talisman den wahren Wert des Schmuckstücks darstellte.

Zusammen mit Karolus versteckte sie das Kollier in einer Urne der Grabkapelle von Hugues und Hortensia.

Die wertvolle Plakette trug Henriette immer bei sich. Sie begann, in den alten Manuskripten des Klosters zu stöbern. Unter dicken Spinnweben entdeckte sie zuerst Pläne, auf denen ein unterirdischer Gang eingezeichnet war, der das Kloster mit dem Schloß, in dem Corisande lebte, verband.

Henriette nahm die Gewohnheit an, mit Karolus beim Licht einer Laterne im Schloß herumzuschleichen. Sie drang durch einen Kamin ein, dessen Sockel sich drehen ließ, und dann betrachtete sie die schlafenden Schloßbewohner.

Sie machte in den Manuskripten des Klosters aber noch eine andere Entdeckung: die schriftlichen Bekenntnisse der Nonne Hela und darin die Geschichte der drei Töchter Saladins.

Von diesem Augenblick an hatte das gedemütigte Kind Sarmors nur noch einen Gedanken: Sie wollte sich das zweite Kollier aneignen, das sie – wie sie hoffte – zum dritten und schließlich – dessen war sie ganz sicher – zum Schatz des Sultans Saladin führen würde.

Bestürzt darüber, was er angerichtet hatte, indem er seiner Schwester jenes Kollier schenkte, versuchte Karolus, sie zur Vernunft zu bringen. Aber sie wollte nicht auf ihn hören. Das Gift war schon tief in sie eingedrungen, als ein junger Seminarist – Bruder Gontrain – im Kloster eintraf.

Das war der Beginn ihrer Verdammnis. Das Leben einer Nonne paßte nicht zu Henriette Saint-Savin. Die Gebete, die Enthaltsamkeit, die Kasteiungen – all das entsprach nicht ihrem Temperament.

Die junge Äbtissin verführte Bruder Gontrain. Dann zog sie auch die anderen Nonnen hinzu, und es wurden so wilde und laute Orgien gefeiert, daß man im Dorf zu munkeln begann, die Äbtissin sei vom Teufel besessen.

In einer Gewitternacht klopfte ein Ritter an die Klosterpforte, um Unterschlupf vor dem Unwetter zu finden. Das war Herzog Charles, der Konnetabel von Bourbon.

Henriette ließ den Seminaristen fallen und wurde, von dem Grandseigneur geblendet, sofort seine Mätresse. Charles, der selbst schon vom Leben enttäuscht war, verliebte sich in die Nonne. Es war niemals die Rede davon, daß sie das Kloster verlassen sollte, um Hofdame seiner Frau zu werden. Was Charles an Henriette nämlich liebte, war das Kloster, die Tracht, die wollüstigen Nonnen und die allgemeinen Orgien.

Als Henriette dann ein Kind erwartete, stellte der Herzog von Bourbon seine Besuche ein.

Inzwischen waren Gräfin Marie-Zéphyrine und deren Mann Henri de Saint-Savin gestorben. Ihre Tochter Corisande war die einzige, überaus reiche Erbin ihres ganzen Besitzes.

Corisande vermachte großzügig die Abtei und die dazugehörigen Ländereien ihrer Schwester Henriette als Schenkung. Aber das genügte der Äbtissin nicht mehr.

Corisande verlobte sich mit einem jungen und schönen Edelmann, Roger de Bagatelle. In Anwesenheit von König Ludwig XII. und Königin Anne feierte sie eine so prunkvolle Hochzeit, als sei sie eine Prinzessin.

Ohne sich darüber im klaren zu sein, welch grausamer Unterschied in ihren Lebensbedingungen bestand, brachte Corisande ihren Mann Roger ins Kloster mit, um ihn ihrer Schwester vorzustellen.

Bald teilte Corisande der Äbtissin die freudige Nachricht mit, daß sie ein Kind erwartete!

Henriette war gezwungen, ihre Schwangerschaft zu verbergen, während Corisande ihren Bauch stolz zur Schau trug.

Sitzengelassen wie ihre Mutter Sarmor, begann sich nun auch Henriette mit der Magie zu beschäftigen. Sie machte die Bekanntschaft einer alten Zauberin, der Mutter Crapote. Diese lehrte sie die ersten Riten, Beschwörungsformeln und Verwünschungen.

Sarmors Tochter war überaus begabt!

Im Gegensatz zu ihrer Mutter, die mit ihren magischen Kräften niemals etwas Böses getan hatte, zögerte Henriette aber nicht, den Abgrund zu überspringen, der die Weiße von der Schwarzen Magie trennt.

Wenn sie keinen Erfolg gehabt hätte, hätte sie ihre ›nächtliche

Beschäftigung‹ vielleicht aufgegeben. Sie verabscheute eine dikke Nonne. Mit Beschwörungsformeln warf sie eine dieser Nonne ähnelnde Puppe in eine Blechwanne. Kurz darauf ertrank die dicke Nonne im Fluß. Erstaunt über ihre Macht, versöhnte sich Henriette mit dem Seminaristen Gontrain und führte den unglückseligen jungen Mann nun in die okkulten Künste ein, anstatt mit ihm Orgien zu feiern. Gontrains Geist verwirrte sich. Er rühmte sich vor dem Geistlichen des Klosters, jeden Abend eine Verabredung mit dem Teufel zu haben!

Karolus, der als einziger wußte, daß seine Schwester schwanger war, befürchtete, sie würde ein Kind mit Pferdefüßen zur Welt bringen.

Um ihren Zustand zu verbergen, schnürte sich Henriette so fest, daß sie kaum Luft bekam. Ihr Haß wurde immer größer, und der schreckliche Plan, von dem Karolus damals nichts ahnte, nahm in ihrem Geist immer mehr Gestalt an.

Eines Morgens im März setzten die Wehen ein. Henriette gebar, mit Karolus als einziger Hilfe, in dem Dachstübchen der Mutter Crapote einen Knaben, den sie Richard nannte, vielleicht wegen Richard Löwenherz, von dem Hela in ihren Bekenntnissen berichtet hatte.

Zwei Stunden später empfing sie, leichenblaß und sich nur durch übermenschliche Willensanspannung auf den Beinen haltend, Roger de Bagatelle, der ihr mitteilte, seine Frau Corisande wäre glücklich, wenn Henriette sich bereit erklärte, Patin des Kindes zu werden, mit dessen Geburt täglich zu rechnen war.

Henriette war sicher, daß ihre Schwester einen Sohn bekommen würde, und sie beschloß, daß ihr Richard zum Marquis de Bagatelle und zum Erben der Saint-Savin werden sollte und daß sie dann den Platz einnehmen würde, der ihr von Rechts wegen zustand, nämlich den ihrer Schwester.

Mutter Crapote behauptete, ein wirksames Gift zu kennen, das eine plötzliche heftige Pockenerkrankung vortäusche, aber die Zauberin weigerte sich, es Henriette zu geben.

Das nutzte aber nichts. Henriette stahl es einfach und probierte es an einer Hündin aus, die mit aufgeblähter Schnauze sofort verendete.

Henriette hatte Roger de Bagatelle gebeten, sie sofort über die Geburt zu verständigen.

In der Nacht zum 1. April brachte ihr La Douceur, Rogers Knappe, die Nachricht:

›Die Wehen haben eingesetzt...‹

Henriette machte sich zunutze, daß Karolus – der versucht hätte, sie von ihrer Schandtat abzuhalten – fest schlief. Sie nahm ihren Sohn Richard in die Arme und eilte in den unterirdischen Gang.

Mit ruhiger Hand bediente sie das Geheimsystem, wodurch der Kamin sich in den Angeln drehen ließ, und sie drang in Corisandes rundes Zimmer ein.

Die Marquis de Bagatelle schlief in dem breiten Bett so tief, wie es alle Frauen nach der Entbindung tun. Ein Säugling wimmerte in der Wiege mit der Krone. Ohne zu zögern, schüttete Henriette ihrer Schwester das Gift übers Gesicht. Sie riß ihr das Smaragdkollier vom Hals. Corisande, die plötzlich aufwachte, stöhnte laut auf. Das Gift tat schon seine Wirkung. Sie hatte ihre Mörderin zwar erkannt, konnte aber nicht mehr sprechen. Ihr Gesicht quoll auf.

Henriette eilte zu der Wiege und wollte gerade ihren Sohn Richard an die Stelle des Neugeborenen legen, als sie plötzlich wütend feststellen mußte, daß Corisandes Kind ein Mädchen war – Zéphyrine.

Der Austausch war damit natürlich unmöglich geworden. Henriette floh mit ihrem Sohn, wie sie gekommen war, durch den Geheimgang, den außer ihr und Karolus niemand kannte.

Henriette, die im nachhinein nun doch erschrocken über ihre Tat war, konnte dieses Geheimnis nicht für sich behalten. Sie gestand alle Karolus. Der Zwerg sah nur einen Ausweg: die Flucht.

Außer sich vor Kummer, kam Roger de Bagatelle ins Kloster, um Henriette den Tod seiner Frau mitzuteilen, die er sehr geliebt hatte. Henriette spielte ihm erfolgreich die Verzweifelte vor. In der folgenden Nacht stahl sie das Gold der Abtei – ein Diebstahl, für den dann Mutter Crapote und der arme Seminarist verantwortlich gemacht und auf dem Bock blutig gepeitscht wurden.

Auf eine Idee von Karolus hin legte Henriette am Flußufer ihre Kleider ab, damit alle glauben sollten, sie sei ertrunken. Mit dem wertvollen Kollier, ihrem Sohn und Karolus floh sie aufs Land.

Karolus hatte auch die Idee, das Kollier zurückzubringen, das sie verraten konnte. Zuvor nahm Henriette aber die zweite Plakette aus dem Smaragd an sich.

Drei ineinanderverschlungene Rechtecke, von einer Lanze durchbohrt, waren auf einer Seite eingraviert, auf der anderen standen folgende geheimnisvolle Worte, die Henriette keine Ruhe ließen:

Jenseits des Meeres des stürmischen Ozeans
Aus Angst vor dem Heiden mit dem gebrochenen ehernen Herzen
In der Nähe des weisen Bruders Feuer und Sonne ist die Botschaft
Von (3451:10)×3, die Sarazenen fürchten die wilde Klinge...

Während Henriette versuchte, diese Worte zu enträtseln, kehrte Karolus nach Saint-Savin zurück und versteckte das Kollier in einem Strohsack. Für ihn war das ein Kinderspiel. Er ahnte nicht, daß er damit ein weiteres Drama heraufbeschwor – der Diebstahl wurde dadurch nämlich dem armen Dienstmädchen Bertille und deren Vater, dem Leibeigenen Guennolé, zur Last gelegt.

Sehr viel später kamen der alte Gärtner, Vater Coquet, und Pélagie hinter einen Teil des Geheimnisses und versuchten, Zéphyrine zu warnen. Damals aber flohen Henriette, Karolus und Richard unbehelligt nach Paris.

Dort machte Henriette die Bekanntschaft von Heinrich Cornelius Agrippa von Nettesheim.

Während sich Karolus um Richard kümmerte, war sie zwei Jahre lang Agrippas Gefährtin. Von ihm lernte sie die echte Magie. Als Cornelius für kurze Zeit nach Deutschland reisen mußte, verließ Henriette Paris. Sie hatte inzwischen den Konnetabel von Bourbon wieder getroffen. Dieser vermittelte ihr einen Ehemann, einen alten, halb senilen Kastilianer, den Grafen von San Salvador. Bevor er starb – durch Krankheit oder Gift? –, hatte er die Freundlichkeit, den Bastard Richard zu adoptieren, der von nun an Ricardo de San Salvador hieß.

Nachdem Henriette einige Zeit in Spanien gelebt und sich dort in den Dienst Karls V. gestellt hatte, kehrte sie unter dem Namen Doña Hermina de San Salvador nach Frankreich zurück.

Sie war nun eine reiche Witwe, aber sie war immer noch von ihrem alten Plan besessen. Mit den Mitteln, die Zéphyrine ja kennt, gelang es ihr, Roger de Bagatelle zu umgarnen und zu heiraten. Nun nahm sie endlich den Platz ein, der ihrer Mutter gebührt hätte, jener liebenswerten Zauberin, die im Mondschein tanzte – Sarmor...«

Eine letzte Frage brannte Zéphyrine auf den Lippen, denn sie fühlte, daß Karolus die Wahrheit sagte.

»Wußte mein Vater, als er heiratete, wer Doña Hermina in Wirklichkeit war, oder hat er es erst später erfahren?«

Karolus blickte in Zéphyrines zuckendes Gesicht und zögerte einen Augenblick. Aber wozu sollte es gut sein, ihr die Wahrheit zu verbergen?

»Der Marquis de Bagatelle hatte seine Schwägerin Henriette ganz genau wiedererkannt, aber« – fuhr Karolus rasch fort, als er Zéphyrines Gesichtsausdruck sah – »wenn er ihre wahre Identität verschwieg, so nur, um einen Skandal zu vermeiden. Das schwöre ich dir, Zéphyrine... Dein Vater wußte nie, daß seine zweite Frau in ihrem Wahnsinn unsere Schwester Corisande umgebracht hatte... Und wenn er es erraten hat, so höchstens am Ende seines Lebens...«

Zéphyrine lehnte ihren Kopf an Fulvios Wams. Sie hörte von draußen die Stimmen der Sizilianer, die den Pavillon bewachten, und das Wiehern von Pferden.

Doña Hermina schlief in ihrem Sessel.

War das alles vielleicht nur ein Alptraum? Zéphyrine ging auf den kleinen Karolus zu, der sehr aufrecht auf einem Stuhl saß. War der Zwerg nun eigentlich ihr Onkel oder ihre Tante?

Ihr fielen nun einige Anomalien seines Körpers auf, die sie nie beachtet hatte. Sie entdeckte zwei pralle Brüste, die sozusagen das Gegengewicht zu seinem Buckel bildeten. Wie mochte wohl sein Unterleib aussehen – trug er männliche oder weibliche Geschlechtsmerkmale?

Armer unglücklicher Kerl – was für physische und psychische Qualen mußte er zeit seines Lebens ausgestanden haben!

Zéphyrine streckte ihm ihre Hand entgegen.

»Verzeih mir, Karolus! Du hast mir dreimal vor ihr das Leben gerettet. Ich war oft sehr gehässig zu dir – aber... ich wußte ja nicht... Was kann ich tun, um dir zu danken?«

Gerührt über die Freundlichkeit seiner Nichte, drückte Karolus seinen dicklippigen Mund auf ihre Hand, bevor er murmelte:

»Bitte deinen Mann, Henriette und mich abreisen zu lassen. Ich schwöre dir, sie daran zu hindern, weiteren Schaden anzurichten, Zéphyrine. Sie ist sehr krank... Ich muß ihr immer häufiger arabische Heilmittel verabreichen, die sie beruhigen. Sie schläft dann ein. Als räche sich all das Böse nun, das sie getan hat, leidet sie an entsetzlichen Kopfschmerzen und Rückenschmerzen, und sie hat Halluzinationen, die seit Ricardos Tod immer häufiger werden... Ich bitte dich, sei edelmütig! Du wirst für immer von unserer Gegenwart befreit sein...«

Zéphyrine zögerte. Sie war völlig durcheinander. Fulvio fragte an ihrer Stelle:

»Wohin würden Sie denn gehen?«

»In ein Kloster. Dort hat sie ihr bewußtes Leben begonnen, dort soll sie es auch beenden. Ich werde sie pflegen, und sie wird das

Kloster nicht mehr verlassen. Wir könnten nach Spanien gehen, in die Abtei San Salvador... Was hätten Sie davon, Hoheit, wenn Sie sie der Justiz ausliefern? Es würde nur eine Schande für Zéphyrine und Ihre Kinder sein...«

Es war die Stimme der Vernunft, die aus seinen Worten sprach.

»Vergessen Sie nicht«, fuhr Karolus fort, »daß Sie die letzten Erben der Töchter Saladins vereint haben – du, Zéphyrine, stammst ja von Hortensia ab, und Sie, Prinz Farnello, von Helena... die arme Hela hatte ja keine Nachkommen...«

Fulvio und Zéphyrine betrachteten einander bewegt. Lag darin nicht, zusätzlich zu ihrer Liebe, ein außergewöhnlicher Fingerzeig des geheimnisvollen Sterns, der sie zueinander geführt hatte?

»Meine Frau und ich werden heute abend wiederkommen, Karolus«, sagte Fulvio. »Ich werde Ihnen auch Kleidungsstücke, Lebensmittel und Decken bringen lassen, und ich werde Ihre Abreise vorbereiten... ein Schiff mieten, das Sie aber nicht nach Spanien, sondern ins Kloster Tharros auf einer Insel des Archipels von La Maddalena, in der Nähe von Sardinien, bringen wird.«

»Sie mißtrauen uns...«

»Ja«, gab Fulvio zu. »Ich zweifle weder an Ihrer Aufrichtigkeit noch an Ihrem guten Willen, Karolus, aber ich gestehe, daß ich Ihre Schwester Henriette fürchte...«

Noch ganz unter dem Eindruck von Karolus' erschütternder Geschichte verließen die beiden jungen Leute den Pavillon.

Zéphyrine mußte sich beeilen. Im Schloß warteten die Zwillinge darauf, daß sie ihnen die Brust gab.

Fulvio gab den Sizilianern, die den Pavillon bewachten, genaue Anweisungen. Bevor er sein Pferd bestieg, warf er einen besorgten Blick zum Gipfel des Ätna empor. Aus dem Krater stieg kein Rauch mehr auf.

Zéphyrine bemerkte, daß es sich jetzt leichter atmen ließ als vorhin.

»Was hältst du davon, Giacomo?« fragte Fulvio.

In der letzten Nacht hatte sich der Prinz keineswegs, wie Zéphyrine ihm unterstellt hatte, mit der Bigallo vergnügt, sondern zusammen mit Giacomo den Vulkan bestiegen. Er wollte sich mit eigenen Augen davon überzeugen, ob Gefahr bestand. In den fünfzehn Jahrhunderten der christlichen Zeitrechnung war der Ätna hundertvierzigmal ausgebrochen.

Die heftigsten Ausbrüche hatten aber in den Jahren 475 und 396 vor Christus stattgefunden. Der Maffioso wiegte bedächtig den Kopf.

»Schwer zu sagen, Hoheit. Er ist sehr tückisch... Aber die ›Bocca Nova‹ – der Hauptschlund des Kraters – scheint sich zu beruhigen...«

Zéphyrine staunte darüber, daß Giacomo vom Ätna wie von einem Lebewesen sprach. Aber sie hatte keine Zeit, sich darüber lange Gedanken zu machen.

Denn genau in diesem Augenblick galoppierten zwei Männer in rasendem Tempo auf die Lichtung.

Es waren Paolo und La Douceur. Sie schrien beide gleichzeitig:

»Achtung, ein Angriff...«

36

Saladins Schatz

Etwa hundert Spanier hatten die Abwesenheit des Prinzenpaars ausgenutzt, waren überraschend an Land gegangen und hatten das Schloß von der Meerseite aus angegriffen.

Glücklicherweise hatte der weitblickende Fulvio die Wälle durch im Sand versteckte, scharf zugespitzte Hölzer und durch Löcher verstärken lassen, die mit Netzen getarnt waren und in denen sich die Spanier in ihren Rüstungen verstrickten.

Piccolo und seine Männer hatten die Mauern gut verteidigt. Dank der Bombarden waren die Angreifer gerade zum erstenmal zurückgeschlagen worden und mußten sich auf ihre Schiffe zurückziehen, als Fulvio und Zéphyrine in gestrecktem Galopp über die Zugbrücke ritten, die sofort wieder hochgezogen wurde.

»Gütiger Gott, werden wir denn nie zur Ruhe kommen?« lispelte Pluche aufgeregt. »Wenn Sie sich weiterhin so aufführen, meine kleine Zéphy, werden Ihre armen Kleinen bald anstatt Milch Butter trinken müssen!«

Während Pluche jammerte, Gros Léon krächzte, von den Wällen Schreie, Befehle und Kanonenschüsse zu hören waren, gab Zéphyrine ihren Kindern die Brust. Der Lärm schien den Appetit der Zwillinge nicht zu beeinträchtigen: Luigi war gieriger als seine Schwester, ein richtiger Wilder, der mit einem Zahn auf die Welt gekommen war. Während er hingebungsvoll an ihrer Brust saugte, streichelte Zéphyrine die rote Blume hinter seinem Ohr. Corisande hatte den gleichen winzigen Fleck, aber im Nacken.

›Der Stern Saladins ...‹, dachte Zéphyrine und nahm sich vor, ihren Einfall Fulvio mitzuteilen.

Nachdem die Zwillinge endlich gesättigt waren, legte sie Luigi in seine Wiege und Corisande in den Brotkorb. Dann überließ sie die Kinder Pluches umsichtiger Obhut und ging zu Fulvio auf die Festungswälle.

Die Spanier waren von der Bildfläche verschwunden.

»Sie werden bestimmt vom Land aus wieder angreifen ... Du mußt sofort nach Catania, dort mit den Kindern an Bord eines Schiffes gehen und nach Malta fahren, um bei einem meiner Vettern Schutz zu suchen ...«

»Nicht mit mir, mein Herr Gemahl! Wenn Sie glauben, auf diese Weise wieder das Leben eines Junggesellen führen zu können, so haben Sie sich geirrt! Wir bleiben bei dir, Fulvio ...«

»Unmögliche Zéphyrine«, flüsterte Fulvio zärtlich. »Sei doch wenigstens einmal vernünftig ...«

»Und du, mein Liebster, warst du vernünftig, als du dich gegen Karl V. gestellt hast? ... Nein, Fulvio, wir werden mit dir zusammen leben oder gemeinsam sterben.«

Wie sehr sie sich doch verändert hatte! Sie war eine richtige Frau geworden, eine liebende Gattin und Mutter, eine Prinzessin von seltener Noblesse.

Gerührt gab Fulvio nach. Er hatte schließlich zur Genüge die Erfahrung gemacht, daß es schwierig, um nicht zu sagen unmöglich war, Zéphyrine umzustimmen.

Das ganze Schloß war zur Verteidigung bereit. Fulvio ließ das griechische Feuer vorbereiten. Für alle Fälle wurden einfache Fischerboote in einem unterirdischen Gang versteckt, der direkt zu den wellengepeitschten Felsen führte.

Der Prinz gab Paolo und La Douceur den Befehl, nach Catania zu galoppieren und Maria Solenara und ihren Maffiosi mitzuteilen, was vor sich ging.

Er überlegte auch, ob er die Gefangenen aus dem Pavillon auf dem Ätna ins Schloß bringen lassen sollte, zog es nach reiflicher Überlegung aber doch vor, die San Salvador und Karolus nicht in einen Tumult zu verwickeln, den Doña Hermina ausnutzen könnte, um zu fliehen.

Der größeren Sicherheit halber schickte Fulvio noch einige

Sizilianer mit den Karolus versprochenen Lebensmitteln und Kleidern zum Pavillon, wo sie Giacomo helfen sollten, die Gefangenen zu bewachen.

Dann setzte ein langes Warten ein.

Es wurde Nacht.

Die Spanier Karls V. mußten sich wohl nach Taormina zurückgezogen haben.

Paolo und La Douceur kehrten mit guten Nachrichten zurück: Maria Solenaras Maffiosi kamen ihnen zu Hilfe. Sie waren schon auf dem Weg zum Schloß.

In Fulvio erwachte neue Hoffnung, als die Männer eintrafen. Sie würden den Leuten Karls V. schon eine harte Nuß zu knacken geben ...

Lagerfeuer brannten auf den Wällen. Speisen und mit Zimt gewürzter heißer Wein wurden den Verteidigern gereicht. Die Männer sangen sizilianische Lieder.

Nachdem sie ihre ›Truppen‹ besichtigt hatten, zogen sich Fulvio und Zéphyrine in einen Saal im Erdgeschoß zurück.

»Geh schlafen«, riet Fulvio seiner Frau. »Es wird eine lange Nacht werden.«

»Noch nicht«, erwiderte Zéphyrine, obwohl sie sehr müde war. »Weißt du, was ich tun möchte ...?«

Ihre herrlichen grünen Augen funkelten vor Neugierde.

Fulvio schüttelte den Kopf.

»Die drei Plaketten betrachten!« flüsterte sie sehnsüchtig.

Die Köpfe aneinandergeschmiegt, starrten sie gleich darauf fasziniert auf die Plaketten, die sie nebeneinander auf einen dunklen Holztisch gelegt hatten. Das malvenfarbene Metall schimmerte sonderbar.

Fulvio löschte die Kerzen. Das Metall war phosphoreszierend. Sie versuchten, die Plaketten dachziegelartig ineinanderzulegen, stellten aber fest, daß es zahlreiche Variationsmöglichkeiten gab.

Nach mehreren Versuchen, die jeweils ein völlig anderes Muster ergaben, beschlossen Fulvio und Zéphyrine, die drei vom Pfeil durchbohrten Dreiecke zuunterst zu legen, darauf die Kreise mit der Fackel und zuletzt die von der Lanze durchstochenen Rechtecke.

Der Text auf der Rückseite lautete dann folgendermaßen:

Der erschöpfte Leopard entdeckt im Himmel sein Auge
Ein Adler sieht sich dank der Schlange um die Sonne fliegen
Das Familienoberhaupt grämt sich bei den Festungsmauern

Verraten unter dem Vorwand von Hochzeitsfeierlichkeiten
vom Schicksal setzt Saladin von Gold und geschmolzenem Silber
Die Wüstenrose zum vereinten Erben ein
Jenseits des Meers des stürmischen Ozeans
Aus Angst vor dem Heiden mit dem gebrochenen ehernen Herzen
In der Nähe des weisen Bruders Feuer und Sonne ist die Botschaft
Von (3451:10)×3, die Sarazenen fürchten die wilde Klinge …

Die Botschaft zu enträtseln, konnte eine Ewigkeit in Anspruch nehmen. Gewiß, was in die Augen sprang, war die mit Verachtung gemischte Angst, die Saladin vor den ›Heiden mit dem gebrochenen ehernen Herzen‹ und vor der ›wilden Klinge‹ zu haben schien, das heißt vor den Kreuzrittern. Er grämte sich in der Nähe der Festungsmauern. War damit ein sarazenisches Kastell gemeint? Seine Töchter hatten ihn durch ihre Flucht verraten. Er deutete an, das Gold und das geschmolzene Silber befänden sich jenseits des Meers und des stürmischen Ozeans.

Aber abgesehen von diesen Einzelheiten, die natürlich wichtig sein konnten, blieb Saladins Botschaft immer noch rätselhaft.

»Dreitausendvierhunderteinundfünfzig zwei Punkte zehn Kreuze drei oder drei Kreuze«, murmelte Zéphyrine. »Ist das eine symbolische oder mythologische Chiffre, bedeutet sie irgendein Jahr oder eine Anzahl von Meilen. Dann müßte es eine riesige Strecke sein … Oder aber es sind nicht Meilen, sondern Fuß oder Zoll – Länge, Höhe oder Breite …?«

»Und wenn es sich um eine neue Rechenart handeln würde?« sagte Fulvio nachdenklich.

»Eine neue Rechenart?«

»Oder eine sehr alte, wenn du so willst … Die Araber haben die ›al-dschebr‹ erfunden …«

»Vom mittelalterlichen lateinischen Wort ›algebra‹, das ›Verbindung‹, ›Reduktion‹ bedeutet«, fiel Zéphyrine ein.

»Genau … Per Bacco, es ist einfach umwerfend, eine so gebildete Frau zu haben! …«

Bei diesem halb spöttischen, halb bewundernden Ausruf küßte Fulvio Zéphyrine auf die Schläfe, dann nahm er seine Ausführungen wieder auf.

»Ein großer arabischer Mathematiker, Al Khawarizmi, schrieb im 9. Jahrhundert eine Abhandlung darüber … Saladin muß die Algebra gekannt haben, über die wir hier im Abendland noch kaum Bescheid wissen …«

»Wie gräßlich es doch ist, wenn einem Kenntnisse fehlen!

Warum sind wir in den letzten zwei- oder dreihundert Jahren nicht viel weiter vorangekommen?«

»Das weißt du doch, Liebste – wegen der Pestepidemien, die unsere Großväter dahingerafft, die Städte ausgerottet, die guten Köpfe getötet haben... Aber wir erholen uns allmählich von dieser Stagnation, und ich glaube, daß der Mensch von nun an alles wissenschaftlich erklären wird...«

»Also, dann erklär mir Saladins Geheimnis!« rief Zéphyrine schlagfertig.

»Nun, ich bin kein Hellseher, aber... wenn du 345,1 anstatt 3451:10 schreibst, also in den beiden Punkten ein Zeichen für die Division siehst und die Zehn durch das Komma ersetzt, und wenn du dir Kreuz drei ebenfalls als fiktives Zeichen vorstellst, als Symbol für die Multiplikation – dann hast du zwei wichtige Neuerungen im Sinne der Vereinfachung und Systematisierung der Arithmetik und der Algebra eingeführt...«

»Du sprichst von Dezimalbrüchen!« rief Zéphyrine.

»Die uns geradewegs zu einem System des Griechen Metron führen...«

Zéphyrine verzog das Gesicht.

»Ich würde es lieber ›metrikos‹ nennen... etwas, das sich auf den Gebrauch der Maßeinheit des ›metrum‹, das heißt des Meters bezieht...«

»Genau, schöne Dame – Sie haben soeben das Dezimalsystem entdeckt!«

Fulvio küßte Zéphyrine. Dann nahm er die drei Plaketten in die Hand und fügte hinzu:

»Wenn du dieses Problem lösen kannst, wirst du den Schatz Saladins heben...«

»Noch lange nicht«, widersprach Zéphyrine. »Selbst wenn wir die Gleichung lösen, fehlt uns noch immer die wichtigste Angabe, nämlich der Ort...«

Fulvio las den Text noch einmal mit großer Aufmerksamkeit und betrachtete daraufhin wieder das Muster. Plötzlich rief er aufgeregt:

»Sieh doch mal...«

Er zog Zéphyrine zum Fenster und deutete auf den rötlich schimmernden Vulkangipfel.

»Die Zeichnung mit der Fackel ähnelt den drei Schlünden eines Vulkankraters, findest du nicht auch?«

»Der Ätna hat aber nur zwei Schlünde«, protestierte Zéphyrine.

»Vielleicht hatte er zur Zeit Saladins drei...«

Zéphyrine machte einen Schmollmund.

»Du weißt aber auch wirklich auf alles eine Antwort. In der Botschaft steht ja wirklich: ›Jenseits des Meeres, des stürmischen Ozeans...‹ Aber andererseits haben die Rechtecke und Dreiecke nichts mit dem Vulkan zu tun.«

»Das stimmt«, mußte Fulvio zugeben. »Vielleicht sind es seltsame Baudenkmäler...«

»So etwas wie Tempel... oder Pyramiden...«, murmelte Zéphyrine.

Die jungen Leute wandten sich vom Ätna ab und gingen zum Tisch zurück. Fulvio zündete die Kerzen wieder an. Nachdem er sich vergewissert hatte, daß niemand außer Zéphyrine ihn sehen konnte, betätigte er die Feder einer Geheimschublade, die in dem geschnitzten Pfosten eines Schrankes verborgen war.

Zéphyrine dachte, daß Fulvio die Plaketten dort verstecken wollte, aber der Prinz holte ein großes Silbermedaillon aus der Schublade. Vorsichtig legte er die drei Plaketten hinein. Dann schlang er die Kette des Medaillons Zéphyrine um den Hals und gab ihr in scherzhaftem Ton den Rat:

»Versteck das Medaillon zwischen deinen üppigen Ammenbrüsten, cara mia... Leg es nie ab, weder tagsüber noch nachts... Saladins Talisman gehört dir von Rechts wegen. Bewahre ihn sorgfältig für unsere Kinder auf, bis wir den Sinn der Botschaft enträtseln.«

Fulvio lächelte zwar, aber seine Stimme war ernst.

Zéphyrine spürte, daß ein schreckliches Ereignis immer näher rückte. Aber die Stille der Nacht wurde nur durch die Brandung des Meeres unterbrochen.

37

Der Riese erwacht

»Zu den Waffen!«

Der Ruf des Wächters erscholl um fünf Uhr morgens.

Fulvio und Zéphyrine hatten sich in der Nacht vorsichtshalber gar nicht erst entkleidet. Sie eilten zu den Festungsmauern.

Von Taormina her näherte sich ein langer Zug, der in der aufgehenden Sonne metallisch blinkte.

Das waren die Rüstungen und Helme der spanischen Garnisonen aus dem Engpaß von Messina, die gegen den aufständischen Prinzen zusammengezogen worden waren.

»Verdammt und zugenäht, Hoheit, es sind mehr als zweitausend von diesen Schweinehunden«, schätzte La Douceur in seiner bilderreichen Ausdrucksweise.

»Karl V. macht alles sehr gründlich. Er schickt uns das ganze iberische Sizilien auf den Hals«, gab Fulio zu. »Wieviel sind wir, Paolo?«

»Mit den zuletzt angekommenen Maffiosi etwas weniger als zweihundert«, erwiderte der Knappe ruhig.

Fulvio schnitt unwillkürlich eine Grimasse. Er wußte spätestens seit dem Borgo nur allzu genau, daß bei einem Kampf mit dem Stärkeverhältnis eins zu zehn die Chancen für einen Sieg sehr gering waren.

Im Augenblick schienen die Spanier noch nicht angreifen zu wollen. Ohne einen Schuß abzugeben, ließen sie sich in beträchtlichem Abstand vom Schloß in der Formation eines Kreisbogens nieder.

Vierhundert Klafter vom Ufer entfernt bezogen drei kleine Galeeren Position und richteten ihre Kanonen auf die Wälle, um jede Flucht auf dem Seeweg zu verhindern.

Die Schloßbewohner mußten der Tatsache ins Auge sehen, daß sie sich von nun an im Belagerungszustand befanden.

Fulvio drückte Zéphyrine fest an sich. Wie sehr bedauerte er doch in diesem Augenblick, seinem kühnen Salamanderweibchen ihren Willen gelassen zu haben.

»Sieh mal!« rief Zéphyrine.

Ein Reiter mit weißer Fahne löste sich aus den Reihen der Infanteristen.

»Nicht schießen!« befahl Fulvio.

Der Spanier galoppierte bis zum Ausfalltor. Ohne sein Tempo zu vermindern, schleuderte er eine mit einem Stein beschwerte Pergamentrolle in Richtung der Befestigungen, dann kehrte er zu den Belagerern zurück.

Es war ein Ultimatum:

»Wenn Prinz Farnello sich bis zwölf Uhr mittags nicht der kaiserlichen Macht unterworfen hat, wird ein gnadenloser Angriff vom Meer und vom Land her eröffnet werden. Sollte der Prinz sich aber ergeben, so müßte er allein über die Zugbrücke des Schlosses kommen, im Hemd und mit einer Schnur um den Hals wie ein Büßer, um dann unter strenger Bewachung sofort nach Spanien gebracht zu werden, um sich dort vor dem Kaiser zu verantworten. In diesem Falle wäre Karl V. so großmütig, die Prinzessin Farnello und ihre Kinder in beaufsichtigter Freiheit zu belassen...«

»Ich tu's!« sagte Fulvio.

»Wenn du das wirklich tust, stürze ich mich sofort nach deinem Aufbruch mit den Kleinen ins Meer«, drohte Zéphyrine.

»Die Prinzessin hat recht, Hoheit«, fiel Paolo ein. »Karl V. ist einzig und allein auf Eure Hoheit erpicht. Wer sagt uns, daß diese Hunde uns nicht alle – sogar die Prinzessin und die Kinder – niedermetzeln, nachdem die Hauptleute Karls Sie gefangengenommen haben. Denken Sie doch nur mal an Rom, gnädiger Herr...«

»Ja, kämpfen wir lieber, Hoheit!« riefen auch die Maffiosi, die darauf brannten, den Spaniern tüchtig einzuheizen.

»Maria Solenara wird uns Verstärkung schicken...«

»Das wird der Beginn des großen Aufstands sein...«

»Ganz Sizilien wird sich gegen die Spanier erheben...«

»Schlagen wir uns, Fulvio!... Vielleicht kommen auch die Franzosen unter Lautrec uns zu Hilfe... Wir müssen Widerstand leisten, Fulvio«, flehte Zéphyrine.

»Hurra für die Principessa!«

Angesichts der einleuchtenden Gründe und der Meinung der überwältigenden Mehrheit gab Fulvio nach.

»Also gut, meine Freunde«, sagte der Leopard, »dann müssen wir Vorbereitungen treffen...«

Zéphyrine würde diesen Vormittag nie vergessen, der ihr der kürzeste und zugleich auch der längste ihres Lebens zu sein schien.

Während Fulvio die Verteidigung organisierte, eilte sie ins Schloß, um ihre Kinder zu stillen.

Luigi und Corisande mußten von der allgemeinen Unruhe angesteckt worden sein. Die sonst so ruhigen Zwillinge brüllten aus Leibeskräften und verlangten unablässig nach der Brust ihrer Mutter.

Um Viertel vor zwölf ließ Zéphyrine die Kinder in der Obhut von Pluche, Emilia, Carlotta und Gros Léon zurück und begab sich wieder zu Fulvio auf die Festungsmauern. Unter ihrem weiten Kleid trug sie ein Männerwams und ein dünnes Panzerhemd. Ein Helm bedeckte ihr goldenes Haar.

In der beängstigenden Stille vor dem schicksalhaften Zeitpunkt segnete der Kaplan die Belagerten, die auf dem Wehrgang knieten.

Danach tauschten Fulvio und Zéphyrine einen langen Kuß.

Es schlug zwölf Uhr.

Die Zugbrücke wurde nicht für den reumütigen Büßer herabgelassen.

Mit Sturmböcken, Katapulten und Bombarden griff die spanische Armee an.

Die Schiffe wendeten und kamen näher heran. Die Kanonen waren auf die Festungsmauern gerichtet.

Zéphyrine schloß die Augen.

Unwillkürlich griff sie nach dem Medaillon, das Fulvio ihr um den Hals gelegt hatte.

›Mein Gott, schütze uns ... Saladin, hilf uns ... Nostradamus, mein Freund, vergiß uns nicht ...‹, flehte sie insgeheim.

Die unheilvolle Stille wurde von einem gewaltigen Kanonendonner erschüttert. Die Explosion war so heftig, daß Zéphyrine gegen eine Schießscharte geschleudert wurde. Vom Schock halb betäubt, dachte sie:

›Die Spanier haben das Ausfalltor zerstört ...‹

Erstaunt darüber, noch am Leben zu sein, öffnete sie die Augen und taumelte auf die Beine. Fulvio und seine Männer waren von einer Rauchwolke umgeben. Schwankend standen sie gerade wieder auf.

Draußen ertönten Schreie.

»Fuego ... fuego ...«

Der beißende Rauch brachte Zéphyrine zum Husten. Um sie herum liefen alle wild umher, schrien, blickten zum Himmel empor.

Sie keuchte, spuckte, schwankte auf eine Schießscharte zu, die auf die Landseite hinausging. Das sich ihr bietende Schauspiel war entsetzlich und doch faszinierend.

Aus dem Hauptkrater des Vulkans wurde glühende Lava und Asche emporgeschleudert, fünfundzwanzig- bis dreißigtausend Fuß hoch, um sich sodann über die Berghänge zu ergießen.

»Mein Vulkan rettet uns ...!« schrie Fulvio.

Er rannte auf Zéphyrine zu. Die unerwarteten heftigen Eruptionen versetzten die Spanier in panische Angst. Eine wilde Flucht setzte ein. Die Infanteristen ließen ihre Waffen fallen und rannten in Richtung Messina. Andere warfen sich ins Wasser und schwammen auf die Schiffe zu, deren Kapitäne am Schicksal ihrer Landsleute indessen nicht interessiert waren und Befehl gaben, die Segel zu hissen. Die Reiter galoppierten so rücksichtslos, daß sie die Fußtruppen einfach über den Haufen ritten.

Flüssige Lava, entsetzlich rötliches Magma, ergoß sich über die Abhänge, vernichtete alles auf seinem Weg, bedeckte die Wiesen, verbrannte den Wald...

»Karolus... Doña Hermina...«

Trotz Zéphyrines Haß auf ihre Stiefmutter war sie doch entsetzt bei dem Gedanken an das Schicksal, das diese Frau erwartete: bei lebendigem Leibe von der Lava verbrannt zu werden.

Fulvio machte eine hilflose Geste.

»Es ist zu spät, um ihnen noch helfen zu können. Wir können nichts mehr für sie tun. Aber Giacomo kennt den Ätna besser als jeder andere... Komm, Zéphyrine...«

Er zog seine Frau von der Zinne weg. Er mußte brüllen, um das Getöse zu übertönen:

»In tausend Jahren ist die Lava nur ein einziges Mal bis zum Meer geströmt...«

Zéphyrine hoffte inbrünstig, daß sie es heute nicht zum zweitenmal tun würde.

Während sie zum Schloß rannten, reichte ihr Fulvio ein Taschentuch, das sie sich vors Gesicht halten sollte. Die heiße Asche fiel dicht hernieder, drang in die Kehle und in die Nase ein, brannte in den Augen, versengte die Haare.

»In die Boote!« brüllten die Sizilianer.

»Die Kinder!« schrie Zéphyrine, die wegen des wirbelartigen Aschenregens nichts mehr sehen konnte.

»Hol sie! Die Lava scheint dickflüssig zu sein – das Magma wird mindestens dreißig Minuten brauchen, um bis hierher zu strömen. La Douceur, du begleitest die Prinzessin! Ich begebe mich in den unterirdischen Gang, um den Aufbruch zu organisieren, um keine Panik aufkommen zu lassen. Zéphyrine, verlier keine Zeit...«

Fulvios hohe Gestalt entfernte sich rasch im Aschenregen.

Zéphyrine hustete unter dem Taschentuch. Sie hatte Bedenken, die breite Treppe zu benutzen, und zog es vor, auf allen vieren die Dienstbotentreppe hinaufzukriechen, die direkt zu ihren Gemächern führte.

Der beißende Rauch drang in alle Ecken, während Steine und Asche auf das Schloß niederprasselten.

»Rasch, meine kleine Zéphy... diese Teufelei gefällt mir gar nicht!« brüllte La Douceur.

Zéphyrine stürzte ins Zimmer. Kein Mensch war mehr da. Die Wiege und der Brotkorb waren leer. Sogar Gros Léon hatte seine Sitzstange verlassen.

›Pluche ist mit den Kindern bestimmt die große Treppe hinuntergegangen‹, dachte Zéphyrine.

Mit La Douceur auf den Fersen rannte sie die Treppe hinab und schrie:

»Pluche ... die Kinder ...«

In der Halle stieß sie mit Carlotta zusammen, die – außer sich vor Angst – einen Säugling im Arm hatte.

»Danke, Carlotta.«

Ohne zu wissen, um welchen der Zwillinge es sich handelte, packte Zéphyrine das Baby. Keuchend fragte sie die junge Italienerin aus.

»Wo ist Pluche?«

»Sie sucht Sie, Madame!«

»Mit dem anderen Kind?«

»Ja. Auf der Treppe habe ich sie noch vor mir gesehen, aber dann habe ich sie aus den Augen verloren. Sie muß schon im unterirdischen Gang sein ...«

»Schützen wir uns ...«

Zéphyrine hob ihren Rock hoch und bedeckte damit ihren Kopf und den des Säuglings. Dabei sah sie seine goldenen Härchen, die unter der Haube hervorkamen. Sie hielt also Corisande im Arm.

Carlotta folgte dem Beispiel ihrer Herrin und bedeckte ihr Gesicht mit dem Rock, und La Douceur schützte seinen dicken Schädel mit seinem Wams.

Ein Tuch vor dem Gesicht, tauchte Piccolo auf. Er schob die verängstigten Küchenjungen vor sich her.

»Hast du Pluche mit Luigi gesehen?« rief Zéphyrine.

»Im Schloß ist kein Mensch mehr, alle sind im unterirdischen Gang. Kommen Sie schnell, Prinzessin ...«

Er packte sie am Arm.

Beruhigt rannte Zéphyrine mit Piccolo, La Douceur und Carlotta auf den Gang zu, der von einem Wall aus direkt zum Meer führte.

Während sie den Hof durchquerten, sah Zéphyrine am Himmel eine feurige Wolke.

Der Krater spuckte immer heftigere Garben aus. Ströme von Lava ergossen sich über den Berg. Das schreckliche Magma hatte den Pavillon, ihr ›Liebesnest‹, schon unter sich begraben.

Zéphyrine drückte ihre Tochter noch fester an ihre Brust und stürzte mit ihren Begleitern in den schützenden Tunnel.

Dort ließ es sich etwas leichter atmen.

Fulvio und Paolo hatten alle Schloßbewohner versammelt.

»Pluche, wo ist Pluche?« schrie Zéphyrine.

»Vielleicht dort drüben...«

Die Dienstboten machten der Prinzessin und ihrem Kind den Weg frei. Sie deuteten auf die Stufen zum Bootsschuppen.

Zéphyrines Angst wurde immer größer. Sie konnte Arthémise Pluche nirgends entdecken. Sie rannte auf Fulvio zu, der zwölf Personen in jedes Boot steigen ließ.

Sobald ein Boot voll war, wurde es von kräftigen Männern ins Wasser geschoben. Fulvio rief:

»Entfernt euch so rasch wie möglich vom Ufer. Rudert auf direktem Wege aufs Meer hinaus und drehte euch nicht um...!«

Die Männer, die vor dem ›Feuer Gottes‹ wahnsinnige Angst hatten, ruderten aus Leibeskräften.

»Fulvio, hast du Pluche und Luigi gesehen?« schrie Zéphyrine.

»Nein...«

Sie mußten der Tatsache ins Auge sehen, daß kein Mensch wußte, wo die Anstandsdame und der Erbe verblieben waren. Einen Augenblick schöpften sie neue Hoffnung. Emilia erschien mit dem armen Gros Léon, den sie gerettet hatte. Der Vogel hatte die Flügel voller Asche und konnte nicht mehr fliegen. Emilia bestätigte Carlottas Aussage. Demoiselle Pluche war mit dem kleinen Luigi auf dem Arm, gefolgt von Carlotta mit Corisande, die breite Treppe hinabgeeilt, zweifellos gerade während Zéphyrine und La Douceur über die Dienstbotentreppe nach oben gekrochen waren. Seitdem war sie nirgends mehr gesehen worden.

Zéphyrine biß sich vor Verzweiflung in die Hände.

»Sie sind erstickt... unser Sohn... Luigi...«

»Beruhige dich, sie müssen irgendwo im Schloß sein. Ich werde sie finden. Paolo, mach hier weiter und kümmere dich um die Einschiffung«, sagte Fulvio. Dann befahl er: »Steig in dieses Boot, Zéphyrine, ich komme nach...«

»Nein, ich warte auf dich...«, rief die junge Frau schluchzend.

»Paolo, wenn ich in fünf Minuten nicht zurück bin, setzt du die Prinzessin in ein Boot – notfalls mit Gewalt. Und dir befehle ich, zusammen mit ihnen aufzubrechen.«

»Gut, Eure Hoheit«, erwiderte der Knappe ruhig.

»Ich begleite Sie, gnädiger Herr«, sagte La Douceur.

»Ich auch«, rief Piccolo.

»Nein, du bleibst bei meiner Frau und dem Kind«, befahl Fulvio.

Er legte seine schmale Hand zuerst auf Zéphyrines Stirn, dann auf die des Säuglings. Gefolgt von La Douceur, rannte er durch den Korridor und verschwand in den Rauchwolken.

»Die fünf Minuten sind schon lang vorbei – wir müssen aufbrechen, Prinzessin!« sagte Paolo.

»Noch nicht«, bat Zéphyrine.

Die kleine Corisande an sich gepreßt, klammerte sich Zéphyrine an die Hoffnung, daß Fulvio und La Douceur mit Pluche und Luigi jeden Augenblick zurückkommen würden. Fast alle Schloßbewohner waren schon weit draußen auf dem Meer. Nur noch ein Boot befand sich im Schuppen, und außer Paolo, Piccolo, Carlotta, Emilia, Gros Léon standen nur noch einige Maffiosi um Zéphyrine herum, deren faltige Gesichter ihr vertraut waren.

Vor der Öffnung des unterirdischen Ganges toste das Meer. Heftige Windstöße peitschten die Wellen auf. Der Aschenregen fiel immer dichter. Paolo preßte sich ein Taschentuch auf die Nase und ging hinaus, um nachzusehen, was draußen vorging. Er kam mit beschmutztem Gesicht und geschwärzten Haaren zurück.

»Das Magma ist nur noch eine Meile entfernt. Bald wird es zu spät sein. Wir müssen fahren, Prinzessin!« sagte der Knappe eindringlich.

»Da ist La Douceur!« schrie Zéphyrine.

Taumelnd war der Riese am anderen Ende des Ganges aufgetaucht. Er hatte die ohnmächtige Pluche auf den Armen.

»Und Luigi... Fulvio...?« rief Zéphyrine.

La Douceur machte eine hilflose Geste.

»Ich weiß nicht; wir wurden voneinander getrennt. Da oben ist die Hölle los. Der Berg spuckt glühende Steine aus, der Schloßturm steht schon in Flammen. Ich habe Demoiselle Pluche ohnmächtig in einer Nische gefunden.«

»Mein Mann... mein Kind...«

Zéphyrine wollte durch den unterirdischen Gang zurücklaufen. Es gelang Paolo und Piccolo nur mit großer Mühe, sie festzuhalten. Sie trugen die junge Frau ins Boot. Demoiselle Pluche, die La Douceur ins Boot gelegt hatte, stöhnte.

»Luigi...«

»Wo ist er, Pluche?« schrie Zéphyrine, während die Männer das Boot ins Wasser schoben.

»Ich ging mit dem Kleinen die Treppe hinab... und dann... ein Mann... ich glaube, es muß der Byzantiner gewesen sein... er entriß mir unseren Luigi und schlug mich nieder...«

Zéphyrine stieß einen wilden Schrei aus – wie ein tödlich verwundetes Tier. Der Byzantiner, der nicht gefangen worden war, Doña Herminas verfluchter Helfershelfer, hatte ihr Kind entführt. Wozu? Für wen? Um es der elenden Kreatur zu bringen, wenn diese nicht im Magma verbrannt war? Oder um anstatt des Vaters wenigstens den Sohn des Prinzen Farnello dem ›Blutsauger Europas‹, Karl V., bringen zu können?

La Douceur und Piccolo bestiegen als letzte das Boot.

»Rasch, beeilt euch!« schrie Paolo.

Er stieß das Boot ins Wasser, bis es ihm an die Oberschenkel reichte. Die anderen wollten ihm beim Einsteigen helfen. Im letzten Augenblick blieb Paolo aber, entgegen den Befehlen des Prinzen, an Land zurück. Zu betäubt, um sich gegen diesen überstürzten Aufbruch wehren zu können, spürte Zéphyrine, wie die Luft um sie herum glühend heiß wurde.

Wie alle anderen, so legte auch sie sich und Corisande nasse Tücher aufs Gesicht, um sich vor der glühenden Asche zu schützen.

Das in Flammen stehende Festland blieb immer weiter zurück. Vier Maffiosi ruderten mit vereinten Kräften, um die Hölle vor der Springflut zu verlassen, die unausweichlich hereinbrechen würde, sobald das Wasser mit dem Magma in Berührung kam.

Zéphyrine blickte zurück. Sie glaubte, in der finsteren Öffnung des unterirdischen Ganges eine männliche Gestalt zu erkennen, die auf das Ufer zueilte. War es Paolo oder der Prinz?

»Fulvio! Luigi!« brüllte Zéphyrine.

Sie beugte sich so gefährlich weit über Bord, daß La Douceur sie um die Taille packte.

»Meine Kleine, Sie müssen vernünftig sein ...«

›Vernünftig sein – was versteht er darunter?‹ dachte Zéphyrine.

»Fulvio ... Luigi ...«, wiederholte sie schluchzend.

Ihre Stimme ging in den schrecklichen Explosionen des Ätna unter.

Es war Nacht geworden. Nachdem das Boot sich durch die Strudel und den Aschenregen gekämpft hatte, trieb es nun nach Süden.

Trotz aller Aufmunterungsversuche von La Douceur befand sich Zéphyrine immer noch im Zustand völliger Apathie.

Sie war übrigens nicht die einzige, die völlig niedergeschmettert war. Die Katastrophe war so schrecklich gewesen, daß die Überlebenden noch kaum glauben konnten, daß sie ihr entronnen waren.

Am Horizont strahlte wie eine große rote Sonne die Feuersäule des Vulkans und erhellte das dunkle Meer.

Durchweicht und erschöpft, erholten die Überlebenden sich nur langsam. Sie streckten ihre steifen Glieder aus, betasteten ihre Verbrennungen und begannen allmählich zu reden.

»Wohin treiben wir denn eigentlich, verdammt noch mal?« erkundigte sich La Douceur.

»Nach der Windrichtung zu schließen, direkt auf Malta zu«, erwiderte Piccolo. Dann wandte er sich an Zéphyrine und erkundigte sich, ohne sich der Lächerlichkeit seiner Frage bewußt zu sein:

»Benötigen Sie etwas, Prinzessin?«

Zéphyrine gab keine Antwort. ›Was sollte sie denn benötigen?‹ Sie hatte nur einen Wunsch: Man sollte sie in Ruhe sterben lassen – aus Einsamkeit, Kälte und Verzweiflung.

Sie kauerte hinten im Boot. Plötzlich spürte sie ein kleines Händchen, das ihre Brust umklammerte. ›Corisande ... ihr Kind, das sie ganz vergessen hatte ...‹ Das arme kleine Ding hatte Hunger. Es wimmerte protestierend.

»Sie müssen an Ihr Kind denken«, murmelte Pluche.

Beschämt darüber, daß sie sich so gehen ließ, zog Zéphyrine mit Carlottas Hilfe das Panzerhemd aus, das sie immer noch angehabt hatte. Sie öffnete ihr Mieder und gab dem ausgehungerten Säugling die Brust.

Während die Kleine gierig trank, liebkoste Zéphyrine ihr hübsches goldenes Köpfchen. Unwillkürlich strich sie mit den Fingern über die rote sternförmige Blume im Nacken des Kindes, das gleiche Muttermal, das auch ihr Bruder Luigi hatte.

›Luigi ... Fulvio ... mein Sohn ... mein Mann ...‹

Zéphyrine unterdrückte das Schluchzen, das sich ihr entringen wollte.

Dank der kleinen Corisande faßte sie wieder etwas Mut und entdeckte einen winzigen Hoffnungsschimmer. ›Es war ihrer unwürdig zu verzweifeln. Schließlich gab es ja keinen Beweis dafür, daß sie tot waren ... Wenn Luigi von den Häschern Doña Herminas und Karls V. entführt worden war, so würde Zéphyrine ihn den Entführern schon wieder entreißen. Sie hatte jetzt Vertrauen zu Karolus. Wenn der Zwerg nicht umgekommen war, würde er ihr bestimmt dabei helfen ... Und wenn Fulvio am

Leben war, so würde sie ihren Geliebten wiederfinden – und müßte sie auch um die ganze Welt reisen!‹

Ein leichter Schirokko wehte über das Mittelmeer. Er wärmte die Flüchtlinge etwas auf. War dieser aus Afrika kommende Wind ein Wink des Schicksals?

Zéphyrines Finger berührten das Medaillon, das an ihrer Brust hing. Saladins Talisman...

»Für dich werde ich leben, mein Kind, meine Tochter«, flüsterte Zéphyrine.

Sie küßte ihr kleines Mädchen zärtlich auf die Stirn.

»Ich schwöre dir in dieser Nacht, wir werden um die einzigen Schätze auf Erden kämpfen – um deinen Vater und deinen Bruder...«

Morgen würde Zéphyrine in Malta sein, und der Kampf gegen Karl V. würde weitergehen.

In der Ferne verblaßte allmählich die Feuersäule des Ätna.

Zéphyrines noch feuchte Augen trotzten dem Riesen.

Ja, morgen würde alles neu beginnen...

HEYNE BÜCHER

DER GROSSE LIEBESROMAN

Romane voll Abenteuer und Leidenschaft, aus Historie und Gegenwart.

28/57 - DM 6,80

28/58 - DM 6,80

28/59 - DM 6,80

28/60 - DM 6,80

28/61 - DM 6,80

28/62 - DM 6,80

28/63 - DM 7,80

28/64 - DM 6,80